# 中国现代文学作品经典导读

# （1917—2017）

方爱武　左怀建　主　编

ZHEJIANG UNIVERSITY PRESS
浙江大学出版社

# 编写说明

自1917年元旦胡适在《新青年》第2卷第5号发表《文学改良刍议》至今，中国现代文学已经走过了百年的发展历程。在这百年的文学征程之中，中国现代文学给我们留下了诸多经典之作。时值中国现代文学发展百年之际，我们编选出版这本《中国现代文学作品经典导读》(1917—2017)百年百篇可以说是献给中国现代文学的一份沉甸甸的礼物。

目前在学界，有关中国现代文学作品精选与作品导读之类的选本可谓层出不穷，琳琅满目。我们编选这本"导读"无意做简单的重复，而是力图借此呈现中国现代文学百年创作变迁的历史脉络，并展现出我们自己的编选特色。

**一是编选完整性。**首先在空间上，增加台湾和香港现代文学的入选比例，在小说、诗歌、散文、戏剧等体裁中，都选编了一定数量的台港文学，较为完整地呈现了中国现代文学发展的整体风貌与生态；其次在时间上，打通了现代文学与当代文学的传统划分，从中国现代文学整体文学观的视角去选编中国现代文学百年百篇，并将入选作品的创作时间延伸到了新世纪；再次在内容上，突破精英文学的单一取舍标准，选入了一些通俗文学经典之作，譬如琼瑶与金庸的小说，罗大佑与黄霑的歌词等，以凸显本选本的相对完整性。为了完整构建中国现代文学发展的百年版图，所有入选作品的编排大体以发表或出版时间先后为序。

**二是注重教学性。**这本"导读"的编选定位是大学中文专业教材，是作为我们自编的《中国现代文学史基础教程》(浙江大学出版社2013年版)的配套教材以供教学使用，两教材互动互补，所以，在编选体例上我们采用的是与文学史相一致的小说、诗歌、散文与戏剧四分法的传统体例，选取经典诗歌35篇，小说35篇，散文20篇以及戏剧10篇，共一百篇。具体编选中，采用三大板块模式，即"经典原作"+"阅读提示"+"延伸阅读"模式，意欲将课堂内的教学延伸到课堂之外，开拓学生的思维空间。有的长篇经典作品由于篇幅所限不能全文选入，只能存目；但为增强选本的生动性，我们采用了影印图书封面或剧照的形式进行展示，以激发学生进一步阅读的兴趣。基于教学的需要，所有入选作品尽量采用通行本，方便学生阅读学习。

**三是凸显地方性。**浙江工业大学汉语言文学专业自2002年创办以来,其"文理合一,知行并重"的区域特色型汉语言文学专业人才的培养定位,也决定着我们这本"导读"的独特性,那就是适度凸显选本的地方特色,实现作品选本与浙江地方社会文化的对接。譬如在选本中,我们特别选取了鲁迅、周作人、郁达夫、琦君等浙籍作家带有浙江与杭州地方特色的文章。此外,本专业对实践教学的重视,也让我们加大了戏剧的入选比例,力图为课堂教学实践提供一定的教学文本,加强师生互动,为培养创新型人才服务。

这本"导读"由浙江工业大学人文学院汉语言文学专业从事一线教学的九位教师负责编选,他们有的是已有三十余年教龄的教坛名师,有的是刚走上岗位不久的教学新锐,他们分别是:张欣、左怀建、张晓玥、王姝、方爱武、包燕、黄亚清、颜炼军、张勐等。从编选的体例到篇目的选定,他们几易其稿,通力合作,力求彰显他们对于中国现代文学教学与人才培养的深切思考。

在教材即将付梓之际,特别感谢浙江大学出版社责任编辑王荣鑫对本教材的付出,也希望同行专家能对我们的选本多提宝贵意见,以期修订时能编选得更为完善一些。

方爱武　左怀建

2018年初夏于杭州

# 目录

CONTENTS

## 诗歌

## 小说

## 散文

## 戏剧

# 诗歌

# 蝴 蝶

胡适

两个黄蝴蝶，双双飞上天；
不知为什么，一个忽飞还。
剩下那一个，孤单怪可怜；
也无心上天，天上太孤单。

一九一六年八月二十三日

（选自《尝试集》，胡适著，上海亚东图书馆 1922 年版）

**【阅读提示】**

胡适（1891—1962），原名胡洪骍，字适之，安徽绩溪人；现代著名思想家、学者，以倡导“白话文”、领导新文化运动闻名于世；主要学术著作有《中国哲学史大纲》《白话文学史》《胡适文存》等。

胡适是中国新诗最初的倡导者与探索者，1920 年出版诗集《尝试集》。他提出了“诗体的大解放”口号，主张“把从前一切束缚自由的枷锁镣铐，一切打破：有什么话，说什么话；该怎么说，就怎么说。这样方才可有真正的白话诗。”《蝴蝶》作于 1916 年，用通俗清浅的白话抒写怅惘的情感，形式上尚未脱尽旧体诗词的影响，体现出新诗草创期的“尝试”踪迹。

**【延伸阅读】**

1. 胡适：《文学改良刍议》，《新青年》第 2 卷第 5 号（1917 年 1 月）。

2. 胡适：《谈新诗》，《星期评论》1919 年 10 月 10 日。

3. 龙泉明、汪云霞：《初期白话诗人的个性化写作——论胡适、刘半农和周作人诗歌的精神特征》，《人文杂志》2003 年第 6 期。

4. 沈卫威：《无地自由：胡适传》，安徽教育出版社 2005 年版。

（张晓玥）

# 天　狗

郭沫若

我是一条天狗呀！
我把月来吞了，
我把日来吞了，
我把一切的星球来吞了，
我把全宇宙来吞了。
我便是我了！
我是月的光，
我是日的光，
我是一切星球的光，
我是 X 光线的光，
我是全宇宙的 Energy（能量）的总量！

我飞奔，
我狂叫，
我燃烧。
我如烈火一样地燃烧！
我如大海一样地狂叫！
我如电气一样地飞跑！
我飞跑，
我飞跑，
我飞跑，
我剥我的皮，
我食我的肉，
我吸我的血，

我啮我的心肝，
我在我神经上飞跑，
我在我脊髓上飞跑，
我在我脑筋上飞跑。

我便是我呀！
我的我要爆了！

1920 年 2 月初作

（选自《女神》，郭沫若著，上海泰东书局 1921 年版）

**【阅读提示】**

郭沫若（1892—1978），原名郭开贞，号尚武，四川乐山人，主要作品有诗集《女神》《恢复》《前茅》，诗文集《星空》，以及历史剧《屈原》《棠棣之花》《虎符》和《蔡文姬》《武则天》等。

《天狗》发表于 1920 年，借天狗吠日的民间传说展开大胆奔放的想象与抒情。诗歌全篇以“我”即天狗的口吻展开排山倒海、霸悍淋漓的呼号，“我”拥有冲决毁灭一切的意志与力量，“我”不仅气吞山河宇宙，“我”也在自我毁灭中实现重生，表达了强烈的叛逆精神与狂放无羁的个性，呈现出狂飙突进的变革时代的力的美学。

**【延伸阅读】**

1. 闻一多：《〈女神〉之时代精神》，《创造周报》第 4 号（1923 年）。

2. 郭沫若：《我的作诗的经过》，见《沫若文集》第 11 卷，人民文学出版社 1959 年版。

3. 魏建：《中国现代“文人”的一个范本》，《郭沫若研究（第六辑）》1988 年。

4. 黄侯兴：《论郭沫若“青春型”的文化品格》，《文学评论》1992 年第 5 期。

（张晓玥）

# 教我如何不想她

刘半农

天上飘着些微云，
地上吹着些微风。
啊！
微风吹动了我的头发，
教我如何不想她？

月光恋爱着海洋，
海洋恋爱着月光。
啊！
这般蜜也似的银夜。
教我如何不想她？
水面落花慢慢流，
水底鱼儿慢慢游。
啊！
燕子你说些什么话？
教我如何不想她？

枯树在冷风里摇，
野火在暮色中烧。
啊！
西天还有些儿残霞，
教我如何不想她？

一九二〇年九月四日伦敦

（选自《扬鞭集》，刘半农著，北新书局 1926 年版）

**【阅读提示】**

刘半农(1891—1934),江苏江阴人,原名寿彭,后名复,初字半侬,后改半农,晚号曲庵;为新文化运动重要倡导者,在新诗创作、文学翻译以及语言学研究领域均有重要贡献,主要作品有诗集《扬鞭集》《瓦釜集》和《半农杂文》等。

《教我如何不想她》1920 年 9 月 4 日创作于伦敦,原题为"情歌",1926 年 9 月收入北新书局出版的新诗集《扬鞭集》时改题为"教我如何不想她"。这首诗音律和谐,形式整饬中富有变化,比兴、复迭的民谣化手法与晓畅的白话语言相结合,既是情真意切的情诗,也是朗朗入耳的歌诗。

**【延伸阅读】**

1. 刘半农:《我之文学改良观》,《新青年》第 3 卷第 3 号(1917 年 5 月)。

2. 吴奔星:《刘半农在中国新诗史上的历史地位》,《新文学史料》1984 年第 3 期。

3. 徐瑞岳:《刘半农评传》,上海文艺出版社 1990 年版。

4. 孙良好:《刘半农和他的〈教我如何不想她〉》,《名作欣赏》2010 年第 10 期。

(张晓玥)

# 伊底眼

汪静之

伊底眼是温暖的太阳；
不然，何以伊一望着我，
我受了冻的心就热了呢？

伊底眼是解结的剪刀；
不然，何以伊一瞧着我，
我被镣铐的灵魂就自由了呢？

伊底眼是快乐的钥匙；
不然，何以伊一瞅着我，
我就住在乐园里了呢？

伊底眼变成忧愁的引火线了；
不然，何以伊一盯着我，
我就沉溺在愁海里了呢？

一九二二年六月四日

（选自《蕙的风》，汪静之著，上海亚东图书馆 1922 年版）

**【阅读提示】**

汪静之（1902—1996），安徽绩溪人；诗歌代表作为诗集《蕙的风》，1922 年 8 月由上海亚东图书馆出版，诗集有自序一篇，他序三篇，分别由胡适、朱自清和刘延陵作。这部情诗集大胆率真地倾吐青春的爱与欲，在当时文坛曾引发了一场关于文艺与道德的论争。

1922 年 4 月，汪静之与潘漠华、冯雪峰、应修人等在杭州成立湖畔诗社，为五四时期重要的新诗社团，他们的创作尤其以情诗著称。

《伊底眼》写于 1922 年，诗歌在整饬的形式中，以简洁明了的譬喻、率真亲昵的口吻,直抒沉溺于爱河的衷肠。

**【延伸阅读】**

1. 周作人:《情诗》,《自己的园地》,北新书局 1923 年版。

2. 沈从文:《论汪静之的〈蕙的风〉》,《文艺月报》第一卷第四号(1930 年 12 月)。

3. 贺圣谟:《论湖畔诗社》,杭州大学出版社 1998 年版。

4. 郭怀玉:《汪静之的诗到底缠绵否?——〈蕙的风〉的出版运作与各家序言之校读》,《中国现代文学研究丛刊》2009 年第 3 期。

(张晓玥)

# 繁星(节选)

冰心

八

残花缀在繁枝上，
鸟儿飞去了，
撒得落红满地——
生命也是这般的一瞥么？

十二

人类呵！
相爱罢，
我们都是长行的旅客，
向着同一的归宿。

四十二

云彩在天空中，
人在地面上；
思想被事实禁锢住，
便是一切痛苦的根源。

（选自《繁星》，冰心著，商务印书馆 1923 年版）

【阅读提示】

冰心(1900—1999)，原名谢婉莹，福建长乐人，主要作品有诗集《繁星》《春水》，散文集《寄小读者》，小说集《超人》等。

冰心是五四时期小诗创作的代表诗人之一。她的小诗隽永有味，综合汲取了中国古典诗歌、日本俳句、短歌，以及印度泰戈尔诗歌等多重资源；以极简的笔墨和篇幅表达自己的沉思、感悟与困惑，清新优美，蕴藉含蓄。

**【延伸阅读】**

1. 冰心：《遥寄印度哲人泰戈尔》，《燕大季刊》第 1 卷第 3 期，1920 年 9 月。

2. 茅盾：《冰心论》，《文学》第 3 卷第 2 期（1934 年 8 月）。

3. 范伯群、曾华鹏：《冰心评传》，人民文学出版社 1983 年版。

4. 苏雪林：《冰心女士的小诗》，见《苏雪林文集》（第三卷），安徽文艺出版社 1994 年版。

（张晓玥）

# 弃 妇

李金发

长发披遍我两眼之前，
遂隔断了一切羞恶之疾视，
与鲜血之急流，枯骨之沉睡。
黑夜与蚊虫联步徐来，
越此短墙之角，
狂呼在我清白之耳后，
如荒野狂风怒号：
战栗了无数游牧。

靠一根草儿，与上帝之灵往返在空谷里。
我的哀戚惟游蜂之脑能深印着；
或与山泉长泻在悬崖，
然后随红叶而俱去。

弃妇之隐忧堆积在动作上，
夕阳之火不能把时间之烦闷
化成灰烬，从烟突里飞去，
长染在游鸦之羽，
将同栖止于海啸之石上，
静听舟子之歌。

衰老的裙裾发出哀吟，
徜徉在丘墓之侧，
永无热泪，
点滴在草地
为世界之装饰。

（选自《微雨》，李金发著，北新书局1925年版）

【阅读提示】

李金发(1900—1976),原名李淑良,笔名金发,广东梅县人,主要诗集有《微雨》(1925)、《为幸福而歌》(1926)、《食客与凶年》(1927)等;他率先将西方象征主义引入中国新诗,是早期象征派代表诗人。

李金发诗风晦涩,"古奥"和"欧化"相兼,多运用"远取譬"的象征和"省珠串"的句式,有"诗怪"之称。《弃妇》以奇诡的意象铺张为弃妇造像,既悒郁哀戚又孤傲不群,似波特莱尔的"恶之花",又似罗丹刻刀下的欧米哀尔。

【延伸阅读】

1. 苏雪林:《论李金发的诗》,《现代》第 3 卷(1933 年)。
2. 李金发:《答痖弦先生二十问》,台湾《创世纪》第 39 期(1975 年 7 月)。
3. 周良沛:《谈"诗怪"李金发的怪诗》,《文艺理论与批评》1992 年第 4 期。
4. 陈厚诚:《李金发传略》,《新文学史料》2001 年第 2 期。

(张晓玥)

# 死　水

闻一多

这是一沟绝望的死水，
清风吹不起半点漪沦。
不如多扔些破铜烂铁，
爽性泼你的剩菜残羹。

也许铜的要绿成翡翠，
铁罐上锈出几瓣桃花；
再让油腻织一层罗绮，
霉菌给他蒸出些云霞。

让死水酵成一沟绿酒，
漂满了珍珠似的白沫；
小珠们笑声变成大珠，[①]
又被偷酒的花蚊咬破。

那么一沟绝望的死水，
也就夸得上几分鲜明。
如果青蛙耐不住寂寞，
又算死水叫出了歌声。

这是一沟绝望的死水，

① 此句原写作“小珠笑一声变成大珠”，今据作者编选的《现代诗抄》而修改为文中诗句。

这里断不是美的所在，
不如让给丑恶来开垦，
看他造出个什么世界。

一九二五，四

（选自《死水》，闻一多著，新月书店 1928 年版）

【阅读提示】

闻一多(1899—1946)，原名闻家骅，湖北浠水人；主要作品有诗集《红烛》、《死水》等，为新月派代表诗人之一，倡导新诗的格律化。

《死水》紧扣死水之"死"展开，通过峻急的笔调和怆烈的节奏，以绝望抗争绝望；该诗是实践"三美"主张(音乐的美、绘画的美、建筑的美)的诗作，音律铿锵且和谐，画面鲜明，诗形整饬。

【延伸阅读】

1. 闻一多:《诗的格律》,《晨报》副刊 1926 年 5 月 15 日。
2. 沈从文:《论闻一多的〈死水〉》,《新月》月刊第 3 卷第 2 期(1930 年)。
3. 俞兆平:《闻一多美学思想论稿》,上海文艺出版社 1988 年版。
4. 陆耀东:《闻一多研究的回顾与前瞻》,《江汉论坛》1999 年第 12 期。

（张晓玥）

# 再别康桥

徐志摩

轻轻的我走了，
正如我轻轻的来；
我轻轻的招手，
作别西天的云彩。

那河畔的金柳，
是夕阳中的新娘；
波光里的艳影，
在我的心头荡漾。

软泥上的青荇，
油油的在水底招摇；
在康河的柔波里，
我甘心做一条水草！

那榆荫下的一潭，
不是清泉，是天上虹；
揉碎在浮藻间，
沉淀着彩虹似的梦。

寻梦？撑一支长篙，
向青草更青处漫溯，
满载一船星辉，
在星辉斑斓里放歌。

但我不能放歌，
悄悄是别离的笙箫；

夏虫也为我沉默，
沉默是今晚的康桥！

悄悄的我走了，
正如我悄悄的来；
我挥一挥衣袖，
不带走一片云彩。

十一月六日中国海上

（选自《猛虎集》，徐志摩著，新月书店 1932 年版）

**【阅读提示】**

徐志摩(1897—1931)，原名徐章垿，浙江海宁人，新月派代表诗人之一，有诗集四本：《志摩的诗》《翡冷翠的一夜》《猛虎集》《云游》，散文集六部：《落叶》《巴黎的鳞爪》《自剖文集》《秋》《志摩日记》《爱眉小札》。

《再别康桥》婉转悠扬、缠绵悱恻、如歌似画，是诗人的寻梦之旅。他轻轻走来，以小心翼翼、精心呵护的情态终于再访康河，因康河之美而沉醉入梦；他在梦中寻梦，直至梦的最深处欢唱。然而，当他的梦中梦最美、最触手可及之时，却发现梦的不可挽留；梦醒时分，唯有黯然沉默，他只能怅惘地悄悄再别而去，他不是不带走一片云彩，而是带不走一片云彩。

**【延伸阅读】**

1. 胡适：《追忆志摩》，《新月》第 4 卷第 1 期《志摩纪念号》(1932 年 1 月)。
2. 茅盾：《徐志摩论》，《现代》第 2 卷 4 期(1933 年 2 月)。
3. 谢冕主编：《徐志摩名作欣赏》，中国和平出版社 1994 年版。
4. 陆红颖：《不是无端悲怨深——徐志摩、林徽因情诗发微》，《文学评论》2009 年第 4 期。

（张晓玥）

# 雨　巷

戴望舒

撑着油纸伞，独自
彷徨在悠长，悠长
又寂寥的雨巷，
我希望逢着
一个丁香一样地
结着愁怨的姑娘。

她是有
丁香一样的颜色，
丁香一样的芬芳，
丁香一样的忧愁，
在雨中哀怨，
哀怨又彷徨；

她彷徨在这寂寥的雨巷
撑着油纸伞
像我一样，
像我一样地
默默彳亍着
冷漠，凄清，又惆怅。

她静默地走近
走近，又投出
太息一般的眼光，
她飘过
像梦一般地，

像梦一般地凄婉迷茫。

像梦中飘过
一枝丁香地，
我身旁飘过这女郎；
她静默地远了，远了，
到了颓圮的篱墙，
走尽这雨巷。
在雨的哀曲里，
消了她的颜色，
散了她的芬芳，
消散了，甚至她的
太息般的眼光，
丁香般的惆怅。

撑着油纸伞，独自
彷徨在悠长，悠长
又寂寥的雨巷，
我希望飘过
一个丁香一样地
结着愁怨的姑娘

（选自《我底记忆》，戴望舒著，上海水沫书店1929年版）

**【阅读提示】**

戴望舒（1905—1950），原名戴梦鸥，浙江杭州人，为现代派的代表诗人之一，先后有《我底记忆》《望舒草》《望舒诗稿》《灾难的岁月》四部诗集出版，共存诗90余首。

《雨巷》发表于1928年，是戴望舒的成名作。诗歌的句式参差错落，节奏舒缓低回，在持续的复沓回环中展开感伤幽微的抒情，叶圣陶称赞这首诗是“替新诗的音节开了一个新的纪元”，朱自清则称之表现出“朦胧而不晦涩、低沉但不颓唐、深情但不轻佻的诗美”。

**【延伸阅读】**

1. 戴望舒：《望舒诗论》，《现代》第2卷第1期（1932年）。
2. 杜衡：《望舒草·序》，《现代》第3卷第4期（1933年）。

3. 卞之琳:《戴望舒诗集·序》,四川人民出版社 1981 年版。

4. 王文彬:《雨巷中走出的诗人——戴望舒传论》,商务印书馆 2006 年版。

(张晓玥)

# 预　言

何其芳

这一个心跳的日子终于来临！
你夜的叹息似的渐近的足音，
我听得清不是林叶和夜风的私语，
麋鹿驰过苔径的细碎的蹄声！
告诉我，用你银铃的歌声告诉我，
你是不是预言中的年轻的神？

你一定来自那温郁的南方，
告诉我那儿的月色，那儿的日光，
告诉我春风是怎样吹开百花，
燕子是怎样痴恋着绿杨。
我将合眼睡在你如梦的歌声里，
那温暖我似乎记得，又似乎遗忘。

请停下，停下你长途的奔波，
进来，这儿有虎皮的褥你坐！
让我烧起每一个秋天拾来的落叶，
听我低低地唱起我自己的歌。
那歌声像火光一样沉郁又高扬，
火光一样将我的一生诉说。

不要前行！前面是无边的森林：
古老的树现着野兽身上的斑纹，
半生半死的藤蟒一样交缠着，
密叶里漏不下一颗星星。
你将怯怯地不敢放下第二步，

当你听见了第一步空寥的回声。

一定要走吗？请等我和你同行！
我的脚知道每一条平安的路径，
我可以不停地唱着忘倦的歌，
再给你，再给你手的温存！
当夜的浓黑遮断了我们，
你可以不转眼地望着我的眼睛。

我激动的歌声你竟不听，
你的脚竟不为我的颤抖暂停！
像静穆的微风飘过这黄昏里，
消失了，消失了你骄傲的足音！
啊，你终于如预言中所说的无语而来，
无语而去了吗，年轻的神？

一九三一年秋天，北平

（选自《预言》，何其芳著，文化生活出版社 1945 年版）

**【阅读提示】**

何其芳(1912－1977)，原名何永芳，重庆万州人，主要有诗集《汉园集》(与卞之琳、李广田的诗歌合集)、《预言》《夜歌》，以及散文集《画梦录》等。

《预言》是诗人 19 岁时的创作。这首诗是戏剧化的，以“我”对“预言中年轻的神”一往情深的心灵倾诉方式展开，如梦似幻，感伤又迷离。“我”殷勤挽留，你却最终“无语而来”又“无语而去”了。现代的诗形中，氤氲着《湘夫人》一般的气息。

**【延伸阅读】**

1. 楼肇明：《灵魂苦闷中升起的象征之花——读〈预言〉》，《绿洲》1982 年第 1 期。

2. 杨义、郝庆军：《何其芳论》，《文学评论》2008 年第 1 期。

3. 赵思运：《何其芳人格解码》，河北大学出版社 2010 年版。

4. 王德威：《梦与蛇：何其芳、冯至与“重生的抒情”》，《中国现代文学研究丛刊》2017 年第 12 期。

（张晓玥）

# 圆宝盒

卞之琳

我幻想在哪儿(天河里?)
捞到了一只圆宝盒,
装的是几颗珍珠:
一颗晶莹的水银
掩有全世界的色相,
一颗金黄的灯火
笼罩有一场华宴,
一颗新鲜的雨点
含有你昨夜的叹气……
别上什么钟表店
听你的青春被蚕食,
别上什么骨董铺
买你家祖父的旧摆设。
你看我的圆宝盒
跟了我的船顺流
而行了,虽然舱里人
永远在蓝天的怀里,
虽然你们的握手
是桥——是桥!可是桥
也搭在我的圆宝盒里;
而我的圆宝盒在你们
或他们也许也就是
好挂在耳边的一颗
珍珠——宝石?——星?

七月八日

(选自《十年诗草》,卞之琳著,桂林明日社 1942 年版)

**【阅读提示】**

卞之琳(1910—2000),祖籍江苏溧水,生于江苏海门,有诗集《三秋草》《鱼目集》《汉园集》(与人合集)、《慰劳信集》《十年诗草》等。

《圆宝盒》是卞之琳1935年出版的诗集《鱼目集》中的首篇,在曲折幽深的象征中展开沉思悟道,传达直觉展开的只可意会而难以言传的美感。诗人自释“宝盒”为“理智之美(beauty of intelligence)”;它之所以是“圆”的,则因为圆石是“最完整的形相,最基本的形相”。该诗发表后,李健吾与卞之琳间曾有四篇阐释文章往来讨论,“他误”与“自证”,正显示现代诗学玄妙多解的空间。

**【延伸阅读】**

1. 卞之琳:《雕虫纪历1930—1958》(增订版),三联书店(香港)有限公司1982年版。

2. 袁可嘉:《略论卞之琳对新诗艺术的贡献》,《文艺研究》1990年第1期。

3. 叶维廉:《卞之琳诗中距离的组织》,台北《创世纪》第101期(1994年12月)。

4. 江弱水:《卞之琳诗艺研究》,安徽教育出版社2002年版。

(张晓玥)

# 雪落在中国的土地上

艾青

雪落在中国的土地上，
寒冷在封锁着中国呀……

风，
像一个太悲哀了的老妇，
紧紧地跟随着
伸出寒冷的指爪
拉扯着行人的衣襟，
用着像土地一样古老的话
一刻也不停地絮聒着……

那从林间出现的，
赶着马车的
你中国的农夫
戴着皮帽
冒着大雪
你要到哪儿去呢？

告诉你
我也是农人的后裔——
由于你们的
刻满了痛苦的皱纹的脸
我能如此深深地
知道了
生活在草原上的人们的

岁月的艰辛。

而我
也并不比你们快乐啊
——躺在时间的河流上
苦难的浪涛
曾经几次把我吞没而又卷起——
流浪与监禁
已失去了我的青春的
最可贵的日子,
我的生命
也像你们的生命
一样的憔悴呀

雪落在中国的土地上,
寒冷在封锁着中国呀……

沿着雪夜的河流,
一盏小油灯在徐缓地移行,
那破烂的乌篷船里
映着灯光,垂着头
坐着的是谁呀?
——啊,你
蓬发垢面的少妇,
是不是
你的家
——那幸福与温暖的巢穴——
已被暴戾的敌人
烧毁了么?
是不是
也像这样的夜间,
失去了男人的保护,
在死亡的恐怖里
已经受尽敌人刺刀的戏弄?

咳,就在如此寒冷的今夜,

无数的
我们的年老的母亲，
都蜷伏在不是自己的家里，
就像异邦人
不知明天的车轮
要滚上怎样的路程……
——而且
中国的路
是如此的崎岖
是如此的泥泞呀。

雪落在中国的土地上，
寒冷在封锁着中国呀……

透过雪夜的草原
那些被烽火所啮啃着的地域，
无数的，土地的垦殖者
失去了他们所饲养的家畜
失去了他们肥沃的田地
拥挤在
生活的绝望的污巷里：
饥馑的大地
朝向阴暗的天
伸出乞援的
颤抖着的两臂。
中国的苦痛与灾难
像这雪夜一样广阔而又漫长呀！

雪落在中国的土地上，
寒冷在封锁着中国呀……

中国，
我的在没有灯光的晚上
所写的无力的诗句
能给你些许的温暖么？

1937年12月28日，夜间。

（选自《七月》1938年第2集第1期）

【阅读提示】

艾青(1910—1996),浙江金华人,原名蒋海澄,有诗集《大堰河》《北方》《向太阳》《旷野》《火把》《黎明的通知》以及《彩色的诗》《域外集》等。

“七七”事变后,流亡途中的艾青写下这首悲怆又雄浑的民族哀歌。不同于那些空洞的口号式抒情,这首诗具有饱满的情感浓度,字里行间都透着彻骨的寒冷。诗人通过“雪落在中国的土地上/寒冷在封锁着中国呀”的反复呼号,以大幅油画般的浓墨重彩铺写满目疮痍的中国土地,以“农人的后裔”的身份为受难的亲人而哀哭——逃亡在严冬雪原的“中国农夫”,被凌辱的少妇蜷缩在雪夜河流的乌篷船,“年老的母亲”在寒夜里流离不知明天的路,无数失去土地的“垦殖者”只能拥挤在“绝望的污巷里”。

【延伸阅读】

1. 艾青:《了解作家,尊重作家——为〈文艺〉百期纪念而写》,《解放日报》1942年3月11日。

2. 艾青:《诗论》,新新出版社1946年版。

3. 胡风:《吹芦笛的诗人》,见《胡风评论集》(上),人民文学出版社1984年版。

4. 骆寒超:《论艾青诗的意象世界及其结构系统》,《文艺研究》1992年第1期。

(张晓玥)

# 从一片泛滥无形的水里

冯至

从一片泛滥无形的水里，
取水人取来椭圆的一瓶，
这点水就得到一个定形；
看，在秋风里飘扬的风旗，

它把住些把不住的事体，
让远方的光、远方的黑夜
和些远方的草木的荣谢，
还有个奔向远方的心意，

都保留一些在这面旗上。
我们空空听过一夜风声，
空看了一天的草黄叶红，

向何处安排我们的思、想？
但愿这些诗像一面风旗
把住一些把不住的事体。

（选自《西南联大现代诗钞》，杜运燮、张同道编选，中国文学出版社 1997 年版）

**【阅读提示】**

冯至（1905—1993），早在 20 世纪 20 年代就以抒情诗闻名，出版过诗集《昨日之歌》（1927）与《北游及其他》（1929），1930—1935 年去德国留学，研究文学之余，也听了不少哲学课如雅斯贝斯的课，对里尔克的诗喜爱有加，这些经历对他在 40 年代初创作《十四行集》、小说《伍子胥》和散文集《山水》是重要的准备。《十四行集》由桂林明日出版社初版于 1942 年，1949 年由上海文化生活出版社重版，全部 27 首十四行诗均写于 1941 年，被评论家称为“沉思的诗”。此处所选为最后一首，带有对这组诗的总结性思考,同时也是对诗和艺术之功能的某种思考,就比如盛水的水瓶、飘扬的风旗那样,“把住些把不住的事体”,承载着人类的情感、思想等等。

**【延伸阅读】**

1. 李广田:《沉思的诗》,见《诗的艺术》,开明书店 1947 年版。
2. 冯至:《十四行集》,上海文化生活出版社 1949 年版。
3. 姚可崑:《我与冯至》,广西教育出版社 1994 年版。

(张欣)

# 森林之魅

## ——祭胡康河谷上的白骨

穆旦

**森林**

没有人知道我,我站在世界的一方。
我的容量大如海,随微风而起舞,
张开绿色肥大的叶子,我的牙齿。
没有人看见我笑,我笑而无声,
我又自己倒下来,长久的腐烂,
仍旧是滋养了自己的内心。
从山坡到河谷,从河谷到群山,
仙子早死去,人也不再来,
那幽深的小径埋在榛莽下,
我出自原始,重把秘密的原始展开。
那毒烈的太阳,那深厚的雨,
那飘来飘去的白云在我头顶,
全不过来遮盖,多种掩盖下的我
是一个生命,隐藏而不能移动。

**人**

离开文明,是离开了众多的敌人,
在青苔藤蔓间,在百年的枯叶上,
死去了世间的声音。这青青杂草,
这红色小花,和花丛中的嗡营,
这不知名的虫类,爬行或飞走,
和跳跃的猿鸣,鸟叫,和水中的

游鱼，路上的蟒和象和更大的畏惧，
以自然之名，全得到自然的崇奉，
无始无终，窒息在难懂的梦里。
我不和谐的旅程把一切惊动。

**森林**

欢迎你来，把血肉脱尽。

**人**

是什么声音呼唤？有什么东西
忽然躲避我？在绿叶后面
它露出眼睛，向我注视，我移动
它轻轻跟随。黑夜带来它嫉妒的沉默
贴近我全身。而树和树织成的网
压住我的呼吸，隔去我享有的天空！
是饥饿的空间，低语又飞旋，
象多智的灵魂，使我渐渐明白
它的要求温柔而邪恶，它散布
疾病和绝望，和憩静，要我依从。
在横倒的大树旁，在腐烂的叶上，
绿色的毒，你瘫痪了我的血肉和深心！

**森林**

这不过是我，设法朝你走近，
我要把你领过黑暗的门径；
美丽的一切，由我无形的掌握，
全在这一边，等你枯萎后来临。
美丽的将是你无目的眼，
一个梦去了，另一个梦来代替，
无言的牙齿，它有更好听的声音。
从此我们一起，在空幻的世界游走，
空幻的是所有你血液里的纷争，
一个长久的生命就要拥有你，

你的花你的叶你的幼虫。

**祭歌**

在阴暗的树下，在急流的水边，
逝去的六月和七月，在无人的山间，
你们的身体还挣扎着想要回返，
而无名的野花已在头上开满。

那刻骨的饥饿，那山洪的冲击，
那毒虫的啮咬和痛楚的夜晚，
你们受不了要向人讲述，
如今却是欣欣的树木把一切遗忘。

过去的是你们对死的抗争，
你们死去为了要活的人们生存，
那白热的纷争还没有停止，
你们却在森林的周期内，不再听闻。

静静的，在那被遗忘的山坡上，
还下着密雨，还吹着细风，
没有人知道历史曾在此走过，
留下了英灵化入树干而滋生。

1945 年 9 月

（选自《穆旦诗文集》第 1 卷，穆旦著，人民文学出版社 2006 年版）

**【阅读提示】**

穆旦(1918—1977)，本名查良铮，是浙江海宁查氏后裔，生于天津，南开学校高中毕业后考入清华大学外文系，1937 年“七七”之后随校南迁长沙，翌年又随新编西南联合大学二百余名师生步行至云南昆明，继续读外文系，1940 年毕业后留校任教，1942 年以教师身份赴缅甸参加中国远征军，亲历缅甸战场与日军的战斗及随后的大撤退，于九死一生的艰难中到达印度，1943 年回到国内。

穆旦被认为是 20 世纪最优秀的汉语诗人，早期重要作品收入 1948 年编订的《穆旦诗集》里，中后期诗作未结集，身后被收入各种作品集。《森林之魅》以亲历者资格写远征军穿越野人山森林的经历，其中有戏剧性的对白，也有诗人对历史、自然和人的思考，壮烈而深湛。

**【延伸阅读】**

1. 穆旦:《穆旦自选诗集》,天津人民出版社 2010 年版。

2. 易彬:《穆旦评传》,南京大学出版社 2012 年版。

(张欣)

# 王贵与李香香(存目)

李季

（简介，无选本）

**【阅读提示】**

李季(1922—1980 年)，河南唐河人。原名李振鹏，现代诗人。抗战中参加革命并加入中国共产党，1945 年创作出民歌体叙事长诗《王贵与李香香》，发表于延安《解放日报》，1949 年以后又有《杨高传》、《玉门诗抄》等作品。

《王贵与李香香》，根据流传于三边地区的民间故事，用陕北民歌信天游的形式，以青年农民王贵与李香香悲欢离合的爱情故事为基本情节，表现了陕北地区的红色革命历程，表达了劳动者个人命运与政治革命的关联。

**【延伸阅读】**

1. 钱理群、温儒敏、吴福辉:《中国现代文学三十年》(修订本)，北京大学出版社 1998 年版。

2. 赵明、王文金、李小为编:《李季研究资料》，知识产权出版社 2009 年版。

（张欣）

# 星星

臧克家

我爱听，
人家把星，
叫做星星。

夜空是另一个世界，
星星是它的子民，
谁也不排挤谁，
彼此密密地挨近。

它们是那么渺小，
渺小得没有名字，
它们用自己的光圈，
告诉自己的存在。

扬起脸来，
向着那白茫茫的银河，
一，二，三，
你数，呵，它们是那么多，那么多……

1946年8月4日午于沪

（选自《臧克家诗选》，臧克家著，人民文学出版社1978年版）

**【阅读提示】**

臧克家（1905－2004），山东诸城人，现代诗人，1933年自费出版第一部诗集《烙印》，受到闻一多、茅盾、老舍等人高度评价，同时被称为“1933年文坛新人”。此后陆续出版《罪恶的黑手》等多种诗集，其中抗战时期出版的《泥土的歌》延续了他一贯的乡土主题，受到好评。《老马》、《难民》、《洋车夫》、《春鸟》、《三代》、《星星》

和《有的人》，都是臧克家的名作。《星星》写于抗战胜利后，虽然不属于乡土主题，但因为清新明快，富含哲理，成为作者影响更持久的抒情短诗，被选入多种文学教科书。

**【延伸阅读】**

1. 臧克家：《臧克家诗选》，人民文学出版社 1978 年版。

2. 冯光廉，刘增人编：《中国文学史资料全编现代卷：臧克家研究资料》（上、下），知识产权出版社 2010 年版。

（张欣）

# 错　误

郑愁予

我打江南走过
那等在季节里的容颜如莲花的开落

东风不来，三月的柳絮不飞
你底心如小小的寂寞的城
恰若青石的街道向晚
跫音不响，三月的春帷不揭
你底心是小小的窗扉紧掩

我达达的马蹄是美丽的错误
我不是归人，是个过客……

**【阅读提示】**

郑愁予（1933—　），当代汉语诗人，原名郑文韬，祖籍河北宁河，出生于山东济南。1949 年随父至台湾，1955 年在台湾出版第一本诗集《梦土上》，1956 年参与创立现代派诗社，1958 年毕业于台湾中兴大学，曾任教于美国多所大学。出版诗集《郑愁予诗选》等多部。代表性诗作有《错误》《水手刀》《情妇》《如雾起时》等。诗人痖弦评价说："郑愁予飘逸而又矜持的韵致，梦幻而又明丽的诗想，温柔的旋律，缠绵的节奏，与贵族的、东方的、淡淡的哀愁的调子，造成一种云一般的魅力。"

《错误》写于 1954 年，这首诗语调哀婉，词色清亮，诗中有对于江南的记忆，有对战争中的闺怨和思念的感伤美妙的描绘，此诗面世不久，即引起汉语读者的持久共鸣。

（选自《郑愁予诗的自选》，郑愁予著，生活·读书·新知三联书店 2000 年版）

**【延伸阅读】**

1. 郑愁予:《郑愁予诗的自选》,生活·读书·新知三联书店 2000 年版。

2. 奚密:《二十世纪台湾诗选》,中国社会科学出版社 2003 年版。

3. 萧萧、白灵、罗文玲主编:《传奇郑愁予:郑愁予诗学论集》,万卷楼图书公司 2013 年版。

4. 孙绍振:《不是"归人",更是归人——读郑愁予〈错误〉》,《语文建设》2016 年第 4 期。

(颜炼军)

# 一个和八个(存目)

郭小川

(简介,无选本)

**【阅读提示】**

郭小川(1919—1976),原名郭恩大,河北丰宁人,当代诗人。抗战爆发后赴延安参加八路军,1949 年以后先后在中宣部、中国作家协会、《人民日报》工作,20 世纪 50 年代、60 年代所创作的政治抒情诗《致青年公民》、《投入火热的斗争》、《致大海》等影响甚大。同时,也有一部分作品引发争议而不能公开发表或出版。如 1959 年创作的抒情诗《望星空》和 1957 年创作的长篇叙事诗《一个和八个》等。《一个和八个》意在表现"一个坚定的革命家的悲剧",写抗日战争时期,一位八路军教导员王金因叛徒陷害,被错误逮捕而忍辱负重,以纯洁正直的人格感化了那些惯匪和逃兵,也重新赢得了信任,重返部队。透过这首诗,可以看到作为诗人的郭小川对革命和人性富有深度的思索。

**【延伸阅读】**

1. 郭小川:《郭小川诗选》,人民文学出版社 2000 年版。
2. 张恩和:《郭小川传》,湖北人民出版社,2008 年版。
3. 陈思和主编:《中国当代文学史教程》,复旦大学出版社 2008 年版。

(张欣)

# 深渊(存目)

痖弦

（简介，无选本）

**【阅读提示】**

痖弦(1932— )，当代汉语诗人。本名王庆麟，生于河南南阳，1949 年在湖南参加国民党军队，随后到台湾，是 20 世纪 50 年代台湾《创世纪》诗刊核心成员之一。长期从事编辑工作，出版《痖弦诗抄》《深渊》《中国新诗研究》《记哈客诗想》等多种诗文集。在台湾当代汉语诗歌中，他的诗歌受现代主义诗歌影响较深。他修辞险僻，语调冷峭，执著于探索现代汉语“黑夜的节庆”，形成了独特的诗歌面相。

《深渊》写于 1959 年，是诗人早期的代表作。这首诗推进逻辑繁复，词语棱角林立，消极性主题鲜明，代表了 20 世纪五六十年代台湾诗歌探索的一个路向。

**【延伸阅读】**

1. 痖弦:《中国新诗研究》,洪范书店有限公司 1981 年版。
2. 痖弦:《记哈客诗想》,洪范书店有限公司 2010 年版。
3. 痖弦:《痖弦诗集》,广西师范大学出版社 2016 年版。

（颜炼军）

# 凶年逸稿

（在饥馑的年代）

昌耀

**1**

我喜欢望山。
席坐山脚，望山良久良久
而蓦然心猿意马。
我喜欢在峻峭的崖岸背手徘徊复徘徊，
而蓦然被茫无头绪的印象或说不透的原由
深深苦恼。

**2**

有一个时期（那已像梦一般遥远）
我坐在黄瓜藤蔓的枝影里抄录采自民间的歌词。
我时而停下笔来揣摩落在桌布的影迹
或有着石涛的墨韵笔意。
中午，太阳强烈地投射在这个城市上空
烧得屋瓦的釉质层面微微颤抖。
没有云。没有风。斗拱檐角的钟铃不再摇摆。
真实的夏季每天在此仅停留四个小时。
但在紧张施工的城市下水道堑壕却极阴凉。
整晚我坐在自己的斗室敞开唯有的后窗
听古城墙上泥土簌簌剥落如铭文流失于金石。
夜气中沉浮着一种特殊的丁香气味。
是线装图书、露水或黎明的气味。

**3**

这是一个被称做绝少孕妇的年代。
我们的绿色希望以语言形式盛在餐盘

任人下箸。我们习惯了精神会餐。
一次我们隐身草原暮色将一束青草误投给了
夜游的种公牛，当我们蹲在牛胯才绝望地醒悟
已不可能得到原所期望吮嘬的鲜奶汁。
我们在大草原上迷失，跑啊跑啊……
直到夜深才跑到一处陌生村落，
我们倒头便在廊阶沉沉睡去，
一晚夕只觉得门厅里笙歌弦舞不辍，
身边时而驰过送客的车马。
我们再也醒不来。
既然这里曾也沃若我们青春的花叶，
我们早已与这土地融为一体。
我们不想苏醒。但是鸡已啼明。
新燃的腐殖土堆远在对河被垦荒者巡护，
荧荧如同万家灯火，如黎明中的城。
而我们才发觉自己是露宿在一片荒坟。

**4**

是的，在那些日子我们因饥馑而恍惚。
当我走出森林头枕手杖在草地睡去，
银杉弯向我年轻的脸庞，讨好地
向我证实我的山河诚然可爱。
而当在薄暮中穿越荒芜的滩头，
一只白须翁伫立起在坟场泥淖，
让我重新考虑他所护卫的永恒真理，
我感觉他开裂的指爪已迫近我单薄的马甲，
然而此刻究竟是谁的口吻暖似红樱桃
轻轻吹亮了我胸中的火种。

**5**

有一天我看到了山的分娩。
我看见从山的穴道降生一条钢铁长龙。
这里原是一处僻远州县，
不久前熊还是截道逞强的暴徒
大胆邀击过往的卡车司机。
后来建筑师用图板在山边构思出了

许多许多的红色屋顶,从此
骆驼队跨过沙漠走在沥青路的鱼形脊背。
那一年在双层护风玻璃窗底
有各式花瓣的雕刻奇妙地折射阳光,
那是以冬日黄昏的寒冷孕育的浮雕。
终于等到某日一个男孩推开门扇跨进大厅,
手举一棵采自向阳墙脚连同土根刨起的青禾,
众人从文案抬起下颌向他送去一束可疑的目光,
仿佛男孩手心托起的竟是一块盗来的宝石。
而我想道:大地果然已在悄悄中妊娠了啊。

**6**

我以炊烟运动的微粒
娇纵我梦幻的马驹。而当我注目深潭,
我的马驹以我的热情又已从湖底跃出,
有一身黧黑的水浆。我觉得它的因成熟
而欲绽裂的股臀更显丰足更显美润。
我觉得我的马驹行走在水波,甩一甩尾翼
为自己美润的倒影而有所矜持。
我以冥构的牧童为他抱来甜美的刍草,
另以冥构的铁匠为它打制晶亮的蹄铁。
当我坐在湖岸用杖节点触涟漪,
那时在我的企盼中会听到一位村姑问我
何以如此忧郁,而我定要向她提议:
可愿与我一同走到湖心为海神的马驹梳沐?

**7**

我是这土地的儿子。
我懂得每一方言的情感细节。
那些乡间的人们总是习惯坐在黄昏的门槛
向着延伸在远方的路安详地凝视。
夜里,裸身的男子趴卧在炕头毡条被筒
让苦惯了的心薰醉在捧吸的烟草。
黑眼珠的女儿们都是一颗颗生命力旺盛的种子。
都是一盏盏清亮的油灯。

**8**

风是鹰的母亲。鹰是风的宠儿。
我常在鹰群与风的嬉戏中感受到被勇敢者
领有的道路,听风中激越的嘶鸣迂回穿插
有着瞬息万变。有着钢丝般的柔韧。
我在沉默中感受了生存的全部壮烈。
如果我不是这土地的儿子,将不能
在冥思中同样勾勒出这土地的锋刃。

**9**

我以极好的兴致观察一撮春天的泥土。
看春天的泥土如何跟阳光角力。
看它们如何僵持不下,看他们喘息。
看它们摩擦,痛苦地分泌出黄体脂。
看阳光晶体如何刺入泥土润湿的毛孔。
看泥土如何附着松针般锐利的阳光挛缩抽搐。
看它们如何吞噬又相互吐出。
看它们如何相互威胁、挖苦、嘲讽。
看它们又如何挤眉弄眼紧紧地拥抱。

啊,美的泥土。
啊,美的阳光。
生活当然不朽。

1961—1962 于祁连山

(选自《昌耀的诗》,昌耀著,人民文学出版社 1998 年版)

**【阅读提示】**

昌耀(1936—2000),原名王昌耀。湖南桃源人,当代诗人。1957 年以诗作《林中试笛》被划为右派。后颠沛流离于青海垦区。1979 年平反。著有诗集《昌耀抒情诗集》(1986)、《命运之书》(1994)、《昌耀的诗》(1998)等,其 80 年代创作的《慈航》《划呀,划呀,父亲们!》《雪。土伯特女人和她的男人及三个孩子之歌》《巨灵》《头像》等诗作影响甚大。

《凶年逸稿》连同其副标题揭示了此诗的背景:国家饥馑,个人困顿,环境恶劣,而读者在诗中感受到的却另有一番"壮烈":暖似红樱桃口吻轻轻吹亮了胸中的火种,大地在悄悄中妊娠,在沉默中感受生存全部壮烈的诗人自己,春天的泥土跟阳光角力……所有这一切,归结到一个超越于凶年之上的更高的生命主题,也凸显出与流行美学格格不入的另一种修辞。

**【延伸阅读】**

1. 邵燕祥:《有个诗人叫昌耀》,《命运之书》,青海人民出版社 1986 年版。
2. 昌耀:《昌耀的诗》,人民文学出版社 1998 年版。
3. 燎原:《昌耀评传》,人民文学出版社 2008 年版。

(张欣)

# 等你，在雨中

余光中

等你，在雨中，在造虹的雨中
　蝉声沉落，蛙声升起
一池的红莲如红焰，在雨中

你来不来都一样，竟感觉
　每朵莲都像你
尤其隔着黄昏，隔着这样的细雨

永恒，刹那，刹那，永恒
　等你，在时间之外
在时间之内，等你，在刹那，在永恒

如果你的手，在我的手里，此刻
　如果你的清芬
在我的鼻孔，我会说，小情人

诺，这只手应该采莲，在吴宫
　这只手应该
摇一柄桂桨，在木兰舟中

一颗星悬在科学馆的飞檐
　耳坠子一般的悬着
瑞士表说都七点了，忽然你走来

步雨后的红莲，翩翩，你走来
　像一首小令

从一则爱情的典故里你走来

从姜白石的词里,有韵地,你走来

1962 年 5 月 27 日夜

(选自《中国当代名诗人选集·余光中》,余光中著,人民文学出版社 2006 年版)

**【阅读提示】**

余光中(1928—2017),当代汉语诗人,散文家。祖籍福建永春,1928 年出生于南京,1949 年随父母迁香港,1952 年毕业于台湾大学外文系,后与覃子豪、钟鼎文等共创"蓝星诗社"。曾在台湾和香港多所大学任教。在诗歌、散文、评论、翻译领域皆有建树。诗歌代表作有《乡愁》《白玉苦瓜》《等你,在雨中》等,他长于在作品中重写古典韵味,并形成了自己的风格。

《等你,在雨中》写于 1962 年,诗人通过对古典意象的独特运用,对语调和节奏的精细把握,将等待的心思,见面的喜悦转化为诗歌自身的展现过程,这是余光中诗歌的典型风格。

**【延伸阅读】**

1. 余光中:《余光中谈诗歌》,江西高校出版社 2003 年版。
2. 余光中:《左手的掌纹》,江苏文艺出版社 2003 年版。
3. 余光中:《中国当代名诗人选集·余光中》,人民文学出版社 2006 年版。
4. 黄维樑:《壮丽:余光中论》,香港文思出版社 2014 年版。

(颜炼军)

# 贺新郎·读史

毛泽东

人猿相揖别。
只几个石头磨过，
小儿时节。
铜铁炉中翻火焰，
为问何时猜得，
不过几千寒热。
人世难逢开口笑，
上疆场彼此弯弓月。
流遍了，
郊原血。

一篇读罢头飞雪，
但记得斑斑点点，
几行陈迹。
五帝三皇神圣事，
骗了无涯过客。
有多少风流人物？
盗跖庄屩流誉后，
更陈王奋起挥黄钺。
歌未竟，
东方白。

1964年春

（选自《毛泽东诗词集》，毛泽东著，中央文献出版社1996年版）

**【阅读提示】**

1957 年,《诗刊》创刊号一次性发表了毛泽东诗词十八首,引起轰动,自此出现毛泽东诗词传播热,至 20 世纪 60 年代达到高峰,成为当代文学一个令人瞩目的现象。毛泽东本人也在五六十年代新创作诗词若干首,如《蝶恋花·答李淑一》《七律二首·送瘟神》《七律·到韶山》《卜算子·咏梅》《满江红·和郭沫若同志》等,人民文学出版社于 1963 年底出版了《毛主席诗词》。

《贺新郎·读史》首次公开发表于 1978 年 9 月,已是"文革"之后,表达的是对历史的感慨和作者独特的历史观,而词句间,更是传达出一份沉雄、豪壮、劲健的意境。

**【延伸阅读】**

1. 毛泽东:《毛泽东诗词集》,中央文献出版社 1996 年版。

2. [美]罗斯·特里尔:《毛泽东传》(珍藏版),胡为雄,郑玉臣译,中国人民大学出版社 2010 年版。

(张欣)

# 这是四点零八分的北京

食指

这是四点零八分的北京，
一片手的海浪翻动；
这是四点零八分的北京，
一声雄伟的汽笛长鸣。

北京车站高大的建筑，
突然一阵剧烈的抖动。
我双眼吃惊地望着窗外，
不知发生了什么事情。

我的心骤然一阵疼痛，一定是，
妈妈缀扣子的针线穿透了心胸。
这时，我的心变成了一只风筝，
风筝的线绳就在母亲的手中。

线绳绷得太紧了，就要扯断了，
我不得不把头探出车厢的窗棂。
直到这时，直到这时候，
我才明白发生了什么事情。

——一阵阵告别的声浪，
就要卷走车站；
北京在我的脚下，
已经缓缓地移动。

我再次向北京挥动手臂，
想一把抓住她的衣领，

然后对她大声地叫喊：
永远记着我，妈妈啊，北京！

终于抓住了什么东西，
管他是谁的手，不能松，
因为这是我的北京，
这是我的最后的北京。

1968 年 12 月 20 日

（选自《被放逐的诗神》，陈思和主编，食指等著，武汉出版社 2006 年版）

**【阅读提示】**

食指(1948 年出生)，本名郭路生，山东鱼台人，五岁时随父母迁居北京，“文革”前夕开始写诗，“文革”开始后在学校受到一些同学的围攻、“批判”，父亲也受到审查、揪斗，秋天参加红卫兵大串联，足迹远达广州、新疆、延安等地。1968 年到山西插队前后的两三年是他诗歌创作的“黄金时代”，所创作的《海洋三部曲》《鱼儿三部曲》《书简》(一、二)《相信未来》《烟》《酒》《这是四点零八分的北京》在青年读者中流传甚广。

《这是四点零八分的北京》写于 1968 年 12 月，是作者告别北京站，乘每天一班的四点零八分的火车到所插队的山西农村过程中写完的。全诗也是七个四行诗节，描述了北京知青乘坐的火车启动瞬间、与前来送行的亲友们离别的场景，尤其是内心的颤动。整首诗于迷茫和感伤之中又不失温柔敦厚的赤子之心，触及了那个疯狂年代一代人心灵深处最为真实、敏感、私密的部位，真可谓震撼灵魂的低吟。

**【延伸阅读】**

1. 廖亦武主编：《沉沦的圣殿——中国 20 世纪 70 年代地下诗歌遗照》，新疆青少年出版社 1999 年版。

2. 食指：《食指的诗》，人民文学出版社 2000 年版。

（张欣）

# 回　答

北岛

卑鄙是卑鄙者的通行证，
高尚是高尚者的墓志铭。
看吧，在那镀金的天空中，
飘满了死者弯曲的倒影。

冰川纪过去了，
为什么到处都是冰凌？
好望角发现了，
为什么死海里千帆相竞？

我来到这个世界上，
只带着纸、绳索和身影，
为了在审判之前，
宣读那些被判决了的声音：

告诉你吧，世界，
我——不——相——信！
纵使你脚下有一千名挑战者，
那就把我算作第一千零一名。

我不相信天是蓝的；
我不相信雷的回声；
我不相信梦是假的；
我不相信死无报应。

如果海洋注定要决堤，
就让所有的苦水注入我心中；

如果陆地注定要上升，
就让人类重新选择生存的峰顶。

新的转机和闪闪的星斗，
正在缀满没有遮拦的天空，
那是五千年的象形文字，
那是未来人们凝视的眼睛。

(选自《北岛诗歌集》,北岛著,南海出版公司 2003 年版)

**【阅读提示】**

北岛(1949 年出生),原名赵振开,祖籍浙江湖州的北京人。20 世纪 70 年代初曾旅行沿海等地区并开始诗歌和小说创作,著有中篇小说《波动》等,1978 年与芒克等人创办《今天》杂志,80 年代出版诗集《太阳城札记》(美国康奈尔大学)、《北岛顾城诗选》(瑞典好书出版社)、《北岛诗选》(中国新世纪出版社)、译诗集《索德格朗诗选》和小说集《归来的陌生人》(花城出版社)。北岛的作品往往以醒目的意象、惊警的语言和冷峻的色调给人留下深刻印象,表达社会反思和抗争的主题也很突出,《回答》也是这样一首诗,它创作于 1976 年。

**【延伸阅读】**

1. 北岛:《北岛诗歌集》,南海出版公司 2003 年版。
2. 洪子诚、刘登翰:《中国当代新诗史》,北京大学出版社 2010 年版。

(张欣)

# 一代人

顾城

黑夜给了我黑色的眼睛，
我却用它寻找光明。

1979年4月

（选自《顾城的诗》，顾城著，人民文学出版社1998年版）

**【阅读提示】**

顾城（1956—1993），生于北京的上海人。少年时代即开始诗歌创作，1969年随全家“下放”到鲁西北海滨的农场，在荒凉而又纯净的大自然中受到陶冶，写了更多赞美生命、充满幻想的诗作，并辑为自由体和格律体两册诗集《无名的小花》、《白云梦》。1976年目睹天安门诗歌运动，1979年后发表大量诗歌作品，引起诗坛注意，成为“朦胧诗”的代表诗人之一。主要诗集有《舒婷顾城抒情诗选》（1982）、《北岛顾城诗选》（1983）、《黑眼睛》（1986）、《顾城的诗》（1998）等。《一代人》是顾城在特定状态时的特定心理感觉，由于社会性、概括性都极强的命名而得到普遍赞誉。

**【延伸阅读】**

1. 顾城：《顾城的诗》，人民文学出版社1998年版。
2. 顾工：《顾城和诗》，见《顾城的诗》，顾城著，人民文学出版社1998年版。
3. 洪子诚、刘登翰：《中国当代新诗史》，北京大学出版社2010年版。

（张欣）

# 边界望乡

洛夫

说着说着
我们就到了落马洲

雾正升起，我们在茫然中勒马四顾
手掌开始生汗
望远镜中扩大数十倍的乡愁
乱如风中的散发
当距离调整到令人心跳的程度
一座远山迎面飞来
把我撞成了
严重的内伤

病了病了
病得像山坡上那丛凋残的杜鹃
只剩下唯一的一朵
蹲在那块“禁止越界”的告示牌后面
咯血。而这时
一只白鹭从水田中惊起
飞越深圳
又猛然折了回来

而这时，鹧鸪以火发音
那冒烟的啼声
一句句
穿透异地三月的春寒

我被烧得双目尽赤，血脉贲张
你却竖起外衣的领子，回头问我
冷，还是
不冷？

惊蛰之后是春分
清明时节该不远了
我居然也听懂了广东的乡音
当雨水把莽莽大地
译成青色的语言
喏！你说，福田村再过去就是水围
故国的泥土，伸手可及
但我抓回来的仍是一掌冷雾

1979 年 6 月 3 日

（选自《因为风的缘故：洛夫抒情诗精选集》，洛夫著，江苏凤凰文艺出版社 2015 年版）

**【阅读提示】**

洛夫（1928—2018），当代汉语诗人，原名莫运端，后改莫洛夫，笔名洛夫、野叟等。生于湖南省衡阳，1948 年考入湖南大学外文系，1949 年参加国民党军队，随后到台湾。1954 年与张默、痖弦合办了“创世纪”诗社，后曾任教于东吴大学外文系。洛夫的诗擅长对古典诗歌的情绪和意象进行当代实验，有独特的突破，在当代诗坛有很大影响。他创作甚丰，除诗歌之外，也有散文、翻译和评论等作品出版。

此诗是 1979 年诗人访香港时所作。因为历史原因，1949 年许多大陆人跟随国民党政权前往台湾，导致了几代人的乡愁。此诗真切地表现了诗人在与故土咫尺天涯时的悲欣交集之感。

**【延伸阅读】**

1. 洛夫：《大河的潜流》，江苏文艺出版社 2010 年版。

2. 洛夫：《因为风的缘故：洛夫抒情诗精选集》，江苏凤凰文艺出版社 2015 年版。

3. 洛夫：《洛夫谈诗》，江苏凤凰文艺出版社 2015 年版。

4. 叶维廉：《洛夫论》，见《晶石般的火焰》，台大出版中心 2016 年版。

（颜炼军）

# 中国，我的钥匙丢了

梁小斌

中国，我的钥匙丢了。

那是十多年前，
我沿着红色大街疯狂地奔跑，
我跑到了郊外的荒野上欢叫，
后来，我的钥匙丢了。

心灵，苦难的心灵，
不愿再流浪了，
我想回家，
打开抽屉、翻一翻我儿童时代的画片，
还看一看那夹在书页里的
翠绿的三叶草。

而且，
我还想打开书橱，
取出一本《海涅歌谣》，
我要去约会，
我向她举起这本书，
作为我向蓝天发出的
爱情的信号。

这一切，
这美好的一切都无法办到，
中国，我的钥匙丢了。

天，又开始下雨，

我的钥匙啊，
你躺在哪里？
我想风雨腐蚀了你，
你已经锈迹斑斑了。
不，我不那样认为，
我要顽强地寻找，
希望能把你重新找到。

太阳啊，
你看见了我的钥匙了吗？
愿你的光芒，
为它热烈地照耀。

我在这广大的田野上行走，
我沿着心灵的足迹寻找，
那一切丢失了的，
我都在认真思考。

1979.12—1980.8

（选自《朦胧诗选》，阎月君等编，春风文艺出版社 1996 年版）

**【阅读提示】**

梁小斌（1954— ），山东荣成人。1972 年毕业于合肥市第三十二中学，开始发表作品。著有诗集《少女军鼓队》等。创作于 70 年代末的抒情诗《中国，我的钥匙丢了》《雪白的墙》发表后流传甚广，被视为朦胧诗的代表性作品，后者甚至入选高中语文课本。《中国，我的钥匙丢了》以童稚的纯净之心感受疯狂年代给人带来的丧失之痛，有一种异乎寻常的撞击力，“钥匙”意象给人的印象尤其深刻。

**【延伸阅读】**

1. 梁小斌：《少女军鼓队》，中国文联出版公司 1988 年版。
2. 洪子诚、刘登翰：《中国当代新诗史》，北京大学出版社 2010 年版。

（张欣）

# 神女峰

舒婷

在向你挥舞的各色手帕中
是谁的手突然收回
紧紧捂住了自己的眼睛
当人们四散离去，谁
还站在船尾
衣裙漫飞，如翻涌不息的云
江涛
　　高一声
　　　　低一声

美丽的梦留下美丽的忧伤
人间天上，代代相传
但是，心
真能变成石头吗
为眺望远天的杳鹤
错过无数次春江月明

沿着江岸
金光菊和女贞子的洪流
正煽动新的背叛
　　与其在悬崖上展览千年
　　不如在爱人肩头痛哭一晚

（选自《致橡树》，舒婷著，江苏文艺出版社2003年版）

【阅读提示】

舒婷(1952— )，当代汉语诗人，原名龚佩瑜，朦胧诗派代表人物。出生于福建漳州石塘镇，从小随父母定居于厦门，1969 年下乡插队，1979 年开始发表诗歌作品。出版《双桅船》《会唱歌的鸢尾花》《始祖鸟》等诗集多部。舒婷的诗具有明丽优美的风格，诗中充满了对独立而温婉的女性形象的礼赞，忧郁而不失甜蜜和希望，在 80 年代，她的诗产生了广泛的影响。

《神女峰》写于 1981 年，写的是诗人游历三峡经过神女峰时的感受。是舒婷流传很广的一首代表性作品，诗歌依据“神女峰”的民间神话传说，复原了一场生动而感人的情人告别场景，显示了对传统女性形象的反思与修正。

【延伸阅读】

1. 陈仲义:《中国朦胧诗人论》，江苏文艺出版社 1996 年版。

2. 孙绍振:《从橡树到神女峰》，《名作欣赏》2008 年第 11 期。

3. 洪子诚、程光炜:《朦胧诗新编》，长江文艺出版社 2009 版。

4. 吕周聚:《朦胧诗历史档案：新时期朦胧诗论争文献史料辑》，人民出版社 2016 年。

（颜炼军）

# 亚细亚的孤儿

罗大佑

亚细亚的孤儿在风中哭泣，
黄色的脸孔有红色的污泥，
黑色的眼珠有白色的恐惧，
西风在东方唱着悲伤的歌曲。

亚细亚的孤儿在风中哭泣，
没有人要和你玩平等的游戏，
每个人都想要你心爱的玩具，
亲爱的孩子你为何哭泣？

多少人在追寻那解不开的问题，
多少人在深夜里无奈地叹息，
多少人的眼泪在无言中抹去，
亲爱的母亲这是什么道理?!

（选自《罗大佑弹唱精选》，刘天礼等编配，百花文艺出版社 2007 年版）

**【阅读提示】**

罗大佑(1954— )，祖籍广东梅县，客家人，出生于台北市。著名歌手和词曲作家。曾创作并演唱《童年》《光阴的故事》《鹿港小镇》《亚细亚的孤儿》《东方之珠》等十数首脍炙人口的歌曲。罗大佑的对当代中国校园民谣和华语流行音乐产生了广泛影响，被称为“华语流行乐教父”。

这首歌词作于 1983 年，是对近代至当代台湾历史处境的隐喻。它通过感伤的语调和音乐，表达了台湾的历史现实境遇和两岸关系带给国人的忧伤。

**【延伸阅读】**

1. 张立宪主编:《之乎者也罗大佑》,现代出版社 2000 年。

2. 罗大佑:《昨日遗书》,现代出版社 2002 年版。

3. 李皖:《多少次散场 忘记了忧伤:六十年三地歌》,生活·读书·新知三联书店 2013 年版。

4. 马世芳:《耳朵借我》,广西师范大学出版社 2015 年版。

(颜炼军)

# 祖国(或以梦为马)

海子

我要做远方的忠诚的儿子
和物质的短暂情人
和所有以梦为马的诗人一样
我不得不和烈士和小丑走在同一道路上

万人都要将火熄灭 我一人独将此火高高举起
此火为大开花落英于神圣的祖国
和所有以梦为马的诗人一样
我藉此火得度一生的茫茫黑夜

此火为大 祖国的语言和乱石投筑的梁山城寨
以梦为上的敦煌——那七月也会寒冷的骨骼
如雪白的柴和坚硬的条条白雪 横放在众神之山
和所有以梦为马的诗人一样
我投入此火 这三者是囚禁我的灯盏 吐出光辉

万人都要从我刀口走过 去建筑祖国的语言
我甘愿一切从头开始
和所有以梦为马的诗人一样
我也愿将牢底坐穿

众神创造物中只有我最易朽 带着不可抗拒的死亡的速度
只有粮食是我珍爱 我将她紧紧抱住 抱住她在 故乡生儿育女
和所有以梦为马的诗人一样
我也愿将自己埋葬在四周高高的山上 守望平静家园

面对大河我无限惭愧
我年华虚度 空有一身疲倦
和所有以梦为马的诗人一样
岁月易逝 一滴不剩 水滴中有一匹马儿一命归天

千年后如若我再生于祖国的河岸
千年后我再次拥有中国的稻田 和周天子的雪山 天马踢踏
和所有以梦为马的诗人一样
我选择永恒的事业

我的事业 就是要成为太阳的一生
他从古至今——“日”——他无比辉煌无比光明
和所有以梦为马的诗人一样
最后我被黄昏的众神抬入不朽的太阳

太阳是我的名字
太阳是我的一生
太阳的山顶埋葬 诗歌的尸体——千年王国和我
骑着五千年凤凰和名字叫“马”的龙——我必将失败
但诗歌本身以太阳必将胜利[①]

1987

（选自《海子的诗》，海子著，人民文学出版社 2012 年版）

**【阅读提示】**

海子(1964—1989)，当代汉语诗人，原名查海生，安徽省怀宁县高河镇查湾村人。1979 年考入北京大学法律系，1982 年大学期间开始诗歌创作，1983 年毕业后分配至中国政法大学哲学教研室工作，1989 年 3 月 26 日在山海关附近卧轨自杀。已出版作品有《土地》《海子、骆一禾作品集》《海子的诗》《海子诗全编》等。海子在其短暂的生命里，以燃烧的速度写下了大量的优秀诗篇，最后以其死亡，铸就了当代诗人的神话和悲剧。他的诗影响了众多诗人的写作，也在大众读者中产生了广泛影响。

《祖国(或以梦为马)》是海子最具代表性的诗篇之一，写于 1987 年。在这首诗里，海子以饱满的激情和有力的修辞，展示了诗人、诗歌、语言和祖国之间的关系，

① 此处“以”，即“以太阳的名义”，原稿如此——人民文学出版社版编者注。

重中了诗人和诗歌的独特使命。

**【延伸阅读】**

1. 崔卫平编:《不死的海子》,中国文联出版社 1999 年版。

2. 姜涛:《冲击诗歌的“极限”——海子与 80 年代诗歌》,见姜涛《巴枯宁的手》,北京大学出版社 2010 年版。

3. 臧棣:《海子诗歌中的幸福主题》,《文学评论》2014 年第 1 期。

4. 燎原:《海子评传》,作家出版社 2016 年版。

(颜炼军)

# 阿姆斯特丹的河流

多 多

十一月入夜的城市
唯有阿姆斯特丹的河流

突然

我家树上的橘子
在秋风中晃动

我关上窗户,也没有用
河流倒流,也没有用
那镶满珍珠的太阳,升起来了

也没有用
鸽群像铁屑散落
没有男孩子的街道突然显得空阔

秋雨过后
那爬满蜗牛的屋顶
——我的祖国

从阿姆斯特丹的河上,缓缓驶过……

1989

(选自《诺言:多多集(1972—2012)》,多多著,作家出版社 2013 年版)

**【阅读提示】**

多多(1951— ),本名栗世征,生于北京,1969 年到白洋淀插队,1972 年开始写诗,1982 年开始发表作品。著有诗集《行礼:诗 38 首》《里程:多多诗选 1973—

1988》《阿姆斯特丹的河流》《多多的诗》等。多多70年代开始其精锐的诗艺探索和实验,80年代末后曾长期寓居西方。他精湛的诗艺和孤绝的诗歌精神,赢得了广泛赞誉。

《阿姆斯特丹的河流》是多多80年代末出国之后的代表作之一。这首诗以精巧的意象,大幅度的词语跳跃,内敛而激烈地显示了诗人流亡的痛苦和对祖国的思念。

**【延伸阅读】**

1. 多多、[法]金丝燕:《诗、人和内潜——关于诗歌创作的对话》,《跨文化对话》(第16辑),上海文化出版社2004年版。

2. 多多、凌越:《多多访谈:我的大学就是田野》,见《多多诗选》,花城出版社2005年版。

3. 张桃洲:《去国诗人的中国经验与政治书写——以北岛、多多为例》,《江汉大学学报》2011年第6期。

4. 多多:《诺言:多多集(1972—2012)》,作家出版社2013年版。

(颜炼军)

# 沧海一声笑

黄霑

沧海一声笑，滔滔两岸潮，
浮沉随浪，只记今朝。
苍天笑，纷纷世上潮，
谁负谁胜出，天知晓。
江山笑，烟雨遥，
涛浪淘尽红尘俗世，知多少？
清风笑，竟惹寂寥。
豪情还剩了一襟晚照。
苍生笑，不再寂寥，
豪情仍在痴痴笑笑。

（选自《中外流行歌词精选》，方舟、阿彦编，上海教育出版社 1996 年版）

**【阅读提示】**

黄霑(1941—2004)，原名黄湛森，有笔名刘杰、陆郎、不文霑、詹啸、久流、铁树等。出生于广州，1949 年随父母移民香港，1963 年毕业于香港大学中文系。兼有广告人、作家、艺人等多种身份，也出版过散文、小说等作品。创作过上千首歌曲，其中《上海滩》《沧海一声笑》等多首歌曲广为传唱。

《沧海一声笑》发行于 1990 年，词曲作者皆是黄霑，是影片《笑傲江湖》的主题曲。歌词尽力追求押韵，有很好的声响效果，乐谱也借鉴了古谱宫商角徵羽的形式。

**【延伸阅读】**

1. 梁秉钧编：《香港的流行文化》，三联书店(香港)有限公司 1997 年版。

2. 金庸:《笑傲江湖》,生活 · 读书 · 新知三联书店 1999 年版。

3. 何思颖、何慧玲编:《剑啸江湖:徐克与香港电影》,香港电影资料馆 2002 年出版。

(颜炼军)

# 有关大雁塔

韩东

有关大雁塔
我们又能知道些什么
有很多人从远方赶来
为了爬上去
做一次英雄
也有的还来做第二次
或者更多
那些不得意的人们
那些发福的人们
统统爬上去
做一做英雄
然后下来
走进这条大街
转眼不见了
也有有种的往下跳
在台阶上开一朵红花
那就真的成了英雄
当代英雄

有关大雁塔
我们又能知道什么
我们爬上去
看看四周的风景
然后再下来

（选自《爸爸在天上看我》，韩东著，河北教育出版社2002年版）

【阅读提示】

韩东(1961— ),当代诗人,小说家。南京人,8岁随父母下放苏北农村,1982年毕业于山东大学哲学系。1985年组织"他们文学社",在口语诗歌写作方面产生巨大影响,出版诗集《吉祥的老虎》《爸爸在天上看我》等多部。他20世纪90年代后期开始从事小说创作,出版小说集和长篇小说多部。韩东的诗以擅长发现口语中偶然的智慧和神秘著称,代表作有《你见过大海》《有关大雁塔》等。

《有关大雁塔》被视为当代口语诗中的代表作,诗人以口语的形式,重写了当代文学中反复出现的英雄主题。诗歌具有丰富的暗示性,涉及英雄与历史,英雄的姿态,英雄的殉难和英雄的虚无等多方面的反思。

【延伸阅读】

1. 韩东:《韩东散文》,中国广播电视出版社1998年版。

2. 韩东:《爸爸在天上看我》,河北教育出版社2002年版。

3. 小海:《韩东诗歌论》,《东吴学术》2015年第5期。

4. 西渡:《当代诗歌的日常化运动——从王小龙、韩东到骆一禾》,《解放军艺术学院学报》2016年第2期。

(颜炼军)

# 祖　母

张枣

1

她的清晨，我在西边正憋着午夜。
她起床，叠好被子，去堤岸练仙鹤拳。
迷雾的翅膀激荡，河像一根傲骨
于冰封中收敛起一切不可见的仪典。
“空”，她冲天一唳，“而不止是
肉身，贯满了这些姿势”；她蓦地收功，
原型般凝定于一点，一个被发明的中心。

2

给那一切不可见的，注射一针共鸣剂，
以便地球上的窗户一齐敞开。

以便我端坐不倦，眼睛凑近
显微镜，逼视一个细胞里的众说纷纭
和它的螺旋体，那里面，谁正头戴矿灯，
一层层挖向莫名的尽头。星星，
太空的胎儿，汇聚在耳鸣中，以便

物，膨胀，排他，又被眼睛切分成
原子，夸克和无穷尽？
　　　　　　　　以便这一幕本身
也演变成一个细胞，一个地球似的细胞，
搏动在那冥冥浩渺者的显微镜下：一个

母性的，湿腻的，被分泌的“O”；以便

室内满是星期三。
眼睛，脱离幻境，掠过桌面的金鱼缸
和灯影下暴君模样的套层玩偶，嵌入
夜之阑珊。

**3**

夜里的中午，春风猝起。我祖母
走在回居民点的路上，篮子满是青菜和蛋。
四周，吊车鹤立。忍着嬉笑的小偷翻窗而入，
去偷她的桃木匣子；他闯祸，以便与我们
对称成三个点，协调在某个突破之中。
圆。

（选自《张枣的诗》，张枣著，人民文学出版社 2010 年版）

【阅读提示】

张枣(1962—2010)，当代汉语诗人。湖南长沙人，先后在湖南师范大学和四川外语学院求学，1986 年赴德，90 年代在德国图宾根大学取得文哲博士学位。曾在图宾根大学、河南大学和中央民族大学任教。出版有《春秋来信》《张枣的诗》《张枣随笔集》《张枣译诗》等诗文集。张枣长期寓居欧洲，通多门外语，他的诗以“化欧化古”见长，具有婉转精确的风格，在当代汉语诗歌中具有广泛影响。

《祖母》写于 20 世纪 90 年代后期，是张枣诗艺最为纯熟的作品之一。这首诗语言精妙，诗里有流亡者的思乡，有东西文化充满生机的对话，也有现代科学思维进入诗歌的有趣尝试。

【延伸阅读】

1. 张枣：《张枣的诗》，人民文学出版社 2010 年版。
2. 柏桦、宋琳编：《亲爱的张枣》，江苏文艺出版社 2015 年版。
3. 陈东东：《我们时代的诗人》，上海东方出版中心 2017 年版。
4. 颜炼军编：《张枣随笔集》，上海东方出版社中心 2018 年版。

（颜炼军）

# 末期童话

木心

我独自倚着果核睡觉
今日李核
昨日梅核
明日桃核

我倚着果核睡觉
香瓤衬垫得惬意
果皮乃釉彩的墙
墙外有蜜蜂，宇宙

此者李
明日余睡于桃犹昨日之梅
不飨其脯不吮其汁
我的事业玉成在梦中

其实，夫人
余诚不明世故
何谓第四帝国的兴亡
夫人？

我的预见、计划
止于桃核
世人理想多远大
我看来较桃核小之又小

昨梅核今李核明桃核
我每日倚着果核睡觉

忙忙碌碌众天使
将我的事业玉成在梦中

(选自《西班牙三棵树》,木心著,广西师范大学出版社 2013 年版)

**【阅读提示】**

木心(1927—2011),本名孙璞,字仰中,号牧心,浙江桐乡乌镇人,当代诗人,艺术家。1982 年赴美国游学、写作、举办画展,文学作品先在台湾出版,后来由广西师大出版社推出系列作品集,包括诗集六种,散文集五种,小说集一种,访谈录一种,画集一种,另有陈丹青笔录《文学回忆录》《木心谈木心》等。木心的诗,广为人知的是《从前慢》《我纷纷的情欲》《芹香子》等,这首《末期童话》构想甚奇,虽云童话,也确有童话之幻境,可又透过"末期""世故""世人""第四帝国"这类字眼有所揶揄和讽喻,不经意间令人莞尔,令人一惊。

**【延伸阅读】**

1. 孙郁、李静:《读木心》,广西师大出版社 2008 年版。
2. 木心讲述:《文学回忆录》,广西师大出版社 2013 年版。
3. 木心:《木心诗选》,广西师大出版社 2015 年版。

(张欣)

# 小说

# 狂人日记

鲁迅

某君昆仲，今隐其名，皆余昔日在中学时良友；分隔多年，消息渐阙。日前偶闻其一大病；适归故乡，迂道往访，则仅晤一人，言病者其弟也。劳君远道来视，然已早愈，赴某地候补矣。因大笑，出示日记二册，谓可见当日病状，不妨献诸旧友。持归阅一过，知所患盖"迫害狂"之类。语颇错杂无伦次，又多荒唐之言；亦不著月日，惟墨色字体不一，知非一时所书。间亦有略具联络者，今撮录一篇，以供医家研究。记中语误，一字不易；惟人名虽皆村人，不为世间所知，无关大体，然亦悉易去。至于书名，则本人愈后所题，不复改也。七年四月二日识。

## 一

今天晚上，很好的月光。

我不见他，已是三十多年；今天见了，精神分外爽快。才知道以前的三十多年，全是发昏；然而须十分小心。不然，那赵家的狗，何以看我两眼呢？

我怕得有理。

## 二

今天全没月光，我知道不妙。早上小心出门，赵贵翁的眼色便怪：似乎怕我，似乎想害我。还有七八个人，交头接耳的议论我，又怕我看见。一路上的人，都是如此，其中最凶的一个人，张着嘴，对我笑了一笑；我便从头直冷到脚跟，晓得他们布置，都已妥当了。

我可不怕，仍旧走我的路。前面一伙小孩子，也在那里议论我；眼色也同赵贵翁一样,脸色也都铁青。我想我同小孩子有什么仇,他也这样。忍不住大声说:"你告诉我!"他们可就跑了。

我想:我同赵贵翁有什么仇,同路上的人又有什么仇;只有廿年以前,把古久先生的陈年流水簿子,踹了一脚,古久先生很不高兴。赵贵翁虽然不认识他,一定也听到风声,代抱不平;约定路上的人,同我作冤对。但是小孩子呢?那时候,他们还没有出世,何以今天也睁着怪眼睛,似乎怕我,似乎想害我。这真教我怕,教我纳罕而且伤心。

我明白了。这是他们娘老子教的!

## 三

晚上总是睡不着。凡事须得研究,才会明白。

他们——也有给知县打枷过的,也有给绅士掌过嘴的,也有衙役占了他妻子的,也有老子娘被债主逼死的;他们那时候的脸色,全没有昨天这么怕,也没有这么凶。

最奇怪的是昨天街上的那个女人,打他儿子,嘴里说道,"老子呀!我要咬你几口才出气!"他眼睛却看着我。我出了一惊,遮掩不住;那青面獠牙的一伙人,便都哄笑起来。陈老五赶上前,硬把我拖回家中了。

拖我回家,家里的人都装作不认识我;他们的脸色,也全同别人一样。进了书房,便反扣上门,宛然是关了一只鸡鸭。这一件事,越教我猜不出底细。

前几天,狼子村的佃户来告荒,对我大哥说,他们村里的一个大恶人,给大家打死了;几个人便挖出他的心肝来,用油煎炒了吃,可以壮壮胆子。我插了一句嘴,佃户和大哥便都看我几眼。今天才晓得他们的眼光,全同外面的那伙人一模一样。

想起来,我从顶上直冷到脚跟。

他们会吃人,就未必不会吃我。

你看那女人"咬你几口"的话,和一伙青面獠牙人的笑,和前天佃户的话,明明是暗号。我看出他话中全是毒,笑中全是刀。他们的牙齿,全是白厉厉的排着,这就是吃人的家伙。

照我自己想,虽然不是恶人,自从踹了古家的簿子,可就难说了。他们似乎别有心思,我全猜不出。况且他们一翻脸,便说人是恶人。我还记得大哥教我做论,无论怎样好人,翻他几句,他便打上几个圈;原谅坏人几句,他便说"翻天妙手,与众不同"。我那里猜得到他们的心思,究竟怎样;况且是要吃的时候。

凡事总须研究,才会明白。古来时常吃人,我也还记得,可是不甚清楚。我翻开历史一查，这历史没有年代，歪歪斜斜的每页上都写着“仁义道德”几个字。我横竖睡不着，仔细看了半夜，才从字缝里看出字来，满本都写着两个字是“吃人”！

书上写着这许多字，佃户说了这许多话，却都笑吟吟的睁着怪眼睛看我。

我也是人，他们想要吃我了！

## 四

早上，我静坐了一会。陈老五送进饭来，一碗菜，一碗蒸鱼；这鱼的眼睛，白而且硬，张着嘴，同那一伙想吃人的人一样。吃了几筷，滑溜溜的不知是鱼是人，便把他兜肚连肠的吐出。

我说：“老五，对大哥说，我闷得慌，想到园里走走。”老五不答应，走了；停一会，可就来开了门。

我也不动，研究他们如何摆布我；知道他们一定不肯放松。果然！我大哥引了一个老头子，慢慢走来；他满眼凶光，怕我看出，只是低头向着地，从眼镜横边暗暗看我。大哥说：“今天你仿佛很好。”我说：“是的。”大哥说：“今天请何先生来，给你诊一诊。”我说：“可以！”其实我岂不知道这老头子是刽子手扮的！无非借了看脉这名目，揣一揣肥瘠：因这功劳，也分一片肉吃。我也不怕；虽然不吃人，胆子却比他们还壮。伸出两个拳头，看他如何下手。老头子坐着，闭了眼睛，摸了好一会，呆了好一会；便张开他鬼眼睛说，“不要乱想。静静的养几天，就好了。”

不要乱想，静静的养！养肥了，他们是自然可以多吃；我有什么好处，怎么会“好了”？他们这群人，又想吃人，又是鬼鬼祟祟，想法子遮掩，不敢直截下手，真要令我笑死。我忍不住，便放声大笑起来，十分快活。自己晓得这笑声里面，有的是义勇和正气。老头子和大哥，都失了色，被我这勇气正气镇压住了。

但是我有勇气，他们便越想吃我，沾光一点这勇气。老头子跨出门，走不多远，便低声对大哥说道，“赶紧吃罢！”大哥点点头。原来也有你！这一件大发见，虽似意外，也在意中：合伙吃我的人，便是我的哥哥！

吃人的是我哥哥！

我是吃人的人的兄弟！

我自己被人吃了，可仍然是吃人的人的兄弟！

## 五

这几天是退一步想：假使那老头子不是刽子手扮的，真是医生，也仍然是吃人的人。他们的祖师李时珍做的“本草什么”上，明明写着人肉可以煎吃；他还能说自己不吃人么？

至于我家大哥，也毫不冤枉他。他对我讲书的时候，亲口说过可以“易子而食”；又一回偶然议论起一个不好的人，他便说不但该杀，还当“食肉寝皮”。我那时年纪还小，心跳了好半天。前天狼子村佃户来说吃心肝的事，他也毫不奇怪，不住的点头。可见心思是同从前一样狠。既然可以“易子而食”，便什么都易得，什么人都吃得。我从前单听他讲道理，也胡涂过去；现在晓得他讲道理的时候，不但唇边还抹着人油，而且心里满装着吃人的意思。

## 六

黑漆漆的，不知是日是夜。赵家的狗又叫起来了。

狮子似的凶心，兔子的怯弱，狐狸的狡猾，……

## 七

我晓得他们的方法，直捷杀了，是不肯的，而且也不敢，怕有祸祟。所以他们大家连络，布满了罗网，逼我自戕。试看前几天街上男女的样子，和这几天我大哥的作为，便足可悟出八九分了。最好是解下腰带，挂在梁上，自己紧紧勒死；他们没有杀人的罪名，又偿了心愿，自然都欢天喜地的发出一种呜呜咽咽的笑声。否则惊吓忧愁死了，虽则略瘦，也还可以首肯几下。

他们是只会吃死肉的！——记得什么书上说，有一种东西，叫“海乙那”的，眼光和样子都很难看；时常吃死肉，连极大的骨头，都细细嚼烂，咽下肚子去，想起来也教人害怕。“海乙那”是狼的亲眷，狼是狗的本家。前天赵家的狗，看我几眼，可见他也同谋，早已接洽。老头子眼看着地，岂能瞒得我过。

最可怜的是我的大哥，他也是人，何以毫不害怕；而且合伙吃我呢？还是历来惯了，不以为非呢？还是丧了良心，明知故犯呢？

我诅咒吃人的人，先从他起头；要劝转吃人的人，也先从他下手。

## 八

其实这种道理，到了现在，他们也该早已懂得，……

忽然来了一个人；年纪不过二十左右，相貌是不很看得清楚，满面笑容，对了我点头，他的笑也不像真笑。我便问他，“吃人的事，对么？”他仍然笑着说，“不是荒年，怎么会吃人。”我立刻就晓得，他也是一伙，喜欢吃人的；便自勇气百倍，偏要问他。

“对么？”

“这等事问他什么。你真会……说笑话。……今天天气很好。”

天气是好，月色也很亮了。可是我要问你，“对么？”

他不以为然了。含含胡胡的答道，“不……”

“不对？他们何以竟吃？！”

“没有的事……”

“没有的事？狼子村现吃；还有书上都写着，通红斩新！”

他便变了脸，铁一般青。睁着眼说，“有许有的，这是从来如此……”

“从来如此，便对么？”

“我不同你讲这些道理；总之你不该说，你说便是你错！”

我直跳起来，张开眼，这人便不见了。全身出了一大片汗。他的年纪，比我大哥小得远，居然也是一伙；这一定是他娘老子先教的。还怕已经教给他儿子了；所以连小孩子，也都恶狠狠的看我。

## 九

自己想吃人，又怕被别人吃了，都用着疑心极深的眼光，面面相觑。……

去了这心思，放心做事走路吃饭睡觉，何等舒服。这只是一条门槛，一个关头。他们可是父子兄弟夫妇朋友师生仇敌和各不相识的人，都结成一伙，互相劝勉，互相牵掣，死也不肯跨过这一步。

## 十

大清早,去寻我大哥;他立在堂门外看天,我便走到他背后,拦住门,格外沉静,格外和气的对他说:

"大哥,我有话告诉你。"

"你说就是,"他赶紧回过脸来,点点头。

"我只有几句话,可是说不出来。大哥,大约当初野蛮的人,都吃过一点人。后来因为心思不同,有的不吃人了,一味要好,便变了人,变了真的人。有的却还吃,——也同虫子一样,有的变了鱼鸟猴子,一直变到人。有的不要好,至今还是虫子。这吃人的人比不吃人的人,何等惭愧。怕比虫子的惭愧猴子,还差得很远很远。

"易牙蒸了他儿子,给桀纣吃,还是一直从前的事。谁晓得从盘古开辟天地以后,一直吃到易牙的儿子;从易牙的儿子,一直吃到徐锡林;从徐锡林,又一直吃到狼子村捉住的人。去年城里杀了犯人,还有一个生痨病的人,用馒头蘸血舐。

"他们要吃我,你一个人,原也无法可想;然而又何必去入伙。吃人的人,什么事做不出;他们会吃我,也会吃你,一伙里面,也会自吃。但只要转一步,只要立刻改了,也就是人人太平。虽然从来如此,我们今天也可以格外要好,说是不能!大哥,我相信你能说,前天佃户要减租,你说过不能。"

当初,他还只是冷笑,随后眼光便凶狠起来,一到说破他们的隐情,那就满脸都变成青色了。大门外立着一伙人,赵贵翁和他的狗,也在里面,都探头探脑的挨进来。有的是看不出面貌,似乎用布蒙着;有的是仍旧青面獠牙,抿着嘴笑。我认识他们是一伙,都是吃人的人。可是也晓得他们心思很不一样,一种是以为从来如此,应该吃的;一种是知道不该吃,可是仍然要吃,又怕别人说破他,所以听了我的话,越发气愤不过,可是抿着嘴冷笑。

这时候,大哥也忽然显出凶相,高声喝道:

"都出去!疯子有什么好看!"

这时候,我又懂得一件他们的巧妙了。他们岂但不肯改,而且早已布置;预备下一个疯子的名目罩上我。将来吃了,不但太平无事,怕还会有人见情。佃户说的大家吃了一个恶人,正是这方法。这是他们的老谱!

陈老五也气愤愤的直走进来。如何按得住我的口,我偏要对这伙人说:

"你们可以改了,从真心改起!要晓得将来容不得吃人的人,活在世上。

"你们要不改,自己也会吃尽。即使生得多,也会给真的人除灭了,同猎人打完狼子一样！——同虫子一样！”

那一伙人，都被陈老五赶走了。大哥也不知那里去了。陈老五劝我回屋子里去。屋里面全是黑沉沉的。横梁和椽子都在头上发抖；抖了一会，就大起来，堆在我身上。

万分沉重，动弹不得；他的意思是要我死。我晓得他的沉重是假的，便挣扎出来，出了一身汗。可是偏要说，

“你们立刻改了，从真心改起！你们要晓得将来是容不得吃人的人，……”

## 十一

太阳也不出，门也不开，日日是两顿饭。

我捏起筷子，便想起我大哥；晓得妹子死掉的缘故，也全在他。那时我妹子才五岁，可爱可怜的样子，还在眼前。母亲哭个不住，他却劝母亲不要哭；大约因为自己吃了，哭起来不免有点过意不去。如果还能过意不去，……

妹子是被大哥吃了，母亲知道没有，我可不得而知。

母亲想也知道；不过哭的时候，却并没有说明，大约也以为应当的了。记得我四五岁时，坐在堂前乘凉，大哥说爷娘生病，做儿子的须割下一片肉来，煮熟了请他吃，才算好人；母亲也没有说不行。一片吃得，整个的自然也吃得。但是那天的哭法，现在想起来，实在还教人伤心，这真是奇极的事！

## 十二

不能想了。

四千年来时时吃人的地方，今天才明白，我也在其中混了多年；大哥正管着家务，妹子恰恰死了，他未必不和在饭菜里，暗暗给我们吃。

我未必无意之中，不吃了我妹子的几片肉，现在也轮到我自己，……

有了四千年吃人履历的我，当初虽然不知道，现在明白，难见真的人！

## 十三

没有吃过人的孩子，或者还有？

救救孩子……

一九一八年四月

(选自《鲁迅全集》第1卷,鲁迅著,人民文学出版社2005年版)

【阅读提示】

鲁迅(1881—1936),原名周树人,浙江绍兴人,中国现代文学的奠基人,主要作品有小说集《呐喊》《彷徨》《故事新编》,散文集《朝花夕拾》和散文诗集《野草》等。《狂人日记》在1918年5月《新青年》第4卷第5号发表后收入作者第一个小说集《呐喊》,1923年8月北京新潮社初版。是鲁迅第一篇白话小说,也是中国现代第一篇正式的白话小说,它以"表现的深切和格式的特别"颇激动了当时无数青年读者的心,也正式拉开了中国现代文学史的序幕。

【延伸阅读】

1. 王晓明:《无法直面的人生——鲁迅传》,上海文艺出版社1993年版。

2. 汪晖:《反抗绝望——鲁迅及其文学世界》,河北教育出版社2000年版。

3. 鲁迅:《〈呐喊〉自序》,见《鲁迅全集》第一卷,人民文学出版社2005年版。

4. 曹禧修:《鲁迅小说诗学结构引论》,中国社会科学出版社2010年版。

5. 曹聚仁:《鲁迅评传·〈新青年〉时代》,生活·读书·新知三联书店2011年版。

(左怀建)

# 伤逝

## ——涓生的手记

鲁迅

如果我能够，我要写下我的悔恨和悲哀，为子君，为自己。

会馆里的被遗忘在偏僻里的破屋是这样地寂静和空虚。时光过得真快，我爱子君，仗着她逃出这寂静和空虚，已经满一年了。事情又这么不凑巧，我重来时，偏偏空着的又只有这一间屋。依然是这样的破窗，这样的窗外的半枯的槐树和老紫藤，这样的窗前的方桌，这样的败壁，这样的靠壁的板床。深夜中独自躺在床上，就如我未曾和子君同居以前一般，过去一年中的时光全被消灭，全未有过，我并没有曾经从这破屋子搬出，在吉兆胡同创立了满怀希望的小小的家庭。

不但如此。在一年之前，这寂静和空虚是并不这样的，常常含着期待；期待子君的到来。在久待的焦躁中，一听到皮鞋的高底尖触着砖路的清响，是怎样地使我骤然生动起来呵！于是就看见带着笑涡的苍白的圆脸，苍白的瘦的臂膊，布的有条纹的衫子，玄色的裙。她又带了窗外的半枯的槐树的新叶来，使我看见，还有挂在铁似的老干上的一房一房的紫白的藤花。

然而现在呢，只有寂静和空虚依旧，子君却决不再来了，而且永远，永远地！……

子君不在我这破屋里时，我什么也看不见。在百无聊赖中，顺手抓过一本书来，科学也好，文学也好，横竖什么都一样；看下去，看下去，忽而自己觉得，已经翻了十多页了，但是毫不记得书上所说的事。只是耳朵却分外地灵，仿佛听到大门外一切往来的履声，从中便有子君的，而且橐橐地逐渐临近，——但是，往往又逐渐渺茫，终于消失在别的步声的杂沓中了。我憎恶那不像子君鞋声的穿布底鞋的长班的儿子，我憎恶那太像子君鞋声的常常穿着新皮鞋的邻院的搽雪花膏的小东西！

莫非她翻了车么？莫非她被电车撞伤了么？……

我便要取了帽子去看她，然而她的胞叔就曾经当面骂过我。

蓦然，她的鞋声近来了，一步响于一步，迎出去时，却已经走过紫藤棚下，脸上带着微笑的酒窝。她在她叔子的家里大约并未受气；我的心宁帖了，默默地相视片时之后，破屋里便渐渐充满了我的语声，谈家庭专制，谈打破旧习惯，谈男女平等，谈伊孛生，谈泰戈尔，谈雪莱……。她总是微笑点头，两眼里弥漫着稚气的好奇的光泽。壁上就钉着一张铜板的雪莱半身像，是从杂志上裁下来的，是他的最美的一张像。当我指给她看时，她却只草草一看，便低了头，似乎不好意思了。这些地方，子君就大概还未脱尽旧思想的束缚，——我后来也想，倒不如换一张雪莱淹死在海里的记念像或是伊孛生的罢；但也终于没有换，现在是连这一张也不知那里去了。

"我是我自己的，他们谁也没有干涉我的权利！"

这是我们交际了半年，又谈起她在这里的胞叔和在家的父亲时，她默想了一会之后，分明地，坚决地，沉静地说了出来的话。其时是我已经说尽了我的意见，我的身世，我的缺点，很少隐瞒；她也完全了解的了。这几句话很震动了我的灵魂，此后许多天还在耳中发响，而且说不出的狂喜，知道中国女性，并不如厌世家所说那样的无法可施，在不远的将来，便要看见辉煌的曙色的。

送她出门，照例是相离十多步远；照例是那鲇鱼须的老东西的脸又紧帖在脏的窗玻璃上了，连鼻尖都挤成一个小平面；到外院，照例又是明晃晃的玻璃窗里的那小东西的脸，加厚的雪花膏。她目不邪视地骄傲地走了，没有看见；我骄傲地回来。

"我是我自己的，他们谁也没有干涉我的权利！"这彻底的思想就在她的脑里，比我还透澈，坚强得多。半瓶雪花膏和鼻尖的小平面，于她能算什么东西呢？

我已经记不清那时怎样地将我的纯真热烈的爱表示给她。岂但现在，那时的事后便已模胡，夜间回想，早只剩了一些断片了；同居以后一两月，便连这些断片也化作无可追踪的梦影。我只记得那时以前的十几天，曾经很仔细地研究过表示的态度，排列过措辞的先后，以及倘或遭了拒绝以后的情形。可是临时似乎都无用，在慌张中，身不由己地竟用了在电影上见过的方法了。后来一想到，就使我很愧恧，但在记忆上却偏只有这一点永远留遗，至今还如暗室的孤灯一般，照见我含泪握着她的手，一条腿跪了下去……。

不但我自己的，便是子君的言语举动，我那时就没有看得分明；仅知道她已经允许我了。但也还仿佛记得她脸色变成青白，后来又渐渐转作绯红，——没有见过，也没有再见的绯红；孩子似的眼里射出悲喜，但是夹着惊疑的光，虽然力避我的视线，张皇地似乎要破窗飞去。然而我知道她已经允许我了，没有知道她怎样说或是没有说。

她却是什么都记得：我的言辞，竟至于读熟了的一般，能够滔滔背诵；我的举动，就如有一张我所看不见的影片挂在眼下，叙述得如生，很细微，自然连那使我不愿再想的浅薄的电影的一闪。夜阑人静，是相对温习的时候了，我常是被质问，被考验，并且被命复述当时的言语，然而常须由她补足，由她纠正，像一个丁等的学生。

这温习后来也渐渐稀疏起来。但我只要看见她两眼注视空中，出神似的凝想着，于是神色越加柔和，笑窝也深下去，便知道她又在自修旧课了，只是我很怕她看到我那可笑的电影的一闪。但我又知道，她一定要看见，而且也非看不可的。

然而她并不觉得可笑。即使我自己以为可笑，甚而至于可鄙的，她也毫不以为可笑。这事我知道得很清楚，因为她爱我，是这样地热烈，这样地纯真。

去年的暮春是最为幸福，也是最为忙碌的时光。我的心平静下去了，但又有别一部分和身体一同忙碌起来。我们这时才在路上同行，也到过几回公园，最多的是寻住所。我觉得在路上时时遇到探索，讥笑，猥亵和轻蔑的眼光，一不小心，便使我的全身有些瑟缩，只得即刻提起我的骄傲和反抗来支持。她却是大无畏的，对于这些全不关心，只是镇静地缓缓前行，坦然如入无人之境。

寻住所实在不是容易事，大半是被托辞拒绝，小半是我们以为不相宜。起先我们选择得很苛酷，——也非苛酷，因为看去大抵不像是我们的安身之所；后来，便只要他们能相容了。看了二十多处，这才得到可以暂且敷衍的处所，是吉兆胡同一所小屋里的两间南屋；主人是一个小官，然而倒是明白人，自住着正屋和厢房。他只有夫人和一个不到周岁的女孩子，雇一个乡下的女工，只要孩子不啼哭，是极其安闲幽静的。

我们的家具很简单，但已经用去了我的筹来的款子的大半；子君还卖掉了她唯一的金戒指和耳环。我拦阻她，还是定要卖，我也就不再坚持下去了；我知道不给她加入一点股份去，她是住不舒服的。

和她的叔子，她早经闹开，至于使他气愤到不再认她做侄女；我也陆续和几个自以为忠告，其实是替我胆怯，或者竟是嫉妒的朋友绝了交。然而这倒很清静。每日办公散后，虽然已近黄昏，车夫又一定走得这样慢，但究竟还有二人相对的时候。我们先是沉默的相视，接着是放怀而亲密的交谈，后来又是沉默。大家低头沉思着，却并未想着什么事。我也渐渐清醒地读遍了她的身体，她的灵魂，不过三星期，我似乎于她已经更加了解，揭去许多先前以为了解而现在看来却是隔膜，即所谓真的隔膜了。

子君也逐日活泼起来。但她并不爱花，我在庙会时买来的两盆小草花，四天不浇，枯死在壁角了，我又没有照顾一切的闲暇。然而她爱动物，也许是从官太太那里传染的罢，不一月，我们的眷属便骤然加得很多，四只小油鸡，在小院子里和房主人的十多只在一同走。但她们却认识鸡的相貌，各知道那一只是自家的。还有一只花白的叭儿狗，从庙会买来，记得似乎原有名字，子君却给它另起了一个，叫作阿随。我就叫它阿随，但我不喜欢这名字。

这是真的，爱情必须时时更新，生长，创造。我和子君说起这，她也领会地点点头。

唉唉,那是怎样的宁静而幸福的夜呵!

安宁和幸福是要凝固的,永久是这样的安宁和幸福。我们在会馆里时,还偶有议论的冲突和意思的误会,自从到吉兆胡同以来,连这一点也没有了;我们只在灯下对坐的怀旧谭中,回味那时冲突以后的和解的重生一般的乐趣。

子君竟胖了起来,脸色也红活了;可惜的是忙。管了家务便连谈天的工夫也没有,何况读书和散步。我们常说,我们总还得雇一个女工。

这就使我也一样地不快活,傍晚回来,常见她包藏着不快活的颜色,尤其使我不乐的是她要装作勉强的笑容。幸而探听出来了,也还是和那小官太太的暗斗,导火线便是两家的小油鸡。但又何必硬不告诉我呢?人总该有一个独立的家庭。这样的处所,是不能居住的。

我的路也铸定了,每星期中的六天,是由家到局,又由局到家。在局里便坐在办公桌前钞,钞,钞些公文和信件;在家里是和她相对或帮她生白炉子,煮饭,蒸馒头。我的学会了煮饭,就在这时候。

但我的食品却比在会馆里时好得多了。做菜虽不是子君的特长,然而她于此却倾注着全力;对于她的日夜的操心,使我也不能不一同操心,来算作分甘共苦。况且她又这样地终日汗流满面,短发都粘在脑额上;两只手又只是这样地粗糙起来。

况且还要饲阿随,饲油鸡,……都是非她不可的工作。

我曾经忠告她:我不吃,倒也罢了;却万不可这样地操劳。她只看了我一眼,不开口,神色却似乎有点凄然;我也只好不开口。然而她还是这样地操劳。

我所豫期的打击果然到来。双十节的前一晚,我呆坐着,她在洗碗。听到打门声,我去开门时,是局里的信差,交给我一张油印的纸条。我就有些料到了,到灯下去一看,果然,印着的就是:

| 奉<br>局长谕史涓生着毋庸到局办事<br>秘书处启十月九号 |
|---|

这在会馆里时,我就早已料到了;那雪花膏便是局长的儿子的赌友,一定要去添些谣言,设法报告的。到现在才发生效验,已经要算是很晚的了。其实这在我不能算是一个打击,因为我早就决定,可以给别人去钞写,或者教读,或者虽然费力,也还可以译点书,况且《自由之友》的总编辑便是见过几次的熟人,两月前还通过信。但我的心却跳跃着。那么一个无畏的子君也变了色,尤其使我痛心;她近来似乎也较为怯弱了。

“那算什么。哼,我们干新的。我们……。”她说。

她的话没有说完；不知怎地，那声音在我听去却只是浮浮的；灯光也觉得格外黯淡。人们真是可笑的动物，一点极微末的小事情，便会受着很深的影响。我们先是默默地相视，逐渐商量起来，终于决定将现有的钱竭力节省，一面登“小广告”去寻求钞写和教读，一面写信给《自由之友》的总编辑，说明我目下的遭遇，请他收用我的译本，给我帮一点艰辛时候的忙。

“说做，就做罢！来开一条新的路！”

我立刻转身向了书案，推开盛香油的瓶子和醋碟，子君便送过那黯淡的灯来。我先拟广告；其次是选定可译的书，迁移以来未曾翻阅过，每本的头上都满漫着灰尘了；最后才写信。

我很费踌蹰，不知道怎样措辞好，当停笔凝思的时候，转眼去一瞥她的脸，在昏暗的灯光下，又很见得凄然。我真不料这样微细的小事情，竟会给坚决的，无畏的子君以这么显著的变化。她近来实在变得很怯弱了，但也并不是今夜才开始的。我的心因此更缭乱，忽然有安宁的生活的影像——会馆里的破屋的寂静，在眼前一闪，刚刚想定睛凝视，却又看见了昏暗的灯光。

许久之后，信也写成了，是一封颇长的信；很觉得疲劳，仿佛近来自己也较为怯弱了。于是我们决定，广告和发信，就在明日一同实行。大家不约而同地伸直了腰肢，在无言中，似乎又都感到彼此的坚忍崛强的精神，还看见从新萌芽起来的将来的希望。

外来的打击其实倒是振作了我们的新精神。局里的生活，原如鸟贩子手里的禽鸟一般，仅有一点小米维系残生，决不会肥胖；日子一久，只落得麻痹了翅子，即使放出笼外，早已不能奋飞。现在总算脱出这牢笼了，我从此要在新的开阔的天空中翱翔，趁我还未忘却了我的翅子的扇动。

小广告是一时自然不会发生效力的；但译书也不是容易事，先前看过，以为已经懂得的，一动手，却疑难百出了，进行得很慢。然而我决计努力地做，一本半新的字典，不到半月，边上便有了一大片乌黑的指痕，这就证明着我的工作的切实。《自由之友》的总编辑曾经说过，他的刊物是决不会埋没好稿子的。

可惜的是我没有一间静室，子君又没有先前那么幽静，善于体帖了，屋子里总是散乱着碗碟，弥漫着煤烟，使人不能安心做事，但是这自然还只能怨我自己无力置一间书斋。然而又加以阿随，加以油鸡们。加以油鸡们又大起来了，更容易成为两家争吵的引线。

加以每日的“川流不息”的吃饭；子君的功业，仿佛就完全建立在这吃饭中。吃了筹钱，筹来吃饭，还要喂阿随，饲油鸡；她似乎将先前所知道的全都忘掉了，也不想到我的构思就常常为了这催促吃饭而打断。即使在坐中给看一点怒色，她总是不改变，仍然毫无感触似的大嚼起来。

使她明白了我的作工不能受规定的吃饭的束缚，就费去五星期。她明白之后，大约很不高兴罢，可是没有说。我的工作果然从此较为迅速地进行，不久就共译了五万言，只要润色一回，便可以和做好的两篇小品，一同寄给《自由之友》去。只是吃饭却依然给我苦恼。菜冷，是无妨的，然而竟不够；有时连饭也不够，虽然我因为终日坐在家里用脑，饭量已经比先前要减少得多。这是先去喂了阿随了，有时还并那近来连自己也轻易不吃的羊肉。她说，阿随实在瘦得太可怜，房东太太还因此嗤笑我们了，她受不住这样的奚落。

于是吃我残饭的便只有油鸡们。这是我积久才看出来的，但同时也如赫胥黎的论定“人类在宇宙间的位置”一般，自觉了我在这里的位置：不过是叭儿狗和油鸡之间。

后来，经多次的抗争和催逼，油鸡们也逐渐成为肴馔，我们和阿随都享用了十多日的鲜肥；可是其实都很瘦，因为它们早已每日只能得到几粒高粱了。从此便清静得多。只有子君很颓唐，似乎常觉得凄苦和无聊，至于不大愿意开口。我想，人是多么容易改变呵！

但是阿随也将留不住了。我们已经不能再希望从什么地方会有来信，子君也早没有一点食物可以引它打拱或直立起来。冬季又逼近得这么快，火炉就要成为很大的问题；它的食量，在我们其实早是一个极易觉得的很重的负担。于是连它也留不住了。

倘使插了草标到庙市去出卖，也许能得几文钱罢，然而我们都不能，也不愿这样做。终于是用包袱蒙着头，由我带到西郊去放掉了，还要追上来，便推在一个并不很深的土坑里。

我一回寓，觉得又清静得多多了；但子君的凄惨的神色，却使我很吃惊。那是没有见过的神色，自然是为阿随。但又何至于此呢？我还没有说起推在土坑里的事。

到夜间，在她的凄惨的神色中，加上冰冷的分子了。

“奇怪。——子君，你怎么今天这样儿了？”我忍不住问。

“什么？”她连看也不看我。

“你的脸色……。”

“没有什么，——什么也没有。”

我终于从她言动上看出，她大概已经认定我是一个忍心的人。其实，我一个人，是容易生活的，虽然因为骄傲，向来不与世交来往，迁居以后，也疏远了所有旧识的人，然而只要能远走高飞，生路还宽广得很。现在忍受着这生活压迫的苦痛，大半倒是为她，便是放掉阿随，也何尝不如此。但子君的识见却似乎只是浅薄起来，竟至于连这一点也想不到了。

我拣了一个机会，将这些道理暗示她；她领会似的点头。然而看她后来的情形，她是没有懂，或者是并不相信的。

天气的冷和神情的冷，逼迫我不能在家庭中安身。但是，往那里去呢？大道上，公园里，虽然没有冰冷的神情，冷风究竟也刺得人皮肤欲裂。我终于在通俗图书馆里觅得了我的天堂。

那里无须买票；阅书室里又装着两个铁火炉。纵使不过是烧着不死不活的煤的火炉，但单是看见装着它，精神上也就总觉得有些温暖。书却无可看：旧的陈腐，新的是几乎没有的。

好在我到那里去也并非为看书。另外时常还有几个人，多则十余人，都是单薄衣裳，正如我，各人看各人的书，作为取暖的口实。这于我尤为合式。道路上容易遇见熟人，得到轻蔑的一瞥，但此地却决无那样的横祸，因为他们是永远围在别的铁炉旁，或者靠在自家的白炉边的。

那里虽然没有书给我看，却还有安闲容得我想。待到孤身枯坐，回忆从前，这才觉得大半年来，只为了爱，——盲目的爱，——而将别的人生的要义全盘疏忽了。第一，便是生活。人必生活着，爱才有所附丽。世界上并非没有为了奋斗者而开的活路；我也还未忘却翅子的扇动，虽然比先前已经颓唐得多……。

屋子和读者渐渐消失了，我看见怒涛中的渔夫，战壕中的兵士，摩托车中的贵人，洋场上的投机家，深山密林中的豪杰，讲台上的教授，昏夜的运动者和深夜的偷儿……。子君，——不在近旁。她的勇气都失掉了，只为着阿随悲愤，为着做饭出神；然而奇怪的是倒也并不怎样瘦损……。

冷了起来，火炉里的不死不活的几片硬煤，也终于烧尽了，已是闭馆的时候。又须回到吉兆胡同，领略冰冷的颜色去了。近来也间或遇到温暖的神情，但这却反而增加我的苦痛。记得有一夜，子君的眼里忽而又发出久已不见的稚气的光来，笑着和我谈到还在会馆时候的情形，时时又很带些恐怖的神色。我知道我近来的超过她的冷漠，已经引起她的忧疑来，只得也勉力谈笑，想给她一点慰藉。然而我的笑貌一上脸，我的话一出口，却即刻变为空虚，这空虚又即刻发生反响，回向我的耳目里，给我一个难堪的恶毒的冷嘲。

子君似乎也觉得的，从此便失掉了她往常的麻木似的镇静，虽然竭力掩饰，总还是时时露出忧疑的神色来，但对我却温和得多了。

我要明告她，但我还没有敢，当决心要说的时候，看见她孩子一般的眼色，就使我只得暂且改作勉强的欢容。但是这又即刻来冷嘲我，并使我失却那冷漠的镇静。

她从此又开始了往事的温习和新的考验，逼我做出许多虚伪的温存的答案来，将温存示给她，虚伪的草稿便写在自己的心上。我的心渐被这些草稿填满了，常觉得难于呼吸。我在苦恼中常常想，说真实自然须有极大的勇气的；假如没有这勇气,而苟安于虚伪,那也便是不能开辟新的生路的人。不独不是这个,连这人也未尝有!

子君有怨色,在早晨,极冷的早晨,这是从未见过的,但也许是从我看来的怨色。我那时冷冷地气愤和暗笑了;她所磨炼的思想和豁达无畏的言论,到底也还是一个空虚,而对于这空虚却并未自觉。她早已什么书也不看,已不知道人的生活的第一着是求生,向着这求生的道路,是必须携手同行,或奋身孤往的了,倘使只知道捶着一个人的衣角,那便是虽战士也难于战斗,只得一同灭亡。

我觉得新的希望就只在我们的分离;她应该决然舍去,——我也突然想到她的死,然而立刻自责,忏悔了。幸而是早晨,时间正多,我可以说我的真实。我们的新的道路的开辟,便在这一遭。

我和她闲谈,故意地引起我们的往事,提到文艺,于是涉及外国的文人,文人的作品:《诺拉》,《海的女人》。称扬诺拉的果决……。也还是去年在会馆的破屋里讲过的那些话,但现在已经变成空虚,从我的嘴传入自己的耳中,时时疑心有一个隐形的坏孩子,在背后恶意地刻毒地学舌。

她还是点头答应着倾听,后来沉默了。我也就断续地说完了我的话,连余音都消失在虚空中了。

"是的。"她又沉默了一会,说,"但是,……涓生,我觉得你近来很两样了。可是的?你,——你老实告诉我。"

我觉得这似乎给了我当头一击,但也立即定了神,说出我的意见和主张来:新的路的开辟,新的生活的再造,为的是免得一同灭亡。

临末,我用了十分的决心,加上这几句话:

"……况且你已经可以无须顾虑,勇往直前了。你要我老实说;是的,人是不该虚伪的。我老实说罢:因为,因为我已经不爱你了!但这于你倒好得多,因为你更可以毫无挂念地做事……。"

我同时豫期着大的变故的到来,然而只有沉默。她脸色陡然变成灰黄,死了似的;瞬间便又苏生,眼里也发了稚气的闪闪的光泽。这眼光射向四处,正如孩子在饥渴中寻求着慈爱的母亲,但只在空中寻求,恐怖地回避着我的眼。

我不能看下去了,幸而是早晨,我冒着寒风径奔通俗图书馆。

在那里看见《自由之友》,我的小品文都登出了。这使我一惊,仿佛得了一点生气。我想,生活的路还很多,——但是,现在这样也还是不行的。

我开始去访问久已不相闻问的熟人,但这也不过一两次;他们的屋子自然是暖和的,我在骨髓中却觉得寒冽。夜间,便蜷伏在比冰还冷的冷屋中。

冰的针刺着我的灵魂,使我永远苦于麻木的疼痛。生活的路还很多,我也还没有忘却翅子的扇动,我想。——我突然想到她的死,然而立刻自责,忏悔了。

在通俗图书馆里往往瞥见一闪的光明，新的生路横在前面。她勇猛地觉悟了，毅然走出这冰冷的家，而且，——毫无怨恨的神色。我便轻如行云，漂浮空际，上有蔚蓝的天，下是深山大海，广厦高楼，战场，摩托车，洋场，公馆，晴明的闹市，黑暗的夜……。

而且，真的，我豫感得这新生面便要来到了。

我们总算度过了极难忍受的冬天，这北京的冬天；就如蜻蜓落在恶作剧的坏孩子的手里一般，被系着细线，尽情玩弄，虐待，虽然幸而没有送掉性命，结果也还是躺在地上，只争着一个迟早之间。

写给《自由之友》的总编辑已经有三封信，这才得到回信，信封里只有两张书券：两角的和三角的。我却单是催，就用了九分的邮票，一天的饥饿，又都白挨给于己一无所得的空虚了。

然而觉得要来的事，却终于来到了。

这是冬春之交的事，风已没有这么冷，我也更久地在外面徘徊；待到回家，大概已经昏黑。就在这样一个昏黑的晚上，我照常没精打采地回来，一看见寓所的门，也照常更加丧气，使脚步放得更缓。但终于走进自己的屋子里了，没有灯火；摸火柴点起来时，是异样的寂寞和空虚！

正在错愕中，官太太便到窗外来叫我出去。

"今天子君的父亲来到这里，将她接回去了。"她很简单地说。

这似乎又不是意料中的事，我便如脑后受了一击，无言地站着。

"她去了么？"过了些时，我只问出这样一句话。

"她去了。"

"她，——她可说什么？"

"没说什么。单是托我见你回来时告诉你，说她去了。"

我不信；但是屋子里是异样的寂寞和空虚。我遍看各处，寻觅子君；只见几件破旧而黯淡的家具，都显得极其清疏，在证明着它们毫无隐匿一人一物的能力。我转念寻信或她留下的字迹，也没有；只是盐和干辣椒，面粉，半株白菜，却聚集在一处了，旁边还有几十枚铜元。这是我们两人生活材料的全副，现在她就郑重地将这留给我一个人，在不言中，教我借此去维持较久的生活。

我似乎被周围所排挤，奔到院子中间，有昏黑在我的周围；正屋的纸窗上映出明亮的灯光，他们正在逗着孩子玩笑。我的心也沉静下来，觉得在沉重的迫压中，渐渐隐约地现出脱走的路径：深山大泽，洋场，电灯下的盛筵；壕沟，最黑最黑的深夜，利刃的一击，毫无声响的脚步……。

心地有些轻松，舒展了，想到旅费，并且嘘一口气。

躺着，在合着的眼前经过的豫想的前途，不到半夜已经现尽；暗中忽然仿佛看见一堆食物，这之后，便浮出一个子君的灰黄的脸来，睁了孩子气的眼睛，恳托似的看着我。我一定神，什么也没有了。

但我的心却又觉得沉重。我为什么偏不忍耐几天，要这样急急地告诉她真话的呢？现在她知道，她以后所有的只是她父亲——儿女的债主——的烈日一般的严威和旁人的赛过冰霜的冷眼。此外便是虚空。负着虚空的重担，在严威和冷眼中走着所谓人生的路，这是怎么可怕的事呵！而况这路的尽头，又不过是——连墓碑也没有的坟墓。

我不应该将真实说给子君，我们相爱过，我应该永久奉献她我的说谎。如果真实可以宝贵，这在子君就不该是一个沉重的空虚。谎语当然也是一个空虚，然而临末，至多也不过这样地沉重。

我以为将真实说给子君，她便可以毫无顾虑，坚决地毅然前行，一如我们将要同居时那样。但这恐怕是我错误了。她当时的勇敢和无畏是因为爱。

我没有负着虚伪的重担的勇气，却将真实的重担卸给她了。她爱我之后，就要负了这重担，在严威和冷眼中走着所谓人生的路。

我想到她的死……。我看见我是一个卑怯者，应该被摈于强有力的人们，无论是真实者，虚伪者。然而她却自始至终，还希望我维持较久的生活……。

我要离开吉兆胡同，在这里是异样的空虚和寂寞。我想，只要离开这里，子君便如还在我的身边；至少，也如还在城中，有一天，将要出乎意表地访我，像住在会馆时候似的。

然而一切请托和书信，都是一无反响；我不得已，只好访问一个久不问候的世交去了。他是我伯父的幼年的同窗，以正经出名的拔贡，寓京很久，交游也广阔的。

大概因为衣服的破旧罢，一登门便很遭门房的白眼。好容易才相见，也还相识，但是很冷落。我们的往事，他全都知道了。

"自然，你也不能在这里了，"他听了我托他在别处觅事之后，冷冷地说，"但那里去呢？很难。——你那，什么呢，你的朋友罢，子君，你可知道，她死了。"

我惊得没有话。

"真的？"我终于不自觉地问。

"哈哈。自然真的。我家的王升的家，就和她家同村。"

"但是，——不知道是怎么死的？"

"谁知道呢。总之是死了就是了。"

我已经忘却了怎样辞别他，回到自己的寓所。我知道他是不说谎话的；子君总不会再来的了，像去年那样。她虽是想在严威和冷眼中负着虚空的重担来走所谓人生的路，也已经不能。她的命运，已经决定她在我所给与的真实——无爱的人间死灭了！

自然，我不能在这里了；但是，“那里去呢?”

四围是广大的空虚，还有死的寂静。死于无爱的人们的眼前的黑暗，我仿佛一一看见，还听得一切苦闷和绝望的挣扎的声音。

我还期待着新的东西到来，无名的，意外的。但一天一天，无非是死的寂静。

我比先前已经不大出门，只坐卧在广大的空虚里，一任这死的寂静侵蚀着我的灵魂。死的寂静有时也自己战栗，自己退藏，于是在这绝续之交，便闪出无名的，意外的，新的期待。

一天是阴沉的上午，太阳还不能从云里面挣扎出来；连空气都疲乏着。耳中听到细碎的步声和咻咻的鼻息，使我睁开眼。大致一看，屋子里还是空虚；但偶然看到地面，却盘旋着一匹小小的动物，瘦弱的，半死的，满身灰土的……。

我一细看，我的心就一停，接着便直跳起来。

那是阿随。它回来了。

我的离开吉兆胡同，也不单是为了房主人们和他家女工的冷眼，大半就为着这阿随。但是，“那里去呢?”新的生路自然还很多，我约略知道，也间或依稀看见，觉得就在我面前，然而我还没有知道跨进那里去的第一步的方法。

经过许多回的思量和比较，也还只有会馆是还能相容的地方。依然是这样的破屋，这样的板床，这样的半枯的槐树和紫藤，但那时使我希望，欢欣，爱，生活的，却全都逝去了，只有一个虚空，我用真实去换来的虚空存在。

新的生路还很多，我必须跨进去，因为我还活着。但我还不知道怎样跨出那第一步。有时，仿佛看见那生路就像一条灰白的长蛇，自己蜿蜒地向我奔来，我等着，等着，看看临近，但忽然便消失在黑暗里了。

初春的夜，还是那么长。长久的枯坐中记起上午在街头所见的葬式，前面是纸人纸马，后面是唱歌一般的哭声。我现在已经知道他们的聪明了，这是多么轻松简截的事。

然而子君的葬式却又在我的眼前，是独自负着虚空的重担，在灰白的长路上前行，而又即刻消失在周围的严威和冷眼里了。

我愿意真有所谓鬼魂，真有所谓地狱，那么，即使在孽风怒吼之中，我也将寻觅子君，当面说出我的悔恨和悲哀，祈求她的饶恕；否则，地狱的毒焰将围绕我，猛烈地烧尽我的悔恨和悲哀。

我将在孽风和毒焰中拥抱子君，乞她宽恕，或者使她快意……。

但是，这却更虚空于新的生路；现在所有的只是初春的夜，竟还是那么长。我活着，我总得向着新的生路跨出去，那第一步，——却不过是写下我的悔恨和悲哀，为子君，为自己。

我仍然只有唱歌一般的哭声，给子君送葬，葬在遗忘中。

我要遗忘;我为自己,并且要不再想到这用了遗忘给子君送葬。

我要向着新的生路跨进第一步去,我要将真实深深地藏在心的创伤中,默默地前行,用遗忘和说谎做我的前导……。

1925 年 10 月 21 日毕

(选自《鲁迅全集》第 2 卷,鲁迅著,人民文学出版社 2005 年版)

**【阅读提示】**

该作品原收入鲁迅第二个小说集《彷徨》,1926 年 8 月北京北新书局初版。是鲁迅唯一的婚恋题材小说。作品通过一个婚恋悲剧揭示了当时男女主人公置身其中的封建社会对于觉醒了的现代知识分子的强大压力,也洞察当时现代知识分子思想性格上的诸种弱点与不足,引发对婚姻恋爱、个人主义、妇女解放的深层思考。其强烈的主观抒情性彰显鲜明的浪漫主义倾向,其"画眼睛"的现实主义手法又加深了对女主人公心灵世界的开掘。

**【延伸阅读】**

1. 曾智中:《三人行——鲁迅与许广平、朱安》,中国青年出版社 1990 年版。

2. 钱理群:《创新新形式的先锋——鲁迅小说论》,见钱理群《精神的炼狱——中国现代文学从"五四"到抗战的历程》,广西教育出版社 1996 年版。

3. 鲁迅:《娜拉走后怎样》,见《鲁迅全集》第 1 卷,人民文学出版社 2005 年版。

4. 李今:《析〈伤逝〉的反讽性质》,《文学评论》2010 年第 2 期。

5. 李长之:《鲁迅批判》,北京出版社 2011 年版。

(左怀建)

# 沉沦

郁达夫

## 一

他近来觉得孤冷得可怜。

他的早熟的性情，竟把他挤到与世人绝不相容的境地去，世人与他的中间介在的那一道屏障，愈筑愈高了。

天气一天一天的清凉起来，他的学校开学之后，已经快半个月了。那一天正是九月的二十二日。

晴天一碧，万里无云，终古常新的皎日，依旧在她的轨道上，一程一程的在那里行走。从南方吹来的微风，同醒酒的琼浆一般，带着一种香气，一阵阵的拂上面来。在黄苍未熟的稻田中间，在弯曲同白线似的乡间的官道上面，他一个人手里捧了一本六寸长的 Wordsworth 的诗集，尽在那里缓缓的独步。在这大平原内，四面并无人影；不知从何处飞来的一声两声的远吠声，悠悠扬扬的传到他耳膜上来。他眼睛离开了书，同做梦似的向有犬吠声的地方看去，但看见了一丛杂树，几处人家，同鱼鳞似的屋瓦上，有一层薄薄的蜃气楼，同轻纱似的在那里飘荡。

"Oh, you serene gossamer! You beautiful gossamer!"

这样的叫了一声，他的眼睛里就涌出了两行清泪来，他自己也不知道是什么缘故。

呆呆的看了好久，他忽然觉得背上有一阵紫色的气息吹来，息索的一响，道旁的一枝小草，竟把他的梦境打破了。他回转头来一看，那枝小草还是颠摇不已，一阵带着紫罗兰气息的和风，温微微的喷到他那苍白的脸上来。在这清和的早秋的世界里，在这澄清透明的以太(Ether)中，他的身体觉得同陶醉似的酥软起来。他好像是睡在慈母怀里的样子。他好像是梦到了桃花源里的样子。他好像是在南欧的海岸,躺在情人膝上,在那里贪午睡的样子。

他看看四边,觉得周围的草木,都在那里对他微笑。看看苍空,觉得悠久无穷的大自然,微微的在那里点头。一动也不动的向天看了一会,他觉得天空中,有一群小天神,背上插着了翅膀,肩上挂着了弓箭,在那里跳舞。他觉得乐极了。便不知不觉开了口,自言自语的说:

"这里就是你的避难所。世间的一般庸人都在那里妒忌你,轻笑你,愚弄你;只有这大自然,这终古常新的苍空皎日,这晚夏的微风,这初秋的清气,还是你的朋友,还是你的慈母,还是你的情人;你也不必再到世上去与那些轻薄的男女共处去,你就在这大自然的怀里,这纯朴的乡间终老了罢。"

这样的说了一遍,他觉得自家可怜起来,好像有万千哀怨,横亘在胸中,一口说不出来的样子。含了一双清泪,他的眼睛又看到他手里的书上去。

Behold her, single in the field,
You solitary Highland Lass!
Reaping and singing by herself;
Stop here, or gently pass!
Alone she cuts ,and binds the grain,
And sings a melancholy strain;
Oh, listen! for the vale profound
Is overflowing with the sound.

看了这一节之后,他又忽然翻过一张来,脱头脱脑的看到那第三节去。

Will no one tell me what she sings?
Perhaps the plaintive numbers flow
For old, unhappy, far-off things,
And battle long ago:
Or is it some more humble lay,
Familiar matter of today?
Some natural sorrow, loss, or pain,
That has been and may be again!

这也是他近来的一种习惯,看书的时候,并没有次序的。几百页的大书,更可不必说了,就是几十页的小册子,如爱美生的《自然论》(Emerson's "On Nature"),沙罗的《逍遥游》( Thoreau's "Excursion")之类,也没有完完全全从头至尾的读完一篇过。当他起初翻开一册书来看的时候,读了四行五行或一页二页,他每被那一本书感动,恨不得要一口气把那一本书吞下肚子里去的样子,到读了三页四页之后，他又生起一种怜惜的心来，他心里似乎说：

"像这样的奇书，不应该一口气就把它念完，要留着细细儿的咀嚼才好。一下子就念完了之后，我的热望也就不得不消灭，那时候我就没有好望，没有梦想了，怎么使得呢？"

他的脑里虽然有这样的想头，其实他的心里早有一些儿厌倦起来，到了这时候，他总把那本书收过一边，不再看下去。过几天或者过几个钟头之后，他又用了满腔的热忱，同初读那一本书的时候一样的，去读另外的书去；几日前或者几点钟前那样的感动他的那一本书，就不得不被他遗忘了。

放大了声音把渭迟渥斯的那两节诗读了一遍之后，他忽然想把这一首诗用中国文翻译出来。

《孤寂的高原刈稻者》

他想想看，"The solitary reaper"，诗题只有如此的译法。

你看那个女孩儿，她只一个人在田里，
你看那边的那个高原的女孩儿，她只一个人，冷清清地！
她一边刈稻，一边在那儿唱着不已；
她忽儿停了，忽而又过去了，轻盈体态，风光细腻！
她一个人，刈了，又重把稻儿捆起，
她唱的山歌，颇有些儿悲凉的情味；
听呀听呀！这幽谷深深，
全充满了她的歌唱的清音。

有人能说否，她唱的究是什么？
或者她那万千的痴话，
是唱着前代的哀歌，
或者是前朝的战事，千兵万马；
或者是些坊间的俗曲，
便是目前的家常闲说？
或者是些天然的哀怨，必然的丧苦，自然的悲楚，
这些事虽是过去的回思，将来想亦必有人指诉。

他一口气译了出来之后，忽又觉得无聊起来，便自嘲自骂的说：

"这算是什么东西呀，岂不同教会里的赞美歌一样的乏味么？英国诗是英国诗，中国诗是中国诗，又何必译来对去呢！"

这样的说了一句，他不知不觉便微微儿的笑了起来。向四边一看，太阳已经打

斜了;大平原的彼岸,西边的地平线上,有一座高山浮在那里,饱受了一天残照,山的周围酝酿成一层朦朦胧胧的岚气,反射出一种紫不紫红不红的颜色来。

他正在那里出神呆看的时候,喀的咳嗽了一声,他的背后忽然来了一个农夫。回头一看,他就把他脸上的笑容改装成了一副忧郁的面色,好像他的笑容是怕被人看见的样子。

## 二

他的忧郁症,愈闹愈甚了。

他觉得学校里的教科书,真同嚼蜡一般,毫无半点生趣。天气清朗的时候,他每捧了一本爱读的文学书,跑到人迹罕至的山腰水畔,去贪那孤寂的深味去。在万籁俱寂的瞬间,在天水相映的地方,他看看草木虫鱼,看看白云碧落,便觉得自家是一个孤高傲世的贤人,一个超然独立的隐者。有时在山中遇着一个农夫,他便把自己当作了 Zarathustra,把 Zarathustra 所说的话,也在心里对那农夫讲了。他的 Megalomania 也同他的 Hypochondria 成了正比例,一天一天的增加起来。他竟有接连四五天不上学校去听讲的时候。

有时候到学校里去,他每觉得众人都在那里凝视他的样子。他避来避去想避他的同学,然而无论到了什么地方,他的同学的眼光,总好像怀了恶意,射在他的背脊上的样子。

上课的时候,他虽然坐在全班学生的中间,然而总觉得孤独得很;在稠人广众之中感得的这种孤独,倒比一个人在冷清的地方感得的那种孤独还更难受。看看他的同学们,一个个都是兴高采烈的在那里听先生的讲义,只有他一个人身体虽然坐在讲堂里头,心思却同飞云逝电一般,在那里作无边无际的空想。

好容易下课的钟声响了!先生退去之后,他的同学说笑的说笑,谈天的谈天,个个都同春来的燕雀似的,在那里作乐;只有他一个人锁了愁眉,舌根好像被千钧的巨石锤住的样子,兀的不作一声。他也很希望他的同学来对他讲些闲话,然而他的同学却都自家管自家的去寻欢作乐去,一见了他那一副愁容,没有一个不抱头奔散的,因此他愈加怨他的同学了。

"他们都是日本人,他们都是我的仇敌,我总有一天来复仇,我总要复他们的仇。"

一到了悲愤的时候,他总这样的想的,然而到了安静之后,他又不得不嘲骂自家说:

"他们都是日本人,他们对你当然是没有同情的,因为你想得他们的同情,所以你怨他们，这岂不是你自家的错误么？”

他的同学中的好事者，有时候也有人来向他说笑的，他心里虽然非常感激，想同那一个人谈几句知心的话，然而口中总说不出什么话来；所以有几个解他的意的人，也不得不同他疏远了。

他的同学日本人在那里欢笑的时候，他总疑他们是在那里笑他，他就一霎时的红起脸来。他们在那里谈天的时候，若有偶然看他一眼的人，他又忽然红起脸来，以为他们是在那里讲他。他同他同学中间的距离，一天一天的远背起来。他的同学都以为他是爱孤独的人，所以谁也不敢来近他的身。

有一天放课之后，他挟了书包回到他的旅馆里来，有三个日本学生同他同路的。将要到他寄寓的旅馆的时候，前面忽然来了两个穿红裙的女学生。在这一区市外的地方，从没有女学生看见的，所以他一见了这两个女子，呼吸就紧缩起来。他们四个人同那两个女子擦过的时候，他的三个日本人的同学都问她们说：

“你们上那儿去？”

那两个女学生就作起娇声来回答说：

“不知道！”

“不知道！”

那三个日本学生都高笑起来，好像是很得意的样子；只有他一个人似乎是他自家同她们讲了话似的，害了羞，匆匆跑回旅馆里来。进了他自家的房，把书包用力的向席上一丢，他就在席上躺下了。——日本室内都铺的席子，坐也席地而坐，睡也睡在席上的——他的胸前还在那里乱跳；用了一只手枕着头，一只手按着胸口，他便自嘲自骂的说：

“You coward fellow，you are too coward！

“你这卑怯者！

“你既然怕羞，何以又要后悔？

“既要后悔，何以当时你又没有那样的胆量，不同她们去讲一句话？

“Oh，coward，coward！”

说到这里，他忽然想起刚才那两个女学生的眼波来了。

那两双活泼泼的眼睛！

那两双眼睛里，确有惊喜的意思含在里头。然而再仔细想了一想，他又忽然叫起来说：

“呆人呆人！她们虽有意思，与你有什么相干？她们所送的秋波，不是单送给那三个日本人的么？唉！唉！她们已经知道了，已经知道我是‘支那人’了，否则她们何以不来看我一眼呢！复仇复仇，我总要复她们的仇。”

说到这里，他那火热的颊上忽然滚了几颗冰冷的眼泪下来。他是伤心到极点

了。这一天晚上,他记的日记说:

“我何苦要到日本来,我何苦要求学问。既然到了日本,那自然不得不被他们日本人轻侮的。中国呀中国!你怎么不富强起来。我不能再隐忍过去了。

“故乡岂不有明媚的山河,故乡岂不有如花的美女?我何苦要到这东海的岛国里来!

“到日本来倒也罢了,我何苦又要进这该死的高等学校。他们留了五个月学回去的人,岂不在那里享荣华安乐么?这五六年的岁月,教我怎么能捱得过去。受尽了千辛万苦,积了十数年的学识,我回国去,难道定能比他们来胡闹的留学生更强么?

“人生百岁,年少的时候,只有七八年的光景,这最佳最美的七八年,我就不得不在这无情的岛国里虚度过去,可怜我今年已经是二十一了。

“槁木的二十一岁!

“死灰的二十一岁!

“我真还不如变了矿物质的好,我大约没有开花的日子了。

“知识我也不要,名誉我也不要,我只要一个安慰我体谅我的‘心’。一副白热的心肠!从这一副心肠里生出来的同情!从同情而来的爱情!

“我所要求的就是爱情!

“若有一个美人,能理解我的苦楚,她要我死,我也肯的。

“若有一个妇人,无论她是美是丑,能真心真意的爱我,我也愿意为她死的。

“我所要求的就是异性的爱情!

“苍天呀苍天,我并不要知识,我并不要名誉,我也不要那些无用的金钱,你若能赐我一个伊甸园内的“伊扶”,使她的肉体与心灵全归我有,我就心满意足了。”

## 三

他的故乡,是富春江上的一个小市,去杭州水程不过八九十里。这一条江水,发源安徽,贯流全浙,江形曲折,风景常新:唐朝有一个诗人赞这条江水说“一川如画”。他十四岁的时候,请了一位先生写了这四个字,贴在他的书斋里,因为他的书斋的小窗,是朝着江面的。虽则这书斋结构不大,然而风雨晦明,春秋朝夕的风景,也还抵得过滕王高阁。在这小小的书斋里过了十几个春秋,他才跟了他的哥哥到日本来留学。

他三岁的时候就丧了父亲,那时候他家里困苦得不堪。好容易他长兄在日本W大学卒了业,回到北京,考了一个进士,分发在法部当差,不上两年,武昌的革命起来了。那时候他已在县立小学堂卒了业，正在那里换来换去的换中学堂。他家里的人都怪他无恒性，说他的心思太活；然而依他自己讲来，他以为他一个人同别的学生不同，不能按部就班的同他们同在一处求学的。所以他进了K府中学之后，不上半年又忽然转了H府中学来；在H府中学住了三个月，革命就起来了。H府中学停学之后，他依旧只能回到那小小的书斋里来。第二年的春天，正是他十七岁的时候，他就进了H大学的预科。这大学是在杭州城外，本来是美国长老会捐钱创办的，所以学校里浸润了一种专制的弊风，学生的自由，几乎被压缩得同针眼儿一般的小。礼拜三的晚上有什么祈祷会，礼拜日非但不准出去游玩，并且在家里看别的书也不准的，除了唱赞美诗祈祷之外，只许看新旧约书。每天早晨从九点钟到九点二十分，定要去做礼拜，不去做礼拜，就要扣分数记过。他虽然非常爱那学校近旁的山水景物，然而他的心里，总有些反抗的意思，因为他是一个爱自由的人，对那些迷信的管束，怎么也不甘心服从的。住不上半年，那大学里的厨子，托了校长的势，竟打起学生来。学生中间有几个不服的，便去告诉校长，校长反说学生不是。他看看这些情形，实在是太无道理了，就立刻去告了退，仍复回家，到那小小的书斋里去，那时候已经是六月初了。

在家里住了三个多月，秋风吹到富春江上，两岸的绿树就快凋落的时候，他又坐了帆船，下富春江，上杭州去。却好那时候石牌楼的W中学正在那里招插班生，他进去见了校长M氏，把他的经历说给了M氏夫妻听，M氏就许他插入最高的班里去。这W中学原来也是一个教会学校，校长M氏，也是一个糊涂的美国宣教师；他看看这学校的内容倒比H大学不如了。与一位很卑鄙的教务长——原来这一位先生就是H大学的卒业生——闹了一场，第二年的春天，他就出来了。出了W中学，他看看杭州的学校都不能如他的意，所以他就打算不再进别的学校去。

正是这个时候，他的长兄也在北京被人排斥了。原来他的长兄为人正直得很，在部里办事，铁面无私，并且比一般部内的人物又多了一些学识，所以部内上下都忌惮他。有一天某次长的私人来问他要一个位置，他执意不肯，因此次长就同他闹起意见来，过了几天他就辞了部里的职，改到司法界去做司法官去了。他的二兄那时候正在绍兴军队里作军官，这一位二兄，军人习气颇深，挥金如土，专喜结交侠少。他们弟兄三人，到这时候都不能如意之所为，所以那一小市镇里的闲人都说他们的风水破了。

他回家之后，便镇日镇夜的蛰居在他那小小的书斋里。他父祖及他长兄所藏的书籍，就作了他的良师益友。他的日记上面，一天一天的记起诗来。有时候他也用了华丽的文章做起小说来，小说里就把他自己当作了一个多情的勇士，把他邻近的一家寡妇的两个女儿，当作了贵族的苗裔，把他故乡的风物，全编作了田园的情景；有兴的时候，他还把他自家的小说，用单纯的外国文翻译起来；他的幻想愈演愈大了,他的忧郁病的根苗,大约也就在这时候培养成功的。

在家里住了半年,到了七月中旬,他接到他长兄的来信说:

“院内近有派予赴日本考察司法事务之意,予已许院长以东行,大约此事不日可见命令。渡日之先,拟返里小住。三弟居家,断非上策,此次当偕伊赴日本也。”

他接到了这一封信之后,心中日日盼他长兄南来,到了九月下旬,他的兄嫂才自北京到家。住了一月,他就同他的长兄长嫂同到日本去了。

到了日本之后,他的 Dreams of the romantic age 尚未醒悟,模模糊糊的过了半载,他就考入了东京第一高等学校。这正是他十九岁的秋天。

第一高等学校将开学的时候,他的长兄接到了院长的命令,要他回去。他的长兄就把他寄托在一家日本人的家里,几天之后,他的长兄长嫂和他的新生的侄女儿就回国去了。

东京的第一高等学校里有一班预备班,是为中国学生特设的。在这预科里预备一年,卒业之后,才能入各地高等学校的正科,与日本学生同学。他考入预科的时候,本来填的是文科,后来将在预科卒业的时候,他的长兄定要他改到医科去,他当时亦没有什么主见,就听了他长兄的话把文科改了。

预科卒业之后,他听说 N 市的高等学校是最新的,并且 N 市是日本产美人的地方,所以他就要求到 N 市的高等学校去。

## 四

他的二十岁的八月二十九日的晚上,他一个人从东京的中央车站乘了夜行车到 N 市去。

那一天大约刚是旧历的初三四的样子,同天鹅绒似的又蓝又紫的天空里,洒满了一天星斗。半痕新月,斜挂在西天角上,却似仙女的蛾眉,未加翠黛的样子。他一个人靠着了三等车的车窗,默默的在那里数窗外人家的灯火。火车在暗黑的夜气中间,一程一程地进去,那大都市的星星灯火,也一点一点的朦胧起来,他的胸中忽然生了万千哀感,他的眼睛里就忽然觉得热起来了。

“Sentimental, too sentimental!”

这样的叫一声,把眼睛揩了一下,他反而自家笑起自家来。

“你也没有情人留在东京,你也没有弟兄知己住在东京,你的眼泪究竟是为谁洒的呀!或者是对于你过去的生活的伤感,或者是对你二年间的生活的余情,然而你平时不是说不爱东京的么?

“唉,一年人住岂无情。

"黄莺住久浑相识，欲别频啼四五声！"

胡思乱想的寻思了一会，他又忽然想到初次赴新大陆去的清教徒的身上去。

"那些十字架下的流人，离开他故乡海岸的时候，大约也是悲壮淋漓，同我一样的。"

火车过了横滨，他的感情方才渐渐儿的平静起来。呆呆的坐了一会儿，他就取了一张明信片出来，垫在海涅（Heine）的诗集上，用铅笔写了一首诗寄他东京的朋友。

> 峨眉月上柳梢初，又向天涯别故居。四壁旗亭争赌酒，六街灯火远随车。
> 乱离年少无多泪，行李家贫只旧书。夜后芦根秋水长，凭君南浦觅双鱼。

在朦胧的电灯光里，静悄悄的坐了一会，他又把海涅的诗集翻开来看了。

> Ledet wohl，ihr glatten Saale，
> Glatte Herren，glatte Frauen！
> Auf die Berge will ich steigen，
> Lac end auf euch niederschauen！
> Aus Heines，Buch der Lieder.

> 浮薄的尘寰，无情的男女，
> 你看那隐隐的青山，我欲乘风飞去，
> 且住且住，
> 我将从那绝顶的高峰，笑看你终归何处。

单调的轮声，一声声连连续续的飞到他的耳膜上来，不上三十分钟，他竟被这催眠的车轮声引诱到梦幻的仙境里去了。

早晨五点钟的时候，天空渐渐儿的明亮起来。在车窗里向外一望，他只见一线青天还被夜色包住在那里。探头出去一望，一层薄雾，笼罩着一幅天然的画图，他心里想了一想：

"原来今天又是清秋的好天气，我的福分，真可算不薄了。"

过了一个钟头，火车就到了N市的停车场。

下了火车，在车站上遇见了个日本学生；他看看那学生的制帽上也有两条白线，便知道他也是高等学校的学生。他走上前去，对那学生脱了一脱帽，问他说：

"第X高等学校是在什么地方的？"

那学生回答说：

"我们一路去罢。"

他就跟了那学生跑出火车站来；在火车站的前头，乘了电车。

时光还早得很,N市的店家都还未曾起来。他同那日本学生坐了电车,经过了几条冷清的街巷,就在鹤舞公园前面下了车。他问那日本学生说:

"学校还远得很么?"

"还有二里多路。"

穿过了公园,走到稻田中间的细路上的时候,他看看太阳已经起来了。稻上的露滴,还同明珠似的挂在那里。前面有一丛树林,树林荫里,疏疏落落的看得见几椽农舍。有两三条烟囱筒子,突出在农舍的上面,隐隐约约的浮在清晨的空气里。一缕两缕的青烟,同炉香似的在那里浮动,他知道农家已在那里炊早饭了。

到学校近边的一家旅馆去一问,他一礼拜前头寄出的几件行李,已经到在那里。原来那一家人家是住过中国留学生的,所以主人待他也很殷勤。在那一家旅馆里住下了之后,他觉得前途好像有许多欢乐在那里等他的样子。

他的前途的希望,在第一天的晚上,就不得不被目前的实情嘲弄了。原来他的故里,也是一个小小的市镇。到了东京之后,在人山人海的中间,他虽然时常觉得孤独,然而东京的都市生活,同他幼时的习惯尚无十分龃龉的地方。如今到了这N市的乡下之后,他的旅馆,是一家孤立的人家,四面并无邻舍,左首门外便是一条如发的大道,前后都是稻田,西面是一方池水,并且因为学校还没有开课,别的学生还没有到来,这一间宽旷的旅馆里,只住了他一个客人。白天倒还可以支吾过去,一到了晚上,他开窗一望,四面都是沉沉的黑影,并且因N市的附近是一大平原,所以望眼连天,四面并无遮障之处,远远里有一点灯火,明灭无常,森然有些鬼气。天花板里,又有许多虫鼠,息栗索落的在那里争食。窗外有几株梧桐,微风动叶,飒飒的响得不已,因为他住在二层楼上,所以梧桐的叶战声,近在他的耳边。他觉得害怕起来,几乎要哭出来了。他对于都市的怀乡病(Nostalgia)从未有比那一晚更甚的。

学校开了课,他朋友也渐渐儿的多起来。感受性非常强烈的他的性情,也同天空大地丛林野水融和了。不上半年,他竟变成了一个大自然的宠儿,一刻也离不了那天然的野趣了。

他的学校是在N市外,刚才说过N市的附近是一大平原,所以四边的地平线,界限广大得很。那时候日本的工业还没有十分发达,人口也还没有增加得同目下一样,所以他的学校的近边,还多是丛林空地,小阜低岗。除了几家与学生做买卖的文房具店及菜馆之外,附近并没有居民。荒野的人间,只有几家为学生而设的旅馆,同晓天的星影一般,散缀在麦田瓜地的中央。晚饭毕后,披了黑呢的缦斗(Le meateau),拿了爱读的书,在迟迟不落的夕照中间散步逍遥,是非常快乐的。他的田园趣味,大约也是在这 Idyllic Wanderings 的中间养成的。

在生活竞争不十分猛烈,逍遥自在,同中古时代一样的时候;在风气纯良,不与市井小人同处，清闲淡雅的地方；过日子正如做梦一样。他到了 N 市之后，转瞬之间，已经有半载多了。

熏风日夜的吹来，草色渐渐儿的绿起来。旅馆近旁麦田里的麦穗，也一寸一寸的长起来了。草木虫鱼都化育起来，他的从始祖传来的苦闷也一日一日的增长起来，他每天早晨，在被窝里犯的罪恶，也一次一次的加起来了。

他本来是一个非常爱高尚爱洁净的人，然而一到了这邪念发生的时候，他的智力也无用了，他的良心也麻痹了，他从小服膺的“身体发肤”“不敢毁伤”的圣训，也不能顾全了。他犯了罪之后，每深自痛悔，切齿的说，下次总不再犯了，然而到了第二天的那个时候，种种幻想，又活泼泼的到他的眼前来。他平时所看见的“伊扶”的遗类，都赤裸裸的来引诱他。中年以后的 Madam 的形体，在他的脑里，比处女更有挑拨他情动的地方。他苦闷一场，恶斗一场，终究不得不做她们的捕虏。这样的一次成了两次，两次之后就成了习惯了。他犯罪之后，每到图书馆里去翻出医书来看，医书都千篇一律的说，于身体最有害的就是这一种犯罪。从此之后，他的恐惧心也一天一天的增加起来了。有一天他不知道从什么地方得来的消息，好像是一本书上说，俄国近代文学的创设者 Gogol 也犯这一宗病，他到死竟没有改过来，他想到了 Gogol 心里就宽了一宽，因为这《死了的灵魂》的著者，也是同他一样的。然而这不过自家对自家的宽慰而已，他的胸里，总有一种非常的忧虑存在那里。

因为他是非常爱洁净的，所以他每天总要去洗澡一次，因为他是非常爱惜身体的，所以他每天总要去吃几个生鸡子和牛乳；然而他去洗澡或吃牛乳鸡子的时候，他总觉得惭愧得很，因为这都是他的犯罪的证据。

他觉得身体一天一天的衰弱起来，记忆力也一天一天的减退了。他又渐渐儿的生了一种怕见人面的心思，见了女子的时候，他觉得更加难受。学校的教科书，他渐渐的嫌恶起来，法国自然派的小说和中国那几本有名的诲淫小说，他念了又念，几乎记熟了。

有时候他忽然做出一首好诗来，他自家便喜欢得非常，以为他的脑力还没有破坏。那时候他每对着自家起誓说：“我的脑力还可以使得，还能做得出这样的诗，我以后决不再犯罪了。过去的事实是没法，我以后总不再犯罪了。若从此自新，我的脑力还是很可以的。”

然而一到了紧迫的时候，他的誓言又忘了。

每礼拜四五，或每月的二十六七的时候，他索性尽意的贪起欢来。他的心里想，自下礼拜一或下月初一起，我总不犯罪了。有时候正合到礼拜六或月底的晚上，去剃头洗澡去，以为这就是改过自新的记号，然而过几天，他又不得不吃鸡子和牛乳了。

他的自责心同恐惧心，竟一日也不使他安闲，他的忧郁症也从此厉害起来了。

这样的状态继续了一二个月,他的学校里就放了暑假,暑假的两个月内,他受的苦闷,更甚于平时;到了学校开课的时候,他的两颊的颧骨更高起来,他的青灰色的眼窝更大起来,他的一双灵活的瞳人,变了同死鱼眼睛一样了。

## 五

秋天又到了。浩浩的苍空,一天一天的高起来。他的旅馆旁边的稻田,都带起黄金色来。朝夕的凉风,同刀也似的刺到人的心骨里去,大约秋冬的佳日,来也不远了。

一礼拜前的有一天午后,他拿了一本 Wordsworth 的诗集,在田塍路上逍遥漫步了半天。从那一天以后,他的循环性的忧郁症,尚未离他的身过。前几天在路上遇着的那两个女学生,常在他的脑里,不使他安静:想起那一天的事情,他还是一个人要红起脸来。

他近来无论上什么地方去,总觉得有坐立难安的样子。他上学校去的时候,觉得他的日本同学都似在那里排斥他。他的几个中国同学,也许久不去寻访了,因为去寻访了回来,他心里反觉得空虚。他的几个中国同学,怎么也不能理解他的心理。他去寻访的时候,总想得些同情回来的,然而谈了几句以后,他又不得不自悔寻访错了。有时候讲得投机,他就任了一时的热意,把他的内外的生活都对朋友讲了出来,然而到了归途,他又自悔失言,心里的责备,倒反比不去访友的时候更加厉害。他的几个中国朋友,因此都说他是染了神经病了。他听了这话之后,对了那几个中国同学,也同对日本学生一样,起了一种复仇的心。他同他的几个中国同学,一日一日的疏远起来。虽在路上,或在学校里遇见的时候,他同那几个中国同学,也不点头招呼。中国留学生开会的时候,他当然是不去出席的。因此他同他的几个同胞,竟宛然成了两家仇敌。

他的中国同学的里边,也有一个很奇怪的人:因为他自家的结婚有些道德上的罪恶,所以他专喜讲人家的丑事,以掩己之不善,说他是神经病,也是这一位同学说的。

他交游离绝之后,孤冷得几乎到将死的地步,幸而他住的旅馆里,还有一个主人的女儿,可以牵引他的心,否则他真只能自杀了。他旅馆的主人的女儿,今年正是十七岁,长方的脸儿,眼睛大得很,笑起来的时候,面上有两颗笑靥,嘴里有一颗金牙看得出来,因为她的笑容是非常可爱,所以她平时常在那里笑的。

他心里虽然非常爱她,然而她送饭来或来替他铺被的时候,他总装出一种兀不可犯的样子来。他心里虽想对她讲几句话,然而一见了她,他总不能开口。她进他房里来的时候，他的呼吸竟急促到吐气不出的地步。他在她的面前实在是受苦不起了，所以近来她进他的房里来的时候，他每不得不跑出房外去。然而他思慕她的心情，却一天一天的浓厚起来。有一天礼拜六的晚上，旅馆里的学生，都上N市去行乐去了。他因为经济困难，所以吃了晚饭，上西面池上去走了一回，就回到旅舍里来枯坐。

回家来坐了一会，他觉得那空旷的二层楼上，只有他一个人在家。静悄悄的坐了半晌，坐得不耐烦起来的时候，他又想跑出外面去。然而要跑出外面去，不得不由主人的房门口经过，因为主人和他女儿的房，就在大门的边上。他记得刚才进来的时候，主人和他的女儿正在那里吃饭。他一想到经过她面前的时候的苦楚，就把跑出外面去的心思丢了。

拿出了一本G. Gissing的小说来读了三四页之后，静寂的空气里，忽然传了几声煞煞的泼水声音过来。他静静儿的听了一听，呼吸又一霎时的急了起来，面色也涨红了。迟疑了一会，他就轻轻的开了房门，拖鞋也不拖，幽脚幽手的走下扶梯去。轻轻的开了便所的门，他尽兀兀的站在便所的玻璃窗口偷看。原来他旅馆里的浴室，就在便所的间壁，从便所的玻璃窗看去，浴室里的动静了了可见。他起初以为看一看就可以走的，然而到了一看之后，他竟同被钉子钉住的一样，动也不能动了。

那一双雪样的乳峰！

那一双肥白的大腿！

这全身的曲线！

呼气也不呼，仔仔细细的看了一会，他面上的筋肉都发起痉挛来了。愈看愈颤得厉害，他那发颤的前额部竟同玻璃窗冲击了一下。被蒸气包住的那赤裸裸的"伊扶"便发了娇声问说：

"是谁呀？……"

他一声也不响，急忙跳出了便所，就三脚两步的跑上楼上去了。

他跑到了房里，面上同火烧的一样，口也干渴了。一边他自家打自家的嘴巴，一边就把他的被窝拿出来睡了。他在被窝里翻来覆去，总睡不着，便立起了两耳，听起楼下的动静来。他听听泼水的声音也息了，浴室的门开了之后，他听见她的脚步声好像是走上楼来的样子。用被包着了头，他心里的耳朵明明告诉他说：

"她已经立在门外了。"

他觉得全身的血液，都在往上奔注的样子。心里怕得非常，羞得非常，也喜欢得非常。然而若有人问他，他无论如何，总不肯承认说，这时候他是喜欢的。

他屏住了气息，尖着了两耳听了一会，觉得门外并无动静，又故意咳嗽了一声，门外亦无声响。他正在那里疑惑的时候，忽听见她的声音，在楼下同她的父亲在那里说话。他手里捏了一把冷汗，拼命想听出她的话来，然而无论如何总听不清楚。

停了一会,她的父亲高声笑了起来,他把被蒙头的一罩,咬紧了牙齿说:

"她告诉了他了! 她告诉了他了!"

这一天的晚上他一睡也不曾睡着。第二天的早晨,天亮的时候,他就惊心吊胆的走下楼来。洗了手面,刷了牙,趁主人和他的女儿还没有起来之先,他就同逃也似的出了那个旅馆,跑到外面来。

官道上的沙尘,染了朝露,还未曾干着。太阳已经起来了。他不问皂白,一直的往东走去,远远有一个农夫,拖了一车野菜慢慢的走来。那农夫同他擦过的时候,忽然对他说:

"你早啊!"

他倒惊了一跳,那清瘦的脸上又起了一层红潮,胸前又乱跳起来,他心里想:

"难道这农夫也知道了么?"

无头无脑的跑了好久,他回转头来看看他的学校,已经远得很了,举头看看,太阳也升高了。他摸摸表看,那银饼大的表,也不在身边。从太阳的角度看起来,大约已经是九点钟前后的样子。他虽然觉得饥饿得很,然而无论如何,总不愿意再回到那旅馆里去,同主人和他的女儿相见。想去买些零食充一充饥,然而他摸摸自家的袋看,袋里只剩了一角二分钱在那里。他到一家乡下的杂货店内,尽那一角二分钱,买了些零碎的食物,想去寻一处无人看见的地方去吃去。走到了一处两路交叉的十字路口,他朝南的一望,只见与他的去路横交的那一条自北趋南的路上,行人稀少得很。那一条路是向南的斜低下去的,两面更有高壁在那里,他知道这路是从一条小山中开辟出来的。他刚才走来的那条大道,便是这山的岭脊,十字路当作了中心,与岭脊上的那条大道相交的横路,是两边低斜下去的。在十字路口迟疑了一会,他就取了那一条向南斜下的路走去。走尽了两面的高壁,他的去路就穿入大平原去,直通到彼岸的市内。平原的彼岸有一簇深林,划在碧空的心里,他心里想:

"这大约就是A神宫了。"

他走尽了两面的高壁,向左手斜面上一望,见沿高壁的那山面上有一道女墙,围住着几间茅舍,茅舍的门上悬着了"香雪海"三字的一方匾额。他离开了正路,走上几步,到那女墙的门前,顺手的向门一推,那两扇柴门竟自开了。他就随随便便的踏了进去。门内有一条曲径,自门口通过了斜面,直达到山上去的。曲径的两旁,有许多老苍的梅树种在那里,他知道这就是梅林了。顺了那一条曲径,往北的从斜面上走到山顶的时候,一片同图画似的平地,展开在他的眼前。这园自从山脚上起,跨有朝南的半山斜面,同顶上的一块平地,布置得非常幽雅。

山顶平地的西面是千仞的绝壁,与隔岸的绝壁相对峙,两壁的中间,便是他刚走过的那一条自北趋南的通路。背临着了那绝壁,有一间楼屋,几间平屋造在那里。因为这几间屋,门窗都闭在那里,他所以知道这定是为梅花开日卖酒食用的。

楼屋的前面有一块草地，草地中间有几方白石，围成了一个花圈，圈子里，卧着一枝老梅。那草地的南尽头，山顶的平地正要向南斜下去的地方，有一块石碑立在那里，系记这梅林的历史的。他在碑前的草地上坐下之后，就把买来的零食拿出来吃了。

吃了之后，他兀兀的在草地上坐了一会。四面并无人声，远远的树枝上，时有一声两声的鸟鸣声飞来。他仰起头来看看澄清的碧落，同那皎洁的日轮，觉得四面的树枝房屋，小草飞禽，都一样的在和平的太阳光里受大自然的化育。他那昨天晚上的犯罪的记忆，正同远海的帆影一般，不知消失到那里去了。

这梅林的平地上和斜面上，叉来叉去的曲径很多。他站起来走来走去的走了一会，方晓得斜面上梅树的中间，更有一间平屋造在那里。从这一间房屋往东的走去几步，有眼古井，埋在松叶堆中。他摇摇井上的唧筒看：呷呷的响了几声，却抽不起水来。他心里想：

"这园大约只有梅花开的时候，开放一下，平时总没有人住的。"

想到这里，他又自言自语的说：

"既然空在这里，我何妨去问园主人去借住借住。"

想定了主意，他就跑下山来，打算去寻园主人去。他将走到门口的时候，却好遇见了一个五十来岁的农夫走进园来。他对那农夫道歉之后，就问他说：

"这园是谁的，你可知道？"

"这园是我经管的。"

"你住在什么地方的？"

"我住在路的那面。"

一边这样的说，一边那农民指着通路西边的一间小屋给他看。他向西一看，果然在西边的高壁尽头的地方，有一间小屋在那里。他点了点头，又问说：

"你可以把园内的那间楼屋租给我住住么？"

"可是可以的，你只一个人么？"

"我只一个人。"

"那你可不必搬来的。"

"这是什么缘故呢？"

"你们学校里的学生，已经有几次搬来过了，大约都因为冷静不过，住不上十天就搬走的。"

"我可同别人不同，你但能租给我，我是不怕冷静的。"

"这样岂有不租的道理，你想什么时候搬来？"

"就是今天午后罢。"

"可以的，可以的。"

“请你就替我扫一扫干净,免得搬来之后着忙。”

“可以可以。再会!”

“再会!”

## 六

搬进了山上梅园之后,他的忧郁症(Hypochondria)又变起形状来了。

他同他的北京的长兄,为了一些儿细事,竟生起龃龉来。他发了一封长长的信,寄到北京,同他的长兄绝了交。

那一封信发出之后,他呆呆的在楼前草地上想了许多时候。他自家想想看,他便是世界上最不幸的人了。其实这一次的决裂,是发始于他的。同室操戈,事更甚于他姓之相争,自此之后,他恨他的长兄竟同蛇蝎一样,他被他人欺侮的时候,每把他长兄拿出来作比:

“自家的弟兄,尚且如此,何况他人呢!”

他每达到这一个结论的时候,必尽把他长兄待他苛刻的事情,细细回想出来。把各种过去的事迹列举出来之后,就把他长兄判决是一个恶人,他自家是一个善人。他又把自家的好处列举出来,把他所受的苦处夸大的细数起来。他证明得自家是一个世界上最苦的人的时候,他的眼泪就同瀑布似的流下来。他在那里哭的时候,空中好像有一种柔和的声音在对他说:

“啊呀,哭的是你么?那真是冤屈了你了。像你这样的善人,受世人的那样的虐待,这可真是冤屈了你了。罢了罢了,这也是天命,你别再哭了,怕伤害了你的身体!”

他心里一听到这一种声音,就舒畅起来。他觉得悲苦的中间,也有无穷的甘味在那里。

他因为想复他长兄的仇,所以就把所学的医科丢弃了,改入文科里去。他的意思,以为医科是他长兄要他改的,仍旧改回文科,就是对他长兄宣战的一种明示。并且他由医科改入文科,在高等学校须迟卒业一年。他心里想,迟卒业一年,就是早死一岁,你若因此迟了一年,就到死可以对你长兄含一种敌意。因为他恐怕一二年之后,他们兄弟两人的感情,仍旧要和好起来;所以这一次的转科,便是帮他永久敌视他长兄的一个手段。

气候渐渐儿的寒冷起来,他搬上山来之后,已经有一个月了。几日来天气阴郁,灰色的层云,天天挂在空中。寒冷的北风吹来的时候,梅林的树叶,每息索息索的飞掉下来。

初搬来的时候，他卖了些旧书，买了许多炊饭的器具，自家烧了一个月饭，因为天冷了，他也懒得烧了。他每天的伙食，就一切包给了山脚下的园丁家包办，所以他近来只同退院的闲僧一样，除了怨人骂己之外，更没有别的事情了。

有一天早晨，他侵早的起来，把朝东的窗门开了之后，他看见前面的地平线上有几缕红云，在那里浮荡。东天半角，反照出一种银红的灰色。因为昨天下了一天微雨，所以他看了这清新的旭日，比平日更添了几分欢喜。他走到山的斜面上，从那古井里汲了水，洗了手面之后，觉得满身的气力，一霎时都回复了转来的样子。他便跑上楼去，拿了一本黄仲则的诗集下来，一边高声朗读，一边尽在那梅林的曲径里，跑来跑去的跑圈子。不多一会，太阳起来了。

从他住的山顶向南方看去，眼下看得出一大平原。平原里的稻田都尚未收割起。金黄的谷色，以绀碧的天空作了背景，反映着一天太阳的晨光，那风景正同看密来(Millet)的田园清画一般。

他觉得自家好像已经变了几千年前的原始基督教徒的样子，对了这自然的默示，他不觉笑起自家的气量狭小起来。

“赦饶了！赦饶了！你们世人得罪于我的地方，我都饶赦了你们罢！来，你们来，都来同我讲和罢！”

手里拿着了那一本诗集，眼里浮着了两泓清泪，正对了那平原的秋色呆呆的立在那里想这些事情的时候，他忽听见他的近边，有两人在那里低声的说：

“今晚上你一定要来的哩！”

这分明是男子的声音。

“我是非常想来的，但是恐怕……”

他听了这娇滴滴的女子的声音之后，好像是被电气贯穿了的样子，觉得自家的血液循环都停止了。原来他的身边有一丛长大的苇草生在那里，他立在苇草的右面，那一对男女，大约是在苇草的左面，所以他们两个还不晓得隔着苇草，有人站在那里。那男人又说：

“你心真好，请你今晚上来罢，我们到如今还没在被窝里××。”

“……”

他忽然听见两人的嘴唇，咂咂的好像在那里吮吸的样子。他正同偷了食的野狗一样，就惊心吊胆的把身子屈倒去听了。

“你去死罢，你去死罢，你怎么会下流到这样的地步！”

他心里虽然如此的在那里痛骂自己，然而他那一双尖着的耳朵，却一言半语也不愿意遗漏，用了全副精神在那里听着。

地上的落叶索息索息的响了一下。

解衣带的声音。

男人嘶嘶的吐了几口气。

舌尖吮吸的声音。

女人半轻半重,断断续续的说:

"你!……你!……你快……快××罢。……别……别……别被人……被人看见了。"

他的面色,一霎时的变了灰色了。他的眼睛同火也似的红了起来。他的上腭骨同下腭骨呷呷的发起颤来。他再也站不住了。他想跑开去,但是他的两只脚,总不听他的话。他苦闷了一场,听听两人出去了之后,就同落水的猫狗一样,回到楼上房里去,拿出被窝来睡了。

## 七

他饭也不吃,一直在被窝里睡到午后四点钟的时候才起来。那时候夕阳洒满了远近。平原的彼岸的树林里,有一带苍烟,悠悠扬扬的笼罩在那里。他踉踉跄跄的走下了山,上了那一条自北趋南的大道,穿过了那平原,无头无绪的尽是向南的走去。走尽了平原,他已经到了神宫前的电车停留处了。那时候恰好从南面有一乘电车到来,他不知不觉就乘了上去,既不知道他究竟为什么要乘电车,也不知道这电车是往什么地方去的。

走了十五六分钟,电车停了,运车的教他换车,他就换了一乘车。走了二三十分钟,电车又停了,他听见说是终点了,他就走了下来。他的前面就是筑港了。

前面一片汪洋的大海,横在午后的太阳光里,在那里微笑。超海而南有一发青山,隐隐的浮在透明的空气里。西边是一脉长堤,直驰到海湾的心里去。堤外有一处灯台,同巨人似的立在那里。几艘空船和几只舢板,轻轻的在系着的地方浮荡。海中近岸的地方,有许多浮标,饱受了斜阳,红红的浮在那里。远处风来,带着几句单调的话声,既听不清楚是什么话,也不知道是从那里来的。

他在岸边上走来走去走了一会,忽听见那一边传过了一阵击磬的声来。他跑过去一看,原来是为唤渡船而发的。他立了一会,看有一只小火轮从对岸过来了。跟着了一个四五十岁的工人,他也进了那只小火轮去坐下了。

渡到东岸之后,上前走了几步,他看见靠岸有一家大庄子在那里。大门开得很大,庭内的假山花草,布置得楚楚可爱。他不问是非,就踱了进去。走不上几步,他忽听得前面家中有女人的娇声叫他说:

"请进来吓!"

他不觉惊了一下,就呆呆的站住了。他心里想:

"这大约就是卖酒食的人家,但是我听见说,这样的地方,总有妓女在那里的。"

一想到这里,他的精神就抖擞起来,好像是一桶冷水浇上身来的样子。他的面色立时变了。要想进去又不能进去,要想出来又不得出来;可怜他那同兔儿似的小胆,同猿猴似的淫心,竟把他陷到一个大大的难境里去了。

"进来吓! 请进来吓!"里面又娇滴滴的叫了起来,带着笑声。

"可恶东西,你们竟敢欺我胆小么?"

这样的怒了一下,他的面色更同火也似的烧了起来。咬紧了牙齿,把脚在地上轻轻的蹬了一蹬,他就捏了两个拳头向前进去,好像是对了那几个年轻的侍女宣战的样子。但是他那青一阵红一阵的面色,和他的面上的微微儿在那里震动的筋肉,总隐藏不过。他走到那几个侍女的面前的时候,几乎要同小孩似的哭出来了。

"请上来!"

"请上来!"

他硬了头皮,跟了一个十七八岁的侍女走上楼去,那时候他的精神已经有些镇静下来了。走了几步,经过一条暗暗的夹道的时候,一阵恼人的花粉香气,同日本女人特有的一种肉的香味,和头发上的香油气息合作了一处,哼的扑上他的鼻孔来。他立刻觉得头晕起来,眼睛里看见了几颗火星,向后面跌也似的退了一步。他再定睛一看,只见他的前面黑暗暗的中间,有一长圆形的女人的粉面,堆着了微笑在那里问他说:

"你! 你还是上靠海的地方呢? 还是怎样?"

他觉得女人口里吐出来的气息,也热和和的喷上他的面来。他不知不觉把这气息深深的吸了一口。他的意识感觉到他这行为的时候,他的面色又立刻红了起来。他不得已只能含含糊糊的答应她说:

"上靠海的房间里去。"

进了一间靠海的小房间,那侍女便问他要什么菜。他就回答说:

"随便拿几样来罢。"

"酒要不要?"

"要的。"

那侍女出去之后,他就站起来推开了纸窗,从外边放了一阵空气进来。因为房里的空气沉浊得很,他刚才在夹道中闻过的那一阵女人的香味,还剩在那里,他实在是被这一阵气味压迫不过了。

一湾大海,静静的浮在他的面前。外边好像是起了微风的样子,一片一片的海浪,受了阳光的返照,同金鱼的鱼鳞似的在那里微动。他立在窗前看了一会,低声的吟了一句诗出来:

"夕阳红上海边楼。"

他向西一望,见太阳离西南的地平线只有一丈多高了。呆呆的看了一会,他的心思怎么也离不开刚才的那个侍女。她的口里的头上的面上的和身体上的那一种香味,怎么也不容他的心思去想别的东西。他才知道他想吟诗的心是假的,想女人的肉体的心是真的了。

停了一会,那侍女把酒菜搬了进来,跪坐在他的面前,亲亲热热的替他上酒。他心里想仔仔细细的看她一看,把他的心里的苦闷都告诉了她,然而他的眼睛怎么也不敢平视她一眼,他的舌根怎么也不能摇动一摇动。他不过同哑子一样,偷看着她那搁在膝上一双纤嫩的白手,同衣缝里露出来的一条粉红的围裙角。

原来日本的妇人都不穿裤子,身上贴肉只围着一条短短的围裙。外边就是一件长袖的衣服,衣服上也没有钮扣,腰里只缚着一条一尺多宽的带子,后面结着一个方结。她们走路的时候,前面的衣服每一步一步的掀开来,所以红色的围裙,同肥白的腿肉,每能偷看。这是日本女子特别的美处,他在路上遇见女子的时候,注意的就是这些地方。他切齿的痛骂自己,畜生!狗贼!卑怯的人!也便是这个时候。

他看了那侍女的围裙角,心头便乱跳起来。愈想同她说话,他觉得愈讲不出话来。大约那侍女是看得不耐烦起来了,便轻轻的问他说:

"你府上是什么地方?"

一听了这一句话,他那清瘦苍白的面上,又起了一层红色;含含糊糊的回答了一声,他呐呐的总说不出话来。可怜他又站在断头台上了。

原来日本人轻视中国人,同我们轻视猪狗一样。日本人都叫中国人作"支那人",这"支那人"三字,在日本,比我们骂人的"贱贼"还更难听,如今在一个如花的少女前头,他不得不自认说"我是支那人"了。

"中国呀中国,你怎么不强大起来!"

他全身发起痉来,他的眼泪又快滚下来了。

那侍女看他发颤发得厉害,就想让他一个人在那里喝酒,好教他把精神安静安静,所以对他说:

"酒就快没有了,我再去拿一瓶来罢?"

停了一会,他听得那侍女的脚步声又走上楼来。他以为她是上他这里来的,所以就把衣服整了一整,姿势改了一改。但是他被她欺了。她原来是领了两三个另外的客人,上间壁的那一间房间里去的。那两三个客人都在那里对那侍女取笑,那侍女也娇滴滴的说:

"别胡闹了,间壁还有客人在那里。"

他听了就立刻发起怒来。他心里骂他们说:

"狗才!俗物!你们都敢来欺侮我么?复仇复仇,我总要复你们的仇。世间那里有真心的女子！那侍女的负心东西，你竟敢把我丢了么？罢了罢了，我再也不爱女人了，我再也不爱女人了。我就爱我的祖国，我就把我的祖国当作了情人罢。”

他马上就想跑回去发愤用功。但是他的心里，却很羡慕那间壁的几个俗物。他的心里，还有一处地方在那里盼望那个侍女再回到他这里来。

他按住了怒，默默的喝干了几杯酒，觉得身上热起来。打开了窗门，他看太阳就快要下山去了。又连饮了几杯，他觉得他面前的海景都朦胧起来。西面堤外的灯台的黑影，长大了许多。一层茫茫的薄雾，把海天融混作了一处。在这一层混沌不明的薄纱影里，西方的将落不落的太阳，好像在那里惜别的样子。他看了一会，不知道是什么缘故，只觉得好笑。呵呵的笑了一回，他用手擦擦自家那火热的双颊，便自言自语的说：

“醉了醉了！”

那侍女果然进来了。见他红了脸，立在窗口在那里痴笑，便问他说：

“窗开了这样大，你不冷的么？”

“不冷不冷，这样好的落照，谁舍得不看呢？”

“你真是一个诗人呀！酒拿来了。”

“诗人！我本来是一个诗人。你去把纸笔拿了来，我马上写首诗给你看看。”

那侍女出去了之后，他自家觉得奇怪起来。他心里想：

“我怎么会变了这样大胆的？”

痛饮了几杯新拿来的热酒，他更觉得快活起来，又禁不得呵呵的笑了一阵。他听见间壁房间里的那几个俗物，高声的唱起日本歌来，他也放大了嗓子唱着说：

“醉拍阑干酒意寒，江湖寥落又冬残。剧怜鹦鹉中州骨，未拜长沙太傅官。
一饭千金图报易，五噫几辈出关难。茫茫烟水回头望，也为神州泪暗弹。”

高声的念了几遍，他就在席上醉倒了。

## 八

一醉醒来，他看看自家睡在一条红绸的被里，被上有一种奇怪的香气。这一间房间也不很大，但已不是白天的那一间房间了。房中挂着一盏十烛光的电灯，枕头边上摆着了一壶茶，两只杯子。他倒了二三杯茶，喝了之后，就踉踉跄跄的走到房外去。他开了门，却好白天的那侍女也跑过来了。她问他说：

“你！你醒了么？”

他点了一点头，笑微微的回答说：

“醒了。厕所是在什么地方的？”

“我领你去罢。”

他就跟了她去。他走过日间的那条夹道的时候,电灯点得明亮得很。远近有许多歌唱的声音,三弦的声音,大笑的声音,传到他的耳朵里来。白天的情节,他都想出来了。一想到酒醉之后,他对那侍女说的那些话的时候,他觉得面上又发起烧来。

从厕所回到房里之后,他问那侍女说:

“这被是你的么?”

侍女笑着说:

“是的。”

“现在是什么时候了?”

“大约是八点四五十分的样子。”

“你去开了账来罢!”

“是。”

他付清了账,又拿了一张纸币给那侍女,他的手不觉微颤起来。那侍女说:

“我是不要的。”

他知道她是嫌少了。他的面色又涨红了,袋里摸来摸去,只有一张纸币了,他就拿了出来给她说:

“你别嫌少了,请你收了罢。”

他的手震动得更加厉害,他的话声也颤动起来了。那侍女对他看了一眼,就低声的说:

“谢谢!”

他一直的跑下了楼,套上了皮鞋,就走到外面来。

外面冷得非常,这一天大约是旧历的初八九的样子。半轮寒月,高挂在天空的左半边。淡青的圆形天盖里,也有几点疏星,散在那里。

他在海边上走了一回,看看远岸的渔灯,同鬼火似的在那里招引他。细浪中间,映着了银色的月光,好像是山鬼的眼波,在那里开闭的样子。不知是什么道理,他忽想跳入海里去死了。

他摸摸身边看,乘电车的钱也没有了。想想白天的事情看,他又不得不痛骂自己。

“我怎么会走上那样的地方去的?我已经变了一个最下等的人了。悔也无及,悔也无及。我就在这里死了罢。我所求的爱情,大约是求不到的了。没有爱情的生涯,岂不同死灰一样么?唉,这干燥的生涯,这干燥的生涯,世上的人又都在那里仇视我,欺侮我,连我自家的亲弟兄,自家的手足,都在那里挤我出去到这世界外去。我将何以为生,我又何必生存在这多苦的世界里呢!”

想到这里,他的眼泪就连连续续的滴了下来。他那灰白的面色,竟同死人没有分别了。他也不举起手来揩揩眼泪,月光射到他的面上,两条泪线倒变了叶上的朝露一样放起光来。他回转头来看看他自家的又瘦又长的影子,就觉得心痛起来。

"可怜你这清影,跟了我二十一年,如今这大海就是你的葬身地了,我的身子,虽然被人家欺辱,我可不该累你也瘦弱到这步田地的。影子呀影子,你饶了我罢!"

他向西面一看,那灯台的光,一霎变了红一霎变了绿的,在那里尽它的本职。那绿的光射到海面上的时候,海面就现出一条淡青的路来。再向西天一看,他只见西方青苍苍的天底下,有一颗明星,在那里摇动。

"那一颗摇摇不定的明星的底下,就是我的故国。也就是我的生地。我在那一颗星的底下,也曾送过十八个秋冬。我的乡土啊,我如今再也不能见你的面了。"

他一边走着,一边尽在那里自伤自悼的想这些伤心的哀话。走了一会,再向那西方的明星看了一眼,他的眼泪便同骤雨似的落下来了。他觉得四边的景物,都模糊起来。把眼泪揩了一下,立住了脚,长叹了一声,他便断断续续的说:

"祖国呀祖国!我的死是你害我的!

"你快富起来!强起来罢!

"你还有许多儿女在那里受苦呢!"

一九二一年五月九日改作

(选自《郁达夫全集》第1卷,郁达夫著,浙江大学出版社2007年版)

**【阅读提示】**

郁达夫(1896—1945),原名郁文,浙江富阳人,中国现代浪漫抒情小说的奠基者,主要作品有小说《沉沦》《春风沉醉的晚上》《过去》《她是一个弱女子》《迟桂花》和散文《钓台的春昼》等。该篇作品原收入作者第一个小说集《沉沦》,泰东书局1921年10月初版。小说通过对一个留日中国学生之生命苦闷和精神忧郁的解剖,揭示中国青年现代生命意识的觉醒,其"性的要求与灵肉的冲突"(《沉沦·自序》)。艺术上强烈的主观抒情性和大胆的自我暴露显示鲜明的浪漫主义特色,并奠定现代自叙传小说的基础。

**【延伸阅读】**

1. 陈海英:《试论郁达夫小说的"颓废"情调》,《浙江学刊》2003年第6期。

2. [日]伊藤虎丸:《鲁迅、创造社与日本文学》有关章节,孙猛、徐江、李冬木译,北京大学出版社2005年版。

3. 郁达夫:《南迁》,见《郁达夫全集》第一卷(小说卷上),浙江大学出版社2007年版。

4. 郁达夫:《日本的文化生活》《雪夜——日本国情记述》,《郁达夫全集》第十二卷,浙江大学出版社 2007 年版。

5. 李欧梵:《引来的浪漫主义:重读郁达夫〈沉沦〉中的三篇小说》,见季进编《李欧梵论中国现代文学》,上海三联书店 2009 年版。

(左怀建)

# 竹林的故事

冯文炳

出城一条河，过河西走，坝脚下有一簇竹林，竹林里露出一重茅屋，茅屋两边都是菜园：十二年前，它们的主人是一个很和气的汉子，大家呼他老程。

那时我们是专门请一位先生在祠堂里讲《了凡纲鉴》，为得拣到这菜园来割菜，因而结识了老程，老程有一个小姑娘，非常的害羞而又爱笑，我们以后就藉了割菜来逗她玩笑。我们起初不知道她的名字，问她，她笑而不答，有一回见了老程呼“阿三”，我才挽住她的手：“哈哈，三姑娘！”我们从此就呼她三姑娘。从名字看来，三姑娘应该还有姊妹或兄弟，然而我们除掉她的爸爸同妈妈，实在没有看见别的谁。

一天我们的先生不在家，我们大家聚在门口掷瓦片，老程家的捏着香纸走我们的面前过去，不一刻又望见她转来，——不笔直的循走原路，勉强带笑的湾近我们：“先生！替我看看这签。”我们围着念菩萨的绝句，问道：“你求的是什么呢？”她对我们诉一大串，我们才知道她的阿三头上本来还有两个姑娘，而现在只要让她有这一个，不再三朝两病的就好了。

老程除了种菜，也还打鱼卖。四五月间，霪雨之后，河里满河山水，他照例拿着摇网走到河边的一个草墩上，——这墩也就是老程家的洗衣裳的地方，因为太阳射不到这来，一边一棵树交荫着成一座天然的凉棚。水涨了，搓衣的石头沉在河底，呈现绿团团的坡，刚刚高过水面，老程老像乘着划船一般站在上面把摇网朝水里兜来兜去；倘若兜着了，那就不移地的转过身倒在挖就了的荡里，——三姑娘的小小的手掌，这时跟着她的欢跃的叫声热闹起来，一直等到碰跳碰跳好容易给捉住了，才又坐下草地望着爸爸。

流水潺潺，摇网从水里探起，一滴滴的水点打在水上，浸在水当中的枝条也冲击着查查作响。三姑娘渐渐把爸爸站在那里都忘掉了，只是不住的抠土，嘴里还低声的歌唱；头发低到眼边，才把脑壳一扬，不觉也就瞥到那滔滔水流上的一堆白沫，顿时兴奋起来，然而立刻不见了，偏头又给树叶子遮住了——使得眼光回复到爸爸的身上，是突然一声“啊呀”！这回是一尾大鱼！而妈妈也沿坝走来，说盐钵里的盐怕还够不了一餐饭。

老程由街转头,茅屋顶上正在冒烟,叱咤一声,躲在园里吃菜的猪飞奔的跑,——三姑娘也就出来了,老程从荷包里掏出一把大红头绳:“阿三,这个打辫好吗?”三姑娘抢在手上,一面还接下酒壶,奔向灶角里去。“留到端午扎艾呵,别糟蹋了!”妈妈这样答应着,随即把酒壶伸到灶孔烫。三姑娘到房里去了一会又出来,见了妈妈抽筷子,便赶快拿出杯子——家里只有这一个,老是归三姑娘照管——站点着脚送在桌上;然而老程终于还是要亲自朝中间挪一挪,然后又取出壶来。“爸爸喝酒,我吃豆腐干!”老程实在用不着下酒的菜,对着三姑娘慢慢的喝了。

三姑娘八岁的时候,就能够代替妈妈洗衣。然而绿团团的坡上,从此也不见老程的踪迹了,——这只要看竹林的那边河坝倾斜成一块平坦的上面,高耸着一个不毛的同教书先生(自然不是我们的先生)用的戒方一般模样的土堆,堆前竖着三四根只有杪梢还没有斩去的枝丫吊着被雨粘住的纸幡残片的竹竿,就可以知道是什么意义。

老程家的已经是四十岁的婆婆,就在平常,穿的衣服也都是青蓝大布,现在不过系鞋的带子也不用那水红颜色的罢了,所以并不现得十分异样。独有三姑娘的黑地绿花鞋的尖头蒙上一层白布,虽然更显得好看,却叫人见了也同三姑娘自己一样懒懒的没有话可说了。

然而那也并非是长久的情形。母女都是那样勤敏,家事的兴旺,正如这块小天地,春天来了,林里的竹子,园里的菜,都一天一天的绿得可爱。老程的死却正相反,一天比一天淡漠起来,只有鹞鹰在屋头上打圈子,妈妈呼喊女儿道,“去,去看坦里放的鸡娃,”三姑娘才走到竹林那边,知道这里睡的是爸爸了。到后来,青草铺平了一切,连曾经有个爸爸这件事实几乎也没有了。

正二月间城里赛龙灯,大街小巷,真是人山人海。最多的还要算邻近各村上的女人,她们像一阵旋风,大大小小牵成一串从这街冲到那街,街上的汉子也藉这个机会撞一撞她们的奶。然而能够看得见三姑娘同三姑娘的妈妈吗?不,一回也没有看见!锣鼓喧天,惊不了她母女两个,正如惊不了栖在竹林的雀子。鸡上埘的时候,比这里更西也是住在坝下的堂嫂子们顺便也邀请一声“三姐”,三姑娘总是微笑的推辞。妈妈则极力鼓励着一路去,三姑娘送客到坝上,也跟着出来,看到底攀缠着走了不;然而别人的渐渐走得远了,自己的不还是影子一般的依在身边吗?

三姑娘的拒绝,本是很自然的,妈妈的神情反而有点莫名其妙了!用询问的眼光朝妈妈脸上一睄,——却也正在睄过来,于是又掉头望着嫂子们走去的方向:

“有什么可看?成群打阵,好像是发了疯的!”

这话本来想使妈妈热闹起来,而妈妈依然是无精打采沉着面孔。河里没有水,平沙一片,现得这坝从远远看来是蜿蜒着一条蛇,站在上面的人,更小到同一颗黑子了。由这里望过去，半圆形的城门，也低斜得快要同地面合成了一起；木桥俨然是画中见过的，而往来蠕动都在沙滩；在坝上分明数得清楚，及至到了沙滩，一转眼就失了心目中的标记，只觉得一簇簇的仿佛是远山上的树林罢了。至于哒哒的喧声，却比站在近旁更能入耳，虽然听不着说的是什么，听者的心早被他牵引了去了。竹林里也同平常一样，雀子在奏他们的晚歌，然而对于听惯了的人只能够增加静寂。

打破这静寂的终于还是妈妈：

"阿三！我就是死了也不怕猫跳！你老这样守着我，到底……"

妈妈不作声，三姑娘抱歉似的不安，突然来了这埋怨，刚才的事倒好像给一阵风赶跑了，增长了一番力气娇恼着：

"到底！这也什么到底不到底！我不欢喜玩！"

三姑娘同妈妈间的争吵，其原因都出在自己的过于乖巧，比如每天清早起来，把房里的家具抹得干净，妈妈却说，"乡户人家呵，要这样？"偶然一出门做客，只对着镜子把散在额上的头毛梳理一梳理，妈妈却硬从盒子里拿出一枝花来。现在站在坝上，眶子里的眼泪快要迸出来了，妈妈才不作声。这时节难为的是妈妈了，皱着眉头不转眼的望，而三姑娘老不抬头！待到点燃了案上的灯，才知道已经走进了茅屋，这其间的时刻竟是在梦中过去了。

灯光下也立刻照见了三姑娘，拿一束稻草，一菜篮适才饭后同妈妈在园里割回的白菜，坐下板凳三棵捆成一把。

"妈妈，这比以前大得多了！两棵怕就有一斤。"

妈妈哪想到屋里还放着明天早晨要卖的菜呢？三姑娘本不依恃妈妈的帮忙，妈妈终于不出声的叹一口气伴着三姑娘捆了。

三姑娘不上街看灯，然而当年背在爸爸的背上是看过了多少次的，所以听了敲在城里响在城外的锣鼓，都能够在记忆中画出是怎样的情境来。"再是上东门，再是在衙门口领赏，……"忖着声音所来的地方自言自语的这样猜。妈妈正在做嫂子的时候，也是一样的欢喜赶热闹，那情境也许比三姑娘更记得清白，然而对于三姑娘的仿佛亲临一般的高兴，只是无意的吐出来几声"是"，——这几乎要使得三姑娘稀奇得伸起腰来了："刚才还催我去玩哩！"

三姑娘实在是站起来了，一二三四的点着把数，然后又一把把的摆在菜篮，以便于明天一大早挑上街去卖。

见了三姑娘活泼泼的肩上一担菜，一定要奇怪，昨夜晚为什么那样没出息，不在火烛之下现一现那黑然而美的瓜子模样的面庞的呢？不，——倘若奇怪，只有自己的妈妈。人一见了三姑娘挑菜，就只有三姑娘同三姑娘的菜，其余的什么也不记得，因为耽误了一刻，三姑娘的菜就买不到手；三姑娘的白菜原是这样好，隔夜没有浸水,煮起来比别人的多,吃起来比别人的甜了。

我在祠堂里足足住了六年之久,三姑娘最后留给我的印象,也就在卖菜这一件事。

三姑娘这时已经是十二三岁的姑娘,因为是暑天,穿的是竹布单衣,颜色淡得同月色一般——这自然是旧的了,然而倘若是新的,怕没有这样合式,不过这也不能够说定,因为我们从没有看见三姑娘穿过新衣:总之三姑娘是好看罢了。三姑娘在我们的眼睛里同我们的先生一样熟,所不同的,我们一望见先生就往里跑,望见三姑娘都不知不觉的站在那里笑。然而三姑娘是这样淑静,愈走近我们,我们的热闹便愈是消灭下去,等到我们从她的篮里拣起菜来,又从自己的荷包里掏出了铜子,简直是犯了罪孽似的觉得这太对不起三姑娘了。而三姑娘始终是很习惯的,接下铜子又把菜篮肩上。

一天三姑娘是卖青椒。这时青椒出世还不久,我们大家商议买四两来煮鱼吃,——鲜青椒煮鲜鱼,是再好吃没有的。三姑娘在用秤称,我们都高兴的了不得,有的说买鲫鱼,有的说鲫鱼还不及鳊鱼。其中有一位是最会说笑的,向着三姑娘道:

"三姑娘,你多称一两,回头我们的饭熟了,你也来吃,好不好呢?"

三姑娘笑了:

"吃先生们的一餐饭使不得?难道就要我出东西?"

我们大家也都笑了;不提防三姑娘果然从篮子里抓起一把掷在原来称就了的堆里。

"三姑娘是不吃我们的饭的,妈妈在家里等吃饭。我们没有什么谢三姑娘,只望三姑娘将来碰一个好姑爷。"

我这样说。然而三姑娘也就赶跑了。

从此我没有见到三姑娘。到今年,我远道回家过清明,阴雾天气,打算去郊外看烧香,走到坝上,远远望见竹林,我的记忆又好像一塘春水,被微风吹起波皱了。正在徘徊,从竹林上坝的小径,走来两个妇人,一个站住了,前面的一个且走且回应,而我即刻认定了是三姑娘!

"我的三姐,就有这样忙,端午中秋接不来,为得先人来了饭也不吃!"

那妇人的话也分明听到。

再没有别的声息:三姑娘的鞋踏着沙土。我急于要走过竹林看看,然而也暂时面对流水,让三姑娘低头过去。

一九二四年十月作。

(选自 1925 年 2 月《语丝》第 14 期)

**【阅读提示】**

冯文炳(1901—1967),湖北黄梅人,1926年以后以“废名”闻名于现代文坛。20世纪30年代成为京派文学的重要作家,主要作品有短篇小说《竹林的故事》《菱荡》和长篇小说《桥》《莫须有先生传》等。

《竹林的故事》后收入作者第一个小说集《竹林的故事》,1925年10月新潮社初版。小说以纯净亦不乏忧郁的格调,简约而含蓄的文笔,描画乡村未被现代文明浸染的纯洁人性、纯朴人生,对后来沈从文和汪曾祺的创作都产生了深刻影响。

**【延伸阅读】**

1. 废名:《废名选集》,人民文学出版社2007年版。

2. 逄增玉:《废名小说:反现代性的诗意表达》,《现代性与中国现代文学》,东北师范大学出版社2001年版。

3. 吴晓东:《废名·桥》,上海书店出版社2011年版。

(左怀建)

# 莎菲女士的日记

丁玲

## 十二月二十四日

今天又刮风！天还没亮，就被风刮醒了。伙计又跑进来生火炉。我知道，这是怎样都不能再睡得着了的。我也知道，不起来，便会头昏。睡在被窝里是太爱想到一些奇奇怪怪的事上去。医生说顶好能多睡，多吃，莫看书，莫想事，偏这就不能，夜晚总得到两三点才能睡着，天不亮又醒了。像这样刮风天，真不能不令人想到许多使人焦躁的事。并且一刮风，就不能出去玩，关在屋子里没有书看，还能做些什么？一个人能呆呆的坐着，等时间的过去吗？我是每天都在等着，挨着，只想这冬天快点过去；天气一暖和，我咳嗽总可好些，那时候，要回南便回南，要进学校便进学校，但这冬天可太长了。

太阳照到纸窗上时，我在煨第三次的牛奶。昨天煨了四次。次数虽煨得多，却不定是要吃，这只不过是一个人在刮风天为免除烦恼的养气法子。这固然可以混去一小点时间，但有时却又不能不令人更加生气，所以上星期整整的有七天没玩它，不过在没想出别的法子时，又不能不借重它来像一个老年人耐心着消磨时间。

报来了，便看报，顺着次序看那大号字标题的国内新闻，然后又看国外要闻，本埠琐闻……把教育界，党化教育，经济界，九六公债盘价……全看完，还要再去温习一次昨天前天已看熟了的那些招男女编级新生的广告，那些为分家产起诉的启事，连那些什么六〇六，百灵机，美容药水，开明戏，真光电影……都熟习了过后才懒懒的丢开报纸。自然，有时是会发现点新的广告，但也除不了是些绸缎铺五年六年纪念的减价，恕讣不周的讣闻之类。

报看完，想不出能找点什么事做，只好一人坐在火炉旁生气。气的事，也是天天气惯了的。天天一听到从窗外走廊上传来的那些住客们喊伙计的声音，便头痛，那声音真是又粗，又大，又嗄，又单调；“伙计，开壶！”或是“脸水，伙计！”这是谁也可以想象出来的一种难听的声音。还有，那楼下电话也不断的有人在电机旁大声的说话。没有一些声息时，又会感到寂沉沉的可怕，尤其是那四堵粉垩的墙。它们呆呆的把你眼睛挡住，无论你坐在哪方：逃到床上躺着吧，那同样的白垩的天花板，便沉沉地把你压住。真找不出一件事是能令人不生嫌厌的心的；如同那麻脸伙计，那有抹布味的饭菜，那扫不干净的窗格上的沙土，那洗脸台上的镜子——这是一面可以把你的脸拖到一尺多长的镜子，不过只要你肯稍微一偏你的头，那你的脸又会扁的使你自己也害怕……这都可以令人生气了又生气。也许只我一人如是。但我宁肯能找到些新的不快活，不满足；只是新的，无论好坏，似乎都隔我太远了。

吃过午饭，苇弟便来了，我一听到那特有的急遽的皮鞋声从走廊的那端传来时，我的心似乎便从一种窒息中透出一口气来感到舒适。但我却不会表示，所以当苇弟进来时，我只默默的望着他；他以为我又在烦恼，握紧我一双手，“姊姊，姊姊，”那样不断的叫着。我，我自然笑了！我笑的什么呢，我知道！在那两颗只望到我眼睛下面的跳动的眸子中，我准懂得那收藏在眼睑下面，不愿给人知道的是些什么东西！这有多么久了，你，苇弟，你在爱我！但他捉住过我吗？自然，我是不能负一点责，一个女人应当这样。其实，我算够忠厚了；我不相信会有第二个女人这样不捉弄他的，并且我还确确实实地可怜他，竟有时忍不住想指点他：“苇弟，你不可以换个方法吗？这样只能反使我不高兴的……”对的，假使苇弟能够再聪明一点，我是可以比较喜欢他些，但他却只能如此忠实地去表现他的真挚！

苇弟看见我笑了，便很满足。跳过床头去脱大氅，还脱下他那顶大皮帽。假使他这时再掉过头来望我一下，我想他一定可以从我的眼睛里得些不快活去。为什么他不可以再多的懂得我些呢？

我总愿意有那么一个人能了解得我清清楚楚的，如若不懂得我，我要那些爱，那些体贴做什么？偏偏我的父亲，我的姊姊，我的朋友都如此盲目的爱惜我，我真不知他们爱惜我的什么；爱我的骄纵，爱我的脾气，爱我的肺病吗？有时我为这些生气，伤心，但他们却都更容让我，更爱我，说一些错到更使我想打他们的一些安慰话。我真愿意在这种时候会有人懂得我，便骂我，我也可以快乐而骄傲了。

没有人来理我，看我，我会想念人家，或恼恨人家，但有人来后，我不觉得又会给人一些难堪，这也是无法的事。近来为要磨练自己，常常话到口边便咽住，怕又在无意中竟刺着了别人的隐处，虽说是开玩笑。因为如此，所以可以想象出来，我是拿一种什么样的心情在陪苇弟坐。但苇弟若站起身来喊走时，我又会因怕寂寞而感到怅惘，而恨起他来。这个，苇弟是早就知道的，所以他一直到晚上十点钟才回去。不过我却不骗人，并不骗自己，我清白，苇弟不走，不特于他没有益处，反只能让我更觉得他太容易支使，或竟更可怜他的太不会爱的技巧了。

## 十二月二十八

今天我请毓芳同云霖看电影。毓芳却邀了剑如来。我气得只想哭,但我却纵声的笑了。剑如,她是多么可以损害我自尊之心的;因为她的容貌,举止,无一不像我幼时所最投洽的一个朋友,所以我不觉的时常在追随她,她又特意给了我许多敢于亲近她的勇气。但后来,我却遭受了一种不可忍耐的待遇,无论什么时候想起,我都会痛恨我那过去的,不可追悔的无赖行为:在一个星期中我曾足足的给了她八封长信,而未被人理睬过。毓芳真不知想的哪一股劲,明知我不愿再提起从前的事,却故意邀着她来,像有心要挑逗我的愤恨一样,我真气了。

我的笑,毓芳和云霖不会留意这有什么变异,但剑如,她能感觉到;可是她会装,装糊涂,同我毫无芥蒂的说话。我预备骂她几句,不过话到口边便想到我为自己定下的戒条。并且做得太认真,反令人越得意。所以我又忍下心去同她们玩。

到真光时,还很早,在门口遇着一群同乡的小姐们,我真厌恶那些惯做的笑靥,我不去理她们,并且我无缘无故地生气到那许多去看电影的人。我乘毓芳同她们说到热闹中,丢下我所请的客,悄悄回来了。

除了我自己,没有人会原谅我的。谁也在批评我,谁也不知道我在人前所忍受的一些人们给我的感触。别人说我怪僻,他们哪里知道我却时常在讨人好,讨人欢喜。不过人们太不肯鼓励我说那太违心的话,常常给我机会,让我反省我自己的行为,让我离人们却更远了。

夜深时,全公寓都静静的,我躺在床上好久了。我清清白白的想透了一些事,我还能伤心什么呢?

## 十二月二十九

一早毓芳就来电话。毓芳是好人,她不会扯谎,大约剑如是真病。毓芳说,起病是为我,要我去,剑如将向我解释。毓芳错了,剑如也错了,莎菲不是欢喜听人解释的人。根本我就否认宇宙间要解释。朋友们好,便好;合不来时,给别人点苦头吃,也是正大光明的事。我还以为我够大量,太没报复人了。剑如既为我病,我倒快活,我不会拒绝听别人为我而病的消息。并且剑如病,还可以减少点我从前自怨自艾的烦恼。

我真不知应怎样才能分析我自己。有时为一朵被风吹散了的白云,会感到一种渺茫的，不可捉摸的难过；但看到一个二十多岁的男子（苇弟其实还大我四岁）把眼泪一颗一颗掉到我手背时，却像野人一样在得意的笑了。苇弟从东城买了许多信纸信封来我这里玩，为了他很快乐，在笑，我便故意去捉弄，看到他哭了，我却快意起来，并且说："请珍重点你的眼泪吧，不要以为姊姊像别的女人一样脆弱得受不起一颗眼泪……""还要哭，请你转家去哭，我看见眼泪就讨厌……"自然，他不走，不分辩，不负气，只蜷在椅角边老老实实无声的去流那不知从哪里得来的那么多的眼泪。我，自然，得意够了，又会惭愧起来，于是用着姊姊的态度去喊他洗脸，抚摩他的头发。他镶着泪珠又笑了。

在一个老实人面前，我已尽自己的残酷天性去磨折他，但当他走后，我真想能抓回他来，只请求他："我知道自己的罪过，请不要再爱这样一个不配承受那真挚的爱的女人了吧！"

## 一月一号

我不知道那些热闹的人们是怎样的过年，我只在牛奶中加了一个鸡子，鸡子是昨天苇弟拿来的，一共二十个，昨天煨了七个茶卤蛋，剩下十三个，大约够我两星期吃。若吃午饭时，苇弟会来，则一定有两个罐头的希望。我真希望他来。因为想到苇弟来，我便上单牌楼去买了四合糖，两包点心，一篓橘子和苹果，是预备他来时给他吃的。我是准断定今天只有他才能来。

但午饭吃过了，苇弟却没来。

我一共写了五封信，都是用前几天苇弟买来的好纸好笔。但我想能接得几个美丽的画片，却不能。连几个最爱弄这个玩艺儿的姊姊们都把我这应得的一份儿忘了。不得画片，不稀罕，单单只忘了我，却是可气的事。不过自己从不曾给人拜过一次年，算了，这也是应该的。

晚饭还是我一人独吃，我烦恼透了。

夜晚毓芳云霖来了，还引来一个高个儿少年，我想他们才真算幸福；毓芳有云霖爱她，她满意，他也满意。幸福不是在有爱人，是在两人都无更大的欲望，商商量量平平和和地过日子。自然，有人将不屑于这平庸。但那只是另外人的，与我的毓芳无关。

毓芳是好人，因为她有云霖，所以她"愿天下有情人皆成眷属"。她去年曾替玛丽作过一次恋爱婚姻的介绍。她又希望我能同苇弟好，她一来便问苇弟。但她却和云霖及那高个儿把我给苇弟买的东西吃完了。

那高个儿可真漂亮，这是我第一次感觉到男人的美，从来我还没有留心到。只以为一个男人的本行是会说话,会看眼色,会小心就够了。今天我看了这高个儿,才懂得男人是另铸有一种高贵的模型,我看出在他面前的云霖显得多么委琐,多么呆拙……我真要可怜云霖,假使他知道他在这个人前所衬出的不幸时,他将怎样伤心他那些所有的粗丑的眼神,举止。我更不知,当毓芳拿这一高一矮的男人相比时,会起一种什么情感!

他,这生人,我将怎样去形容他的美呢?固然,他的颀长的身躯,白嫩的面庞,薄薄的小嘴唇,柔软的头发,都足以闪耀人的眼睛,但他还另外有一种说不出,捉不到的丰仪来煽动你的心。比如,当我请问他的名字时,他会用那种我想不到的不急遽的态度递过那只擎有名片的手来。我抬起头去,呀,我看见那两个鲜红的,嫩腻的,深深凹进的嘴角了。我能告诉人吗,我是用一种小儿要糖果的心情在望着那惹人的两个小东西。但我知道在这个社会里面是不准许任我去取得我所要的来满足我的冲动,我的欲望,无论这是于人并不损害的事,所以我只得忍耐着,低下头去,默默地念那名片上的字:

"凌吉士,新加坡……"

凌吉士,他能那样毫无拘束的在我这儿谈话,像是在一个很熟的朋友处,难道我能说他这是有意来捉弄一个胆小的人?我为要强迫地拒绝引诱,不敢把眼光抬平去一望那可爱慕的火炉的一角。两只不知羞惭的破烂拖鞋,也逼着我不准走到桌前的灯光处。我气我自己:怎么会那样拘束,不会调皮的应对?平日看不起别人的交际,今天才知道自己是显得又呆,又傻气。唉,他一定以为我是一个乡下才出来的姑娘了!

云霖同毓芳两人看见我木木的,以为我不欢喜这生人,常常去打断他的话,不久带着他走了。这个我也感激他们的好意吗?我望着那一高两矮的影子在楼下院子中消失时,我真不愿再回到这留得有那人的靴印,那人的声音,和那人吃剩的饼屑的屋子。

## 一月三号

这两夜通宵通宵地咳嗽。对于药,简直就不会有信仰,药与病不是已毫无关系吗?我明明厌烦那苦水,但却又按时去吃它,假使连药也不吃,我能拿什么来希望我的病呢?神要人忍耐着生活,安排许多痛苦在死的前面,使人不敢走近死亡。我呢,我是更为了我这短促的不久的生,所以我越求生得厉害;不是我怕死,是我总觉得我还没享有我生的一切。我要,我要使我快乐。无论在白天,在夜晚,我都在梦想可以使我没有什么遗憾在我死的时候的一些事情。我想能睡在一间极精致的卧房的睡榻上,有我的姊姊们跪在榻前的熊皮毡子上为我祈祷,父亲悄悄的朝着窗外叹息,我读着许多封从那些爱我的人儿们寄来的长信,朋友们都纪念我流着忠实的眼泪……我迫切的需要这人间的感情,想占有许多不可能的东西。但人们给我的是什么呢?整整两天,又一人幽囚在公寓里,没有一个人来,也没有一封信来,我躺在床上咳嗽,坐在火炉旁咳嗽,走到桌子前也咳嗽,还想念这些可恨的人们……其实是还收到一封信的,不过这除了更加我一些不快外,也只不过是加我不快。这是一年前曾骚扰过我的一个安徽粗壮男人寄来,我没有看完就扯了。我真肉麻那满纸的"爱呀爱的"!我厌恨我不喜欢的人们的殷勤……

我,我能说得出我真实的需要是些什么呢?

## 一月四号

事情不知错到什么地方去了。我为什么会想到搬家,并且在糊里糊涂中欺骗了云霖,好想扯谎也是本能一样,所以在今天能毫不费力的便使用了。假使云霖知道莎菲也会骗他,他不知应如何伤心,莎菲是他们那样爱惜的一个小妹妹。自然我不是安心的,并且我现在在后悔。但我能决定吗,搬呢,还是不搬?

我是不能不向我自己说:"你是在想念那高个儿的影子呢!"是的,这几天几夜我无时不神往到那些足以诱惑我的。为什么他不在这几天中单独来会我呢?他应当知道他不该让我如此的去思慕他。他应当来看我,说他也想念我才对。假使他来,我不会拒绝去听他所说的一些爱慕我的话,我还将令他知道我所要的是些什么。但他却不来。我估定这像传奇中的事是难实现了。难道我去找他吗?一个女人这样放肆,是不会得好结果的。何况还要别人能尊敬我呢。我想不出好法子,只好先到云霖处试一试,所以吃过午饭,我便冒风向东城去。

云霖是京都大学的学生,他租的住房在京都大学一院和二院之间的青年胡同里。我到他那里时,幸好他没有出去,毓芳也没有来。云霖当然很诧异我在大风天出来,我说是到德国医院看病,顺便来这里。他就毫不疑惑,问我的病状,我却把话头故意引到那天晚上。不费一点气力,我便打探得那人儿住在第四寄宿舍,在京都大学二院隔壁。不久,我又叹起气来,我用了许多言辞把在西城公寓里的生活,描摹得怎样的寂寞,黯淡。我又扯谎,说我唯一只想能贴近毓芳(我知道毓芳已预备搬来云霖处)。我要求云霖同我在近处找房。云霖当然高兴这差事,不会迟疑的。

在找房的时候,凑巧竟碰着了凌吉士。他也陪着我们。我真高兴,高兴使我胆大了,我狠狠的望了他几次,他没有觉得。他问我的病,我说全好了,他不信似的在笑。

我看上一间又低，又小，又霉的东房，在云霖的隔壁一家大元公寓里。他和云霖都说太湿，我却执意要在第二天便搬来，理由是那边太使我厌倦，而我急切的要依着毓芳。云霖无法，就答应了，还说好第二天一早他和毓芳过来替我帮忙。

我能告诉人，我单单选上这房子的用意吗？它位置在第四寄宿舍和云霖住所之间。

他不曾向我告别，我又转到云霖处，尽我所有的大胆在谈笑。我把他什么细小处都审视遍了，我觉得都有我嘴唇放上去的需要。他不会也想到我在打量他，盘算他吗？后来我特意说我想请他替我补英文，云霖笑，他却受窘了，不好意思的含含糊糊的问答，于是我向心里说，这还不是一个坏蛋呢，那样高大的一个男人还会红脸？因此我的狂热更炎炽了。但我不愿让人懂得我，看得我太容易，所以我驱遣我自己，很早就回来了。

现在仔细一想，我唯恐我的任性，将把我送到更坏的地方去，暂时且住在这有洋炉的房里吧，难道我能说得上是爱上了那南洋人吗？我还一丝一毫都不知道他呢。什么那嘴唇，那眉梢，那眼角，那指尖……多无意识，这并不是一个人所应需的，我着魔了，会想到那上面。我决计不搬，一心一意来养病。

我决定了，我懊悔，懊悔我白天所做的一些不是，一个正经女人所做不出来的。

## 一月六号

都奇怪我，听说我搬了家，南城的金英，西城的江周，都来到我这低湿的小屋里。我笑着，有时在床上打滚，她们都说我越小孩气了，我更大笑起来。我只想告诉她们我想的是什么。下午苇弟也来了。苇弟最不快活我搬家，因为我未曾同他商量，并且离他更远了。他见着云霖时，竟不理他。云霖摸不着他为什么生气。望着他。他更板起脸孔。我好笑，我向自己说："可怜，冤枉他了，一个好人！"

毓芳不再向我说剑如。她决定两三天便搬来云霖处，因为她觉得我既这样想傍着她住，她不能让我一人寂寂寞寞的住在这里。她和云霖待我比以前更亲热。

## 一月十号

这几天我都见着凌吉士，但我从没同他多说几句话，我决不先提补英文事。我看见他一天两次往云霖处跑，我发笑，我断定他以前一定不会同云霖如此亲密的。我没有一次邀请他来我那儿玩，虽说他问了几次搬了家如何，我都装出不懂的样儿笑一下便算回答。我把所有的心计都放在这上面，好像同什么东西搏斗一样。我要那样东西，我还不愿去取得，我务必想方设计让他自己送来。是的，我了解我自己，不过是一个女性十足的女人，女人只把心思放到她要征服的男人们身上。我要占有他，我要他无条件的献上他的心，跪着求我赐给他的吻呢。我简直癫了，反反复复的只想着我所要施行的手段的步骤，我简直癫了！

毓芳云霖看不出我的兴奋，只说我病快好了。我也正不愿他们知道，说我病好，我就装着高兴。

## 一月十二

毓芳已搬来，云霖却搬走了。宇宙间竟会生出这样一对人来，为怕生小孩，便不肯住在一起，我猜想他们连自己也不敢断定：当两人抱在一床时是不会另外干出些别的事来，所以只好预先防范，不给那肉体接触的机会。至于那单独在一房时的拥抱和亲嘴，是不会发生危险，所以悄悄表演几次，便不在禁止之列。我忍不住嘲笑他们了，这禁欲主义者！为什么会不需要拥抱那爱人的裸露的身体？为什么要压制住这爱的表现？为什么在两人还没睡在一个被窝里以前，会想到那些不相干足以担心的事？我不相信恋爱是如此的理智，如此的科学！

他俩不生气我的嘲笑，他俩还骄傲着他们的纯洁，而笑我小孩气呢。我体会得出他们的心情，但我不能解释宇宙间所发生的许许多多奇怪的事。

这夜我在云霖处（现在要说毓芳处了）坐到夜晚十点钟才回来，说了许多关于鬼怪的故事。

鬼怪这东西，我在一点点大的时候就听惯了，坐在姨妈怀里听姨爹讲《聊斋》是常事，并且一到夜里就爱听。至于怕，又是另外一件不愿告人的。因为一说怕，准就听不成，姨爹便会踱过对面书房去，小孩就不准下床了。到进了学校，又从先生口里得知点科学常识，为了信服那位周麻子二先生，所以连书本也信服，从此鬼怪便不屑于害怕了。近来人更在长高长大，说起来，总是否认有鬼怪的，但鸡粟却不肯因为不信便不出来，毫毛一根根也会竖起的。不过每次同人说到鬼怪时，别人不知道我想拗开说到别的闲话上去，为的怕夜里一个人睡在被窝里时想到死去了的姨爹姨妈就伤心。

回来时，看到那黑魆魆的小胡同，真有点胆悸。我想，假使在哪个角落里露出一个大黄脸，或伸来一只毛手，在这样像冻住了的冷巷里，我不会以为是意外。但看到身边的这高大汉子（凌吉士）做镖手，大约总可靠，所以当毓芳问我时，我只答应“不怕，不怕”。

云霖也同我们出来,他回他的新房子去,他向南,我们向北,所以只走了三四步,便听不清那橡皮鞋底在泥板上发出的声音。

他伸来一只手,拢住了我的腰:

"莎菲,你一定怕哟!"

我想挣,但挣不掉。

我的头停在他的胁前,我想,如若在亮处,看起来,我会像个什么东西,被挟在比我高一个头还多的人的腕中。

我把身一蹲,便窜出来了,他也松了手陪我站在大门边打门。

小胡同里黑极了,但他的眼睛望到何处,我却能很清楚的看见。心微微有点跳,等着开门。

"莎菲,你怕哟!"

门闩已在响,是伙计在问谁。我朝他说:

"再——"

他猛的握住我的手,我无力再说下去。

伙计看到我身后的大人,露着诧异。

到单独只剩两人在一房时,我的大胆,已经变得毫无用处了,想故意说几句客套话,也不会,只说:"请坐吧!"自己便去洗脸。

鬼怪的事,已不知忘到什么地方去了。

"莎菲!你还高兴读英文吗?"他忽然问。

这是他来找我,提到英文,自然他未必欢喜白白牺牲时间去替人补课,这意思,在一个二十岁的女人面前,怎能瞒过,我笑了(这是只在心里笑)。我说:

"蠢得很,怕读不好,丢人。"

他不说话,把我桌上摆的照片拿来玩弄着,这照片是我姊姊的一个刚满一岁的女儿。

我洗完脸,坐在桌子那头。

他望望我,又去望那小女孩,然后又望我。是的,这小女孩长的真像我。于是我问他:

"好玩吗?你说像我不像?"

"她,谁呀!"显然,这声音表示着非常认真。

"你说可爱不可爱?"

他只追问着是谁。

忽的,我明白了他意思,我又想扯谎了。

"我的,"于是我把相片抢过来吻着。

他信了。我竟愚弄了他,我得意我的不诚实。

这得意，似乎便能减少他的妩媚，他的英爽。要不，为什么当他显出那天真的诧愕时，我会忽略了他那眼睛，我会忘掉了他那嘴唇？否则，这得意一定将冷淡下我的热情。

然而当他走后，我却懊悔了。那不是明明安放着许多机会吗？我只要在他按住我手的当儿，另做出一种眼色，让他懂得他是不会遭拒绝，那他一定可以做出一些比较大胆的事。这种两性间的大胆，我想只要不厌烦那人，会像把肉体融化了的感到快乐无疑。但我为什么要给人一些严厉，一些端庄呢？唉，我搬到这破房子里来，到底为的是什么呢？

## 一月十五

近来我是不算寂寞了，白天在隔壁玩，晚上又有一个新鲜的朋友陪我谈话。但我的病却越深了。这真不能不令我灰心，我要什么呢，什么也于我无益。难道我有所眷恋吗？一切又是多么的可笑，但死却不期然的会让我一想到便伤心。每次看见那克利大夫的脸色，我便想：是的，我懂得，你尽管说吧，是不是我已没希望了？但我却拿笑代替了我的哭。谁能知道我在夜深流出的眼泪的分量！

几夜，凌吉士都接着接着来，他告人说是在替我补英文，云霖问我，我只好不答应。晚上我拿一本“Poor People”放在他面前，他真个便教起我来。我只好又把书丢开，我说：“以后你不要再向人说在替我补英文吧，我病，谁也不会相信这事的。”他赶忙便说：“莎菲，我不可以等你病好些就教你吗？莎菲，只要你喜欢。”

这新朋友似乎是来得如此够人爱，但我却不知怎的，反而懒于注意到这些事。我每夜看到他丝毫得不着高兴的出去，心里总觉得有点歉仄，我只好在他穿大氅的当儿向他说：“原谅我吧，我有病！”他会错了我的意思，以为我同他客气。“病有什么要紧呢，我是不怕传染的。”后来我仔细一想，也许这话含得有别的意思，我真不敢断定人的所作所为像可以想象出来的那样单纯。

## 一月十六

今天接到蕴姊从上海来的信，更把我引到百无可望的境地。我哪里还能找得几句话去安慰她呢？她信里说：“我的生命，我的爱，都于我无益了……”那她是更不需要我的安慰，我为她而流的眼泪了。唉！从她信中，我可以揣想得出她婚后的生活，虽说她未肯明明的表白出来。神为什么要去捉弄这些在爱中的人儿？蕴姊是最神经质,最热情的人,自然她更受不住那渐渐的冷淡,那遮饰不住的虚情……我想要蕴姊来北京,不过这是做得到的吗? 这还是疑问。

苇弟来的时候,我把蕴姊的信给他看:他真难过,因为那使我蕴姊感到生之无趣的人,不幸便是苇弟的哥哥。于是我向他说了我许多新得的“人生哲学”的意义:他又尽他唯一的本能在哭。我只是很冷静的去看他怎样使眼睛变红,怎样拿手去擦干,并且我在他那些举动中,加上许多残酷的解释。我未曾想到在人世中,他是一个例外的老实人,不久,我一个人悄悄的跑出去了。

为要躲避一切的熟人,深夜我才独自从冷寂寂的公园里转来,我不知怎样度过那些时间,我只想:“多无意义啊! 倒不如早死了干净……”

## 一月十七

我想:也许我是发狂了! 假使是真发狂,我倒愿意。我想,能够得到那地步,我总可以不会再感到这人生的麻烦了吧……

足足有半年为病而禁了的酒,今天又开始痛饮了。明明看到那吐出来的是比酒还红的血。但我心却像被什么别的东西主宰一样,似乎这酒便可在今晚致死我一样,我不愿再去细想那些纠纠葛葛的事……

## 一月十八

现在我还睡在这床上,但不久就将与这屋分别了,也许是永别,我断得定我还能再亲我这枕头,这棉被……的幸福吗? 毓芳,云霖,苇弟,金夏都守着一种沉默围绕着我坐着,焦急的等着天明了好送我进医院去。我是在他们忧愁的低语中醒来的,我不愿说话,我细想昨天上午的事,我闻到屋子中遗留下来的酒气和腥气,才觉得心正在剧烈的痛,于是眼泪便汹涌了。因了他们的沉默,因了他们脸上所显现出来的凄惨和暗淡,我似乎感到这便是我死的预兆。假设我便如此长睡不醒了呢,是不是他们也将如此沉默的围绕着我僵硬的尸体? 他们看见我醒了,便都走拢来问我。这时我真感到了那可怕的死别! 我握着他们,仔细望着他们每个的脸,似乎要将这记忆永远保存着。他们都把眼泪滴到我手上,好像我就要长远离开他们走向死之国一样。尤其是苇弟,哭得现出丑脸。唉,我想:朋友呵,请给我一点快乐吧……于是我反而笑了。我请他们替我清理一下东西,他们便在床铺底下拖出那口大藤箱来,箱子里有几捆花手绢的小包,我说:“这我要的,随着我进协和吧。”他们便递给我，我给他们看，原来都满满是信札，我又向他们笑："这，你们的也在内！"他们才似乎也快乐些了。苇弟又忙着从抽屉里递给我一本照片，是要我也带去的样子，我更笑了。这里面有七八张是苇弟的单像，我又容许苇弟吻我的手，并握着我的手在他脸上摩擦，于是这屋子才不像真有个僵尸停着的一样，天这时也慢慢显出了鱼肚白。他们忙乱了，慌着在各处找洋车。于是我病院的生活便开始了。

## 三月四号

接蕴姊死电是二十天以前的事，我的病却一天好一天。一号又由送我进院的几人把我送转公寓来，房子已打扫得干干净净。因为怕我冷，特生了一个小小的洋炉，我真不知怎样才能表示我的感谢，尤其是苇弟和毓芳。金和周在我这儿住了两夜才走，都充当我的看护，我每日都躺着，舒服得不像住公寓，同在家里也差不了什么了！毓芳决定再陪我住几天，等天气暖和点便替我上西山找房子，我好专去养病，我也真想能离开北京，可恨阳历三月了，还如是之冷！毓芳硬要住在这儿，我也不好十分拒绝，所以前两天为金和周搭的一个小铺又不能撤了。

近来在病院把我自己的心又医转了，实实在在是这些朋友们的温情把它重暖了起来，觉得这宇宙还充满着爱呢。尤其是凌吉士，当他到医院看我时，我觉得很骄傲，他那种丰仪才够去看一个在病院的女友的病，并且我也懂得，那些看护妇都在羡慕着我呢。有一天，那个很漂亮的密司杨问我：

"那高个儿，是你的什么人呢？"

"朋友！"我忽略了她问的无礼。

"同乡吗？"

"不，他是南洋的华侨。"

"那么是同学？"

"也不是。"

于是她狡猾的笑了，"就仅是朋友吗？""

自然，我可以不必脸红，并且还可以警诫她几句，但我却惭愧了。她看到我闭着眼装要睡的狼狈样儿，便得意的笑着走去。后来我一直都恼着她。并且为了躲避麻烦，有人问起苇弟时，我便扯谎说是我的哥哥。有一个同周很好的小伙子，我便说是同乡，或是亲戚的乱扯。当毓芳上课去，我一个人留在房里时，我就去翻在一月多中所收到的信，我又很快活，很满足，还有许多人在纪念我呢。我是需要别人纪念的，总觉得能多得点好意就好。父亲是更不必说，又寄了一张像来，只有白头发似乎又多了几根。姊姊们都好，可惜就为小孩们忙得很，不能多替我写信。

信还没有看完,凌吉士又来了。我想站起来,但他却把我按住。他握着我的手时,我快活得真想哭了。我说:

“你想没想到我又会回转这屋子呢?”

他只瞅着那侧面的小铺,表示不高兴的样子,于是我告诉他从前的那两位客已走了,这是特为毓芳预备的。

他听了便向我说他今晚不愿再来,怕毓芳厌烦他。于是我心里更充满乐意了,便说:

“难道你就不怕我厌烦吗?”

他坐在床头更长篇的述说他这一个多月中的生活,怎样和云霖冲突,闹意见,因为他赞成我早些出院,而云霖执着说不能出来。毓芳也附着云霖,他懂得他认识我的时间太短,说话自然不会起影响,所以以后他不管这事了,并且在院中一和云霖碰见,自己便先回来了。

我懂得他的意思,但我却装着说:

“你还说云霖,不是云霖我还不会出院呢,住在里面舒服多了。”

于是我又看见他默默地把头掉到一边去,不答我的话。

他算着毓芳快来时,便走了,悄悄告诉我说等明天再来。果然,不久毓芳便回来了。毓芳不曾问,我也不告她,并且她为我的病,不愿同我多说话,怕我费神,我更乐得藉此可以多去想些另外的小闲事。

## 三月六号

当毓芳上课去后,把我一人撂在房里时,我便会想起这所谓男女间的怪事;其实,在这上面,不是我爱自夸,我所受的训练,至少也有我几个朋友们的相加或相乘,但近来我却非常不能了解了。当独自同着那高个儿时,我的心便会跳起来,又是羞惭,又是害怕,而他呢,他只是那样随便的坐着,近乎天真的讲他过去的历史,有时握着我的手,不过非常自然,然而我的手便不会很安静的被握在那大手中,慢慢的会发烧。一当他站起身预备走时,不由的我心便慌张了,好像我将跌入那可怕的不安中,于是我盯着他看,真说不清那眼光是求怜,还是怨恨;但他却忽略了我这眼光,偶尔懂得了,也只说:“毓芳要来了哟!”我应当怎样说呢?他是在怕毓芳!自然,我也不愿有人知道我暗地所想的一些不近情理的事,不过我又感到有别人了解我感情的必要;几次我向毓芳含糊的说起我的心境,她还是那样忠实的替我盖被子,留心我的药,我真不能不有点烦闷了。

## 三月八号

毓芳已搬回去,苇弟又想代替那看护的差事。我知道,如若苇弟来,一定比毓芳还好,夜晚若想茶吃时,总不至于因听到那浓睡中的鼾声而不愿搅扰人便把头缩进被窝算了;但我自然拒绝他这好意,他固执着,我只好说:“你在这里,我有许多不方便,并且病呢,也好了。”他还要证明间壁的屋子空着,他可以住间壁,我正在无法时,凌吉士来了。我以为他们还不认识,而凌吉士已握着苇弟的手,说是在医院见过两次。苇弟冷冷的不理他,我笑着向凌吉士说:“这是我的弟弟,小孩子,不懂交际,你常来同他玩吧。”苇弟真的变成了小孩子,丧着脸站起身就走了。我因为有人在面前,便感得不快,也只掩藏住,并且觉得有点对凌吉士不住,但他却毫没介意,反问我:“不是他姓白吗,怎会变成你的弟弟?”于是我笑了:“那么你是只准姓凌的人叫你做哥哥弟弟的!”于是他也笑了。

近来青年人在一处时,老喜欢研究到这一个“爱”字,虽说有时我似乎懂得点,不过终究还是不很说得清。至于男女间的一些小动作,似乎我又太看得明白了。也许是因为我懂得了这些小动作,于“爱”才反迷糊,才没有勇气鼓吹恋爱,才不敢相信自己是一个纯粹的够人爱的小女子,并且才会怀疑到世人所谓的“爱”,以及我所接受的“爱”……

在我稍微有点懂事的时候,便给爱我的人把我苦够了,给许多无事的人以诬蔑我,凌辱我的机会,以致我顶亲密的小伴侣们也疏远了。后来又为了爱的胁迫,使我害怕得离开了我的学校。以后,人虽说一天天大了,但总常常感到那些无味的纠缠,因此有时不特怀疑到所谓“爱”,竟会不屑于这种亲密。苇弟说他爱我,为什么他只常常给我一些难过呢?譬如今晚,他又来了,来了便哭,并且似乎带了很浓的兴味来哭一样,无论我说:“你怎么了,说呀!”“我求你,说话呀,苇弟!……”他都不理会。这是从未有的事,我尽我的脑力也猜想不出他所骤遭的这灾祸。我应当把不幸朝哪一方去揣测呢?后来,大约他哭够了,才大声说:“我不喜欢他!”“这又是谁欺侮了你呢,这样大嚷大闹的?”“我不喜欢那高个子!那同你好的!”哦,我这才知道原来是怄我的气。我不觉得笑了。这种无味的嫉妒,这种自私的占有,便是所谓爱吗?我发笑,而这笑,自然不会安慰那有野心的男人的。并且因我不屑的态度,更激起他那不可抑制的怒气。我看着他那放亮的眼光,我以为他要噬人了,我想:“来吧!”但他却又低下头哭了,还揩着眼泪,踉跄地走出去。

这种表示,也许是称为狂热的,真率的爱的表现吧,但苇弟却不假思索地用在我面前,自然是只会失败;并不是我愿意别人虚伪,做作,我只觉得想靠这种小孩般举动来打动我的心,全是无用。或者因为我的心生来便如此硬;那我之种种不惬于人意而得来烦恼和伤心,也是应该的。

苇弟一走,自自然然我把我自己的心意去揣摩,去仔细回忆那一种温柔的,大方的,坦白而又多情的态度上去,光这态度已够人欣赏像吃醉一般的感到那融融的蜜意,于是我拿了一张画片,写了几个字,命伙计即刻送到第四寄宿舍去。

## 三月九号

我看见安安闲闲坐在我房里的凌吉士,不禁又可怜苇弟,我祝祷世人不要像我一样,忽略了蔑视了那可贵的真诚而把自己陷到那不可拔的渺茫的悲境里;我更愿有那么一个真诚纯洁的女郎去饱领苇弟的爱,并填实苇弟所感得的空虚啊!

## 三月十三

好几天又不提笔,不知是因为我心情不好,或是找不出所谓的情绪。我只知道,从昨天来我是只想哭了。别人看到我哭,以为我在想家,想到病,看见我笑呢,又以为我快乐了,还欣庆着这健康的光芒……但所谓朋友皆如是,我能告谁以我的不屑流泪,而又无力笑出的痴呆心境?因我看清了自己在人间的种种不愿舍弃的热望以及每次追求而得来的懊丧,所以连自己也不愿再同情这未能悟彻所引起的伤心。更哪能捉住一管笔去详细写出自怨和自恨呢!

是的,我好像又在发牢骚了。但这只是隐忍在心头反复向自己说,似乎还无碍。因为我未曾有过那种胆量,给人看我的蹙紧眉头,和听我的叹气,虽说人们早已无条件的赠送过我以"狷傲""怪癖"等等好字眼。其实,我并不是要发牢骚,我只想哭,想有那么一个人来让我倒在他怀里哭,并告诉他:"我又糟蹋我自己了!"不过谁能了解我,抱我,抚慰我呢?是以我只能在笑声中咽住"我又糟蹋我自己了"的哭声。

我到底又为了什么呢,这真难说!自然我未曾有过一刻私自承认我是爱恋上那高个儿了的,但他在我的心心念念中又蕴蓄着一种分析不清的意义。虽说他那颀长的身躯,嫩玫瑰般的脸庞,柔软的嘴唇,惹人的眼角,可以诱惑许多爱美的女子,并以他那娇贵的态度倾倒那些还有情爱的。但我岂肯为了这些无意识的引诱而迷恋一个十足的南洋人!真的,在他最近的谈话中,我懂得了他的可怜的思想;他需要的是什么?是金钱,是在客厅中能应酬买卖中朋友们的年轻太太,是几个穿得很标致的白胖儿子。他的爱情是什么？是拿金钱在妓院中，去挥霍而得来的一时肉感的享受，和坐在软软的沙发上，拥着香喷喷的肉体，抽着烟卷，同朋友们任意谈笑，还把左腿叠压在右膝上；不高兴时，便拉倒，回到家里老婆那里去。热心于演讲辩论会，网球比赛，留学哈佛，做外交官，公使大臣，或继承父亲的职业，做橡树生意，成资本家……这便是他的志趣！他除了不满于他父亲未曾给他过多的钱以外，便什么都可使他在一夜不会做梦的睡觉；如有，便只是嫌北京好看的女人太少，有时也会厌腻起游戏园，戏场，电影院，公园来……唉，我能说什么呢？当我明白了那使我爱慕的一个高贵的美型里，是安置着如此一个卑劣灵魂，并且无缘无故还接受过他的许多亲密。这亲密，还值不了他从妓院中挥霍里剩余下的一半！想起那落在我发际的吻来，真使我悔恨到想哭了！我岂不是把我献给他任他来玩弄来比拟到卖笑的姊妹中去！这只能责备我自己使我更难受，假设只要我自己肯，肯把严厉的拒绝放到我眸子中去，我敢相信，他不会那样大胆，并且我也敢相信，他所以不会那样大胆，是由于他还未曾有过那恋爱的火焰燃炽……唉！我应该怎样来诅咒我自己了！

## 三月十四

这是爱吗，也许爱才具有如此的魔力，要不，为什么一个人的思想会变幻得如此不可测！当我睡去的时候，我看不起美人，但刚从梦里醒来，一揉开睡眼，便又思念那市侩了。

我想：他今天会来吗？什么时候呢，早晨，过午，晚上？于是我跳下床来，急忙忙的洗脸，铺床，还把昨夜丢在地下的一本大书捡起，不住的在边缘处摩挲着，这是凌吉士昨夜遗忘在这儿的一本《威尔逊演讲录》。

## 三月十四晚上

我有如此一个美的梦想，这梦想是凌吉士给我的。然而同时又为他而破灭。我因了他才能满饮着青春的醇酒，在爱情的微笑中度过了清晨；但因了他，我认识了“人生”这玩艺，而灰心而又想到死；至于痛恨到自己甘于堕落，所招来的，简直只是最轻的刑罚！真的，有时我为愿保存我所爱的，我竟想到“我有没有力去杀死一个人呢？”

我想遍了，我觉得为了保存我的美梦，为了免除使我生活的力一天天减少，顶好是即刻上西山,但毓芳告诉我,说她托找房子的那位住在西山的朋友还没有回信来,我怎好再去询问或催促呢?不过我决心了,我决心让那高小子来尝一尝我的不柔顺,不近情理的倨傲和侮弄。

## 三月十七

那天晚上苇弟赌气回去,今天又小小心心地自己来和解,我不觉笑了,并感到他的可爱。如若一个女人只要能找得一个忠实的男伴,做一生的归宿,我想谁也没有我苇弟可靠。

我笑问:"苇弟,还恨姊姊不呢?"他羞惭地说:"不敢。姊姊,你了解我吧!我除了希冀你不摈弃我以外不敢有别的念头。一切只要你好,你快乐就够了!"这还不真挚吗?这还不动人吗?比起那白脸庞红嘴唇的如何?但后来我说:"苇弟,你好,你将来一定是一切都会很满意的。"他却露出凄然的一笑:"永世也不会——但愿如你所说……"这又是什么呢?又是给我难受一下!我恨不得跪在他面前求他只赐我以弟弟或朋友的爱吧!单单为了我的自私,我愿我少些纠葛,多点快乐。苇弟爱我,并会说那样好听的话,但他忽略了:第一他应当真的减少他的热望,第二他也应该藏起他的爱。我为了这一个老实的男人,感到无能的抱歉,也够受了。

## 三月十八

我又托夏在替我往西山找房了。

## 三月十九

凌吉士居然几日不来我这里了。自然,我不会打扮,不会应酬,不会治事理家,我有肺病,无钱,他来我这里做什么!我本无须乎要他来,但他真的不来却又更令我伤心,更证实他以前的轻薄。难道他也是如苇弟一样老实,当他看到我写给他的字条:"我有病,请不要再来扰我",就信为是真话,竟不可违背,而果真不来吗?我只想再见他一面,审看一下这高大的怪物到底是怎样的在觑看我。

## 三月二十

今天我往云霖处跑了三次，都未曾遇见我想见的人，似乎云霖也有点疑惑，所以他问我这几天见着凌吉士没有。我只好怅怅的跑回来。我实在焦烦得很，我敢自己欺自己说我这几日没有思念他吗？

晚上七点钟的时候，毓芳和云霖来邀我到京都大学第三院去听英语辩论会，乙组的组长便是凌吉士。我一听到这消息，心就立刻砰砰的跳起来。我只得拿病来推辞了这善意的邀请。我这无用的弱者，我没有胆量去承受那激动，我还是希望我能不见着他。不过他俩走时，我却请他俩致意凌吉士，说我问候他。唉，这又是多无意识啊！

## 三月二十一

我刚吃过鸡子牛奶，一种熟悉的叩门声响着，纸格上映印上一个颀长的黑影。我只想跳过去开门，但不知为一种什么情感所支使，我咽着气，低下头去了。

“莎菲，起来没有？”这声音如此柔嫩，令我一听到会想哭。

为了知道我已坐在椅子上吗？为了知道我无能发气和拒绝吗？他轻轻的托开门走进来了。我不敢仰起我滋润的眼皮。

“病好些没有，刚起来吗？”

我答不出一句话。

“你真在生我的气啊。莎菲，你厌烦我，我只好走了。莎菲！”

他走，于我自然很合适，但我又猛然抬起头拿眼光止住了他开门的手。

谁说他不是一个坏蛋呢，他懂得了。他敢于把我的双手握得紧紧的。他说：

“莎菲，你捉弄我了。每天我走你门前过，都不敢进来，不是云霖告诉我说你不会生我气，那我今天还不敢来。你，莎菲，你厌烦我不呢？”

谁都可以体会得出来，假使他这时敢于拥抱我，狂乱的吻我，我一定会倒在他手腕上哭出来：“我爱你呵！我爱你呵！”但他却如此的冷淡，冷淡得使我又恨他了。然而我心里在想：“来呀，抱我，我要吻你咧！”自然，他依旧握着我的手，把眼光紧盯在我脸上，然而我搜遍了，在他的各种表示中，我得不着我所等待于他的赐予。为什么他仅仅只懂得我的无用，我的不可轻侮，而不够了解他在我心中所占的是一种怎样的地位！我恨不得用脚尖踢他出去，不过我又为另一种情绪所支配，我向他摇头,表示不厌烦他的来到。

于是我又很柔顺地接受了他许多浅薄的情意,听他说着那些使他津津回味的卑劣享乐,以及“赚钱和花钱”的人生意义,并承他暗示我许多做女人的本分。这些又使我看不起他,暗骂他,嘲笑他,我拿我的拳头,隐隐痛击我的心,但当他扬扬地走出我房时,我受逼得又想哭了。因为我压制住我那狂热的欲念,未曾请求他多留一会儿。

唉,他走了!

## 三月二十一夜

去年这时候,我过的是一种什么生活!为了蕴姊千依百顺地疼我,我便装病躺在床上不肯起来。为了想蕴姊抚摩我,我伏在桌上想到一些小不满意的事而哼哼唧唧的哭。有时因在整日静寂的沉思里得了点哀戚,但这种淡淡的凄凉,更令我舍不得去扰乱这情调,似乎在这里面我可以味出一缕甜意一样的。至于在夜深的法国公园,听躺在草地上的蕴姊唱《牡丹亭》,那是更不愿想到的事了。假使她不被神捉弄般的去爱上那苍白脸色的男人,她一定不会死的这样快,我当然不会一人漂流到北京,无亲无爱的在病中挣扎。虽说有几个朋友,他们也很体惜我,但在我所感应得出的我和他们的关系能和蕴姊的爱在一个天平上相称吗?想起蕴姊,我真应当像从前在蕴姊面前撒娇一样的纵声大哭,不过这一年来,因为多懂得了一些事,虽说时时想哭却又咽住了,怕让人知道了厌烦。近来呢,我更不知为了什么只能焦急。想得点空闲去思虑一下我所做的,我所想的,关于我的身体,我的名誉,我的前途的好歹的时间也没有,整天把紊乱的脑筋放到一个我不愿想到的去处,因为是我想逃避的,所以越把我弄成焦烦苦恼得不堪言说!但是我除了说“死了也活该!”是不能再希冀什么了。我能求得一些同情和慰藉吗?然而我又似乎在向人乞怜了。

晚饭一吃过,毓芳和云霖来我这儿坐,到九点我还不肯放他俩走。我知道,毓芳碍住面子只好又坐下来,云霖藉口要预备明天的课,执意一人走回去了。于是我隐隐向毓芳吐露我近来所感得的窘状,我想她能懂得这事,并且能作主把我的生活改变一下,做我自己所不能胜任的。但她完全把话听到反面去了,她忠实地告诫我:“莎菲,我觉得你太不老实,自然你不是有意,你可太不留心你的眼波了。你要知道,凌吉士他们比不得在上海同我们玩耍的那群孩子,他们很少机会同女人接近,受不起一点好意的,你不要令他将来感到失望和痛苦。我知道,你哪里会爱他呢?”这错误是不是又该归我,假设我不想求助于她而向她饶舌,是不是她不会说出这更令我生气,更令我伤心的话来?我噎着气又笑了:“芳姊,不要把我说得太坏了吓！”

毓芳愿意留下住一夜时，我又赶她走了。

像那些才女们，因为得了一点点不很受用，便能“我是多愁善感呀”，“悲哀呀我的心……”“……”做出许多新旧的诗。我呢，没出息，白白被这些诗境困着，想以哭代替诗句来表现一下我的情感的搏斗都不能。光在这上面，为了不如人，也应撂开一切去努力做人才对，便退一千步说，为了自己的热闹，为了得一群浅薄眼光之赞颂，我也不该拿不起笔或枪来。真的便把自己陷到比死还难忍的苦境里，单单为了那男人的柔发，红唇……

我又梦想到欧洲中古的骑士风度，拿这来比拟不会有错，如其有人看到过凌吉士的话，他把那东方特长的温柔保留着。神把什么好的，都慨然赐给他了，但神为什么不再给他一点聪明呢？他还不懂得真的爱情呢，他确是不懂，虽说他已有了妻（今夜毓芳告我的），虽说他，曾在新加坡乘着脚踏车追赶坐洋车的女人，因而恋爱过一小段时间，虽说他曾在韩家潭住过夜。但他真得到过一个女人的爱吗？他爱过一个女人吗？我敢说不曾！

一种奇怪的思想又在我脑中燃烧了。我决定来教教这大学生。这宇宙并不是像他所懂的那样简单啊！

## 三月二十二

在心的忙乱中，我勉强竟写了这些日记了。早先因为蕴姊写信来要，再三再四的，我只好开始写。现在蕴姊死了好久，我还舍不得不继续下去，心想为了蕴姊在世时所谆谆向我说的一些话便永远写下去纪念蕴姊也好。所以无论我那样不愿提笔，也只得胡乱画下一页半页的字来。本来是睡了的，但望到挂在壁上蕴姊的像，忍不住又爬起，为免掉想念蕴姊的难受而提笔了。自然，这日记，我是除了蕴姊不愿给任何人看。第一因为这是为了蕴姊要知道我的生活而记下的一些琐琐碎碎的事，二来我怕别人给一些理智的面孔给我看，好更刺透我的心；似乎我自己也会因了别人所尊崇的道德而真的感到像犯罪一样的难受。所以这黑皮的小本子我许久以来都安放在枕头底下的垫被的下层。今天不幸我却违背我的初意了，然而也是不得已，虽说似乎是出于毫未思考。原因是苇弟近来非常误解我，以致常常使得他自己不安，而又常常波及我，我相信在我平日的一举一动中，我都能表示出我的态度来。为什么他不懂我的意思呢？难道我能直捷的说明，和阻止他的爱吗？我常常想，假设这不是苇弟而是另外一人，我将会知道怎样处置是最合法的。偏偏又是如此令我忍不下心去的一个好人！我无法了，只好把我的日记给他看。让他知道他在我的心里是怎样的无希望,并知道我是如何凉薄的反反复复的不足爱的女人。假使苇弟知道我,我自然会将他当做我唯一可诉心肺的朋友,我会热诚的拥着他同他接吻。我将替他愿望那世界上最可爱,最美的女人……日记,苇弟看过一遍,又一遍了,虽说他曾经哭过,但态度非常镇静,是出我意料之外的。我说:

"懂得了姊姊吗?"

他点头。

"相信姊姊吗?"

"关于哪方面的?"

于是我懂得那点头的意义。谁能懂得我呢,便能懂得这只能表现我万分之一的日记,也只令我看到这有限的伤心哟!何况,希求人了解,以想方设计用文字来反复说明的日记给人看,是多么可伤心的事!并且,后来苇弟还怕我以为他未曾懂得我,于是不住的说:

"你爱他,你爱他!我不配你!"

我真想一赌气扯了这日记。我能说我没有糟蹋这日记吗?我只好向苇弟说:"我要睡了,明天再来吧。"

在人里面,真不必求什么!这不是顶可怕的吗?假设蕴姊在,看见我这日记,我知道,她会抱着我哭:"莎菲,我的莎菲!我为什么不再变得伟大点,让我的莎菲不至于这样苦啊……"但蕴姊已死了,我拿着这日记应怎样的痛哭才对!

## 三月二十三

凌吉士向我说:"莎菲!你真是一个奇怪的女子。"我了解这并不是懂得了我的什么而说出的一句赞叹。他所以为奇怪的,无非是看见我的破烂了的手套,搜不出香水的抽屉,无缘无故扯碎了的新棉袍,保存着一些旧的小玩具,……还有什么?听见些不常的笑声,至于别的,他便无能去体会了,我也从未向他说过一句我自己的话。譬如他说"我以后要努力赚钱呀",我便笑;他说到邀起几个朋友在公园追着女学生时,"莎菲那真有趣",我也笑。

自然,他所说的奇怪,只是一种在他生活习惯上不常见的奇怪。并且我也很伤心,我无能使他了解我而敬重我。我是什么也不希求了,除了往西山去。我想到我过去的一切妄想,我好笑!

## 三月二十四

当他单独在我面前时，我觑着那脸庞，聆着那音乐般的声音，心便在忍受那感情的鞭打！为什么不扑过去吻他的嘴唇，他的眉梢，他的……无论什么地方？真的，有时话都到口边了："我的王！准许我亲一下吧！"但又受理智，不，我就从没有过理智，是受另一种自尊的情感所裁制而又咽住了。唉！无论他的思想怎样坏，他使我如此癫狂的动情，是曾有过而无疑，那我为什么不承认我是爱上了他咧？并且，我敢断定，假使他能把我紧紧的拥抱着，让我吻遍他全身，然后他把我丢下海去，丢下火去，我都会快乐的闭着眼等待那可以永久保藏我那爱情的死的来到。唉！我竟爱他了，我要他给我一个好好的死就够了……

## 三月二十四夜深

我决心了。我为拯救我自己被一种色的诱惑而堕落，我明早便到夏那儿去，以免看见凌吉士又痛苦，这痛苦已缠缚我如是之久了！

## 三月二十六

为了一种纠缠而去，但又遭逢着另一种纠缠，我不得不又急速的转来了。我去夏那儿的第二天，梦如便去了。虽说她是看另一人去的，但使我感到很不快活。夜晚，她大发其对感情的一种新近所获得的议论，隐隐的含着讥刺向我，我默然。为不愿让她更得意，我睁着眼，睡在夏的床上等到天明，才忍着气转来……

毓芳告诉我，说西山房子已找好了，并且另外替我邀了一个女伴，也是养病的，而这女伴同毓芳又是很好的朋友。听到这消息，应该是很欢喜吧，但我刚刚在眉头舒展了一点喜色，一种默然的凄凉便罩上了。虽说我从小便离开家，在外面混，但都有我的亲戚朋友随着我。这次上西山，固然说起来离城只是几十里，但在我，一个活了二十岁的人，开始一人跑到陌生的地方去，还是第一次。假使我竟无声无息的死在那山上，谁是第一个发现我死尸的？我能担保我不会死在那里吗？也许别人会笑我担忧到这些小事，而我却真的哭过。当我问毓芳舍不舍得我时，毓芳却笑，笑我问小孩话，说这一点点路有什么舍不得，直到毓芳答应我每礼拜上山一次，我才不好意思地揩干眼泪。

下午我到苇弟那儿去，苇弟也说他一礼拜上山一次，填毓芳不去的空日。

回来已夜了，我一人寂寂寞寞地收拾东西，想到我要离开北京的这些朋友们，我又哭了。但一想到朋友们都未曾向我流泪，我又擦去我脸上的泪痕。我又将一人寂寂寞寞地离开这古城了。

在寂寞里，我又想到凌吉士了，其实，话不是这样说，凌吉士简直不能说"想起""又想起"，完全是整天都在系念到他，只能说："又来讲我的凌吉士吧。"这几天我故意造成的离别，在我是不可计的损失，我本想放松他，而我把他捏得更紧了。我既不能把他从心里压根儿拔去，我为什么要躲避着不见他的面呢？这真使我懊恼，我不能便如此同他离别，这样寂寂寞寞的走上西山……

## 三月二十七

一早毓芳便上西山去了，去替我布置房子，说好明天我便去。为她这番盛情，我应怎样去找得那些没有的字来表示我的感谢？我本想再待一天在城里，也不好说了。

我正焦急的时候，凌吉士才来，我握紧他双手，他说：

"莎菲！几天没见你了！"

很愿意这时我能哭出来，抱着他哭，但眼泪只能噙在眼里，我只好又笑了。他听见明天我要上山时，显出的那惊诧和嗟叹，很安慰到我，于是我真的笑了。他见到我笑，便把我的手反捏得紧紧的，紧得使我生痛。他怨恨似的说：

"你笑！你笑！"

这痛，是我从未有过的舒适，好像心里也正锥下去一个什么东西，我很想倒向他的手腕，而这时苇弟却来了。

苇弟知道我恨他来，他偏不走。我向凌吉士使眼色，我说："这点钟有课吧？"于是我送凌吉士出来。他问我明早什么时候走，我告他；问他还来不来呢，他说回头便来；于是我望着他快乐了，我忘了他是怎样可鄙的人格，和美的相貌了，这时他在我的眼里，是一个传奇中的情人。哈，莎菲有一个情人了！……

## 三月二十七晚

自从我赶走苇弟到这时已整整五个钟头了。在这五点钟里，我应怎样才想得出一个恰合的名字来称呼它？像热锅上的蚂蚁在这小房子里不安的坐下，又站起，又跑到门缝边瞧，但是——他一定不来了，他一定不来了，于是我又想哭，哭我走得这样凄凉，北京城就没有一个人陪我一哭吗？是的，我应该离开这冷酷的北京，为什么我要舍不得这板床，这油腻的书桌，这三条腿的椅子……是的，明早我就要走了，北京的朋友们不会再腻烦莎菲的病。为了朋友们轻快舒适，莎菲便为朋友们死在西山也是该的！但如此让莎菲一人看不着一点热情孤孤寂寂的上山去，想来莎菲便不死，也不会有损害或激动于人心吧……不想了！不想！有什么可想的？假使莎菲不如此贪心攫取感情，那莎菲不是便很可满足于那些眉目间的同情了吗？……关于朋友，我不说了。我知道永世也不会使莎菲感到满足这人间的友谊的！

但我能满足些什么呢？凌吉士答应来，而这时已晚上九点了。纵是他来了，我会很快乐吗？他会给我所需要的吗？……

想起他不来，我又该痛恨自己了！在很早的从前，我懂得对付哪一种男人应用哪一种态度，而现在反蠢了。当我问他还来不来时，我怎能显露出那希求的眼光，在一个漂亮人面前是不应老实，让人瞧不起……但我爱他，为什么我要使用技巧？我不能直接向他表明我的爱吗？并且我觉得只要于人无损，便吻人一百下，为什么便不可以被准许呢？

他既答应来，而又失信，显见得是在戏弄我。朋友，留点好意在莎菲走时，总不至于是一种损失吧。

今夜我简直狂了。语言，文字是怎样在这时显得无用！我心像被许多小老鼠啃着一样，又像一盆火在心里燃烧。我想把什么东西都摔破，又想冒着夜气在外面乱跑，我无法制止我狂热的感情的激荡，我躺在这热情的针毡上，反过去也刺着，翻过来也刺着，似乎我又是在油锅里听到那油沸的响声，感到浑身的灼热……为什么我不跑出去呢？我等着一种渺茫的无意义的希望到来！哈……想到红唇，我又癫了！假使这希望是可能的话——我独自又忍不住笑，我再三再四反复问我自己："爱他吗？"我更笑了。莎菲不会傻到如此地步去爱上南洋人。难道因了我不承认我的爱，便不可以被人准许做一点儿于人无损的事？

假使今夜他竟不来，我怎能甘心便恝然上西山去……

唉！九点半了！

九点四十分！

## 三月二十八晨三时

莎菲生活在世上，要人们了解她体会她的心太热太恳切了，所以长远的沉溺在失望的苦恼中,但除了自己,谁能够知道她所流出的眼泪的分量?

在这本日记里,与其说是莎菲生活的一段记录,不如直接算为莎菲眼泪的每一个点滴,是在莎菲心上,才觉得更切实。然而这本日记现在要收束了,因为莎菲已无需乎此——用眼泪来泄愤和安慰,这原因是对于一切都觉得无意识,流泪更是这无意识的极深的表白。可是在这最后一页的日记上,莎菲应该用快乐的心情来庆祝,她从最大的失望中,蓦然得到了满足,这满足似乎要使人快乐得死才对。但是我,我只从那满足中感到胜利,从这胜利中得到凄凉,而更深的认识我自己的可怜处,可笑处,因此把我这几月来所萦萦于梦想的一点"美"反缥缈了,——这个美便是那高个儿的丰仪!

我应该怎样来解释呢?一个完全癫狂于男人仪表上的女人的心理!自然我不会爱他,这不会爱,很容易说明,就是在他丰仪的里面是躲着一个何等卑丑的灵魂!可是我又倾慕他,思念他,甚至于没有他,我就失掉一切生活意义了;并且我常常想,假使有那么一日,我和他的嘴唇合拢来,密密的,那我的身体就从这心的狂笑中瓦解去,也愿意。其实,单单能获得骑士般的那人儿的温柔的一抚摩,随便他的手尖触到我身上的任何部分,因此就牺牲一切,我也肯。

我应当发癫,因为这些幻想中的异迹,梦似的,终于毫无困难的都给我得到了。但是从这中间,我所感到的是我所想象的那些会醉我灵魂的幸福吗?不啊!

当他——凌吉士——晚间十点钟来到时候,开始向我嗫嚅地表白,说他是如何的在想我……还使我心动过好几次;但不久我看到他那被情欲燃烧的眼睛,我就害怕了。于是从他那卑劣的思想中发出的更丑的誓语,又振起我的自尊心!假使他把这串浅薄肉麻的情话去对别个女人说,一定是很动听的,可以得一个所谓的爱的心吧。但他却向我,就由这些话语的力,把我推得隔他更远了。唉,可怜的男子!神既然赋与你这样的一副美形,却又暗暗的捉弄你,把那样一个毫不相称的灵魂放到你人生的顶上!你以为我所希望的是"家庭"吗?我所欢喜的是"金钱"吗?我所骄傲的是"地位"吗?"你,在我面前,是显得多么可怜的一个男子啊!"我真要为他不幸而痛哭,然而他依样把眼光镇住我脸上,是被情欲之火燃烧得如何的怕人!倘若他只限于肉感的满足,那么他倒可以用他的色来摧残我的心;但他却哭声地向我说:"莎菲,你信我,我是不会负你的!"啊,可怜的人,他还不知道在他面前的这女人,是用如何的轻蔑去可怜他的这些做作,这些话!我竟忍不住笑出声来,说他也知道爱,会爱我,这只是近于开玩笑!那情欲之火的巢穴——那两只灼闪的眼睛,不正宣布他除了可鄙的浅薄的需要,别的一切都不知道吗?

"喂,聪明一点,走开吧,韩家潭那个地方才是你寻乐的场所!"我既然认清他,我就应该这样说,教这个人类中最劣种的人儿滚出去。然而,虽说我暗暗的在嘲笑他,但当他大胆的贸然伸开手臂来拥我时,我竟又忘了一切,我临时失掉了我所有的一些自尊和骄傲，我完全被那仅有的一副好丰仪迷住了，在我心中，我只想，“紧些！多抱我一会儿吧，明早我便走了。”假使我那时还有一点自制力，我该会想到他的美形以外的那东西，而把他像一块石头般，丢到房外去。

唉！我能用什么言语或心情来痛悔？他，凌吉士，这样一个可鄙的人，吻了我！我静静默默地承受着！但那时，在一个温润的软热的东西放到我脸上，我心中得到的是些什么呢？我不能像别的女人一样晕倒在她那爱人的臂膀里！我张大着眼睛望他，我想：“我胜利了！我胜利了！”因为他所使我迷恋的那东西，在吻我时，我已知道是如何的滋味——我同时鄙夷我自己了！于是我忽然伤心起来，我把他用力推开，我哭了。

他也许忽略了我的眼泪，以为他的嘴唇给我如何的温软，如何的嫩腻，把我的心融醉到发迷的状态里吧，所以他又挨我坐着，继续说了许多所谓爱情表白的肉麻话。

“何必把你那令人惋惜处暴露得无余呢?”我真这样的又可怜起他来。

我说：“不要乱想吧，说不定明天我便死去了!”

他听着，谁知道他对于这话是得到怎样的感触？他又吻我，但我躲开了，于是那嘴唇便落到我手上……

我决心了，因为这时我有的是充足的清晰的脑力，我要他走，他带点抱怨颜色，缠着我。我想“为什么你也是这样傻劲呢?”他直挨到夜十二点半钟才走。

他走后，我想起适间的事情。我用所有的力量，来痛击我的心！为什么呢，给一个如此我看不起的男人接吻？既不爱他，还嘲笑他，又让他来拥抱？真的，单凭了一种骑士般的风度，就能使我堕落到如此地步么？

总之，我是给我自己糟蹋了，凡一个人的仇敌就是自己，我的天，这有什么法子去报复而偿还一切的损失？

好在在这宇宙间，我的生命只是我自己的玩品，我已浪费得尽够了，那么因这一番经历而使我更陷到极深的悲境里去，似乎也不成一个重大的事件。

但是我不愿留在北京，西山更不愿去了，我决计搭车南下，在无人认识的地方，浪费我生命的余剩；因此我的心从伤痛中又兴奋起来，我狂笑的怜惜自己：

“悄悄的活下来，悄悄的死去，啊！我可怜你，莎菲!”

（选自《在黑暗中》，丁玲著，人民文学出版社 1998 年版）

**【阅读提示】**

丁玲(1904－1986)，原名蒋冰之，湖南常德人，现代第一个具有鲜明女性意识的作家，主要作品有小说《梦珂》《莎菲女士的日记》《我在霞村的时候》《太阳照在桑干河上》和散文《三八节有感》等。

该篇作品原载1928年2月《小说月报》第19卷第2号，后收入作者第一个小说集《在黑暗中》，1928年2月开明书店初版。小说以一个女性与两个男性的架构，塑造了一个“五四”退潮后不甘寂寞和平庸，大胆追求完美爱情却陷于失败、苦闷的青年女性形象。日记体便于揭示女性大胆恋爱心理，显示女性主体意识的觉醒，浓烈而颓废的情感的抒发增加了作品的现代主义色彩。

**【延伸阅读】**

1. 孟悦、戴锦华：《丁玲：脆弱的“女神”》，见孟悦、戴锦华《浮出历史地表——现代妇女文学研究》，河南人民出版社1988年版。

2. 丁玲：《阿毛姑娘》《我在霞村的时候》，上海市作家协会、上海文艺发展基金会主持，徐俊西、陈慧芬编《海上文学百家·丁玲卷》，上海文艺出版社2000年版。

3. 郜元宝、孙洁主编：《三八节有感——关于丁玲》，北京广播学院出版社2000年版。

4. 左怀建：《流浪女的精神价值——丁玲小说女性书写三题》，左怀建《边缘游走：中国现代文学分析》，中央编译出版社2010年版。

（左怀建）

# 梅雨之夕

施蛰存

梅雨又淙淙地降下了。

对于雨，我倒并不觉得嫌厌，所嫌厌的是在雨中疾驰的摩托车的轮，它会得溅起泥水猛力地洒上我底衣裤，甚至会连嘴里也拜受了美味。我常常在办公室里，当公事空闲的时候，凝望着窗外淡白的空中的雨丝，对同事们谈起我对于这些自私的车轮的怨苦。下雨天是不必省钱的，你可以坐车，舒服些。他们会这样善意地劝告我。但我并不曾屈就了他们的好心，我不是为了省钱，我喜欢在滴沥的雨声中撑着伞回去。我底寓所离公司是很近的，所以我散工出来，便是电车也不必坐，此外还有一个我所以不喜欢在雨天坐车的理由，那是因为我还不曾有一件雨衣，而普通在雨天的电车里，几乎全是裹着雨衣的先生们，夫人们或小姐们，在这样一间狭窄的车厢里，滚来滚去的人身上全是水，我一定会虽然带着一柄上等的伞，也不免满身淋漓地回到家里。况且尤其是在傍晚时分，街灯初上，沿着人行路用一些暂时安逸的心境去看看都市的雨景，虽然拖泥带水，也不失为一种自己底娱乐。在濛雾中来来往往的车辆人物，全都消失了清晰的轮廓，广阔的路上倒映着许多黄色的灯光，间或有几条警灯底红色和绿色在闪烁着行人底眼睛。雨大的时候，很近的人语声，即使声音很高，也好像在半空中了。

人家时常举出这一端来说我太刻苦了，但他们不知道我会得从这里找出很大的乐趣来，即使偶尔有摩托车底轮溅满泥泞在我身上，我也并不曾因此而改了我底习惯。说是习惯，有什么不妥呢，这样的已经有三四年了。有时也偶尔想着总得买一件雨衣来，于是可以在雨天坐车，或者即使步行，也可以免得被泥水溅着了上衣，但到如今这仍然留在心里做一种生活上的希望。

在近来的连日的大雨里，我依然早上撑着伞上公司去，下午撑着伞回家，每天都如此。

昨日下午，公事堆积得很多。到了四点钟，看看外面雨还是很大，便独自留下在公事房里，想索性再办了几桩，一来省得明天要更多地积起来，二来也借此避雨，等它小一些再走。这样地竟逗遛到六点钟,雨早已止了。

走出外面,虽然已是满街灯火,但天色却转清朗了。曳着伞,避着檐滴,缓步过去,从江西路走到四川路桥,竟走了差不多有半点钟光景。邮政局的大钟已是六点二十五分了。未走上桥,天色早已重又冥晦下来,但我并没有介意,因为晓得是傍晚的时分了,刚走到桥头,急雨骤然从乌云中漏下来,潇潇的起着繁音。看下面北四川路上和苏州河两岸行人的纷纷乱窜乱避,只觉得连自己心里也有些着急。他们在着急些什么呢?他们也一定知道这降下来的是雨,对于他们没有生命上的危险。但何以要这样急迫地躲避呢?说是为了恐怕衣裳给淋湿了,但我分明看见手中持着伞的和身上披了雨衣的人也有些脚步踉跄了。我觉得至少这是一种无意识的纷乱。但要是我不曾感觉到雨中闲行的滋味,我也是会得和这些人一样地急突地奔下桥去的。

何必这样的奔逃呢,前路也是在下着雨,张开我底伞来的时候,我这样漫想着。不觉已走过了天潼路口。大街上浩浩荡荡地降着雨,真是一个伟观,除了间或有几辆摩托车,连续地冲破了雨仍旧钻进了雨中地疾驰过去之外,电车和人力车全不看见。我奇怪它们都躲到什么地方去了。至于人,行走着的几乎是没有,但有店铺的檐下或蔽荫下是可以一团一团地看得见,有伞的和无伞的,有雨衣的和无雨衣的,全都聚集着,用嫌厌的眼望着这奈何不得的雨。我不懂他们这些雨具是为了怎样的天气而买的。

至于我,已经走近文监师路了。我并没什么不舒服,我有一柄好的伞,脸上绝不曾给雨水淋湿,脚上虽然觉得有些潮烘烘,但这至多是回家后换一双袜子的事。我且行且看着雨中的北四川路,觉得朦胧的颇有些诗意。但这里所说的"觉得",其实也并不是什么具体的思绪,除了"我该得在这里转弯了"之外,心中一些也不意识着什么。

从人行路上走出去,探头看看街上有没有往来的车辆,刚想穿过街去转入文监师路,但一辆先前并没有看见的电车已停在眼前。我止步了,依然退进到人行路上,在一支电杆边等候着这辆车底开出。在车停的时候,其实我是可以安心地对穿过去的,但我并不曾这样做。我在上海住得很久,我懂得走路的规则。我为什么不在这个可以穿过去的时候走到对街去呢,我没知道。

我数着从头等车里下来的乘客。为什么不数三等车里下来的呢?这里并没有故意的挑选,头等座的车底前部,下来的乘客刚在我面前,所以我可以很看得清楚。第一个,穿着红皮雨衣的俄罗斯人,第二个是中年的日本妇人,她急急地下了车,撑开了手里提着的东洋粗柄雨伞,缩着头鼠窜似地绕过车前,转进文监师路去了。我认识她,她是一家果子店的女店主。第三,第四,是像宁波人似的我国商人,他们都穿着绿色的橡皮华式雨衣。第五个下来的乘客,也即是末一个了,是一位姑娘。她手里没有伞，身上也没有穿雨衣，好像是在雨停止了之后上电车的，而不幸在到目的地的时候却下着这样的大雨。我猜想她一定是从很远的地方上车的，至少应当在卡德路以上的几站罢。

她走下车来，缩着瘦削的，但并不露骨的双肩，窘迫地走上人行路的时候，我开始注意着她底美丽了。美而有许多方面，容颜底姣好固然是一重要素，但风仪的温雅，肢体底停匀，甚至谈吐底不俗，至少是不惹厌，这些也有着份儿，而这个雨中的少女，我事后觉得她是全适合这几端的。

她向路底两边看了一看，又走到转角上看着文监师路。我晓得她是急于要招呼一辆人力车。但我看，跟着她底眼光，大路上清寂地没一辆车子徘徊着，而雨还尽量地落下来。她旋即回了转来，躲避在一家木器店底屋檐下，露着烦恼的眼色，并且蹙着细淡的修眉。

我也便退进在屋檐下，虽则电车已开出，路上空空地，我照理可以穿过去了。但我何以不即穿过去，走上归家的路呢？为了对于这少女有什么依恋么？并不，绝没有这种依恋的意识。但这也决不是为了我家里有着等候我回去在灯下一同吃晚饭的妻，当时是连我已有妻的思想都不曾有，面前有着一个美的对象，而又是在一重困难之中，孤寂地单身呆立着望这永远地，永远地垂下来的梅雨，只为了这些缘故，我不自觉地移动了脚步站在她旁边了

虽然在屋檐下，虽然没有粗重的檐溜摘下来，但每一阵风会得把凉凉的雨丝吹向我们。我有着伞，我可以如中古时期骁勇的武士似地把伞当作盾牌，挡着扑面袭来的雨的话，但这个少女却身上间歇地被淋得很湿了。薄薄的绸衣，黑色也没有效用了，两支手臂已被画出了它们底圆润。她屡次旋转身去，侧立着，避免这轻薄的雨之侵袭她底前胸。肩臂上受些雨水，让衣裳贴着了肉倒不打紧吗？我曾偶尔这样想。

天晴的时候，马路上多的是兜搭生意的人力车，但现在需要它们的时候，却反而没有了。我想着人力车夫底不善于做生意，或许是因为需要的人太多了，供不应求，所以即使在这样繁盛的街上，也不见一辆车子底踪迹。或许车夫也都在避雨呢，这样大的雨，车夫不该避一避吗？对于人力车之有无，本来用不到关心的我，也忽然寻思起来，我并且还甚至觉得那些人力车夫是很可恨的，为什么你们不拖着车子走过来接应这生意呢，这里有一位美丽的姑娘，正窘立在雨中等候着你们的任何一个。

如是想着，人力车终于没有踪迹。天色真的晚了。此处对街的店铺门前有几个短衣的男子已经等得不耐而冒着雨，他们是拼着淋湿一身衣裤的，踏着大步跑去了。我看这位少女的长眉已颦蹙得更紧，眸子莹然，像是心中很着急了。她的忧闷的眼光正与我的互相交换，在她眼里，我懂得我正受着诧异，为什么你老是站在这

里不走呢。你有伞,并且穿着皮鞋,等什么人么?而雨天在街路上等谁呢?眼睛这样锐利地看着我,不是没怀着好意么?从她将钉住着在我身上打量我的眼光移向着阴黑的天空的这个动作上,我肯定地猜测她是在这样想着。

我有着伞呢,而且大得足够容两个人的蔽荫的,我不懂何以这个意识不早就觉醒了我。但现在它觉醒了我将使我做什么呢?我可以用我底伞给她障住这样的淫雨,我可以陪伴她走一段路去找人力车,如果路不多,我可以送她到她底家。如果路很多,又有什么不成呢?我应当跨过这一箭路,去表白我底好意吗?好意,她不会有什么别方面的疑虑吗?或许她会得像刚才我所猜想着的那样误解了我,她便会得拒绝了我。难道她宁愿在这样不止的风和雨中,在冷静的夕暮的街头,独自个立到很迟吗?不啊!雨是不久就会停的,已经这样连续不断地降下了……多久了,我也完全忘记了时间在这雨水中间流过。我取出时计来,七点三十四分。一小时多了。不至于老是这样地降下来吧,看,排水沟已经来不及宣泄,多量的水已经积聚在它上面,打着漩涡,挣扎不得流下去的路,不久怕会溢上了人行路么?不会的,决不会有这样持久的雨,再停一会,她一定可以走了。即使雨不就停止,人力车是大约总能够来一辆的。她一定会不管多大的代价坐了去的。然则我应当走了么?应当走了。为什么不?……

这样地又十分钟过去了。我还没有走。雨没有住,车儿也没有影踪。她也依然焦灼地站着。我有一个残忍的好奇心,如她这样的在一重困难中,我要看她终于如何处理自己。看着她这样窘急,怜悯和旁观的心理在我身中各占了一半。

她又在惊异地看着我。

忽然,我觉得,何以刚才会不觉得呢?我奇怪,她好像在等待我拿我底伞贡献给她,并且送她回去,不,不一定是回去,只是到她所要到的地方去。你有伞,但你不走,你愿意分一半伞荫蔽我,但还在等待什么更适当的时候呢?她底眼光在对我这样说。

我脸红了,但并没有低下头去。

用羞赧来对付一个少女的注目,在结婚以后,我是不常有的。这是自己也随即觉得可怪了。我将用何种理由来譬解我的脸红呢?没有!但随即有一种男子的勇气升上来,我要求报复,这样说或许是较言重了,但至少是要求着克服她的心在我身里急突地催促着。

终归是我移近了这少女,将我的伞分一半荫蔽她。

——小姐,车子恐怕一时不会有,假如不妨碍,让我来送一送罢。我有着伞。

我想说送她回府,但随即想到她未必是在回家的路上,所以结果是这样两用地说了。当说着这些话的时候,我竭力做得神色泰然,而她一定已看出了这勉强的安静的态度后面藏匿着的我底血脉之急流。

她凝视着我半微笑着。这样好久。她是在估量我这种举止底动机，上海是个坏地方，人与人都用了一种不信任的思想交际着！她也许是正在自己委决不下，雨真的在短时期内不会止么？人力车真的不会来一辆么？要不要借着他底伞姑且走起来呢？也许转一个弯就可以有人力车，也许就让他送到了。那不妨事么？……不妨事。遇见了认识人不会猜疑么？……但天太晚了，雨并不觉得小一些。

于是她对我点了点头，极轻微地。

——谢谢你，朱唇一启，她迸出柔软的苏州音。

转进靠西边的文监师路，在响着雨声的伞下，在一个少女底旁边，我开始诧异我底奇遇。事情会得展开到这个现状吗？她是谁，在我身旁同走，并且让我用伞荫蔽着她，除了和我底妻之外，近几年来我并不曾有过这样的经历。我回转头去，向后面斜着，店铺里有许多人歇下了工作对我，或是我们，看着。隔着雨底帡幪，我看得见他们底可疑的脸色。我心里吃惊了，这里有着我认识的人吗？或是可有着认识她的人吗？……再回看她，她正低下着头，拣着踏脚地走。我底鼻子刚接近了她底鬓发，一阵香。无论认识我们之中任何一个的人，看见了这样的我们的同行，会怎样想？……我将伞沉下了些，让它遮蔽到我们底眉额。人家除非故意低下身子来，不能看见我们底脸面。这样的举动，她似乎很中意。

我起先是走在她的右边，右手执着伞柄，为了要让她多得些前蔽，手臂便凌空了。我开始觉得手臂酸痛，但并不以为是一种苦楚。我侧眼看她，我恨那个伞柄，它遮隔了我底视线。从侧面看，她并没有从正面看那样的美丽。但我却从此得到了一个新的发现：她很像一个人。谁？我搜寻着，我搜寻着，好像很记得，岂但，……几乎每日都在意中的，一个我认识的女子，像现在身旁并行着的这个一样的身材，差不多的面容，但何以现在百思不得了呢？……啊，是了，我奇怪为什么我竟会得想不起来，这是不可能的！我底初恋的那个少女，同学，邻居，她不是很像她吗？这样的从侧面看，我与她离别了好几年了，在我们相聚的最后一日，她还只有十四岁，……一年……二年……七年了呢。我结婚了，我没有再看见她，想来长成得更美丽了……但我并不是没有看见她长大起来，当我脑中浮起她底印象来的时候，她并不还保留着十四岁的少女的姿态。我不时在梦里，睡梦或白日梦，看见她在长大起来，我曾自己构成她是个美丽的二十岁年纪的少女。她有好的声音和姿态，当偶然悲哀的时候，她在我底幻觉里会得是一个妇人，或甚至是一个年轻的母亲。

但她何以这样的像她呢？这个容态，还保留十四岁时候的余影，难道就是她自己么？她为什么不会到上海来呢？是她！天下有这样容貌完全相同的人么？不知她认出了我没有……我应该问问她了。

——小姐是苏州人么？

——是的。

确然是她,罕有的机会啊!她几时到上海来的呢?她底家搬到上海来了吗?还是,哎,我怕,她嫁到上海来了呢?她一定已经忘记我了,否则她不会允许我送她走。……也许我底容貌有了改变,她不能再认识我,年数确是很久了。……但她知道我已经结婚吗?要是没有知道,而现在她认识了我,怎么办呢?我应当告诉她吗?如果这样是需要的,我将怎么措辞呢?……

我偶然向道旁一望,有一个女子倚在一家店里的柜上。用着忧郁的眼光,看着我,或者也许是看着她。我忽然好像发现这是我底妻,她为什么在这里?我奇怪。

我们走在什么地方了。我留心看。小菜场。她恐怕快要到了。我应当不失了这个机会。我要晓得她更多一些,但要不要使我们继续已断的友谊呢,是的,至少也得是友谊?还是仍旧这样地让我在她底意识里只不过是一个不相识的帮助女子的善意的人呢?我开始踌躇了。我应当怎样做才是最适当的。

我似乎还应该知道她正要到那里去。她未必是归家去吧。家——要是父母底家倒也不妨事的,我可以进去,如像幼小的时候一样。但如果是她自己底家呢?我为什么不问她结婚了不曾呢……或许,连自己底家也不是,而是她底爱人底家呢,我看见一个文雅的青年绅士。我开始后悔了,为什么今天这样高兴,剩下妻在家里焦灼地等候着我,而来管人家的闲事呢。北四川路上。终于会有人力车往来的?即使我不这样地用我底伞伴送她,她也一定早已能雇到车子了。要不是自己觉得不便说出口,我是已经会得剩了她在雨中反身走了。

还是再考验一次罢。

——小姐贵姓?

——刘。

刘吗?一定是假的。她已经认出了我,她一定都知道了关于我的事,她哄我了。她不愿意再认识我了,便是友谊也不想继续了。女人!……她为什么改了姓呢?……也许这是她丈夫底姓?刘……刘什么?

这些思想底独白,并不占有了我多少时候。它们是很迅速地翻舞过我心里,就在与这个好像有魅力的少女同行过一条马路的几分钟之内。我底眼不常离开她,雨到这时已在小下来也没有觉得。眼前好像来来往往的人在多起来了,人力车也恍惚看见了几辆。她为什么不雇车呢?或许快要到达她底目的地了。她会不会因为心里已认识了我,不敢断认,所以故意延滞着和我同走么?

一阵微风,将她底衣缘吹起,飘漾在身后。她扭过脸去避对面吹来的风,闭着眼睛,有些娇媚。这是很有诗兴的姿态,我记起日本画伯铃木春信的一帖题名叫《夜雨宫诣美人图》的画。提着灯笼,遮着被斜风细雨所撕破的伞,在夜的神社之前走着,衣裳和灯笼都给风吹卷着,侧转脸儿来避着风雨底威势,这是颇有些洒脱的感觉的。现在我留心到这方面了,她也有些这样的风度。至于我自己,在旁人眼光里，或许成为她底丈夫或情人了，我很有些得意着这种自譬的假饰。是的，当我觉得她确是幼小时候初恋着的女伴的时候，我是如像真有这回事似地享受着这样的假饰。而从她鬓边颊上被潮润的风吹来的粉香，我也闻嗅得出是和我妻所有的香味一样的。……我旋即想到古人有“担簦亲送绮罗人”那么一句诗，是很适合于今日的我底奇遇的。铃木画伯底名画又一度浮现上来了。但铃木底所画的美人并不和她有一些相像，倒是我妻底嘴唇却与画里的少女底嘴唇有些仿佛的。我再试一试对于她底凝视，奇怪啊，现在我觉得她并不是我适才所误会着的初恋的女伴了。她是另外一个不相干的少女。眉额，鼻子，颧骨，即使说是有年岁底改换，也绝对地找不出一些踪迹来。而我尤其嫌厌着她底嘴唇，侧着过去，似乎太厚一些了。

我忽然觉得很舒适，呼吸也更通畅了。我若有意若无意地替她撑着伞，徐徐觉得手臂太酸痛之外，没什么感觉。在身旁由我伴送着的这个不相识的少女的形态，好似已经从我底心的樊笼中被释放了出去。我才觉得天已完全夜了，而伞上已听不到些微的雨声。

——谢谢你，不必送了，雨已经停了。

她在我耳朵边这样地嘤响。

我蓦然惊觉，收拢了手中的伞。一缕街灯的光射上了她底脸，显着橙子的颜色。她快要到了吗？可是她不愿意我伴她到目的地，所以趁此雨已停住的时候要辞别我吗？我能不能设法看一看她究竟到什么地方去呢？……

——不要紧，假使没有妨碍，让我送到了罢。

——不敢当呀，我一个人可以走了，不必送罢。时光已是很晏了，真对不起得很呢。

看来是不愿我送的了。但假如还是下着大雨便怎么了呢？……我怨怼着不情的天气，何以不再继续下半小时雨呢，是的，只要再半小时就够了。一瞬间，我从她的对于我的凝视——那是为了要等候我底答话——中看出一种特殊的端庄，我觉得凛然，像雨中的风吹上我底肩膀。我想回答，但她已不再等候我。

——谢谢你，请回转罢，再会。……

她微微地侧面向我说着，跨前一步走了，没有再回转头来。我站在中路，看她底后影，旋即消失在黄昏里。我呆立着，直到一个人力车夫来向我兜揽生意。

在车上的我，好像飞行在一个醒觉之后就要忘记了的梦里。我似乎有一桩事情没有做完成，我心里有着一种牵挂。但这并不曾清晰地意识着。我几次想把手中的伞张起来，可是随即会自己失笑这是无意识的。并没有雨降下来，完全地晴了，而天空中也稀疏地有了几颗星。

下了车，我叩门。

——谁？

这是我在伞底下伴送着走的少女底声音！奇怪，她何以又会在我家里？……门开了。堂中灯火通明，背着灯光立在开着一半的大门边的，倒并不是那个少女。朦胧里，我认出她是那个倚在柜台上用嫉妒的眼光看着我和那个同行的少女的女子。我惝恍地走进门。在灯下，我很奇怪，为什么从我妻底脸色上再也找不出那个女子底幻影来。

妻问我何故归家这样的迟，我说遇到了朋友，在沙利文吃了些小点，因为等雨停止，所以坐得久了。为了要证实我这谎话，夜饭吃得很少。

（选自《梅雨之夕》，施蛰存著，上海新中国书局1933年版）

**【阅读提示】**

施蛰存(1905－2003)，浙江杭州人，20世纪30年代新感觉派的代表作家之一，主要作品有小说《将军底头》《石秀》《上元灯》《梅雨之夕》等。该篇作品曾收入作者自认为是“我正式的第一个短篇集”的《上元灯及其他》，上海水沫书店1929年8月初版，后抽出另与其他小说合集出版《梅雨之夕》，上海新中国书局1933年3月初版。小说运用弗洛伊德精神分析理论，构建一个无法实现的浪漫传奇，折射现代日常人生的某些危机。

**【延伸阅读】**

1. 施蛰存：《我的创作生活之历程》，见施蛰存《灯下集》，开明书店1994年版。

2. 王一燕：《上海流连——施蛰存短篇小说中的都市漫游者》，《中国现代文学研究丛刊》2012年第8期。

3. 施蛰存：《石秀》，左怀建、吉素芬编著《中国现代都市文学读本》，浙江大学出版社2017年版。

（左怀建）

# 萧　萧

沈从文

乡下人吹唢呐接媳妇，到了十二月是成天会有的事情。

唢呐后面一顶花轿，四个伕子平平稳稳的抬着。轿中人被铜锁锁在里面，虽穿了平时没上过身的体面红绿衣裳，也仍然得荷荷大哭。在这些小女人心中，做新娘子，从母亲身边离开，且准备作他人的母亲，从此必然有许多新事情等待发生。像做梦一样，将同一个陌生男子汉在一个床上睡觉，做着承宗接祖的事情。这些事想起来，当然有些害怕，所以照例觉得要哭哭，于是就哭了。

也有做媳妇不哭的人，萧萧作媳妇就不哭。这小女子没有母亲，从小寄养到伯父种田的庄子上，终日提着个小竹兜萝，在路旁田坎捡狗屎挑野菜。出嫁只是从这家转到那家。因此到那一天，这女人还只是笑。她又不害羞，又不怕。她是什么事也不知道，就做了人家的新媳妇了。

萧萧作媳妇时年纪十二岁，有一个小丈夫，年纪还不到三岁。丈夫比她年少九岁，断奶还不多久。按地方规矩，过了门，她喊他作弟弟。她每天应做的事是抱弟弟到村前柳树下去玩，到溪边去玩，饿了，喂东西吃，哭了，就哄他，摘南瓜花或狗尾草戴到小丈夫头上，或者亲嘴，一面说："弟弟，哪，啵再来，啵。"在那肮脏的小脸上亲了又亲，孩子于是便笑了。孩子一欢喜兴奋，行动粗野起来，会用短短的小手乱抓萧萧的头发。那是平时不太能收拾蓬蓬松松在头上的黄发。有时候，垂到脑后那条小辫儿被拉得太久，把红绒线结也弄松了，生了气，就挞那弟弟几下，弟弟自然哇的哭出声来。萧萧于是也装成要哭的样子，用手指着弟弟的哭脸，说："哪，人不讲理，可不行！哪能这样动手动脚，长大了不是要杀人放火！"

天晴落雨日子混下去，每日抱抱丈夫，也帮家中做点杂事，能动手就动手，又时常到溪沟里去洗衣，搓尿片，一面还捡拾有花纹的田螺给坐在身边的小丈夫玩。到了夜里睡觉，便常常做这种年龄的人做的梦，梦到后门角落或别的什么地方捡得大把大把铜钱，吃好东西，爬树，自己变成鱼到水中各处溜。或一时仿佛身子很轻，飞到天上众星中，没有一个人，只是一片白，一片金光，于是大喊"妈！"人就吓醒了。

醒来心还只是跳。吵了隔壁的人,不免骂着,“疯子,你想什么!白天玩得疯,晚上就做梦!”萧萧听着却不作声,只是咕咕的笑。也有很好很爽快的梦,为丈夫哭醒的事情。那丈夫本来晚上在自己母亲身边睡,有时吃多了,或因另外情形,半夜大哭,起来放水拉稀是常有的事。丈夫哭到婆婆无可奈何,于是萧萧轻手轻脚爬起床来,睡眼朦胧走到床边,把人抱起,给他看月亮,看星光;或者互相觑着,孩子气的“嗨,嗨,看猫呵”那样喊着哄着,于是丈夫笑了。玩一会会,困倦起来,慢慢的合上眼。人睡定后,放上床,站在床边看着,听远处一传一递的鸡叫,知道天快到什么时候了,于是仍然蜷到小床上睡去。天亮后,虽不做梦,却可以无意中闭眼开眼,看一阵在面前空中变幻无端的黄边紫心葵花,那是一种真正的享受。

萧萧嫁过了门,做了拳头大丈夫的小媳妇,一切并不比先前受苦,这只看她半年来身体的发育就可明白。风里雨里过日子,像一株长在园角落不为人注意的蓖麻,大叶大枝,日增茂盛。这小女人简直是全不为丈夫设想那么似的,一天比一天长大起来了。

夏夜光景说来如做梦。大家饭后坐到院中心歇凉,挥摇蒲扇,看天上的星同屋角的萤,听南瓜棚上纺织娘咯咯咯拖长声音纺车,远近声音繁密如落雨,禾花风悠悠吹到脸上,正是让人在各种方便中说笑话的时候。

萧萧好高,一个人常常爬到草料堆上去,抱了已经熟睡的丈夫在怀里,轻轻的轻轻的随意唱着自编的山歌。唱来唱去却把自己也催眠起来,快要睡去了。

在院坝中,公公婆婆,祖父祖母,另外还有帮工汉子两个,散乱的坐在小板凳上,摆龙门阵学古,轮流下去打发上半夜。

祖父身边有个烟包,在黑暗中放光。这用艾蒿做成的烟包,是驱逐长脚蚊的得力东西,蜷在祖父脚边,就如一条乌梢蛇。间或又拿起来晃那么几下。

想起白天场上的事情,祖父开口说话:

“我听三金说,前天又有女学生过身。”

大家就哄然大笑了。

这笑的意义何在?只因为大家印象中,都知道女学生没有辫子,留个鹌鹑尾巴,像个尼姑,又不完全像。穿的衣服像洋人,又不是洋人。吃的,用的……总而言之,事事不同,一想起来就觉得怪可笑!

萧萧不大明白,她不笑。所以老祖父又说话了。他说:

“萧萧,你长大了,将来也会做女学生!”

大家于是更哄然大笑起来。

萧萧为人并不愚蠢,觉得这一定是不利于己的一件事情,所以接口便说:

“爷爷,我不做女学生。”

“你像个女学生,不做可不行。”

"我不做。"

众人有意取笑,异口同声说:"萧萧,爷爷说得对,你非做女学生不行!"

萧萧急得无可如何,"做就做,我不怕。"其实做女学生有什么不好,萧萧全不知道。

女学生这东西,在本乡的确永远是奇闻。每年一到六月天,据说放"水假"日子一到,照例便有三三五五女学生,由一个荒谬不经的热闹地方来,到另一个远地方去,取道从本地过身。从乡下人眼中看来,这些人都近于另一世界中活下的人,装扮奇奇怪怪,行为更不可思议。这种女学生过身时,使一村人都可以说一整天的笑话。

祖父是当地一个人物,因为想起所知道的女学生在大城中的生活情形,所以说笑话要萧萧去作女学生。一面听到这话,就感觉一种打哈哈趣味,一面还有那被说的萧萧感觉一种惶恐,说这话的不为无意义了。

女学生由祖父方面所知道的是这样的一种人:她们穿衣服不管天气冷热,吃东西不问饥饱,晚上交到子时才睡觉,白天正经事全不作,只知唱歌打球,读洋书。她们都会花钱,一年用的钱可以买十六只水牛。她们在省里京里想往什么地方去时,不必走路,只要钻进一个大匣子中,那匣子就可以带她到地。她们在学校,男女一处上课,人熟了,就随意同那男子睡觉,也不要媒人,也不要财礼,名叫"自由"。她们也做州县官,带家眷上任,男子仍喊作"老爷",小孩子叫"少爷"。她们自己不养牛,却吃牛奶羊奶,如小牛小羊;买那奶时是用铁罐子盛的。她们无事时到一个唱戏地方去,那地方完全像个大庙,从衣袋中取出一块洋钱来(那洋钱在乡下可买五只母鸡),买了一小方纸儿,拿了那纸片到里面去,就可以坐下看洋人扮演影子戏。她们被冤了,不赌咒,不哭。她们年纪有老到二十四岁还不肯嫁人的,有老到三十四十居然还好意思嫁人的。她们不怕男子,男子不能使她们受委屈,一受委屈就上衙门打官司,要官罚男子的款,这笔钱她有时独占自己花用,有时同官平分。她们不洗衣煮饭,也不养猪喂鸡;有了小孩子,也只花五块钱或十块钱一月,雇个人专管小孩,自己仍然整天看戏打牌,或者读那些没有用处的闲书……

总而言之,说来事事都稀奇古怪,和庄稼人不同,有的简直可以说岂有此理。这时经祖父一为说明,听过这话的萧萧,心中却忽然有了一种模模糊糊的愿望,以为倘若她也是个女学生,她是不是照祖父说的女学生一个样子去做那些事情?不管好歹,女学生并不可怕,因此一来却已为这乡下姑娘初次体念到了。

因为听祖父说起女学生是怎样的人物,到后萧萧独自笑得特别久。笑够了时,她说:

"爷爷,明天有女学生过路,你喊我,我要看看。"

"你看,她们捉你去做丫头。"

"我不怕她们。"

"她们读洋书念经你也不怕?"

"念观音菩萨消灾经,念紧箍咒,我都不怕。"

"她们咬人,和做官的一样,专吃乡下人,吃人骨头渣渣也不吐,你不怕?"

萧萧肯定的回答说:"也不怕。"

可是这时节萧萧手上所抱的丈夫,不知为甚么,在睡梦中哭了,媳妇于是用做母亲的声势,半哄半吓的说:

"弟弟,弟弟,不许哭,不许哭,女学生咬人来了。"

丈夫还仍然哭着,得抱起各处走走。萧萧抱着丈夫离开了祖父,祖父同人说另外一样古话去了。

萧萧从此以后心中有个女学生。做梦也便常常梦到女学生,且梦到同这些人并排走路。仿佛也坐过那种自己会走路的匣子,她又觉得这匣子并不比自己跑路更快。在梦中那匣子的形体同谷仓差不多,里面有小小灰色老鼠,眼珠子红红的,各处乱跑,有时钻到门缝里去,把个尾巴露在外边。

因为有这样一段经过,祖父从此喊萧萧不喊"小丫头",不喊"萧萧",却唤作"女学生"。在不经意中萧萧答应得很好。

乡下的日子也如世界上一般日子,时时不同。世界上的人把日子糟蹋,和萧萧一类人家把日子吝惜是同样的,各有所得,各属分定。许多城市中文明人,把一个夏天全消磨到软绸衣服、精美饮料以及种种好事情上面。萧萧的一家,因为一个夏天的劳作,却得了十多斤细麻,二三十担瓜。

做小媳妇的萧萧,一个夏天中,一面照料丈夫,一面还绩了细麻四斤。到秋八月工人摘瓜,在瓜间玩,看硕大如盆、上面满是灰粉的大南瓜,成排成堆摆到地上,很有趣味。时间到摘瓜,秋天真的已来了,院子中各处有从屋后林子里树上吹来的大红大黄木叶。萧萧在瓜旁站定,手拿木叶一束,为丈夫编小小笠帽玩。

工人中有个名叫花狗,年纪二十三岁,抱了萧萧的丈夫到枣树下去打枣子。小小竹竿打在枣树上,落枣满地。

"花狗大,莫打了,太多了吃不完。"

虽听到这样喊,还不歇手。到后,仿佛完全因为丈夫要枣子,花狗才不听话。萧萧于是又喊她那小丈夫:

"弟弟,弟弟,来,不许捡了。吃多了生东西肚子痛!"

丈夫听话,兜了大堆枣子向萧萧身边走来,请萧萧吃枣子。

"姐姐吃,这是大的。"

"我不吃。"

"要吃一颗!"

她两手哪里有空！木叶帽正在制边，工夫要紧，还正要个人帮忙！

“弟弟，把枣子喂我口里。”

丈夫照她的命令做事，做完了觉得有趣，哈哈大笑。

她要他放下枣子帮忙捏紧帽边，便于添新木叶。

丈夫照她吩咐做事，但老是顽皮地摇动，口中唱歌。这孩子原来像一只猫，欢喜时就得捣乱。

“弟弟，你唱的是什么？”

“我唱花狗大告我的山歌。”

“好好的唱一个给我听。”

丈夫于是帮忙拉着帽边，一面就唱下去，照所记到的歌唱：

天上起云云起花，
包谷林里种豆荚，
豆荚缠坏包谷树，
娇妹缠坏后生家。

天上起云云重云，
地下埋坟坟重坟，
娇妹洗碗碗重碗，
娇妹床上人重人。

歌中意义丈夫全不明白，唱完了就问萧萧好不好。萧萧说好，并且问跟谁学来的。她知道是花狗教的，却故意盘问他。

“花狗大告我，他说还有好歌，长大了再教我唱。”

听说花狗会唱歌，萧萧说：

“花狗大，花狗大，你唱一个好听的歌我听听。”

那花狗，面如其心，生长得不很正气，知道萧萧要听歌，人也快到听歌的年龄了，就给她唱“十岁娘子一岁夫”。那故事说的是妻年大，可以随便到外面做一点不规矩的事，夫年小，只知道吃奶，让他吃奶。这歌丈夫完全不懂，懂到一点儿的是萧萧。把歌听过后，萧萧装成“我全明白”那种神气，她用生气的样子，对花狗说：

“花狗大，这个不行，这是骂人的歌！”

花狗分辩说：“不是骂人的歌。”

“我明白，是骂人的歌。”

花狗难得说多话，歌已经唱过了，错了赔礼，只有不再唱。他看她已经有点懂事了，怕她回头告祖父，会挨一顿臭骂，就把话支吾开，扯到“女学生”上头去。他问萧萧，看没看女学生习体操唱洋歌的事情。

若不是花狗提起，萧萧几乎已忘却了这事情。这时又提到女学生，她问花狗近来有没有女学生过路，她想看看。

花狗一面把南瓜从棚架边抱到墙角去，告她女学生唱歌的事，这些事的来源还是萧萧的那个祖父。他在萧萧面前说了点大话，说他曾经到官路上见到四个女学生，她们都拿得有旗子，走长路流汗喘气之中仍然唱歌，同军人所唱的一模一样。不消说，这自然完全是胡诌的。可是那故事把萧萧可坏了。因为花狗说这个就叫作"自由"。

花狗是"起眼动眉毛，一打两头翘"会说会笑的一人。听萧萧带着歆羡口气说："花狗大，你膀子真大。"他就说："我不止膀子大。"

"你身个子也大。"

"我全身无处不大。"

萧萧还不大懂得这个话的意思，只觉得憨而好笑。

到萧萧抱了她丈夫走去以后，同花狗一起摘瓜，取名字叫哑巴的，开了平时不常开的口。

"花狗，你少坏点。人家是十三岁黄花女，还要等十年才圆房!"

花狗不作声，打了那伙计一巴掌，走到枣树下捡落地枣去了。

到摘瓜的秋天，日子计算起来，萧萧过丈夫家有一年了。

几次降雪落雪，几次清明谷雨，一家中人都说萧萧是大人了。天保佑，喝冷水，吃粗粝饭，四季无疾病，倒发育得这样快。婆婆虽生来像一把剪子，把凡是给萧萧暴长的机会都剪去了，但乡下的日头同空气都帮助人长大，却不是折磨可以阻拦得住。

萧萧十五岁时已高如成人，心却还是一颗糊糊涂涂的心。

人大了一点，家中做的事也多了一点。绩麻、纺车、洗衣、照料丈夫以外，打猪草推磨一些事情也要作，还有浆纱织布。凡事都学，学学就会了。乡下习惯凡是行有余力的都可从劳作中攒点本分私房，两三年来仅仅萧萧个人份上所聚集的粗细麻和纺就的棉纱，已够萧萧坐到土机上抛三个月的梭子了。

丈夫早断了奶。婆婆有了新儿子，这五岁的儿子就像归萧萧独有了。不论做什么，走到什么地方去，丈夫总跟到身边。丈夫有些方面很怕她，当她如母亲，不敢多事。他们俩实在感情不坏。

地方稍稍进步，祖父的笑话转到"萧萧你也把辫子剪去好自由"那一类事上去了。听着这话的萧萧，某个夏天也看过一次女学生，虽不把祖父笑话认真，可是每一次在祖父说过这个笑话以后，她到水边去，必不自觉的用手捏着辫子末梢，设想着没有辫子的人的那种神气，那点趣味。

打猪草，带丈夫上螺狮山的山阴是常有的事。

小孩子不知事，听别人唱歌也唱歌。一唱歌，就把花狗引来了。

花狗对萧萧生了另外一种心，萧萧有点明白了，常常觉得惶恐不安。但花狗是男子，凡是男子的美德恶德都不缺少，劳动力强，手脚勤快，又会玩会说，所以一面使萧萧的丈夫非常喜欢同他玩，一面一有机会即缠在萧萧身边，且总是想方设法把萧萧那点惶恐减去。

山大人小，到处是树林蒙茸，平时不知道萧萧所在，花狗就站在高处唱歌逗萧萧身边的丈夫；丈夫小口一开，花狗穿山越岭就来到萧萧面前了。

见了花狗，小孩子只有欢喜，不知其他。他原要花狗为他编草虫玩，做竹箫哨子玩，花狗想方法支使他到一个远处去找材料，便坐到萧萧身边来，要萧萧听他唱那使人开心红脸的歌。她有时觉得害怕，不许丈夫走开；有时又像有了花狗在身边，打发丈夫走去反倒好一点。终于有一天，萧萧就这样给花狗把心窍子唱开，变成个妇人了。

那时节，丈夫走到山下采刺莓去了，花狗唱了许多歌，到后却向萧萧唱：

娇家门前一冲坡，
别人走少郎走多，
铁打草鞋穿烂了，
不是为你为那个？

末了却向萧萧说："我为你睡不着觉。"他又说他赌咒不把这事情告给人。听了这些话仍然不懂什么的萧萧，眼睛只注意到他那一对粗粗的手膀子，耳朵只注意到他最后一句话。末了花狗大便又唱歌给她听。她心里乱了。她要他当真对天赌咒，赌过了咒，一切好像有了保障，她就一切尽他了。到丈夫返身时，手被毛毛虫螫伤了，肿了一大片，走到萧萧身边。萧萧捏紧这一只小手，且用口去呵它，吮它，想到刚才的糊涂，才仿佛明白自己做了一点不大好的糊涂事。

花狗诱她做坏事是麦黄四月，到六月，李子熟了，她欢喜吃生李子。她觉得身体有点特别，在山上碰到花狗，就将这事情告给他，问他怎么办。

讨论了多久，花狗全无主意。虽以前自己当天赌得有咒，也仍然无主意。原来这家伙子个子大，胆量小。个子大容易做错事，胆量小做错了事就想不出办法。

到后，萧萧捏着自己那条乌梢蛇似的大辫子，想起城里了，她说：

"花狗大，我们到城里去自由，帮帮人过日子，不好么？"

"那怎么行？到城里去做什么？"

"我肚子大了。"

"我们找药去。场上有郎中卖药。"

"你赶快找药来，我想……"

"你想逃到城里去自由，不成的。人生面不熟，讨饭也有规矩，不能随便！"

“你这没有良心的,你害了我,我想死!”

“我赌咒不辜负你。”

“负不负我有什么用,帮我个忙,赶快拿去肚子里这块肉吧。我害怕!”

花狗不再作声,过了一会,便走开了。不久丈夫从他处拿了大把山里红果子回来,见萧萧一个人坐在草地上眼睛红红的。丈夫心中纳罕。看了一会,问萧萧:

“姐姐,为甚么哭?”

“不为甚么,灰尘落到眼睛窝里,痛。”

“我吹吹吧。”

“不要吹。”

“你瞧我,得这些这些。”

他把手里拿的和从溪中捡来放在衣口袋里的小蚌、小石头全部陈列在萧萧面前,萧萧泪眼婆娑看了一会,勉强笑着说:“弟弟,我们要好,我哭你莫告家中。告家中我可要生气!”到后这事情家中当真就无人知道。

过了半个月,花狗不辞而行,把自己所有的衣裤都拿去了。祖父问同住的长工哑巴,知不知道他为什么走路,走哪儿去?是上山落草,还是作薛仁贵投军?哑巴只是摇头,说花狗还欠了他两百钱,临走时话都不留一句,为人少良心。哑巴说他自己的话,并没有把花狗走的理由说明。因此这一家稀奇一整天,谈论一整天。不过这工人既不偷走物件,又不拐带别的,这事情过后不久,自然也就把他忘掉了。

萧萧仍然是往日的萧萧。她能够忘记花狗就好了。但是肚子真有些不同了,肚中东西总在动,使她常常一个人干着急,尽做怪梦。

她脾气坏了一点,这坏处只有丈夫知道,因为她对丈夫似乎严厉苛刻了好些。

仍然每天同丈夫在一处,她的心,想到的事自己也不十分明白。她常想,我现在死了,什么都好了。可是为什么要死?她还很高兴活下去,愿意活下去。

家中不拘谁在无意中提起关于丈夫弟弟的话,提起小孩子,提起花狗,都像使这话如拳头,在萧萧胸口上重重一击。

到八月,她担心人知道更多了,引丈夫庙里去玩,就私自许愿,吃了一大把香灰。吃香灰被她丈夫看见了,丈夫问这是做甚么,萧萧就说肚子痛,应当吃这个。虽说求菩萨保佑,菩萨当然没有如她的希望,肚子中的东西依旧在慢慢地长大。

她又常常往溪里去喝冷水,给丈夫看见时,丈夫问她,她就说口渴。

一切她所想到的方法都没有能够使她同自己不欢喜的东西分开。大肚子只有丈夫一人知道,他却不敢告这件事给父母晓得。因为时间长久,年龄不同,丈夫有些时候对于萧萧的怕同爱,比对于父母还深切。

她还记得花狗赌咒那一天里的事情,如同记着其他事情一样。到秋天,屋前屋后毛毛虫都结茧,成了各种好看蝴蝶。丈夫像故意折磨她一样,常常提起几个月前被毛毛虫螫手的旧话，使萧萧心里难过。她因此极恨毛毛虫，见了那小虫就用脚去踹。

有一天，又听人说有好些女学生过路，听过这话的萧萧，睁了眼做过一阵梦，愣愣的对日头出处痴了半天。

萧萧步花狗后尘，也想逃走，收拾一点东西预备跟了女学生走的那条路上城。但没有动身，就被家里人发觉了。这种打算照乡下人来说是一件大事，于是把她两手捆了起来，丢在灶屋边，饿了一天。

家中追究这逃走的根源，才明白这个十年后预备给小丈夫生儿子继香火的萧萧肚子已经被另一个人抢先下了种。这在一家人生活中真是了不得的一件大事！一家人的平静生活，为这件新事全弄乱了。生气的生气，流泪的流泪，骂人的骂人，各按本分乱下去。悬梁、投水、吃毒药，被禁困着的萧萧，诸事漫无边际的全想到了，究竟是年纪太小，舍不得死，却不曾做。于是祖父从现实出发，想出了个聪明主意，把萧萧关在房里，派人好好看守着，请萧萧本族的人来说话，照规矩看是“沉潭”还是“发卖”？萧萧家中人要面子，就沉潭淹死她；舍不得就发卖。萧萧只有一个伯父，在近处庄子里为人种田，去请他时先还以为是吃酒，到了才知是这样丢脸事情，弄得这老实忠厚的家长手足无措。

大肚子作证，什么也没有可说。照习惯，沉潭多是读过“子曰”的族长爱面子才做出的蠢事。伯父不读“子曰”，不忍把萧萧当牺牲，萧萧当然应当嫁人做“二路亲”了。

这也是一种处罚，好像极其自然，照习惯受损失的是丈夫家里，然而却可以在发卖上收回一笔钱，作为赔偿损失。那伯父把这事情告给了萧萧，就要走路。萧萧拉着伯父衣角不放，只是幽幽的哭。伯父摇了一会头，一句话不说，仍然走了。

一时没有相当的人家来要萧萧，送到远处也得有人，因此暂时就仍然在丈夫家中住下。这件事情既经说明白，照乡下规矩，倒又像不甚么要紧，只等待处分，大家反而释然了。先是小丈夫不能再同萧萧在一处，到后又仍然如月前情形，姐弟一般有说有笑的过日子了。

丈夫知道了萧萧肚子中有儿子的事情，又知道因为这样萧萧才应当嫁到远处去。但是丈夫并不愿意萧萧去，萧萧自己也不愿意去。大家莫名其妙，只是照规矩像逼到要这样做，不得不做。究竟是谁定的规矩，是周公还是周婆，也没有人说得清楚。

在等候主顾来看人，等到十二月，还没有人来，萧萧只好在这人家过年。

萧萧次年二月间，十月满足，坐草生了一个儿子，团头大眼，声响洪壮。大家把母子二人照料得好好的，照规矩吃蒸鸡同江米酒补血，烧纸谢神。一家人都欢喜那儿子。

生下的既是儿子，萧萧就不嫁别处了。

到萧萧正式同丈夫拜堂圆房时，儿子已经年纪十岁，有了半劳动力，能看牛割草，成为家中生产者的一员了。平时喊萧萧丈夫作大叔，大叔也答应，从不生气。

这儿子名叫牛儿，牛儿十二岁时也接了亲，媳妇年长六岁。媳妇年纪大，才能诸事做帮手，对家中有帮助。唢呐吹到门前时，新娘在轿中呜呜的哭着，忙坏了那个祖父，曾祖父。

这一天，萧萧刚坐月子不久，孩子才满三月，抱了自己新生的毛毛，在屋前榆蜡树篱笆间看热闹，同十年前抱丈夫一个样子。

作于1929年冬

（选自《小说月报》1930年1月10日第21卷第1号）

**【阅读提示】**

沈从文(1902－1988)，原名沈岳焕，湖南凤凰县人，现代京派文学最有名的代表作家，主要作品有小说《萧萧》《丈夫》《边城》《长河》和散文集《湘西》等。该篇作品原载《小说月报》1930年1月10日第21卷第1号，后收入作者小说集《新与旧》，上海良友图书印刷公司1936年11月初版。小说通过童养媳萧萧的处境、命运写出湘西边远地区乡下人“自在”的生命形式。格调中不乏质疑和沉痛，但总体却是宽容、理解、明朗、优美，显示奇特的浪漫与现实相结合的艺术风格。

**【延伸阅读】**

1. 凌宇：《从边城走向世界——对作为文学家的沈从文的研究》，生活·读书·新知三联书店1985年版。

2. [美]金介甫：《沈从文传》，符家钦译，时事出版社1990年版。

3. 沈从文：《丈夫》《边城》，见赵园主编《沈从文名作欣赏》，中国和平出版社1993年版。

（左怀建）

# 啼笑因缘(存目)

张恨水

（简介，无选本）

**【阅读提示】**

张恨水(1895－1967)，原名心远，安徽潜山县人，现代成就最高的社会言情通俗小说大家，主要作品有长篇小说《金粉世家》《啼笑因缘》《现代青年》《偶像》《八十一梦》等，其中，《啼笑因缘》是最负盛名、影响最为广泛的作品。该部作品初刊于 1930 年 3 月至 11 月上海《新闻报》副刊“快活林”，1930 年 12 月即由上海三友书社初版。

小说以杭州青年樊家树在北京的见闻和阅历为线索，塑造了市民女性沈凤喜、大家小姐何丽霞和江湖姑娘关秀姑等人物形象。小说将社会、言情和武打结合在一起，艺术上采用章回体，第三人称叙事，语言典雅而通俗，既照顾到普通市民读者的审美趣味，同时也提升了小说的艺术质量，确实不愧为中国现代文学史上雅俗共赏的典型文本。

**【延伸阅读】**

1. 严独鹤:《啼笑因缘 · 序》，见汤哲声《张恨水研究资料》，天津人民出版社 1986 年版。

2. 张恨水:《现代青年》，北岳文艺出版社 1993 年版。

3. 范伯群主编:《中国近现代通俗文学史》上卷有关章节，江苏教育出版社 2000 年版。

4. 汤哲声:《〈啼笑因缘〉事件与张恨水的“引雅入俗”》，见《中国现代大众文化与通俗文学三十讲》，高等教育出版社 2011 年版。

（左怀建）

# 家(存目)

巴金

(简介,无选本)

**【阅读提示】**

巴金(1904—2005),原名李尧棠,字芾甘,四川成都人,中国现代文学巨匠。主要作品有长篇小说《家》《寒夜》和散文集《随想录》等,其中《家》是巴金最负盛名的作品。《家》原题名《激流》,连载于1931年4月至1932年5月上海《时报》,1933年5月上海开明书店初版,后来,作家又出版《春》、《秋》,合称"激流三部曲"。

《家》小说叙写20世纪20年代成都一个官宦人家"孙子"辈青年(高觉新、高觉民、高觉慧)的婚恋悲剧,通过这些青年男女的遭遇、感受和命运揭示当时封建大家庭的罪恶和必然衰败的趋势;批判青年人对封建大家庭的妥协和幻想,鼓励大家向封建大家庭做坚决、大胆的斗争。小说充满"五四"青春浪漫激情,语言简洁明快而饱含情感,极有时代鼓动性和艺术感染力,影响了无数青年走上新生的道路。

**【延伸阅读】**

1. 巴金:《寒夜》,人民文学出版社1983年版。
2. 张民权:《从〈家〉和〈寒夜〉看巴金小说创作风格的演变》,《中国现代文学研究丛刊》1984年第1期。
3. [法]明兴礼:《巴金的生活与著作》,上海书店出版社1986年版。
4. 巴金:《关于〈家〉(十版改订本代序)——给我底一个表哥》,见巴金《家》,人民文学出版社1988年版。
5. 陈思和:《人格的发展——巴金传》,上海人民出版社1992年版。

(左怀建)

# 上海的狐步舞(一个断片)

穆时英

上海。造在地狱上面的天堂!

沪西,大月亮爬在天边,照着大原野。浅灰的原野,铺上银灰的月光,再嵌着深灰的树影和村庄的一大堆一大堆的影子。原野上,铁轨画着弧线,沿着天空直伸到那边儿的水平线下去。

林肯路(在这儿,道德给践在脚下,罪恶给高高地捧在脑袋上面)。

拎着饭篮,独自个儿在那儿走着,一只手放在裤袋里,看着自家儿嘴里出来的热气慢慢儿的飘到蔚蓝的夜色里去。

三个穿黑绸长褂,外面罩着黑大褂的人影一闪。三张在呢帽底下只瞧得见鼻子和下巴的脸遮在他前面。

"慢着走,朋友!"

"有话尽说,朋友!"

"咱们冤有头,债有主,今儿不是咱们有什么跟你过不去,各为各的主子,咱们也要吃口饭,回头您老别怨咱们不够朋友。明年今儿是你的周年,记着!"

"笑话了! 咱也不是那么不够朋友的——"一扔饭篮,一手抓住那人的枪,就是一拳过去。

碰! 手放了,人倒下去,按着肚子。碰! 又是一枪。

"好小子! 有种!"

"咱们这辈子再会了,朋友!"

"黑绸长裙"把呢帽一推,叫搁在脑勺上,穿过铁路,不见了。

"救命!"爬了几步。

"救命!"又爬了几步。

嘟的吼了一声儿,一道弧灯的光从水平线底下伸了出来。铁轨隆隆地响着,铁轨上的枕木像蜈蚣似地在光线里向前爬去,电杆木显了出来,马上又隐没在黑暗里边,一列"上海特别快"突着肚子,达达达,用着狐步舞的拍,含着颗夜明珠,龙似地跑了过去,绕着那条弧线。又张着嘴吼了一声儿,一道黑烟直拖到尾巴那儿,弧灯的光线钻到地平线下,一会儿便不见了。

又静了下来。

铁道交通门前,交错着汽车的弧灯的光线,管交通门的倒拿着红绿旗,拉开了那白脸红嘴唇,带了红宝石耳坠子的交通门,马上,汽车就跟着门飞了过去,一长串。

上了白漆的街树的腿,电杆木的腿,一切静物的腿……revue 似地,把擦满了粉的大腿交叉地伸出来的姑娘们……白漆的腿的行列。沿着那条静悄的大路,从住宅的窗里,都会的眼珠子似地,透过了窗纱,偷溜了出来淡红的,紫的,绿的,处处的灯光。

汽车在一座别墅式的小洋房前停了,叭叭的拉着喇叭。刘有德先生的西瓜皮帽上的珊瑚结子从车门里探了出来,黑毛葛背心上两只小口袋里挂着的金表链上面的几个小金镑钉当地笑着,把他送出车外,送到这屋子里。他把半段雪茄扔在门外,走到客室里,刚坐下,楼梯的地毯上响着轻捷的鞋跟,嗒嗒地。

"回来了吗?"活泼的笑声,一位在年龄上是他的媳妇,在法律上是他的妻子的夫人跑了进来,扯着他的鼻子道,"快! 给我签张三千块钱的支票。"

"上礼拜那些钱又用完了吗?"

不说话,把手里的一叠账交给他,便拉他的蓝缎袍的大袖子往书房里跑,把笔送到他手里。

"我说……"

"你说什么?"嘟着小红嘴。

瞧了她一眼便签了,她就低下脑袋把小嘴凑到他大嘴上。"晚饭你独自个儿吃吧,我和小德要出去。"便笑着跑了出去,碰的阖上门。他掏出手帕来往嘴上一擦,麻纱手帕上印着 tangee。倒像我的女儿呢,成天的缠着要钱。

"爹!"

一抬脑袋,小德不知多咱溜了进来,站在他旁边,见了猫的耗子似的。

"你怎么又回来啦?"

"姨娘打电话叫我回来的。"

"干吗?"

"拿钱。"

刘有德先生心里好笑,这娘儿俩真有他们的。

"她怎么会叫你回来问我要钱? 她不会要不成?"

"是我要钱,姨娘叫我伴她去玩。"

忽然门开了,"你有现钱没有?"刘颜蓉珠又跑了进来。

“只有……”

一只刚用过蔻丹的小手早就伸到他口袋里把皮夹拿了出来！红润的指甲数着钞票：一五，一十，二十……三百。“五十留给你，多的我拿去了。多给你晚上又得不回来。”做了个媚眼，拉了她法律上的儿子就走。

儿子是衣架子，成天地读着给 gigolo 看的时装杂志，把烫得有粗大明朗的折纹的褂子穿到身上，领带打得在中间留了个涡，拉着母亲的胳膊坐到车上。

上了白漆的街树的腿，电杆木的腿，一切静物的腿……revue 似地，把擦满了粉的大腿交叉地伸出来的姑娘们……白漆腿的行列。沿着那条静悄的大路，从住宅区的窗里，都会的眼珠子似地，透过了窗纱，偷溜了出来淡红的，紫的，绿的，处女的灯光。

开着 1932 的新别克，却一个心儿想 1980 年的恋爱方式。深秋的晚风吹来，吹动了儿子的领子，母亲的头发，全有点儿觉得凉。法律上的母亲偎在儿子的怀里道：

“可惜你是我的儿子。”嘻嘻地笑着。

儿子在父亲吻过的母亲的小嘴上吻了一下，差点儿把车开到行人道上去啦。

Neon light 伸着颜色的手指在蓝墨水似的夜空里写着大字。一个英国绅士站在前面，穿了红的燕尾服，挟着手杖，那么精神抖擞地在散步。脚下写着：“Johnny Walker：Still Going Strong.”路旁一小块草地上展开了地产公司的乌托邦，上面一个抽吉士牌的美国人看着，像在说：“可惜这是小人国的乌托邦，那片大草原里还放不下我的一只脚呢？”

汽车前显出个人的影子，喇叭吼了一声儿，那人回过脑袋来一瞧，就从车轮前溜到行人道上去了。

“蓉珠，我们上哪去？”

“随便那个 cabaret 里去闹个新鲜吧；礼查，大华我全玩腻了。”

跑马厅屋顶上，风针上的金马向着红月亮撒开了四蹄。在那片大草地的四周泛滥着光的海，罪恶的海浪，慕尔堂浸在黑暗里，跪着，在替这些下地狱的男女祈祷，大世界的塔尖拒绝了忏悔，骄傲地瞧着这位迂牧师，放射着一圈圈的灯光。

蔚蓝的黄昏笼罩着全场，一只 saxophone 正伸长了脖子，张着大嘴，呜呜地冲着他们嚷，当中那片光滑的地板上，飘动的裙子，飘动的袍角，精致的鞋跟，鞋跟，鞋跟，鞋跟，鞋跟。蓬松的头发和男子的脸。男子衬衫的白领和女子的笑脸。伸着的胳膊，翡翠坠子拖到肩上，整齐的圆桌子的队伍，椅子却是零乱的。暗角上站着白衣侍者。酒味，香水味，英腿蛋的气味，烟味……独身者坐在角隅里拿黑咖啡刺激着自家儿的神经。

舞着：华尔兹的旋律绕着他们的腿，他们的脚站在华尔兹旋律上飘飘地，飘飘地。

儿子凑在母亲的耳朵旁说:"有许多话是一定要跳着华尔兹才能说的,你是顶好的华尔兹的舞侣——可是,蓉珠,我爱你呢!"

觉得在轻轻地吻着鬓脚,母亲躲在儿子的怀里,低低的笑。

一个冒充法国绅士的比利时珠宝掮客,凑在电影明星殷芙蓉的耳朵旁说:"你嘴上的笑是会使天下的女子妒忌的——可是,我爱你呢!"

觉得轻轻地在吻着鬓脚,便躲在怀里低低地笑,忽然看见手指上多了一只钻戒。

珠宝掮客看见了刘颜蓉珠,在殷芙蓉的肩上跟她点了点脑袋,笑了一笑。小德回过身来瞧见了殷芙蓉也 gigolo 地把眉毛扬了一下。

舞着,华尔兹的旋律绕着他们的腿,他们的脚践在华尔兹上面,飘飘地,飘飘地。

珠宝掮客凑在刘颜蓉珠的耳朵旁,悄悄地说:"你嘴上的笑是会使天下的女子妒忌的——可是,我爱你呢!"

觉得轻轻地在吻着鬓脚,便躲在怀里低低地笑,把唇上的胭脂印到白衬衫上面。

小德凑在殷芙蓉的耳朵旁,悄悄地说:"有许多话是一定要跳着华尔兹才能说的,你是顶好的华尔兹的舞侣——可是,芙蓉,我爱你呢!"

觉得在轻轻地吻着鬓脚,便躲在怀里,低低地笑。

独身者坐在角隅里拿黑咖啡刺激着自家儿的神经,酒味,香水味,英腿蛋的气味,烟味……暗角上站着白衣侍者。椅子是凌乱的,可是整齐的圆桌子的队伍。翡翠坠子拖到肩上,伸着的胳膊。女子的笑脸和男子的衬衫的白领。男子的脸和蓬松的头发。精致的鞋跟,鞋跟,鞋跟,鞋跟,鞋跟。飘荡的袍角,飘荡的裙子,当中是一片光滑的地板。呜呜地冲着人家嚷,那只 saxophone 伸长了脖子,张着大嘴。蔚蓝的黄昏笼罩着全场。

推开了玻璃门,这纤弱的幻景就打破了。跑下扶梯,两溜黄包车停在街旁,拉车的分班站着,中间留了一道门灯光照着的路,争着"Ricksha?"奥斯汀孩车,爱山克水,福特,别克跑车,别克小九,八汽缸,六汽缸……大月亮红着脸蹒跚地走上跑马厅的大草原上来了。街角卖《大美晚报》的用卖大饼油条的嗓子嚷:

"Evening Post!"

电车当当地驶进布满了大减价的广告旗和招牌的危险地带去,脚踏车挤在电车的旁边瞧着也可怜。坐在黄包车上的水兵挤箍着醉眼,瞧准了拉车的屁股踹了一脚便哈哈地笑了。红的交通灯,绿的交通灯,交通灯的柱子和印度巡捕一同地垂直在地上。交通灯一闪,便涌着人的潮,车的潮。这许多人,全像没了脑袋的苍蝇似的!一个 fashion model 穿了她铺子里的衣服来冒充贵妇人。电梯用十五秒钟一次的速度，把人货物似地抛到屋顶花园去。女秘书站在绸缎铺的橱窗外面瞧着全丝面的法国 crepé，想起了经理的刮得刀痕苍然的嘴上的笑劲儿。主义者和党人挟了一大包传单踱过去，心里想，如果给抓住了便在这里演说一番。蓝眼珠的姑娘穿了窄裙，黑眼珠的姑娘穿了长旗袍儿，腿股间有相同的媚态。

街旁，一片空地里，竖起了金字塔似的高木架，粗壮的木腿插在泥里，顶上装了盏弧灯，倒照下来，照到底下每一条横木板上的人。这些人吆喝着："嗳嗳呀！"几百丈高的木架顶上的木桩直坠下来，碰！把三抱粗的大木柱撞到泥里去，四角上全装着弧灯，强烈的光探照着这片空地。空地里：横一道，竖一道的沟，钢骨，瓦砾堆。人扛着大木柱在沟里走，拖着悠长的影子。在前面的脚一滑，摔倒了，木柱压到脊梁上。脊梁断了，嘴里哇的一口血……弧灯……碰！木桩顺着木架又溜了上去……光着身子在煤屑路滚铜子的孩子……大木架顶上的弧灯在夜空里像月亮……捡煤渣的媳妇……月亮有两个……月亮叫天狗吞了——月亮没有了。

死尸给搬了开去，空地里：横一道竖一道的沟，钢骨，瓦砾，还有一堆他的血。在血上，铺上了士敏土，造起了钢骨，新的饭店造起来了！新的舞场造起来了！新的旅馆造起来了！把他的力气，把他的血，把他的生命压在底下，正和别的旅馆一样地，和刘有德先生刚在跨进去的华东饭店一样地。

华东饭店里——

二楼：白漆房间，古铜色的鸦片香味，麻雀牌，《四郎探母》，《长三骂淌白小娼妇》，古龙香水和淫欲味，白衣侍者，娼妓掮客，绑票匪，阴谋和诡计，白俄浪人……

三楼：白漆房间，古铜色的鸦片香味，麻雀牌，《四郎探母》，《长三骂淌白小娼妇》，古龙香水和淫欲味，白衣侍者，娼妓掮客，绑票匪，阴谋和诡计，白俄浪人……

四楼：白漆房间，古铜色的鸦片香味，麻雀牌，《四郎探母》，《长三骂淌白小娼妇》，古龙香水和淫欲味，白衣侍者，娼妓掮客，绑票匪，阴谋和诡计，白俄浪人……

电梯把他吐在四楼，刘有德先生哼着《四郎探母》踏进了一间响有骨牌声的房间，点上了茄立克，写了张局票，不一回，他也坐到桌旁，把一张中风，用熟练的手法，怕碰伤了它似地抓了进来，一面却："怎么一张好的也抓不进来，"一副老抹牌的脸，一面却细心地听着因为不束胸而被人家叫做沙利文面包的宝月老八的话："对不起，刘大少，还得出条子，等回儿抹完了牌请过来坐。"

"到我们家坐坐去哪！"站在街角，只瞧得见黑眼珠子的石灰脸，躲在建筑物的阴影里，向来往的人喊着，拍卖行的伙计似地，老鸨尾巴似的拖在后边儿。

"到我们家坐坐去哪！"那张瘪嘴说着，故意去碰在一个扁脸身上。扁脸笑，瞧了一瞧，指着自家儿的鼻子，探着脑袋："好寡老，碰大爷？"

"年纪轻轻，朋友要紧！"瘪嘴也笑。

"想不到我这印度小白脸儿今儿倒也给人家瞧上咧，"手往她脸上一抹，又走了。

旁边一个长头发不刮胡须的作家正在瞧着好笑，心里想到了一个题目：第二回巡礼——都市黑暗面检阅 sonata；忽然瞧见那瘪嘴的眼光扫到自家儿脸上来了，马上就慌慌张张的往前跑。

石灰脸躲在阴影里，老鸦尾巴似地拖在后边儿——躲在阴影里的石灰脸，石灰脸，石灰脸……

（作家心里想：）

第一回巡视赌场第二回巡视街头娼妓第三回巡视舞场第四回巡视再说《东方杂志》《小说月报》《文艺月刊》第一句就写大马路北京路野鸡交易所……不行——

有人拉了拉他的袖子："先生！"一看是个老婆儿装着苦脸，抬起脑袋望着他。

"干吗？"

"请您给我看封信。"

"信在哪儿？"

"请您跟我到家里去拿，就在这胡同里边。"

便跟着走。

中国的悲剧这里边一定有小说资料 1931 年是我的年代了《东方小说》《北斗》每月一篇单行本日译本俄译本各国译本都出版诺贝尔奖金又伟大又发财……

拐进了一条小胡同，暗得什么都看不见。

"你家在哪儿？"

"就在这儿，不远儿，先生，请您看封信。"

胡同的那边儿有一支黄路灯，灯下是个女人低着脑袋站在那儿。老婆儿忽然又装着苦脸，扯着他的袖子道："先生，这是我的媳妇，信在她那儿。"走到女人那地方儿，女人还不抬起脑袋来，老婆儿说："先生，这是我的媳妇。我的儿子是机器匠，偷了人家东西，给抓进去了，可怜咱们娘儿们四天没吃东西啦。"

（可不是吗那么好的题材技术不成问题她讲出来的话意识一定正确的不怕人家再说我人道主义咧……）

"先生，可怜儿的，你给几个钱，我叫媳妇陪你一晚上，救救咱们两条命！"

作家愣住了，那女人抬起脑袋来，两条影子拖在瘦腮帮儿上，嘴角浮出笑劲儿来。

嘴角浮出笑劲儿来。冒充法国绅士的比利时珠宝掮客凑在刘颜蓉珠的耳朵旁，悄悄地说："你嘴上的笑是会使天下的女子妒忌的——喝一杯吧。"

在高脚玻璃杯上，刘颜蓉珠的两只眼珠子笑着。

在别克里，那两只浸透了 cocktail 的眼珠子，从外套的皮领上笑着。

在华懋饭店的走廊里，那两只浸透了 cocktail 的眼珠子，从披散的头发边上笑着。

在电梯上,那两只眼珠子在紫眼皮下笑着。

在华懋饭店七层楼上一间房间里,那两只眼珠子,在焦红的腮帮儿上笑着。

珠宝掮客在自家儿的鼻子底下发现了那对笑着的眼珠子。

笑着的眼珠子!

白的床巾!

喘着气……

喘着气动也不动地躺在床上。

床巾,溶了的雪。

"组织个国际俱乐部吧!"猛的得了这么个好主意,一面淌着细汗。

淌着汗,在静寂的街上,拉着醉水手往酒排间跑。街上,巡捕也没有了,那么静,像个死了的城市。水手的皮鞋搁到拉车的脊梁盖儿上面,哑嗓子在大建筑物的墙上响着:

啦得儿……啦得——

啦得儿

啦得……

拉车的脸上,汗冒着;拉车的心里,金洋钱滚着,飞滚着。醉水手猛的跳了下来,跌到两扇玻璃门后边儿去啦。

"Hullo,Master! Master!"

那么地嚷着追到门边。印度巡捕把手里的棒冲着他一扬,笑声从门缝里挤出来,酒香从门缝里挤出来,Jazz从门缝里挤出来……拉车的拉了车杠,摆在他前面的是十二月的江风,一个冷月,一条大建筑物中间的深巷。给扔在欢乐外面,他也不想到自杀,只"妈妈的"骂了一声儿,又往生活里走去了。

空去了这辆黄包车,街上只有月光啦。月光照着半边街,还有半边街浸在黑暗里边,这黑暗里边蹲着那家酒排,酒排的脑门上一盏灯是青的,青光底下站着个化石似的印度巡捕。开着门又关着门,鹦鹉似的说着:

"Good-bye,Sir。"

从玻璃门里走出个年青人来,胳膊肘上挂着条手杖。他从灯光下走到黑暗里,又从黑暗里走到月光下面,叹息了一下,悉悉地向前走去,想到了睡在别人床上的恋人,他走到江边,站在栏杆旁边发怔。

东方的天上,太阳光,金色的眼珠子似地在乌云里睁开了。

在浦东,一声男子的最高音:

"嗳……呀……嗳……"

直飞上半天,和第一线的太阳光碰在一起,接着便来了雄伟的合唱。睡熟了的建筑物站了起来,抬着脑袋,卸了灰色的睡衣,江水又哗啦哗啦的往东流,工厂的汽笛也吼着。

歌唱着新的生命,夜总会里的人们的命运!

醒回来了,上海!

上海,造在地狱上的天堂。

(选自《公墓》,穆时英著,上海书店1986年影印本)

【阅读提示】

穆时英(1912—1940),浙江慈溪人,20世纪30年代新感觉派(海派)最有成就的小说家,主要小说作品有《南北极》《被当作消遣品的男子》《上海的狐步舞》《夜总会里的五个人》《白金的女体塑像》等。该篇作品后原载1932年11月1日《现代》第2卷第1期,后收入作者第二个小说集《公墓》,上海现代书局1933年6月初版。

小说用电影蒙太奇手法,从西到东快速扫描上海空间构成,运用对比手法,揭示上海"上层人的堕落与下层人的不幸",凸显上海作为"造在地狱上的天堂"的内在本质。小说戏谑、惊叹的调子,感觉化的语言,意象的繁复,都增添了海派文学的魅力。

【延伸阅读】

1. 吴福辉:《都市漩流中的海派小说》,湖南教育出版社1995年版。

2. 穆时英:《夜总会里的五个人》《白金的女体塑像》,贾植芳、钱谷融主编《海派文学长廊·穆时英小说全集》,学林出版社1997年版。

3. 李欧梵:《上海摩登——一种新都市文化在中国(1930—1945)》,毛尖译,北京大学出版社2000年版。

4. 沈从文:《论穆时英》、杨之华:《穆时英论》、苏雪林:《新感觉派穆时英的作风》,均见严家炎、李今编《穆时英全集》第三卷,北京十月文艺出版社2008年版。

(左怀建)

# 子夜（存目）

茅盾

（简介，无选本）

**【阅读提示】**

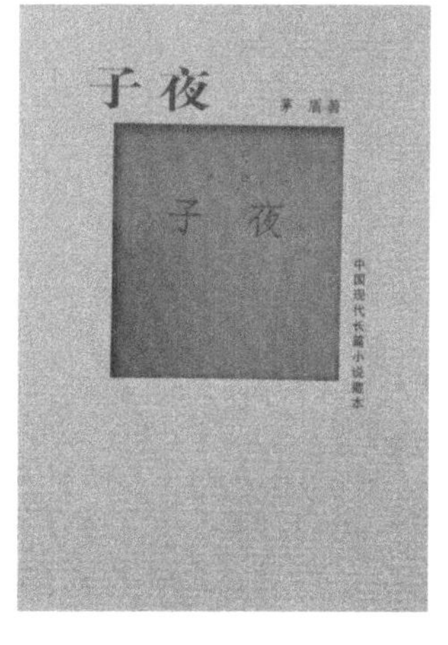


茅盾（1896—1981），原名沈德鸿，字雁冰，浙江桐乡乌镇人，中国现代左翼文学的奠基人，主要作品有短篇小说《创造》、长篇小说《蚀》和《子夜》等，其中《子夜》是其成就最高的作品。《子夜》第一章原以《夕阳》为名，拟在1932年1月《小说月报》第23卷新年号上发表，可杂志刚出样本就毁于"一·二八"日本侵略战火。1933年6、7月间，第2章和第4章标题分别为《火山上》和《骚动》，发表在《文学月报》创刊号和第2期上。1933年1月，全书由上海开明书店初版。

小说积极回应时代重大问题，从革命目的出发，以吴荪甫父子的人生为主线，编织一个史诗般的宏大结构，全面描绘当时上海各阶层的人生；同时塑造了吴荪甫、赵伯韬和杜竹斋等大资本家形象，徐曼丽、刘玉英、张素素等各种现代女性形象；以现实主义描画为主，辅以自然主义和现代主义成分和手法，使小说在奠定革命现实主义文学之基础的同时也留下裂隙，呈现复杂形态。

**【延伸阅读】**

1. 王晓明：《一个引人深思的矛盾——论茅盾的小说创作》，《中国现代文学研究丛刊》1988年第1期。

2. 茅盾：《野蔷薇》，开明书店1994年版。

3. 陈思和：《浪漫·海派·左翼：〈子夜〉》，陈思和《中国现当代文学名篇十五讲》，北京大学出版社2003年版。

4. 金宏宇:《中国现代长篇小说名著版本校评·子夜》,人民文学出版社 2004 年版。

5. 张鸿声:《文学中的上海想象》有关章节,人民出版社 2011 年版。

6. 梁竞男、康新慧:《茅盾小说历史叙事研究》,中国社会科学出版社 2013 年版。

（左怀建）

# 骆驼祥子(存目)

老舍

（简介，无选本）

**【阅读提示】**

老舍(1899－1966)，原名舒庆春，字舍予，笔名老舍，北京满族正红旗人，中国现代文学巨匠、京味文学的创始人，主要作品有中篇小说《月牙儿》、长篇小说《二马》《离婚》《骆驼祥子》和《四世同堂》等，其中《骆驼祥子》是其最著名的作品。该部作品初刊于 1936 年 9 月至 1937 年 10 月上海《宇宙风》第 25－48 期，1939 年 3 月上海人间书屋初版。

小说深得现实主义文学的精髓，以一个进城农民祥子在老北京的人生追求和不幸命运为主线，揭露当时半封建半殖民地社会的吃人本质，同时写出城市文明病对人性的危害。小说保持传统小说"说故事"的架构，以第三人称又同情又批判的笔调，塑造了祥子和虎妞两个经典人物形象。对于老北京风土人情的熟稔和描绘，对于老北京人性格、心理的把握及对于生动、活泼的北京口语的运用，使小说带有鲜明的北京地域文化色彩，是后来"京味小说"的开山之作。

**【延伸阅读】**

1. 樊骏：《论〈骆驼祥子〉的现实主义——纪念老舍先生八十诞辰》，《文学评论》1979 年第 1 期。

2. 老舍：《月牙儿》，见舒乙编，《老舍代表作》下卷，华夏出版社 1997 年版。

3. 温儒敏：《〈骆驼祥子〉：对城市文明病与人性关系的探讨》，见钱理群、温儒敏、吴福辉著，《中国现代文学三十年》(修订本)，北京大学出版社 1998 年版。

4. 王光东:《民间·启蒙·文化批判——老舍〈骆驼祥子〉新解》,《江苏社会科学》2004 年第 5 期。

5. 季剑青:《老舍小说中的北京民俗与历史——以〈骆驼祥子〉和〈四世同堂〉为中心》,《民族文学研究》2015 年第 1 期。

(左怀建)

# 呼兰河传(存目)

萧红

（简介，无选本）

**【阅读提示】**

萧红(1911－1942)，现代女作家，原名张迺莹，黑龙江呼兰人。著有《生死场》《呼兰河传》《小城三月》等小说。萧红创造了一种介于小说、散文和诗之间的独特文体，主要以自传式叙事、非情节化的结构、自然深沉的语言，形成了“萧红体”诗化的小说风格。

《呼兰河传》是一部长篇小说，于 1940 年 9 月至 12 月连载于香港《星岛日报》。作品在萧红对故乡和童年生活的回忆中，表现了小城呼兰的社会风貌、人情百态，无情地鞭挞了中国社会几千年的陋习形成的历史毒瘤及因此造成的灾难，透出深层的悲剧意蕴。

**【延伸阅读】**

1.［美］葛浩文：《萧红评传》，北方文艺出版社 1985 年版。

2.林贤治：《萧红和她的弱势文学》，《新文学史料》2008 年第 2 期。

3.茅盾：《论萧红的〈呼兰河传〉》，《怀念萧红》，王观泉编，东方出版社 2011 年版。

4.萧红：《呼兰河传》，辽宁人民出版社 2014 年版。

（黄亚清）

# 金锁记

张爱玲

三十年前的上海，一个有月亮的晚上……我们也许没赶上看见三十年前的月亮。年轻的人想着三十年前的月亮该是铜钱大的一个红黄的湿晕，像朵云轩信笺上落了一滴泪珠，陈旧而迷糊。老年人回忆中的三十年前的月亮是欢愉的，比眼前的月亮大、圆、白；然而隔着三十年的辛苦路往回看，再好的月色也不免带点凄凉。

月光照到姜公馆新娶的三奶奶的陪嫁丫鬟凤箫的枕边。凤箫睁眼看了一看，只见自己一只青白色的手搁在半旧高丽棉的被面上，心中便道："是月亮光么？"凤箫打地铺睡在窗户底下。那两年正忙着换朝代，姜公馆避兵到上海来，屋子不够住的，因此这一间下房里横八七竖睡满了底下人。

凤箫恍惚听见大床背后有窸窸窣窣的声音，猜着有人起来解手，翻过身去，果见布帘子一掀，一个黑影趿着鞋出来了，约摸是伺候二奶奶的小双，便轻轻叫了一声"小双姐姐。"小双笑嘻嘻走来，踢了踢地上的褥子道："吵醒了你了。"她把两手抄在青莲色旧绸夹袄里。下面系着明油绿裤子。凤箫伸手捻了那裤脚，笑道："现在颜色衣服不大有人穿了，下江人时兴的都是素净的。"小双笑道："你不知道，我们家哪比得旁人家？我们老太太古板，连奶奶小姐们尚且做不得主呢，何况我们丫头？给什么，穿什么——一个个打扮得庄稼人似的！"她一蹲身坐在地铺上，拣起凤箫脚头一件小袄来，问道："这是你们小姐出阁，给你们新添的？"凤箫摇头道："三季衣裳，就只外场上看见的两套是新制的，余下的还不是拿上头人穿剩下的贴补贴补！"小双道："这次办喜事，偏赶着革命党造反，可委屈了你们小姐！"凤箫叹道："别提了。就说省些罢，总得有个谱子！也不能太看不上眼了。我们那一位，嘴里不言语，心里岂有不气的？"小双道："也难怪三奶奶不乐意。你们那边的嫁妆，也还凑付着，我们这边的排场，可太凄惨了。就连那一年娶咱们二奶奶，也还比这一趟强些！"凤箫楞了一楞道："怎么？你们二奶奶……"

小双脱下了鞋，赤脚从凤箫身上跨过去，走到窗户跟前，笑道："你也起来看看月亮。"凤箫一骨碌爬起来，低声问道："我早就想问你了，你们二奶奶……"小双弯腰拾起那件小袄来替她披上了,道:"仔细招了凉。"凤箫一面扣钮子,一面笑道:"不行,你得告诉我!"小双笑道:"是我说话不留神,闯了祸!"凤箫道:"咱们这都是自家人了,干嘛这么见外呀?"小双道:"告诉你,你可别告诉你们小姐去!咱们二奶奶家里是开麻油店的。"凤箫哟了一声道:"开麻油店!打哪儿想起的?像你们大奶奶,也是公侯人家小姐,我们那一位虽比不上大奶奶,也还不是低三下四的人——"小双道:"这里头自然有个缘故。咱们二爷你也见过了,是个残废,做官人家的女儿谁肯给他?老太太没奈何,打算替二爷置一房姨奶奶,做媒的给找了这曹家的,是七月里生的,就叫七巧。"凤箫道:"哦,是姨奶奶。"小双道:"原来是姨奶奶的,后来老太太想着,既然不打算替二爷另娶了,二房里没个当家的媳妇,也不是事,索性聘了来做正头奶奶,好教她死心塌地服侍二爷。"凤箫把手扶着窗台,沉吟道:"怪道呢!我虽是初来,也瞧料了两三分。"小双道:"龙生龙,凤生凤,这话是有的。你还没听见她的谈吐呢!当着姑娘们,一点忌讳也没有。亏得我们家一向内言不出,外言不入,姑娘们什么都不懂。饶是不懂,还臊得没处躲!"凤箫噗哧一笑道:"真的?她这些村话,又是从哪儿听来的?就连我们丫头——"小双抱着胳膊道:"麻油店的活招牌,站惯了柜台,见多识广的,我们拿什么去比人家?""凤箫道:"你是她陪嫁过来的么?"小双冷笑说:"她也配!我原是老太太跟前的人,二爷成天的吃药,行动都离不了人,屋里几个丫头不够使,把我拨了过去。怎么着?你冷哪?"凤箫摇摇头。小双道:"瞧你缩着脖子这娇模样儿!"一语未完,凤箫打了个喷嚏,小双忙推她道:"睡罢!睡罢!快焐一焐。"凤箫跪了下来脱袜子,笑道:"又不是冬天,哪儿就至于冻着了?"小双道:"你别瞧这窗户关着,窗户眼儿里吱溜溜的钻风。"

两人各自睡下,凤箫悄悄地问道:"过来了也有四五年了罢?"小双道:"谁?"凤箫道:"还有谁?"小双道:"哦,她,可不是有五年了。"凤箫道:"也生男育女的——倒没闹出什么话柄儿?"小双道:"还说呢!话柄儿就多了!前年老太太领着合家上下到普陀山进香去,她坐月子没去,留着她看家。舅爷脚步儿走得勤了些,就丢了一票东西。"凤箫失惊道:"也没查出个究竟来?"小双道:"问得出什么好的来?大家面子上下不去!那些首饰左不过将来是归大爷二爷三爷的。大爷大奶奶碍着二爷,没好说什么。三爷自己在外头流水似的花钱,欠了公账上不少,也说不响嘴。"

她们俩隔着丈来远交谈。虽是极力地压低了喉咙,依旧有一句半句声音大了些,惊醒了大床上睡着的赵嬷嬷。赵嬷嬷唤道:"小双。"小双不敢答应。赵嬷嬷道:"小双,你再混说,让人家听见了,明儿仔细揭你的皮!"小双还是不作声。赵嬷嬷又道:"你别以为还是从前住的深堂大院哪,由得你疯疯癫癫!这儿可是挤鼻子挤眼睛的,什么事瞒得了人?趁早别讨打!"屋里顿时鸦雀无声。赵嬷嬷害眼,枕头里塞着菊花叶子,据说是使人眼目清凉的。她欠起头来按了一按髻上横绾的银簪,略一转侧,菊叶便沙沙作响。赵嬷嬷翻了个身,吱吱格格牵动了全身的骨节,她唉了一声道:“你们懂得什么!”小双与凤箫依旧不敢接嘴。久久没有人开口,也就一个个的朦胧睡去了。

天就快亮了。那扁扁的下弦月,低一点,低一点,大一点,像赤金的脸盆,沉了下去。天是森冷的蟹壳青,天底下黑漆漆的只有些矮楼房,因此一望望得很远。地平线上的晓色,一层绿、一层黄、又一层红,如同切开的西瓜——是太阳要上来了。渐渐马路上有了小车与塌车辘辘推动,马车蹄声得得。卖豆腐花的挑着担子悠悠吆喝着,只听见那漫长的尾声:“花……呕!花……呕!”再去远些,就只听见“哦……呕!哦……呕!”

屋子里丫头老妈子也起身了,乱着开房门、打脸水、叠铺盖、挂帐子、梳头。凤箫伺候三奶奶兰仙穿了衣裳,兰仙凑到镜子前面仔细望了一望,从腋下抽出一条水绿洒花湖纺手帕,擦了擦鼻翅上的粉,背对着床上的三爷道:“我先去替老太太请安罢。等你,准得误了事。”正说着大奶奶玳珍来了,站在门槛上笑道:“三妹妹,咱们一块儿去。”兰仙忙迎了出去道:“我正担心着怕晚了,大嫂原来还没上去。二嫂呢?”玳珍笑道:“她还有一会儿耽搁呢。”兰仙道:“打发二哥吃药?”玳珍四顾无人,便笑道:“吃药还在其次——”她把大拇指抵着嘴唇,中间的三个指头握着拳头,小指头翘着,轻轻的“嘘”了两声。兰仙诧异道:“两人都抽这个?”玳珍点头道:“你二哥是过了明路的,她这可是瞒着老太太的,叫我们夹在中间为难,处处还得替她遮盖遮盖,其实老太太有什么不知道?有意的装不晓得,照常地派她差使,零零碎碎给她罪受,无非是不肯让她抽个痛快罢了。其实也是的,年纪轻轻的妇道人家,有什么了不得的心事,要抽这个解闷儿?”

玳珍兰仙挽手一同上楼,各人后面跟着贴身丫鬟,来到老太太卧室隔壁的一间小小的起坐间里。老太太的丫头榴喜迎了出来,低声道:“还没醒呢。”玳珍抬头望了望挂钟,笑道:“今儿老太太也晚了。”榴喜道:“前两天说是马路上人声太杂,睡不稳。这现在想是惯了,今儿补足了一觉。”

紫榆百龄小圆桌上铺着红毡条,二小姐姜云泽一边坐着,正拿着小钳子磕核桃呢,因丢下了站起来相见。玳珍把手搭在云泽肩上,笑道:“还是云妹妹孝心,老太太昨儿一时高兴,叫做糖核桃,你就记住了。”兰仙玳珍便围着桌子坐下了,帮着剥核桃衣子。云泽手酸了,放下了钳子,兰仙接了过来。玳珍道:“当心你那水葱似的指甲,养得这么长了,断了怪可惜的!”云泽道:“叫人去拿金指甲套子去。”兰仙笑道:“有这些麻烦的,倒不如叫他们拿到厨房里去剥了!”

众人低声说笑着,榴喜打起帘子,报道:“二奶奶来了。”兰仙云泽起身让坐,那曹七巧且不坐下,一只手撑着门,一只手撑住腰,窄窄的袖口里垂下一条雪青洋绉手帕,下身上穿着银红衫子,葱白线镶滚,雪青闪蓝如意小脚裤子,瘦骨脸儿,朱口细牙,三角眼,小山眉,四下里一看,笑道:“人都齐了,今儿想必我又晚了!怎怪我不迟到——摸着黑梳的头！谁教我的窗户冲着后院子呢？单单就派了那么间房给我，横竖我们那位眼看是活不长的，我们净等着做孤儿寡妇了——不欺负我们，欺负谁？”玳珍淡淡的并不接口，兰仙笑道：“二嫂住惯了北京的房子，怪不得嫌这儿憋闷得慌。”云泽道：“大哥当初找房子的时候，原该找个宽敞些的，不过上海像这样，只怕也算敞亮的了。”兰仙道：“可不是！家里人实在多，挤是挤了点——”七巧挽起袖口，把手帕子掖在翡翠镯子里，瞟了兰仙一眼，笑道：“三妹妹原来也嫌人太多了。连我们都嫌人太多，像你们没满月的自然更嫌人多了！”兰仙听了这话，还没有怎么，玳珍先红了脸，道：“玩是玩，笑是笑，也得有个分寸。三妹妹新来乍到的，你让她想着咱们是什么样的人家？”七巧扯起手绢子的一角掩住了嘴唇道：“知道你们都是清门净户的小姐，你倒跟我换一换试试，只怕你一晚上也过不惯。”玳珍啐道：“不跟你说了，越说你越上头上脸的。”七巧索性上前拉住玳珍的袖子道：“我可以赌得咒——这三年里头我可以赌得咒！你敢赌么？你敢赌么？”玳珍也撑不住噗哧一笑，咕噜了一句道：“怎么你孩子也有了两个？”七巧道：“真的，连我也不知道这孩子是怎么生出来的！越想越不明白！”玳珍摇手道：“够了，够了，少说两句罢。就算你拿三妹妹当自己人，没有什么背讳，现放着云妹妹在这儿呢，待会儿老太太跟前一告诉，管叫你吃不了兜着走！”

云泽早远远地走开了，背着手站在阳台上，撮尖了嘴逗芙蓉鸟。姜家住的虽然是早期的最新式洋房，堆花红砖大柱支着巍峨的拱门，楼上阳台却是木板铺的地。黄杨木阑干里面，放着一溜篾篓子，晾着笋干。敝旧的太阳弥漫在空气里像金的灰尘，微微呛人的金灰，揉进眼睛里去，昏昏的。街上小贩遥遥摇着拨浪鼓，那瞢腾的“不楞登……不楞登”里面有着无数老去的孩子们的回忆。包车叮叮的跑过，偶尔也有一辆汽车叭叭叫两声。

七巧自己也知道这屋子里的人都瞧不起她，因此和新来的人分外亲热些，倚在兰仙的椅背上问长问短，携着兰仙的手左看右看，夸赞了一会她的指甲，又道：“我去年小拇指上养的比这个足足还长半寸呢，掐花给弄断了。”兰仙早看穿了七巧的为人和她在姜家的地位，微笑尽管微笑着，也不大答理她。七巧自觉无趣，踅到阳台上来，拾起云泽的辫梢来抖了一抖，搭讪着笑道：“呦！小姐的头发怎么这样稀朗朗的？去年还是乌油油的一头好头发，该掉了不少罢？”云泽闪过身去护着辫子，笑道：“我掉两根头发，也要你管！”七巧只顾端详她，叫道：“大嫂你来看看，云妹妹的确瘦多了，小姐莫不是有了心事了？”云泽啪的一声打掉了她的手，恨道：“你今儿个真的发了疯了！平日还不够讨人嫌的？”七巧把两手筒在袖子里，笑嘻嘻的道：“小姐脾气好大！”

玳珍探出头来道：“云妹妹，老太太起来了。”众人连忙扯扯衣襟，摸摸鬓脚，打帘子进隔壁房里去，请了安，伺候老太太吃早饭。婆子们端着托盘从起坐间穿了过去,里面的丫头接过碗碟,婆子们依旧退到外间来守候着。里面静悄悄的,难得有人说句把话,只听见银筷子头上的细银链条窸窣颤动。老太太信佛,饭后照例要做两个时辰的功课,众人退了出来,云泽背地里向玳珍道:“二嫂不忙着过瘾去,还挨在里面做什么?”玳珍道:“想是有两句私房话要说。”云泽不由得笑了起来道:“她的话,老太太哪里听得进?”玳珍冷笑道:“那倒也说不定。老年人心思总是活动的,成天在耳边絮聒着,十句里头相信一两句,也未可知。”

兰仙坐着磕核桃,玳珍和云泽便顺着脚走到阳台上,虽不是存心偷听正房里的谈话,老太太上了年纪,有点聋,喉咙特别高些,有意无意之间不免有好些话吹到阳台上的人的耳朵里来。云泽把脸气得雪白,先是握紧了拳头,又把两只手使劲一洒,便向走廊的另一头跑去。跑了两步,又站住了,身子向前伛偻着,捧着脸呜呜哭起来。玳珍赶上去扶着劝道:“妹妹快别这么着!快别这么着!不犯着跟她这样的人计较!谁拿她的话当桩事!”云泽甩开了她,一径往自己屋里奔去。玳珍回到起坐间里来,一拍手道:“这可闯出祸来了!”兰仙忙道:“怎么了?”玳珍道:“你二嫂去告诉了老太太,说女大不中留,让老太太写信给彭家,叫他们早早把云妹妹娶过去罢。你瞧,这算什么话?”兰仙也怔了一怔道:“女家说出这种话来,可不是自己打脸么?”玳珍道:“姜家没面子,还是一时的事,云妹妹将来嫁了过去,叫人家怎么瞧得起她?她这一辈子还要做人呢!”兰仙道:“老太太是明白人——不见得跟那一位一样的见识。”玳珍道:“老太太起先自然是不爱听,说咱们家的孩子,决不会生这样的心。她就说:‘哟!您不知道现在的女子跟您从前做女孩子时候的女孩子,哪儿能够打比呀?时世变了,要不怎么天下大乱呢?’你知道,年岁大的人就爱听这一套,说得老太太也有点疑疑惑惑起来。”兰仙叹道:“好端端怎么想起来的,造这样的谣言!”玳珍两肘支在桌子上,伸着小指剔眉毛,沉吟了一会,嗤的一笑道:“她自己以为她是特别的体贴云妹妹呢!要她这样体贴我,我可受不了!”兰仙拉了她一把道:“你听——不能是云妹妹罢?”后房似乎有人在那里大放悲声,蹬得铜床柱子一片响,嘈嘈杂杂还有人在那里解劝,只是劝不住。玳珍站起身来道:“我去看看,别瞧这位小姐好性儿,逼急了她,也不是好惹的。”

玳珍出去了,那姜三爷姜季泽却一路打着呵欠进来了。季泽是个结实小伙子,偏于胖的一方面,脑后拖一根三股油松大辫,生得天圆地方,鲜红的腮颊,往下坠着一点,青湿眉毛,水汪汪的黑眼睛里永远透着三分不耐烦,穿一件竹根青窄袖长袍,酱紫芝麻地一字襟珠扣小坎肩,问兰仙道:“谁在里头吱吱喳喳跟老太太说话?”兰仙道:“二嫂。”季泽抿着嘴摇摇头,兰仙笑道:“你也怕了她?”季泽一声儿不言语,拖过一把椅子,将椅背抵着桌缘,把袍子高高的一撩,骑着椅子坐下来,下巴搁在椅背上,手里只管把核桃仁一个一个拈来吃,兰仙睨了他一眼道:“人家剥了这一晌午,是专诚孝敬你的么?”正说着,七巧掀着帘子出来了,一眼看见了季泽,身不由主的就走了过来，绕到兰仙椅子背后，两手兜在兰仙脖子上，把脸凑了下去，笑道："这么一个人才出众的新娘子！三弟你还没谢谢我哪！要不是我催着他们早早替你办了这件事，这一耽搁，等打完了仗，指不定要十年八年呢！可不把你急坏了！"兰仙生平最大的憾事便是出阁的日子正赶着非常时期，潦草成了家，诸事都欠齐全，因此一听见这不入耳的话，她那小长挂子脸便往下一沉。季泽望了兰仙一眼，微笑道："二嫂，自古好心没有好报，谁都不承你的情！"七巧道："不承情也罢！我也惯了。我进了你们姜家的门，别的不说，单只守着你二哥这些年，衣不解带的服侍他，也就是个有功无过的人——谁见我的情来？谁有半点好处到我头上？"季泽道："你一开口就是满肚子的牢骚！"七巧长长的吁了一口气，只管拨弄兰仙衣襟上扣着的金三事儿和钥匙。半晌，忽道："总算你这一个来月没出去胡闹过。真亏了新娘子留住了你。旁人跪下地来求你也留不住！"季泽笑道："是吗？嫂子并没有留过我，怎见得留不住？"一面笑，一面向兰仙使了个眼色。七巧笑得直不起腰道："三妹妹，你也不管管他！这么个猴儿崽子，我眼看他长大的，他倒占起我的便宜来了！"

她嘴里说笑着，心里发烦，一双手也不肯闲着，把兰仙揣着捏着，捶着打着，恨不得把她挤得走了样才好。兰仙纵然有涵养，也忍不住要恼了；一性急，磕核桃使差了劲，把那二寸多长的指甲齐根折断，七巧哟了一声道："快拿剪刀来修一修。我记得这屋里有一把小剪子的。"便唤："小双！榴喜！来人哪！"兰仙立起身来道："二嫂不用费事，我上我屋里铰去。"便抽身出去。七巧就在兰仙的椅子上坐下了，一手托着腮，抬高了眉毛，斜睐着季泽道："她跟我生了气么？"季泽笑道："她干嘛生你的气？"七巧道："我正要问呀！我难道说错了话不成？留你在家倒不好？她倒愿意你上外头逛去？"季泽笑道："这一家子从大哥大嫂起，齐了心管教我，无非是怕我花了公账上的钱罢了。"七巧道："阿弥陀佛，我保不定别人不安着这个心，我可不那么想。你就是闹了亏空，押了房子卖了田，我若皱一皱眉头，我也不是你二嫂了。谁叫咱们是骨肉至亲呢？我不过是要你当心你的身子。"季泽嗤的一笑道："我当心我的身子，要你操心？"七巧颤声道："一个人，身子第一要紧。你瞧你二哥弄得那样儿，还成个人吗？还能拿他当个人看？"季泽正色道："二哥比不得我，他一下地就是那样儿，并不是自己作践的。他是个可怜的人，一切全仗二嫂照护他了。"七巧直挺挺的站了起来，两手扶着桌子，垂着眼皮，脸庞的下半部抖得像嘴里含着滚烫的蜡烛油似的，用尖细的声音逼出两句话道："你去挨着你二哥坐坐！你去挨着你二哥坐坐！"她试着在季泽身边坐下，只搭着他的椅子的一角，她将手贴在他腿上，道："你碰过他的肉没有？是软的、重的，就像人的脚有时发麻了，摸上去那感觉……"季泽脸上也变了色，然而他仍旧轻佻地笑了一声，俯下腰，伸手去捏她的脚道："倒要瞧瞧你的脚现在麻不麻？"七巧道："天哪，你没挨着他的肉，你不知道没病的身子是多好的……多好的……"她顺着椅子溜下去，蹲在地上，脸枕着袖子，听不见她哭,只看见发髻上插的风凉针,针头上的一粒钻石的光,闪闪掣动着。发髻的心子里扎着一小截粉红丝线,反映在金刚钻微红的光焰里。她的背影一挫一挫,俯伏了下去。她不像在哭,简直像在翻肠搅胃地呕吐。

季泽先是楞住了,随后就立起来道:“我走就是了。你不怕人,我还怕人呢。也得给二哥留点面子!”七巧扶着椅子站了起来,呜咽道:“我走。”她扯着衫袖里的手帕子揾了揾脸,忽然微微一笑道:“你这样护卫二哥!”季泽冷笑道:“我不护卫他,还有谁护卫他?”七巧向门走去,哼了一声道:“你又是什么好人?趁早不用在我跟前假撇清!且不提你在外头怎样荒唐,只单在这屋里……老娘眼睛里揉不下沙子去!别说我是你嫂子了,就是我是你奶妈,只怕你也不在乎。”季泽笑道:“我原是个随随便便的人,哪禁得起你挑眼儿?”七巧待要出去,又把背心贴在门下,低声道:“我就不懂,我什么地方不如人?我有什么地方不好……”季泽笑道:“好嫂子,你有什么不好?”七巧笑了一声道:“难不成我跟了个残废的人,就过上了残废的气,沾都沾不得?”她睁着眼直勾勾朝前望着,耳朵上的实心小金坠子像两只铜钉把她钉在门上——玻璃匣子里蝴蝶的标本,鲜艳而凄怆。

季泽看着她,心里也动了一动。可是那不行,玩尽管玩,他早抱定了宗旨不惹自己家里人,一时的兴致过去了,躲也躲不掉,踢也踢不开,成天在面前,是个累赘。何况七巧的嘴这样敞,脾气这样躁,如何瞒得了人?何况她的人缘这样坏,上上下下谁肯代她包涵一点,她也许是豁出去了,闹穿了也满不在乎。他可是年纪轻轻的,凭什么要冒那个险,他侃侃说道:“二嫂,我虽年纪小,并不是一味胡来的人。”

仿佛有脚步声,季泽一撩袍子,钻到老太太屋子里去了,临走还抓了一大把核桃仁。七巧神志还不很清楚,直到有人推门,她方才醒了过来,只得将计就计,藏在门背后,见玳珍走了进来,她便夹脚跟出来,在玳珍背上打了一下。玳珍勉强一笑道:“你的兴致越发好了!”又望了望桌上道:“咦?那么些个核桃,吃得差不多了。再也没有别人,准是三弟。”七巧倚着桌子,面向阳台立着,只是不言语。玳珍坐了下来,嘟哝道:“害人家剥了一早上,便宜他享现成的!”七巧捏着一片锋利的胡桃壳,在红毡条上狠命刮着,左一刮,右一刮,看看那毡子起了毛,就要破了。她咬着牙道:“钱上头何尝不是一样?一味的叫咱们省,省下来让人家拿出去大把的花!我就不服这口气!”玳珍看了她一眼,冷冷的道:“那可没办法了。人多了,明里不去,暗里也不见得不去。管得了这个,管不了那个。”七巧觉得她话中有刺,正待反唇相讥,小双进来了,鬼鬼祟祟走到七巧跟前,嗫嚅道:“奶奶,舅爷来了。”七巧骂道:“舅爷来了,又不是背人的事,你嗓子眼里长了疔是怎么着?蚊子哼哼似的!”小双倒退了一步,不敢言语。玳珍道:“你们舅爷原来也到上海来了,咱们这儿亲戚倒都全了。”七巧移步出房道:“不许他到上海来?内地兵荒马乱的,穷人也一样的要命呀!”她在门槛子上站住了,问小双道:“回过老太太没有?”小双道:“还没呢。”七巧想了一想,毕竟不敢去告诉一声,只得悄悄下楼去了。

玳珍问小双道:"舅爷一个人来的?"小双道:"还有舅奶奶,携着四只提篮盒。"玳珍格的一笑道:"倒破费了他们。"小双道:"大奶奶不用替他们心疼。装得满满的进来,一样装得满满的出去。别说金的银的圆的扁的,就连零头鞋面儿裤腰都是好的!"玳珍笑道:"别那么缺德了!你下去罢。她娘家人难得上门,伺候不周到,又该大闹了。"

小双赶了出去,七巧正在楼梯口盘问榴喜老太太可知道这件事。榴喜道:"老太太念佛呢,三爷爬在窗口看野景,说大门口来了客。老太太问是谁,三爷仔细看了看,说不知是不是曹家舅爷,老太太就没追问下去。"七巧听了,心头火起,跺了跺脚,喃喃呐呐骂道:"敢情你装不知道就算了!皇帝还有草鞋亲呢!这会子有这么势利的,当初何必三媒六聘的把我抬过来?快刀斩不断的亲戚,别说你今儿是装死,就是你真死了,他也不能不到你的灵前磕三个头,你也不能不受着他的!"一面说,一面下去了。

她那间房,一进门便有一堆金漆箱笼迎面拦住,只隔开几步见方的空地。她一掀帘子,只见她嫂子蹲下身去将提篮盒上面的一屉盒子卸了下来,检视下面一屉里的菜可曾泼出来。她哥哥曹大年背着手弯着腰看着。七巧止不住一阵心酸,倚着箱笼,把脸偎在那沙蓝棉套子上,纷纷落下泪来。她嫂子慌忙站直了身子,抢步上前,两只手捧住她一只手,连连叫着姑娘。曹大年也不免抬起袖子来擦眼睛。七巧把那只空着的手去解箱套子上的钮扣,解了又扣上,只是开不得口。

她嫂子回过头去睃了她哥哥一眼道:"你也说句话呀!成日家念叨着,见了妹妹的面,又像锯了嘴的葫芦似的!"七巧颤声道:"也不怪他没有话——他哪儿有脸来见我!"又向她哥哥道:"我只道你这一辈子不打算上门了!你害得我好!你扔崩一走,我可走不了。你也不顾我的死活。"曹大年道:"这是什么话?旁人这么说还罢了,你也这么说!你不替我遮盖遮盖,你自己脸上也不见得光鲜。"七巧道:"我不说,我可禁不住人家不说。就为你,我气出了一身病在这里。今日之下,亏你还拿这话来堵我!"她嫂子忙道:"是他的不是!是他的不是!姑娘受了委屈了。姑娘受委屈也不止这一件,好歹忍着罢,总有个出头之日。"她嫂子那句"姑娘受的委屈也不止这一件"的话却深深打进她心坎儿里去。七巧哀哀哭了起来,急得她嫂子直摇手道:"看吵醒了姑爷。"房那边暗昏昏的紫楠大床上,寂寂吊着珠罗纱帐子。七巧的嫂子又道:"姑爷睡着了罢?惊动了他,该生气了。"七巧高声叫道:"他要有点人气,倒又好了。"她嫂子吓得掩住她的嘴道:"姑奶奶别!病人听见了,心里不好受!"七巧道:"他心里不好受,我心里好受吗?"她嫂子道:"姑爷还是那软骨症?"七巧道:"就这一件还不够受了,还禁得起添什么?这儿一家子都忌讳痨病这两个字,其实还不就是骨痨!"她嫂子道:"整天躺着,有时候也坐起来一会儿么?"七巧嗤嗤的笑了起来道:“坐起来,脊梁骨直溜下去,看上去还没有我那三岁的孩子高哪!”她嫂子一时想不出劝慰的话,三个人都楞住了。七巧猛的蹬脚道:“走罢,走罢,你们!你们来一趟,就害得我把前因后果重新在心里过一过。我禁不起这么掀腾!你快给我走!”

曹大年道:“妹妹你听我一句话。别说你现在心里不舒坦,有个娘家走动着,多少好些,就是你有了出头之日了,姜家是个大族,长辈动不动就拿大帽子压人,平辈小辈一个个如狼似虎的,哪一个是好惹的?替你打算,也得要个帮手。将来你用得着你哥哥你侄儿的时候多着呢。”七巧啐了一声道:“我靠你帮忙,我也倒了楣了!我早把你看得透里透——斗得过他们,你到我跟前来邀功要钱,斗不过他们,你往那边一倒。本来见了做官的就魂都没有了,头一缩,死活随我去。”大年胀红了脸冷笑道:“等钱到了你手里,你再防着你哥哥分你的,也还不迟。”七巧道:“你既然知道钱还没到我手里,你来缠我做什么?”大年道:“路远迢迢赶来看你,倒是我们的不是了!走!我们这就走!凭良心说,我就用你两个钱,也是该的,当初我若贪图财礼,问姜家多要几百两银子,把你卖给他们做姨太太,也就卖了。”七巧道:“奶奶不胜似姨奶奶吗?长线放远鹞,指望大着呢!”大年待要回嘴,他媳妇拦住他道:“你就少说一句罢!以后还有见面的日子呢。将来姑奶奶想到你的时候,才知道她就只这一个亲哥哥了!”大年督促他媳妇整理了提篮盒,拎起就待走。七巧道:“我稀罕你?等我有了钱了,我不愁你不来,只愁打发你不开。”嘴里虽然硬着,熬不住那呜咽的声音,一声响似一声,憋了一上午的满腔幽恨,借着这因由尽情发泄了出来。

她嫂子见她分明有些留恋之意,便做好做歹劝住了她哥哥:一面半搀半拥把她引到花梨炕上坐下了,百般譬解,七巧渐渐收了泪。兄妹姑嫂叙了些家常。北方情形还算平靖,曹家的麻油铺还照常营业着。大年夫妇此番到上海来,却是因为他家没过门的女婿在人家当账房,光复的时候恰巧在湖北,后来辗转跟主人到上海来了,因此大年亲自送了女儿来完婚,顺便探望妹子。大年问候了姜家阖宅上下,又要参见老太太,七巧道:“不见也罢了,我正跟她呕气呢。”大年夫妇都吃了一惊,七巧道:“怎么不呕气呢?一家子都往我头上踩,我若是好欺负的,早给作践死了,饶是这么着,还气得我七病八痛的!”她嫂子道:“姑娘近来还抽烟不抽,倒是鸦片烟,平肝导气,比什么药都强。姑娘自己千万保重,我们又不在跟前,谁是个知疼着热的人?”

七巧翻箱子取出几件新款尺头送与她嫂子,又是一副四两重的金镯子,一对披霞莲蓬簪,一床丝棉被胎,侄女们每人一只金挖耳,侄儿们或是一只金锞子,或是一顶貂皮暖帽,另送了她哥哥一只珐蓝金蝉打簧表,她哥嫂道谢不迭。七巧道:“你们来得不巧,若是在北京,我们正要上路的时候,带不了的东西,分了几箱给丫头老妈子,白便宜了他们。”说得她哥嫂讪讪的。临行的时候,她嫂子道:“忙完了闺女,再来瞧姑奶奶。”七巧笑道:“不来也罢,我应酬不起!”

大年夫妇出了姜家的门,她嫂子便道:“我们这位姑奶奶怎么换了个人?没出嫁的时候不过要强些,嘴头上琐碎些,就连后来我们去瞧她,虽是比前暴躁些,也还有个分寸,不似如今疯疯傻傻,说话有一句没一句,就没一点儿得人心的地方。”

七巧立在房里,抱着胳膊看小双祥云两个丫头把箱子抬回原处,一只一只叠了上去。从前的事又回来了:临着碎石子街的馨香的麻油店,黑腻的柜台,芝麻酱桶里竖着木匙子,油缸上吊着大大小小的铁匙子。漏斗插在打油的人的瓶里,一大匙再加上两小匙正好装满一瓶,——一斤半。熟人呢,算一斤四两。有时她也上街买菜,蓝夏布衫裤,镜面乌绫镶滚。隔着密密层层的一排吊着猪肉的铜钩,她看见肉铺里的朝禄。朝禄赶着她叫曹大姑娘。难得叫声巧姐儿,她就一巴掌打在钩子背上,无数的空钩子荡过去锥他的眼睛,朝禄从钩子上摘下尺来宽的一片生猪油,重重的向肉案一抛,一阵温风扑到她脸上,腻滞的死去的肉体的气味……她皱紧了眉毛。床上睡着的她的丈夫,那没有生命的肉体……

风从窗子里进来,对面挂着的回文雕漆长镜被吹得摇摇晃晃,磕托磕托敲着墙。七巧双手按住了镜子。镜子里反映着的翠竹帘子和一副金绿山水屏条依旧在风中来回荡漾着,望久了,便有一种晕船的感觉。再定睛看时,翠竹帘子已经褪了色,金绿山水换为一张她丈夫的遗像,镜子里的人也老了十年。

去年她戴了丈夫的孝,今年婆婆又过世了。现在正式挽了叔公九老太爷出来为他们分家,今天是她嫁到姜家来之后一切幻想的集中点。这些年了,她戴着黄金的枷锁,可是连金子的边都啃不到,这以后就不同了。七巧穿着白香云纱衫,黑裙子,然而她脸上像抹了胭脂似的,从那揉红了的眼圈儿到烧热的颧骨。她抬起手来揾了一揾脸,脸上烫,身子却冷得打颤。她叫祥云倒了杯茶来。(小双早已嫁了,祥云也配了个小厮。)茶给喝了下去,沉重地往腔子里流,一颗心便在热茶里扑通扑通跳。她背向着镜子坐下了,问祥云道:“九老太爷来了这一下午,就在堂屋里跟马师爷查账?”祥云应了一声是。七巧又道:“大爷大奶奶三爷三奶奶都不在跟前?”祥云又应了声是。七巧道:“还到谁的屋里去过?”祥云道:“就到哥儿们的书房里兜了一兜。”七巧道:“好在咱们白哥儿的书倒不怕他查考……今年这孩子就吃亏在他爸爸他奶奶接连着出了事,他若还有心念书,他也不是人养的!”她把茶吃完了,吩咐祥云下去看看堂屋里大房三房的人可都齐了,免得自己去早了,显得性急,被人耻笑。恰巧大房里也差了一个丫头出来探看,和祥云打了个照面。

七巧终于款款下楼来了。堂屋里临时布置了一张镜面乌木大餐台,九老太爷独当一面坐了,面前乱堆着青布面,梅红签的账簿,又搁着一只瓜楞茶碗。四周除了马师爷之外,又有特地邀请的“公亲”,近于陪审员的性质。各房只派了一个男子做代表,大房是大爷,二房二爷没了,是二奶奶,三房是三爷。季泽很知道这总清算的日子于他没有什么好处,因此他到得最迟。然而来既来了,他决不愿意露出焦灼懊丧的神气。腮帮子上依旧是他那点丰肥的,红色的笑。眼睛里依旧是他那点潇洒的不耐烦。

九老太爷咳嗽了一声,把姜家的经济状况约略报告了一遍,又翻着账簿子读出重要的田地房产的所在与按年的收入。七巧两手紧紧扣在肚子上,身子向前倾着,努力向她自己解释他的每一句话,与她往日调查所得一一印证。青岛的房子、天津的房子、北京城外的地、上海的房子……三爷在公账上拖欠过巨,他的一部分遗产被抵销了之后,还净欠六万,然而大房二房也只得就此算了,因为他是一无所有的人。他仅有的那一幢花园洋房,他为一个姨太太买了,也已经抵押了出去。其余只有女太太陪嫁过来的首饰,由兄弟三人均分,季泽的那一份也不便充公,因为是母亲留下的一点纪念。七巧突然叫了起来道:"九老太爷,那我们太吃亏了!"

堂屋里本就肃静无声,现在这肃静却是沙沙有声,直锯进耳朵里去,像电影配音机器损坏之后的锈轧。九老太爷睁了眼望着她道:"怎么?你连他娘丢下的几件首饰也舍不得给他?"七巧道:"亲兄弟,明算账,大哥大嫂不言语,我可不能不老着脸开口说句话。我须比不得大哥大嫂——我们死掉的那个若是有能耐出去做两任官,手头活便些,我也乐得放大方些,哪怕把从前的旧账一笔勾销呢?可怜我们那一个病病哼哼一辈子,何尝有过一文半文进账,丢下我们孤儿寡妇,就指着这两个死钱过活。我是个没脚蟹,长白还不满十四岁,往后苦日子有得过呢!"说着,流下泪来。九老太爷道:"依你便怎样?"七巧呜咽道:"哪儿由得我出主意呢?只求九老太爷替我们做主!"季泽冷着脸只不作声,满屋子的人都觉不便开口。九老太爷按捺不住一肚子的火,哼了一声道:"我倒想替你出主意呢,只怕你不爱听!二房里有田地没人照管,三房里有人没有地,我待要叫三爷替你照管,你多少贴他些,又怕你不要他!"七巧冷笑道:"我倒想依你呢,只怕死掉的那个不依!来人哪!祥云你把白哥儿给我找来!长白,你爹好苦呀!一下地就是一身的病,为人一场,一天舒坦日子也没过着,临了丢下你这点骨血,人家还看不得你,千方百计图谋你的东西!长白谁叫你爹拖着一身病,活着人家欺负他,死了人家欺负他的孤儿寡妇!我还不打紧,我还能活个几十年么?至多我到老太太灵前把话说明白了,把这条命跟人拚了。长白你可是年纪小着呢,就是喝西北风你也得活下去呀!"九老太爷气得把桌子一拍道:"我不管了!是你们求爹爹拜奶奶邀了我来的,你道我喜欢自找麻烦么?"站起来一脚踢翻了椅子,也不等人搀扶,一阵风走得无影无踪,众人面面相觑,一个个悄没声儿溜走了。惟有那马师爷忙着拾掇账簿子,落后了一步,看看屋里人全走光了,单剩下二奶奶一个人在那里捶着胸脯号啕大哭,自己若无其事的走了,似乎不好意思,只得走上前去,打躬作揖叫道:"二太太!二太太!……二太太!"七巧只顾把袖子遮住脸,马师爷又不便把她的手拿开,急得把瓜皮帽摘下来扇着汗。

维持了几天的僵局，到底还是无声无息照原定计画分了家。孤儿寡妇还是被欺负了。

七巧带着儿子长白，女儿长安另租了一幢屋子住下了，和姜家各房很少来往。隔了几个月，姜季泽忽然上门来了。老妈子通报上来，七巧怀着鬼胎，想着分家的那一天得罪了他，不知他有什么手段对付。可是兵来将挡，她凭什么要怕他？她家常穿着佛青实地纱袄子，特地系上一条玄色铁线纱裙，走下楼来。季泽却是满面春风的站起来问二嫂好，又问白哥儿可是在书房里，安姐儿的湿气可大好了。七巧心里便疑惑他是来借钱的，加意防备着，坐下笑道："三弟你近来又发福了。"季泽笑道："看我像一点心事都没有的人。"七巧笑道："有福之人不在忙吗！你一向就是无牵无挂的。"季泽笑道："等我把房子卖了，我还要无牵无挂呢！"七巧道："就是你做了押款的那房子，你要卖？"季泽道："当初造它的时候，很费了点心思，有许多装置都是自己心爱的，当然不愿意脱手。后来你是知道的，那块地皮值钱了，前年把它翻造了弄堂房子，一家一家收租，跟那些住小家的打交道，我实在嫌麻烦，索性打算卖了它，图个清净。"七巧暗地里说道："口气好大！我是知道你的底细的，你在我跟前充什么阔大爷！"

虽然他不向她哭穷，但凡谈到银钱交易，她总觉得有点危险，便岔了开去道："三妹妹好么？腰子病近来发过没有？"季泽笑道："我也有许久没见过她的面了。"七巧道："这是什么话？你们吵了嘴么？"季泽笑道："这些时我们倒也没吵过嘴。不得已在一起说两句话，也是难得的，也没那闲情逸致吵嘴。"七巧道："何至于这样？我就不相信！"季泽两肘撑在藤椅的扶手上，交叉十指，手搭凉棚，影子落在眼睛上，深深的唉了一声。七巧笑道："没有别的，要不就是你在外头玩得太厉害了。自己做错了事，还唉声叹气的仿佛谁害了你似的。你们姜家就没有一个好人！"说着，举起白团扇，作势要打。季泽把那交叉着的十指往下移了一移，两只大拇指按在嘴唇上，两只食指缓缓抚摸着鼻梁，露出一双水汪汪的眼睛来。那眼珠却是水仙花缸底的黑石子，上面汪着水，下面冷冷的没有表情。看不出他在想什么。七巧道："我非打你不可！"季泽的眼睛里突然冒出一点笑泡儿，道："你打，你打！"七巧待要打，又掣回手去，重新一鼓作气道："我真打！"抬高了手，一扇子劈下来，又在半空中停住了，吃吃笑起来，季泽带笑将肩膀耸了一耸，凑了上去道："你倒是打我一下罢！害得我浑身骨头痒着，不得劲儿！"七巧把扇子向背后一藏，越发笑得格格的。

季泽把椅子换了个方向，面朝墙坐着，人向椅背上一靠，双手蒙住了眼睛，又是长长的叹了口气。七巧啃着扇子柄，斜瞟着他道："你今儿是怎么了？受了暑吗？"季泽道："你哪里知道？"半晌，他低低的一个字一个字说道："你知道我为什么跟家里的那个不好，为什么我拚命的在外头玩，把产业都败光了？你知道这都是为了谁？"七巧不知不觉有点胆寒，走得远远的，倚在炉台上，脸色慢慢的变了。季泽跟了过来。七巧垂着头,肘弯撑在炉台上,手里擎着团扇,扇子上的杏黄穗子顺着她的额角拖下来。季泽在她对面站住了,小声道:"二嫂!……七巧!"

七巧背过脸去淡淡笑道:"我要相信你才怪呢!"季泽便也走开了,道:"不错。你怎么能够相信我?自从你到我家来,我在家一刻也待不住,只想出去。你没来的时候我并没有那么荒唐过,后来那都是为了躲你。娶了兰仙来,我更玩得凶了,为了躲你之外又要躲她。见了你,说不了两句话我就要发脾气——你哪儿知道我心里的苦楚?你对我好,我心里更难受——我得管着我自己——我不能平白的坑坏了你,家里人多眼杂,让人知道了,我是个男子汉,还不打紧。你可了不得!"七巧的手直打颤,扇柄上的杏黄须子在她额上苏苏摩擦着。季泽道:"你信也罢!不信也罢!信了又怎样?横竖我们半辈子已经过去了,说也是白说。我只求你原谅我这一片心。我为你吃了这些苦,也就不算冤枉了。"

七巧低着头,沐浴在光辉里,细细的音乐,细细的喜悦……这些年了,她跟他捉迷藏似的,只是近不得身,原来还有今天!可不是,这半辈子已经完了——花一般的年纪已经过去了。人生就是这样的错综复杂,不讲理。当初她为什么嫁到姜家来?为了钱么?不是的,为了要遇见季泽,为了命中注定她要和季泽相爱。她微微抬起脸来,季泽立在她跟前,两手合在她扇子上,面颊贴在她扇子上。他也老了十年了,然而人究竟还是那个人呵!他难道是哄她么?他想她的钱——她卖掉她的一生换来的几个钱?仅仅这一转念便使她暴怒起来。就算她错怪了他,他为她吃的苦抵得过她为他吃的苦么?好容易她死了心了,他又来撩拨她,她恨他。他还在看着她。他的眼睛——虽然隔了十年,人还是那个人呵!就算他是骗她的,迟一点儿发现不好么?即使明知是骗人的,他太会演戏了,也跟真的差不多罢?

不行!她不能有把柄落在这厮手里。姜家的人是厉害的,她的钱只怕保不住。她得先证明他是真心不是。七巧定了一定神,向门外瞧了一瞧,轻轻惊叫道:"有人!"便三脚两步赶出门去,到下房里吩咐潘妈替三爷弄点心去,快些端了来,顺便带芭蕉扇进来替三爷打扇。七巧回到屋里来,故意皱着眉道:"真可恶,老妈子在门口探头探脑的,见了我抹过头去就跑,被我赶上去喝住了。若是关上了门说两句话,指不定造出什么谣言来呢!饶是独门独户住了,还没个清净。"潘妈送了点心与酸梅汤进来,七巧亲自拿筷子替季泽拣掉了蜜层糕上的玫瑰与青梅,道:"我记得你是不爱吃红绿丝的。"有人在跟前,季泽不便说什么,只是微笑。七巧似乎没话找话说似的,问道:"你卖房子,接洽得怎样了?"季泽一面吃,一面答道:"有人出八万五,我还没打定主意呢。"七巧沉吟道:"地段倒是好的。"季泽道:"谁都不赞成我脱手,说还要涨呢。"七巧又问了些详细情形,便道:"可惜我手头没有这一笔现款,不然我倒想买。"季泽道:"其实呢,我这房子倒不急,倒是咱们乡下你那些田,早早脱手的好。自从改了民国,接二连三的打仗,何尝有一年闲过,把地面上糟蹋得不成样子,中间还被收租的、师爷、地头蛇一层一层勒啃着，莫说这两年不是水就是旱，就遇着了丰年，也没有多少进账轮到我们头上。”七巧寻思着，道：“我也盘算过来，一直挨着没有办。先晓得把它卖了，这会子想买房子，也不至于钱不凑手了。”季泽道：“你那田要卖趁现在就得卖，听说直鲁又要开仗了。”七巧道：“急切间你叫我卖给谁去？”季泽顿了一顿道：“我去替你打听打听，也成。”七巧耸了耸眉毛笑道：“得了，你那些狐群狗党里头，又有谁是靠得住的？”季泽把咬开的饺子在小碟里蘸了点醋，闲闲说出两个靠得住的人名，七巧便认真仔细盘问他起来，他果然回答得有条不紊，显然他是筹之已熟的。

七巧虽是笑吟吟的，嘴里发干，上嘴唇黏在牙仁上，放不下来。她端起盖碗来吸了一口茶，舐了舐嘴唇，突然把脸一沉，跳起身来，将手里的扇子向季泽头上滴溜溜掷过去，季泽向左偏了一偏，那团扇敲在他肩膀上，打翻了玻璃杯，酸梅汤淋淋漓漓溅了他一身。七巧骂道：“你要我卖了田去买你的房子？你要我卖田？钱一经你的手，还有得说么？你哄我——你拿那样的话来哄我——你拿我当傻子——”她隔着一张桌子探身过去打他，然而她被潘妈下死劲抱住了。潘妈叫唤起来，祥云等人都奔了来，七手八脚按住了她，七嘴八舌求告着。七巧一头挣扎，一头叱喝着，然而她的一颗心直往下坠——她很明白她这举动太蠢——太蠢——她在这儿丢人出丑。

季泽脱下了他那湿濡的白云纱长衫，潘妈绞了毛巾来代他揩擦，他理也不理，把衣服夹在手臂上，竟自扬长出门去了，临行的时候向祥云道：“等白哥儿下了学，叫他替他母亲请个医生来看看。”祥云吓糊涂了，连声答应着，被七巧兜脸给她一个耳刮子。

季泽走了。丫头老妈子也给七巧骂跑了。酸梅汤沿着桌子一滴一滴朝下滴，像迟迟的夜漏——一滴，一滴……一更，二更……一年，一百年。真长，这寂寂的一刹那。七巧扶着头站着倏地掉转身来上楼去，提着裙子，性急慌忙，跌跌跄跄，不住的撞到那阴暗的绿粉墙上，佛青袄子上沾了大块的淡色的灰。她要在楼上的窗户里再看他一眼。无论如何，她从前爱过他。她的爱给了她无穷的痛苦。单只是这一点，就使她值得留恋。多少回了，为了要按捺她自己，她迸得全身的筋骨与牙根都酸楚了。今天完全是她的错。他不是个好人，她又不是不知道。她要他，就得装糊涂，就得容忍他的坏。她为什么要戳穿他？人生在世，还不就是那么一回事？归根究底，什么是真的？什么是假的？

她到了窗前，揭开了那边上缀有小绒球的墨绿洋式窗帘，季泽正在弄堂里望外走，长衫搭在臂上，晴天的风像一群白鸽子钻进他的纺绸裤褂里去，哪儿都钻到了，飘飘拍着翅子。

七巧眼前仿佛挂了冰冷的珍珠帘，一阵热风来了，把那帘子紧紧贴在她脸上，风去了,又把帘子吸了回去,气还没透过来,风又来了,没头没脸包住她——一阵凉一阵热,她只是流着眼泪。

玻璃窗的上角隐隐约约反映出弄堂里一个巡警的缩小的影子,晃着膀子踱过去。一辆黄包车静静在巡警身上辗过。小孩把袍子掖在裤腰里,一路踢着球,奔出玻璃的边缘。绿色的邮差骑着自行车,复印在巡警身上,一溜烟掠过。都是些鬼,多年前的鬼,多年后的没投胎的鬼……什么是真的?什么是假的?

过了秋天又是冬天,七巧与现实失去了接触。虽然一样的使性子,打丫头,换厨子,总有些失魂落魄的。她哥哥嫂子到上海来探望了她两次,住不上十来天,末了永远是给她絮叨得站不住脚,然而临走的时候她也没有少给他们东西。她侄子曹春熹上城来找事,耽搁在她家里。那春熹虽是个浑头浑脑的年轻人,却也本本分分的。七巧的儿子长白,女儿长安,年纪到了十三四岁,只因身材瘦小,看上去才只七八岁的光景。在年下,一个穿着品蓝摹本缎棉袍,一个穿着葱绿遍地锦棉袍,衣服太厚了,直挺挺撑开了两臂,一般都是薄薄的两张白脸,并排站着,纸糊的人儿似的。这一天午饭后,七巧还没起身,那曹春熹陪着他兄妹俩掷骰子,长安把压岁钱输光了,还不肯歇手。长白把桌上的铜板一掳,笑道:"不跟你来了。"长安道:"我们用糖莲子来赌。"春熹道:"糖莲子揣在口袋里,看脏了衣服。"长安道:"用瓜子也好,柜顶上就有一罐。"便搬过一张茶几来,踩了椅子爬上去拿。慌得春熹叫道:"安姐儿你可别摔交,回头我担不了这干系!"正说着,只见长安猛可里向后一仰,若不是春熹扶住了,早是个倒栽葱。长白在旁拍手大笑,春熹嘟嘟囔囔骂着,也撑不住要笑,三人笑成一片。春熹将她抱下地来,忽然从那红木大橱的穿衣镜里瞥见七巧蓬着头叉着腰站在门口,不觉一怔,连忙放下了长安,回身道:"姑妈起来了。"七巧汹汹奔了过来,将长安向自己身后一推,长安立脚不稳,跌了一交。七巧只顾将身子挡住了她,向春熹厉声道:"我把你这狼心狗肺的东西!我三茶六饭款待你这狼心狗肺的东西,什么地方亏待了你,你欺负我女儿?你那狼心狗肺,你道我揣摩不出么?你别以为你教坏了我女儿,我就不能不捏着鼻子把她许配给你,你好霸占我们的家产!我看你这浑蛋,也还想不出这等主意来,敢情是你爹娘把着手儿教的!那两个狼心狗肺忘恩负义的老浑蛋!齐了心想我的钱,一计不成,又生一计!"春熹气得白瞪眼,欲待分辩,七巧道:"你还有脸顶撞我!你还不给我快滚,别等我乱棒打出去!"说着,把儿女们推推撞撞送了出去,自己也喘吁吁扶着个丫头走了。春熹究竟年纪轻火性大,赌气卷了铺盖,顿时离了姜家的门。

七巧回到起坐间里,在烟榻上躺下了。屋里暗昏昏的,拉上了丝绒窗帘。时而窗户缝里漏了风进来,帘子动了,方在那墨绿小绒球底下毛茸茸地看见一点天色,除此只有烟灯和烧红的火炉的微光。长安吃了吓,呆呆坐在火炉边一张小凳上。七巧道:"你过来。"长安只道是要打,只是延挨着,搭讪把火炉边的洋铁围屏上晾着的小红格子法布衬衫翻了一翻,道:“快烤糊了。”衬衫发出热烘烘的毛气。

七巧却不像要责打她的光景,只数落了一番,道:“你今年过了年也有十三岁了,也该放明白些。表哥虽不是外人,天下的男子都是一样混账。你自己要晓得当心,谁不想你的钱?”一阵风过,窗帘上的绒球与绒球之间露出白色的寒天,屋子里暖热的黑暗给打上了一排小洞。烟灯的火焰住下一挫,七巧脸上的影子仿佛更深了一层。她突然坐起身来,低声道:“男人……碰都碰不得!谁不想你的钱?你娘这几个钱不是容易得来的,也不是容易守得住。轮到你们手里,我可不能眼睁睁看着你们上人的当——叫你以后提防着些,你听见了没有?”长安垂着头道:“听见了。”

七巧的一只脚有点麻,她探身去捏一捏她的脚。仅仅是一刹那,她眼睛里蠢动着一点温柔的回忆。她记起了想她的钱的一个男人。

她的脚是缠过的,尖尖的缎鞋里塞了棉花,装成半大的文明脚。她瞧着那双脚,心里一动,冷笑一声道:“你嘴里尽管答应着,我怎么知道你心里是明白还是糊涂?你人也有这么大了,又是一双大脚,哪里去不得?我就是管得住你,也没那个精神成天看着你。按说你今年十三了,裹脚已经嫌晚了,原怪我耽误了你。马上这就替你裹起来,也还来得及。”长安一时答不出话来,倒是旁边的老妈子们笑道:“如今小脚不时兴了,只怕将来给姐儿定亲的时候麻烦。”七巧道:“没有扯淡!我不愁我的女儿没人要,不劳你们替我担心!真没人要,养活她一辈子,我也养得起!”当真替长安裹起脚来,痛得长安鬼哭神号的。这时连姜家这样守旧的人家,缠过脚的也都已经放了脚了,别说是没缠过的,因此都拿长安的脚传作笑话奇谈。裹了一年多,七巧一时的兴致过去了,又经亲戚们劝着,也就渐渐放松了,然而长安的脚可不能完全恢复原状了。

姜家大房三房里的儿女都进了洋学堂读书,七巧处处存心跟他们比赛着,便也要送长白去投考。长白除了打小牌之外,只喜欢跑跑票房,正在那里朝夕用功吊嗓子,只怕进学校要耽搁了他的功课,便不肯去。七巧无奈,只得把长安送到沪范女中,托人说了情,插班进去。长安换上了蓝爱国布的校服,不上半年,脸色也红润了,胳膊腿腕也粗了一圈。住读的学生洗换衣服,照例是送到学校里包着的洗衣作里去的。长安记不清自己的号码,往往失落了枕套手帕种种零件,七巧便闹着说要去找校长说话。这一天放假回家,检点了一下,又发现有一条褥单是丢了。七巧暴跳如雷,准备明天亲自上学校去大兴问罪之师。长安着了急,拦阻了一声,七巧便骂道:“天生的败家精,拿你的钱不当钱。你娘的钱是容易得来的?——将来你出嫁,你看我有什么陪送给你!——给也是白给!”长安不敢作声,却哭了一晚上。她不能在她的同学跟前丢这个脸。对于十四岁的人,那似乎有天大的重要。她母亲去闹一场,她以后拿什么脸去见人?她宁死也不到学校里去了。她的朋友们,她所喜欢的音乐教员,不久就会忘记了有这么一个女孩子,来了半年,又无缘无故悄悄的走了。走得干净。她觉得她这牺牲是一个美丽的,苍凉的手势。

半夜里她爬下床来,伸手到窗外试试,漆黑的,是下了雨么?没有雨点。她从枕头边摸出一只口琴,半蹲半坐在地上,偷偷吹了起来。犹疑地,Long Long Ago的细小的调子在庞大的夜里袅袅漾开,不能让人听见了。为了竭力按捺着,那呜呜的口琴忽断忽续,如同婴儿的哭泣。她接不上气来,歇了半晌。窗格子里,月亮从云里出来了。墨灰的天,几点疏星,模糊的状月,像石印的图画,下面白云蒸腾,树顶上透出街灯淡淡的圆光。长安又吹起口琴。"告诉我那故事,往日我最心爱的那故事,许久以前,许久以前……"

第二天她大着胆子告诉她母亲:"娘,我不想念下去了。"七巧睁着眼道:"为什么?"长安道:"功课跟不上,吃的太苦了,我过不惯。"七巧脱下一只鞋来,顺手将鞋底抽了她一下,恨道:"你爹不如人,你也不如人?养下你来又不是个十不全,就不肯替我争口气!"长安反剪着一双手,垂着眼睛,只是不言语。旁边老妈子们便劝道:"姐儿也大了,学堂里人杂,的确有些不方便。其实不去也罢了。"七巧沉吟道:"学费总得想法子拿回来。白便宜了他们不成?"便要领了长安一同去索讨,长安抵死不肯去,七巧带着两个老妈子去了一趟回来了,据她自己补叙,钱虽然没收回来,却也着实羞辱了那校长一场。长安以后在街上遇着了同学,脸上红一阵白一阵,无地自容,只得装做不看见,急急走了过去。朋友寄了信来,她拆也不敢拆,原封退了回去,她的学校生活就此告一结束。

有时她也觉得牺牲得有点不值得,暗自懊悔着,然而也来不及挽回了。她渐渐放弃了一切上进的思想,安分守己起来。她学会了挑是非,使小坏,干涉家里的行政。她不时的跟母亲呕气,可是她的言谈举止越来越像她母亲了。每逢她单叉着裤子,揸开了两腿坐着,两只手按在胯间露出的凳子上,歪着头,下巴搁在心口上凄凄惨惨瞅住了对面的人说道:"一家有一家的苦处呀,表嫂——一家有一家的苦处!"——谁都说她是活脱的一个七巧。她打了一根辫子,眉眼的紧俏有似当年的七巧,可是她的小小的嘴过于瘪进去,仿佛显老一点。她再年轻些也不过是一棵较嫩的雪里红——盐腌过的。

也有人来替她做媒。若是家境推扳一点的,七巧总疑心人家是贪她们的钱。若是那有财有势的,对方却又不十分热心,长安不过是中等姿色,她母亲出身既低,又有个不贤慧的名声,想必没有什么家教。因此高不成,低不就,一年一年耽搁了下去。那长白的婚事却不容耽搁。长白在外面赌钱,捧女戏子,七巧还没甚话说,后来渐渐跟着他三叔姜季泽逛起窑子来,七巧方才着了慌,手忙脚乱替他定亲,娶了一个袁家的小姐,小名芝寿。

行的是半新式的婚礼,红色盖头是蠲免了,新娘戴着蓝眼镜,粉红喜纱,穿着粉红彩绣裙袄，进了洞房，除去了眼镜，低着头坐在湖色帐幔里。闹新房的人围着打趣，七巧只看了一看便出来了。长安在门口赶上了她，悄悄笑道："皮色倒还白净，就是嘴唇太厚了些。"七巧把手撑着门，拔下一只金挖耳来搔搔头，冷笑道："还说呢！你新嫂子这两片嘴唇，切切倒有一大碟子。"旁边一个太太便道："说是嘴唇厚的人天性厚哇！"七巧哼了一声，将金挖耳指住了那太太，倒剔起一只眉毛，歪着嘴微微一笑道："天性厚，并不是什么好话。当着姑娘们，我也不便多说——但愿咱们白哥儿这条命别送在她手里！"七巧天生着一副高爽的喉咙，现在因为苍老了些，不那么尖了，可是扁扁的依旧四面刮得人疼痛，像剃刀片。这两句话，说响不响，说轻也不轻。人丛里的新娘子的平板的脸与胸震了一震——多半是龙凤烛的火光的跳动。

三朝过后，七巧嫌新娘子笨，诸事不如意，每每向亲戚们诉说着。便有人劝道："少奶奶年纪轻，二嫂少不得要费点心教导教导她。谁叫这孩子没心眼儿呢！"七巧啐道："你们瞧咱们新少奶奶老实呀——一见了白哥儿，她就得去上马桶！真的！你信不信？"这话传到芝寿耳朵里，急得芝寿只待寻死。然而这还是没满月的时候，七巧还顾些脸面，后来索性这一类的话当着芝寿的面也说了起来，芝寿哭也不是，笑也不是，若是木着脸装不听见，七巧便一拍桌子嗟叹起来道："在儿子媳妇手里吃口饭，可真不容易！动不动就给人脸子看！"

这天晚上，七巧躺着抽烟，长白盘踞在烟铺跟前的一张沙发椅上嗑瓜子，无线电里正唱着一出冷戏，他捧着戏考，一个字一个字跟着哼，哼上了劲，甩过一条腿去骑在椅背上，来回摇着打拍子。七巧伸过脚去踢他一下道："白哥儿你来替我装两筒。"长白道："现放着烧烟的，偏要支使我！我手上有蜜是怎么着？"说着，伸了个懒腰，慢腾腾移身坐到烟灯前的小凳上，卷起了袖子。七巧笑道："我把你这不孝的奴才！支使你，是抬举你！"她眯缝着眼望着他。这些年来她的生命里只有这一个男人。只有他，她不怕他想她的钱——横竖钱都是他的。可是，因为他是她的儿子，他这一个人还抵不了半个……现在，就连这半个人她也保留不住——他娶了亲。他是个瘦小白皙的年轻人，背有点驼，戴着金丝眼镜，有着工细的五官，时常茫然地微笑着，张着嘴，嘴里闪闪发着光的不知道是太多的唾沫水还是他的金牙。他敞着衣领，露出里面的珠羔里子和白小褂。七巧把一只脚搁在他肩膀上，不住的轻轻踢着他的脖子，低声道："我把你这不孝的奴才！打几时起变得这么不孝了？"长安在旁答道："娶了媳妇忘了娘吗！"七巧道："少胡说！我们白哥儿倒不是那们样的人！我也养不出那们样的儿子！"长白只是笑。七巧斜着眼看定了他，笑道："你若还是我从前的白哥儿，你今儿替我烧一夜的烟！"长白笑道："那可难不倒我！"七巧道："盹着了，看我捶你！"

起坐间的帘子撤下送去洗濯了。隔着玻璃窗望出去，影影绰绰乌云里有个月亮,一搭黑,一搭白,像个戏剧化的狰狞的脸谱。一点,一点,月亮缓缓的从云里出来了,黑云底下透出一线炯炯的光,是面具底下的眼睛。天是无底洞的深青色。久已过了午夜了。长安早去睡了,长白打着烟泡,也前仰后合起来。七巧斟了杯浓茶给他,两人吃着蜜饯糖果,讨论着东邻西舍的隐私。七巧忽然含笑问道:"白哥儿你说,你媳妇儿好不好?"长白说道:"这有什么可说的?"七巧道:"没有可批评的,想必是好的了?"长白笑着不作声。七巧道:"好,也有个怎么个好呀!"长白道:"谁说她好来着?"七巧道:"她不好?哪一点不好?说给娘听。"长白起初只是含糊对答,禁不起七巧再三盘问,只得吐露一二。旁边递茶递水的老妈子们都背过脸去笑得格格的,丫头们都掩着嘴忍着笑回避出去了。七巧又是咬牙,又是笑,又是喃喃咒骂,卸下烟斗来狠命磕里面的灰,敲得托托一片响,长白说溜了嘴,止不住要说下去,足足说了一夜。

次日清晨,七巧吩咐老妈子取过两床毯子来打发哥儿在烟榻上睡觉。这时芝寿也已经起了身,过来请安。七巧一夜没合眼,却是精神百倍,邀了几家女眷来打牌,亲家母也在内。在麻将桌上一五一十将她儿子亲口招供的她媳妇的秘密宣布了出来,略加渲染,越发有声有色。众人竭力的打岔,然而说不出两句闲话,七巧笑嘻嘻的转了个弯,又回到她媳妇身上来了。逼得芝寿的母亲脸皮紫胀,也无颜再见女儿,放下牌,乘了包车回去了。

七巧接连着要长白为她烧了两晚上的烟。芝寿直挺挺躺在床上,搁在肋骨上的两只手蜷曲着像死去的鸡的脚爪。她知道她婆婆又在那里盘问她丈夫,她知道她丈夫又在那里叙述一些什么事,可是天知道他还有什么新鲜的可说!明天他又该涎着脸到她跟前来了。也许他早料到她会把满腔怨毒都结在他身上,就算她没本领跟他拚命,最不济也得质问他几句,闹上一场。多半他准备先声夺人,借酒盖住了脸,找点岔子,摔上两件东西。她知道他的脾气。末后他会坐到床沿上来,耸起肩膀,伸手到白绸小褂里面去抓痒,出人意料之外地一笑。他的金丝眼镜上抖动着一点光,他嘴里抖动着一点光,不知道是唾沫还是金牙。他摘去了他的眼镜。……芝寿猛然坐起身来,哗喇揭开了帐子。这是个疯狂的世界,丈夫不像个丈夫,婆婆也不像个婆婆。不是他们疯了,就是她疯了。今天晚上的月亮比哪一天都好,高高的一轮满月,万里无云,像是黑漆的天上一个白太阳。遍地的蓝影子,帐顶上也是蓝影子,她的一双脚也在那死寂的影子里。

芝寿待要挂起帐子来,伸手去摸索帐钩,一只手臂吊在那铜钩上,脸偎住了肩膀,不由得就抽噎起来。帐子自动的放了下来。昏暗的帐子里除了她之外没有别人,然而她还是吃了一惊,仓皇地再度挂起了帐子。窗外还是那使人汗毛凛凛的反常的明月——漆黑的天上一个灼灼的小而白的太阳。屋里看得分明那玫瑰紫绣花椅披桌布,大红平金五凤齐飞的围屏,水红软缎对联,绣着盘花篆字。梳妆台上红绿丝网络着银粉缸、银漱盂、银花瓶，里面满满盛着喜果，帐檐上垂下五彩攒金绕绒花球、花盆、如意、粽子，下面滴溜溜坠着指头大的琉璃珠和尺来长的桃红穗子。偌大一间房里充塞着箱笼、被褥、铺陈，不见得她就找不出一条汗巾子来上吊，她又倒到床上去。月光里，她脚没有一点血色——青、绿、紫、冷去的尸身的颜色。她想死，她想死。她怕这月亮光，又不敢开灯。明天她婆婆会说："白哥儿给我多烧了两口烟，害得我们少奶奶一宿没睡觉，半夜三更点着灯等着他回来——少不了他吗！"芝寿的眼泪顺着枕头不停的流。她不用手帕去擦眼睛，擦肿了，她婆婆又该说了："白哥儿一晚上没回房去睡，少奶奶就把眼睛哭得桃儿似的！"

七巧虽然把儿子媳妇描摹成这样热情的一对，长白对于芝寿却不甚中意，芝寿也把长白恨得牙痒痒的。夫妻不和，长白渐渐又往花街柳巷里走动。七巧把一个丫头绢儿给了他做小，还是牢笼不住他。七巧又变着方儿哄他吃烟。长白一向就喜欢玩两口，只是没上瘾，现在吸得多了，也就收了心不大往外跑了，只在家守着母亲和新姨太太。

他妹子长安二十四岁那年生了痢疾，七巧不替她延医服药，只劝她抽两筒鸦片，果然减轻了不少痛苦。病愈之后，也就上了瘾。那长安更与长白不同，未出阁的小姐，没有其他的消遣，一心一意的抽烟，抽的倒比长白还要多。也有人劝阻，七巧道："怕什么！莫说我们姜家还吃得起，就是我今天卖了两顷地给他们姐儿俩抽烟，又有谁敢放半个屁？姑娘赶明儿聘了人家，少不得有她这一份嫁妆。她吃自己的，喝自己的，姑爷就是舍不得，也只好干望着她罢了！"

话虽如此说，长安的婚事毕竟受了点影响。来做媒的本来就不十分踊跃，如今竟绝迹了。长安到了近三十的时候，七巧见女儿注定了是要做老姑娘的了，便又换了一种论调，道："自己长得不好，嫁不掉，还怨我做娘的耽搁了她！成天挂搭着个脸，倒像我该还她二百钱似的。我留她在家里吃一碗闲茶闲饭，可没打算留她在家里给我气受呢！"

姜季泽的女儿长馨过二十岁生日，长安去给她堂房妹子拜寿。那姜季泽虽然穷了，幸喜他交游广阔，手里还算兜得转。长馨背地里向她母亲道："妈想法子给安姐姐介绍个朋友罢，瞧她怪可怜的。还没提起家里的情形，眼圈儿就红了。"兰仙慌忙摇手道："罢！罢！这个媒我不敢做！你二妈那脾气是好惹的？"长馨年少好事，哪里理会得？歇了些时，偶然与同学们说起这件事，恰巧那同学有个表叔新从德国留学回来，也是北方人，仔细攀认起来，与姜家还沾着点老亲。那人名唤童世舫，叙起来比长安略大几岁。长馨竟自作主张，安排了一切，由那同学的母亲出面请客。长安这边瞒得家里铁桶相似。

七巧身子一向硬朗，只因她媳妇芝寿得了肺痨，七巧嫌她乔张做致，吃这个，吃那个，累又累不得，比寻常似乎多享了一些福，自己一赌气便也病了。起初不过是气虚血亏,却也将阖家支使得团团转,哪儿还能够兼顾到芝寿? 后来七巧认真得了病,卧床不起,越发鸡犬不宁。长安乘乱里便走开了,把裁缝唤到她三叔家里,由长馨出主意替她制了新装。赴宴的那天晚上,长馨先陪她到理发店去用钳子烫了头发,从天庭到鬓角一路密密的贴着细小的发圈,耳朵上戴了二寸来长的玻璃翡翠宝塔坠子,又换上了苹果绿乔琪纱旗袍,高领圈,荷叶边袖子,腰以下是半西式的百褶裙。一个小大姐蹲在地上为她扣揿钮,长安在穿衣镜里端详着自己,忍不住将两臂虚虚的一伸,裙子一踢,摆了个葡萄仙子的姿势,一扭头笑了起来道:"把我打扮得天女散花似的!"长馨在镜子里向那小大姐做了个眉眼,两人不约而同也都笑了起来。长安妆罢,便向高椅上端端正正坐下了。长馨道:"我去打电话叫车。"长安道:"还早呢!"长馨看了看表道:"约的是八点,已经八点过五分了。"长安道:"晚个半个钟头,想必也不碍事。"长馨猜她是存心要搭点架子,心中又好气又好笑,打开银丝手提皮包来检点了一下,借口说忘了带粉镜子,径自走到她母亲屋里来,如此这般告诉了一遍,又道:"今儿又不是姓童的请客,她这架子是冲着谁搭的? 我也懒得去劝她,由她挨到明儿早上去,也不干我事。"兰仙道:"瞧你这糊涂! 人是你约的,媒是你做的,你怎么卸得了这干系? 我埋怨过你多少回了——你早该知道了,安姐儿就跟她娘一样的小家子气,不上台盘。待会儿出乖露丑的,说起来是你姐姐,你丢人也是活该,谁叫你把这些是是非非,揽上身来,敢是闲疯了?"长馨嘟嘟着嘴在她母亲屋里坐了半晌。兰仙笑道:"看这情形,你姐姐是等着人催请呢。"长馨道:"我才不去催她呢!"兰仙道:"傻丫头,要你催,中甚么用? 她等着那边来电话哪!"长馨失声笑道:"又不是新娘子,要三请四催的,逼着上轿!"兰仙道:"好歹你打个电话到饭店里去,叫他们打个电话来,不就结了? 快九点了,再挨下去,事情可真要崩了!"长馨只得依言做去,这边方才动了身。

长安在汽车里还是兴兴头头,谈笑风生的,到了菜馆子里,突然矜持起来,跟在长馨后面,悄悄掩进了房间,怯怯的褪去了苹果绿鸵鸟毛斗篷,低头端坐,拈了一只杏仁,每隔两分钟轻轻啃去了十分之一,缓缓咀嚼着。她是为了被看而来的。她觉得她浑身的装束,无懈可击,任凭人家多看两眼也不妨事,可是她的身体完全是多余的,缩也没处缩,她始终缄默着,吃完了一顿饭。等着上甜菜的时候,长馨把她拉到窗子跟前去观看街景,又托故走开了,那童世舫便踱到窗前,问道:"姜小姐这儿来过么?"长安细声道:"没有。"童世舫道:"我也是第一次,菜倒是不坏,可是我还是吃不大惯。"长安道:"吃不惯?"世舫道:"可不是! 外国菜比较清淡些,中国菜要油腻得多。刚回来,连着几天亲戚朋友们接风,很容易的就吃坏了肚子。"长安反覆地看她的手指,仿佛一心一意要数数一共有几个指纹是螺形的,几个是簸箕……

玻璃窗上面,没来由开了小小的一朵霓虹灯的花——对过一家店面里反映过来的,绿心红瓣,是尼罗河祀神的莲花,又是法国王室的百合徽章……

世舫多年没见过故国的姑娘，觉得长安很有点楚楚可怜的韵致，倒有几分欢喜。他留学以前早就定了亲，只因他爱上了一个女同学，抵死反对家里的亲事，路远迢迢，打了无数的笔墨官司，几乎闹翻了脸，他父母曾经一度断绝了他的接济，使他吃了不少的苦，方才依了他，解了约。不幸他的女同学别有所恋，抛下了他，他失意之余，倒埋头读了七八年的书。他深信妻子还是旧式的好，也是由于反应作用。

和长安见了这一面之后，两下里都有了意。长馨想着送佛送到西天，自己再热心些，也没有资格出来向长安的母亲说话，只得央及兰仙。兰仙执意不肯道："你又不是不知道，你爹跟你二妈仇人似的，向来是不见面的。我虽然没有跟她红过脸，再好些也有限，何苦去自讨没趣？"长安见了兰仙，只是垂泪，兰仙却不过情面，只得答应去走一遭。妯娌相见，问候了一番，兰仙便说明了来意。七巧初听见了，倒也欣然，因道："那就拜托三妹妹罢！我病病哼哼的，也管不得了，偏劳了三妹妹。这丫头就是我的一块心病。我做娘的也不能说是对不起她了，行的是老法规矩，我替她裹脚；行的是新派规矩，我送她上学堂——还要怎么着？照我这样扒心扒肝调理出来的人，只要她不疤不麻不瞎，还会没人要吗？怎奈这丫头天生的是扶不起的阿斗，恨得我只嚷嚷；多是我眼闭一去了，男婚女嫁，听天由命罢！"

当下议妥了，由兰仙请客，两方面相亲。长安与童世舫只做没见过面模样，只会晤了一次。七巧病在床上，没有出场，因此长安便风平浪静的订了婚。在筵席上，兰仙与长馨强拉着长安的手，递到童世舫手里，世舫当众替她套上了戒指。女家也回了礼，文房四宝虽然免了，却用新式的丝绒文具盒来代替，又添上了一只手表。

订婚之后，长安遮遮掩掩竟和世舫独出去了几次。晒着秋天的太阳，两人并排在公园里走，很少说话，眼角里带着一点对方的衣服与移动着的脚，女子的粉香，男子的淡巴菰气，这单纯而可爱的印象便是他们身边的阑干，阑干把他们与众人隔开了。空旷的绿草地上，许多人跑着、笑着、谈着，可是他们走的是寂寂的绮丽的回廊——走不完的寂寂的回廊。不说话，长安并不感到任何缺陷。她以为新式的男女间的交际也就"尽于此矣"。童世舫呢，因为过去的痛苦的经验，对于思想的交换根本抱着怀疑的态度。有个人在身边，他也就满足了。从前，他顶讨厌小说上的男人，向女人要求同居的时候，只说："请给我一点安慰。"安慰是纯粹精神上的，这里却做了肉欲的代名词。但是他现在知道精神与物质的界限不能分得这么清。言语究竟没有用。久久的握手，就是妥协的安慰，因为会说话的人很少，真正有话说的人还要少。

有时在公园里遇着了雨，长安撑起了伞，世舫为她擎着。隔着半透明的蓝绸伞，千万粒雨珠闪着光，像一天的星。一天的星到处跟着他们，在水珠银烂的车窗上，汽车驰过了红灯、绿灯，窗子外营营飞着一窠红的星，又是一窠绿的星？

长安带了点星光下的乱梦回家来，人变得异常沉默了。时时微笑着。七巧见了，不由得有气，便冷言冷语道："这些年来，多多怠慢了姑娘，不怪姑娘难得开个笑脸。这下子跳出了姜家的门，称了心愿了，再快活些，可也别这么摆在脸上呀——叫人寒心！"依着长安素日的性子，就要回嘴，无如长安近来像换了个人似的，听了也不计较，自顾自努力去戒烟。七巧也奈何她不得。

长安订婚那天，大奶奶玳珍没去，隔了些天来补道喜。七巧悄悄唤了声大嫂，道："我看咱们还是在外头打听打听哩，这事可冒失不得！前天我耳朵里仿佛刮着一点，说是乡下有太太，外洋还有一个。"玳珍道："乡下的那个没过门就退了亲。外洋那个也是这样，说是做了几年的朋友了，不知怎么又没成功。"七巧道："那还有个为什么？男人的心，说声变，就变了，他连三媒六聘的还不认账，何况那不三不四的歪辣货？知道他在外洋还有旁人没有？我就只这一个女儿，可不能糊里糊涂断送了她的终身，我自己是吃过媒人的苦的！"

长安坐在一旁用指甲去掐手掌心，手掌心掐红了，指甲却挣得雪白。七巧一抬眼望见了她，便骂道："死不要脸的丫头，竖着耳朵听呢！这话是你听得的吗？我们做姑娘的时候，一声提起婆婆家，来不迭的躲开了。你姜家枉为世代书香，只怕你还要到你开麻油店的外婆家去学点规矩哩！"长安一头哭一头奔了出去。七巧拍着枕头嗳了一声道："姑娘急着要嫁，叫我也没法子。腥的臭的往家里拉。名为是她三婶给找的人，其实不过是拿她三婶做个幌子。多半是生米煮成了熟饭了，这才挽了三婶出来做媒。大家齐打伙儿糊弄我一个人……糊弄着也好！说穿了，叫做娘的做哥哥的脸往哪儿放？"

又一天，长安托辞溜了出去，回来的时候，不等七巧查问，待要报告自己的行踪，七巧叱道："得了，得了，少说两句罢！在我前面糊什么鬼？有朝一日你让我抓着了真凭实据——哼！别以为你大了，订了亲了，我打不得你了！"长安急了道："我给馨妹妹送鞋样子去，犯了法了？娘不信，娘问三婶去！"七巧道："你三婶替你寻了个汉子来，就是你的重生父母，再养爹娘！也没见你这样的轻骨头！……一转眼就不见你的人了。你家里供养了你这些年，就只差买个小厮伺候你，哪一处对你不住了，你在家里一刻也坐不稳？"长安红了脸，眼泪直掉下来。七巧缓过一口气来，又道："当初多少好的都不要，这会子去嫁个不成器的，人家拣剩下来的，岂不是自己打嘴？他若是个人，怎么活到三十来几，飘洋过海的，跑上十万里地，一房老婆还没弄到手？"

然而长安一味的执迷不悟。因为双方的年纪都不小了，订了婚不上几月，男方便托了兰仙来议定婚期。七巧指着长安道："早不嫁，迟不嫁，偏赶着这两年钱不凑手！明年若是田上收成好些，嫁妆也还整齐些。"兰仙道："如今新式结婚，倒也不讲究这些了。就照新派办法，省着点也好。"七巧道："什么新派旧派？旧派无非排场大些，新派实惠些，一样还是娘家的晦气！”兰仙道：“二嫂看着办就是了，难道安姐儿还会争多论少不成？”一屋子的人全笑了，长安也不觉微微一笑。七巧破口骂道：“不害臊！你是肚子里有了搁不住的东西是怎么着？火烧眉毛，等不及的要过门！嫁妆也不要了——你情愿，人家倒许不情愿呢？你就拿准了他是图你的人？你好不自量。你有哪一点叫人看得上眼？趁早别自骗自了！姓童的还不是看中了姜家的门第！别瞧你们家轰轰烈烈，公侯将相的，其实全不是那么回事！早就是外强中干，这两年连空架子也撑不起了。人呢，一代坏似一代，眼里哪儿还有天地君亲？少爷们是什么都不懂，小姐们就知道霸钱要男人——猪狗都不如！我娘家当初千不该万不该跟姜家结了亲，坑了我一世，我待要告诉那姓童的趁早别像我似的上了当！”

自从吵闹过这一番，兰仙对于这头亲事便洗手不管了。七巧的病渐渐痊愈，略略下床走动，便逐日骑着门坐着，遥遥向长安屋里叫喊道：“你要野男人你尽管去找，只别把他带上门来认我做丈母娘，活活的气死了我！我只图个眼不见，心不烦。能够容我多活两年，便是姑娘的恩典了！”颠来倒去几句话，嚷得一条街上都听得见。亲戚丛中自然更将这事沸沸扬扬传了开去。

七巧又把长安唤到跟前，忽然滴下泪来道：“我的儿，你知道外头人把你怎么长怎么短糟蹋得一个钱也不值！你娘自从嫁到姜家来，上上下下谁不是势利的，狗眼看人低，明里暗里我不知受了他们多少气。就连你爹，他有什么好处到我身上，我要替他守寡？我千辛万苦守了这二十年，无非是指望你姐儿俩长大成人，替我争回一点面子来。不承望今日之下，只落得这等的收场！”说着，呜咽起来。

长安听了这话，如同轰雷掣顶一般。她娘尽管把她说得不成人，外头人尽管把她说得不成人，她管不了这许多。唯有童世舫——他——他该怎么想？他还要她么？上次见面的时候，他的态度有点改变吗？很难说……她太快乐了，小小的不同的地方她不会注意到……被戒烟期间身体上的痛苦与种种刺激两面夹攻着，长安早就有点受不了，可是硬撑着也就撑了过去，现在她突然觉得浑身的骨骼都脱了节，向他解释么？他不比她的哥哥，他不是她母亲的儿女，他决不能彻底明白她母亲的为人。他果真一辈子见不到她母亲，倒也罢了，可是他迟早要认识七巧。这是天长地久的事，只有千年做贼的，没有千年防贼的——她知道她母亲会放出什么手段来？迟早要出乱子，迟早要决裂。这是她的生命里顶完美的一段，与其让别人给它加上一个不堪的尾巴，不如她自己早早结束了它。一个美丽而苍凉的手势……她知道她会懊悔的，她知道她会懊悔的，然而她抬了抬眉毛，做出不介意的样子，说道：“既然娘不愿意结这个亲，我去回掉他们就是了。”七巧正哭着，忽然住了声，停了一停，又抽答抽答哭了起来。

长安定了一定神，就去打了个电话给童世舫。世舫当天没有空，约了明天下午。长安所最怕的就是中间隔的这一晚,一分钟,一刻、一刻,啃进她心里去。次日,在公园里的老地方,世舫微笑着迎上前来,没跟她打招呼——这在他是一种亲昵的表示。他今天仿佛是特别的注意她,并肩走着的时候,屡屡的望着她的脸。太阳煌煌的照着,长安越发觉得眼皮肿得抬不起来了。趁他不在看她的时候把话说了罢。她用哭哑了的喉咙轻轻唤了一声"童先生",世舫没听见。那么,趁他看她的时候把话说了罢。她诧异她脸上还带着点笑,小声道:"童先生,我想——我们的事也许还是——还是再说罢。对不起得很。"她褪下戒指来塞在他手里,冷涩的戒指,冷湿的手。她放快了步子走去,他楞了一会,便追上来,问道:"为什么呢?对于我有不满意的地方么?"长安笔直向前望着,摇了摇头。世舫道:"那么,为什么呢?"长安道:"我母亲……"世舫道:"你母亲并没有看见过我。"长安道:"我告诉过你了,不是因为你。跟你完全没有关系。我母亲……"世舫站定了脚。这在中国是很充分的理由了罢?他这么略一踌躇,她已经走远了。

园子在深秋的日头里晒了一上午又一下午,像烂熟的水果一般,往下坠着,坠着,发出香味来。长安悠悠忽忽听见了口琴的声音,迟钝地吹出了 Long Long Ago——"告诉我那故事,往日我最心爱的那故事。许久以前,许久以前……"这是现在,一转眼也就变了许久以前了,什么都完了。长安着了魔似的,去找那吹口琴的人——去找她自己。迎着阳光走着,走到树底下,一个穿着黄短裤的男孩骑在树桠枝上颠颠着,吹着口琴,可是他吹的是另一个调子,她从来没听见过的。不大的一棵树,稀稀朗朗的梧桐叶在太阳里摇着像金的铃铛。长安仰面看着,眼前一阵黑,像骤雨似的,泪珠一串串的披了一脸,世舫找到了她,在她身边悄悄站了半晌,方道:"我尊重你的意见。"长安举起了她的皮包来遮住了脸上的阳光。

他们继续来往了一些时。世舫要表示新人物交女朋友的目的不仅限于择偶,因此虽然与长安解除了婚约,依旧常常的邀她出去。至于长安呢,她是抱着什么样的矛盾的希望跟着他出去,她自己也不知道——知道了也不肯承认。订着婚的时候,光明正大的一同出去,尚且要瞒了家里,如今更成了幽期密约了。世舫的态度始终是坦然的。固然,她略略伤害了他的自尊心,同时他对于她多少也有点惋惜,然而"大丈夫何患无妻?"男子对于女子最隆重的赞美是求婚。他割舍了他的自由,送了她这一份厚礼,虽然她是"心领璧还"了,他可是尽了他的心。这是惠而不费的事。

无论两人之间的关系是怎样的微妙而尴尬,他们认真的做起朋友来了。他们甚至谈起话来。长安的没见过世面的话每每使世舫笑起来,说道:"你这人真有意思!"长安渐渐的也发现了她自己原来是个"很有意思"的人。这样下去,事情会发展到什么地步,连世舫自己也会惊奇。

然而风声吹到了七巧的耳朵里。七巧背着长安吩咐长白下帖子请童世舫吃便饭。世舫猜着姜家许是要警告他一声，不准他和他们小姐藕断丝连，可是他同长白在那阴森高敞的餐室里吃了两盅酒，说了一会话，天气、时局、风土人情，并没有一个字沾到长安身上。冷盘撤了下去，长白突然手按着桌子站了起来。世舫回过头去，只见门口背着光立着一个小身材的老太太，脸看不清楚，穿一件青灰团龙宫织缎袍，双手捧着大红热水袋，身边夹峙着两个高大的女仆。门外日色昏黄，楼梯上铺着湖绿花格子漆布地衣，一级一级上去，通入没有光的所在。世舫直觉地感到那是个疯子——无缘无故的，他只是毛骨悚然，长白介绍道："这就是家母。"

世舫挪开椅子站起来，鞠了一躬。七巧将手搭在一个佣妇的胳膊上，款款走了进来，客套了几句，坐下来便敬酒让菜。长白道："妹妹呢？来了客，也不帮着张罗张罗。"七巧道："她再抽两筒就下来了。"世舫吃了一惊，睁眼望着她。七巧忙解释道："这孩子就苦在先天不足，下地就得给她喷烟。后来也是为了病，抽上了这东西。小姐家，够多不方便哪！也不是没戒过，身子又娇，又是由着性儿惯了的，说丢，哪儿丢得掉呢！戒戒抽抽，这也有十年了。"世舫不由得变了色，七巧有一个疯子的审慎与机智。她知道，一不留心，人们就会用嘲笑的，不信任的眼光截断了她的话锋，她已经习惯了那种痛苦。她怕话说多了要被人看穿了。因此及早止住了自己，忙着添酒布菜。隔了些时，再提起长安的时候，她还是轻描淡写的把那几句话重复了一遍。她那平扁而尖利的喉咙四面割着人像剃刀片。

长安悄悄的走下楼来，玄色花绣鞋与白丝袜停留在日色昏黄的楼梯上。停了一会，又上去了，一级一级，走进没有光的所在。

七巧道："长白你陪童先生多喝两杯，我先上去了。"佣人端上一品锅来，又换上了新烫的竹叶青。一个丫头慌里慌张站在门口将席上伺候的小厮唤了出去，叽咕了一会，那小厮又进来向长白附耳说了几句，长白仓皇起身，向世舫连连道歉，说："暂且失陪，我去去就来，"三脚两步也上楼去了，只剩世舫一人独酌。那小厮也觉过意不去，低低的告诉了他："我们绢姑娘要生了。"世舫道："绢姑娘是谁？"小厮道："是少爷的姨奶奶。"

世舫拿上饭来胡乱吃了两口，不便放下碗来就走，只得坐在花梨炕上等着，酒酣耳热，忽然觉得异常的委顿，便躺了下来。卷着云头的花梨炕，冰凉的黄藤心子，柚子的寒香……姨奶奶添了孩子了。这就是他所怀念着的古中国……他的幽娴贞静的中国闺秀是抽鸦片的！他坐了起来，双手托着头，感到了难堪的落寞。

他取了帽子出门，向那个小厮道："待会儿请你对上头说一声，改天我再面谢罢！"他穿过砖砌的天井，院子正中生着树，一树的枯枝高高印在淡青的天上，像磁上的冰纹。长安静静的跟在他后面送了出来，她的藏青长袖旗袍上有着淡黄的雏菊。她两手交握着，脸上显出稀有的柔和。世舫回过身来道："姜小姐……"她隔得远远的站定了，只是垂着头。世舫微微鞠了一躬，转身就走了。长安觉得她是隔了相当的距离看这太阳里的庭院，从高楼上望下来，明晰、亲切，然而没有能力干涉，天井、树、曳着萧条的影子的两个人，没有话——不多的一点回忆，将来是要装在水晶瓶里双手捧着看的——她的最初也是最后的爱。

芝寿直挺挺躺在床上，搁在肋骨上的两只手蜷曲着像宰了的鸡的脚爪。帐子吊起了一半。不分昼夜她不让他们给她放下帐子来，她怕。

外面传进来说绢姑娘生了个小少爷。丫头丢下了热气腾腾的药罐子跑出去凑热闹。敞着房门，一阵风吹了进来，帐钩豁朗朗乱摇，帐子自动的放了下来，然而芝寿不再抗议了。她的头向右一歪，滚到枕头外面去。她并没有死——又挨了半个月光景才死的。

绢姑娘扶了正，做了芝寿的替身。扶了正不上一年就吞了生鸦片自杀了。长白不敢再娶了，只在妓院里走走。长安更是早就断了结婚的念头。

七巧似睡非睡横在烟铺上。三十年来她戴着黄金的枷。她用那沉重的枷角劈杀了几个人，没死的也送了半条命。她知道她儿子女儿恨毒了她，她婆家的人恨她，她娘家的人恨她。她摸索着腕上的翠玉镯子，徐徐将那镯子顺着骨瘦如柴的手臂往上推，一直推到腋下。她自己也不能相信她年轻的时候有过滚圆的胳膊。就连出了嫁之后几年，镯子里也只塞得进一条洋绉手帕。十八九岁做姑娘的时候，高高挽起了大镶大滚的蓝夏布衫袖，露出一双雪白的手腕，上街买菜去。喜欢她的有肉店里的朝禄，她哥哥的结拜弟兄丁玉根、张少泉，还有沈裁缝的儿子。喜欢她，也许只是喜欢跟她开开玩笑。然而如果她挑中了他们之中的一个，往后日子久了，生了孩子，男人多少对她有点真心。七巧挪了挪头底下的荷叶边小洋枕，凑上脸去揉擦了一下，那一面的一滴眼泪她就懒怠去揩拭，由它挂在腮上，渐渐自己干了。

七巧过世以后，长安和长白分了家搬出来住。七巧的女儿是不难解决她自己的问题的，谣言说她和一个男子在街上一同走，停在摊子跟前，他为她买了一双吊袜带。也许她用的是她自己的钱，可是无论如何是由男子的袋里掏出来的。……当然这不过是谣言。

三十年前的月亮早已沉下去，三十年前的人也死了，然而三十年前的故事还没完——完不了。

原载 1943 年 11 月、12 月的《杂志》第 12 卷第 2、3 期

（选自《金锁记》，张爱玲著，哈尔滨出版社 2005 年版）

【阅读提示】

张爱玲(1920—1995)，祖籍河北丰润。张爱玲系出名门，曾就读于香港大学。她在 20 世纪 40 年代沦陷区的上海，以小说集《传奇》，散文集《流言》崛起。1952 年赴香港，1955 年离港去美。她的小说融合中西、古今、雅俗，为中国现代小说增添

了一种新的类型。

《金锁记》创作于1943年，甫一发表便引发了轰动。麻油店家的女儿曹七巧嫁给了患有骨痨病的姜家二少爷，来自金钱、情欲的压抑使她性格扭曲，她用黄金的枷锁劈杀着一切可能染指她金钱的人，最后孤寂而死。小说笔触细腻，对社会转型期女性心理有极为深刻的表现。

**【延伸阅读】**

1. 陈思和：《张爱玲现象与现代都市文学》，《文汇报》1995年9月24日。

2. 夏志清：《张爱玲》，《中国现代小说史》，复旦大学出版社2005年版。

3. 迅雨（傅雷）：《论张爱玲的小说》，《读书与做人》，国际文化出版公司2014年版。

4. 张爱玲：《金锁记》，《倾城之恋》，北京十月文艺出版社2009年版。

（黄亚清）

# 小二黑结婚

赵树理

## 一　神仙的忌讳

刘家峧有两个神仙，邻近各村无人不晓：一个是前庄上的二诸葛，一个是后庄上的三仙姑。二诸葛原来叫刘修德，当年做过生意，抬脚动手都要论一论阴阳八卦、看一看黄道黑道。三仙姑是后庄于福的老婆，每月初一、十五都要顶着红布摇摇摆摆装扮天神。

二诸葛忌讳"不宜栽种"，三仙姑忌讳"米烂了"。这里边有两个小故事：有一年春天大旱，直到阴历五月初三才下了四指雨。初四那天大家都抢着种地，二诸葛看了看历书，又掐指算了一下说："今日不宜栽种。"初五日是端午，他历年就不在端午这天做什么，又不曾种；初六倒是个黄道吉日，可惜地干了，虽然勉强把他的四亩谷子种上了，却没有出够一半。后来直到十五才又下雨，别人家都在地里锄苗，二诸葛却领着两个孩子在地里补空子。邻家有个后生，吃饭时候在街上碰上二诸葛便问道："老汉！今天宜栽种不宜？"诸葛明翻了他一眼，扭转头返回去了，大家就嘻嘻哈哈传为笑谈。

三仙姑有个女孩叫小芹。一天，金旺他爹到三仙姑那里问病，三仙姑坐在香案后唱，金旺他爹跪在香案前听。小芹那年才九岁，晌午做捞饭，把米下进锅里了，听见她娘哼哼得很中听，站在桌前听了一会，把做饭也忘了。一会，金旺他爹出去小便，三仙姑趁空子向小芹说："快去捞饭！米烂了！"这句话却不料就叫金旺他爹听见，回去就传开了。后来有些好玩笑的人，见了三仙姑就故意问别人"米烂了没有？"

## 二　三仙姑的来历

三仙姑下神，足足有三十年了。那时三仙姑才十五岁，刚刚嫁给于福，是前后庄上第一个俊俏媳妇。于福是个老实后生，不多说一句话，只会在地里死受。于福的娘早死了，只有个爹，父子两个一上了地，家里就只留下新媳妇一个人。村里的年轻人们觉得新媳妇太孤单，就慢慢自动的来跟新媳妇作伴，不几天就集合了一大群，每天嘻嘻哈哈，十分哄伙。于福他爹看见不像个样子，有一天发了脾气，大骂一顿，虽然把外人挡住了，新媳妇却跟他闹起来。新媳妇哭了一天一夜，头也不梳，脸也不洗，饭也不吃，躺在炕上，谁也叫不起来，父子两个没了办法。邻家有个老婆替她请了一个神婆子，在她家下了一回神，说是三仙姑跟上她了。她也哼哼唧唧自称吾神长吾神短，从此以后每月初一十五就下起神来。别人也给她烧起香来求财问病，三仙姑的香案便从此设起来了。

青年们到三仙姑那里去，要说是去问神，还不如说是去看圣像，三仙姑也暗暗猜透大家的心事，衣服穿得更新鲜，头发梳得更光滑，首饰擦得更明，官粉搽得更匀，不由青年们不跟着她转来转去。

这是三十来年前的事。当时的青年，如今都已留下胡子，家里大半又都是子媳成群，所以除了几个老光棍，差不多都没有那些闲情到三仙姑那里去了。三仙姑却和大家不同，虽然已经四十五岁，却偏爱当个老来俏，小鞋上仍要绣花，裤腿上仍要镶边，顶门上的头发脱光了，用黑手帕盖起来，只可惜官粉涂不平脸上的皱纹，看起来好像驴粪蛋上下上了霜。

老相好都不来了，几个老光棍不能叫三仙姑满意，三仙姑又团结了一伙孩子们，比当年的老相好更多，更俏皮。

三仙姑有什么本领能团结这伙青年呢？这秘密在她女儿小芹身上。

## 三　小芹

三仙姑前后共生过六个孩子，就有五个没有成人，只落了一个女儿，名叫小芹。小芹当两三岁时候，就非常伶俐乖巧，三仙姑的老相好们，这个抱过来说是“我的”，那个抱起来说是“我的”，后来小芹长到五六岁，知道这不是好话，三仙姑教她说：“谁再这么说，你就说‘是你的姑姑’。”说了几回，果然没有人再提了。

小芹今年十八了，村里的轻薄人说，比她娘年轻时候好得多。青年小伙子们，有事没事,总想跟小芹说句话。小芹去洗衣服,马上青年们也都去洗;小芹上树采野菜,马上青年们也都去采。

吃饭时候,邻居们端上碗爱到三仙姑那里坐一会,前庄上的人来回一里路,也并不觉得远。这已经是三十年来的老规矩,不过小青年们也这样热心,却是近二三年来才有的事。三仙姑起先还以为自己仍有勾引青年的本领,日子长了,青年们并不真正跟她接近,她才慢慢看出门道来,才知道人家来了为的是小芹。

不过小芹却不跟三仙姑一样:表面上虽然也跟大家说说笑笑,实际上却不跟人乱来,近二三年,只是跟小二黑好一点。前年夏天,有一天前晌,于福去地,三仙姑去串门,家里只留下小芹一个人,金旺来了,嬉皮笑脸向小芹说:"这会可算是个空子吧?"小芹板起脸来说:"金旺哥! 咱们以后说话要规矩些! 你也是娶媳妇大汉了!"金旺撇撇嘴说:"咦! 装什么假正经? 小二黑一来管保你就软了! 有便宜大家讨开点,没事;要正经除非自己锅底没有黑!"说着就拉住小芹的胳膊悄悄说:"不用装模作样了!"不料小芹大声喊道:"金旺!"金旺赶紧放手跑出来。一边还咄念道:"等得住你!"说着就悄悄溜走了。

## 四　金旺弟兄

提起金旺来,刘家峧没有人不恨他,只有他一个本家兄弟名叫兴旺的跟他对劲。

金旺他爹虽是个庄稼人,却是刘家峧一只虎,当过几十年老社首,捆人打人是他的拿手好戏。金旺长到十七八岁,就成了他爹的好帮手,兴旺也学会了帮虎吃食,从此金旺他爹想要捆谁,就不用亲自动手,只要下个命令,自有金旺兴旺代办。

抗战初年,汉奸敌探溃兵土匪到处横行,那时金旺他爹已经死了,金旺兴旺弟兄两个,给一支溃兵作了内线工作,引路绑票,讲价赎人,又做巫婆又做鬼,两头出面装好人。后来八路军来,打垮溃兵土匪,他两人才又回到刘家峧。

山里人本来就胆子小,经过几个月大混乱,死了许多人,弄得大家更不敢出头了。别的大村子都成立了村公所、各救会、武委会,刘家峧却除了县府派来一个村长以外,谁也不愿意当干部。不久,县里派人来刘家峧工作,要选举村干部,金旺跟兴旺两个人看出这又是掌权的机会,大家也巴不得有人愿干,就把兴旺选为武委会主任,把金旺选为村政委员,连金旺老婆也被选为妇救会主席,其他各干部,硬捏了几个老头子出来充数。只有青抗先队长,老头子充不得。兴旺看见小二黑这个小孩子漂亮好玩,随便提了一下名就通过了,他爹二诸葛虽然不愿,可是惹不起金旺,也没有敢说什么。

村长是外来的，对村里情形不十分了解，从此金旺兴旺比前更厉害了，只要瞒住村长一个人，村里人不论哪个都得由他两个调遣。这几年来，村里别的干部虽然调换了几个，而他两个却好像铁桶江山。大家对他两个虽是恨得入骨，可是谁也不敢说半句话，都恐怕扳不倒他们，自己吃亏。

## 五 小二黑

小二黑，是二诸葛的二小子，有一次反扫荡打死过两个敌人，曾得到特等射手的奖励。说到他的漂亮，那不只在刘家峧有名，每年正月扮故事，不论去到哪一村，妇女们的眼睛都跟着他转。

小二黑没有上过学，只是跟着他爹识了几个字。当他六岁时候，他爹就教他识字。识字课本既不是五经四书，也不是常识国语，而是从天干、地支、五行、八卦、六十四卦名等学起，进一步便学些《百中经》、《玉匣记》、《增删卜易》、《麻衣神相》、《奇门遁甲》、《阴阳宅》等书。小二黑从小就聪明，像那些算属相、卜六壬课、念大小游年或"甲子乙丑海中金"等口诀，不几天就都弄熟了，二诸葛也常把他引在人前卖弄。因为他长得伶俐可爱，大人们也都爱跟他玩；这个说："二黑，算一算十岁属什么？"那个说："二黑，给我卜一课！"后来二诸葛因为说"不宜栽种"误了种地，老婆也埋怨，大黑也埋怨，庄上人也都传为笑谈，小二黑也跟着这事受了许多奚落。那时候小二黑十三岁，已经懂得好歹了，可是大人们仍把他当成小孩来玩弄，好跟二诸葛开玩笑的，一到了家，常好对着二诸葛问小二黑道："二黑！算算今天宜不宜栽种？"和小二黑年纪相仿的孩子们，一跟小二黑生了气，就连声喊道："不宜栽种不宜栽种……"小二黑因为这事，好几个月见了人躲着走，从此就和他娘商量成一气，再不信他爹的鬼八卦。

小二黑跟小芹相好已经二三年了。那时候他才十六七，原不过在冬天夜长时候，跟着些闲人到三仙姑那里凑热闹，后来跟小芹混熟了，好像是一天不见面也不能行。后庄上也有人愿意给小二黑跟小芹做媒人，二诸葛不愿意，不愿意的理由有三：第一小二黑是金命，小芹是火命，恐怕火克金；第二小芹生在十月，是个犯月；第三是三仙姑的声名不好。恰巧在这时候彰德府来了一伙难民，其中有个老李带来个八九岁的小姑娘，因为没有吃的，愿意把姑娘送给人家逃个活命。二诸葛说是个便宜，先问了一下生辰八字，掐算了半天说："千里姻缘一线牵"，就替小二黑收作童养媳。

虽然二诸葛说是千合适万合适，小二黑却不认账。父子俩吵了几天，二诸葛非养不行，小二黑说："你愿意养你就养着，反正我不要！"结果虽把小姑娘留下了，却到底没有说清楚算什么关系。

## 六　斗争会

金旺自从碰了小芹的钉子以后，每日怀恨，总想设法报一报仇。有一次武委会训练村干部，恰巧小二黑发疟疾没有去。训练完毕之后，金旺就向兴旺说："小二黑是装病，其实是被小芹勾引住了，可以斗争他一顿。"兴旺就是武委会主任，从前也碰过小芹一回钉子，自然十分赞成金旺的意见，并且又叫金旺回去和自己的老婆说一下，发动妇救会也斗争小芹一番。金旺老婆现任妇救会主席，因为金旺好到小芹那里去，早就恨得小芹了不得。现在金旺回去跟她说要斗争小芹，这才是巴不得的机会，丢下活计，马上就去布置。第二天，村里开了两个斗争会，一个是武委会斗争小二黑，一个是妇救会斗争小芹。

小二黑自己没有错，当然不承认，嘴硬到底，兴旺就下命令，把他捆起来送交政权机关处理。幸而村长脑筋清楚，劝兴旺说："小二黑发疟是真的，不是装病，至于跟别人恋爱，不是犯法的事，不能捆人家。"兴旺说："他已是有了女人的。"村长说："村里谁不知道小二黑不承认他的童养媳。人家不承认是对的，男不过十六，女不过十五，不到订婚年龄。十来岁小姑娘，长大也不会来认这笔账。小二黑满有资格跟别人恋爱，谁也不能干涉。"兴旺没话说了，小二黑反要问他："无故捆人犯法不犯?"经村长双方劝解，才算放了完事。

兴旺还没有离村公所，小芹拉着妇救会主席也来找村长，她一进门就说："村长！捉贼要赃，捉奸要双，当了妇救会主席就不说理了?"兴旺见拉着金旺的老婆，生怕说出这事与自己有关，赶紧溜走。后来村长问了问情由，费了好大一会唇舌，才给她们调解开。

## 七　三仙姑许亲

两个斗争会开过以后，事情包也包不住了，小二黑也知道这事是合理合法的了，索性就跟小芹公开商量起来。

三仙姑却着了急。她跟小芹虽是母女，近几年来却不对劲。三仙姑爱的是青年们，青年们爱的是小芹。小二黑这个孩子，在三仙姑看来好像鲜果，可惜多一个小芹，就没了自己的份儿。她本想早给小芹找个婆家推出门去，可是因为自己声名不正，差不多都不愿意跟她结亲。开罢斗争会以后，风言风语都说小二黑要跟小芹自由结婚，她想要真是那样的话，以后想跟小二黑说句笑话都不能了，那是多么可惜的事，因此托东家求西家要给小芹找婆家。

"插起招军旗，就有吃粮人。"有个吴先生是在阎锡山部下当过旅长的退职军官，家里很富，才死了老婆。他在奶奶庙大会上见过小芹一面，愿意续她，媒人向三仙姑一说，三仙姑当然愿意。不几天过了礼帖，就算定了，三仙姑以为了却一宗心事。

小芹已经和小二黑商量得差不多了，如何肯听她娘的话？过礼那一天，小芹跟她娘闹起来，把吴先生送来的首饰绸缎扔下一地。媒人走后，小芹跟她娘说："我不管！谁收了人家的东西谁跟人家去！"

三仙姑愁住了，睡了半天，晚饭以后，说是神上了身，打了两个呵欠就唱起来。她起先责备于福管不了家，后来说小芹跟吴先生是前世姻缘，还唱些什么"前世姻缘由天定，不顺天意活不成……"于福跪在地下哀求，神非教他马上打小芹一顿不可。小芹听了这话，知道跟这个装神弄鬼的娘说不出什么道理来，干脆躲了出去，让她娘一个人胡说。

小芹一个人悄悄跑到前庄上去找小二黑，恰在路上碰上小二黑去找她，两个就悄悄拉着手到一个大窑里去商量对付三仙姑的法子。

## 八　拿双

小芹把她娘怎样主婚，怎样装神，唱些什么，从头至尾细细向小二黑说了一遍，小二黑说："不用理她！我打听过区上的同志，人家说只要男女本人愿意，就能到区上登记，别人谁也作不了主……"说到这里，听见外边有脚步声，小二黑伸出头来一看，黑影里站着四五个人，有一个说："拿双拿双！"他两人都听出是金旺的声音，小二黑起了火，大叫道："拿？没有犯了法！"兴旺也来了，下命令道："捉住捉住！我就看你犯法不犯法，给你操了好几天心了！"小二黑说："你说去哪里咱就去哪里，到边区政府你也不能把谁怎么样！走！"兴旺说："走？便宜了你！把他捆起来！"小二黑挣扎了一会，无奈没有他们人多，终于被他们七手八脚打了一顿捆起来了。兴旺说："里边还有个女的，也捆起来！捉奸要双，这是她自己说的！"说着就把小芹也捆起来了。

前庄上的人都还没有睡，听见有人吵架，有些人就跑出来看，麻秆火把下看见捆着的两个人，大家不问就都知道了八九分。二诸葛也出来了，见小二黑被人家捆起来，就跪在兴旺面前哀求道："兴旺！咱两家没有什么仇！看在我老汉面上，请你们诸位高高手……"兴旺说："这事情，我们管不了，送给上级再说吧！"小二黑说：

“爹！你不用管！送到那里也不犯法！我不怕他！”兴旺说：“好小子！要硬你就硬到底！”又逼住三个民兵说：“带他们走！”一个民兵问：“带到村公所？”兴旺说：“还到村公所干什么？上一回不是村长放了的？送给区武委会主任按军法处理！”说着就把他两个人拥上走了。

## 九　二诸葛的神课

邻居们见是兴旺弟兄们捆人，也没有人敢给小二黑讲情，直等到他们走后，才把二诸葛招呼回家。

二诸葛连连摇头说：“唉！我知道这几天要出事啦：前天早上我上地去，才上到岭上，碰上个骑驴媳妇，穿了一身孝，我就知道坏了。我今年是罗睺星照运，要谨防带孝的冲了运气，因此哪里也不敢去，谁知躲也躲不过？昨天晚上二黑他娘梦见庙里唱戏。今天早上一个老鸦落在东房上叫了十几声……唉！反正是时运，躲也躲不过。”他啰里啰嗦念了一大堆，邻居们听了有些厌烦，又给他说了一会宽心话，就都散了。

有事人哪里睡得着？人散了之后，二诸葛家里除了童养媳之外，三个人谁也没有睡。二诸葛摸了摸脸，取出三个制钱占了一卦，占出之后吓得他面色如土。他说：“了不得呀了不得！丑土的父母动出午火的官鬼，火旺于夏，恐怕有些危险了。唉！人家把他选成青年队长，我就说过不叫他当，小杂种硬要充人物头！人家说要按军法处理，要不当队长哪里犯得了军法？”老婆也拍手跺脚道：“小爹呀！谁知道你要闯这么大的事啦？”大黑劝道：“不怕！事已经出下了，由他去吧！我想这又不是人命事，也犯不了什么大罪！既然他们送到区上了，我先到区上打听打听！你们都睡吧！”说着点了个灯笼就走了。

二诸葛打发大黑去后，仍然低头细细研究方才占的那一卦。停了一会，远远听着有个女人哭，越哭越近，不大一会就来到窗下，一推门就进来了。二诸葛还没有看清是谁，这女人就一把把他拉住，带哭带闹说：“刘修德！还我闺女！你的孩子把我的闺女勾引到哪里了？还我……”二诸葛老婆正气得死去活来，一看见来的是三仙姑，正赶上出气，从炕上跳下来拉住她道：“你来了好！省得我去找你！你母女两个好生生把我个孩子勾引坏，你倒有脸来找我！咱两人就也到区上说说理！”两个女人滚成一团，二诸葛一个人拉也拉不开，也再顾不上研究他的卦。三仙姑见二诸葛老婆已经不顾了命，自己先胆怯了几分，不敢恋战，吵闹了一会挣脱出来就走了。二诸葛老婆追出门来，被二诸葛拦回去，还骂个不休。

# 十　恩典恩典

二诸葛一夜没有睡，一遍一遍念："大黑怎么还不回来，大黑怎么还不回来。"第二天天不明就起程往区上走，走到半路，远远看见大黑、三个民兵已都回来了，还来了区上一个助理员，一个交通员。他远远就喊叫道："大黑！怎么样？要紧不要紧？"大黑说："没有事！不怕！"说着就走到跟前，助理员跟三个民兵先走了。大黑告交通员说："这就是我爹！"又向二诸葛说："区上添传你跟于福老婆。你去吧，没有事！二黑跟小芹两个人，一到区上就放开了。区上早就听说兴旺跟金旺两个人不是东西，已经把他两个人押起来了，还派助理员到咱村开大会调查他们横行霸道的证据。我赶到那里人家就问罢了，听说区上还许咱二黑跟小芹结婚。"二诸葛说："不犯罪就好，结婚可不行，命相不对！你没有听说添传我做什么？"大黑说："不知道，大约也没有什么大事。你去吧，我先回去告我娘说。"交通员说："老汉！这就算见了你了！你去吧，我再传那一个去！"说了就跟大黑相跟着走了。

二诸葛到了区上，看见小二黑跟小芹坐在一条板凳上，他就指着小二黑骂道："闯祸东西！放了你你还不快回去？你把老子吓死了！不要脸！"区长道："干什么？区公所是骂人的地方？"二诸葛不说话了。区长问："你就是刘修德？"二诸葛答："是！"问："你给刘二黑收了个童养媳？"答："是！"问："今年几岁了？"答："属猴的，十二岁了。"区长说："女不过十五岁不能订婚，把人家退回娘家去，刘二黑已经跟于小芹订婚了！"二诸葛说："她只有个爹，也不知逃难逃到哪里去了。退也没处退。女不过十五不能订婚，那不过是官家规定，其实乡间七八岁订婚的多着哩。请区长恩典恩典就过去了……"区长说："凡是不合法的订婚，只要有一方面不愿意都得退！"二诸葛说："我这是两家情愿！"区长问小二黑道："刘二黑！你愿意不愿意？"小二黑说："不愿意！"二诸葛的脾气又上来了，瞪了小二黑一眼道："由你啦？"区长道："给他订婚不由他，难道由你啦？老汉！如今是婚姻自主，由不得你了。你家养的那个小姑娘。要真是没有娘家，就算成你的闺女好了。"二诸葛道："那也可以，不过还得请区长恩典恩典，不能叫他跟于福这闺女订婚！"区长说："这你就管不着了！"二诸葛发急道："千万请区长恩典恩典，命相不对，这是一辈子的事！"又向小二黑道："二黑！你不要糊涂了！这是你一辈子的事！"区长道："老汉！你不要糊涂了！强逼着你十九岁的孩子娶上个十二岁的小姑娘，恐怕要生一辈子气！我不过是劝一劝你，其实只要人家两个人愿意，你愿意不愿意都不相干。回去吧！童养媳没处退就算成你的闺女！"二诸葛还要请区长"恩典恩典"，一个交通员把他推出来了。

## 十一　看看仙姑

三仙姑去寻二诸葛，一来为的是逞逞闹气的本领，二来为的是遮遮外人的耳目，其实小芹吃一吃亏她很高兴，所以跟二诸葛老婆闹了一阵之后，回去就睡了。第二天早上，她起得很迟，于福虽比她着急，可是自己既没有主意，又不敢叫醒她，只好自己先去做饭，饭快成的时候，三仙姑慢慢起来梳妆，于福问她道："不去打听打听小芹?"她说："打听她做甚啦? 她的本领多大啦?"于福也再没有敢说什么，把饭菜做成了放在炉边等，直等到她梳妆罢了才开饭。

饭还没有吃罢，区上的交通员来传她。她好像很得意，嗓子拉得长长地说："闺女大了咱管不了，就去请区长替咱管教管教!"她吃完了饭，换上新衣服、新手帕、绣花鞋、镶边裤，又擦了一次粉，加了几件首饰，然后叫于福给她备上驴，她骑上，于福给她赶上，往区上去。

到了区上，交通员把她引到区长房子里，她爬下就磕头，连声叫道："区长老爷，你可要给我做主!"区长正伏在桌上写字，见她低着头跪在地下，头上戴了满头银首饰，还以为是前两天跟婆婆生了气的那个年轻媳妇，便说道："你婆婆不是有保人吗? 为什么不找保人?"三仙姑莫名其妙，抬头看了看区长的脸。区长见是个擦着粉的老太婆，才知道是认错人了。交通员道："认错人了! 这就是于小芹的娘!"区长又打量了她一眼道："你就是小芹的娘呀? 起来! 不要装神做鬼! 我什么都清楚! 起来!"三仙姑站起来了。区长问："你今年多大岁数?"三仙姑说："四十五。"区长说："你自己看看你打扮得像个人不像?"门边站着老乡一个十来岁的小闺女嘻嘻嘻笑了。交通员说："到外边耍!"小闺女跑了。区长问："你会下神是不是?"三仙姑不敢答话。区长问："你给你闺女找了个婆家?"三仙姑答："找下了!"问："使了多少钱?"答："三千五!"问："还有些什么?"答："有些首饰布匹!"问："跟你闺女商量过没有?"答："没有!"问："你闺女愿意不愿意?"答："不知道!"区长道："我给你叫来你亲自问问她!"又向交通员道："去叫于小芹!"

刚才跑出去那个小闺女，跑到外边一宣传，说有个打官司的老婆，四十五了，擦着粉，穿着花鞋。邻近的女人们都跑来看，挤了半院，唧唧哝哝说："看看! 四十五了!""看那裤腿!""看那鞋!"三仙姑半辈没有脸红过，偏这会撑不住气了，一道道热汗在脸上流。交通员领着小芹来了，故意说："看什么? 人家也是个人吧，没有见过? 闪开路!"一伙女人们哈哈大笑。

把小芹叫来，区长说："你问问你闺女愿意不愿意!"三仙姑只听见院里人说"四十五""穿花鞋"，羞得只顾擦汗，再也开不得口。院里的人们忽然又转了话头，都说

“那是人家的闺女”“闺女不如娘会打扮”，也有人说“听说还会下神”，偏又有个知道底细的断断续续讲“米烂了”的故事，这时三仙姑恨不得一头碰死。

区长说：“你不问我替你问！于小芹，你娘给你找的婆家你愿意跟人家结婚不愿意？”小芹说：“不愿意！我知道人家是谁？”区长向三仙姑道：“你听见了吧？”又给她讲了一会婚姻自主的法令，说小芹跟小二黑订婚完全合法，还吩咐她把吴家送来的钱和东西原封退了，让小芹跟小二黑结婚。她羞愧之下，一一答应了下来。

## 十二　怎么到底

三个民兵回到刘家峧，一说区上把兴旺金旺二人押起来，又派助理员来调查他们的罪恶，真是人人拍手称快。午饭后，庙里开一个群众大会，村长报告了开会宗旨，就请大家举他两个人的作恶事实。起先大家还怕扳不倒人家，人家再返回来报仇，老大一会没有人说话，有几个胆子太小的人，还悄悄劝大家说：“忍事者安然。”有个被他两人作践垮了的年轻人说：“我从前没有忍过？越忍越不得安然！你们不说我说！”他先从金旺领着土匪到他家绑票说起，一连说了四五款，才说道：“我歇歇再说，先让别人也说几款！”他一说开了头，许多受过害的人也都抢着说起来：有给他们花过钱的，有被他们逼着上过吊的，也有产业被他们霸了的，老婆被他们奸淫过的。他两人还派上民兵给他们自己割柴，拨上民夫给他们自己锄地；浮收粮，私派款，强迫民兵捆人……你一宗他一宗；从晌午说到太阳落，一共说了五六十款。

区上根据这些罪状把他两人送到县里，县里把罪状一一证实之后，除叫他们赔偿大家损失外，又判了十五年徒刑。

经过这次大会之后，村里人也都敢出头了。不久，村干部又都经过大改选，村里人再也不敢乱投坏人的票了。这其间，金旺老婆自然也落了选。偏她还变了口吻，说：“以后我也要进步了。”

两个神仙也有了变化：

三仙姑那天在区上被一伙妇女围住看了半天，实在觉着不好意思，回去对着镜子研究了一下，真有点打扮得不像话；又想到自己的女儿快要跟人结婚，自己还卖什么老俏？这才下了个决心，把自己的打扮从顶到底换了一遍，弄得像个当长辈人的样子，把三十年来装神弄鬼的那张香案也悄悄拆去。

二诸葛那天从区上回去，又向老婆提起二黑跟小芹的命相不对，他老婆道：“把你的鬼八卦收起吧！你不是说二黑这回了不得吗？你一辈子放个屁也要卜一课，究竟抵了些什么事？我看小芹满不错，能跟咱二黑过就很好！什么命相对不对？你就不记得‘不宜栽种’？”二诸葛见老婆都不信自己的阴阳，也就不好意思再到别人跟前卖弄他那一套了。

小芹和小二黑各回各家,见老人们的脾气都有些改变,托邻居们趁势说和说和,两位神仙也就顺水推舟同意他们结婚。后来两家都准备了一下,就过门。过门之后,小两口都十分得意,邻居们都说是村里第一对好夫妻。

夫妻们在自己卧房里有时候免不了说玩话:小二黑好学三仙姑下神时候唱"前世姻缘由天定",小芹好学二诸葛说"区长恩典,命相不对"。淘气的孩子们去听窗,学会了这两句话,就给两位神仙加了新外号:三仙姑叫"前世姻缘",二诸葛叫"命相不对"。

1943 年 5 月写于太行

1943 年 9 月由华水新华书店出版。

(选自《赵树理小说散文集》,赵树理著,北岳文艺出版社 2015 年版)

**【阅读提示】**

赵树理,(1906—1970),原名赵树礼,山西沁水县人。现代著名作家。著有《小二黑结婚》《李家庄的变迁》《三里湾》《李有才板话》等多部作品。赵树理的小说多以华北农村为背景,反映农村社会的变迁和矛盾斗争,塑造了各式新农民形象,他开创的"山药蛋派"成为新中国文学史上最重要、最有影响的文学流派之一。

《小二黑结婚》是短篇小说,描写了 20 世纪 40 年代解放区一对青年男女小二黑与小芹,为追求恋爱婚姻自由,冲破恶势力和守旧家长的阻挠,终成眷属的故事,为解放区实行的新婚姻法作宣传。

**【延伸阅读】**

1. 杨献珍:《从太行文化人座谈会到赵树理的〈小二黑结婚〉出版》,《新文学史料》1982 年第 3 期。

2. 周扬:《论赵树理的创作》,《赵树理研究资料》,黄修己编,北岳文艺出版社 1985 年版。

3. 傅修海:《赵树理的革命叙事与乡土经验——以(小二黑结婚)的再解读为中心》,《文学评论》2012 年第 2 期。

4. 赵树程:《小二黑结婚》,北岳文艺出版社 1996 年版。

(黄亚清)

# 荷花淀

孙犁

月亮升起来，院子里凉爽得很，干净得很，白天破好的苇眉子潮润润的，正好编席。女人坐在小院当中，手指上缠绞着柔滑修长的苇眉子。苇眉子又薄又细，在她怀里跳跃着。

要问白洋淀有多少苇地？不知道。每年出多少苇子？不知道。只晓得，每年芦花飘飞苇叶黄的时候，全淀的芦苇收割，垛起垛来，在白洋淀周围的广场上，就成了一条苇子的长城。女人们，在场里院里编着席。编成了多少席？六月里，淀水涨满，有无数的船只，运输银白雪亮的席子出口，不久，各地的城市村庄，就全有了花纹又密、又精致的席子用了。大家争着买："好席子，白洋淀席！"

这女人编着席。不久在她的身子下面，就编成了一大片。她像坐在一片洁白的雪地上，也像坐在一片洁白的云彩上。她有时望望淀里，淀里也是一片银白世界。水面笼起一层薄薄透明的雾，风吹过来，带着新鲜的荷叶荷花香。但是大门还没关，丈夫还没回来。

很晚丈夫才回来了。这年轻人不过二十五六岁，头戴一顶大草帽，上身穿一件洁白的小褂，黑单裤卷过了膝盖，光着脚。他叫水生，小苇庄的游击组长，党的负责人。今天领着游击组到区上开会去来。女人抬头笑着问：

"今天怎么回来的这么晚？"站起来要去端饭。水生坐在台阶上说：

"吃过饭了，你不要去拿。"

女人就又坐在席子上。她望着丈夫的脸，她看出他的脸有些红胀，说话也有些气喘。她问：

"他们几个哩？"

水生说：

"还在区上。爹哩？"

女人说：

"睡了。"

“小华哩?”

“和他爷爷去收了半天虾篓,早就睡了。他们几个为什么还不回来?”

水生笑了一下。女人看出他笑的不像平常。

“怎么了,你?”

水生小声说:

“明天我就到大部队上去了。”

女人的手指震动了一下,想是叫苇眉子划破了手,她把一个手指放在嘴里吮了一下。水生说:

“今天县委召集我们开会。假若敌人再在同口安上据点,那和端村就成了一条线,淀里的斗争形势就变了。会上决定成立一个地区队。我第一个举手报了名的。”

女人低着头说:

“你总是很积极的。”

水生说:

“我是村里的游击组长,是干部,自然要站在头里,他们几个也报了名。他们不敢回来,怕家里的人拖尾巴。公推我代表,回来和家里人们说一说。他们全觉得你还开明一些。”

女人没有说话。过了一会,她才说:

“你走,我不拦你,家里怎么办?”

水生指着父亲的小房叫她小声一些。说:

“家里,自然有别人照顾。可是咱的庄子小,这一次参军的就有七个。庄上青年人少了,也不能全靠别人,家里的事,你就多做些,爹老了,小华还不顶事。”

女人鼻子里有些酸,但她并没有哭。只说:

“你明白家里的难处就好了。”

水生想安慰她。因为要考虑准备的事情还太多,他只说了两句:

“千斤的担子你先担吧,打走了鬼子,我回来谢你。”

说罢,他就到别人家里去了,他说回来再和父亲谈。

鸡叫的时候,水生才回来。女人还是呆呆地坐在院子里等他,她说:

“你有什么话嘱咐我吧!”

“没有什么话了,我走了,你要不断进步,识字,生产。”

“嗯。”

“什么事也不要落在别人后面!”

“嗯,还有什么?”

“不要叫敌人汉奸捉活的。捉住了要和他拼命。”

那最重要的一句,女人流着眼泪答应了他。

第二天,女人给他打点好一个小小的包裹,里面包了一身新单衣,一条新毛巾,一双新鞋子。那几家也是这些东西,交水生带去。一家人送他出了门。父亲一手拉着小华,对他说:

“水生,你干的是光荣事情,我不拦你,你放心走吧。大人孩子我给你照顾,什么也不要惦记。”

全庄的男女老少也送他出来,水生对大家笑一笑,上船走了。

女人们到底有些藕断丝连。过了两天,四个青年妇女集在水生家里来,大家商量:

“听说他们还在这里没走。我不拖尾巴,可是忘下了一件衣裳。”

“我有句要紧的话得和他说说。”

水生的女人说:

“听他说鬼子要在同口安据点……”

“哪里就碰得那么巧,我们快去快回来。”

“我本来不想去,可是俺婆婆非叫我再去看看他,有什么看头啊!”

于是这几个女人偷偷坐在一只小船上,划到对面马庄去了。

到了马庄,她们不敢到街上去找,来到村头一个亲戚家里。亲戚说:你们来的不巧,昨天晚上他们还在这里,半夜里走了,谁也不知开到哪里去。你们不用惦记他们,听说水生一来就当了副排长,大家都是欢天喜地的……

几个女人羞红着脸告辞出来,摇开靠在岸边上的小船。现在已经快到晌午了,万里无云,可是因为在水上,还有些凉风。这风从南面吹过来,从稻秧上苇尖吹过来。水面没有一只船,水像无边的跳荡的水银。

几个女人有点失望,也有些伤心,各人在心里骂着自己的狠心贼。可是青年人,永远朝着愉快的事情想,女人们尤其容易忘记那些不痛快。不久,她们就又说笑起来了。

“你看说走就走了。”

“可慌(高兴的意思)哩,比什么也慌,比过新年,娶新——也没见他这么慌过!”

“拴马桩也不顶事了。”

“不行了,脱了缰了!”

“一到军队里,他一准得忘了家里的人。”

“那是真的,我们家里住过一些年轻的队伍,一天到晚仰着脖子出来唱,进去唱,我们一辈子也没那么乐过。等他们闲下来没有事了,我就傻想:该低下头了吧。你猜人家干什么?用白粉子在我家影壁上画上许多圆圈圈,一个一个蹲在院子里,托着枪瞄那个,又唱起来了!”

她们轻轻划着船,船两边的水哗,哗,哗。顺手从水里捞上一棵菱角来,菱角还很嫩很小,乳白色。顺手又丢到水里去。那棵菱角就又安安稳稳浮在水面上生长去了。

"现在你知道他们到了哪里?"

"管他哩,也许跑到天边上去了!"

她们都抬起头往远处看了看。

"唉呀!那边过来一只船。"

"唉呀!日本鬼子,你看那衣裳!"

"快摇!"

小船拼命往前摇。她们心里也许有些后悔,不该这么冒冒失失走来;也许有些怨恨那些走远了的人。但是立刻就想,什么也别想了,快摇,大船紧紧追过来了。

大船追的很紧。

幸亏是这些青年妇女,白洋淀长大的,她们摇的小船飞快。小船活像离开了水皮的一条打跳的梭鱼。她们从小跟这小船打交道,驶起来,就像织布穿梭,缝衣透针一般快。假如敌人追上了,就跳到水里去死吧!

后面大船来的飞快。那明明白白是鬼子!这几个青年妇女咬紧牙制止住心跳,摇橹的手并没有慌,水在两旁大声哗哗,哗哗,哗哗哗!

"往荷花淀里摇!那里水浅,大船过不去。"

她们奔着那不知道有几亩大小的荷花淀去,那一望无边际的密密层层的大荷叶,迎着阳光舒展开,就像铜墙铁壁一样。粉色荷花箭高高地挺出来,是监视白洋淀的哨兵吧!

她们向荷花淀里摇,最后,努力的一摇,小船窜进了荷花淀。几只野鸭扑楞楞飞起,尖声惊叫,掠着水面飞走了。就在她们的耳边响起一排枪!

整个荷花淀全震荡起来。她们想,陷在敌人的埋伏里了,一准要死了,一齐翻身跳到水里去。渐渐听清楚枪声只是向着外面,她们才又扒着船帮露出头来。她们看见不远的地方,那宽厚肥大的荷叶下面,有一个人的脸,下半截身子长在水里。荷花变成人了?那不是我们的水生吗?又往左右看去,不久各人就找到了各人丈夫的脸,啊!原来是他们!

但是那些隐蔽在大荷叶下面的战士们,正在聚精会神瞄着敌人射击,半眼也没有看她们。枪声清脆,三五排枪过后,他们投出了手榴弹,冲出了荷花淀。

手榴弹把敌人那只大船击沉,一切都沉下去了。水面上只剩下一团烟硝火药气味。战士们就在那里大声欢笑着,打捞战利品。他们又开始了沉到水底捞出大鱼来的拿手戏。他们争着捞出敌人的枪支、子弹带,然后是一袋子一袋子叫水浸透了的面粉和大米。水生拍打着水去追赶一个在水波上滚动的东西,是一包用精致纸盒装着的饼干。

妇女们带着浑身水，又坐到她们的小船上去了。

水生追回那个纸盒，一只手高高举起，一只手用力拍打着水，好使自己不沉下去。对着荷花淀吆喝：

“出来吧，你们！”

好像带着很大的气。

她们只好摇着船出来。忽然从她们的船底下冒出一个人来，只有水生的女人认的那是区小队的队长。这个人抹一把脸上的水问她们：

“你们干什么来呀？”

水生的女人说：

“又给他们送了一些衣裳来！”

小队长回头对水生说：

“都是你村的？”

“不是她们是谁，一群落后分子！”说完把纸盒顺手丢在女人们船上，一泅，又沉到水底下去了，到很远的地方才钻出来。

小队长开了个玩笑，他说：

“你们也没有白来，不是你们，我们的伏击不会这么彻底。可是，任务已经完成，该回去晒晒衣裳了。情况还紧的很！”战士们已经把打捞出来的战利品，全装在他们的小船上，准备转移。一人摘了一片大荷叶顶在头上，抵挡正午的太阳。几个青年妇女把掉在水里又捞出来的小包裹，丢给了他们，战士们的三只小船就奔着东南方向，箭一样飞去了。不久就消失在中午水面上的烟波里。

几个青年妇女划着她们的小船赶紧回家，一个个像落水鸡似的。一路走着，因过于刺激和兴奋，她们又说笑起来，坐在船头脸朝后的一个噘着嘴说：

“你看他们那个横样子，见了我们爱搭理不搭理的！”

“啊，好像我们给他们丢了什么人似的。”

她们自己也笑了，今天的事情不算光彩，可是：

“我们没枪，有枪就不往荷花淀里跑，在大淀里就和鬼子干起来！”

我今天也算看见打仗了。打仗有什么出奇，只要你不着慌，谁还不会趴在那里放枪呀！”

“打沉了，我也会浮水捞东西，我管保比他们水式好，再深点我也不怕！”

“水生嫂，回去我们也成立队伍，不然以后还能出门吗！”

“刚当上兵就小看我们，过二年，更把我们看得一钱不值了，谁比谁落后多少呢！”

这一年秋季，她们学会了射击。冬天，打冰夹鱼的时候，她们一个个登在流星一样的冰船上,来回警戒。敌人围剿那百顷大苇塘的时候,她们配合子弟兵作战,出入在那芦苇的海里。

1945 年写于延安

原载 1945 年 5 月 15 日《解放日报》第 4 版

(选自《白洋淀纪事》,孙犁著,江苏文艺出版社 2010 年版)

**【阅读提示】**

孙犁(1913—2002),原名孙树勋,河北安平县人,现代作家,"荷花淀派"的创始人,著有《荷花淀》《芦花荡》等作品。因曾经在冀中地区工作生活,所以他的小说大多以此为背景,生动再现当地人民群众的生活和战斗情景。

《荷花淀》是一部短篇小说,描写了抗日战争时期发生在白洋淀的故事。七个抗日小伙子的妻子自发去战场探夫,归来时为躲避敌船跟踪,碰巧把敌人引入丈夫们的埋伏圈,由此一举歼灭了敌人。小说成功塑造了一群温柔多情又乐观坚强的农村青年妇女的形象,生动朴实的语言,开创了中国现代"诗体小说"的先河。

**【延伸阅读】**

1. 孙犁:《关于〈荷花淀〉的写作》,《孙犁文集 4》,百花文艺出版社 1992 年版。
2. 铁凝:《四见孙犁先生》,《散文选刊》2003 年第 1 期。
3. 逄增玉:《重读〈荷花淀〉》,《文艺争鸣》2004 年第 3 期。
4. 孙犁:《荷花淀》,《荷花淀》,河南文艺出版社 2013 年版。

(黄亚清)

# 围城(存目)

钱锺书

（简介,无选本）

**【阅读提示】**

钱锺书(1910—1998),原名仰先,江苏无锡人,现代作家、文学研究家。著有长篇《围城》、小说集《人·兽·鬼》、散文集《写在人生边上》等。钱钟书曾求学于清华大学,深造于牛津大学。他学贯中西,古今互见,因多方面的成就被称为“文化昆仑”。

《围城》是钱锺书唯一的长篇小说,于1947年发表。小说在中西文化碰撞和国难家仇的大背景下,以留美归国的主人公方鸿渐对于事业和婚恋追求的失败,反讽地描绘出现代知识分子悲喜交加的人生片段,揭示了人类面临的“围城”式的生存困境。小说文笔幽默辛辣,被誉为“新儒林外史”。

**【延伸阅读】**

1. 杨绛:《记钱锺书与〈围城〉》,湖南人民出版社1986年版。

2. 钱锺书:《论文人》,《钱锺书散文精选》,于涛编,时代文艺出版社2000年版。

3. [美]夏志清:《钱锺书》,《中国现代小说史》,刘绍铭等译,复旦大学出版社2005年版。

4. 钱锺书:《围城》,人民文学出版社1991年版。

（黄亚清）

# 组织部新来的青年人

王　蒙

## 一

三月，天空中纷洒着的似雨似雪的东西。三轮车在区委会门口停住，一个年轻人跳下来。车夫看了看门口挂着的大牌子，客气地对乘客说："您到这儿来，我不收钱。"传达室的工人、复员荣军老吕微跛着脚走出，问明了那年轻人的来历后，连忙帮他搬下微湿的行李，又去把组织部的秘书赵慧文叫出来。赵慧文紧握着年轻人的两只手说："我们等你好久了。"这个叫林震的年轻人，在小学教师支部的时候就与赵慧文认识。她的苍白而美丽的脸上，两只大眼睛闪着友善亲切的光亮，只是下眼皮上有着因疲倦而现出来的青色。她带林震到男宿舍，把行李放好、解开，把湿了的毡子晾上，再铺被褥。在她料理这些事情的时候，常常撩一撩自己的头发，正像那些能干而漂亮的女同志们一样。

她说："我们等了你好久！半年前就要调你来，区人民委员会文教科死也不同意，后来区委书记直接找区长要人，又和教育局人事室吵了一回，这才把你调了来。"

"可我前天才知道，"林震说："听说调我到区委会，真不知怎么好。咱们区委会尽干什么呀？"

"什么都干。"

"组织部呢？"

"组织部就作组织工作。"

"工作忙不忙？"

"有时候忙，有时候不忙。"

赵慧文端详着林震的床铺，摇摇头，大姐姐似的不以为然地说："小伙子，真不讲卫生；瞧那枕头布，已经由白变黑；被头呢，吸饱了你脖子上的油；还有床单，那么多折子，简直成了泡泡纱……”

林震觉得，他一走进区委会的门，他的新的生活刚一开始，就碰到了一个很亲切的人。

他带着一种节日的兴奋心情跑着到组织部第一副部长的办公室去报到。副部长有一个古怪的名字：刘世吾。在林震心跳着敲门的时候，他正仰着脸衔着烟考虑组织部的工作规划。他热情而得体地接待林震，让林震坐在沙发上，自己坐在办公桌边，推一推玻璃板上叠得高高的文件，从容地问：

“怎么样？”他的左眼微皱，右手弹着烟灰。

“支部书记通知我后天搬来，我在学校已经没事，今天就来了，叫我到组织部工作，我怕干不了，我是个新党员，过去作小学教师，小学教师的工作与党的组织工作有些不同……”

林震说着他早已准备好的话，说得很不自然，正像小学生第一次见老师一样。于是他感到这间屋子很热。三月中旬，冬天就要过去，屋里还生着火，玻璃上的霜花融解成一条条的污道子。他的额头沁出了汗珠，他想掏出手绢擦擦，在衣袋里摸索了半天没有找到。

刘世吾机械地点着头，看也不看地从那一大叠文件中抽出一个牛皮纸袋，打开纸袋，拿出林震的党员登记表，锐利的眼光迅速掠过，宽阔的前额下出现了密密的皱纹，闭了一下眼，手扶着椅子背站起来，披着的棉袄从肩头滑落了，然后用熟练的毫不费力的声调说：

“好，好，好极了，组织部正缺干部，你来得好。不，我们的工作并不难作，学习学习就会作的，就那么回事。而且你原来在下边工作的……相当不错嘛，是不是不错？”

林震觉得这种称赞似乎有某种嘲笑意味，他惶恐地摇头：“我工作作得并不好……”

刘世吾的不太整洁的脸上现出隐约的笑容，他的眼光聪敏地闪动着，继续说：“当然也可能有困难，可能。这是个了不起的工作。中央的一位同志说过，组织工作是给党管家的，如果家管不好，党就没有力量。”然后他不等问就加以解释：“管什么家呢？发展党和巩固党，壮大党的组织和增强党组织的战斗力，把党的生活建立在集体领导、批评和自我批评与密切联系群众的基础上。这样作好了，党组织就是坚强的、活泼的、有战斗力的，就足以团结和指引群众，完成和更好地完成社会主义建设与社会主义改造的各项任务……”

他每说一句话，都干咳一下，但说到那些惯用语的时候，快得像说一个字。譬如他说“把党的生活建立在……上”，听起来就像“把生活建在登登登上”，他纯熟地驾驭那些林震觉得是相当深奥的概念,像拨弄算盘子一样地灵活。林震集中最大的注意力,仍然不能把他讲的话全部把握住。

接着,刘世吾给他分配了工作。

当林震推门要走的时候。刘世吾又叫住他,用另一种全然不同的随意神情问:

“怎么样,小林,有对象了没有?”

“没……”林震的脸刷地红了。

“大小伙子还红脸?”刘世吾大笑了,“才二十二岁,不忙。”他又问:“口袋里装着什么书?”

林震拿出书,说出书名:“《拖拉机站站长与总农艺师》。”

刘世吾拿过书去,从中间打开看了几行,问:“这是他们团中央推荐给你们青年看的吧?”

林震点头。

“借我看看。”

“您有时间看小说吗?”林震看着副部长桌上的大叠材料,惊异了。

刘世吾用手托了托书,试了试分量,微皱着左眼说:“怎么样？这么一薄本有半个夜车就开完啦。四本《静静的顿河》我只看了一个星期,就那么回事。”

当林震走向组织部大办公室的时候,天已经放晴,残留的几片云现出了亮晶晶的边缘。太阳照亮了区委会的大院子。人们都在忙碌:一个穿军服的同志夹着皮包匆匆走过,传达室的老吕提着两个大铁壶给会议室送茶水,可以听见一个女同志顽强地对着电话机子说:“不行,最迟明天早上！不行……”还可以听见忽快忽慢的哐哧哐哧声——是一只生疏的手使用着打字机,“她也和我一样,是新调来的吧?”林震不知凭什么理由,猜打字员一定是个女的。他在走廊上站了一站,望着耀眼的区委会的院子,高兴自己新生活的开始。

## 二

组织部的干部算上林震一共二十四个人,其中三个人临时调到肃反办公室去了,一个人半日工作准备考大学,一个人请产假。能按时工作的只剩下十九个人。四个人做干部工作,十五个人按工厂、机关、学校分工管理建党工作,林震被分配与工厂支部联系组织发展工作。

组织部部长由区委副书记李宗秦兼任,他并不常过问组织部的事,实际工作是由第一副部长刘世吾掌握。另一个副部长负责干部工作。具体指导林震工作的是工厂建党组的组长韩常新。

韩常新的风度与刘世吾迥然不同。他 27 岁，穿蓝色海军呢制服，干净得抖都抖不下土。他有高大的身材，配着英武的只因为粉刺太多而略有瑕疵的脸。他拍着林震的肩膀，用嘹亮的嗓音讲解工作，不时发出豪放的笑声，使林震想："他比领导干部还像领导干部。"特别是第二天韩常新与一个支部的组织委员的谈话，加强了他给林震的这种印象。

"为什么你们只谈了半小时？我在电话里告诉你，至少要用两小时讨论发展计划！"

那个组织委员说："这个月生产任务太忙……"

韩常新打断了他的话，富有教训意味地说："生产任务忙就不认真研究发展工作了？这是把中心工作与经常工作对立起来，也是党不管党的一种表现……"

林震弄不明白什么叫"中心工作与经常工作对立起来"和"党不管党"，他熟悉的是另外一类名词："课堂五环节"与"直观教具"。他很钦佩韩常新的这种气魄与能力——迅速地提高到原则上分析问题和指示别人。

他转过头，看见正伏在桌上复写材料的赵慧文，她皱着眉怀疑地看一看韩常新，然后扶正头上的假琥珀发卡，用微带忧郁的目光看向窗外。

晚上，有的干部去参加基层支部的组织生活，有的休息了，赵慧文仍然赶着复写"税务分局培养、提拔干部的经验"，累了一天，手腕酸痛，不时在写的中间撂下笔，摇摇手，往手上吹口气。林震自告奋勇来帮忙，她拒绝了，说："你抄，我不放心。"于是林震帮她把抄过的美浓纸叠整齐，站在她身旁，起一点精神支援作用。她一边抄，一边时时抬头看林震，林震问："干吗老看我？"赵慧文咬了一下复写笔，笑了笑。

## 三

林震是一九五三年秋天由师范学校毕业的，当时是候补党员，被分配到这个区的中心小学当教员。作了教师的他，仍然保持中学生的生活习惯：清晨练哑铃，夜晚记日记，每个大节日——五一、七一……以前到处征求人们对他的意见。曾经有人预言，过不了三个月他就会被那些生活不规律的成年人"同化"。但，不久以后，许多教师夸奖他也羡慕他了，说："这孩子无忧无虑，无牵无挂，除了工作，就是工作……"

他也没有辜负这种羡慕，一九五四年寒假，由于教学上的成绩，他受到了教育局的奖励。

人们也许以为，这位年轻的教师就会这样平稳地、满足而快乐地度过自己的青年时代。但是不,孩子般单纯的林震,也有自己的心事。

一年以后,他经常焦灼地鞭策自己。是因为社会主义高潮的推动,全国青年社会主义积极分子会议的召开,还是因为年龄的增长?

他已经二十二岁了,记得在初中一年级时作过一篇文,题目是"当我××岁的时候",他写成"当我二十二岁的时候,我要……"现在二十二岁,他的生命史上好像还是白纸,没有功勋,没有创造,没有冒险,也没有爱情——连给某个姑娘写一封信的事都没做过。他努力工作,但是他作的少、慢、差。和青年积极分子们比较,和生活的飞奔比较,难道能安慰自己吗?他订规划,学这学那,作这作那,他要一日千里!

这时,接到调动工作的通知,"当我二十二岁的时候,我成了党工作者……"也许真正的生活在这里开始了?他抑制住对小学教育工作和孩子们的依恋,燃烧起对新的工作的渴望。支部书记和他谈话的那个晚上,他想了一夜。

就这样,林震口袋里装着《拖拉机站站长与总农艺师》,兴高采烈地登上区委会的石阶,对于党工作者(他是根据电影里全能的党委书记的形象来猜测他们的)的生活,充满了神圣的憧憬。但是,等他接触到那些忙碌而自信的领导同志,看到来往的文件和同时举行的会议,听到那些尖锐争吵与高深的分析,他眨眨那有些特别的淡褐色眼珠的眼睛,心里有点怯……

到区委会的第四天,林震去通华麻袋厂了解第一季度发展党员工作的情况,去以前,他看了有关的文件和名叫《怎样进行调查研究》的小册子,再三地请教了韩常新,他密密麻麻地写了一篇提纲,然后飞快地骑着新领到的自行车,向麻袋厂驶去。

工厂门口的警卫同志听说他是区委会的干部,没要他签名,信任地请他进去了。穿过一个大空场,走过一片放麻的露天货场与机器隆隆响的厂房,他心神不安地去敲厂长兼支部书记王清泉办公室的门。得到了里面"进来"的回答后,他慢慢地走进去,怕走快了显得没有经验。他看见一个阔脸、粗脖子、身材矮小的男人正与一个头发上抹了许多油的驼背的男人下棋。小个子的同志抬起头,右手玩着棋子,问清了林震找谁以后,不耐烦地挥一挥手:"你去西跨院党支部办公室找魏鹤鸣,他是组织委员。"然后低下头继续下棋。

林震找着了红脸的魏鹤鸣,开始按提纲发问了:"一九五六年第一季度,你们发展了几个人?"

"一个半。"魏鹤鸣粗声粗气地说。

"什么叫'半'?"

"有一个通过了,区委拖了两个多月还没有批下来。"

林震掏出笔记本记了下来。又问:

"发展工作是怎么样进行的,有什么经验?"

"进行过程和向来一样——和党章的规定一样。"

林震看了看对方,为什么他说出的话像搁了一个星期的窝窝头一样干巴?魏鹤鸣托着腮,眼睛看着别处,心里也像在想别的事。

林震又问:"发展工作的成绩怎么样?"

魏鹤鸣答:"刚才说过了,就是那些。"他好像应付似的希望快点谈完。

林震不知道应该再问什么了,预备了一下午的提纲,和人家只谈上五分钟就用完了。他很窘。

这时门被一只有力的手推开了。那个小个子的同志进来,匆匆忙忙地问魏鹤鸣:"来信的事你知道吗?"

魏鹤鸣无精打采地点了点头。

小个子的同志来回踱着步子,然后撇开腿站在房中央:"你们要想办法!质量问题去年就提出来了,为什么还等着合同单位给纺织工业部写信?在社会主义高潮当中我们的生产迟迟不能提高,这是耻辱!"

魏鹤鸣冷冷地看着小个子的脸,用颤抖的声音问:"您说谁?"

"我说你们大家!"小个子手一挥,把林震也包括在里面了。

魏鹤鸣因为抑制着的愤怒的爆发而显得可怕,他的红脸更红了,他站起来问:"那么您呢?您不负责任?""我当然负责。"小个子的同志却平静了,"对于上级,我负责,他们怎么处分我!我也接受。对于我,你得负责,谁让你作生产科长呢?你得小心……"说完,他威胁地看了魏鹤鸣一眼,走了。

魏鹤鸣坐下,把棉袄的扣子全解开了,喘着气。林震问:"他是谁?"魏鹤鸣讽刺地说:"你不认识?他就是厂长王清泉。"

于是魏鹤鸣向林震详细地谈起了王清泉的情况。王清泉原来在中央某部工作,因为在男女关系上犯错误受了处分,一九五一年调到这个厂子作副厂长,一九五三年厂长他调,他就被提拔作厂长。他一向是吃饱了转一转,躲在办公室批批文件下下棋,然后每月在工会大会、党支部大会、团总支大会上讲话,批评工人群众竞赛没搞好,对质量不关心,有经济主义思想……魏鹤鸣没说完,王清泉又推门进来了。他看着左腕上的表,下令说:"今天中午十二点十分,你通知党、团、工会和行政各科室的负责人到厂长室开会。"然后把门砰的一带,走了。

魏鹤鸣嘟哝着:"你看他怎么样?"

林震说:"你别光发牢骚,你批评他,也可以向上级反映,上级绝不允许有这样的厂长。"

魏鹤鸣笑了,问林震:"老林同志,你是新来的吧?"

"老林"同志脸红了。

魏鹤鸣说:"批评不动!他根本不参加党的会议,你上哪儿批评去?偶尔参加一次,你提意见,他说:‘提意见是好的,不过应该掌握分寸,也应该看时间、场合。现在,我们不应该因为个人意见侵占党支部讨论国家任务的宝贵时间。’好,不占用宝贵时间,我找他个别提,于是我们俩吵成了现在这个样子。”

“向上级反映呢?”

“一九五四年我给纺织工业部和区委写了信,部里一位张同志与你们那儿的老韩同志下来检查了一回。检查结果是:‘官僚主义较严重,但主要是作风问题,任务基本上完成了,只是完成任务的方法有缺点。’然后找王清泉‘批评’了一下,又找我鼓励了一下开展自下而上的批评的精神,就完事了。此后,王厂长有一个来月对工作比较认真,不久他得了肾病,病好以后他说自己是‘因劳致疾’,就又成了这个样子。”

“你再反映呀!”

“哼,后来与韩常新也不知说过多少次,老韩也不答理,反倒向我进行教育说,应该尊重领导,加强团结。也许我不该这样想,但我觉得也许要等到王厂长贪污了人民币或者强奸了妇女,上级才会重视起来!”

林震出了厂子再骑上自行车的时候,车轮旋转的速度就慢多了。他深深地把眉头皱了起来。他发现他的工作的第一步就有重重的困难,但他也受到一种刺激,甚至是激励——这正是发挥战斗精神的时候啊!他想着想着,直到因为车子溜进了急行线而受到交通民警的申斥。

## 四

吃完午饭,林震迫不及待地找韩常新汇报情况。韩常新有些疲倦地靠着沙发背,高大的身体显得笨重,从身上掏出火柴盒,拿起一根火柴剔牙。

林震杂乱地叙述他去麻袋厂的见闻,韩常新脚尖打着地不住地说:“是的,我知道。”然后他拍一拍林震的肩膀,愉快地说:“情况没了解上来不要紧,第一次下去嘛,下次就好了。”

林震说:“可是我了解了关于王清泉的情况。”他把笔记本打开。

韩常新把他的笔记本合上,告诉他:“对,这个情况我早知道。前年区委让我处理过这个事情,我严厉地批评过他,指出他的缺点和危险性,我们谈了至少有三四个钟头……”

“可是并没有效果呀,魏鹤鸣说他只好了一个月……”林震插嘴说。

“一个月也是效果,而且绝不止一个月。魏鹤鸣那个人思想上有问题,见人就告厂长的状……”

“他告的状是不是真的?”

“很难说不真,也很难说全真。当然这个问题是应该解决的,我和区委副书记李宗秦同志谈过。”

“副书记的意见是什么?”

“副书记同意我的意见,王清泉的问题是应该解决也是可能解决的……不过,你不要一下子就陷到这里边去。”

“我?”

“是的。你第一次去一个工厂,全面情况也不了解,你的任务又不是去解决王清泉的问题,而且,直爽地说,解决他的问题也需要更有经验的干部;何况我们并不是没有管过这件事……你要是一下子陷到这个里头,三个月也出不来,第一季度的建党总结还了解不了解?上级正催我们交汇报呢!”

林震说不出话。

韩常新又拍拍林震的肩膀:“不要急躁嘛。咱们区三千个党员,百十几个支部,你一来就什么问题都摸还行?”他打了个哈欠,有倦意的脸上的粉刺涨红了:“啊——哈,该睡午觉了。”

“那,发展工作怎么再去了解?”林震没有办法地问。

韩常新又去拍林震的肩膀,林震不由得躲开了。韩常新有把握地说:“明天咱们俩一齐去,我帮你去了解,好不?”然后他拉着林震一同到宿舍去。

第二天,林震很有兴趣地观察韩常新如何了解情况。三年前,林震在北京师范上学的时候,出去作过见习教师,老教师在前面讲,林震和学生一起听,学了不少东西。这次,他也抱着见习的态度,打开笔记本,准备把韩常新的工作过程详细记录下来。

韩常新问魏鹤鸣:“发展了几个党员?”

“一个半。”

“不是一个半,是两个,我是检查你们的发展情况,不是检查区委批没批。”韩常新纠正他,又问:“这两个人本季度生产计划完成的怎么样?”

“很好,他们一个超额百分之七,一个超额百分之四,厂里黑板报还表扬……”

谈起生产情况,魏鹤鸣似乎起劲了些,但是韩常新打断了他的话:“他们有些什么缺点?”

魏鹤鸣想了半天,空空洞洞地说了些缺点。

韩常新叫他给所举的缺点提一些例子。

提完例子,韩常新再问他党的积极分子完成本季度生产任务的情况,他特别感兴趣的是一些数字和具体事例,至于这些先进的工人克服困难、钻研创造的过程,他听都不要听。

回来以后,韩常新用流利的行书示范地写了一个“麻袋厂发展工作简况”,内容是这样的:

……本季度(一九五六年一月至三月)麻袋厂支部基本上贯彻了积极慎重发展新党员的方针,在建党工作上取得了一定的成绩,新通过的党员朱××与范××受到了共产党员的光荣称号的鼓舞,增强了主人翁的观念,在第一季度繁重的生产任务中各超额百分之七、百分之四。广大积极分子围绕在支部周围,受到了朱××与范××模范事例的教育,并为争取入党的决心所推动,发挥了劳动的积极性与创造性,良好地完成或者超额完成了第一季度的生产任务……(下面是一系列数字与具体事例)这说明:一、建党工作不仅与生产工作不会发生矛盾,而且大大推动了生产,任何借口生产忙而忽视建党工作的作法是错误的。二、……但同时必须指出,麻袋厂支部的建党工作,也仍然存在着一定的缺点……例如……)

林震把写着“简况”的片艳纸捧在手里看了又看,他有一刹那,甚至于怀疑自己去没去过麻袋厂。还是上次与韩常新同去时自己睡着了,为什么许多情况他根本不记得呢?他迷惑地问韩常新:

“这,这是根据什么写的?”

“根据那天魏鹤鸣的汇报呀。”

“他们在生产上取得的成绩是因为建党工作么?”林震口吃起来。

韩常新抖一抖裤脚,说:“当然。”

“不吧?上次魏鹤鸣并没有这样讲。他们的生产提高了,也可能是由于开展竞赛,也许由于青年团建立了监督岗,未必是建党工作的成绩……”

“当然,我不否认。各种因素是统一起来的,不能形而上学地割裂地分析这是甲项工作的成绩,那是乙项工作的成绩。”

“那,譬如我们写第一季度的捕鼠工作总结,是不是也可以用这些数字和事例呢?”

韩常新沉着地笑了,他笑林震不懂“行”,他说:“那可以灵活掌握……”

林震又抓住几个小问题问:

“你怎么知道他们的生产任务是繁重的呢?”

“难道现在会有一个工厂任务很清闲吗?”

林震目瞪口呆了。

## 五

初到区委会十天的生活，在林震头脑中积累起的印象与产生的问题，比他在小学待了两年的还多。区委会的工作是紧张而严肃的，在区委书记办公室，连日开会到深夜。从汉语拼音到预防大脑炎，从劳动保护到政治经济学讲座，无一不经过区委会的忠实的手。林震有一次去收发室取报纸，看见一份厚厚的材料，第一页上写着“区人民委员会党组关于调整公私合营工商业的分布、管理、经营方法及贯彻市委关于公私合营工商业工人工资问题的报告的请示”。他怀着敬畏的心情看着这份厚得像一本书的材料和它的长题目。有时，一眼望去，却又觉得区委干部们是随意而松懈的，他们在办公时间聊天，看报纸，大胆地拿林震认为最严肃的题目开玩笑，例如，青年监督岗开展工作，韩常新半嘲笑地说：“吓，小青年们脑门子热起来啦……”林震参加的组织部一次部务会议也很有意思，讨论市委布置的一个临时任务，大家抽着烟，说着笑话，打着岔，开了两个钟头，拖拖沓沓，没有什么结果。这时，皱着眉思索了好久的刘世吾提出了一个方案，马上热烈地展开了讨论，很多人发表了使林震敬佩的精彩意见。林震觉得，这最后的三十多分钟的讨论要比以前的两个钟头有效十倍。某些时候，譬如说夜里，各屋亮着灯：第一会议室，出席座谈会的胖胖的工商业者愉快地与统战部长交换意见；第二会议室，各单位的学习辅导员们为“价值”与“价格”的关系争得面红耳赤；组织部坐着等待入党谈话的激动的年轻人，而市委的某个严厉的书记出现在书记办公室，找区委正副书记汇报贯彻工资改革的情况……这时，人声嘈杂，人影交错，电话铃声断断续续，林震仿佛从中听到了本区生活的脉搏的跳动，而区委会这座不新的、平凡的院落，也变得辉煌壮观起来。

在一切印象中，最突出和新鲜的印象是关于刘世吾的：刘世吾工作极多，常常同一个时间好几个电话催他去开会，但他还是一会儿就看完了《拖拉机站站长与总农艺师》，把书转借给了韩常新；而且，他已经把前一个月公布的拼音文字草案学会了，开始在开会时用拼音文字作记录了。某些传阅文件刘世吾拿过来看看题目和结尾就签上名送走，也有的不到三千字的指示他看上一下午，密密麻麻地划上各种符号。刘世吾有时一面听韩常新汇报情况，一面漫不经心地查阅其他的材料，听着听着却突然指出：“上次你汇报的情况不是这样！”韩常新不自然地笑着，刘世吾的眼睛捉摸不定地闪着光；但刘世吾并不深入追究，仍然查他的材料，于是韩常新恢复了常态，有声有色地汇报下去。

赵慧文与韩常新的关系也被林震看出了一些疑窦：韩常新对一切人都是拍着

肩膀,称呼着"老王"、"小李",亲热而随便。独独对赵慧文,却是一种礼貌的"公事公办"的态度。这样说话:"赵慧文同志,党刊第一百0四期放在哪里?"而赵慧文也用顺从包含警戒的神情对待他。

……四月,东风悄悄地刮起,不再被人喜爱的火炉蜷缩在阴暗的贮藏室,只有各房间熏黑了的屋顶还存留着严冬的痕迹。往年,这个时候,林震就会带着活泼的孩子们去卧佛寺或者西山八大处踏青,在早开的桃李与混浊的溪水中寻找春天的消息……区委会的生活却不怎么受季节的影响,继续以那种紧张的节奏和复杂的色彩流转着。当林震从院里的垂柳上摘下一颗多汁的嫩芽时,他稍微有点怅惘,因为春天来得那么快,而他,却没作出什么有意义的事情来迎接这个美妙的季节……

晚上九点钟,林震走进了刘世吾办公室的门。赵慧文正在这里,她穿着紫黑色的毛衣。脸儿在灯光下显得越发苍白。听到有人进来,她迅速地转过头来,林震仍然看见了她略略突出的颧骨上的泪迹。他回身要走,低着头吸烟的刘世吾作手势止住他:"坐在这儿吧,我们就谈完了。"

林震坐在一角,远远地隔着灯光看报,刘世吾用烟卷在空中划着圆圈,诚恳地说:

"相信我的话吧,没错。年轻人都这样,最初互相美化,慢慢发现了缺点,就觉得都很平凡。不要作不切实际的要求,没有遗弃,没有虐待,没有发现他政治上、品质上的问题,怎么能说生活不下去呢?才四年嘛。你的许多想法是从苏联电影里学来的,实际上,就那么回事……"

赵慧文没说话,她撩一撩头发,临走的时候,对林震惨然地一笑。

刘世吾走到林震旁边,问:"怎么样?"他丢下烟蒂,又掏出一支来点上火,紧接着贪婪地吸了几口,缓缓地吐着白烟,告诉林震:"赵慧文跟她爱人又闹翻了……"接着,他开开窗户,一阵风吹掉了办公桌上的几张纸,传来了前院里散会以后人们的笑声、招呼声和自行车铃响。

刘世吾把只抽了几口的烟扔出去,伸了个懒腰,扶着窗户,低声说:"真的是春天了呢!"

"我想谈谈来区委工作的情况,我有一些问题不知道怎么解决。"林震用一种坚决的神气说,同时把落在地上的纸页拾起来。

"对,很好。"刘世吾仍然靠着窗户框子。

林震从去麻袋厂说起:"……我走到厂长室,正看见王清泉同志……"

"下棋呢还是打扑克?"刘世吾微笑着问。

"您怎么知道?"林震惊骇了。

"他老兄什么时候干什么我都算得出来,"刘世吾慢慢地说,"这个老兄棋瘾很大,有一次在咱这儿开了半截会,他出去上厕所,半天不回来,我出去一找,原来他看见老吕和区委书记的儿子下棋，他在旁边‘支’上‘招儿’了。”

林震把魏鹤鸣对他的控告讲了一遍。

刘世吾关上窗户，拉一把椅子坐下，用两个手扶着膝头支持着身体，轻轻地摆动着头：

“魏鹤鸣是个直性子，他一来就和王清泉吵得面红耳赤……你知道，王清泉也是个特殊人物，不太简单。抗日胜利以后，王清泉被派到国民党军队里工作，他作过国民党军的副团长，是个呱呱叫的情报人员。一九四七年以后他与我们的联系中断，直到解放以后才接上线。他是去瓦解敌人的，但是他自己也染上国民党军官的一些习气，改不过来，其实是个英勇的老同志。”

“这样……”

“是啊。”刘世吾严肃地点点头，接着说：“当然，这不能为他辩护，党是派他去战胜敌人而不是与敌人同流合污，所以他的错误是应该纠正的。”

“怎么去解决呢？魏鹤鸣说，这个问题已经拖了好久。他到处写过信……”

“是啊。”刘世吾又干咳了一会，作着手势说，“现在下边支部里各类问题很多，你如果一一地用手工业的方法去解决，那是事倍功半的。而且，上级布置的任务追着屁股，完成这些任务已经感到很吃力。作为领导，必须掌握一种把个别问题与一般问题结合起来，把上级分配的任务与基层存在的问题结合起来的艺术。再者，王清泉工作不努力是事实，但还没有发展到消极怠工的地步；作风有些生硬，也不是什么违法乱纪；显然，这不是组织处理问题而是经常教育的问题。从各方面看，解决这个问题的时机目前还不成熟。”

林震沉默着，他判断不清究竟哪样对；是娜斯嘉的“对坏事绝不容忍”对呢，还是刘世吾的“条件成熟论”对。他一想起王清泉那样的厂长就觉得难受，但是，他驳不倒刘世吾的“领导艺术”。刘世吾又告诉他：“其实，有类似毛病的干部也不只一个……”这更加使得林震睁大了眼睛，觉得这跟他在小学时所听的党课的内容不是一个味儿。

后来，林震又把看到的韩常新如何了解情况与写简报的事说了说，他说，他觉得这样整理简报不太真实。

刘世吾大笑起来，说：“老韩……这家伙……真高明……”笑完了，又长出一口气，告诉林震：“对，我把你的意见告诉他。”

林震犹豫着，刘世吾问：“还有别的意见么？”

于是林震勇敢地提出：“我不知道为什么，来了区委会以后发现了许多许多缺点，过去我想象的党的领导机关不是这样……”

刘世吾把茶杯一放：“当然，想象总是好的，实际呢，就那么回事。问题不在于有没有缺点，而在于什么是主导的。我们区委的工作，包括组织部的工作，成绩是基本的呢，还是缺点是基本的？显然成绩是基本的，缺点是前进中的缺点。我们伟大的事业，正是由这些有缺点的组织和党员完成着的。”

走出办公室以后，林震有一种奇怪的感觉：和刘世吾谈话似乎可以消食化气，而他自己的那些肯定的判断，明确的意见，却变得模糊不清了。他更加惶惑了。

不久，在党小组会上，林震受到了一次严厉的批评。

事情是这样：有一次，林震去麻袋厂，魏鹤鸣说，由于季度生产质量指标没有达到，王厂长狠狠地训了一回工人，工人意见很大，魏鹤鸣打算找些人开个座谈会，搜集意见，准备向上反映。林震很同意这种作法，以为这样也许能促进“条件的成熟”。过了三天，王清泉气急败坏地到区委会找副书记李宗秦，说魏鹤鸣在林震支持下搞小集团进行反领导的活动，还说参加魏鹤鸣主持的座谈会的工人都有历史问题……最后说自己请求辞职。李宗秦批评了他的一些缺点，同意制止魏鹤鸣再开座谈会，“至于林震，”他对王清泉说，“我们会给予应有的教育的。”

批评会上，韩常新分析道：“林震同志没有和领导上商量，擅自同意魏鹤鸣召集座谈会，这首先是一种无组织无纪律的行为……”

林震不服气，他说：“没有请示领导，是我的错。但是我不明白为什么我们不但不去主动了解群众的意见，反而制止基层这样作！”

“谁说我们不了解？”韩常新翘起一只腿，“我们对麻袋厂的情况统统掌握……”

“掌握了而不去解决，这正是最痛心的！党章上规定着，我们党员应该向一切违反党的利益的现象作斗争……”林震的脸变青了。

富有经验的刘世吾开始发言了，他向来就专门能在一定的关头起扭转局面的作用。

“林震同志的工作热情不错，但是他刚来一个月就给组织部的干部讲党章，未免仓促了些。林震以为自己是支持自下而上的批评，是作一件漂亮事，他的动机当然是好的；不过，自下而上的批评必须有领导地去开展，譬如这回事，请林震同志想一想：第一，魏鹤鸣是不是对王清泉有个人成见呢？很难说没有。那么魏鹤鸣那样积极地去召集座谈会，可不可能有什么个人目的呢？我看不一定完全不可能。第二，参加会的人是不是有一些历史复杂别有用心的分子呢？这也应该考虑到。第三，开这样一个会，会不会在群众里造成一种王清泉快要挨整了的印象因而天下大乱了呢？等等。至于林震同志的思想情况，我愿意直爽地提出一个推测：年轻人容易把生活理想化，他以为生活应该怎样，便要求生活怎样，作一个党的工作者，要多考虑的却是客观现实，是生活可能怎样。年轻人也容易过高估计自己，抱负甚多，一到新的工作岗位就想对缺点斗争一番，充当个娜斯嘉式的英雄。这是一种可贵的、可爱的想法，也是一种虚妄……”

林震像被打中了似的颤了一下，他紧咬住了下嘴唇。

他鼓起勇气再问：“那么王清泉……”刘世吾把头一仰：

“我明天找他谈话，有原则性的并不仅是你一个人。”

## 七

星期六晚上，韩常新举行婚礼。林震走进礼堂，他不喜欢那弥漫的呛人的烟气，还有地上杂乱的糖果皮与空中杂乱的哄笑；没等婚礼开始他就退了出来。

组织部的办公室黑着，他拉开灯，看见自己桌上的信，是小学的同事们写来，其中还夹着孩子们用小手签了名的信：

> 林老师：您身体好吗；我们特别特别想您，女同学都哭了，后来就不哭了，后来我们作算术，题目特别特别难，我们费了半天劲，中于算出来了……

看着信，林震不禁独自笑起来了，他拿起笔把“中于”改成“终于”，准备在回信时告诉他们下次要避免别字。他仿佛看见了系蝴蝶结的李琳琳、爱画水彩画的刘小毛和常常把铅笔头含在嘴里的孟飞，……他猛把头从信纸上抬起来，所看见的却是电话、吸墨纸和玻璃板。他所熟悉的孩子的世界和他的单纯的工作已经离他而去了，新的工作要复杂得多……他想起前天党小组会上人们对他的批评。难道自己真的错了？真的是莽撞和幼稚，再加几分年轻人的廉价的勇气？也许真的应该切实估量一下自己，把份内的事作好，过两年，等到自己“成熟”了以后再干预一切吧？

礼堂里传来爆发的掌声和笑声。

一只手落在肩上，他吃惊地回过头来，灯光显得刺眼，赵慧文没有声响地站在他的身边，女同志走路都有这种不声不响的本事。

赵慧文问：“怎么不去玩？”

“我懒得去。你呢？”

“我该回家了，”赵慧文说，“到我家坐坐好吗？省得一个人在这儿想心事。”

“我没有心事。”林震分辩着，但他接受了赵慧文的好意。

赵慧文住在离区委会不远的一个小院落里。

孩子睡在浅蓝色的小床里，幸福地含着指头，赵慧文吻了儿子，拉林震到自己房间里来。

“他父亲不回来吗?”林震问。

赵慧文摇摇头。

这间卧室好像是布置得很仓促,墙壁因为空无一物而显得过分洁白,盆架孤单地缩在一角,窗台上的花瓶傻气地张着口;只有床头上桌上的收音机,好像还能扰乱这卧室的安静。

林震坐在藤椅上,赵慧文靠墙站着。林震指着花瓶说:“应该插枝花,”又指着墙壁说:“为什么不买几张画挂上?”

赵慧文说:“经常也不在,就没有管它。”然后她指着收音机问:“听不听?星期六晚上,总有好的音乐。”

收音机响了,一种梦幻的柔美的旋律从远处飘来,慢慢变得热情激荡。提琴奏出的诗一样的主题,立即揪住了林震的心。他托着腮,屏住了气。他的青春,他的追求,他的碰壁,似乎都能与这乐曲相通。

赵慧文背着手靠在墙上,不顾衣服蹭上了石灰粉,等这段乐曲过去,她用和音乐一样的声音说:“这是柴可夫斯基的《意大利随想曲》,让人想到南国,想到海……我在文工团的时候常听它,慢慢觉得,这调子不是别人演奏出的,而是从我心里钻出来的……”

“在文工团?”

“参加军事干部学校以后被分配去的,在朝鲜,我用我的蹩脚的嗓子给战士唱过歌,我是个哑嗓子的歌手。”

林震像第一次见面似的又重新打量赵慧文。

“怎么?不像了吧?”这时电台改放“剧场实况”了,赵慧文把收音机关了。

“你是文工团的,为什么很少唱歌?”林震问。

她不回答,走到床边,坐下。她说:“我们谈谈吧,小林,告诉我,你对咱们区委的印象怎么样?”

“不知道,我是说,还不明确。”

“你对韩常新和刘世吾有点意见吧,是不?”

“也许。”

“当初我也这样,从部队转业到这里,和部队的严格准确比较,许多东西我看不惯。我给他们提了好多意见,和韩常新激动地吵过一回,但是他们笑我幼稚,笑我工作没作好意见倒一大堆,慢慢地我发现,和区委的这些缺点作斗争是我力不胜任的……”

“为什么力不胜任?”林震像刺痛了似的跳起来,他的眉毛拧在一起了。

“这是我的错,”赵慧文抓起一个枕头,放在腿上,“那时我觉得自己水平太低,自己也很不完美,却想纠正那些水平比自己高得多的同志,实在不量力。而且,刘世吾、韩常新还有别人，他们确实把有些工作作得很好。他们的缺点散布在咱们工作的成绩里边，就像灰尘散布在美好的空气中，你嗅得出来，但抓不住，这正是难办的地方。”

“对！”林震把右拳头打在左手掌上。

赵慧文也有些激动了，她把枕头抛开，话说得更慢，她说：“我做的是事务工作，领导同志也不大过问，加上个人生活上的许多牵扯，我沉默了，于是，上班抄抄写写，下班给孩子洗尿布、买奶粉。我觉得我老得很快，参加军干校时候那种热情和幻想，不知道哪里去了。”她沉默着，一个一个地捏着自己的手指，接着说：“两个月以前，北京市进入社会主义高潮，工人、店员还有资本家，放着鞭炮，打着锣鼓到区委会报喜，工人、店员把入党申请书直接送到组织部，大街上一天一变，整个区委会彻夜通明，吃饭的时候，宣传部、财经部的同志滔滔不绝地讲着社会主义高潮中的各种气象；可我们组织部呢？工作改进很少！打电话催催发展数字，按前年的格式添几条新例子写写总结……最近，大家检查保守思想，组织部也检查，拖拖沓沓开了三次会，然后写个材料完事。……哎，我说乱了，社会主义高潮中，每一声鞭炮都刺着我，当我复写批准新党员通知的时候，我的手激动得发抖，可是我们的工作就这样依然故我地下去吗？”她喘了一口气，来回踱着，然后接着说：“我在党小组会上谈自己的想法，韩常新满足地问：‘难道我们发展数字的完成比例不是各区最高的？难道市委组织部没要我们写过经验？’然后他进行分析，说我情绪不够乐观，是因为不安心事务工作……”

“开始的时候，韩常新给人一个了不起的印象，但是实际一接触……”林震又说起那次写汇报的事。

赵慧文同意地点头：“这一二年，虽然我没提什么意见，但我无时无刻不在观察。生活里的一切，有表面也有内容，作到金玉其外，并不是难事。譬如韩常新，充领导他会拉长了声音训人，写汇报他会强拉硬扯生动的例子，分析问题，他会用几个无所不包的概念；于是，俨然成了个少壮有为的干部，他漂浮在生活上边，悠然得意。”

“那么刘世吾呢？”林震问，“他绝不像韩常新那样浅薄，但是他的那些独到的见解，精辟的分析，好像包含着一种可怕的冷漠。看到他容忍王清泉这样的厂长，我无法理解，而当我想向他表示什么意见的时候，他的议论却使人越绕越糊涂，除了跟着他走，似乎没有别的路……”

“刘世吾有一句口头语：就那么回事，他看透了一切，以为一切就那么回事。按他自己的说法，他知道什么是‘是’，什么是‘非’，还知道‘是’一定战胜‘非’，又知道‘是’不是一下子战胜‘非’，他什么都知道，什么都见过——党的工作给人的经验本来很多。于是他不再操心，不再爱也不再恨。他取笑缺陷，仅仅是取笑；欣赏成绩，仅仅是欣赏。他满有把握地应付一切,再也不需要虔诚地学习什么,除了拼音文字之类的具体知识。一旦他认为条件成熟需要干一气,他一把把事情抓在手里,教育这个,处理那个,俨然是一切人的上司。凭他的经验和智慧,他当然可以作好一些事,于是他更加自信。"赵慧文毫不容情地说道。这些话曾经在多少个不眠的夜晚萦绕在她的心头……

"我们的区委副书记兼部长呢?他不管么?"

赵慧文更加兴奋了,她说:"李宗秦身体不好,他想去作理论研究工作,嫌区的工作过于具体。他作组织部长只是挂名,把一切事情推给刘世吾。这也是一种相当普遍的不正常的现象,有一批老党员,因为病,因为文化水平低,或者因为是首长爱人,他们挂着厂长、校长和书记的名,却由副厂长、教导主任、秘书或者某个干事作实际工作。"

"我们的正书记——周润祥同志呢?"

"周润祥是一个非常令人尊敬的领导同志,但是他工作太多,忙着肃反、私营企业的改造……各种带有突击性的任务,我们组织部的工作呢,一般说永远成不了带突击性的中心任务,所以他管的也不多。"

"那……怎么办呢?"林震直到现在,才开始明白了事情的复杂性,一个缺点,仿佛粘在从上到下的一系列的缘故上。

"是啊。"赵慧文沉思地用手指弹着自己的腿,好像在弹一架钢琴,然后她向着远处笑了,她说:"谢谢你……"

"谢我?"林震以为自己听错了。

"是的,见到你,我好像又年轻了。你天不怕地不怕,敢于和一切坏现象作斗争,于是我有一种婆婆妈妈的预感:你……一场风波要起来了。"

林震脸红了。他根本没想到这些,他正为自己的无能而十分羞耻。他嘟哝着说:"但愿是真正的风波而不是瞎胡闹。"然后他问:"你想了这么多,分析得这么清楚,为什么只是憋在心里呢?"

"我老觉得没有把握,"赵慧文把手放在自己的胸前,"我看了想,想了又看,我有时候想得一夜都睡不好,我问自己:'你的工作是事务性的,你能理解这些吗?'"

"你怎么会这样想?我觉得你刚才说的对极了!你应该把你刚才说的对区委书记谈,或者写成材料给《人民日报》……"

"瞧,你又来了。"赵慧文露出润湿的牙齿笑了。"怎么叫又来了?"林震不高兴地站起来,使劲搔着头皮,"我也想过多少次,我觉得,人要在斗争中使自己变正确,而不能等到正确了才去作斗争!"

赵慧文突然推门出去了,把林震一个人留在这空旷的屋子里,他嗅见了肥皂的香气。马上,赵慧文回来了,端着一个长柄的小锅,她跳着进来,像一个梳着三只辫子的小姑娘。

她打开锅盖,戏剧性地向林震说:

“来,我们吃荸荠,煮熟了的荸荠!我没有找到别的好吃的。”

“我从小就喜欢吃熟荸荠,”林震愉快地把锅接过来,他挑了一个大的没剥皮就咬了一口,然后他皱着眉吐了出来,“这是个坏的,又酸又臭。”赵慧文大笑了。林震气愤地把捏烂了的酸荸荠扔到地上。

临走的时候,夜已经深了,纯净的天空上布满了畏怯的小星星。有一个老头儿吆喝:“炸丸子开锅!”推车走过。林震站在门外,赵慧文站在门里,她的眼睛在黑暗中闪光,她说:“下次来的时候,墙上就有画了。”

林震会心地笑着:“而且希望你把丢下的歌儿唱起来!”他摇了一下她的手。

林震用力地呼吸着春夜的清香之气,一股温暖的泉水在心头涌了上来。

## 八

韩常新最近被任命为组织部副部长。新婚和被提拔,使他愈益精神焕发和朝气勃勃。他每天刮一次脸,在参观了服装展览会以后又作了一套凡尔丁料子的衣服。不过,最近他亲自出马下去检查工作少了,主要是在办公室听汇报、改文件和找人谈话。刘世吾仍然那么忙……

一天,晚饭以后,韩常新把《拖拉机站站长与总农艺师》还给林震,他用手弹一弹那本书,点点头说:“很有意思,也很荒唐。当个作家倒不坏,编得天花乱坠。赶明儿我得了风湿性关节炎或者犯错误受了处分,就也写小说去。”

林震接过书,赶快拉开抽屉,把它压在最底下。

刘世吾坐在另一边的沙发上正出神地研究一盘象棋残局,听了韩常新的话,刻薄地说:“老韩将来得关节炎或者受处分倒不见得不可能,至于小说,我们可以放心,至少在这个行星上不会看到您的大作。”他说的时候一点不像开玩笑,以致韩常新尴尬地转过头,装没听见。

这时刘世吾又把林震叫过去,坐在他旁边,问:“最近看什么书了?有没有好的借我看看?”

林震说没有。

刘世吾挪动着身体,斜躺在沙发上,两手托在脑后,半闭着眼,缓慢地说:“最近在《译文》上看了《被开垦的处女地》第二部的片段,人家写得真好,活得很……”

“您常看小说?”林震真不大相信。

“我愿意荣幸地表示,我和你一样地爱读书:小说、诗歌,包括童话。解放以前,我最喜欢屠格涅夫，小学五年级，我已经读《贵族之家》，我为伦蒙那个德国老头儿流泪，我也喜欢叶琳娜；英沙罗夫写得却并不好……可他的书有一种清新的、委婉多情的调子。”他忽地站起来，走近林震，扶着沙发背，弯着腰继续说，“现在也爱看，看的时候很入迷，看完了又觉得没什么，你知道，”他紧挨林震坐下，又半闭起眼睛，“当我读一本好小说的时候，我梦想一种单纯的、美妙的、透明的生活。我想去作水手，或者穿上白衣服研究红血球，或者作一个花匠，专门培植十样锦……”他笑了，从来没这样笑过，不是用机智，而是用心。“可还是得作什么组织部长。”他摊开了手。

“为什么您把现在的工作看得和小说那么不一样呢？党的工作不单纯，不美妙，也不透明么？”林震友好而关切地问。

刘世吾接连摇头，咳嗽了一会儿又站起来。靠到远一点的地方，嘲笑地说：“党工作者不适合看小说。……譬如，”他用手在空中一划，“拿发展党员来说，小说可以写：‘在壮丽的事业里，多少名新战士参加了无产阶级的先锋行列，万岁！’而我们呢，组织部呢，却正在发愁：第一，某支部组织委员工作马大哈，谈不清新党员的历史情况。第二，组织部压了百十几个等着批准的新党员，没时间审查。第三，新党员需经常委会批准，常委委员一听开会批准党员就请假。第四，公安局长参加常委会批准党员的时候老是打瞌睡……”

“您不对！”林震大声说，他像本人受了侮辱一样地难以忍耐，“您看不见壮丽的事业，只看见某某在打瞌睡……难道您也打瞌睡了？”

刘世吾笑了笑，叫韩常新：“来，看看报上登的这个象棋残局，该先挪车呢还是先跳马？”

## 九

魏鹤鸣告诉林震，他要求回到车间作工人，他说：“这个支部委员和生产科长我干不了。”林震费尽唇舌，劝他把那次座谈会搜集的意见写给党报，并且质问他：“你退缩了，你不信任党和国家了，是吗？”后来魏鹤鸣和几个意见较多的工人写了一封长信，偷偷地寄给报纸，连魏鹤鸣本人都对自己有些怀疑：“也许这又是‘小集团活动’？那就处罚我吧！”他是带着有罪的心情把大信封扔进邮箱的。

五月中旬，《北京日报》以显明的标题登出揭发王清泉官僚主义作风的群众来信。署名“麻袋厂一群工人”的信，愤怒地要求领导上处理这一问题。《北京日报》编者也在按语中指出：“……有关领导部门应迅速作认真的检查……”

赵慧文首先发现了，她叫林震来看。林震兴奋得手发抖，看了半天连不成句子，他想："好！终于揭出来了！还是党报有力量！"

他把报纸拿给刘世吾看，刘世吾仔细地看了几遍，然后抖一抖报纸，客观地说："好，开刀了！"

这时，区委书记周润祥走进来，他问："王清泉的情况你们了解不？"

刘世吾不慌不忙地说："麻袋厂支部的一些不健康的情况那是确实存在的。过去，我们就了解过，最近我亲自找王清泉谈过话，同时小林同志也去了解过。"他转身向林震："小林，你谈谈王清泉的情况吧。"

有人敲门，魏鹤鸣紧张地撞进来，他的脸由红色变成了青色，他说，王厂长在看到《北京日报》以后非常生气，现在正追查写信的人。

……经过党报的揭发与区委书记的过问，刘世吾以出乎林震意料之外的雷厉风行的精神处理了麻袋厂的问题。刘世吾一下决心，就可以把工作作得很出色。他把其他工作交代给别人，连日与林震一起下到麻袋厂去。他深入车间，详细调查了王清泉工作的一切情况，征询工人群众的一切意见。然后，与各有关部门进行了联系，只用了一个多星期的时间，就对王清泉作了处理——党内和行政都予以撤职处分。

处理王清泉的大会一直开到深夜，开完会，外面下起雨，雨忽大忽小，久久地不停息。风吹到人脸上有些凉。刘世吾与林震到附近的一个小铺子去吃馄饨。

这是新近公私合营的小铺子，整理得干净而且舒适。由于下雨，顾客不多。他们避开热气腾腾的馄饨锅，在墙角的小桌旁坐下来。

他们要了馄饨，刘世吾还要了白酒，他呷了一口酒，掐着手指，有些感触地说："我这是第六次参加处理犯错误的负责干部的问题了，头几次，我的心很沉重。"由于在大会上激昂地讲过话，他的嗓音有些嘶哑，"党工作者是医生，他要给人治病，他自己却是并不轻松的。"他用无名指轻轻敲着桌子。

林震同意地点头。

刘世吾忽问："今天是几号？"

"五月二十。"林震告诉他。

"五月二十，对了。九年前的今天，'青年军'二〇八师打坏了我的腿。"

"打坏了腿？"林震对刘世吾的过去历史还不了解。

刘世吾不说话，雨一阵大起来，他听着那哗啦哗啦的单调的响声，嗅着潮湿的土气。一个被雨淋透的小孩子跑进来避雨。小孩的头发在往下滴水。

刘世吾招呼店员："切一盘肘子。"然后告诉林震："一九四七年，我在北大作自治会主席。参加五二〇游行的时候，二〇八师的流氓打坏了我的腿。"他挽起裤子，可以看到一道弧形的疤痕，然后他站起来："看，我的左腿是不是比右腿短一点？"

林震第一次以深深的尊敬和爱戴的眼光看着他。

喝了几口酒,刘世吾的脸微微发红,他坐下,把肉片夹给林震,然后斜着头说:“那时候……我是多么热情,多么年轻啊!我真恨不得……”

“现在就不年轻,不热情了么?”林震用期待的眼光看着。

“当然不,”刘世吾玩着空酒杯,“可是我真忙啊!忙得什么都习惯了,疲倦了。解放以来从来没睡够过八小时觉。我处理这个人和那个人,却没有时间处理处理自己。”他托起腮,用最质朴的人对人的态度看着林震,“是啊,一个布尔什维克,经验要丰富,但是心要单纯。……再来一两!”刘世吾举起酒杯,向店员招手。

这时林震已经开始被他深刻和真诚的抒发所感动了。刘世吾接着闷闷地说:“据说,炊事员的职业病是缺少良好的食欲,饭菜是他们作的,他们整天和饭菜打交道。我们,党工作者,我们创造了新生活,结果,生活反倒不能激动我们……”

林震的嘴动了动,刘世吾摆摆手,表示希望不要现在就和他辩论。他不说话,独自托着腮发愣。

“雨小多了,这场雨对麦子不错,”过了半天,刘世吾叹了口气,忽然又说:“你这个干部好,比韩常新强。”

林震在慌乱中赶紧喝汤。刘世吾盯着他,亲切地笑着,问他:“赵慧文最近怎么样?”

“她情绪挺好。”林震随口说。他拿起筷子去夹熟肉,看见了他熟悉的刘世吾的闪烁的目光。

刘世吾把椅子拉近了,缓缓地说:“原谅我的直爽,但是我有责任告诉你……”

“什么?”林震停止了夹肉。

“据我看,赵慧文对你的感情有些不……”

林震颤抖着手放下了筷子。

离开馄饨铺,雨已经停了,星光从黑云下面迅速地露出来,风更凉了,积水潺潺地从马路两边的泄水池流下去。林震迷惘地跑回宿舍,好像喝了酒的不是刘世吾,倒是他。同宿舍的同志都睡得很甜,粗短的和细长的鼾声此起彼伏。林震坐在床上,摸着湿了的裤脚,眼前浮现了赵慧文的苍白而美丽的脸。……他还是个毛小伙子,他什么也没经历过,什么都不懂。他走近窗子,把脸紧贴在外面沾满了水珠的冰冷的玻璃上。

## 十

区委常委开会讨论麻袋厂的问题。

林震列席参加。他坐在一角,心跳、紧张,手心里出了汗。他的衣袋里装着好几千字的发言提纲，准备在常委会上从麻袋厂事件扯出组织部工作中的问题。他觉得麻袋厂问题的揭发和解决，造成了最好的机会，可以促请领导从根本上考虑一下组织部的工作。时候到了！

刘世吾正在条理分明地汇报情况。书记周润祥显出沉思的神色，用左拳托着士兵式的粗壮而宽大的脸，右腕子压着一张纸，时而在上面写几个字。李宗秦用食指在空中写划着。韩常新也参加了会，他专心地把自己的鞋带解开又系上。

林震几次想说话，但是心跳得使他喘不上气。第一次参加常委会，就作这种大胆的发言，未免过于莽撞吧？不怕，不怕！他鼓励自己。他想起八岁那年在青岛学跳水，他也一边听着心跳，一边生气地对自己说："不怕，不怕！"

区委常委批准了刘世吾对于麻袋厂问题提出的处理意见，马上就要进行下面一项议程了，林震霍地举起了手。

"有意见吗？不举手就可以发言的。"周书记笑着说。

林震站起来，碰响了椅子，掏出笔记本看着提纲，他不敢看大家。

他说："王清泉个人是作了处理了，但是如何保证不再有第二、第三个王清泉出现呢？我们应该检查一下区委组织工作中的缺点：第一，我们只抓了建党，对于巩固党没给予应有的注意，使基层的党内斗争处于自流状态。第二，我们明知有问题却拖延着不去解决，王清泉来厂子整整五年，问题一直存在而且愈发展愈严重。……具体地说，我认为韩常新同志与刘世吾同志有责任……"

会场起了轻微的骚动，有人咳嗽，有人放下了烟卷，有人打开笔记本，有人挪了一下椅子。

韩常新耸了一下肩，用舌头舔了一下扭动着的牙床，讽刺地说："往往听到一种事后诸葛亮的意见：'为什么不早一点处理呢？'当然是愈早愈好罗……高、饶事件发生了，有人问为什么不早一点，贝利亚，也有人问为什么不早一点。再者，组织部并不能保证第二、第三个王清泉不会出现，林震同志也未尝能保证这一点。……"

林震抬起头，用激怒的目光看着韩常新。韩常新却只是冷冷地笑。林震压抑着自己说："老韩同志知道缺点的存在是规律，但他不知道克服缺点前进更是规律。老韩同志和刘部长，就是抱住了头一个规律，因而对各种严重的缺点采取了容忍乃至于麻木的态度！"说完，他用手抹了抹头上的汗，他也不知道自己怎么敢说得这样尖锐，但是终究说出来了，他有一种如释重负的感觉。

李宗秦在空中划着的食指停住了。周润祥转头看看林震又看看大家，他的沉重的身躯使木椅发出了吱吱声。他向刘世吾示意："你的意见？"

刘世吾点点头："小林同志的意见是对的，他的精神也给了我一些启发……"然后他悠闲地溜到桌子边去倒茶水，用手抚摸着茶碗沉思地说："不过具体到麻袋厂事件，倒难说了。组织部门巩固党的工作抓得不够，是的，我们干部太少，建党还抓不过来。麻袋厂王清泉的处理,应该说还是及时而有效的。在宣布处理的工人大会上,工人的情绪空前高涨,有些落后的工人也表示更认识到了党的大公无私,有一个老工人在台上一边讲话一边落泪,他们口口声声说着感谢党,感谢区委……"

林震小声说:"是的,正因为这样,我才觉得我们工作中的麻木、拖延、不负责任,是对群众犯罪。"他提高了声音,"党是人民的、阶级的心脏,我们不能容忍心脏上有灰尘,就像不能容忍党的机关的缺点!"

李宗秦把两手交叉起来放在膝头,他缓缓地说,像是一边说一边思索着如何造句:"我认为林震、韩常新、刘世吾同志的主要争论有两个症结,一个是规律性与能动性的问题,……一个是……"

林震以不知从哪儿来的勇气对李宗秦说:"我希望不要只作冷静而全面的分析……"他没有说下去,他怕自己掉下眼泪来。

周润祥看一看林震,又看一看李宗秦,皱起了眉头,沉默了一会,迅速地写了几个字,然后对大家说:"讨论下一项议程吧。"

散会后,林震气恼得没有吃下饭,区委书记的态度他没想到。他不满甚至有点失望。韩常新与刘世吾找他一起出去散步,就像根本没理会他对他们的不满意,这使林震更意识到自己和他们力量的悬殊。他苦笑着想:"你还以为常委会上发一席言就可以起好大的作用呢!"他打开抽屉,拿起那本被韩常新嘲笑过的苏联小说,翻开第一篇,上面写着:"按娜斯嘉的方式生活!"他自言自语:"真难啊!"

他缺少了什么呢?

## 十一

第二天下班以后,赵慧文告诉林震:"到我家吃饭去吧,我自己包饺子。"他想推辞,赵慧文已经走了。

林震犹豫了好久,终于在食堂吃了饭再到赵慧文家去。赵慧文的饺子刚刚煮熟。她穿上暗红色的旗袍,系着围裙,手上沾满面粉,像一个殷勤的主妇似的对林震说:"新下来的豆角做的馅子……"

林震嗫嚅地说:"我吃过了。"

赵慧文不信,跑出去给他拿来了筷子,林震再三表示确实吃过,赵慧文不满意地一个人吃起来。林震不安地坐在一旁,一会儿看看这,一会儿看看那,一会儿搓搓手,一会儿晃一晃身体。

"小林,有什么事么?"赵慧文停止了吃饺子。

"没……有。"

"告诉我吧。"赵慧文目不转睛地看着他。

"昨天在常委会上我把意见都提了,区委书记睬都不睬……"

赵慧文咬着筷子端想了想,她坚决地说:"不会的,周润祥同志只是不轻易发表意见……"

"也许,"林震半信半疑地说,他低下头,不敢正面接触赵慧文关切的目光。

赵慧文吃了几个饺子,又问:"还有呢?"

林震的心跳起来了。他抬起头,看见了赵慧文的好意的眼睛,他轻轻地叫:"赵慧文同志……"

赵慧文放下筷子,靠在椅子背子,有些吃惊了。

"我很想知道,你是否幸福。"林震用一种粗重的,完全像大人一样的声音说,"我看见过你的眼泪,在刘世吾的办公室,那时候春天刚来……后来忘记了。我自己马马虎虎地过日子,也不会关心人。你幸福吗?"

赵慧文略略疑惑地看着他,摇头,"有时候我也忘记……"然后点头,"会的,会幸福的。你为什么问它呢?"她安详地笑着。

林震把刘世吾对他讲的告诉了她:"……请原谅我,把刘世吾同志随便讲的一些话告诉了你,那完全是瞎说……我很愿意和你一起说话或者听交响乐,你好极了,那是自然而然的,……也许这里边有什么不好的,不合适的东西,马马虎虎的我忽然多虑了,我恐怕我扰乱谁。"林震抱歉地结束了。

赵慧文安详地笑着,接着皱起了眉尖儿,又抬起了细瘦的胳臂,用力擦了一下前额,然后她甩了一下头,好像甩掉什么不愉快的心事似的转过身去了。

她慢慢地走到墙壁上新挂的油画前边,默默地看画。那幅画的题目是《春》,莫斯科,太阳在春天初次出现,母亲和孩子到街头去……

一会,她又转过身来,迅速地坐在床上,一只手扶着床栏杆,异常平静地说:"你说了些什么呀?真的!我不会作那些不经过考虑的事。我有丈夫,有孩子,我还没和你谈过我的丈夫,"她不用常说的"爱人",而强调地说着"丈夫","我们在五二年结的婚,我才十九,真不该结婚那么早。他从部队里转业,在中央一个部里作科长,他慢慢地染上了一种油条劲儿,争地位、争待遇,和别人不团结。我们之间呢,好像也只剩下了星期六晚上回来和星期一走。我的看法是:或者是崇高的爱情,或者什么都没有。我们争吵了……但我仍然等待着……他最近出差去上海,等回来,我要和他好好谈一谈。可你说了些什么呢?"她又一次问,"小林,你是我所尊敬的顶好的朋友,但你还是个孩子——这个称呼也许不对,对不起。我们都希望过一种真正的生活,我们希望组织部成为真正的党的工作机构,我觉着你像是我的弟弟,你盼望我振作起来,是吧?生活是应该有互相支援和友谊的温暖,我从来就害怕冷淡。就是这些了,还有什么呢?还能有什么呢?"

林震惶恐地说:“我不该受刘世吾话的影响……”

“不,”赵慧文摇头,“刘世吾同志是聪明人,他的警告也许并不是完全没有必要,然后……”她深深地吐一口气,“那就好了。”

她收拾起碗筷,出去了。

林震茫然地站起,来回踱着步子,他想着、想着,好像有许多话要说,慢慢地,又没有了。他要说什么呢?本来什么都没有发生。生活有时候带来某种情绪的波流,使人激动也使人困扰,然后波流流过去,没有一点痕迹……真的没有痕迹吗?它留下对于相逢者的纯洁和美好的记忆,虽然淡淡,却难忘……

赵慧文又进来了,她领着两岁的儿子,还提着一个书包。小孩已经与林震见过几次面,亲热地叫林震“夫夫”——他说不清“叔叔”。

林震用强健的手臂把他举了起来。空旷的屋子里顿时充满了孩子的笑闹声。

赵慧文打开书包,拿出一叠纸,翻着,说:“今天晚上,我要让你看几样东西。我已经把三年来看到的组织部工作中的一些问题和自己的意见写了一个草稿。这个……”她不好意思地摸了一下一张橡皮纸,“大概这是可笑的,我给自己规定了一个竞赛的办法。让今天的自己和昨天的自己竞赛。我划了表,如果我的工作有了失误——写入党批准通知的时候抄错了名字或者统计错了新党员人数,我就在表上画一个黑叉子,如果一天没有错,就画一个小红旗。连续一个月都是红旗,我就买一条漂亮的头巾或者别的什么奖励自己……也许,这像幼儿园的作法吧?你好笑吗?”

林震入神地听着,他严肃地说:“绝不,我尊敬你对你自己的……”

临走的时候,夜已经深了,林震站在门外,赵慧文站在门里,她的眼睛在黑暗中闪着光,她说:“今天的夜色非常好,你同意吗?你嗅见槐花的香气了没有?平凡的小白花,它比牡丹清雅,比桃李浓馥。你嗅不见?真是!再见。明天一早就见面了,我们各自投身在伟大而麻烦的工作里边。然后晚上来找我吧,我们听美丽的《意大利随想曲》。听完歌,我给你煮荸荠,然后我们把荸荠皮扔得满地都是……”

……林震靠着组织部门前的大柱子好久好久地呆立着,望着夜的天空。初夏的南风吹拂着他——他来时是残冬,现在已经是初夏了。他在区委会度过了第一个春天。

他作好的事情简直很少,简直就是没有,但他学了很多,多懂了不少事。他懂了生活的真正的美好和真正的分量;他懂了斗争的困难和斗争的价值。他渐渐明白,在这平凡而又伟大的、包罗万象的、担负着无数艰巨任务的区委会,单凭个人的勇气是作不成任何事情的……从明天……

办公室的小刘走过,叫他:“林震,你上哪儿去了?快去找周润祥同志,他刚才找了你三次。”

区委书记找林震了吗？那么不是从明天，而是从现在，他要尽一切力量去争取领导的指引，这正是目前最重要的……

隔着窗子，他看见绿色的台灯和夜间办公的区委书记的高大侧影，他坚决地、迫不及待地敲响了领导同志办公室的门。

原载1956年《人民文学》9月号

（选自《王蒙文集 中篇小说》，王蒙著，人民文学出版社2014年版）

**【阅读提示】**

王蒙(1934— )，河北南皮人，当代作家，曾任文化部部长。著有《青春万岁》《活动变人形》《组织部新来的年轻人》《青狐》《那边风景》等小说。王蒙怀着浓郁的政治热情，用抒情笔法叙写各个时代的社会风貌与人生感受，他的小说可谓共和国历史的"存照"。

《组织部新来的青年人》(《组织来了个年轻人》)是一部中篇小说，讲述年轻人林震来到北京某区委组织部工作后，在处理麻袋厂党支部的问题中，他原本单纯的理想和信仰所遭遇的冲击，以及由此引发的内心痛苦和困惑。这是较早揭露社会主义制度下官僚主义作风的文学作品，其中刘世吾的形象尤为典型。

**【延伸阅读】**

1. 崔建飞：《毛泽东五谈王蒙〈组织部新来的年轻人〉》，《长城》2006年第2期。

2. 王蒙：《大起大落：〈组织部新来的年轻人〉发表之后》，《百年潮》2006年第7期。

3. 温奉桥，张波涛编：《一部小说与一个时代：〈组织部来了个年轻人〉》，中国海洋大学出版社2016年版。

4. 王蒙：《组织新来了个年轻人》，人民文学出版社2003年版。

（黄亚清）

# 射雕英雄传(存目)

金庸

**【阅读提示】**

(简介,无选本)

金庸(1924—2018),原名查良镛,浙江海宁人,生于1924年,1948年移居香港。香港当代新武侠著名代表作家,与梁羽生、古龙一起被称为“当代新武侠小说创作三大家”。金庸1955年在香港《新晚报》开始连载武侠小说《书剑恩仇录》,反响极大,一举成名,以致有“家家谈书剑,户户论金庸”之誉。到1970年,他一共创作了长、中、短篇武侠小说计十五部,金庸曾把所创作的小说名的首字联成一副对联(短篇《越女剑》没有包含在对联之中):“飞雪连天射白鹿,笑书神侠倚碧鸳。”在金庸的十五部作品之中,最著名的莫过于“射雕三部曲”——《神雕英雄传》、《神雕侠侣》与《倚天屠龙记》,他的封笔之作是带有反武侠色彩的《鹿鼎记》。

《射雕英雄传》最初连载于1957—1959年的《香港商报》,是金庸最负盛名的代表作,香港作家倪匡就曾说“《射雕英雄传》奠定了金庸武侠小说‘巨匠’的地位”。《射雕英雄传》虽说是一部武侠小说,却带有着“英雄史诗”的风格,金庸在跌宕起伏、惊心动魄的故事架构中,塑造了“侠之大者”——平民英雄郭靖的经典形象,展现了金庸小说一定的超越传统旧武侠的现代英雄观与现代精神。《射雕英雄传》中郭靖与黄蓉经典爱情故事的描写也是小说的亮点之一。

**【延伸阅读】**

1. 陈墨:《金庸小说之谜》,百花洲文艺出版社1992年版。

2. 严家炎:《论金庸小说的现代精神》,《文学评论》1996 年第 3 期。

3. 孔庆东:《金庸评传》,重庆出版社 2009 年版。

4. 管彦杰:《繁复世情 璀璨江湖:漫谈金庸经典之〈射雕英雄传〉》,广西师范大学出版社 2016 年版。

(方爱武)

# 窗外(存目)

琼瑶

（简介，无选本）

**【阅读提示】**

琼瑶，原名陈喆，祖籍湖南衡阳，1938 年生于四川成都，1949 年随父母迁居台北，台湾著名通俗言情小说作家。讴歌爱情是琼瑶小说永恒的主题，琼瑶小说因此有着“爱情的百科全书”之称，对台湾社会影响极大。著名代表作品有《窗外》《几度夕阳红》《烟雨濛濛》《在水一方》《我是一片云》等等。琼瑶小说中的爱情描写浪漫唯美，重情避性，重精神轻物质，充满着理想主义色调，正因如此，琼瑶式的爱情在一定程度上具有爱情乌托邦的色彩。无论在台湾还是在大陆，“琼瑶热”的背后都有着社会、历史与文化等复杂原因使然。

《窗外》创作于 1963 年，是琼瑶的处女作与成名作，在 1963 年 7 月份《皇冠》杂志上一次刊出，引起轰动。《窗外》是琼瑶唯一带有自传色彩的小说，它突破了言情小说常见的模式，以高中学生的师生恋为写作内容，书写了一曲爱情的悲歌，同时也反映出了台湾一定的社会问题。《窗外》1973 年被搬上了大银幕，是台湾著名演员林青霞的银幕处女作。

**【延伸阅读】**

1. 方忠:《论琼瑶小说创作及其文学史意义》,《台湾研究集刊》2000 年第 1 期。
2. 林芳玫:《解读琼瑶爱情王国》,台湾商务印书馆股份有限公司 2006 年版。
3. 孔庆东:《街前街后尽琼瑶——论当代港台言情小说》,《学术界》2010 年第 1 期。
4. 琼瑶:《我的故事》,北京十月文艺出版社 2015 年版。
5. 琼瑶:《窗外》,湖南文艺出版社 2018 年版。

（方爱武）

# 将军族

陈映真

在十二月里，这真是个好天气。特别在出殡的日子，太阳那么绚灿地普照着，使丧家的人们也蒙上一层隐秘的喜气了。有一支中音的萨士风在轻轻地吹奏着很东洋风的《荒城之月》。它听来感伤，但也和这天气一样地，有一种浪漫的悦乐之感。他为高个子修好了伸缩管瘪起嘴将喇叭朝着地下试吹了三个音，于是抬起来对着大街很富于温情地和着《荒城之月》。然后他忽然地停住了，他只吹了三个音。他睁大了本来细眯着的眼。他便这样地在伸缩的方向看见了伊。

高个子伸着手，将伸缩管喇叭接了去。高个子说：

"行了，行了。谢谢，谢谢。"

这样地说着，高个子若有所思地将喇叭夹在腋下，一手掏出一只皱得像蚯蚓一般的烟伸到他的眼前，差一点碰到他的鼻子。他后退了一步，猛力地摇着头，瘪着嘴做出一个笑容。不过这样的笑容，和他要预备吹奏时的表情，是颇难于区别的。高个子便咬住那烟，用手扶直了它，划了一支洋火烧红了一端，哔叽哔叽地抽了起来。他坐在一条长木凳上，心在很异样地悸动着。没有看见伊，已经有五年了吧。但他却能一眼便认出伊来。伊站在阳光里，将身子的重量放在左腿上，让臀部向左边画着十分优美的曼陀铃琴的弧。还是那样的站法呵。然而如今伊变得很婷婷了。很多年前，伊也曾这样地站在他的面前。那时他们都在康乐队里，几乎每天都在大卡车的颠簸中到处表演。

"三角脸，唱个歌好吗！"伊说。声音沙哑，仿佛鸭子。

他猛然地回过头来，看见伊便是那样地站着，抱着一支吉他琴。伊那时又瘦又小，在月光中，尤其的显得好笑。

"很夜了，唱什么歌！"

然而伊只顾站着，那样地站着。他拍了拍沙滩，伊便很和顺地坐在他的旁边。月亮在海水上碎成许多闪闪的鱼鳞。

“那么说故事吧。”

“啰嗦!”

“说一个就好。”伊说着,脱掉拖鞋,裸着的脚丫子便像蟋蟀似地钉进沙里去。

“十五、六岁了,听什么故事!”

“说一个你们家里的故事。你们大陆上的故事。”

伊仰着头,月光很柔和地敷在伊的干枯的小脸,使伊的发育得很不好的身体,看来又笨又拙。他摸了摸他的已经开始有些儿秃发的头。他编扯过许多马贼、内战、私刑的故事。

不过那并不是用来迷住像伊这样的貌丑的女子的呵。他看着那些梳着长长的头发的女队员们张着小嘴,听得入神,真是赏心乐事。然而,除了听故事,伊们总是跟年轻的乐师泡着。这使他寂寞得很。乐师们常常这样地说:

“我们的三角脸,才真是柳下惠哩!”

而他便总是笑笑,红着那张确乎有些三角形的脸。

他接过吉他琴,撩拨了一组和弦。琴声在夜空中铮琮着。渔火在极远的地方又明又灭。他正苦于怀乡,说什么“家里的”故事呢?

“讲一个故事。讲一个猴子的故事。”他说,太息着。

他于是想起了一个故事。那是写在一本日本的小画册上的故事。在沦陷给日本的东北,他的姊姊曾说给他听过。他只看着五彩的小插画,一个猴子被卖给马戏团,备尝辛酸,历经苦楚。有一个月圆的夜,猴子想起了森林里的老家,想起了爸爸、妈妈、哥哥、姊姊……

伊坐在那里,抱着屈着的腿,很安静地哭着。他慌了起来,嗫嚅地说:

“开玩笑,怎么的了!”

伊站了起来。瘦楞楞地,仿佛一具着衣的骷髅。伊站了一会儿,逐渐地把重心放在左腿上,就是那样。

就是那样的。然而,于今伊却穿着一套稍嫌小了一些的制服。深蓝的底子,到处镶滚着金黄的花纹。十二月的阳光浴着伊,使那怵目得很的蓝色,看来柔和了些。伊的戴着太阳眼镜的脸,比起往时要丰腴了许多。伊正专心地注视着天空中画着椭圆的鸽子们。一只红旗在向它们招摇。他原也走进阳光里,叫伊:

“小瘦丫头儿!”

而伊也会用伊的有些沙哑的嗓门叫起来的吧。但他只是坐在那儿,望着伊。伊再也不是个“小瘦丫头儿”了。他觉得自己果然已在苍老着,像旧了的鼓,缀缀补补了的铜号那样,又丑陋、又凄凉。在康乐队里的那么些年,他才逐渐接近四十。然而一年一年地过着,倒也尚不识老去的滋味的。不知道那些女孩儿们和乐师们,都早已把他当做叔伯之辈了。然而他还只是笑笑。不是不服老，却是因着心身两面，一直都是放浪如素的缘故。他真正的开始觉着老，还正是那个晚上呢。

记得很清楚：那时对于那样地站着的、并且那样轻轻地淌泪的伊，始而惶惑，继而怜惜，终而油然地产生了一种老迈的心情。想起来，他是从未有过这样的感觉的。从那个霎时起，他的心才改变成为一个有了年纪的人的心了。这样的心情，便立刻使他稳重自在。他接着说：

"开玩笑，这是怎么的了，小瘦丫头儿！"

伊没有回答。伊努力地抑压着，也终于没有了哭声。月亮真是美丽，那样静悄悄地照明着长长的沙滩、碉堡和几栋营房，叫人实在弄不明白：何以造物要将这么美好的时刻，秘密地在阒无一人的夜更里展露呢？他捡起吉他琴，任意地拨了几个和弦。他小心地、讨好地、轻轻地唱着：

——王老七，养小鸡，

叽咯叽咯叽……

伊便止不住地笑了起来。伊转过身来，用一只无肉的腿，向他轻轻地踢起一片细沙。伊忽然地又一个转身，擤了很多的鼻涕。他的心因着伊的活泼，像午后的花朵儿那样绽然地盛开起来。他唱着：

王老七……

伊揩好了鼻涕，盘腿坐在他的面前。伊说：

"有烟么？"

他赶忙搜了搜口袋，递过一只雪白的纸烟，为伊点上火，打火机发着殷红的火光，照着伊的鼻端。头一次他发现伊有一支很好的鼻子，瘦削、结实、且因留着一些鼻水，仿佛有些凉意。伊深深地吸一口，低下头，用夹住烟的右手支着颐。左手在沙地上歪歪斜斜地画着许多小圆圈。伊说：

"三角脸，我讲个事情你听。"

说着，白白的烟从伊的低着的头，袅袅地飘了上来。他说：

"好呀，好呀。"

"哭一哭，好多了。"

"我讲的是猴子，又不是你。"

"差不多——"

"哦，你是猴子啦，小瘦丫头儿！"

"差不多。月亮也差不多。"

"嗯。"

"唉，唉！这月亮。我一吃饱饭就不对。原来月亮大了，我又想家了。"

"像我吧，连家都没有呢。"

“有家。有家是有家啦,有什么用呢?”

伊说着,以臀部为轴,转了一个半圆。伊对着那黄得发红的大月亮慢慢地抽起纸烟。烟草便烧得“丝丝”作响。伊掠了掠伊的头发,忽然说:

“三角脸。”

“呵。”他说:“很晚了,少胡思乱想。我何尝不想家吗?”

他于是站了起来,他用衣袖擦了擦吉他琴上的夜露,一根根放松了琴弦。伊依旧坐着,很小心地抽着一截烟屁股,然后一弹,一条火红的细弧在沙地上碎成万点星火。

“我想家,也恨家里。”伊说:“你会这样吗?——你不会。”

“小瘦丫头儿,”他说,将琴的胴体抬在肩上,仿佛扛着一支枪。他说:“小瘦丫头,过去的事,想它做什么?我要像你:想,想!那我一天也不要活了!”

伊霍然地站起来,拍着身上的沙粒。伊张着嘴巴打起哈欠来。眨了眨眼,伊看着他,低声地说:

“三角脸,你事情见得多。”伊停了一下,说:“可是你是断断不知道:一个人被卖出去,是什么滋味。”

“哦知道。”他猛然地说,睁大了眼睛。伊看着他的微秃的,果然有些儿三角形的脸,不禁笑了起来。

“就好像我们乡下的猪、牛那样地被卖掉了。两万五,卖给他两年。”伊说。

伊将手插进口袋里,耸起板板的小肩膀,背向着他,又逐渐地把重心移到左腿上。伊的右腿便在那里轻轻地踢着沙子,仿佛一只小马儿。

“带走的那一天,我一滴眼泪也没有。我娘躲在房里哭,哭得好响,故意让我听到。我就是一滴眼泪也没有。哼!”

“小瘦丫头!”他低声说。

伊转身望着他,看见他的脸很忧戚地歪扭着,伊便笑了起来:

“三角脸。你知道!你知道个屁呢!”

说着,伊又躬着身子,擤了一把鼻涕。伊说:

“夜了。睡觉了。”

他们于是向招待所走去。月光照着很滑稽的人影,也照着两行孤独的脚印。伊将手伸进他的臂弯里,瞌睡地张大了嘴打着哈欠。他的臂弯感觉到伊的很瘦小的胸。但他的心却充满另外一种温暖。临分手的时候,他说:

“要是那时我走了之后,老婆有了女儿,大约也就是你这个年纪吧。”

伊扮了一个鬼脸,蹒跚地走向女队员的房间去。月在东方斜着,分外的圆了。

锣鼓队开始了作业了。密密的脆皮鼓伴着撼人的铜锣,逐渐使这静谧的午后扰骚了起来。他拉低了帽子,站立了起来。他看见伊的左手一晃,在右腋里夹住一根银光闪烁的指挥棒。指挥棒的小铜球也随着那样一晃，有如马嘶一般地轻响起来。伊还是个指挥的呢！

许多也是穿着蓝制服的少女乐手们都集合拢了。伊们开始吹奏着把节拍拉慢了一倍的《马撒永眠黄泉下》的曲子。曲子在震耳欲聋的锣鼓声的夹缝里，悠然地飞扬着，混合着时歇时起的孝子贤孙们的哭声，和这么绚然的阳光交织起来，便构成了人生、人死的喜剧了。他们的乐队也合拢了。于是像凑热闹似地，也随而吹奏起来了。高个子很神气地伸缩着他的管乐器，很富于情感地吹着《游子吟》。也是将节拍拉长了一倍，仿佛什么曲子都能当安魂曲似的——只要拉慢节拍子，全行的。他把小喇叭凑在嘴上，然而他并不在真吹。他只是做着样子罢了。他看着伊颇为神气地指挥着，金黄的流苏随着棒子飞舞着。不一会他便发觉了伊的指挥和乐声相差约有半拍。他这才记得伊是个轻度的音盲。

是的，伊是个音盲。所以伊在康乐队里，并不曾是个歌手。可是伊能跳很好的舞，而且也是个很好的女小丑，用一个红漆的破乒乓球，盖住伊唯一美丽的地方——鼻子，瘦板板地站在台上，于是台下卷起一片笑声。伊于是又眨了眨木然的眼，台下便又是一阵笑谑。伊在台上固然不唱歌，在台下也难得开口唱唱的。然而一旦不幸伊一下子高兴起来，便要咿咿呀呀地唱上好几小时，把一只好好的歌，唱得支离破碎，喑哑不成曲调。

有一个早晨，伊突然轻轻地唱起一支歌来。继而一支接着一支，唱得十分起劲。他在隔壁的房间修着乐器，无可奈何地听着那么折磨人的歌声。伊唱着说：

——这绿岛像一只船，在月夜里飘呀飘……

唱过一遍，停了一会儿，便又从头唱起。一次比一次温柔，充满情感。忽然间，伊说：

"三角脸！"

他没有回答。伊轻轻地敲了敲三夹板的墙壁，说：

"喂，三角脸！"

"哎！"

"我家离绿岛很近。"

"神经病。"

"我家在台东。"

"……"

"他×的，好几年没回去了！"

"什么？"

"我好几年没回去了！"

"你还说一句什么？"

伊停了一会,忽然吃吃地笑了起来,伊轻轻地叹了一口气,说:

“三角脸。”

“啰嗦!”

“有没有香烟?”

他站起来,从夹克口袋摸了一根纸烟,抛过三夹板给伊。他听见划火柴的声音。一缕青烟从伊的房间飘越过来,从他的小窗子飞逸而去。

“买了我的人把我带到花莲,”伊说,吐着嘴唇上的烟丝。伊接着说:“我说:我卖笑不卖身。他说不行。我便逃了。”

他停住手里的工作,躺在床上。天花板因漏雨而有些发霉了。他轻声说:

“原来你还是个逃犯哩!”

“怎么样?”伊大叫着说:“怎么样?报警去吗?呵?”

他笑了起来。

“早上收到家里的信,”伊说:“说为了我的逃走,家里要卖掉那么几小块田赔偿。”

“啊,啊啊。”

“活该,”伊说:“活该,活该!”

他们于是都沉默起来。他坐起身来,搓着手上的铜锈。刚修好的小喇叭躺在桌子上,在窗口的光线里静悄悄地闪耀着白色的光。不知道怎样地,他觉得沉重起来。隔了一会,伊低声说:

“三角脸。”

他咽了一口气,忙说:

“哎。”

“三角脸,过两天我回家去。”

他细眯着眼望着窗外。忽然睁开眼睛,站立起来,嗫嗫地说:

“小瘦丫头儿!”

他听见伊有些自暴自弃地呻吟了一声,似乎在伸懒腰的样子。伊说:

“田不卖,已经活不好了,田卖了,更活不好了。卖不到我,妹妹就完了。”

他走到桌旁,拿起小喇叭,用衣角擦拭着它。铜管子逐渐发亮了,生着红的、紫的圈圈。他想了想,木然地说:

“小瘦丫头儿。”

“嗯。”

“小瘦丫头儿,听我说:如果有人借钱给你还债,行吗?”

伊沉吟了一会,忽然笑了起来。

“谁借钱给我?”伊说:“两万五咧!谁借给我?你吗?”

他等待伊笑完了,说:

"行吗?"

"行,行。"伊说,敲着三夹板的壁,"行啊! 你借给我,我就做你的老婆。"

他的脸红了起来,仿佛伊就在他的面前那样。伊笑得喘不过气来,捺着肚子,扶着床板。伊说:

"别不好意思,三角脸。我知道你在壁板上挖了个小洞,看我睡觉。"

伊于是又爆笑起来。他在隔房里低下头,耳朵涨着猪肝那样的赭色。他无声地说:

"小瘦丫头儿……你不懂得我。"

那一晚,他始终不能成眠。第二天的深夜,他潜入伊的房间,在伊的枕头边留下三万元的存折,悄悄地离队出走了。一路上,他明明知道绝不是心疼着那些退伍金的,却不知道为什么止不住地流着眼泪。

几支曲子吹过去了。现在伊又站到阳光里。伊轻轻地脱下制帽,从袖卷中拉出手绢揩着脸,然后扶了扶太阳镜,有些许傲然地环视着几个围观的人。高个子挨近他,用痒痒的声说:

"看看那指挥的,很挺的一个女的呀!"

说着,便歪着嘴,挖着鼻子。他没有作声,而终于很轻地笑了笑。但即便是这样轻的笑脸,都皱起满脸的皱纹来。伊留着一头乌油油的头发,高高地梳着一个小髻。脸上多长了肉,把伊的本来便很好的鼻子,衬托得尤其的精神了。他想着:一个生长,一个枯萎,才不过是五年先后的事! 空气逐渐有些温热起来。鸽子们停在相对峙的三个屋顶上,恁那个养鸽的怎么样摇撼着红旗,都不起飞了。它们只是斜着头,愣愣地看着旗子,又拍了拍翅膀,而依旧只是依偎着停在那里。纸钱的灰在离地不高的地方打着卷、飞扬着。他站在那儿,忽然看见伊面向着他。从那张戴着太阳镜的脸,他很难于确定伊是否看见了他。他有些青苍起来,手也有些抖索了。他看着伊也木然地站在那里,张着嘴。然后他看见伊向这边走来。他低下头,紧紧地抱着喇叭。

他感觉到一个蓝色的影子挨近他,迟疑了一会,便同他并立着靠在墙上,他的眼睛有些发热了,然而他只是低弯着头。

"请问——"伊说。

"……"

"是你吗?"伊说:"是你吗? 三角脸,是……"伊哽咽起来:"是你,是你。"

他听着伊哽咽的声音,便忽然沉着起来,就像海滩上的那夜一般。他低声说:

"小瘦丫头儿,你这傻小瘦丫头!"

他抬起头来,看见伊用绢子捂着鼻子、嘴。他看见伊那样地抑住自己,便知道伊果然地成长了。伊望着他,笑着。他没有看见这样的笑,怕也有数十年了。那年打完仗回到家,他的母亲便曾类似这样地笑过。忽然一阵振翼之声响起,鸽子们又飞翔起来了,斜斜地划着圈子。他们都望着那些鸽子,沉默起来。过了一会。他说:

"一直在看着你当指挥,神气得很呢!"

伊笑了笑。他看着伊的脸,太阳镜下面沾着一小滴泪珠儿,很精细地闪耀着。他笑着说:

"还是那样好哭吗?"

"好多了。"伊说着,低下了头。

他们又沉默了一会,都望着越划越远的鸽子们的圆圈儿。他夹着喇叭,说:

"我们走,谈谈话。"

他们并着肩走过愕然着的高个子。他说:

"我去了马上来。"

"呵呵。"高个子说。

伊走得很婷婷然,然而他却有些伛偻了,他们走完一栋走廊,走过一家小戏院,一排宿舍,又过了一座小石桥。一片田野迎着他们,很多的麻雀聚栖在高压线上。离开了充满香火和纸灰的气味,他们觉得空气是格外的清新舒爽了。不同的作物将田野涂成不同深浅的绿色的小方块。他们站住了好一会,都沉默着。一种从不曾有过的幸福的感觉涨满了他的胸膈。伊忽然地把手伸到他的臂弯里,他们便慢慢地走上一条小坡堤。伊低声地说:

"三角脸。"

"嗯。"

"你老了。"

他摸了摸秃了大半的、尖尖的头,抓着,便笑了起来。他说:

"老了,老了。"

"才不过四、五年。"

"才不过四、五年。可是一个日出,一个日落呀!"

"三角脸——"

"在康乐队里的时候,日子还蛮好呢,"他紧紧地挟着伊的手,另一只手一晃一晃地玩着小喇叭。他接着说:"走了以后,在外头儿混,我才真正懂得一个卖给人的人的滋味。"

他们忽然噤着。他为自己的失言恼怒地瘪着松弛的脸。然而伊依然抱着他的手。伊低下头,看着两只跛着的脚。过了一会儿,伊说:

“三角脸——”

他垂头丧气，沉默不语。

“三角脸，给我一根烟。”伊说。

他为伊点上烟，双双坐了下来。伊吸了一阵，说：

“我终于真找到了你。”

他坐在那儿，搓着双手，想着些什么。他抬起头来，看着伊，轻轻地说：

“找我。找我做什么！”他激动起来了，“还我钱是不是？……我可曾说错了话么？”

伊从太阳镜里望着他的苦恼的脸，便忽而将自己的制帽盖在他的秃头上。伊端详了一番，便自得其乐地笑了起来。

“不要弄成那样的脸吧！否则你这样子倒真像个将军呢！”伊说着，扶了扶眼镜。

“我不该说那句话。我老了，我该死。”

“瞎说，我找你，要来赔罪的。”伊又说：

“那天我看到你的银行存折，哭了一整天。他们说我吃了你的亏，你跑掉了。”伊笑了起来。他也笑了。

“我真没料到你是真好的人。”伊说，“那时你老了，找不上别人。我又小又丑。好欺负。三角脸。你不要生气，我当时老防着你呢！”

他的脸很吃力地红了起来。他不是对伊没有过欲情的。他和别的队员一样，一向是个狂嫖滥赌的独身汉。对于这样的人，欲情与美貌之间，并没有必然的关系的。伊接着说：

“我拿了你的钱回家，不料并不能息事。他们又带我到花莲。他们带我去见一个大胖子。大胖子用很尖细的嗓子问我的话。我一听他的口音同你一样，就很高兴。我对他说：‘我卖笑，不卖身。’”

“大胖子吃吃地笑了。不久他们就弄瞎了我的左眼。”

他抢去伊的太阳眼镜，看见伊的左眼睑收缩地闭着。伊伸手要回眼镜，四平八稳地又戴了上去。伊说：

“然而我一点也没有怨恨，我早已决定这一生不论怎样也要活下来再见你一面。还钱是其次，我要告诉你我终于领会了。”

“我挣够给他们的数目，又积了三万元。两个月前才加入乐社里，不料就在这儿找到你了。”

“小瘦丫头！”他说。

“我说过我要做你的老婆，”伊说，笑了一阵，“可惜我的身子已经不干净，不行了。”

“下一辈子吧!”他说:“我这副皮囊比你的还要恶臭不堪的。”

远远地响起了一片喧天的乐声。他看了看表,正是丧家出殡的时候。伊说:

“正对,下一辈子吧。那时我们都像婴儿那么干净。”

他们于是站了起来。沿着坡堤向深处走去。过不一会儿,他吹起《王者进行曲》,吹得兴起,便在堤上踏着正步,左右摇晃。伊大声地笑着,取回制帽戴上,挥舞着银色的指挥棒,走在他的前面,也走着正步。年轻的农夫和村童们在田野里向他们招手,向他们欢呼着。两只三只的狗,也在四处吠了起来。太阳斜了的时候,他们的欢乐影子在长长的坡堤的那边消失了。

第二天早晨,人们在蔗田里发现一对尸首。男女都穿着乐队的制服,双手都交握于胸前。指挥棒和小喇叭很整齐地放置在脚前,闪闪发光,他们看来安详、滑稽,却另有一种滑稽中的威严。一个骑着单车的高大的农夫,于围睹的人群里看过了死尸后,在路上对另一个挑着水肥的矮小的农夫说:

“两个人躺得直挺挺地,规规矩矩,就像两位大将军呢!”

于是高大的和矮小的农夫都笑起来了。

一九六四年一月十五日

(选自《陈映真文集 小说卷》,中国友谊出版公司 1998 年版)

【阅读提示】

陈映真(1937—2016),又名许南村,本名陈永善,祖籍福建安溪,台湾台北人,台湾著名思想家与文学家。师承鲁迅的陈映真,是台湾社会著名的左倾人士。作为一名思想家,陈映真一生坚持民族立场,反殖民反分裂,是台湾著名的“统派”领军人物;作为一名文学家,其乡土文学创作成为台湾社会的一面镜子,具有一定的社会批判与文化关怀特质。

《将军族》是陈映真早期的乡土文学作品,写于 1964 年,小说首次关注了“大陆人在台湾”生存境遇问题,是台湾最早处理省籍融合主题的作家,作品在关注台湾社会现实的同时,也传达出了一定的家国情怀认知。

【延伸阅读】

1. 黎湘萍:《台湾的忧郁:论陈映真的写作与台湾的文学精神》,生活·读书·新知三联书店 1994 年版。

2. 许南村(陈映真):《后街——陈映真的创作历程》,见《陈映真自选集》,生活·读书·新知三联书店 2000 年版。

3. 陈映真:《鲁迅与我——在日本〈文明浅说〉班的讲话》,《鲁迅研究月刊》2001

年第 3 期。

4. 赵刚:《左眼台湾:重读陈映真》,北京大学出版社 2016 年版。

5. 赵稀方:《今天我们为什么纪念陈映真?》,《中国现代文学研究丛刊》2017 年第 4 期。

（方爱武）

# 永远的尹雪艳

白先勇

## 1

尹雪艳总也不老。十几年前那一班在上海百乐门舞厅替她捧场的五陵年少，有些头上开了顶，有些两鬓添了霜；有些来台湾降成了铁厂、水泥厂、人造纤维厂的闲顾问，但也有少数却升成了银行的董事长、机关里的大主管。不管人事怎么变迁，尹雪艳永远是尹雪艳，在台北仍旧穿着她那一身蝉翼纱的素白旗袍，一径那么浅浅地笑着，连眼角儿也不肯皱一下。

尹雪艳着实迷人。但谁也没能道出她真正迷人的地方。尹雪艳从来不爱搽胭抹粉，有时最多在嘴唇上点着些似有似无的蜜丝佛陀；尹雪艳也不爱穿红戴绿，天时炎热，一个夏天，她都浑身银白，净扮得了不得。不错，尹雪艳是有一身雪白的肌肤，细挑的身材，容长的脸蛋儿配着一副俏丽恬静的眉眼子，但是这些都不是尹雪艳出奇的地方。见过尹雪艳的人都这么说，也不知是何道理，无论尹雪艳一举手、一投足，总有一份世人不及的风情。别人伸个腰、蹙一下眉，难看，但是尹雪艳做起来，却又别有一番妩媚了。尹雪艳也不多言、不多语，紧要的场合插上几句苏州腔的上海话，又中听、又熨贴。有些荷包不足的舞客，攀不上叫尹雪艳的台子，但是他们却去百乐门坐坐，观观尹雪艳的风采，听她讲几句吴侬软语，心里也是舒服的。尹雪艳在舞池子里，微仰着头，轻摆着腰，一径是那么不慌不忙地起舞着；即使跳着快狐步，尹雪艳从来也没有失过分寸，仍旧显得那么从容，那么轻盈，像一球随风飘荡的柳絮，脚下没有扎根似的。尹雪艳有她自己的旋律。尹雪艳有她自己的拍子。绝不因外界的迁异，影响到她的均衡。

尹雪艳迷人的地方实在讲不清、数不尽。但是有一点却大大增加了她的神秘。尹雪艳名气大了，难免招忌，她同行的姊妹淘醋心重的就到处嘈起说：尹雪艳的八字带着重煞，犯了白虎，沾上的人，轻者家败，重者人亡。谁知道就是为着尹雪艳享了重煞的令誉，上海洋场的男士们都对她增加了十分的兴味。生活悠闲了，家当丰沃了，就不免想冒险，去闯闯这颗红遍了黄浦滩的煞星儿。上海棉纱财阀王家的少老板王贵生就是其中探险者之一。天天开着崭新的开德拉克，在百乐门门口候着尹雪艳转完台子，两人一同上国际饭店十四楼满天厅去共进华美的消夜。望着天上的月亮及灿烂的星斗，王贵生说，如果用他家的金条儿能够搭成一道天梯，他愿意爬上天空去把那弯月牙儿掐下来，插在尹雪艳的云鬓上。尹雪艳吟吟地笑着，总也不出声，伸出她那兰花般细巧的手，慢条斯理地将一枚枚涂着俄国乌鱼子的小月牙儿饼拈到嘴里去。

王贵生拚命地投资，不择手段地赚钱，想把原来的财富堆成三倍、四倍，将尹雪艳身边那批富有的逐鹿者一一击倒，然后用钻石玛瑙串成一根链子，套在尹雪艳的脖子上，把她牵回家去。当王贵生犯上官商勾结的重罪，下狱枪毙的那一天，尹雪艳在百乐门停了一宵，算是对王贵生致了哀。

最后赢得尹雪艳的却是上海金融界一位热可炙手的洪处长。洪处长休掉了前妻，抛弃了三个儿女，答应了尹雪艳十条条件；于是尹雪艳变成了洪夫人，住在上海法租界一栋从日本人接收过来华贵的花园洋房里。两三个月的工夫，尹雪艳便像一株晚开的玉梨花，在上海上流社会的场合中以压倒群芳的姿态绽发起来。

尹雪艳着实有压场的本领。每当盛宴华筵，无论在场的贵人名媛，穿着紫貂，围着火狸，当尹雪艳披着她那件翻领束腰的银狐大氅，像一阵三月的微风，轻盈盈地闪进来时，全场的人都好像给这阵风熏中了一般，总是情不自禁地向她迎过来。尹雪艳在人堆子里，像个冰雪化成的精灵，冷艳逼人，踏着风一般的步子，看得那些绅士以及仕女们的眼睛都一齐冒出火来。这就是尹雪艳：在兆丰夜总会的舞厅里、在兰心剧院的过道上，以及在霞飞路上一栋栋侯门官府的客堂中，一身银白，歪靠在沙发椅上，嘴角一径挂着那流吟吟浅笑，把场合中许多银行界的经理、协理，纱厂的老板及小开，以及一些新贵和他们的夫人们都拘到跟前来。

可是洪处长的八字到底软了些，没能抵得住尹雪艳的重煞。一年丢官，两年破产，到了台北来连个闲职也没捞上。尹雪艳离开洪处长时还算有良心，除了自己的家当外，只带走一个从上海跟来的名厨司及两个苏州娘姨。

## 2

尹雪艳的新公馆坐落在仁爱路四段的高级住宅区里，是一栋崭新的西式洋房，有个十分宽敞的客厅，容得下两三桌酒席。尹雪艳对她的新公馆倒是刻意经营过一番。客厅的家具是一色桃花心红木桌椅,几张老式大靠背的沙发,塞满了黑丝面子鸳鸯戏水的湘绣靠枕,人一坐下去就陷进了一半,倚在柔软的丝枕上,十分舒适。到过尹公馆的人,都称赞尹雪艳的客厅布置妥帖教人坐着不肯动身。打麻将有特别设备的麻将间,麻将桌、麻将灯都设计得十分精巧。有些客人喜欢挖花,尹雪艳还特别腾出一间有隔音设备的房间,挖花的客人可以关在里面恣意唱和。冬天有暖炉,夏天有冷气,坐在尹公馆里,很容易忘记外面台北市的阴寒及溽暑。客厅案头的古玩花瓶,四时都供着鲜花。尹雪艳对于花道十分讲究,中山北路的玫瑰花店长年都送来上选的鲜货。整个夏天,尹雪艳的客厅中都细细地透着一股又甜又腻的晚香玉。

尹雪艳的新公馆很快地便成为她旧雨新知的聚会所。老朋友来到时,谈谈老话,大家都有一腔怀古的幽情,想一会儿当年,在尹雪艳面前发发牢骚,好像尹雪艳便是上海百乐门时代永恒的象征,京沪繁华的佐证一般。

“阿囡,看看干爹的头发都白光喽! 侬还像枝万年青一式,愈来愈年轻!”

吴经理在上海当过银行的总经理,是百乐门的座上常客,来到台北赋闲,在一家铁工厂挂个顾问的名义。见到尹雪艳,他总爱拉着她半开玩笑而又不免带点自怜的口吻这样说。吴经理的头发确实全白了,而且患着严重的风湿,走起路来,十分蹒跚,眼睛又害沙眼,眼毛倒插长年淌着眼泪,眼圈已经开始溃烂,露出粉红的肉来。冬天时候,尹雪艳总把客厅里那架电暖炉移到吴经理的脚跟前,亲自奉上一盅铁观音,笑吟吟地说道:

“哪里的话,干爹才是老当益壮呢!”

吴经理心中熨帖了,恢复了不少自信,眨着他那烂掉了睫毛的老花眼,在尹公馆里,当众票了一出《坐宫》,以苍凉沙哑的嗓子唱出:

我好比浅水龙,
被困在沙滩。

尹雪艳有迷男人的工夫,也有迷女人的功夫。跟尹雪艳结交的那班太太们,打从上海起,就背地数落她。当尹雪艳平步青云时,这起太太们气不忿,说道:凭你怎么爬,左不过是个货腰娘。当尹雪艳的靠山相好遭到厄运的时候,她们就叹气道:命是逃不过的,煞气重的娘儿们到底沾惹不得。可是十几年来这起太太们一个也舍不得离开尹雪艳,到了台北都一窝蜂似的聚到尹雪艳的公馆里,她们不得不承认尹雪艳实在有她惊动人的地方。尹雪艳在台北的鸿翔绸缎庄打得出七五折,在小花园里挑得出最登样的绣花鞋儿,红楼的绍兴戏码,尹雪艳最在行,吴燕丽唱《孟丽君》的时候,尹雪艳可以拿到免费的前座戏票,论起西门町的京沪小吃,尹雪艳又是无一不精了。于是这起太太们,由尹雪艳领队,逛西门町、看绍兴戏,坐在三六九里吃桂花汤团,往往把十几年来不如意的事儿一股脑儿抛掉,好像尹雪艳周身都透着上海大千世界荣华的麝香一般，熏得这起往事沧桑的中年妇人都进入半醉的状态，而不由自主都津津乐道起上海五香斋的蟹黄面来。这起太太们常常容易闹情绪。尹雪艳对于她们都一一施以广泛的同情，她总耐心地聆听她们的怨艾及委曲，必要时说几句安抚的话，把她们焦躁的脾气一一熨平。

“输呀，输得精光才好呢！反正家里有老牛马垫背，我不输，也有旁人替我输！”

每逢宋太太搓麻将输了钱时就向尹雪艳带着酸意地抱怨道。宋太太在台湾得了妇女更年期的痴肥症，体重暴增到一百八十多磅，形态十分臃肿，走多了路，会犯气喘。宋太太的心酸话较多，因为她先生宋协理有了外遇，对她颇为冷落，而且对方又是一个身段苗条的小酒女。十几年前宋太太在上海的社交场合出过一阵风头，因此她对以往的日子特别向往。尹雪艳自然是宋太太倾诉衷肠的适当人选，因为只有她才能体会宋太太那种今昔之感。有时讲到伤心处，宋太太会禁不住掩面而泣。

“宋家阿姊，‘人无千日好，花无百日红’，谁又能保得住一辈子享荣华，受富贵呢？”

于是尹雪艳便递过热毛巾给宋太太揩面，怜悯地劝说道。宋太太不肯认命，总要抽抽搭搭地怨怼一番：

“我就不信我的命又要比别人差些！像侬吧，尹家妹妹，侬一辈子是不必发愁的，自然有人会来帮衬侬。”

## 3

尹雪艳确实不必发愁，尹公馆门前的车马从来也未曾断过。老朋友固然把尹公馆当做世外桃源，一般新知也在尹公馆找到别处稀有的吸引力。尹雪艳公馆一向维持它的气派。尹雪艳从来不肯把它降低于上海霞飞路的排场。出入的人士，纵然有些是过了时的，但是他们有他们的身份，有他们的派头，因此一进到尹公馆，大家都觉得自己重要，即使是十几年前作废了的头衔，经过尹雪艳娇声亲切地称呼起来，也如同受过诰封一般，心理上恢复了不少的优越感。至于一般新知，尹公馆更是建立社交的好所在了。

当然，最吸引人的，还是尹雪艳本身。尹雪艳是一个最称职的主人。每一位客人，不分尊卑老幼，她都招呼得妥妥帖帖。一进到尹公馆，坐在客厅中那些铺满黑丝面椅垫的沙发上，大家都有一种宾至如归、乐不思蜀的亲切之感，因此，做会总在尹公馆开标，请生日酒总在尹公馆开席，即使没有名堂的日子，大家也立一个名目，凑到尹公馆成一个牌局。一年里，倒有大半的日子，尹公馆里总是高朋满座。

尹雪艳本人极少下场,逢到这些日期,她总预先替客人们安排好牌局;有时两桌,有时三桌。她对每位客人的牌品及癖性都摸得清清楚楚,因此牌搭子总配得十分理想,从来没有伤过和气。尹雪艳本人督导着两个头干脸净的苏州娘姨在旁边招呼着。午点是宁波年糕或者湖州粽子。晚饭是尹公馆上海名厨的京沪小菜:金银腿、贵妃鸡、炝虾、醉蟹——尹雪艳亲自设计了一个转动的菜牌,天天转出一桌桌精致的筵席来。到了下半夜,两个娘姨便捧上雪白喷了明星花露水的冰面巾,让大战方酣的客人们揩面醒脑,然后便是一碗鸡汤银丝面作了消夜。客人们掷下的桌面十分慷慨,每次总上两三千。赢了钱的客人固然值得兴奋,即使输了钱的客人也是心甘情愿。在尹公馆里吃了玩了,末了还由尹雪艳差人叫好计程车,一一送回家去。

当牌局进展激烈的当儿,尹雪艳便换上轻装,周旋在几个牌桌之间,踏着她那风一般的步子,轻盈盈地来回巡视着,像个通身银白的女祭司,替那些作战的人们祈祷和祭祀。

“阿囡,干爹又快输脱底喽!”

每到败北阶段,吴经理就眨着他那烂掉了睫毛的眼睛,向尹雪艳发出讨救的哀号。

“还早呢,干爹,下四圈就该你摸清一色了。”

尹雪艳把个黑丝椅垫枕到吴经理害了风湿症的背脊上,怜恤地安慰着这个命运乖谬的老人。

“尹小姐,你是看到的。今晚我可没打错一张牌,手气就那么背!”

女客人那边也经常向尹雪艳发出乞怜的呼吁,有时宋太太输急了,也顾不得身份,就抓起两颗骰子啐道:

“呸!呸!呸!勿要面孔的东西,看你楣到啥个辰光!”

尹雪艳也照例过去,用着充满同情的语调,安抚她们一番。这个时候,尹雪艳的话就如同神谕一般令人敬畏。在麻将桌上,一个人的命运往往不受控制,客人们都讨尹雪艳的口彩来恢复信心及加强斗志。尹雪艳站在一旁,叼着金嘴子的三个九,徐徐地喷着烟圈,以悲天悯人的眼光看着她这一群得意的、失意的、老年的、壮年的、曾经叱咤风云的、曾经风华绝代的客人们,狂热地互相厮杀、互相宰割。

## 4

新来的客人中,有一位叫徐壮图的中年男士,是上海交通大学的毕业生;生得品貌堂堂,高高的个儿,结实的身体,穿着剪裁合度的西装,显得分外英挺。徐壮图是个台北市新兴的实业巨子，随着台北市的工业化，许多大企业应运而生，徐壮图头脑灵活，具有丰富的现代化工商管理的知识，才是四十出头，便出任一家大水泥公司的经理。徐壮图有位贤慧的太太及两个可爱的孩子。家庭美满，事业充满前途，徐壮图成为一个雄心勃勃的企业家。

徐壮图第一次进入尹公馆是在一个庆生酒会上。尹雪艳替吴经理做六十大寿，徐壮图是吴经理的外甥，也就随着吴经理来到尹雪艳的公馆。

那天尹雪艳着实装饰了一番，穿着一袭月白短袖的织锦旗袍，襟上一排香妃色的大盘扣；脚上也是月白缎子的软底绣花鞋，鞋尖却点着两瓣肉色的海棠叶儿。为了讨喜气，尹雪艳破例地在右鬓簪上一朵酒杯大血红的郁金香，而耳朵上却吊着一对寸把长的银坠子。客厅里的寿堂也布置得喜气洋洋，案上全换上才铰下的晚香玉。徐壮图一踏进去，就嗅中一阵沁人脑肺的甜香。

"阿囡，干爹替侬带来顶顶体面的一位客人。"吴经理穿着一身崭新的纺绸长衫，佝着背，笑呵呵地把徐壮图介绍给尹雪艳道，然后指着尹雪艳说：

"我这位干小姐呀，实在孝顺不过。我这个老朽三灾五难的还要赶着替我做生。我忖忖：我现在又不在职，又不问世，这把老骨头天天还要给触霉头的风湿症来折磨。管他折福也罢，今朝我且大模大样地生受了干小姐这场寿酒再讲。我这位外甥，年轻有为，难得放纵一回，今朝也来跟我们这群老朽一道开心开心。阿囡是个最妥当的主人家，我把壮图交把侬，侬好好地招待招待他吧。"

"徐先生是稀客，又是干爹的令戚，自然要跟别人不同一点。"尹雪艳笑吟吟地答道，发上那朵血红的郁金香颤巍巍地抖动着。

徐壮图果然受到尹雪艳特别的款待。在席上，尹雪艳坐在徐壮图旁边一径殷勤地向他劝酒让菜，然后歪向他低声说道：

"徐先生，这道是我们大师傅的拿手，你尝尝，比外面馆子做得如何？"

用完席后，尹雪艳亲自盛上一碗冰冻杏仁豆腐捧给徐壮图，上面却放着两颗鲜红的樱桃。用完席成上牌局的时候，尹雪艳走到徐壮图背后看他打牌。徐壮图的牌张不熟，时常发错张子，才是八圈，已经输掉一半筹码。有一轮，徐壮图正当发出一张梅花五筒的时候，突然尹雪艳从后面欠过身伸出她那细巧的手把徐壮图的手背按住说道：

"徐先生，这张牌是打不得的。"

那一盘徐壮图便和了一副"满园花"，一下子就把输出去的筹码赢回了大半。客人中有一个开玩笑抗议道：

"尹小姐，你怎么不来替我也点点张子，瞧瞧我也输光啦。"

"人家徐先生头一趟到我们家，当然不好意思让他吃了亏回去的喽。"徐壮图回头看到尹雪艳正朝着他满面堆着笑容，一对银耳坠子吊在她乌黑的发脚下来回地浪荡着。

客厅中的晚香玉到了半夜,吐出一蓬蓬的浓香来。席间徐壮图喝了不少热花雕,加上牌桌上和了那盘"满园花"的亢奋,临走时他已经有些微醺的感觉了。

"尹小姐,全得你的指教,要不然今晚的麻将一定全盘败北了。"

尹雪艳送徐壮图出大门时,徐壮图感激地对尹雪艳说道。尹雪艳站在门框里,一身白色的衣衫,双手合抱在胸前,像一尊观世音,朝着徐壮图笑吟吟地答道:

"哪里的话,隔日徐先生来白相,我们再一道研究研究麻将经。"

隔了两日,果然徐壮图又来到了尹公馆,向尹雪艳讨教麻将的诀窍。

## 5

徐壮图太太坐在家中的藤椅上,呆望着大门,两腮一天天削瘦,眼睛凹成了两个深坑。

当徐太太的干妈吴家阿婆来探望她的时候,她牵着徐太太的手失惊叫道:

"嗳呀,我的干小姐,才是个把月没见着,怎么你就瘦脱了形?"

吴家阿婆是一个六十来岁的妇人,硕壮的身体,没有半根白发,一双放大的小脚,仍旧行走如飞。吴家阿婆曾经上四川青城山去听过道,拜了上面白云观里一位道行高深的法师做师父。这位老法师因为看上吴家阿婆天生异禀,飞升时便把衣钵传了给她。吴家阿婆在台北家中设了一个法堂,中央供着她老师父的神像。神像下面悬着八尺见方黄绫一幅。据吴家阿婆说,她老师父常在这幅黄绫上显灵,向她授予机宜,因此吴家阿婆可以预卜凶吉,消灾除祸。吴家阿婆的信徒颇众,大多是中年妇女,有些颇有社会地位。经济环境不虞匮乏,这些太太们的心灵难免感到空虚。于是每月初一、十五,她们便停止一天麻将,或者标会的聚会,成群结队来到吴家阿婆的法堂上,虔诚地念经叩拜,布施散财,救济贫困,以求自身或家人的安宁。有些有疑难大症,有些有家庭纠纷,吴家阿婆一律慷慨施以许诺,答应在老法师灵前替她们祈求神助。

"我的太太,我看你的气色竟是不好呢!"吴家阿婆仔细端详了徐太太一番,摇头叹息。徐太太低首俯面忍不住伤心哭泣,向吴家阿婆道出了许多衷肠话来。

"亲妈,你老人家是看到的,"徐太太流着泪断断续续地诉说道,"我们徐先生和我结婚这么久,别说破脸,连句重话都向来没有过。我们徐先生是个争强好胜的人。他一向都这么说:'男人的心五分倒有三分应该放在事业上。'来台湾熬了这十来年,好不容易盼着他们水泥公司发达起来,他才出了头,我看他每天为公事在外面忙着应酬,我心里只有暗暗着急。事业不事业倒在其次,求祈他身体康宁,我们母子再苦些也是情愿的。谁知道打上月起，我们徐先生竟好像变了一个人似的。经常两晚、三晚不回家。我问一声，他就摔碗砸筷，脾气暴得了不得。前天连两个孩子都挨了一顿狠打。有人传话给我听，说是我们徐先生外面有了人，而且人家还是个有头有脸的人物。亲妈，我这个本本分分的人哪里经过这些事情？人还撑得住不走样？”

“干小姐，”吴家阿婆拍了一下巴掌说道：“你不提呢，我也就不说了。你晓得我是最怕兜揽是非的人。你叫了我声亲妈，我当然也就向着你些。你知道那个胖婆儿宋太太呀，她先生宋协理搞上个什么‘五月花’的小酒女。她跑到我那里一把鼻涕一把眼泪要我替她求求老师父。我拿她先生的八字来一算，果然冲犯了东西。宋太太在老师父灵前许了重愿，我替她念了十二本经。现在她男人不是乖乖的回去了？后来我就劝宋太太：‘整天少和那些狐狸精似的女人穷混，念经做善事要紧！’宋太太就一五一十地把你们徐先生的事情原原本本数了给我听。那个尹雪艳呀，你以为她是个什么好东西？她没有两下，就能笼得住这些人？连你们徐先生那么正人君子她都有本事抓得牢。这种事情历史上是有的：褒姒、妲己、飞燕、太真——这起祸水！你以为都是真人吗？妖孽！凡是到了乱世，这些妖孽都纷纷下凡，扰乱人间。那个尹雪艳还不知道是个什么东西变的呢！我看你呀，总得变个法儿替你们徐先生消了这场灾难才好。”

“亲妈，”徐太太忍不住又哭了起来，“你晓得我们徐先生不是那种没有良心的男人。每次他在外面逗留了回来，他嘴里虽然不说，我晓得他心里是过意不去的。有时他一个人闷坐着猛抽烟，头筋叠暴起来，样子真唬人。我又不敢去劝解他，只有干着急。这几天他更是着了魔一般，回来嚷着说公司里人人都寻他晦气。他和那些工人也使脾气，昨天还把人家开除了几个。我劝他说犯不着和那些粗人计较，他连我也呵斥了一顿。他的行径反常得很，看着不像，真不由得不教人担心哪！”

“就是说呀！”吴家阿婆点头说道，“怕是你们徐先生也犯着了什么吧？你且把他的八字递给我，回去我替他测一测。”

徐太太把徐壮图的八字抄给了吴家阿婆说道：

“亲妈，全托你老人家的福了。”

“放心，”吴家阿婆临走时说道，“我们老师父最是法力无边，能够替人排难解厄的。”

然而老师父的法力并没有能够拯救徐壮图。有一天，正当徐壮图向一个工人拍起桌子喝骂的时候。那个工人突然发了狂，一把扁钻从徐壮图前胸刺穿到后背。

## 6

徐壮图的治丧委员会吴经理当了总干事。因为连日奔忙,风湿又弄翻了,他在极乐殡仪馆穿出穿进的时候,一径拄着拐杖,十分蹒跚。开吊的那一天,灵堂就设在殡仪馆里。一时亲朋好友的花圈丧幛白簇簇的一直排到殡仪馆的门口来。水泥公司同仁挽的却是"痛失英才"四个大字。来祭吊的人从早上九点钟起开始络绎不绝。徐太太早已哭成了痴人,一身麻衣丧服带着两个孩子,跪在灵前答谢。吴家阿婆却率领了十二个道士,身着法衣,手执拂尘,在灵堂后面的法坛打解冤洗业醮。此外并有僧尼十数人在念经超度,拜大悲忏。

正午的时候,来祭吊的人早挤满了一堂,正当众人熙攘之际,突然人群里起了一阵骚动,接着全堂静寂下来,一片肃穆。原来尹雪艳不知什么时候却像一阵风一般地闪了进来。尹雪艳仍旧一身素白打扮,脸上未施脂粉,轻盈盈地走到管事台前,不慌不忙地提起毛笔,在签名簿上一挥而就地签上了名,然后款款地步到灵堂中央,客人们都倏地分开两边,让尹雪艳走到灵台跟前,尹雪艳凝着神,敛着容,朝着徐壮图的遗像深深地鞠了三鞠躬。这时在场的亲友大家都呆如木鸡。有些显得惊讶,有些却是忿愤,也有些满脸惶惑,可是大家都好似被一股潜力镇住了,未敢轻举妄动。这次徐壮图的惨死,徐太太那一边有些亲戚迁怒于尹雪艳,他们都没有料到尹雪艳居然有这个胆识闯进徐家的灵堂来。场合过分紧张突兀,一时大家都有点手足无措。尹雪艳行完礼后,却走到徐太太面前,伸出手抚摸了一下两个孩子的头,然后庄重地和徐太太握了一握手。正当众人面面相觑的当儿,尹雪艳却踏着她那轻盈盈的步子走出了极乐殡仪馆。一时灵堂里一阵大乱,徐太太突然跪倒在地,昏厥了过去,吴家阿婆赶紧丢掉拂尘,抢身过去,将徐太太抱到后堂去。

当晚,尹雪艳的公馆里又成上了牌局,有些牌搭子是白天在徐壮图祭悼会后约好的,吴经理又带了两位新客人来。一位是南国纺织厂新上任的余经理;另一位是大华企业公司的周董事长。这晚吴经理的手气却出了奇迹,一连串地在和满贯。吴经理不停地笑着叫着,眼泪从他烂掉了睫毛的血红眼圈一滴滴淌落下来。到了第二十圈,有一盘吴经理突然双手乱舞大叫起来:

"阿囡,快来!快来!'四喜临门'!这真是百年难见的怪牌。东、南、西、北——全齐了,外带自摸双!人家说和了大四喜,兆头不祥。我倒楣了一辈子,和了这副怪牌,从此否极泰来。阿囡,阿囡,侬看看这副牌可爱不可爱?有趣不有趣?"

吴经理喊着笑着把麻将撒满了一桌子。尹雪艳站到吴经理身边,轻轻地按着吴经理的肩膀，笑吟吟地说道：

“干爹，快打起精神多和两盘。回头赢了余经理及周董事长他们的钱，我来吃你的红！”

一九六五年春于美爱荷华城

（选自《台北人》，白先勇著，广西师范大学出版社 2015 年版）

**【阅读提示】**

白先勇，1937 年出生于广西桂林，1948 年移居香港，1952 年去台，台湾当代著名作家，夏志清曾盛赞白先勇为“当代短篇小说家中少见的奇才。”（《白先勇论》）白先勇的作品因其深厚的中国传统文学素养与浓郁的西方现代主义文学气质而著称于世。白先勇是 60 年代崛起于台湾文坛的现代主义之学主将之一，他所主编的《现代文学》刊物（1960 年创刊）是当时台湾现代主义之学的主要阵地之一，他的创作深受西方现代文学思潮的影响；与此同时，作为从大陆南下的作家，白先勇的作品又处处流露出浓郁鲜明的民族风格与文化乡愁，余光中就曾说：“小说家白先勇是现代中国最敏感的伤心人，他的作品最具‘历史感’。”（《台湾新文学辞典》）白先勇的代表作品有：短篇小说集《寂寞的十七岁》《台北人》《纽约客》，长篇小说《孽子》，散文集《蓦然回首》《第六只手指》《树犹如此》，以及舞台剧《游园惊梦》等。

《永远的尹雪艳》创作于 1965 年，是白先勇小说集《台北人》的开篇之作，作者以尹雪艳从上海百乐门红舞女到台北著名交际花的身世之变，寄寓了他对时间、对生命以及对死亡等的深刻思考。作者以冷峻的笔调在谱写“社会众生相”之外，弹奏出了一曲感时伤怀的哀歌。

**【延伸阅读】**

1. 袁良骏：《白先勇创作道路初探》，《华文文学》1990 年第 1 期。

2. 吴福辉：《背负历史记忆而流离的中国人——白先勇小说新论》，《文艺争鸣》1993 年第 3 期。

3. 张晓玥：《书写心灵无言的痛楚——论白先勇小说》，《文学评论》2007 年第 2 期。

4. 欧阳子：《王谢堂前的燕子：白先勇〈台北人〉的研析与索隐》，广西师范大学出版社 2014 年版。

5. 朱寿桐：《白先勇文学存在的文化意义》，《小说评论》2016 年第 3 期。

（方爱武）

# 受 戒

汪曾祺

明海出家已经四年了。

他是十三岁来的。

这个地方的地名有点怪,叫庵赵庄。赵,是因为庄上大都姓赵。叫做庄,可是人家住得很分散,这里两三家,那里两三家。一出门,远远可以看到,走起来得走一会,因为没有大路,都是弯弯曲曲的田埂。庵,是因为有一个庵。庵叫菩提庵,可是大家叫讹了,叫成荸荠庵。连庵里的和尚也这样叫。“宝刹何处?”——“荸荠庵。”庵本来是住尼姑的。“和尚庙”、“尼姑庵”嘛。可是荸荠庵住的是和尚。也许因为荸荠庵不大,大者为庙,小者为庵。

明海在家叫小明子。他是从小就确定要出家的。他的家乡不叫“出家”,叫“当和尚”。他的家乡出和尚。就像有的地方出劁猪的,有的地方出织席子的,有的地方出箍桶的,有的地方出弹棉花的,有的地方出画匠,有的地方出婊子,他的家乡出和尚。人家弟兄多,就派一个出去当和尚。当和尚也要通过关系,也有帮。这地方的和尚有的走得很远。有到杭州灵隐寺的、上海静安寺的、镇江金山寺的、扬州天宁寺的。一般的就在本县的寺庙。明海家田少,老大、老二、老三,就足够种的了。他是老四。他七岁那年,他当和尚的舅舅回家,他爹、他娘就和舅舅商议,决定叫他当和尚。他当时在旁边,觉得这实在是在情在理,没有理由反对。当和尚有很多好处。一是可以吃现成饭。哪个庙里都是管饭的。二是可以攒钱。只要学会了放瑜伽焰口,拜梁皇忏,可以按例分到辛苦钱。积攒起来,将来还俗娶亲也可以;不想还俗,买几亩田也可以。当和尚也不容易,一要面如朗月,二要声如钟磬,三要聪明记性好。他舅舅给他相了相面,叫他前走几步,后走几步,又叫他喊了一声赶牛打场的号子:“格当嘚——”,说是“明子准能当个好和尚,我包了!”要当和尚,得下点本,——念几年书。哪有不认字的和尚呢!于是明子就开蒙入学,读了《三字经》《百家姓》《四言杂字》《幼学琼林》《上论、下论》《上孟、下孟》,每天还写一张仿。村里都夸他字写得好,很黑。

舅舅按照约定的日期又回了家，带了一件他自己穿的和尚领的短衫，叫明子娘改小一点，给明子穿上。明子穿了这件和尚短衫，下身还是在家穿的紫花裤子，赤脚穿了一双新布鞋，跟他爹、他娘磕了一个头，就随舅舅走了。

他上学时起了个学名，叫明海。舅舅说，不用改了。于是"明海"就从学名变成了法名。

过了一个湖。好大一个湖！穿过一个县城。县城真热闹：官盐店，税务局，肉铺里挂着成爿的猪，一个驴子在磨芝麻，满街都是小磨香油的香味，布店，卖茉莉粉、梳头油的什么斋，卖绒花的，卖丝线的，打把式卖膏药的，吹糖人的，耍蛇的……他什么都想看看。舅舅一劲地推他："快走！快走！"

到了一个河边，有一只船在等着他们。船上有一个五十来岁的瘦长瘦长的大伯，船头蹲着一个跟明子差不多大的女孩子，在剥一个莲蓬吃。明子和舅舅坐到舱里，船就开了。

明子听见有人跟他说话，是那个女孩子。

"是你要到荸荠庵当和尚吗？"

明子点点头。

"当和尚要烧戒疤呕！你不怕？"

明子不知道怎么回答，就含含糊糊地摇了摇头。

"你叫什么？"

"明海。"

"在家的时候？"

"叫明子。"

"明子！我叫小英子！我们是邻居。我家挨着荸荠庵。——给你！"

小英子把吃剩的半个莲蓬扔给明海，小明子就剥开莲蓬壳，一颗一颗吃起来。

大伯一桨一桨地划着，只听见船桨拨水的声音：

"哗——许！哗——许！"

……

荸荠庵的地势很好，在一片高地上。这一带就数这片地势高，当初建庵的人很会选地方。门前是一条河。门外是一片很大的打谷场。三面都是高大的柳树。山门里是一个穿堂。迎门供着弥勒佛。不知是哪一位名士撰写了一副对联：

> 大肚能容容天下难容之事
> 开颜一笑笑世间可笑之人

弥勒佛背后，是韦驮。过穿堂，是一个不小的天井，种着两棵白果树。天井两边各有三间厢房。走过天井，便是大殿，供着三世佛。佛像连龛才四尺来高。大殿东边是方丈，西边是库房。大殿东侧，有一个小小的六角门，白门绿字，刻着一副对联：

一花一世界

三藐三菩提

进门有一个狭长的天井，几块假山石，几盆花，有三间小房。

小和尚的日子清闲得很。一早起来，开山门，扫地。庵里的地铺的都是箩底方砖，好扫得很，给弥勒佛、韦驮烧一炷香，正殿的三世佛面前也烧一炷香、磕三个头、念三声“南无阿弥陀佛”，敲三声磬。这庵里的和尚不兴做什么早课、晚课，明子这三声磬就全都代替了。然后，挑水，喂猪。然后，等当家和尚，即明子的舅舅起来，教他念经。

教念经也跟教书一样，师父面前一本经，徒弟面前一本经，师父唱一句，徒弟跟着唱一句。是唱哎。舅舅一边唱，一边还用手在桌上拍板。一板一眼，拍得很响，就跟教唱戏一样。是跟教唱戏一样，完全一样哎。连用的名词都一样。舅舅说，念经：一要板眼准，二要合工尺。说：当一个好和尚，得有条好嗓子。说：民国二十年闹大水，运河倒了堤，最后在清水潭合龙，因为大水淹死的人很多，放了一台大焰口，十三大师——十三个正座和尚，各大庙的方丈都来了，下面的和尚上百。谁当这个首座？推来推去，还是石桥——善因寺的方丈！他往上一坐，就跟地藏王菩萨一样，这就不用说了；那一声“开香赞”，围看的上千人立时鸦雀无声。说：嗓子要练，夏练三伏，冬练三九，要练丹田气！说：要吃得苦中苦，方为人上人！说：和尚里也有状元、榜眼、探花！要用心，不要贪玩！舅舅这一番大法要说得明海和尚实在是五体投地，于是就一板一眼地跟着舅舅唱起来：

“炉香乍爇——”

“炉香乍爇——”

“法界蒙薰——”

“法界蒙薰——”

“诸佛现金身……”

“诸佛现金身……”

…………

等明海学完了早经——他晚上临睡前还要学一段，叫做晚经——荸荠庵的师父们就都陆续起床了。

这庵里人口简单，一共六个人。连明海在内，五个和尚。

有一个老和尚，六十几了，是舅舅的师叔，法名普照，但是知道的人很少，因为很少人叫他法名，都称之为老和尚或老师父，明海叫他师爷爷。这是个很枯寂的人，一天关在房里，就是那“一花一世界”里。也看不见他念佛，只是那么一声不响地坐着。他是吃斋的，过年时除外。

下面就是师兄弟三个，仁字排行：仁山、仁海、仁渡。庵里庵外，有的称他们为大师父、二师父；有的称之为山师父、海师父。只有仁渡，没有叫他“渡师父”的，因为听起来不像话，大都直呼之为仁渡。他也只配如此，因为他还年轻，才二十多岁。

仁山，即明子的舅舅，是当家的。不叫“方丈”，也不叫“住持”，却叫“当家的”，是很有道理的，因为他确确实实干的是当家的职务。他屋里摆的是一张帐桌，桌子上放的是帐簿和算盘。帐簿共有三本。一本是经帐，一本是租帐，一本是债帐。和尚要做法事，做法事要收钱，——要不，当和尚干什么？常做的法事是放焰口。正规的焰口是十个人。一个正座，一个敲鼓的，两边一边四个。人少了，八个，一边三个，也凑合了。荸荠庵只有四个和尚，要放整焰口就得和别的庙里合伙。这样的时候也有过，通常只是放半台焰口。一个正座，一个敲鼓，另外一边一个。一来找别的庙里合伙费事；二来这一带放得起整焰口的人家也不多。有的时候，谁家死了人，就只请两个，甚至一个和尚咕噜咕噜念一通经，敲打几声法器就算完事。很多人家的经钱不是当时就给，往往要等秋后才还。这就得记帐。另外，和尚放焰口的辛苦钱不是一样的。就像唱戏一样，有份子。正座第一份。因为他要领唱，而且还要独唱。当中有一大段“叹骷髅”，别的和尚都放下法器休息，只有首座一个人有板有眼地曼声吟唱。第二份是敲鼓的。你以为这容易呀？哼，单是一开头的“发擂”，手上没功夫就敲不出迟疾顿挫！其余的，就一样了。这也得记上：某月某日、谁家焰口半台，谁正座，谁敲鼓……省得到年底结帐时赌咒骂娘。……这庵里有几十亩庙产，租给人种，到时候要收租。庵里还放债。租、债一向倒很少亏欠，因为租佃借钱的人怕菩萨不高兴。这三本帐就够仁山忙的了。另外香烛、灯火、油盐“福食”，这也得随时记记帐呀。除了帐簿之外，山师父的方丈的墙上还挂着一块水牌，上漆四个红字：“勤笔免思”。

仁山所说当一个好和尚的三个条件，他自己其实一条也不具备。他的相貌只要用两个字就说清楚了：黄，胖。声音也不像钟磬，倒像母猪。聪明么？难说，打牌老输。他在庵里从不穿袈裟，连海青直裰也免了。经常是披着件短僧衣，袒露着一个黄色的肚子。下面是光脚趿拉着一对僧鞋，——新鞋他也是趿拉着。他一天就是这样不衫不履地这里走走，那里走走，发出母猪一样的声音：“呣——呣——”。

二师父仁海。他是有老婆的。他老婆每年夏秋之间来住几个月，因为庵里凉快。庵里有六个人，其中之一，就是这位和尚的家眷。仁山、仁渡叫她嫂子，明海叫她师娘。这两口子都很爱干净，整天地洗涮。傍晚的时候，坐在天井里乘凉。白天，闷在屋里不出来。

三师父是个很聪明精干的人。有时一笔帐大师兄扒了半天算盘也算不清，他眼珠子转两转，早算得一清二楚。他打牌赢的时候多，二三十张牌落地，上下家手里有些什么牌，他就差不多都知道了。他打牌时，总有人爱在他后面看歪头胡。谁家约他打牌，就说“想送两个钱给你。”他不但经忏俱通（小庙的和尚能够拜忏的不多),而且身怀绝技,会“飞铙”。七月间有些地方做盂兰会,在旷地上放大焰口,几十个和尚,穿绣花袈裟,飞铙。飞铙就是把十多斤重的大铙钹飞起来。到了一定的时候,全部法器皆停,只几十副大铙紧张急促地敲起来。忽然起手,大铙向半空中飞去,一面飞,一面旋转。然后,又落下来,接住。接住不是平平常常地接住,有各种架势,“犀牛望月”“苏秦背剑”……这哪是念经,这是耍杂技。也许是地藏王菩萨爱看这个,但真正因此快乐起来的是人,尤其是妇女和孩子。这是年轻漂亮的和尚出风头的机会。一场大焰口过后,也像一个好戏班子过后一样,会有一个两个大姑娘、小媳妇失踪——跟和尚跑了。他还会放“花焰口”。有的人家,亲戚中多风流子弟,在不是很哀伤的佛事——如做冥寿时,就会提出放花焰口。所谓“花焰口”就是在正焰口之后,叫和尚唱小调,拉丝弦,吹管笛,敲鼓板,而且可以点唱。仁渡一个人可以唱一夜不重头。仁渡前几年一直在外面,近二年才常住在庵里。据说他有相好的,而且不止一个。他平常可是很规矩,看到姑娘媳妇总是老老实实的,连一句玩笑话都不说,一句小调山歌都不唱。有一回,在打谷场上乘凉的时候,一伙人把他围起来,非叫他唱两个不可。他却情不过,说:“好,唱一个。不唱家乡的。家乡的你们都熟,唱个安徽的。”

姐和小郎打大麦,
一转子讲得听不得。
听不得就听不得,
打完了大麦打小麦。

唱完了,大家还嫌不够,他就又唱了一个:

姐儿生得漂漂的,
两个奶子翘翘的。
有心上去摸一把,
心里有点跳跳的。
…………

这个庵里无所谓清规,连这两个字也没人提起。

仁山吃水烟,连出门做法事也带着他的水烟袋。

他们经常打牌。这是个打牌的好地方。把大殿上吃饭的方桌往门口一搭,斜放着,就是牌桌。桌子一放好,仁山就从他的方丈里把筹码拿出来,哗啦一声倒在桌上。斗纸牌的时候多,搓麻将的时候少。牌客除了师兄弟三人,常来的是一个收鸭毛的,一个打兔子兼偷鸡的,都是正经人。收鸭毛的担一副竹筐,串乡串镇,拉长了沙哑的声音喊叫:

“鸭毛卖钱——!”

偷鸡的有一件家什——铜蜻蜓。看准了一只老母鸡,把铜蜻蜓一丢,鸡婆子上去就是一口。这一啄,铜蜻蜓的硬簧绷开,鸡嘴撑住了,叫不出来了。正在这鸡十分纳闷的时候,上去一把薅住。

明子曾经跟这位正经人要过铜蜻蜓看看。他拿到小英子家门前试了一试,果然！小英的娘知道了,骂明子:

"要死了！儿子！你怎么到我家来玩铜蜻蜓了!"

小英子跑过来:

"给我！给我!"

她也试了试,真灵,一个黑母鸡一下子就把嘴撑住,傻了眼了!

下雨阴天,这二位就光临荸荠庵,消磨一天。

有时没有外客,就把老师叔也拉出来,打牌的结局,大都是当家和尚气得鼓鼓的:"×妈妈的！又输了！下回不来了!"

他们吃肉不瞒人。年下也杀猪。杀猪就在大殿上。一切都和在家人一样,开水、木桶、尖刀。捆猪的时候,猪也是没命地叫。跟在家人不同的,是多一道仪式,要给即将升天的猪念一道"往生咒",并且总是老师叔念,神情很庄重:

"……一切胎生、卵生、息生,来从虚空来,还归虚空去,往生再世,皆当欢喜。南无阿弥陀佛!"

三师父仁渡一刀子下去,鲜红的猪血就带着很多沫子喷出来。

……

明子老往小英子家里跑。

小英子的家像一个小岛,三面都是河,西面有一条小路通到荸荠庵。独门独户,岛上只有这一家。岛上有六棵大桑树,夏天都结大桑葚,三棵结白的,三棵结紫的;一个菜园子,瓜豆蔬菜,四时不缺。院墙下半截是砖砌的,上半截是泥夯的。大门是桐油油过的,贴着一副万年红的春联:

向阳门第春常在

积善人家庆有余

门里是一个很宽的院子。院子里一边是牛屋、碓棚;一边是猪圈、鸡窠,还有个关鸭子的栅栏。露天地放着一具石磨。正北面是住房,也是砖基土筑,上面盖的一半是瓦,一半是草。房子翻修了才三年,木料还露着白茬。正中是堂屋,家神菩萨的画像上贴的金还没有发黑。两边是卧房。隔扇窗上各嵌了一块一尺见方的玻璃,明亮亮的,——这在乡下是不多见的。房檐下一边种着一棵石榴树,一边种着一棵栀子花,都齐房檐高了。夏天开了花,一红一白,好看得很。栀子花香得冲鼻子。顺风的时候,在荸荠庵都闻得见。

这家人口不多。他家当然是姓赵。一共四口人:赵大伯、赵大妈,两个女儿,大英子、小英子。老两口没得儿子。因为这些年人不得病，牛不生灾，也没有大旱大水闹蝗虫，日子过得很兴旺。他们家自己有田，本来够吃的了，又租种了庵上的十亩田。自己的田里，一亩种了荸荠，——这一半是小英子的主意，她爱吃荸荠，一亩种了茨菰。家里喂了一大群鸡鸭，单是鸡蛋鸭毛就够一年的油盐了。赵大伯是个能干人。他是一个"全把式"，不但田里场上样样精通，还会罩鱼、洗磨、凿砻、修水车、修船、砌墙、烧砖、箍桶、劈篾、绞麻绳。他不咳嗽，不腰疼，结结实实，像一棵榆树。人很和气，一天不声不响。赵大伯是一棵摇钱树，赵大娘就是个聚宝盆。大娘精神得出奇。五十岁了，两个眼睛还是清亮亮的。不论什么时候，头都是梳得滑溜溜的，身上衣服都是格挣挣的。像老头子一样，她一天不闲着。煮猪食，喂猪，腌咸菜，——她腌的咸萝卜干非常好吃，舂粉子，磨小豆腐，编蓑衣，织芦篚。她还会剪花样子。这里嫁闺女，陪嫁妆，磁坛子、锡罐子，都要用梅红纸剪出吉祥花样，贴在上面，讨个吉利，也才好看："丹凤朝阳"呀、"白头到老"呀、"子孙万代"呀、"福寿绵长"呀。二三十里的人家都来请她："大娘，好日子是十六，你哪天去呀?"——"十五，我一大清早就来!"

"一定呀!"——"一定！一定!"

两个女儿，长得跟她娘像一个模子里托出来的。眼睛长得尤其像，白眼珠鸭蛋青，黑眼珠棋子黑，定神时如清水，闪动时像星星。浑身上下，头是头，脚是脚。头发滑溜溜的，衣服格挣挣的。——这里的风俗，十五六岁的姑娘就都梳上头了。这两个丫头，这一头的好头发！通红的发根，雪白的簪子！娘女三个去赶集，一集的人都朝她们望。

姐妹俩长得很像，性格不同。大姑娘很文静，话很少，像父亲。小英子比她娘还会说，一天咭咭呱呱地不停。大姐说：

"你一天到晚咭咭呱呱——"

"像个喜鹊!"

"你自己说的！——吵得人心乱!"

"心乱?"

"心乱!"

"你心乱怪我呀!"

二姑娘话里有话。大英子已经有了人家。小人她偷偷地看过，人很敦厚，也不难看，家道也殷实，她满意。已经下过小定，日子还没有定下来。她这二年，很少出房门，整天赶她的嫁妆。大裁大剪，她都会。挑花绣花，不如娘。她可又嫌娘出的样子太老了。她到城里看过新娘子，说人家现在绣的都是活花活草。这可把娘难住了。最后是喜鹊忽然一拍屁股："我给你保举一个人!"

这人是谁？是明子。明子念"上孟下孟"的时候，不知怎么得了半套《芥子园》，他喜欢得很。到了荸荠庵，他还常翻出来看，有时还把旧帐簿子翻过来，照着描。小英子说：

“他会画！画得跟活的一样！”

小英子把明海请到家里来，给他磨墨铺纸，小和尚画了几张，大英子喜欢得了不得：

“就是这样！就是这样！这就可以乱孱！”——所谓“乱孱”是绣花的一种针法：绣了第一层，第二层的针脚插进第一层的针缝，这样颜色就可由深到淡，不露痕迹，不像娘那一代绣的花是平针，深浅之间，界限分明，一道一道的。小英子就像个书童，又像个参谋：

“画一朵石榴花！”

“画一朵栀子花！”

她把花掐来，明海就照着画。

到后来，凤仙花、石竹子、水蓼、淡竹叶、天竺果子、腊梅花，他都能画。

大娘看着也喜欢，搂住明海的和尚头：

“你真聪明！你给我当一个干儿子吧！”

小英子捺住他的肩膀，说：

“快叫！快叫！”

小明子跪在地下磕了一个头，从此就叫小英子的娘做干娘。

大英子绣的三双鞋，三十里方圆都传遍了。很多姑娘都走路坐船来看。看完了，就说：“啧啧啧，真好看！这哪是绣的，这是一朵鲜花！”她们就拿了纸来央大娘求了小和尚来画。有求画帐檐的，有求画门帘飘带的，有求画鞋头花的。每回明子来画花，小英子就给他做点好吃的，煮两个鸡蛋，蒸一碗芋头，煎几个藕团子。

因为照顾姐姐赶嫁妆，田里的零碎生活小英子就全包了。她的帮手，是明子。

这地方的忙活是栽秧、车高田水，薅头遍草，再就是割稻子、打场子。这几荐重活，自己一家是忙不过来的。这地方兴换工。排好了日期，几家顾一家，轮流转。不收工钱，但是吃好的。一天吃六顿，两头见肉，顿顿有酒。干活时，敲着锣鼓，唱着歌，热闹得很。其余的时候，各顾各，不显得紧张。

薅三遍草的时候，秧已经很高了，低下头看不见人。一听见非常脆亮的嗓子在一片浓绿里唱：

栀子哎开花哎六瓣头哎……
姐家哎门前哎一道桥哎……

明海就知道小英子在哪里，三步两步就赶到，赶到就低头薅起草来，傍晚牵牛“打汪”，是明子的事。——水牛怕蚊子。这里的习惯，牛卸了轭，饮了水，就牵到一口和好泥水的“汪”里，由它自己打滚扑腾，弄得全身都是泥浆，这样蚊子就咬不通了。低田上水,只要一挂十四轧的水车,两个人车半天就够了。明子和小英子就伏在车杠上,不紧不慢地踩着车轴上的拐子,轻轻地唱着明海向三师父学来的各处山歌。打场的时候,明子能替赵大伯一会,让他回家吃饭。——赵家自己没有场,每年都在荸荠庵外面的场上打谷子。他一扬鞭子,喊起了打场号子:

"格当嘚——"

这打场号子有音无字,可是九转十三弯,比什么山歌号子都好听。赵大娘在家,听见明子的号子,就侧起耳朵:

"这孩子这条嗓子!"

连大英子也停下针线:

"真好听!"

小英子非常骄傲地说:

"一十三省数第一!"

晚上,他们一起看场。——荸荠庵收来的租稻也晒在场上。他们并肩坐在一个石磙子上,听青蛙打鼓,听寒蛇唱歌——这个地方以为蝼蛄叫是蚯蚓叫,而且叫蚯蚓叫"寒蛇",听纺纱婆子不停地纺纱,"吵——",看萤火虫飞来飞去,看天上的流星。

"呀!我忘了在裤带上打一个结!"小英子说。

这里的人相信,在流星掉下来的时候在裤带上打一个结,心里想什么好事,就能如愿。

……

"揼"荸荠,这是小英最爱干的生活。秋天过去了,地净场光,荸荠的叶子枯了——荸荠的笔直的小葱一样的圆叶子里是一格一格的,用手一捋,哔哔地响,小英子最爱捋着玩——荸荠藏在烂泥里。赤了脚,在凉浸浸滑溜溜的泥里踩着——哎,一个硬疙瘩!伸手下去,一个红紫红紫的荸荠。她自己爱干这生活,还拉了明子一起去。她老是故意用自己的光脚去踩明子的脚。

她挎着一篮子荸荠回去了,在柔软的田埂上留了一串脚印。明海看着她的脚印,傻了。五个小小的趾头,脚掌平平的,脚跟细细的,脚弓部分缺了一块。明海身上有一种从来没有过的感觉,他觉得心里痒痒的。这一串美丽的脚印把小和尚的心搞乱了。

……

明子常搭赵家的船进城,给庵里买香烛,买油盐。闲时是赵大伯划船;忙时是小英子去,划船的是明子。

从庵赵庄到县城,当中要经过一片很大的芦花荡子。芦苇长得密密的,当中一条水路,四边不见人。划到这里,明子总是无端端地觉得心里很紧张,他就使劲地划桨。

小英子喊起来：

“明子！明子！你怎么啦？你发疯啦？为什么划得这么快？”

……

明海到善因寺去受戒。

“你真的要去烧戒疤呀？”

“真的。”

“好好的头皮上烧十二个洞，那不疼死啦？”

“咬咬牙。舅舅说这是当和尚的一大关，总要过的。”

“不受戒不行吗？”

“不受戒的是野和尚。”

“受了戒有啥好处？”

“受了戒就可以到处云游，逢寺挂褡。”

“什么叫‘挂褡’？”

“就是在庙里住。有斋就吃。”

“不把钱？”

“不把钱。有法事，还得先尽外来的师父。”

“怪不得都说‘远来的和尚会念经’。就凭头上这几个戒疤？”

“还要有一份戒牒。”

“闹半天，受戒就是领一张和尚的合格文凭呀！”

“就是！”

“我划船送你去。”

“好。”

小英子早早就把船划到荸荠庵门前。不知是什么道理，她兴奋得很。她充满了好奇心，想去看看善因寺这座大庙，看看受戒是个啥样子。

善因寺是全县第一大庙，在东门外，面临一条水很深的护城河，三面都是大树，寺在树林子里，远处只能隐隐约约看到一点金碧辉煌的屋顶，不知道有多大。树上到处挂着“谨防恶犬”的牌子。这寺里的狗出名的厉害。平常不大有人进去。放戒期间，任人游看，恶狗都锁起来了。

好大一座庙！庙门的门坎比小英子的肐膝都高。迎门矗着两块大牌，一边一块，一块写着斗大两个大字：“放戒”，一块是：“禁止喧哗”。这庙里果然是气象庄严，到了这里谁也不敢大声咳嗽。明海自去报名办事，小英子就到处看看。好家伙，这哼哈二将、四大天王，有三丈多高，都是簇新的，才装修了不久。天井有二亩地大，铺着青石，种着苍松翠柏。“大雄宝殿”，这才真是个“大殿”！一进去，凉飕飕的。到处都是金光耀眼。释迦牟尼佛坐在一个莲花座上，单是莲座，就比小英子还高。抬起头来也看不全他的脸，只看到一个微微闭着的嘴唇和胖墩墩的下巴。两边的两根大红蜡烛，一搂多粗。佛像前的大供桌上供着鲜花、绒花、绢花，还有珊瑚树、玉如意、整根的大象牙。香炉里烧着檀香。小英子出了庙，闻着自己的衣服都是香的。挂了好些幡。这些幡不知是什么缎子的，那么厚重，绣的花真细。这么大一口磬，里头能装五担水！这么大一个木鱼，有一头牛大，漆得通红的。她又去转了转罗汉堂，爬到千佛楼上看了看。真有一千个小佛！她还跟着一些人去看了看藏经楼。藏经楼没有什么看头，都是经书！妈吔！逛了这么一圈，腿都酸了。小英子想起还要给家里打油，替姐姐配丝线，给娘买鞋面布，给自己买两个坠围裙飘带的银蝴蝶，给爹买旱烟，就出庙了。

等把事情办齐，晌午了。她又到庙里看了看，和尚正在吃粥。好大一个"膳堂"，坐得下八百个和尚。吃粥也有这样多讲究：正面法座上摆着两个锡胆瓶，里面插着红绒花，后面盘膝坐着一个穿了大红满金绣袈裟的和尚，手里拿了戒尺。这戒尺是要打人的。哪个和尚吃粥吃出了声音，他下来就是一戒尺。不过他并不真的打人，只是做个样子。真稀奇，那么多的和尚吃粥，竟然不出一点声音！他看见明子也坐在里面，想跟他打个招呼又不好打。想了想，管他禁止不禁止喧哗，就大声喊了一句："我走啦!"她看见明子目不斜视地微微点了点头，就不管很多人都朝自己看，大摇大摆地走了。

第四天一大清早小英子就去看明子。她知道明子受戒是第三天半夜，——烧戒疤是不许人看的。她知道要请老剃头师傅剃头，要剃得横摸顺摸都摸不出头发茬子，要不然一烧，就会"走"了戒，烧成了一片。她知道是用枣泥子先点在头皮上，然后用香头子点着。她知道烧了戒疤就喝一碗蘑菇汤，让它"发"，还不能躺下，要不停地走动，叫做"散戒"。这些都是明子告诉她的。明子是听舅舅说的。

她一看，和尚真在那里"散戒"，在城墙根底下的荒地里。

一个一个，穿了新海青，光光的头皮上都有十二个黑点子。——这黑疤掉了，才会露出白白的、圆圆的"戒疤"。和尚都笑嘻嘻的，好像很高兴。她一眼就看见了明子。隔着一条护城河，就喊他：

"明子!"

"小英子!"

"你受了戒啦?"

"受了。"

"疼吗?"

"疼。"

"现在还疼吗?"

"现在疼过去了。"

"你哪天回去?"

"后天。"

"上午? 下午?"

"下午。"

"我来接你!"

"好!"

……

小英子把明海接上船。

小英子这天穿了一件细白夏布上衣,下边是黑洋纱的裤子,赤脚穿了一双龙须草的细草鞋,头上一边插着一朵栀子花,一边插着一朵石榴花。她看见明子穿了新海青,里面露出短褂子的白领子,就说:"把你那外面的一件脱了,你不热呀!"

他们一人一把桨。小英子在中舱,明子扳艄,在船尾。

她一路问了明子很多话,好像一年没有看见了。

她问,烧戒疤的时候,有人哭吗? 喊吗?

明子说,没有人哭,只是不住地念佛。有个山东和尚骂人:

"俺日你奶奶! 俺不烧了!"

她问善因寺的方丈石桥是相貌和声音都很出众吗?

"是的。"

"说他的方丈比小姐的绣房还讲究?"

"讲究。什么东西都是绣花的。"

"他屋里很香?"

"很香。他烧的是伽楠香,贵得很。"

"听说他会做诗,会画画,会写字?"

"会。庙里走廊两头的砖额上,都刻着他写的大字。"

"他是有个小老婆吗?"

"有一个。"

"才十九岁?"

"听说。"

"好看吗?"

"都说好看。"

"你没看见?"

"我怎么会看见? 我关在庙里。"

明子告诉她,善因寺一个老和尚告诉他,寺里有意选他当沙弥尾,不过还没有定，要等主事的和尚商议。

"什么叫'沙弥尾'？"

"放一堂戒，要选出一个沙弥头，一个沙弥尾。沙弥头要老成，要会念很多经。沙弥尾要年轻，聪明，相貌好。"

"当了沙弥尾跟别的和尚有什么不同？"

"沙弥头，沙弥尾，将来都能当方丈。现在的方丈退居了，就当。石桥原来就是沙弥尾。"

"你当沙弥尾吗？"

"还不一定哪。"

"你当方丈，管善因寺？管这么大一个庙？！"

"还早呐！"

划了一气，小英子说："你不要当方丈！"

"好，不当。"

"你也不要当沙弥尾！"

"好，不当。"

又划了一气，看见那一片芦花荡子了。

小英子忽然把桨放下，走到船尾，趴在明子的耳朵旁边，小声地说：

"我给你当老婆，你要不要？"

明子眼睛鼓得大大的。

"你说话呀！"

明子说："嗯。"

"什么叫'嗯'呀！要不要，要不要？"

明子大声地说："要！"

"你喊什么！"

明子小小声说："要——！"

"快点划！"

英子跳到中舱，两只桨飞快地划起来，划进了芦花荡。

芦花才吐新穗。紫灰色的芦穗，发着银光，软软的，滑溜溜的，像一串丝线。有的地方结了蒲棒，通红的，像一枝一枝小蜡烛。青浮萍，紫浮萍。长脚蚊子，水蜘蛛。野菱角开着四瓣的小白花。惊起一只青桩(一种水鸟)，擦着芦穗，扑鲁鲁鲁飞远了。

……

一九八〇年八月十二日，写四十三年前的一个梦

原载一九八〇年《北京文学》第十期。

(选自《北京文学》1980年第10期)

**【阅读提示】**

汪曾祺(1920—1997),江苏高邮人,当代作家,曾就读于昆明的西南联大,京派文学的代表人物,著有《受戒》《大淖记事》《逝水》《晚翠文谈》等。汪曾祺的小说以现实主义的手法,在对浓郁的乡土风情和传统审美的回归中,寻求一种顺乎自然、超乎功利的健康人性和人生境界。

《受戒》是汪曾祺的代表作。作品描写了小和尚明海与农家女小英子之间天真无邪的朦胧爱情,营造了一个宛若梦境的"桃花源",赞颂了尘世间的人情美和人性美,小说恬淡优美的牧歌情调传递了"天人合一"的自由理想。

**【延伸阅读】**

1. 王彬彬:《"姑妄言之"之一——我喜欢汪曾祺,但不太喜欢〈受戒〉》,《小说评论》2003 年第 2 期。

2. 毕飞宇:《读汪曾祺的〈受戒〉》,《南通日报》2017 年 3 月 19 日。

3. 陈武:《读汪小札》,广陵书社 2017 年版。

4. 汪曾祺:《受戒》,《汪曾祺作品精选集》,万卷出版公司 2017 年版。

(黄亚清)

# 像我这样的一个女子

西西

像我这样的一个女子，其实是不适宜与任何人恋爱的。但我和夏之间的感情发展到今日这样的地步，使我自己也感到吃惊。我想，我所以会陷入目前的不可自拔的处境，完全是由于命运对我作了残酷的摆布，对于命运，我是没有办法反击的。听人家说，当你真的喜欢一个人，只要静静地坐在一个角落，看着他即使是非常随意的一个微笑，你也会忽然地感到魂飞魄散。对于夏，我的感觉正是这样。所以，当夏问我“你喜欢我吗”的时候，我就毫无保留地表达了我的感情。我是一个不懂得保护自己的人，我的举止和言语，都会使我永远成为别人的笑柄。和夏一起坐在咖啡室里的时候，我看来是那么地快乐，但我的心中充满隐忧，我其实是极度地不快乐的，因为我已经预知命运会把我带到什么地方，而那完全是由于我的过错。一开始的时候，我就不应该答应和夏一起到远方去探望一位久别的同学，而后来，我又没有拒绝和他一起经常看电影。对于这些事情，后悔已经太迟了，而事实上，后悔或者不后悔，分别也变得不太重要。此刻我坐在咖啡室的一角等夏，我答应了带他到我工作的地方去参观，而一切也将在那个时刻结束。当我和夏认识的那个时候，我已经从学校里出来很久了，所以当夏问我是在做事了吗，我就说我已经出外工作许多年了。

那么，你的工作是什么呢。

他问。

替人化妆。

我说。

啊，是化妆。

他说。

但你的脸却是那么朴素。

他说。

他说他是一个不喜欢女子化妆的人，他喜欢朴素的脸容。他所以注意到我的脸上没有任何的化妆，我想，并不是由于我对他的询问提出了答案而引起了联想，而是由于我的脸比一般人都显得苍白。我的手也是这样。我的双手和我的脸都比一般的人要显得苍白，这是我的工作造成的后果。我知道当我把我的职业说出来的时候，夏就像我曾经有过的其他的每一个朋友一般直接地误解了我的意思。在他的想象中，我的工作是一种为了美化一般女子的容貌的工作，譬如，在婚礼的节日上，为将出嫁的新娘端丽她们的颜面；所以，当我说我的工作并没有假期，即使是星期天也常常是忙碌的，他就更加信以为真了。星期天或者假日，总有那么多的新娘。但我的工作并非为新娘化妆，我的工作是为那些已经没有了生命的人作最后的修饰，使他们在将离人世的最后一刻显得心平气和与温柔。在过往的日子里，我也曾经把我的职业对我的朋友提及，当他们稍有误会时我立刻加以更正辨析，让他们了解我是怎样的一个人，但我的诚实使我失去了几乎所有的朋友，是我使他们害怕了，仿佛坐在他们对面喝着咖啡的我竟也是他们心目中恐惧的幽灵了。这我是不怪他们的，对于生命中不可知的神秘面我们天生就有原始的胆怯。我没有在对夏的问题提出答案时加以解释，一则是由于我怕他也会因此惊惧，我是不可以再由于自己的奇异职业而使我周遭的朋友感到不安的，这样我将更不能原谅我自己；其次，是由于我原是一个不懂得表达自己的意思的人，长期以来，我习惯了保持沉默。

但你的脸却是那么朴素。

他说。

当夏这样说的时候，我已经知道这就是我们之间的感情路上不祥的预兆了。但那时候，夏是那么地快乐，因为我是一个不为自己化妆的女子而快乐，但我的心中充满了忧愁。我不知道，在这个世界上，谁将是为我的脸化妆的一个人，会是怡芬姑母吗？我和怡芬姑母一样，我们共同的愿望乃是在我们有生之年，不要为我们自己至爱的亲人化妆。我不知道在不祥的预兆跃升之后，我为什么继续和夏一起常常漫游，也许，我毕竟是一个人，我是没有能力控制自己而终于一步一步走向命运所指引我走的道路上去；其实对于我的种种行为，我自己也无法作一个合理的解释，因为，人难道不是这样子吗？人的行为有许多都是令人莫名其妙的。

我可以参观一下你的工作吗？

夏问。

应该没有问题。

我说。

她们会介意吗？

他问。

恐怕没有一个会介意的。

我说。

夏所以说要参观一下我的工作,是因为那一个星期日的早上我必须回到我的工作的地方去工作,而他在这个日子里并没有任何的事情可以做。他说他愿意陪我上我工作的地方,既然去了,为什么不留下来看呢。他说他想看看那些新娘和送嫁的女子们热闹的情形,也想看看我怎样把她们打扮得花容月貌,或者化妍为丑。我毫不考虑地答应了。我知道命运已经把我带向起步跑的白线前面,而这注定是会发生的事情,所以,我在一间小小的咖啡室里等夏来,然后我们一起到我工作的地方去。到了那个地方,一切就会明白了。夏就会知道他一直以为是我为他而洒的香水,其实不过是附在我身体上的防腐剂的气味罢了;他也会知道,我常常穿素白的衣服,并不是因为这是我特意追求纯洁的表征,而是为了方便我出入我工作的那个地方。附在我身上的一种奇异的药水气味,已经在我的躯体上蚀骨了,我曾经用过种种的方法把它们洗涤清洁都无法把它们驱除,直到后来,我终于放弃了我的努力,我甚至不再闻得那股特殊的气息。夏却是一无所知的,他曾经对我说:你用的是多么奇特的一种香水。但一切不久就会水落石出。我一直是一名能够修理一个典雅发型的技师,我也是个能束一个美丽出色的领结的巧手,但这些又有什么用呢,看我的双手,它们曾为多少沉默不语的人修剪过发髭,又为多少严肃庄重的颈项整理过他们的领结。这双手,夏能容忍我为他理发吗,能容忍我为他细意打一条领带吗?这样的一双手,本来是温暖的,但在人们的眼中已经变成冰冷,这样的一双手,本来是可以怀抱新生的婴儿的,但在人们的眼中已经成为按抚骷髅的白骨了。

怡芬姑母把她的技艺传授给我,也许有很多的理由,人们从她平日的言谈中可以探测得清清楚楚。不错,像这般的一种技艺,是一生一世也不怕失业的一种技能,而且收入甚丰,像我这样一个读书不多,知识程度低的女子,有什么能力到这个狼吞虎咽、弱肉强食的世界上去和别的人竞争呢。怡芬姑母把她的毕生绝学传授给我,完全是因为我是她的亲侄女儿的缘故。她工作的时候,从来不让任何一个人参观,直到她正式地收我为她的门徒,才让我追随她的左右,跟着她一点一点地学习,即使独自对着赤裸而冰冷的尸体也不觉得害怕。甚至那些碎裂得四分五散的部分、爆裂的头颅,我已学会了把它们拼凑缝接起来,仿佛这不过是制作一件戏服。我从小失去父母,由怡芬姑母把我抚养长大。奇怪的是,我终于渐渐地变得愈来愈像我的姑母,甚至是她的沉默寡言,她的苍白的手脸,她步行时慢吞吞的姿态,我都愈来愈像她。有时候我不禁感到怀疑,我究竟是不是我自己,我或者竟是另外的一个怡芬姑母,我们两个人其实就是一个人,我就是怡芬姑母的一个延续。

从今以后,你将不愁衣食了。

怡芬姑母说。

你也不必像别的女子那般,要靠别的人来养活你了。

她说。

怡芬姑母这样说，我其实是不明白她的意思的。我不知道为什么跟着她学会了这一种技能，我可以不愁衣食，不必像别的女子要靠别人来养活自己，难道世界上就没有其他的行业可以令我也不愁衣食，不必靠别的人来养活么。但我是这么一个没有什么知识的女子，在这个世界上，我是必定不能和别的女子竞争的，所以，怡芬姑母才特别传授了她的特技给我。她完全是为了我好，事实上，像我们这样的工作，整个城市的人，谁不需要我们的帮助呢，不管是什么人，穷的还是富的，大官还是乞丐，只要命运的手把他们带到我们这里来，我们就是他们最终的安慰，我们会使他们的容颜显得心平气和，使他们显得无比的温柔。我和怡芬姑母都各自有各自的愿望，除了自己的愿望以外，我们尚有一个共同的愿望，那就是希望在我们的有生之年，都不必为我们至爱的亲人化妆。所以，上一个星期之内，我是那么地悲哀，我隐隐约约知道有一件凄凉的事情发生了，而这件事，却是发生在我年轻兄弟的身上。据我所知，我年轻的兄弟结识了一位声色性情令人赞羡的女子，而且是才貌双全的，他们彼此是那么地快乐，我想，这真是一件幸福的大喜事，然而快乐毕竟是过得太快一点了，我不久就知道那可爱的女子不明不白地和一个她并不相爱的人结了婚。为什么两个本来相爱的人不能结婚，却被逼要苦苦相思一生呢？我年轻的兄弟变成了另外一个人了，他曾经这么说：我不要活了。我不知道应该怎么办，难道我竟要为我年轻的兄弟化妆吗？

我不要活了。

我年轻的兄弟说。

我完全不明白事情为什么会发展成那样，我年轻的兄弟也不明白。如果她说，我不喜欢你了，那我年轻的兄弟是无话可说的。但两个人明明相爱，既不是为了报恩，又不是经济上的困难，而在这么文明的现代社会，还有被父母逼了出嫁的女子吗？长长的一生为什么就对命运低头了呢？唉，但愿我们在有生之年，都不必为我们至爱的亲人化妆。不过，谁能说得准呢，怡芬姑母在正式收我为徒，传授我绝技的时候曾经对我说过：你必须遵从我一件事情，我才能收你为门徒。我不知道为什么怡芬姑母那么郑重其事，她严肃地对我说：当我躺下，你必须亲自为我化妆，不要让任何陌生人接触我的躯体。我觉得这样的事并不困难，只是奇怪怡芬姑母的执着，譬如我，当我躺下，我的躯体与我，还有什么相干呢？但那是怡芬姑母唯一的私自的愿望，我必会帮助她完成，只要我能活到那个适当的时刻和年月。在漫漫的人生路途上，我和怡芬姑母一样，我们其实都没有什么宏大的愿望，怡芬姑母希望我是她的化妆师，而我，我只希望凭我的技艺，能够创造一个“最安详的死者”出来，他将比所有的死者更温柔，更心平气和，仿佛死亡真的是最佳的安息。其实，即使我果然成功了，也不过是我在人世上无聊时借以杀死时间的一种游戏罢了。世界上的一切岂不毫无意义。我的努力其实是一场徒劳。如果我创造了"最安详的死者",我难道希望得到奖赏?死者是一无所知的,死者的家属也不会知道我在死者身上所花的心力,我又不会举行展览会,让公众进来参观分辨化妆师的优劣与创新,更加没有人会为死者的化妆作不同的评述、比较、研究和开讨论会。这只是斗室中我个人的一项游戏而已。但我为什么又作出了我的愿望呢?这大概就是支持我继续我的工作的一种动力了。因为我的工作是寂寞而孤独的,既没有对手,也没有观众,当然更没有掌声。当我工作的时候,我只听见我自己低低的呼吸,满室躺着男男女女,只有我自己独自低低地呼吸,我甚至可以感到我的心在哀愁或者叹息,当别人的心都停止了悲鸣的时候,我的心就更加响亮了。昨天,我想为一双为情自杀的年轻人化妆,当我凝视那个沉睡了的男孩的脸时,我忽然觉得这正是我创造"最安详的死者"的对象。他闭着眼睛,轻轻地合上了嘴唇,他的左额上有一个淡淡的疤痕,他那样地睡着,仿佛真的不过是在安详睡觉。这么多年,我所化妆过的脸何止千万,许多的脸都是愁眉苦脸的,大部分的十分狰狞,对于这些面谱,我一一为他们作了最适当的修整,该缝补的缝补,该掩饰的掩饰,使他们变得无限的温柔。但我昨天遇见的男孩,他的容颜有一种说不出的平静,难道说他的自杀竟是一件快乐的事情?但我不相信这种表面的姿态,我觉得他的行为是一种极端懦弱的行为,一个没有勇气向命运反击的人,应该是我不屑一顾的。我不但打消了把他创造为一个"最安详的死者"的念头,同时拒绝为他化妆,我把他和那个和他一起愚蠢地认命的女孩一起移交给怡芬姑母,让她去为他们因喝剧烈的毒液而烫烧的面颊细细地粉饰。

没有人不知道怡芬姑母的往事,因为有一些人曾经是现场的目击者。那时候怡芬姑母年轻,喜欢一面工作一面唱歌,并且和躺在她前面的死者说话,仿佛他们都是她的朋友。至于怡芬姑母变得沉默寡言,那就是后来的事了。怡芬姑母习惯把她心里的一切话都讲给她沉睡了的朋友们听,她从来不写日记,她的话就是她每天的日记,沉睡在她面前的那些人都是人类中最优秀的听众。他们可以长时间地听她娓娓细说,而且,又是第一等的保密者。怡芬姑母会告诉他们她如何结识了一个男子,而他们在一起的时候就像所有的恋人们在一起那样地快乐,偶然中间也不乏遥远而断续的、时阴时晴的日子。那时候,怡芬姑母每星期一次上一间美容学校学化妆术,风雨不改,经年不辍,她几乎把所有老师的技艺都学齐了,甚至当学校方面告诉她她已经没有什么可以再学的时候,她仍然坚持要老师们看看还有什么新的技术可以传给她。她对化妆的兴趣如此浓厚,几乎是天生的因素,以致她的朋友都以为她将来必定要开什么大规模的美容院。但她没有,她只把她的学问贡献在沉睡在她前面的人的躯体上。而这样的事情,她年轻的恋人是不知道的,他一直以为爱美是女孩子的天性,她不过是比较喜好脂粉罢了。直到这么的一天,她带他到她工作的地方去看看，指着躺在一边的死者，告诉他，这是一种非常孤独而寂寞的工作，但是在这样的一个地方，并没有人世间的是是非非，一切的妒忌、仇恨和名利的争执都已不存在；当他们落入阴暗之中，他们将一个个变得心平气和而温柔。他是那么地惊恐，他从来没想象她是这样的一个女子，从事这样的一种职业，他曾经爱她，愿意为她做任何事，他起过誓，说无论如何都不会离弃她，他们必定白头偕老，他们的爱情至死不渝。不过，在一群不会说话、没有能力呼吸的死者的面前，他的勇气与胆量完全消失了，他失声大叫，掉头拔脚而逃，推开了所有的门，一路上有许多人看见他失魂落魄地奔跑。以后，怡芬姑母再也没有见过他了。人们只听见她独自在一间斗室里，对她沉默的朋友们说：他不是说爱我的么，他不是说不会离弃我的吗？而他为什么忽然这么惊恐呢？后来，怡芬姑母就变得逐渐沉默寡言起来，或者，她要说的话已经说尽，或者，她不必再说，她沉默的朋友都知道关于她的故事，有些话的确是不必多说的。怡芬姑母在开始把她的绝技传授给我的时候，也对我讲过她的往事，她选择了我，而没有选择我年轻的兄弟，虽然有另外的一个原因，但主要的却是，我并非一个胆怯的人。

你害怕吗？

她问。

我并不害怕。

我说。

你胆怯吗？

她问。

我并不胆怯。

我说。

是因为我并不害怕，所以怡芬姑母选择了我做她的继承人。她有一个预感，我的命运或者和她的命运相同。至于我们怎么会变得愈来愈相像，这是我们都无法解释的事情，而开始的原因却是由于我们都不害怕。我们毫不畏惧。当怡芬姑母把她的往事告诉我的时候，她说：但我总相信，在这个世界上，必定有像我们一般并不畏惧的人。那时候，怡芬姑母还没有到达完全沉默寡言的程度，她让我站在她的身边，看她怎样为一张倔强的嘴唇涂上红色，又为一只久睁的眼睛轻轻抚摸，请他安息。那时候，她仍断断续续地对她的一群沉睡了的朋友说话：而你，你为什么害怕了呢。为什么在恋爱中的人却对爱那么没有信心，在爱里竟没有勇气呢。在怡芬姑母的沉睡的朋友中，也不乏胆怯而懦弱的家伙，他们则更加沉默了，怡芬姑母很知道她的朋友们的一些故事，她有时候一面为一个额上垂着刘海的女子敷粉一面告诉我：唉唉，这是一个何等懦弱的女子呀，只为了要做一个名义上美丽的孝顺女儿，竟把她心爱的人舍弃了。怡芬姑母知道这边的一个女子是为了报恩，那边的女子是为了认命,都把自己无助地交在命运的手里,仿佛他们并不是一个个活生生有感情有思想的人,而是一件件商品。

这真是可怕的工作呀。

我的朋友说。

是为死的人化妆吗,我的天呀。

我的朋友说。

我并不害怕,是我的朋友害怕,他们因为我的眼睛常常凝视死者的眼睛而不喜欢我的眼睛,他们又因为我的手常常抚摸死者的手而不喜欢我的手。起先他们只是不喜欢,渐渐地他们简直就是害怕了,而且,他们起先不喜欢和感到害怕的只是我的眼睛和我的手,但到了后来,他们不喜欢和感到害怕的已经蔓延到我的整体,我看着他们一个一个从我的身边离去,仿佛动物看见烈火,田农骤遇飞蝗。我说:为什么你们要害怕呢,在这个世界上,总得有人做这样的工作,难道我的工作做得不够好,不称职?但我渐渐就安于我的现状了,对于我的孤独,我也习惯了。总有那么多的人,追寻一些甜蜜温暖的工作,他们喜欢的永远是星星与花朵。但在星星与花朵之中,怎样才显得出一个人坚定的步伐呢。我如今几乎没有朋友了,他们从我的手感觉到另一个深邃国度与冰冷,他们从我的眼睛看见无数沉默浮游的精灵,于是,他们感到害怕了。即使我的手是温暖的,我的眼睛是会流泪的,我的心是热的,他们并不回顾。我也开始像我的怡芬姑母那样,只剩下沉睡在我的面前的死者成为我的朋友了。我奇怪我在静寂的时候居然会对他们说:你们知道吗,明天早上,我会带一个叫做夏的人到这里来探访你们。夏问过:你们会介意吗。我说,你们并不介意,你们是真的不介意的吧。到了明天,夏就会到这个地方来了。我想,我是知道这事情的结局是怎样的,因为我的命运已经和怡芬姑母的命运重叠为一了。我想,我当会看到夏踏进这个地方时的魂飞魄散的样子,唉,我们竟以不同的方式彼此令彼此魂飞魄散。对于将要发生的事情,我并不惊恐,我从种种的预兆中已经知道结局的场面。夏说:你的脸却是那么朴素。是的,我的脸是那样朴素,一张朴素的脸并没有力量令一个人对一切变得无所畏惧。

我曾经想过转换一种职业,难道我不能像别的女子那样做一些别的工作吗?我已经没有可能当教师、护士,或者写字楼的秘书或文员,但我难道不能到商店去当售货员,到面包店去卖面包,甚至是当一名清洁女佣?像我这样的一个女子,只要求一日的餐宿,难道无处可以容身?说实在的,凭我的一手技艺,我真的可以当那些新娘的美容师,但我不敢想象,当我为一张嘴唇涂上唇膏时,嘴唇忽然裂开而显出一个微笑时,我会怎么想,太多的记忆使我不能从事这一项与我非常相称的职业。只是,如果我转换了一份工作,我的苍白的手脸会改变他们的颜色吗?我的满身蚀骨的防腐剂的药味会完全彻底消失吗?那时,对于夏,我又该把我目前正在从事的工作绝对地隐瞒吗？对一个我们至亲的人隐瞒过往的事，是不忠诚的，世界上仍有无数的女子，千方百计地掩饰她们愧失了的贞节和虚长了的年岁，这都是我所鄙视的人物。我必定会对夏说，我长时期的工作，一直是在为一些沉睡了的死者化妆。而他必须知道、面对，我是这样的一个女子。所以，我身上并没有奇异的香水气味，而是防腐剂的药水味；我常常穿白色的衣裳也并非由于我刻意追求纯洁的形象，而是我必须如此才能方便出入我工作的地方。但这些只不过是大海中的一些水珠罢了。当夏知道我的手长时期触抚那些沉睡的死者，他还会牵着我的手和我一起跃过急流的溪涧吗？他会让我为他修剪头发，为他打一个领结吗？他会容忍我的视线凝定在他的脸上吗？他会毫不恐惧地在我的面前躺下来吗？我想他会害怕，他会非常害怕，他就像我的那些朋友，起先是惊讶，然后是不喜欢，结果就是害怕而掉转脸去。怡芬姑母说：如果是由于爱，那还有什么畏惧的呢。但我知道，许多人的所谓爱，表面上是非常刚强、坚韧，事实上却异常地脆弱、柔萎；吹了气的勇气，不过是一层糖衣。怡芬姑母说：也许夏不是一个胆怯的人。所以，这也是为什么我一直对我的职业不作进一步的解释的缘故，当然，另外一个原因是我完全是一个不善于表达自己思想的人，我可能说得不好，可能选错了环境、气候、时间和温度，这都会把我想表达的意思改变。我不对夏解释我的工作并非是为新娘添妆，其实也正是对他的一场考验，我要观察他看见我工作对象时的反应，如果他害怕，那么他就是害怕了。如果他拔脚而逃，让我告诉我那些沉睡的朋友：其实一切就从来没有发生。

可以参观一下你工作的情形吗？

他问。

应该没有问题。

我说。

所以，如今我坐在咖啡室的一个角落等夏来。我曾经在这个时刻仔细地思想，也许我这样对夏是不公平的，如果他对我所从事的行业感到害怕，而这又有什么过错呢？为什么他要特别勇敢，为什么一个人对死者的恐惧竟要和爱情上的胆怯有关，那可能是两件完全不相干的事情。我年纪很小的时候，我的父母都已经亡故了，我是由怡芬姑母把我抚养长大的，我，以及我年轻的兄弟，都是没有父母的孤儿。我对父母的身世和他们的往事所知甚少，一切我稍后知悉的事都是怡芬姑母告诉我的，我记得她说过，我的父亲正是从事为死者化妆的一个人，他后来娶了我的母亲。当他打算和我母亲结婚的时候，曾经问她：你害怕吗？但我母亲说：并不害怕。我想，我所以也不害怕.是因为我像我的母亲，我身体内的血液原是她的血液。怡芬姑母说，我母亲在她的记忆中是永生的，因为她这么说过：因为爱，所以并不害怕。也许是这样，我不记得我母亲的模样和声音，但她隐隐约约地在我的记忆中也是永生的。可是我想,如果我母亲说了因为爱而不害怕的话,只因为她是我的母亲,我没有理由要求世界上的每一个人都如此。或者,我还应该责备自己从小接受了这样的命运,从事如此令人难以忍受的职业。世界上哪一个男子不喜爱那些温柔、暖和、甜美的女子呢?而那些女子也该从事一些亲切、婉约、典雅的工作。但我的工作是冰冷而阴森、暮气沉沉的,我想我整个人早已也染上了那样的一种雾霭。那么,为什么一个明亮如太阳似的男子要结识这样一个郁暗的女子呢。当他躺在她的身边,难道不会想起这是一个经常和尸体相处的一个人,而她的双手,触及他的肌肤时,会不会令他想起,这竟是一双长期轻抚死者的手呢。唉唉,像我这样的一个女子,原是不适宜和任何人恋爱的。我想一切的过失皆自我而起,我何不离开这里,回到我工作的地方去,世界上从来没有一个我认识的人叫做夏,而他也将忘记曾经结识过一个女子,是一名为新娘添妆的美容师。不过一切又仿佛太迟了,我看见夏,透过玻璃,从马路的对面走过来。他手里抱着的是什么呢?应该是一束花。今天是什么日子,有人过生日吗?我看着夏从咖啡室的门口进来。发现我,坐在这边幽暗的角落里。外面的阳光非常灿烂,他把阳光带进来,因为他的白色的衬衫反映了那种光亮。他像他的名字,永远是夏天。

喂,星期日快乐。

他说。

这些花都是送给你的。

他说。

他的确是快乐的,于是他坐下来喝咖啡。我们有过那么多快乐的日子。但快乐又是什么呢,快乐总是过得很快的。我的心是那么地忧愁。从这里走过去,不过是三百步路的光景,我们就可以到达我工作的地方。然后,就像许多年前发生过的事情一样,一个失魂落魄的男子从那扇大门里飞跑出来,所有好奇的眼睛都跟踪着他,直至他完全消失。怡芬姑母说:也许,在这个世界上,仍有真正具备勇气而不畏惧的人。但我知道这不过是一种假设,当夏从对面的马路走过来的时候,手抱一束巨大的花朵,我又已经知道.因为这正是不祥的预兆。唉唉,像我这样的一个女子,其实是不适宜和任何人恋爱的,或者,我该对我的那些沉睡了的朋友说:我们其实不都是一样的吗?几十年不过匆匆一瞥,无论是为了什么因由,原是谁也不必为谁而魂飞魄散的。夏带进咖啡室来的一束巨大的花朵,是非常非常美丽的,他是快乐的,而我心忧伤。他是不知道的,在我们这个行业之中,花朵,就是诀别的意思。

一九八二年一月

(选自《像我这样的一个女子》,西西著,广西师范大学出版社 2010 年版)

**【阅读提示】**

西西，原名张彦，广东中山人。1938 年生于上海，1950 年随父母定居香港。西西 50 年代开始发表作品，从事过诗、小说、散文、童话、电影剧本、影评等的创作，创作领域甚广，但最有成就的还是小说创作。在香港通俗文学异常发达的背景之下，西西一直坚守着纯文学的创作，并执着于小说艺术的探讨，在香港文坛，她的小说历来被称为是实验小说。西西主要著作有长篇小说《我城》《浮城志异》《哨鹿》《飞毡》等；中短篇小说集《东城故事》《春望》《像我这样的一个女子》等。

《像我这样的一个女子》创作于 1982 年，是西西的成名作。1983 年获台湾《联合报》第八届小说奖之联副短篇小说推荐奖。《像我这样的一个女子》是一篇典型的意识流小说，小说主要书写香港一名殡仪馆女化妆师的内心独白，在透视香港底层普通市民社会生存状态的同时，展现了其女性意识的真正觉醒与生长。

**【延伸阅读】**

1. 王琪：《从蒙昧到觉醒——从〈杀夫〉到〈像我这样一个女子〉看女性问题》，《中山大学学报论丛》1999 年第 6 期。

2. 何福仁：《浮城 1.2.3：西西小说新析》，生活・读书・新知三联书店 2008 年版。

3. 凌逾：《跨媒介叙事：论西西小说新生态》，人民出版社 2009 年版。

4. 西西：《像我这样的一个女子》，广西师范大学出版社 2010 年版。

（方爱武）

# 人生(存目)

路遥

（简介，无选本）

**【阅读提示】**

路遥(1949—1992)，当代著名作家，原名王卫国，陕西清涧县人。曾发表中篇小说《惊心动魄的一幕》《人生》等。1988年完成长篇巨著《平凡的世界》，当年获茅盾文学奖。路遥的小说多为农村题材，他善于用现实主义的手法，表现社会转型期农村青年的奋斗历程，作品富有醇厚的乡土气息与深刻的哲理性。

《人生》是路遥的成名作，原载于《收获》1982年第3期。小说以改革初期的陕北高原为背景，在高加林同农村姑娘刘巧珍、城市姑娘黄亚萍之间的感情纠葛中，展现了时代的社会风貌，体现了农村青年理想与爱情选择的艰难。

**【延伸阅读】**

1. 李建军、邢小利编：《路遥评论集》，人民文学出版社2007年版。

2. 刘素贞：《“时间交叉点”与两种“结局”的可能——再论路遥对〈人生〉中“高加林难题”的回应》，《文艺争鸣》2017年第6期。

3. 高建群：《我与路遥的“人生”》，《相忘于江湖》，北京时代华文书局2017年版。

4. 路遥：《平凡的世界》，人民文学出版社2013年版。

（黄亚清）

# 棋　王

阿城

## 一

车站是乱得不能再乱，成千上万的人都在说话。谁也不去注意那条临时挂起来的大红布标语。这标语大约挂了不少次，字纸都折得有些坏。喇叭里放着一首又一首的语录歌，唱得大家心更慌。

我的几个朋友，都已被我送走插队，现在轮到我了，竟没有人来送。父母生前颇有些污点，运动一开始即被打翻死去。家具上都有机关的铝牌编号，于是统统收走，倒也名正言顺。我虽孤身一人，却算不得独子，不在留城政策之内。我野狼似的转悠一年多，终于还是决定要走。此去的地方按月有二十几元工资，我便很向往，争了要去，居然就批准了。因为所去之地与别国相邻，斗争之中除了阶级，尚有国际，出身孬一些，组织上不太放心。我争得这个信任和权利，欢喜是不用说的，更重要的是，每月二十几元，一个人如何用得完？只是没人来送，就有些不耐烦，于是先钻进车厢，想找个地方坐下，任凭站台上千万人话别。

车厢里靠站台一面的窗子已经挤满各校的知青，都探出身去说笑哭泣。另一面的窗子朝南，冬日的阳光斜射进来，冷清清地照在北边儿众多的屁股上。两边儿行李架上塞满了东西，令人担心，我走动着找我的座位号，却发现还有一个精瘦的学生孤坐着，手拢在袖管儿里，隔窗望着车站南边儿的空车皮。

我的座位恰与他在一个格儿里，是斜对面儿，于是就坐下了，也把手拢在袖里。那个学生瞄了我一下，眼里突然放出光来，问："下棋吗？"倒吓了我一跳，急忙摆手说："不会！"他不相信地看着我说："这么细长的手指头，就是个捏棋子儿的，你肯定会。来一盘吧，我带着家伙呢。"说着就抬身从窗钩上取下书包，往里掏着。我说："我只会马走日，象走田。你没人送吗？"他已把棋盒拿出来，放在茶几上。塑料棋盘却搁不下,他想了想,就横摆了,说:“不碍事,一样下。来来来,你先走。要不,让你车、马、炮?”我笑起来,说:“你没人送吗?这么乱,下什么棋?”他一边码好最后一个棋子,一边说:“我他妈要谁送?去的是有饭吃的地方,闹得这么哭哭啼啼的。来,你先走。”我奇怪了,可还是拈起炮,往当头上一移。我的棋还没移到,他的马却“啪”的一声跳好,比我还快。我就故意将炮移过当前的地方停下。他很快地看了一眼我的下巴,说:“你还说不会?这炮二平六的开局,我在郑州遇见一个高人,就是这么走,险些输给他。炮二平五当头炮,是老开局,可有气势,而且是最稳的。嗯?你走。”我倒不知怎么走了,手在棋盘上游移着。他不动声色地看着整个棋盘,又把手袖起来。

就在这时,车厢乱了起来。好多人拥进来,隔着玻璃住外招手。我就站起身.也隔着玻璃往北看月台上。站上的人都拥到车厢前,都在叫,乱成一片。车身忽地一动,人群“嗡”地一下,哭声四起。我的背被谁捅了一下,回头一看,他一手护着棋盘,说:“没你这么下棋的,走哇!”我实在没心思下棋,而且心里有些酸,就硬硬地说:“我不下,这是什么时候!”他很惊愕地看着我,忽然像明白了,身子软下去,不再说话。

车开了一会儿,车厢开始平静下来。有水送过来,大家就掏出缸子要水。我旁边的人打了水说:“谁的棋?收了放缸子。”他很可怜的样子,问:“下棋吗?”要放缸子的人说:“反正没意思,来一盘吧。”他就很高兴,连忙码好棋子。对手说:“这横着算怎么回事儿?没法儿看。”他搓着手说:“凑合了,平常看棋的时候,棋盘不等于是横着的?你先走。”对手很老练地拿起棋子儿,嘴里叫着:“当头炮。”他跟着跳上马。对手马上把他的卒吃了,他也立刻用马吃了对方的炮。我看这种简单的开局没有大意思,又实在对象棋不感兴趣,就转了头。

这时一个同学走过来,像在找什么人,一眼望到我,就说:“来来来,四缺一,就差你了。”我知道他们是在打牌,就摇摇头。同学走到我们这一格,正待伸手拉我,忽然大叫:“棋呆子,你怎么在这儿?你妹妹刚才把你找苦了,我说没见啊。没想到你在我们学校这节车厢里,气儿都不吭一声儿。你瞧你瞧,又下上了。”

棋呆子红了脸,没好气儿地说:“你管天管地,还管我下棋?走,该你走了。”就又催促我身边的对手。我这时听出点音儿来,就问同学:“他就是王一生?”同学睁了眼,说:“你不认识他?唉呀,你白活了。你不知道棋呆子?”我说:“我知道棋呆子就是王一生,可不知道王一生就是他。”说着,就仔细看着这个精瘦的学生。王一生勉强笑一笑,只看着棋盘。

王一生简直大名鼎鼎。我们学校与旁边几个中学常常有学生之间的象棋厮杀,后来拼出几个高手。几个高手之间常摆擂台,渐渐地,几乎每次冠军就都是王一生了。我因为不喜欢象棋,也就不去关心什么象棋冠军,但王一生的大名,却常被班上几个棋篓子供在嘴上，我也对其事迹略闻一二，知道王一生外号棋呆子，棋下得很神不用说，而且在他们学校那一年级里数理成绩总是前数名。我想棋下得好而有个数学脑子，这很合情理，可我又不信人们说的那些王一生的呆事，觉得不过是大家“寻逸闻鄙事，以快言论”罢了。后来运动起来，忽然有一天大家传说棋呆子在串联时犯了事儿，被人押回学校了，我对棋呆子能出去串联表示怀疑，因为以前大家对他的描述说明他不可能解决串联时的吃喝问题。可大家说呆子确实去串联了，因为老下棋，被人瞄中，就同他各处走，常常送他一点儿钱，他也不问，只是收下。后来才知道，每到一处，呆子必然挤地头看下棋。看上一盘，必然把输家挤开，与赢家杀一盘。初时大家看他其貌不扬，不与他下。他执意要杀，于是就杀。几步下来，对方出了小汗，嘴却不软。呆子也不说话，只是出手极快，像是连想都不想。待到对方终于闭了嘴，连一圈儿观棋的人也要慢慢思索棋路而不再支招儿的时候，与呆子同行的人就开始摸包儿。大家正看得紧张，哪里想到钱包已经易主？待三盘下来，众人都摸头。这时呆子倒成了棋主，连问可有谁还要杀？有那不服的，就坐下来杀，最后仍是无一盘得利。后来常常是众人齐做一方，七嘴八舌与呆子对手。呆子也不忙，反倒促众人快走，因为师傅多了，常为一步棋如何走自家争吵起来。就这样，在一处呆子可以连杀上一天，后来有那观棋的人发觉钱包丢了，闹嚷起来。慢慢有几个有心计的人暗中观察，看见有人掏包，也不响，之后见那人晚上来邀呆子走，就发一声喊，将扒手与呆子齐绑了，由造反队审。呆子糊糊涂涂，只说别人常给他钱，大约是可怜他，也不知钱如何来，自己只是喜欢下棋。审主看他呆相，就命人押了回来，一时各校传为轶事。后来听说呆子认为外省马路棋手高手不多，不能长进，就托人找城里名手近战。有个同学就带他去见自己的父亲，据说是国内名手。名手见了呆子，也不多说，只摆一副据说是宋时留下的残局，要呆子走。呆子看了半晌，一五一十道来，替古人赢了。名手很惊奇，要收呆子为徒，不料呆子却问：“这残局你可走通了？”名手没反应过来，就说：“还未通。”呆子说：“那我为什么要做你的徒弟？”名手只好请呆子开路，事后对自己的儿子说：“你这个同学桀骜不逊，棋品连着人品，照这样下去，棋品必劣。”又举了一些最新指示，说若能好好学习，棋锋必健。后来呆子认识了一个捡烂纸的老头儿，被老头儿连杀三天而仅赢一盘。呆子就执意要替老头儿去撕大字报纸，不要老头儿劳动。不料有一天撕了某造反团刚贴的“檄文”，被人拿获，又被这造反团栽诬于对立派，说对方“施阴谋，弄诡计”，必讨之，而且是可忍，孰不可忍！对立派又阴使人偷出呆子，用了呆子的名义，对先前的造反团反戈一击。一时呆子的大名“王一生”贴得满街都是，许多外省来取经的革命战士许久才明白王一生原来是个棋呆子，就有人请了去外省会一些江湖名手。交手之后，各有胜负，不过呆子的棋据说是越下越精了。只可惜全国忙于革命，否则呆子不知会有什么造就。

这时我旁边的人也明白对手是王一生，连说不下了。王一生便很沮丧。我说："你妹妹来送你，你也不知道和家里人说说话儿，倒拉着我下棋！"王一生看着我说："你哪儿知道我们这些人是怎么回事儿？你们这些人好日子过惯了，世上不明白的事儿多着呢！你家父母大约是舍不得你走了？"我怔了怔，看着手说："哪儿来父母，都死球了。"我的同学就添油加醋地叙了我一番，我有些不耐烦，说："我家死人，你倒有了故事了。"王一生想了想，对我说："那你这两年靠什么活着？"我说："混一天算一天。"王一生就看定了我问："怎么混？"我不答。呆了一会，王一生叹一声，说："混可不易。一天不吃饭，棋路都乱。不管怎么说，你父母在时，你家日子还好过。"我不服气，说："你父母在，当然要说风凉话。"我的同学见话不投机，就岔开说："呆子，这里没有你的对手，走，和我们打牌去吧。"呆子笑一笑，说："牌算什么，瞌睡着也能赢你们。"我旁边儿的人说："据说你下棋可以不吃饭？"我说："人一迷上什么，吃饭倒是不重要的事。大约能干出什么事儿的人，总免不了有这种傻事。"王一生想一想，又摇摇头，说："我可不是这样。"说完就去看窗外。

一路下去，慢慢我发觉我和王一生之间，既开始有互相的信任和基于经验的同情，又有各自的疑问。他总是问我与他认识之前是怎么生活的，尤其是父母死后的两年是怎么混的。我大略地告诉了他，可他又特别在一些细节上详细地打听，主要是关于吃，例如讲到有一次我一天没有吃到东西，他就问："一点儿也没吃到吗？"我说："一点儿也没有。"他又问："那你后来吃到东西是在什么时候？"我说："后来碰到一个同学，他要用书包装很多东西，就把书包翻倒过来腾干净，里面有一个干馒头，掉在地上就碎了。我一边儿和他说话，一边儿就把这些碎馒头吃下去。不过，说老实话，干烧饼比干馒头解饱得多，而且顶时候儿。"他同意我关于干烧饼的见解，可马上又问："我是说，你吃到这个干馒头的时候是几点？过了当天夜里十二点吗？"我说："噢，不。是晚上十点吧。"他又问："那第二天你吃了什么？"我有点儿不耐烦。讲老实话，我不太愿意复述这些事情，尤其是细节。我觉得这些事情总在腐蚀我，它们与我以前对生活的认识太不合辙，总好像是在嘲笑我的理想。我说："当天晚上我睡在那个同学家。第二天早上，同学买了两个油饼，我吃了一个。上午我随他去跑一些事，中午他请我在街上吃。晚上嘛，我不好意思再在他那儿吃，可另一个同学来了，知道我没什么着落，硬拉了我去他家，当然吃得还可以。怎么样？还有什么不清楚？"他笑了，说："你才不是你刚才说的什么'一天没吃东西'，你十二点以前吃了一个馒头，没有超过二十四小时。更何况第二天你的伙食水平不低，平均下来，你两天的热量还是可以的。"我说："你恐怕还是有些呆！要知道，人吃饭，不但是肚子的需要，而且是一种精神需要。不知道下一顿在什么地方，人就特别想到吃，而且，饿得快。"他说："你家道尚好的时候，有这种精神压力吗？恐怕没有什么精神需求吧？有，也只不过是想好上再好，那是馋。馋是你们这些人的特点。"我承认他说得有些道理，禁不住问他："你总在说你们、你们，可你是什么人？"他迅速看着其他地方，只不看我，说："我当然不同了。我主要是对吃要求得比较实在。唉，不说这些了，你真的不喜欢下棋？何以解忧？唯有象棋。"我瞧着他说："你有什么忧？"他仍然不看我，"没有什么忧，没有。'忧'这玩意儿，是他妈文人的佐料儿。我们这种人，没有什么忧，顶多有些不痛快。何以解不痛快？唯有象棋。"

我看他对吃很感兴趣，就注意他吃的时候。列车上给我们这几节知青车厢送饭时，他若心思不在下棋上，就稍稍有些不安。听见前面大家拿饭时铝盒的碰撞声，他常常闭上眼，嘴巴紧紧收着，倒好像有些恶心。拿到饭后，马上就开始吃，吃得很快，喉结一缩一缩的，脸上绷满了筋。常常突然停下来，很小心地将嘴边或下巴上的饭粒儿和汤水油花儿用整个儿食指抹进嘴里。若饭粒儿落在衣服上，就马上一按，拈进嘴里。若一个没按住，饭粒儿由衣服上掉下地，他也立刻双脚不再移动，转了上身找。这时候他若碰上我的目光，就放慢速度。吃完以后，他把两只筷子吮净，拿水把饭盒冲满，先将上面一层油花吸净，然后就带着安全到达彼岸的神色小口小口地呷。有一次，他在下棋，左手轻轻地叩茶几。一粒干缩了的饭粒儿也轻轻地小声跳着。他一下注意到了，就迅速将那个干饭粒儿放进嘴里，腮上立刻显出筋络。我知道这种干饭粒儿很容易嵌到槽牙里，巴在那儿，舌头是赶它不出来的。果然，呆了一会儿，他就伸手到嘴里去抠。终于嚼完，和着一大股口水，"咕"地一声儿咽下去，喉结慢慢移下来，眼睛里有了泪花。他对吃是虔诚的，而且很精细。有时你会可怜那些饭被他吃得一个渣儿都不剩，真有点儿惨无人道。我在火车上一直看他下棋，发现他同样是精细的，但就有气度得多，他常常在我们还根本看不出已是败局时就开始重码棋子，说："再来一盘吧。"有的人不服输，非要下完，总觉得被他那样暗示死刑存些侥幸。他也奉陪，用四五步棋逼死双方，略带嘲讽地说："给你棋脸，非要听'将'，有瘾？"

我每看到他吃饭，就回想起杰克·伦敦的《热爱生命》，终于在一次饭后他小口呷汤时讲了这个故事。我因为有过饥饿的经验，所以特别渲染了故事中的饥饿感觉。他不再喝汤，只是把饭盒端在嘴边儿，一动不动地听我讲。我讲完了，他呆了许久，凝视着饭盒里的水，轻轻吸了一口，才很严肃地看着我说："这个人是对的。他当然要把饼干藏在褥子底下。照你讲，他是对失去食物发生精神上的恐惧，是精神病？不，他有道理，太有道理了。写书的人怎么可以这么理解这个人呢？杰……杰什么？嗯，杰克·伦敦，这个小子他妈真是饱汉子不知饿汉子饥。"我马上指出杰克·伦敦是一个如何如何的人。他说："是呀，不管怎么样，像你说的，杰克·伦敦后来出了名，肯定不愁吃的，他当然会叼着根烟，写些嘲笑饥饿的故事。"我说："杰克·伦敦丝毫也没有嘲笑饥饿，他是……"他不耐烦地打断我说："怎么不是嘲笑？把一个特别清楚饥饿是怎么回事儿的人写成发了神经，我不喜欢。"我只好苦笑，不再说什么。可是一没人和他下棋了,他就又问我:“嗯?再讲个吃的故事?其实杰克·伦敦那个故事挺好。”我有些不高兴地说:“那根本不是个吃的故事,那是一个讲生命的故事,你不愧为棋呆子。”大约是我脸上有种表情,他于是不知怎么办才好。我心里有一种东西升上来,我还是喜欢他的,就说:“好吧,巴尔扎克的《邦斯舅舅》听过吗?”他摇摇头。我就又好好儿描述了一下邦斯这个老饕。不料他听完,马上就说:“这个故事不好,这是一个馋的故事,不是吃的故事。邦斯这个老头儿若只是吃而不馋,不会死。我不喜欢这个故事。”他马上意识到这最后一句话,就急忙说:“倒也不是不喜欢。不过洋人总和咱们不一样,隔着一层。我给你讲个故事吧。”我马上感了兴趣:棋呆子居然也有故事!他把身体靠得舒服一些,说:“从前哪,”笑了笑,又说:“老是他妈从前,可这个故事是我们院儿的五奶奶讲的。嗯——老辈子的时候,有这么一家子,吃喝不愁。粮食一囤一囤的,顿顿想吃多少吃多少,嘿,可美气了。后来呢,娶了个儿媳妇。那真能干,就没说把饭做糊过,不干不稀,特解饱。可这媳妇,每做一顿饭,必抓一把米藏好……”听到这儿,我忍不住插嘴:“老掉牙的故事了,还不是后来遇了荒年,大家没饭吃,媳妇把每日攒下的米拿出来,不但自家有了,还分给穷人?”他很惊奇地坐直了,看着我说:“你知道这个故事?可那米没有分给别人,五奶奶没有说分给别人。”我笑了,说:“这是教育小孩儿要节约的故事,你还拿来有滋有味地讲,你真是呆子。这不是一个吃的故事。”他摇摇头,说:“这太是吃的故事了。首先得有饭,才能吃,这家子有一囤一囤的粮食。可光穷吃不行,得记着断顿儿的时候,每顿都要欠一点儿。老话儿说‘半饥半饱日子长’嘛。”我想笑但没笑出来,似乎明白一些什么,为了打消这种异样的感触,就说:“呆子,我跟你下棋吧。”他一下高兴起来,紧一紧手脸,啪啪啪就把棋码好,说:“对,说什么吃的故事,还是下棋,下棋最好,何以解不痛快?唯有下象棋。啊?哈哈哈!你先走。”我又是当头炮,他随后把马跳好。我随便动了一个子儿,他很快地把兵移前一格儿。我并不真心下棋,心想他念到中学,大约是读过不少书的,就问:“你读过曹操的《短歌行》?”他说:“什么《短歌行》?”我说:“那你怎么知道‘何以解忧,唯有杜康’?”他愣了,问:“杜康是什么?”我说:“杜康是一个造酒的人,后来也就代表酒,你把杜康换成象棋,倒也风趣。”他摆了一下头,说:“啊,不是。这句话是一个老头儿说的,我每回和他下棋,他总说这句。”我想起了传闻中的捡烂纸的老头儿,就问:“是捡烂纸的老头儿吗?”他看了我一眼,说:“不是,不过,捡烂纸的老头儿棋下得好,我在他那儿学到不少东西。”我很感兴趣地问:“这老头是个什么人?怎么下得一手儿好棋还捡烂纸?”他很轻地笑了一下,说:“下棋不当饭。老头儿要吃饭,还得捡烂纸,可不知他以前是什么人。有一回,我抄的几张棋谱不知怎么找不到了,以为当垃圾倒出去了,就到垃圾站去翻。正翻着,这个老头儿推着筐过来了,指着我说:‘你个大小伙子,怎么抢我的买卖?’我说不是,是找丢了东西,他问什么东西,我没搭理他。可他问个不停，‘钱？存折儿？结婚帖子？’我只好说是棋谱，正说着，就找着了。他说叫他看看。他在路灯底下挺快就看完了，说‘这棋没根哪’。我说这是以前市里的象棋比赛。可他说，‘哪儿的比赛也没用，你瞧这，这叫棋路？狗脑子。’我心想怕是遇上异人了，就问他当怎么走。老头儿哗哗说了一通谱儿，我一听，真的不凡，就提出要跟他下一盘。老头让我先说。我们俩就在垃圾站下盲棋，我是连输五盘。老头儿棋路猛听头几步，没什么，可着子真阴真狠，打闪一般，网得开，收得又紧又快。后来我们见天儿在垃圾站下盲棋，每天回去我就琢磨他的棋路，以后居然跟他平过一盘，还赢过一盘。其实赢的那盘我们一共才走了十几步。老头儿用铅丝扒子敲了半天地面，叹一声，‘你赢了。’我高兴了，直说要到他那儿去看看。老头儿白了我一眼，说，‘撑的?!’告诉我明天晚上再在这儿等他。第二天我去了，见他推着筐远远来了。到了眼前，从筐里取出一个小布包，递到我手上，说这也是谱儿，让我拿回去，看瞧得懂不。又说哪天有走不动的棋，让我到这儿来说他听听，兴许他就走动了。我赶紧回到家里，打开一看，还真他妈看不懂。这是本异书，也不知是哪朝哪代的，手抄，边边角角儿，补了又补。上面写的东西，不像是说象棋，好像是说另外的什么事儿。我第二天又去找老头儿，说我看不懂，他哈哈一笑，说他先给我说一段儿，提个醒儿。他一开说，把我吓了一跳。原来开宗明义，是讲男女的事儿。我说这是四旧。老头儿叹了，说什么是旧？我这每天捡烂纸是不是在捡旧？可我回去把它们分门别类，卖了钱，养活自己，不是新？又说咱们中国道家讲阴阳，这开篇是借男女讲阴阳之气。阴阳之气相游相交，初不可太盛，太盛则折，折就是‘折断’的‘折’。我点点头。‘太盛则折，太弱则泻’。老头儿说我的毛病是，太盛。又说，若对手盛，则以柔化之。可要在化的同时，造成克势。柔不是弱，是容，是收，是含。含而化之，让对手入你的势。这势要你造，需无为而无不为。无为即是道，也就是棋运之大不可变，你想变，就不是象棋，输不用说了，连棋边儿都沾不上。棋运不可悖，但每局的势要自己造。棋运和势既有，那可就无所不为了。玄是真玄，可细琢磨，是那么个理儿。我说，这么讲是真提气，可这下棋，千变万化，怎么才能准赢呢？老头儿说这就是造势的学问了。造势妙在契机，谁也不走子儿，这棋没法儿下。可只要对方一走，势就入，就可导。高手你入他很难，这就要损。损他一个子儿，损自己一个子儿，先导开，或找眼钉下，止住他的入势，铺排下自己的入势。这时你万不可死损，势式要相机而变。势式有相因之气，势套势，小势导开，大势含而化之，根连根，别人就奈何不得。老头儿说我只有套，势不太明。套可以算出百步之远，但无势，不成气候。又说我脑子好，有琢磨劲儿，后来输我的那一盘，就是大势已破，再下，就是玩了。老头儿说他日子不多了，无儿无女，遇见我，就传给我吧。我说你老人家棋道这么好，怎么还干这种营生呢？老头儿叹了一口气，说这棋是祖上传下来的，但有训——‘为棋不为生’，为棋是养性，生会坏性，所以生不可太盛。又说他从小没学过什么谋生本事，现在想来，倒是训坏了他。”我似乎听明白了一些棋道，可很奇怪，就问：“棋道与生道难道有什么不同么?”王一生说：“我也是这么说，而且魔怔起来，问他天下大势。老头儿说，棋就是这么几个子儿，棋盘就这么大，无非是道同势不同，可这子儿你全能看在眼底。天下的事，不知道的太多。这每天的大字报，张张都新鲜，虽看出点道儿，可不能究底。子儿不全摆上，这棋就没法儿下。”

我就又问那本棋谱。王一生很沮丧地说：“我每天带在身上，反复地看。后来你知道，我撕大字报被造反团捉住，书就被他们搜了去，说是四旧，给毁了，而且是当着我的面儿毁的。好在书已在我脑子里，不怕他们。”我就又和王一生感叹了许久。

火车终于到了，所有的知识青年都又被用卡车运到农场。在总场，各分场的人上来领我们，我找到王一生，说：“呆子，要分手了，别忘了交情，有事儿没事儿，互相走动。”他说当然。

## 二

这个农场在大山林里，活计就是砍树，烧山，挖坑，再栽树。不栽树的时候，就种点儿粮食。交通不便，运输不够，常常就买不到煤油点灯。晚上黑灯瞎火，大家凑在一起臭聊，天南地北。又因为常割资本主义尾巴，生活就清苦得很，常常一个月每人只有五钱油，吃饭钟一敲，大家就疾跑如飞。大锅菜是先煮后搁油，油又少，只在汤上浮几个大花儿。落在后边，常常就只能吃清水南瓜或清水茄子。米倒是不缺，国家供应商品粮，每人每月四十二斤。可没油水，挖山又不是轻活，肚子就越吃越大。我倒是没有什么，毕竟强似讨吃。每月又有二十几元工薪，家里没有人惦记着，又没有找女朋友，就买了烟学抽，不料越抽越凶。

山上活儿紧时，常常累翻，就想：呆子不知怎么干？那么精瘦的一个人。晚上大家闲聊，多是精神会餐。我又想，呆子的吃相可能更恶了。我父亲在时，炒得一手好菜，母亲都比不上他，星期天常邀了同事，专事品尝，我自然精于此道，因此聊起来，常常是主角，说得大家个个儿腮胀，常常发一声喊，将我按倒在地上，说像我这样儿的人实在是祸害，不如宰了炒吃。下雨时节，大家都慌忙上山去挖笋，又到沟里捉田鸡，无奈没有油，常常吃得胃酸。山上总要放火，野兽们都惊走了，极难打到。即使打到，野物们走惯了，没膘，熬不得油。尺把长的老鼠也捉来吃，因鼠是吃粮的，大家说鼠肉就是人肉，也算吃人吧。我又常想，呆子难道不馋？好上加好，固然是馋，其实饿时更馋。不馋，吃的本能不能发挥，也不得寄托。又想，呆子不知还下棋不下棋。我们分场与他们分场隔着近百里，来去一趟不容易，也就见不着。

转眼到了夏季。有一天，我正在山上干活儿，远远望见山下小路上有一个人。大家觉得影儿生，就议论是什么人。有人说是小毛的男的吧。小毛是队里一个女知青，新近在外场找了一个朋友，可谁也没见过。大家就议论可能是这个人来找小毛，于是满山喊小毛，说她的汉子来了。小毛丢了锄，跌跌撞撞跑过来，伸了脖子看。还没待小毛看好，我却认出来人是王一生——棋呆子。于是大叫，别人倒吓了一跳，都问："找你的？"我很得意。我们这个队有四个省市的知青，与我同来的不多，自然他们不认识王一生。我这时正代理一个管三四个人的小组长，于是对大家说："散了，不干了。大家也别回去，帮我看看山上可有什么吃的弄点儿。到钟点儿再下山，拿到我那儿去烧。你们打了饭，都过来一起吃。"大家于是就钻进乱草里去寻了。

我跳着跑下山，王一生已经站住，一脸高兴的样子，远远地问："你怎么知道是我？"我到了他跟前说："远远就看你呆头呆脑，还真是你。你怎么老也不来看我？"他跟我并排走着，说："你也老不来看我呀！"我见他背上的汗浸出衣衫，头发已是一绺一绺的，一脸的灰土，只有眼睛和牙齿放光，嘴上也是一层土，干得起皱，就说："你怎么摸来的？"他说："搭一段儿车，走一段儿路，出来半个月了。"我吓了一跳，问："不到百里，怎么走这么多天？"他说："回去细说。"

说话间已经到了沟底队里。场上几只猪跑来跑去，个个儿瘦得赛狗。还不到下班时间，冷冷清清的，只有队上伙房隐隐传来叮叮当当的声音。

到了我的宿舍，就直进去。这里并不锁门，都没有多余的东西可拿，不必防谁。我放了盆，叫他等着，就提桶打热水来给他洗。到了伙房，与炊事员讲，我这个月的五钱油全数领出来，以后就领生菜，不再打熟菜。炊事员问："来客了？"我说："可不！"炊事员就打开锁了的柜子，舀一小匙油找了个碗盛给我，又拿了三只长茄子，说："明天还来打菜吧，从后天算起，方便。"我从锅里舀了热水，提回宿舍。

王一生把衣裳脱了，只剩一条裤衩，呼噜呼噜地洗。洗完后，将脏衣服按在水里泡着，然后一件一件搓，洗好涮好，拧干晾在门口绳上。我说："你还挺麻利的。"他说："从小自己干，惯了。几件衣服，也不费事。"说着就在床上坐下，弯过手臂，去挠背后，肋骨一根根动着。我拿出烟来请他抽。他很老练地敲出一支，舔了一头儿，倒过来叼着。我先给他点了，自己也点上。他支起肩深吸进去，慢慢地吐出来，浑身荡一下，笑了，说："真不错。"我说："怎么样？也抽上了？日子过得不错呀。"他看看草顶，又看看在门口转来转去的猪，低下头，轻轻拍着净是绿筋的瘦腿，半晌才说："不错，真的不错。还说什么呢？粮？钱？还要什么呢？不错，真不错。你怎么样？"他透过烟雾问我。我也感叹了，说："钱是不少，粮也多，没错儿，可没油哇。大锅菜吃得胃酸。主要是没什么玩儿的，没书，没电影儿。去哪儿也不容易，老在这个沟儿里转,闷得无聊。"他看看我,摇一下头,说:"你们这些人哪!没法儿说,想的净是锦上添花。我挺知足,还要什么呢?你呀,你就是叫书害了。你在车上给我讲的两个故事,我琢磨了,后来挺喜欢的。你不错,读了不少书。可是,归到底,解决什么呢?是呀,一个人拼命想活着,最后都神经了,后来好了,活下来了,可接着怎么生活呢?像邦斯那样?有吃,有喝,好收藏个什么,可有个馋的毛病,人家不请吃就活得不痛快。人要知足,顿顿饱就是福。"他不说了,看着自己的脚趾动来动去,又用后脚跟去擦另一只脚的背,吐出一口烟,用手在腿上掸了掸。

我很后悔用油来表示我对生活的不满意,还用书和电影儿这种可有可无的东西表示我对生活的不满足,因为这些在他看来,实在是超出基准线上的东西,他不会为这些烦闷。我突然觉得很泄气,有些同意他的说法。是呀,还要什么呢?我不是也感到挺好了吗?不用吃了上顿惦记着下顿,床不管怎么烂,也还是自己的,不用窜来窜去找刷夜的地方。可是我常常烦闷的是什么呢?为什么就那么想看看随便什么一本书呢?电影儿这种东西,灯一亮就全醒过来了,图个什么呢?可我隐隐有一种欲望在心里,说不清楚,但我大致觉出是关于活着的什么东西。

我问他:"你还下棋吗?"他就像走棋那么快地说:"当然,还用说?"我说:"是呀,你觉得一切都好,干吗还要下棋呢?下棋不多余吗?"他把烟卷儿停在半空,摸了一下脸说:"我迷象棋,一下棋,就什么都忘了。待在棋里舒服。就是没有棋盘,棋子儿,我在心里就能下,碍谁的事儿啦?"我说:"假如有一天不让你下棋,也不许你想走棋的事儿,你觉得怎么样?"他挺奇怪地看着我说:"不可能,那怎么可能?我能在心里下呀!还能把我脑子挖了?你净说些不可能的事儿。"我叹了一口气,说:"下棋这事儿看来是不错。看了一本儿书,你不能老在脑子里过篇儿,老想看看新的。下棋可不一样了,自己能变着花样儿玩。"他笑着对我说:"怎么样,学棋吧?咱们现在吃喝不愁了,顶多是照你说的,不够好,又活不出个大意思来。书你哪儿找去?下棋吧,有忧下棋解。"我想了想,说:"我实在对棋不感兴趣。我们队倒有个人,据说下得不错。"他把烟屁股使劲儿扔出门外,眼睛又放出光来:"真的?有下棋的?嘿,我真还来对了。他在哪儿?"我说:"还没下班呢。看你急的,你不是来看我的吗?"他双手抱着脖子仰在我的被子上,看着自己松松的肚皮,说:"我这半年,就找不到下棋的。后来想,天下异人多得很,这野林子里我就不信找不到个下棋下得好的。现在我请了事假,一路找人下棋,就找到你这儿来了。"我说:"你不挣钱了?怎么活着呢?"他说:"你不知道,我妹妹在城里分了工矿,挣钱了,我也就不用给家寄那么多钱了。我就想,趁这功夫儿,会会棋手。怎么样?你一会儿把你说的那人找来下一盘?"我说当然,心里一动,就又问他:"你家里到底是怎么个情况呢?"他叹了一口气,望着屋顶,很久才说:"穷。困难啊!我们家三口儿人,母亲死了,只有父亲、妹妹和我。我父亲嘛,挣得少,按平均生活费的说法儿,我们一人才不到十块。

我母亲死后，父亲就喝酒，而且越喝越多，手里有俩钱儿就喝，就骂人。邻居劝，他不是不听，就是一把鼻涕一把泪，弄得人家也挺难过。我有一回跟我父亲说：'你不喝就不行？有什么好处呢？'他说：'你不知道酒是什么玩意儿，它是老爷们儿的觉啊！咱们这日子挺不易，你妈去了，你们又小。我烦哪，我没文化，这把年纪，一辈子这点子钱算是到头儿了。你妈死的时候，嘱咐了，怎么着也要供你念完初中再挣钱。你们让我喝口酒，啊？对老人有什么过不去的，下辈子算吧。'"他看了看我，又说："不瞒你说，我母亲解放前是窑子里的。后来大概是有人看上了，做了人家的小，也算从良。有烟吗？"我扔过一支烟给他，他点上了，把烟头儿吹得红红的，两眼不错眼珠儿地盯着，许久才说："后来，我妈又跟人跑了，据说买她的那家欺负她，当老妈子不说，还打。后来跟的这个是什么人，我不知道，我只知道我是我妈跟这个人生的。刚一解放，我妈跟的那个人就不见了。当时我妈怀着我，吃穿无着，就跟了我现在这个父亲。我这个后爹是卖力气的，可临到解放的时候儿，身子骨儿不行，又没文化，钱就挣得少。和我妈过了以后，原指着相帮着好一点儿，可没想到添了我妹妹后，我妈一天不如一天。那时候我才上小学，脑筋好，老师都喜欢我。可学校春游、看电影我都不在，给家里省一点儿是一点儿。我妈怕委屈了我，拖累着个身子，到处找活。有一回，我和我母亲给印刷厂叠书页子，是一本讲象棋的书。叠好了，我妈还没送去，我就一篇一篇对着看。不承想，就看出点儿意思来。于是有空儿就到街上看人家下棋。看了有些日子，就手痒痒，没敢跟家里要钱，自己用硬纸剪了一副棋，拿到学校去下。下着下着就熟了。于是又到街上和别人下。原先我看人家下得挺好，可我这一跟他们真下，还就赢了。一家伙就下了一晚上，饭也没吃。我妈找来了，把我打回去。唉，我妈身子弱，都打不痛我。到了家，她竟给我跪下了，说：'小祖宗，我就指望你了！你若不好好儿念书，妈就死在这儿。'我一听这话吓坏了，忙说：'妈，我没不好好儿念书。您起来，我不下棋了。'我把我妈扶起来坐着。那天晚上，我跟我妈叠页子，叠着叠着，就走了神儿，想着一路棋。我妈叹一口气说，'你也是，看不上电影儿，也不去公园，就玩儿这么个棋。唉，下吧。可妈的话你得记着，不许玩儿疯了。功课要是拉下了，我不饶你。我和你爹都不识字儿，可我们会问老师。老师若说你功课跟不上，你再说什么也不行。'我答应了。我怎么会把功课拉下呢？学校的算术，我跟玩儿似的。这以后，我放了学，先做功课，完了就下棋，吃完饭，就帮我妈干活儿，一直到睡觉。因为叠页子不用动脑筋，所以就在脑子里走棋，有的时候，魔怔了，会突然一拍书页，喊棋步，把家里人都吓一跳。"我说："怨不得你棋下得这么好，小时候棋就都在你脑子里呢！"他苦笑笑说："是呀，后来老师就让我去少年宫象棋组，说好好儿学，将来能拿大冠军呢！可我妈说，'咱们不去什么象棋组，要学，就学有用的本事。下棋下得好，还当饭吃了？有那点儿功夫，在学校多学点儿东西比什么不好？你跟你们老师们说，不去象棋组，要是你们老师还有没教你的本事,你就跟老师说,你教了我,将来有大用呢。啊?专学下棋?这以前都是有钱人干的!妈以前见过这种人,那都是身份,他们不指着下棋吃饭。妈以前待过的地方,也有女的会下棋,可要的钱也多。唉,你不知道,你不懂。下下玩儿可以,别专学,啊?'我跟老师说了,老师想了想,没说什么。后来老师买了一副棋送我,我拿给妈看,妈说,'唉,这是善心人哪!可你记住,先说吃,再说下棋。等你挣了钱,养活家了,爱怎么下就怎么下,随你。'"我感叹了,说:"这下儿好了,你挣了钱,你就能撒着欢儿地下了,你妈也就放心了。"王一生把脚搬上床,盘了坐,两只手互相捏着腕子,看着地下说:"我妈看不见我挣钱了。家里供我念到初一,我妈就死了。死之前,特别跟我说,'这一条街都说你棋下得好,妈信。可妈在棋上疼不了你。你在棋上怎么出息,到底不是饭碗。妈不能看你念完初中,跟你爹说了,怎么着困难,也要念完。高中,妈打听了,那是为上大学,咱们家用不着上大学,你爹也不行了,你妹妹还小,等你初中念完了就挣钱,家里就靠你了。妈要走了,一辈子也没给你留下什么,只捡人家的牙刷把,给你磨了一副棋。'说着,就叫我从枕头底下拿出一个小布包来,打开一看,都是一小点儿大的子儿,磨得是光了又光,赛象牙,可上头没字儿。妈说,'我不识字,怕刻不对。你拿了去,自己刻吧,也算妈疼你好下棋。'我们家多困难,我没哭过,哭管什么呢?可看着这副没字儿的棋,我绷不住了。"

我鼻子有些酸,就低了眼,叹道:"唉,当母亲的。"王一生不再说话,只是抽烟。

山上的人下来了,打到两条蛇。大家见了王一生,都很客气,问是几分场的,那边儿伙食怎么样。王一生答了,就过去摸一摸晾着的衣裤,还没有干。我让他先穿我的,他说吃饭要出汗,先光着吧。大家见他很随和,也就随便聊起来。我自然将王一生的棋道吹了一番,以示来者不凡。大家都说让队里的高手"脚卵"来与王一生下。一个人跑了去喊,不一刻,脚卵来了。脚卵是南方大城市的知识青年,个子非常高,又非常瘦。动作起来颇有些文气,衣服总要穿得整整齐齐,有时候走在山间小路上,看到这样一个高个儿纤尘不染,衣冠楚楚,真令人生疑。脚卵弯腰进来,很远就伸出手来要握,王一生糊涂了一下,马上明白了,也伸出手去,脸却红了。握过手,脚卵把双手捏在一起端在肚子前面,说:"我叫倪斌,人儿倪,文武斌。因为腿长,大家叫我脚卵。卵是很粗俗的话,请不要介意,这里的人文化水平是很低的。贵姓?"王一生比倪斌矮下去两个头,就仰着头说:"我姓王,叫王一生。"倪斌说:"王一生?蛮好,蛮好,名字蛮好的。一生是哪两个字?"王一生直仰着脖子,说:"一二三的一,生活的生。"倪斌说:"蛮好,蛮好。"就把长臂曲着往外一摆,说:"请坐。听说你钻研象棋?蛮好,蛮好,象棋是很高级的文化。我父亲是下得很好的,有些名气,喏,他们都知道的。我会走一点点,很爱好,不过在这里没有对手。你请坐。"王一生坐回床上,很尴尬地笑着,不知说什么好。倪斌并不坐下,只把手虚放在胸前,微微向前侧了一下身子，说："对不起，我刚刚下班，还没有梳洗，你候一下好了，我马上就来。噢，问一下，乃父也是棋道里的人么？"王一生很快地摇头，刚要说什么，但只是喘了一口气。倪斌说："蛮好，蛮好。好，一会儿我再来。"我说："脚卵洗了澡，来吃蛇肉。"倪斌一边退出去，一边说："不必了，不必了。好的，好的。"大家笑起来，向外嚷："你到底来是不来？什么'不必了，好的'！"倪斌在门外说："蛇肉当然是要吃的，一会儿下棋是要动脑筋的。"

大家笑着脚卵，关了门，三四个人精着屁股，上上下下地洗，互相开着身体的玩笑。王一生不知在想什么，坐在床里边，让开擦身的人。我一边将蛇头撕下来，一边对王一生说："别理脚卵，他就是这么神神道道的一个人。"有一个人对我说："你的这个朋友要真是有两下子，今天有一场好杀。脚卵的父亲在我们市里，真是很有名气哩。"另外的人说："爹是爹，儿是儿，棋还遗传了？"王一生说："家传的棋，有厉害的。几代沉下的棋路，不可小看。一会儿下起来看吧。"说着就紧一紧手脸。我把蛇挂起来，将皮剥下，不洗，放在案板上，用竹刀把肉划开，并不切断，盘在一个大碗内，放进一个大锅里，锅底蓄上水，叫："洗完了没有？我可开门了！"大家慌忙穿上短裤。我到外边地上摆三块土坯，中间架起柴引着，就将锅放在土坯上，把猪吆喝远了，说："谁来看看？别叫猪拱了。开锅后十分钟端下来。"就进屋收拾茄子。

有人把脸盆洗干净，到伙房打了四五斤饭和一小盆清水茄子，捎回来一棵葱和两瓣野蒜、一小块姜，我说还缺盐，就又有人跑去拿来一块，捣碎在纸上放着。

脚卵远远地来了，手里抓着一个黑木盒子。我问："脚卵，可有酱油膏？"脚卵迟疑了一下，返身回去。我又大叫："有醋精拿点儿来！"

蛇肉到了时间，端进屋里，掀开锅，一大团蒸气冒出来，大家并不缩头，慢慢看清了，都叫一声好。两大条蛇肉亮晶晶地盘在碗里，粉粉地冒蒸气。我嗖的一下将碗端出来，吹吹手指，说："开始准备胃液吧！"王一生也挤过来看，问："整着怎么吃？"我说："蛇肉碰不得铁，碰铁就腥，所以不切，用筷子撕着蘸料吃。"我又将切好的茄块儿放进锅里蒸。

脚卵来了，用纸包了一小块儿酱油膏，又用一张小纸包了几颗白色的小粒儿，我问是什么，脚卵说："这是草酸，去污用的，不过可以代替醋。我没有醋精，酱油膏也没有了，就这一点点。"我说："凑合了。"脚卵把盒子放在床上，打开，原来是一副棋，乌木做的棋子，暗暗的发亮。字用刀刻出来，笔画很细，却是篆字，用金丝银丝嵌了，古色古香。棋盘是一幅绢，中间亦是篆字：楚河汉界。大家凑过去看，脚卵就很得意，说："这是古董，明朝的，很值钱。我来的时候，我父亲给我的。以前和你们下棋，用不到这么好的棋。今天王一生来嘛，我们好好下。"王一生大约从来没有见过这么精彩的棋具，很小心地摸，又紧一紧手脸。

我将酱油膏和草酸冲好水，把葱末、姜末和蒜末投进去，叫声："吃起来！"大家就乒乒乓乓地盛饭,伸筷撕那蛇肉蘸料,刚入嘴嚼,纷纷嚷鲜。

我问王一生是不是有些像蟹肉,王一生一边儿嚼着,一边儿说:“我没吃过螃蟹,不知道。”脚卵伸过头去问:“你没有吃过螃蟹? 怎么会呢?”王一生也不答话,只顾吃。脚卵就放下碗筷,说:“年年中秋节,我父亲就约一些名人到家里来,吃螃蟹,下棋,品酒,作诗。都是些很高雅的人,诗做得很好的,还要互相写在扇子上。这些扇子过多少年也是很值钱的。”大家并不理会他,只顾吃。脚卵眼看蛇肉渐少,也急忙捏起筷子夹,不再说什么。

不一刻,蛇肉吃完,只剩两副蛇骨在碗里。我又把蒸熟的茄块儿端上来,放小许蒜和盐拌了。再将锅里热水倒掉,续上新水,把蛇骨放进去熬汤。大家喘一口气,接着伸筷,不一刻,茄子也吃净。我便把汤端上来,蛇骨已经煮散,在锅底刷拉刷拉地响。这里屋外常有一二处小丛的野茴香,我就拔来几棵,揪在汤里,立刻屋里异香扑鼻。大家这时饭已吃净,纷纷舀了汤在碗里,热热的小口呷,不似刚才紧张,话也多起来了。

脚卵抹一抹头发,说:“蛮好,蛮好的。”就拿出一支烟,先让了王一生,又自己叼了一支,烟包正待放回衣袋里,想了想,便放在小饭桌上,摆一摆手说:“今天吃的,都是山珍,海味是吃不到了。我家里常吃海味的,非常讲究,据我父亲讲,我爷爷在时,专雇一个老太婆,整天就是从燕窝里拔脏东西。燕窝这种东西,是海鸟叼来小鱼小虾,用口水粘起来的,所以里面各种脏东西多得很,要很细心地一点一点清理,一天也就能搞清一个,再用小火慢慢地蒸。每天吃一点,对身体非常好。”王一生听呆了,问:“一个人每天就专门是管做燕窝的? 好家伙! 自己买来鱼虾,熬在一起,不等于燕窝吗?”脚卵微微一笑,说:“要不怎么燕窝贵呢? 第一,这燕窝长在海中峭壁上,要拼命去挖。第二,这海鸟的口水是很珍贵的东西,是温补的。因此,舍命,费工时,又是补品,能吃燕窝,也是说明家里有钱和有身份。”大家就说这燕窝一定非常好吃。脚卵又微微一笑,说:“我吃过的,很腥。”大家就感叹了,说费这么多钱,吃一口腥,太划不来。

天黑下来,早升在半空的月亮渐渐亮了。我点起油灯,立刻四壁都是人影子。脚卵就说:“王一生,我们来下一盘?”王一生大概还没有从燕窝里醒过来,听见脚卵问,只微微点一点头。脚卵出去了。王一生奇怪了,问:“嗯?”大家笑而不答。一会儿,脚卵又来了,穿得笔挺,身后随来许多人,进屋都看看王一生。脚卵慢慢摆好棋,问:“你先走?”王一生说:“你吧。”大家就上上下下围了看。

走出十多步,王一生有些不安,但也只是暗暗捻一下手指。走过三十几步,王一生很快地说:“重摆吧。”大家奇怪,看看王一生,又看看脚卵,不知是谁赢了。脚卵微微一笑,说:“一赢不算胜。”就伸手抽一颗烟点上。王一生没有表情,默默地把棋重新码好。两人又走。又走到十多步,脚卵半天不动,直到把一根烟吸完,又走了几步，脚卵慢慢地说："再来一盘。"大家又奇怪是谁赢了，纷纷问。王一生很快地将棋码成一个方堆，看看脚卵问："走盲棋？"脚卵沉吟了一下，点点头。两人就口述棋步。好几个人摸摸头，摸摸脖子，说下得好没意思，不知谁是赢家。就有几个人离开走出去，把油灯带得一明一暗。

我觉出有点儿冷，就问王一生："你不穿点儿衣裳？"王一生没有理我。我感到没有意思，就坐在床里，看大家也是一会儿看看脚卵，一会儿看看王一生，像是瞧从来没有见过的两个怪物。油灯下，王一生抱了双膝，锁骨后陷下两个深窝，盯着油灯，时不时拍一下身上的蚊虫。脚卵两条长腿抵在胸口，一只大手将整个儿脸遮了，另一只大手飞快地将指头捏来弄去。说了许久，脚卵放下手，很快地笑一笑，说："我乱了，记不得。"就又摆了棋再下。不久，脚卵抬起头，看着王一生说："天下是你的。"抽出一支烟给王一生，又说："你的棋是跟谁学的？"王一生也看着脚卵，说："跟天下人。"脚卵说："蛮好，蛮好，你的棋蛮好。"大家看出是谁赢了，都高兴松动起来，盯着王一生看。

脚卵把手搓来搓去，说："我们这里没有会下棋的人，我的棋路生了。今天碰到你，蛮高兴的，我们做个朋友。"王一生说："将来有机会，一定见见你父亲。"脚卵很高兴，说："那好，好极了，有机会一定去见见他。我不过是玩玩棋。"停了一会儿，又说："你参加地区的比赛，没有问题。"王一生问："什么比赛？"脚卵说："咱们地区，要组织一个运动会，其中有棋类。地区管文教的书记我认得，他早年在我们市里，与我父亲认识。我到农场来，我父亲给他带过信，请他照顾。我找过他，他说我不如打篮球。我怎么会打篮球呢？那是很野蛮的运动，要伤身体的。这次运动会，他来信告诉我，让我争取参加农场的棋类队到地区比赛，赢了，调动自然好说。你棋下到这个地步，参加农场队，不成问题。你回你们场，去报名就可以了。将来总场选拔，肯定会有你。"王一生很高兴，起来把衣裳穿上，显得更瘦。大家又聊了很久。

将近午夜，大家都散去，只剩下宿舍里同住的四个人与王一生、脚卵。脚卵站起来，说："我去拿些东西来吃。"大家都很兴奋，等着他。一会儿，脚卵弯腰进来，把东西放在床上，摆出六颗巧克力，半袋麦乳精，纸包的一斤精白挂面。巧克力大家都一口咽了，来回舔着嘴唇。麦乳精冲成稀稀的六碗，喝得满屋喉咙响。王一生笑嘻嘻地说："世界上还有这种东西？苦甜苦甜的。"我又把火升起来，开了锅，把面下了，说："可惜没有调料。"脚卵说："我还有酱油膏。"我说："你不是只有一小块儿了吗？"脚卵不好意思地说："咳，今天不容易，王一生来了，我再贡献一些。"就又拿了来。

大家吃了，纷纷点起烟，打着哈欠，说没想到脚卵还有如许存货，藏得倒严实，脚卵急忙申辩这是剩下的全部了。大家吵着要去翻，王一生说："不要闹，人家的是人家的，从来农场存到现在，说明人家会过日子。倪斌，你说，这比赛什么时候开始呢?”脚卵说:“起码还有半年。”王一生不再说话。我说:“好了,休息吧。王一生,你和我睡在我的床上。脚卵,明天再聊。”大家就起身收拾床铺,放蚊帐。我和王一生送脚卵到门口,看他高高的个子在青白的月光下远远去了。王一生叹一口气,说:“倪斌是个好人。”

王一生又待了一天,第三天早上,执意要走。脚卵穿了破衣服,肩了锄来送。两人握了手,倪斌说:“后会有期。”大家远远在山坡上招手。我送王一生出了山沟,王一生拦住,说:“回去吧。”我嘱咐他,到了别的分场,有什么困难,托人来告诉我,若回来路过,再来玩儿。王一生整了整书包带儿,就急急地顺公路走了,脚下扬起细土,衣裳晃来晃去,裤管儿前后荡着,像是没有屁股。

## 三

这以后,大家没事儿,常提起王一生,津津有味儿地回忆王一生光膀子大战脚卵。我说了王一生如何如何不容易,脚卵说:“我父亲说过的,‘寒门出高士’。据我父亲讲,我们祖上是元朝的倪云林。倪祖很爱干净,开始的时候,家里有钱,当然是讲究的。后来兵荒马乱,家道败了,倪祖就卖了家产,到处走,常在荒野店投宿,很遇到一些高士。后来与一个会下棋的村野之人相识,学得一手好棋。现在大家只晓得倪云林是元四家里的一个,诗书画绝佳,却不晓得倪云林还会下棋。倪祖后来信佛参禅,将棋炼进禅宗,自成一路。这棋只我们这一宗传下来。王一生赢了我,不晓得他是什么路,总归是高手了。”大家都不知道倪云林是什么人,只听脚卵神吹,将信将疑,可也认定脚卵的棋有些来路,王一生既然赢了脚卵,当然更了不起。这里的知青在城里都是平民出身,多是寒苦的,自然更看重王一生。

将近半年,王一生不再露面。只是这里那里传来消息,说有个叫王一生的,外号棋呆子,在某处与某某下棋,赢了某某。大家也很高兴,即使有输的消息,都一致否认,说王一生怎会输棋呢?我给王一生所在的分场队里写了信,也不见回音,大家就催我去一趟。我因为这样那样的事,加上农场知青常常斗殴,又输进火药枪互相射击,路途险恶,终于没有去。

一天脚卵在山上对我说,他已经报名参加棋类比赛了,过两天就去总场,问王一生可有消息?我说没有。大家就说王一生肯定会到总场比赛,相约一起请假去总场看看。

过了两天,队里的活儿稀松,大家就纷纷找了各种借口请假到总场,盼着能见着王一生。我也请了假出来。

总场就在地区所在地,大家走了两天才到。这个地区虽是省以下的行政单位,却只有交叉的两条街，沿街有一些商店，货架上不是空的，即是“展品概不出售”。可是大家仍然很兴奋，觉得到了繁华地界，就沿街一个馆子一个馆子地吃，都先只叫净肉，一盘一盘地吞下去，拍拍肚子出来，觉得日光晃眼，竟有些肉醉，就找了一处草地，躺下来抽烟，又纷纷昏睡过去。

醒来后，大家又回到街上细细吃了一些面食，然后到总场去。

一行人高高兴兴到了总场，找到文体干事，问可有一个叫王一生的来报到。干事翻了半天花名册，说没有。大家不信，拿过花名册来七手八脚地找，真的没有，就问干事是不是搞漏掉了。干事说花名册是按各分场报上来的名字编的，都已分好号码，编好组，只等明天开赛。大家你望望我，我望望你，搞不清是怎么回事儿。我说：“找脚卵去。”脚卵在运动员们住下的草棚里，见了他，大家就问。脚卵说：“我也奇怪呢。这里乱糟糟的，我的号是棋类，可把我分到球类组来，让我今晚就参加总场联队训练，说了半天也不行，还说主要靠我进球得分。”大家笑起来，说：“管他赛什么，你们的伙食差不了。可王一生没来太可惜了。”

直到比赛开始，也没有见王一生的影子。问了他们分场来的人，都说很久没见王一生了。大家有些慌，又没办法，只好去看脚卵赛篮球。脚卵痛苦不堪，规矩一点儿不懂，球也抓不住，投出去总是三不沾，抢得猛一些，他就抽身出来，瞪着大眼看别人争。文体干事急得抓耳挠腮，大家又笑得前仰后合。每场下来，脚卵总是嚷野蛮，埋怨脏。

赛了两天，决出总场各类运动代表队，到地区参加地区决赛。大家看看王一生还没有影子，就都相约要回去了。脚卵要留在地区文教书记家再待一两天，就送我们走一段。快到街口，忽然有人一指：“那不是王一生？”大家顺着方向一看，真是他。王一生在街口另一面急急地走来，没有看见我们。我们一齐大叫，他猛地站住，看见我们，就横街向我们跑来。到了跟前，大家纷纷问他怎么不来参加比赛？王一生很着急的样子，说：“这半年我总请事假出来下棋，等我知道报名赶回去，分场说我表现不好，不准我出来参加比赛，连名都没报上。我刚找了由头儿，跑上来看看赛得怎么样。怎么样？赛得怎么样？”大家一迭声儿地说早赛完了，现在是参加与各县代表队的比赛，夺地区冠军。王一生愣了半晌，说：“也好，夺地区冠军必是各县高手，看看也不赖。”我说：“你还没吃东西吧？走，街上随便吃点儿什么去。”脚卵与王一生握过手，也惋惜不已。大家就又拥到一家小馆儿，买了一些饭菜，边吃边叹息。王一生说：“我是要看看地区的象棋大赛。你们怎么样？要回去吗？”大家都说出来的时间太长了，要回去。我说：“我再陪你一两天吧。脚卵也在这里。”于是又有两三个人也说留下来再耍一耍。

脚卵就领留下的人去文教书记家，说是看看王一生还有没有参加比赛的可能。走不多久，就到了。只见一扇小铁门紧闭着，进去就有人问找谁，见了脚卵，不再说什么,只让等一下。一会儿叫进了,大家一起走进一幢大房子,只见窗台上摆了一溜儿花草,伺候得很滋润。大大的一面墙上只一幅主席诗词的挂轴儿,绫子黄黄的很浅。屋内只摆几把藤椅,茶几上放着几张大报与油印的简报。不一会儿,书记出来,胖胖的,很快地与每个人握手,又叫人把简报收走,就请大家坐下来。大家没见过管着几个县的人的家,头都转来转去地看。书记呆了一下,就问:"都是倪斌的同学吗?"大家纷纷回过头看书记,不知该谁回答。脚卵欠一下身,说:"都是我们队上的。这一位就是王一生。"说着用手掌向王一生一倾。书记看着王一生说:"噢,你就是王一生? 好。这两天,倪斌常提到你。怎么样,选到地区来赛了吗?"王一生正想答话,倪斌马上就说:"王一生这次有些事耽误了,没有报上名。现在事情办完了,看看还能不能参加地区比赛。您看呢?"书记用胖手在扶手上轻轻拍了两下,又轻轻用中指很慢地擦着鼻沟儿,说:"啊,是这样。不好办。你没有取得县一级的资格,不好办。听说你很有天才,可是没有取得资格去参加比赛,下面要说话的,啊?"王一生低了头,说:"我也不是要参加比赛,只是来看。"书记说:"那是可以的,那欢迎。倪斌,你去桌上,左边的那个桌子,上面有一份打印的比赛日程。你拿来看看,象棋类是怎么安排的。"倪斌早一步跨进里屋,马上把材料拿出来,看了一下,说:"要赛三天呢!"就递给书记。书记也不看,把它放在茶几上,掸一掸手,说:"是啊,几个县嘛。啊? 还有什么问题吗?"大家都站起来,说走了。书记与离他近的人很快地握了手,说:"倪斌,你晚上来,嗯?"倪斌欠欠身说好的,就和大家一起出来。大家到了街上,舒了一口气,说笑起来。

大家漫无目的地在街上走,讲起还要在这里待三天,恐怕身上的钱支持不住。王一生说他可以找到睡觉的地方,人多一点恐怕还是有办法,这样就能不去住店,省下不少钱。倪斌不好意思地说他可以住在书记家。于是大家一起随王一生去找住的地方。

原来王一生已经来过几次地区,认识了一个文化馆画画儿的,于是便带了我们投奔这位画家。到了文化馆,一进去,就听见远远有唱的,有拉的,有吹的,便猜是宣传队在演练。只见三四个女的,穿着蓝线衣裤,胸蹶得不能再高,一扭一扭地走过来,近了,并不让路,直脖直脸地过去。我们赶紧闪在一边儿,都有点儿脸红。倪斌低低地说:"这几位是地区的名角。在小地方,有她们这样的功夫,蛮不容易的。"大家就又回过头去看名角。

画家住在一个小角落里,门口鸡鸭转来转去,沿墙摆了一溜儿各类杂物,草就在杂物中间长出来。门又被许多晒着的衣裤布单遮住。王一生领我们从衣裤中弯腰过去,叫那画家。马上就乒乒乓乓出来一个人,见了王一生,说:"来了? 都进来吧。"画家只是一间小屋,里面一张小木床,到处是书、杂志、颜色和纸笔。墙上钉满了画的画儿。大家顺序进去,画家就把东西挪来挪去腾地方,大家挤着坐下,不敢再动。画家又迈过大家出去，一会儿提来一个暖瓶，给大家倒水。大家传着各式的缸子、碗，都有了，捧着喝。画家也坐下来，问王一生："参加运动会了吗?"王一生叹着将事情讲了一遍。画家说："只好这样了。要待几天呢?"王一生就说："正是为这事来找你。这些都是我的朋友。你看能不能找个地方，大家挤一挤睡?"画家沉吟半晌，说："你每次来，在我这里挤还凑合。这么多人，嗯——让我看看。"他忽然眼里放出光彩来，说："文化馆里有个礼堂，舞台倒是很大。今天晚上为运动会的人演出，演出之后，你们就在舞台上睡，怎么样？今天我还可以带你们进去看演出。电工与我很熟的，跟他说一声，进去睡没问题。只不过脏一些。"大家都纷纷说再好不过了。脚卵放下心的样子，小心地站起来，说："那好，诸位，我先走一步。"大家要站起来送，却谁也站不起来。脚卵按住大家，连说不必了，一脚就迈出屋外。画家说："好大的个子！是打球的吧?"大家笑起来，讲了脚卵的笑话。画家听了，说："是啊，你们也都够脏的。走，去洗洗澡，我也去。"大家就一个一个顺序出去，还是碰得叮当乱响。

原来这地区所在地，有一条江远远流过。大家走了许久，方才到了。江面不甚宽阔，水却很急，近岸的地方，有一些小洼儿。四处无人，大家脱了衣裤，都很认真地洗，将画家带来的一块肥皂用完。又把衣裤泡了，在石头上抽打，拧干后铺在石头上晒，除了游水的，其余便纷纷趴在岸上晒。画家早洗完，坐在一边儿，掏出个本子在画。我发觉了，过去站在他身后看。原来他在画我们几个人的裸体速写。经他这一画，我倒发觉我们这些每日在山上苦的人，却矫健异常，不禁赞叹起来。大家又围过来看，屁股白白的晃来晃去。画家说："干活儿的人，肌肉线条极有特点，又很分明。虽然各部分发展可能不太平衡，可真的人体，常常是这样，变化万端。我以前在学院画人体，女人体居多，太往标准处靠，男人体也常静在那里，感觉不出肌肉滚动，越画越死。今天真是个难得的机会。"有人说羞处不好看，画家就在纸上用笔把说的人的羞处涂成一个疙瘩，大家就都笑起来。衣裤干了，纷纷穿上。

这时已近傍晚，太阳垂在两山之间，江面上便金子一般滚动，岸边石头也如热铁般红起来。有鸟儿在水面上掠来掠去，叫声传得很远。对岸有人在拖长声音吼山歌，却不见影子，只觉声音慢慢小了。大家都凝了神看。许久，王一生长叹一声，却不说什么。

大家又都往回走，在街上拉了画家一起吃些东西，画家倒好酒量。天黑了，画家领我们到礼堂后台入口，与一个人点头说了，招呼大家悄悄进去，缩在边幕上看。时间到了，幕并不开，说是书记还未来。演员们化了妆，在后台走来走去，伸一伸手脚，互相取笑着。忽然外面响动起来，我拨了幕布一看，只见书记缓缓进来，在前排坐下，周围空着，后面黑压压一礼堂人。于是开演，演出甚为激烈，尘土四起。演员们在台上泪光闪闪，退下来一过边幕，就嬉笑颜开，连说怎么怎么错了。王一生倒很入戏,脸上时阴时晴,嘴一直张着,全没有在棋盘前的镇静。戏一结束,王一生一个人在边幕拍起手来,我连忙止住他,向台下望去,书记不知什么时候已经走了,前两排仍然空着。

大家出来,摸黑拐到画家家里,脚卵已在屋里,见我们来了,就与画家出来和大家在外面站着,画家说:"王一生,你可以参加比赛了。"王一生问:"怎么回事儿?"脚卵说,晚上他在书记家里,书记跟他叙起家常,说十几年前常去他家,见过不少字画儿,不知运动起来,损失了没有?脚卵说还有一些,书记就不说话了。过了一会儿书记又说,脚卵的调动大约不成问题,到地区文教部门找个位置,跟下面打个招呼,办起来也快,让脚卵写信回家讲一讲。于是又谈起字画古董,说大家现在都不知道这些东西的价值,书记自己倒是常在心里想着。脚卵就说,他写信给家里,看能不能送书记一两幅,既然书记帮了这么大忙,感谢是应该的。又说,自己在队里有一副明朝的乌木棋,极是考究,书记若是还看得上,下次带上来。书记很高兴,连说带上来看看。又说你的朋友王一生,他倒可以和下面的人说一说,一个地区的比赛,不必那么严格,举贤不避私嘛。就挂了电话,电话里回答说,没有问题,请书记放心,叫王一生明天就参加比赛。

大家听了,都很高兴,称赞脚卵路道粗,王一生却没说话。脚卵走后,画家带了大家找到电工,开了礼堂后门,悄悄进去。电工说天凉了,问要不要把幕布放下来垫盖着,大家都说好,就七手八脚爬上去摘下幕布铺在台上。一个人走到台边,对着空空的座位一敬礼,尖着嗓子学报幕员,说:"下一个节目——睡觉。现在开始。"大家悄悄地笑,纷纷钻进幕布躺下了。

躺下许久,我发觉王一生还没有睡着,就说:"睡吧,明天要参加比赛呢!"王一生在黑暗里说:"我不赛了,没意思。倪斌是好心,可我不想赛了。"我说:"咳,管它!你能赛棋,脚卵能调上来,一副棋算什么?"王一生说:"那是他父亲的棋呀!东西好坏不说,是个信物。我妈妈留给我的那副无字棋,我一直性命一样存着,现在生活好了,妈的话,我也忘不了。倪斌怎么就可以送人呢?"我说:"脚卵家里有钱,一副棋算什么呢?他家里知道儿子活得好一些了,棋是舍得的。"王一生说:"我反正是不赛了,被人作了交易,倒像是我沾了便宜。我下得赢下不赢是我自己的事,这样赛,被人戳脊梁骨。"不知是谁也没睡着,大约都听见了,咕噜一声:"你真是呆子。"

**四**

第二天一早儿,大家满身是土地起来,找水擦了擦,又约画家到街上去吃。画家执意不肯,正说着,脚卵来了,很高兴的样子。王一生对他说:"我不参加这个比赛。"大家呆了,脚卵问:"蛮好的,怎么不赛了呢?省里还下来人视察呢!"王一生说:"不赛就不赛了。"我说了说,脚卵叹道:"书记是个文化人,蛮喜欢这些的。棋虽然是家里传下的,可我实在受不了农场这个罪,我只想有个干净的地方住一住,不要每天脏兮兮的。棋不能当饭吃的，用它通一些关节，还是值的。家里也不很景气，不会怪我。”画家把双臂抱在胸前，抬起一只手摸了摸脸，看着天说：“理想没有了，只剩下目的。倪斌，不能怪你。你没有什么不得了的要求。我这两年，也常常犯糊涂，生活太具体了。幸亏我还会画画儿。何以解忧？唯有——唉。”王一生很惊奇地看着画家，慢慢转了脸对脚卵说：“倪斌，谢谢你。这次比赛决出高手，我登门去与他们下。我不参加这次比赛了。”脚卵忽然很兴奋，攥起大手一顿，说：“这样，这样！我呢，去跟书记说一下，组织一个友谊赛。你要是赢了这次的冠军，无疑是真正的冠军。输了呢，也不太失身份。”王一生呆了呆：“千万不要跟什么书记说，我自己找他们下，要下，就与前三名都下。”

大家也不好再说什么，就去看各种比赛，倒也热闹。王一生只钻在棋类场地外面，看各局的明棋。第三天，决出前三名。之后是发奖，又是演出，会场乱哄哄的，也听不清谁得的是什么奖。

脚卵让我们在会场等着，过了不久，就领来两个人，都是制服打扮。脚卵作了介绍，原来是象棋比赛的第二、三名。脚卵说：“这位是王一生，棋蛮厉害的，想与你们两位高手下一下，大家也是一个互相学习的机会。”两个人看了看王一生，问：“那怎么不参加比赛呢？我们在这里待了许多天，要回去了。”王一生说：“我不耽误你们，与你们两人同时下。”两人互相看了看，忽然悟到，说：“盲棋？”王一生点一点头。两人立刻变了态度，笑着说：“我们没下过盲棋。”王一生说：“不要紧，你们看着明棋下。来，咱们找个地方儿。”话不知怎么就传了出去，立刻嚷动了，会场上各县的人都说有一个农场的小子没有赛着，不服气，要同时与亚、季军比试。百十个人把我们围了起来，挤来挤去地看，大家觉得有了责任，便站在王一生身边儿。王一生倒低了头，对两个人说：“走吧，走吧，太扎眼。”有一个人挤了进来，说：“哪个要下棋？就是你吗？我们大爷这次是冠军，听说你不服气，叫我来请你。”王一生慢慢地说：“不必。你大爷要是肯下，我和你们三人同下。”众人都轰动了，拥着往棋场走去。到了街上，百十人走成一片。行人见了，纷纷问怎么回事，可是知青打架？待明白了，就都跟着走。走过半条街，竟有上千人跟着跑来跑去。商店里的店员和顾客也都站出来张望。长途车路过这里开不过，乘客们纷纷探出头来，只见一街人头攒动，尘土飞起多高，轰轰的，乱纸踏得嚓嚓响。一个傻子呆呆地在街中心，咿咿呀呀地唱，有人发了善心，把他拖开，傻子就依了墙根儿唱。四五条狗窜来窜去，觉得是它们在引路打狼，汪汪叫着。

到了棋场，竟有数千人围住，土扬在半空，许久落不下来。棋场的标语标志早已摘除，出来一个人，见这么多人，脸都白了。脚卵上去与他交涉，他很快地看着众人，连连点头儿，半天才明白是借场子用，急忙打开门，连说“可以可以”，见众人都要进去，就急了。我们几个，马上到门口守住，放进脚卵、王一生和两个得了荣誉的人,这时有一个人走出来,对我们说:“高手既然和三个人下,多我一个不怕,我也算一个。”众人又嚷动了,又有人报名。我不知怎么办好,只得进去告诉王一生。王一生咬一咬嘴说:“你们两个怎么样?”那两个人赶紧站起来,连说可以。我出去统计了,连冠军在内,对手共是十人。脚卵说:“十人是满数,不吉利的,九个人好了。”于是就九个人。冠军总不见来,有人来报,既是下盲棋,冠军只在家里,命人传棋。王一生想了想,说好吧。九个人就关在场里。墙外一副明棋不够用,于是有人拿来八张整开白纸,很快地画了格儿,又有人用硬纸剪了几十个方棋子儿,用红黑颜色写了,背后粘上细绳,挂在棋格儿钉子上,风一吹,轻轻地晃成一片,街上人们也嚷成一片。

人是越来越多。后来的人拼命往前挤,挤不进去,就抓住人打听,以为是杀人的告示。妇女们也抱着孩子们,远远围成一片。又有许多人支了自行车,站在后架上伸脖子看,人群一挤,连着倒,喊成一团。半大的孩子们钻来钻去,被大人们用腿拱出去。数千人闹闹嚷嚷,街上像半空响着闷雷。

王一生坐在场当中一个靠背椅上,把手放在两条腿上,眼睛虚望着,一头一脸都是土,像是被传讯的歹人。我不禁笑起来,过去给他拍一拍土。他按住我的手,我觉出他有些抖。王一生低低地说:“事情闹大了。你们几个朋友看好,一有动静,一起跑。”我说:“不会,只要你赢了,什么都好办。争口气。怎么样? 有把握吗? 九个人哪! 头三名都在这里!”王一生沉吟了一下,说:“怕江湖的不怕朝廷的,参加过比赛的人的棋路我都看了,就不知道其他六个会不会冒出冤家。书包你拿着,不管怎么样,书包不能丢。书包里有……”王一生看了看我,“我妈的无字棋。”他的瘦脸上又干又脏,鼻沟儿也黑了,头发立着,喉咙一动一动的,两眼黑得吓人。我知道他拼了,心里有些酸,只说:“保重!”就离了他。他一个人空空地在场中央,谁也不看,静静的像一块铁。

棋开始了。上千人不再出声儿,只有自愿服务的人一会儿紧一会儿慢地用话传出棋步,外边儿自愿服务的人就变动着棋子儿。风吹得八张大纸哗哗地响,棋子儿荡来荡去。太阳斜斜地照在一切上,烧得耀眼。前几十排的人都坐下了,仰起头看,后面的人也挤得紧紧的,一个个土眉土眼,头发长长短短吹得飘,再没人动一下,似乎都把命放在棋里搏。

我心里忽然有一种很古的东西涌上来,喉咙紧紧地往上走。读过的书,有的近了,有的远了,模糊了,平时十分佩服的项羽、刘邦都在目瞪口呆,倒是尸横遍野的那些黑脸士兵,从地下爬起来,哑了喉咙,慢慢移动。一个樵夫,提了斧在野唱。忽然又仿佛见了棋呆子的母亲,用一双弱手一张一张地折书页。

我不由伸手到王一生的书包里去掏摸,捏到一个小布包儿,拽出来一看,是个旧蓝斜纹布的小口袋,上面用线绣了一只蝙蝠,布的四边儿都用线做了圈口,针脚很是细密。取出一个棋子，确实很小，在太阳底下竟是半透明的，像是一只眼睛，正柔和地瞧着。我把它攥在手里。

太阳终于落下去，立刻爽快了。人们仍在看着，但议论起来。里边儿传出一句王一生的棋步，外边儿的人就嚷动一下。专有几个人骑车为在家的冠军传送着棋步，大家就不太客气，笑话起来。

我又进去，看见脚卵很高兴的样子，心里就松开一些，问："怎么样？我不懂棋。"脚卵抹一抹头发，说："蛮好，蛮好。这种阵势，我从来也没见过，你想想看，九个人与他一个人下，九局连环！车轮大战！我要写信给我的父母，把这次的棋谱都寄给他。"这时有两个人从各自的棋盘前站起来，朝着王一生一鞠躬，说："甘拜下风。"就捏着手出去了。王一生点点头儿，看了他们的位置一眼。

王一生的姿势没有变，仍旧是双手扶膝，眼平视着，像是望着极远极远的远处，又像是盯着极近极近的近处，瘦瘦的肩挑着宽大的衣服，土没拍干净，东一块儿，西一块儿。喉结许久才动一下，我第一次承认象棋也是运动，而且是马拉松，是多一倍的马拉松！我在学校时，参加过长跑，开始后的五百米，确实极累，但过了一个限度，就像不是有用脑子跑，而像一架无人驾驶的飞机，又像是一架到了高度的滑翔机，只管滑翔下去。可这象棋，始终是处在一种机敏的运动之中，兜捕对手，逼向死角，不能疏忽。我忽然担心起王一生的身体来。这几天，大家因为钱紧，不敢怎么吃，晚上睡得又晚，谁也没想到会有这么一个场面。看着王一生稳稳地坐在那里，我又替他赌一口气：死顶吧！我们在山上扛木料，两个人一根，不管路不是路，沟不是沟，也得咬牙，死活不能放手。谁若是顶不住软了，自己伤了不说，另一个也得被木头震得吐血。可这回是王一生一个人过沟过坎儿，我们帮不上忙。我找了点儿凉水来，悄悄走近他，在他眼前一挡，他抖了一下，眼睛刀子似的看了我一下，一会儿才认出是我，就干干地笑了一下。我指指水碗，他接过去，正要喝，一个局号报了棋步。他把碗高高地平端着，水纹丝儿不动。他看着碗边儿，回报了棋步，就把碗缓缓凑到嘴边儿。这时下一个局号又报了棋步，他把嘴定在碗边儿，半晌，回报了棋步，才咽一口水下去，"咕"的一声儿，声音大得可怕，眼里有了泪花。他把碗递过来，眼睛望望我，有一种说不出的东西在里面游动，苦甜苦甜的。嘴角儿缓缓流下一滴水，把下巴和脖子上的土冲开一道沟儿。我又把碗递过去，他竖起手掌止住我，回到他的世界里去了。

我出来，天已黑了。有山民打着松枝火把，有人用手电照着，黄乎乎的，一团明亮。大约是地区的各种单位下班了，人更多了。狗也在人前蹲着，看人挂动棋子，不知是懂不懂，只是眼神凄凄的，像是在担忧。几个同来的队上知青，各被人围了打听。不一会，"王一生"、"棋呆子"、"是个知青"、"棋是道家的棋"，就在人们嘴上传。我有些发噱，本想到人群里说说，但又止住了，随人们传吧，我开始高兴起来。

这时墙上只有三局在下了。

忽然人群发一声喊。我回头一看,原来只剩下一盘,恰是与冠军的那一盘。盘上只有不多几个子儿。王一生的黑子儿远远近近地峙在对方棋营格里,后方老帅稳稳地待着,尚有一"士"伴着,好像帝王与近侍在聊天儿,等着前方将士得胜回朝;又似乎隐隐看见有人在伺候酒宴,点起尺把长的红蜡烛,有人在悄悄地调整管弦,单等有人跪奏捷报,鼓乐齐鸣。我的肚子拖长了音儿在响,脚下觉得软了,就拣个地方坐下,仰头看最后的围猎,生怕有什么差池。

红子儿半天不动,大家不耐烦了,纷纷看骑车的人来没来,嗡嗡地响成一片。忽然人群乱起来,纷纷闪开。只见一老者,精光头皮,由旁人搀着,慢慢走出来,嘴嚼动着,上上下下看着八张定局残子。众人纷纷传着,这就是本届地区冠军,是这个山区的一个世家后人,这次"出山"玩玩儿棋,不想就夺了头把交椅,评了这次比赛的大势,直叹棋道不兴。老者看完了棋,轻轻抻一抻衣衫,跺一跺土,昂了头,由人搀进棋场。众人都一拥而起。我急忙抢进了大门,跟在后面。只见老者进了大门,立定,往前看去。

王一生孤身一人坐在大屋子中央,瞪眼看着我们,双手支在膝上,铁铸一个细树桩,似无所见,似无所闻。高高的一盏电灯,暗暗地照在他脸上,眼睛深陷进去,黑黑的似俯视大千世界,茫茫宇宙。那生命像聚在一头乱发中,久久不散,又慢慢弥漫开来,灼得人脸热。

众人都呆了,都不说话。外面传了半天,眼前却是一个瘦小黑魂,静静地坐着,众人都不禁吸了一口凉气。

半晌,老者咳嗽一下,底气很足,十分洪亮,在屋里荡来荡去。王一生忽然目光短了,发觉了众人,轻轻地挣了一下,却动不了。老者推开搀的人,向前迈了几步,立定,双手合在腹前摩挲了一下,朗声叫道:"后生,老朽身有不便,不能亲赴沙场。命人传棋,实出无奈。你小小年纪,就有这般棋道,我看了,汇道禅于一炉,神机妙算,先声有势,后发制人,遣龙治水,气贯阴阳,古今儒将,不过如此。老朽有幸与你接手,感触不少,中华棋道,毕竟不颓,愿与你做个忘年之交。老朽这盘棋下到这里,权做赏玩,不知你可愿意平手言和,给老朽一点面子?"

王一生再挣了一下,仍起不来。我和脚卵急忙过去,托住他的腋下,提他起来。他的腿仍然是坐着的样子,直不下,半空悬着。我感到手里好像只有几斤的分量,就示意脚卵把王一生放下,用手去揉他的双腿。人家都拥过来,老者摇头叹息着。脚卵用大手在王一生身上,脸上,脖子上缓缓地用力揉。半晌,王一生的身子软下来,靠在我们手上,喉咙嘶嘶地响着,慢慢把嘴张开,又合上,再张开,"啊啊"着。很久,才呜呜地说:"和了吧。"

老者很感动的样子,说:"今晚你是不是就在我那儿歇了?养息两天,我们谈谈棋?”王一生摇摇头,轻轻地说:“不了,我还有朋友。大家一起出来的,还是大家在一起吧。我们到、到文化馆去,那里有个朋友。”画家就在人群里喊:“走吧,到我那里去,我已经买好了吃的,你们几个一起去。真不容易啊。”大家慢慢拥了我们出来,火把一圈儿照着。山民和地区的人层层围了,争睹棋王风采,又都点头儿叹息。

我搀了王一生慢慢走,光亮一直随着。幼时曾见过荷兰画家伦勃朗名作《夜巡》,恍惚觉得就是这般情景。进了文化馆,到了画家的屋子,虽然有人帮着劝散,窗上还是挤满了人,慌得画家急忙把一些画儿藏了。

人渐渐散了,王一生还有些木。我忽然觉出左手还攥着那个棋子,就张了手给王一生看。王一生呆呆地盯着,似乎不认得,可喉咙里就有了响声,猛然“哇”地一声儿吐出一些黏液,眼泪就流了下来,呜呜地哭着说:“妈,儿今天明白事儿了,人还要有点儿东西,才叫活着。妈——”大家都有些酸,扫了地下,打来水,劝了。王一生哭过,滞气调理过来,有了精神,就一起吃饭。画家竟喝得大醉,也不管大家,一个人倒在木床上睡去。电工领了我们,脚卵也跟着,一齐到礼堂台上去睡。

夜黑黑的,伸手不见五指。王一生已经睡死。我却还似乎耳边人声嚷动,眼前火把通明,山民们铁了脸,肩着柴禾在林中走,咿咿呀呀地唱。我笑起来,想:不做俗人,哪儿会知道这般乐趣?家破人亡,平了头每日荷锄,却自有真人生在里面,识到了,即是幸,即是福。衣食是本,自有人类,就是每日在忙这个。可囿在其中,终于还不太像人。倦意渐渐上来,就拥了幕布,沉沉睡去。

原载《上海文学》1984 年第 7 期。

(选自《上海文学》1984 年第 7 期)

**【阅读提示】**

阿城(1949— ),原名钟阿城,北京人,曾先后在山西、内蒙古的农村插队,著有《棋王》《树王》《孩子王》《遍地风流》《闲话闲说》等。作为“文化寻根派”的代表作家,他的作品表现出对传统文化的浓厚兴趣,在人生奇趣中寄寓他对宇宙、生命、自然和人的哲学思考。

《棋王》虽是阿城的处女作,但一经发表就得到文坛的盛赞。故事发生在“文革”时期,“我”通过与知青王一生的日常相处,特别是在他高超的棋艺中,领略了一种练达的人生境界。小说在普通知青真实平淡的生活中蕴蓄着深厚的庄禅哲学。

**【延伸阅读】**

1.施叔青:《与〈棋王〉作者阿城的对话》,《文艺理论研究》1987 年第 2 期。

2.汪曾祺:《汪曾祺说阿城小说〈棋王〉》,《名作欣赏》2005 年第 1 期。

3.李云:《历史记忆的文学阐释——围绕〈棋王〉的前前后后》,《当代文坛》2010 年第 1 期。

4.阿城:《棋王》,《阿城文集》,江苏文艺出版公司 2016 年版。

（黄亚清）

# 红高粱

莫言

## 一

一九三九年古历八月初九，我父亲这个土匪种十四岁多一点。他跟着后来名满天下的传奇英雄余占鳌司令的队伍去胶平公路伏击日本人的汽车队。奶奶披着夹袄，送他们到村头。余司令说："立住吧。"奶奶就立住了。奶奶对我父亲说："豆官，听你干爹的话。"父亲没吱声，他看着奶奶高大的身躯，嗅着奶奶的夹袄里散出的热烘烘的香味，突然感到凉气逼人，他打了一个战，肚子咕噜噜响一阵。余司令拍了一下父亲的头，说："走，干儿。"

天地混沌，景物影影绰绰，队伍的杂沓脚步声已响出很远。父亲眼前挂着蓝白色的雾幔，挡住他的视线，只闻队伍脚步声，不见队伍形和影。父亲紧紧扯住余司令的衣角，双腿快速挪动。奶奶像岸愈离愈远，雾像海水愈近愈汹涌，父亲抓住余司令，就像抓住一条船舷。

父亲就这样奔向了耸立在故乡通红的高粱地里属于他的那块无字的青石墓碑。他的坟头上已经枯草瑟瑟，曾经有一个光屁股的男孩牵着一只雪白的山羊来到这里，山羊不紧不忙地啃着坟头上的草，男孩子站在墓碑上，怒气冲冲地撒了一泡尿，然后放声高唱：高粱红了——日本来了——同胞们准备好——开枪开炮——

有人说这个放羊的男孩就是我，我不知道是不是我。我曾经对高密东北乡极端热爱，曾经对高密东北乡极端仇恨，长大后努力学习马克思主义，我终于悟到：高密东北乡无疑是地球上最美丽最丑陋、最超脱最世俗、最圣洁最龌龊、最英雄好汉最王八蛋、最能喝酒最能爱的地方。生存在这块土地上的我的父老乡亲们，喜食高粱，每年都大量种植。八月深秋，无边无际的高粱红成汪洋的血海。高粱高密辉煌，高粱凄婉可人，高粱爱情激荡。秋风苍凉，阳光很旺，瓦蓝的天上游荡着一朵朵丰满的白云,高粱上滑动着一朵朵丰满白云的紫红色影子。一队队暗红色的人在高粱棵子里穿梭拉网,几十年如一日。他们杀人越货,精忠报国,他们演出过一幕幕英勇悲壮的舞剧,使我们这些活着的不肖子孙相形见绌,在进步的同时,我真切感到种的退化。

出村之后,队伍在一条狭窄的土路上行进,人的脚步声中夹杂着路边碎草的窸窣声响。雾奇浓,活泼多变。我父亲的脸上,无数密集的小水点凝成大颗粒的水珠,他的一撮头发,粘在头皮上。从路两边高粱地里飘来的幽淡的薄荷气息和成熟高粱苦涩微甘的气味,我父亲早已经闻惯,不新不奇。在这次雾中行军里,父亲闻到了那种新奇的、黄红相间的腥甜气息。那味道从薄荷和高粱的味道中隐隐约约地透过来,唤起父亲心灵深处一种非常遥远的回忆。

七天之后,八月十五日,中秋节。一轮明月冉冉升起,遍地高粱肃然默立,高粱穗子浸在月光里,像蘸过水银,汩汩生辉。我父亲在剪破的月影下,闻到了比现在强烈无数倍的腥甜气息。那时候,余司令牵着他的手在高粱地里行走,三百多个乡亲叠股枕臂、陈尸狼藉,流出的鲜血灌溉了一大片高粱,把高粱下的黑土浸泡成稀泥,使他们拔脚迟缓。腥甜的气味令人窒息,一群前来吃人肉的狗,坐在高粱地里,目光炯炯地盯着父亲和余司令。余司令掏出自来得手枪,甩手一响,两只狗眼灭了;又一甩手,灭了两只狗眼。群狗一哄而散,坐得远远的,呜呜地咆哮着,贪婪地望着死尸。腥甜味愈加强烈,余司令大喊一声:“日本狗!狗娘养的日本!”他对着那群狗打完了所有的子弹,狗跑得无影无踪。余司令对我父亲说:“走吧,儿子!”一老一小,便迎着月光,向高粱深处走去。那股弥漫田野的腥甜味浸透了我父亲的灵魂,在以后更加激烈更加残忍的岁月里,这股腥甜味一直伴随着他。

高粱的茎叶在雾中滋滋乱叫,雾中缓慢地流淌着在这块低洼平原上穿行的墨河水明亮的喧哗,一阵强一阵弱,一阵远一阵近。赶上队伍了,父亲的身前身后响着踢踢踏踏的脚步声和粗重的呼吸。不知谁的枪托撞到另一个谁的枪托上了。不知谁的脚踩破了一个死人的骷髅什么的。父亲前边那个人吭吭地咳嗽起来,这个人的咳嗽声非常熟悉。父亲听着他咳嗽就想起他那两扇一激动就充血的大耳朵。透明单薄布满细密血管的大耳朵是王文义头上引人注目的器官。他个子很小,一颗大头缩在耸起的双肩中。父亲努力看去,目光刺破浓雾,看到了王文义那颗一边咳一边颠动的大头。父亲想起王文义在演练场上挨打时,那颗大头颠成那般可怜模样。那时他刚参加余司令的队伍,任副官在演练场上对他也对其他队员喊:向右转——,王文义欢欢喜喜地跺着脚,不知转到哪里去了。任副官在他腚上打了一鞭子,他嘴咧开叫一声:孩子他娘!脸上表情不知是哭还是笑。围在短墙外看光景的孩子们都哈哈大笑。

余司令飞去一脚,踢到王文义的屁股上。

"咳什么?"

"司令……"王文义忍着咳嗽说,"嗓子眼发痒……"

"痒也别咳!暴露了目标我要你的脑袋!"

"是,司令。"王文义答应着,又有一阵咳嗽冲口而出。

父亲觉出余司令前跨了一大步,只手捺住了王文义的后颈皮。王文义口里咝咝地响着,随即不咳了。

父亲觉得余司令的手从王文义的后颈皮上松开了,父亲还觉得王文义的脖子上留下两个熟葡萄一样的紫手印,王文义幽蓝色的惊惧不安的眼睛里,飞迸出几点感激与委屈。

很快,队伍钻进了高粱地。我父亲本能地感觉到队伍是向着东南方向开进的。适才走过的这段土路是由村庄直接通向墨水河边的唯一的道路。这条狭窄的土路在白天颜色青白,路原是由乌油油的黑土筑成,但久经践踏,黑色都沉淀到底层,路上叠印过多少牛羊的花瓣蹄印和骡马毛驴的半圆蹄印,马骡驴粪像干萎的苹果,牛粪像虫蛀过的薄饼,羊粪稀拉拉像震落的黑豆。父亲常走这条路,后来他在日本炭窑中苦熬岁月时,眼前常常闪过这条路。父亲不知道我的奶奶在这条土路上主演过多少风流悲喜剧,我知道。父亲也不知道在高粱阴影遮掩着的黑土上,曾经躺过奶奶洁白如玉的光滑肉体,我也知道。

拐进高粱地后,雾更显凝滞,质量加大,流动感少,在人的身体与人负载的物体碰撞高粱秸秆后,随着高粱嚓嚓啦啦的幽怨鸣声,一大滴一大滴的沉重水珠扑簌簌落下。水珠冰凉清爽,味道鲜美,我父亲仰脸时,一滴大水珠准确地打进他的嘴里。父亲看到舒缓的雾团里,晃动着高粱沉甸甸的头颅。高粱沾满了露水的柔韧叶片,锯着父亲的衣衫和面颊。高粱晃动激起的小风在父亲头顶上短促出击,墨水河的流水声愈来愈响。

父亲在墨水河里玩过水,他的水性好像是天生的,奶奶说他见了水比见了亲娘还急。父亲五岁时,就像小鸭子一样潜水,粉红的屁眼儿朝着天,双脚高举。父亲知道,墨水河底的淤泥乌黑发亮,柔软得像油脂一样。河边潮湿的滩涂上,丛生着灰绿色的芦苇和鹅绿色的车前草,还有贴地爬生的野葛蔓,枝枝直立的接骨草。滩涂的淤泥上,印满螃蟹纤细的爪迹。秋风起,天气凉,一群群大雁往南飞,一会儿排成个"十"字,一会儿排个"人"字,等等。高粱红了,成群结队的、马蹄大小的螃蟹都在夜间爬上河滩,到草丛中觅食。螃蟹喜食新鲜牛屎和腐烂的动物的尸体。父亲听着河声,想着从前的秋天夜晚,跟着我家的老伙计刘罗汉大爷去河边捉螃蟹的情景。夜色灰葡萄,金风串河道,宝蓝色的天空深邃无边,绿色的星辰格外明亮。北斗勺子星——北斗主死,南头簸箕星——南斗司生,八角玻璃井——缺了一块砖,焦灼的牛郎要上吊,忧愁的织女要跳河……都在头上悬着。刘罗汉大爷在我家工作了几十年,负责着我家烧酒作坊的全面工作,父亲跟着罗汉大爷脚前脚后地跑,就像跟着自己的爷爷一样。

父亲被迷雾扰乱的心头亮起了一盏四块玻璃插成的罩子灯,洋油烟子从罩子灯上盖的铁皮、钻眼的铁皮上钻出来。灯光微弱,只能照亮五六米方圆的黑暗。河里的水流到灯影里,黄得像熟透的杏子一样可爱,但可爱一霎霎,就流过去了,黑暗中的河水倒映着一天星斗。父亲和罗汉大爷披着大蓑衣,坐在罩子灯旁,听着河水的低沉呜咽——非常低沉的呜咽。河道两边无穷的高粱地不时响起寻偶狐狸的兴奋鸣叫。螃蟹趋光,正向灯影聚拢。父亲和罗汉大爷静坐着,恭听着天下的窃窃秘语,河底下淤泥的腥味,一股股泛上来。成群结队的螃蟹团团围上来,形成一个躁动不安的圆圈。父亲心里惶惶,跃跃欲起,被罗汉大爷按住了肩头。"别急!"大爷说,"心急喝不得热粘粥。"父亲强压住激动,不动。螃蟹爬到灯光里就停下来,首尾相衔,把地皮都盖住了。一片青色的蟹壳闪亮,一对对圆杆状的眼睛从凹陷的眼窝里打出来。隐在倾斜的脸面下的嘴里,吐出一串一串的五彩泡沫。螃蟹吐着彩沫向人类挑战,父亲身上披着的大蓑衣长毛奓起。罗汉大爷说:"抓!"父亲应声弹起,与罗汉大爷抢过去,每人抓住一面早就铺在地上的密眼罗网的两角,把一网螃蟹抬起来,露出了螃蟹下的河滩涂地。父亲和罗汉大爷把网角系起扔在一边,又用同样的迅速和熟练抬起网片。每一网都是那么沉重,不知网住了几百几千只螃蟹。

父亲跟着队伍进了高粱地后,由于心随螃蟹横行斜走,脚与腿不择空隙,撞得高粱棵子东倒西歪。他的手始终紧扯着余司令的衣角,一半是自己行走,一半是余司令牵拉着前进,他竟觉得有些瞌睡上来,脖子僵硬,眼珠子生涩呆板。父亲想,只要跟着罗汉大爷去墨水河,就没有空手回来的道理。父亲吃螃蟹吃腻了,奶奶也吃腻了。食之无味,弃之可惜,罗汉大爷就用快刀把螃蟹斩成碎块,放到豆腐磨里研碎,加盐,装缸,制成蟹酱,成年累月地吃,吃不完就臭,臭了就喂罂粟。我听说奶奶会吸大烟但不上瘾,所以始终面如桃花,神清气爽。用蟹酱喂过的罂粟花朵肥硕壮大,粉、红、白三色交杂,香气扑鼻。故乡的黑土本来就是出奇的肥沃,所以物产丰饶,人种优良。民心高拔健迈,本是我故乡心态。墨水河盛产的白鳝鱼肥得像肉棍子一样,从头至尾一根刺。它们呆头呆脑,见钩就吞。父亲想着的罗汉大爷去年就死了,死在胶平公路上。他的尸体被割得零零碎碎,扔得东一块西一块。躯干上的皮被剥了,肉跳,肉蹦,像只褪皮后的大青蛙 。父亲一想起罗汉大爷的尸体,脊梁沟就发凉。父亲又想起大约七八年前的一个晚上,我奶奶喝醉了酒,在我家烧酒作坊的院子里,有一个高粱叶子垛,奶奶倚在草垛上,搂住罗汉大爷的肩,呢呢喃喃地说:"大叔……你别走,不看僧面看佛面,不看鱼面看水面,不看我的面子也看在豆官的面子上,留下吧,你要我……我也给你……你就像我的爹一样……"父亲记得罗汉大爷把奶奶推到一边,晃晃荡荡走进骡棚,给骡子拌料去了。我家养着两头大黑骡子，开着烧高粱酒的作坊，是村子里的首富。罗汉大爷没走，一直在我家担任业务领导，直到我家那两头大黑骡子被日本人拉到胶平公路修筑工地上去使役为止。

这时，从被父亲他们甩在身后的村子里，传来悠长的毛驴叫声。父亲精神一振，眼睛睁开，然而看到的，依然是半凝固半透明的雾气。高粱挺拔的秆子，排成密集的栅栏，模模糊糊地隐藏在气体的背后，穿过一排又一排，排排无尽头。走进高粱地多久了，父亲已经忘记，他的神思长久地滞留在远处那条喧响着的丰饶河流里，长久地滞留在往事的回忆里，竟不知这样匆匆忙忙拥拥挤挤地在如梦如海的高粱地里钻进是为了什么。父亲迷失了方位。他在前年有一次迷途高粱地的经验，但最后还是走出来了，是河声给他指引了方向。现在，父亲又谛听着河的启示，很快明白，队伍是向正东偏南开进，对着河的方向开进。方向辨清，父亲也就明白，这是去打伏击，打日本人，要杀人，像杀狗一样。他知道队伍一直往东南走，很快就要走到那条南北贯通，把偌大个低洼平原分成两半，把胶县平度县两座县城连在一起的胶平公路。这条公路，是日本人和他们的走狗用皮鞭和刺刀催逼着老百姓修成的。

高粱的骚动因为人们的疲惫困乏而频繁激烈起来，积露连续落下，滴湿了每个人的头皮和脖颈。王文义咳嗽不断，虽连遭余司令辱骂也不改正。父亲感到公路就要到了，他的眼前昏昏黄黄地晃动着路的影子。不知不觉，连成一体的雾海中竟有些空洞出现，一穗一穗被露水打得精湿的高粱在雾洞里忧悒地注视着我父亲，父亲也虔诚地望着它们。父亲恍然大悟，明白了它们都是活生生的灵物。它们根扎黑土，受日精月华，得雨露滋润，上知天文下知地理。父亲从高粱的颜色上，猜到了太阳已经把被高粱遮挡着的地平线烧成一片可怜的艳红。

忽然发生变故，父亲先是听到耳边一声尖厉呼啸，接着听到前边发出什么东西被迸裂的声响。

余司令大声吼叫："谁开枪？小舅子，谁开的枪？"

父亲听到子弹钻破浓雾，穿过高粱叶子高粱秆，一颗高粱头颓落地。一时间众人都屏气息声。那粒子弹一路尖叫着，不知落到哪里去了。芳香的硝烟弥散进雾。王文义惨叫一声："司令——我没有头啦——司令——我没有头啦——"

余司令一愣神，踢了王文义一脚，说："你娘个蛋！没有头还会说话！"

余司令撇下我父亲，到队伍前头去了。王文义还在哀嚎。父亲凑上前去，看清了王文义奇形怪状的脸。他的腮上，有一股深蓝色的东西在流动。父亲伸手摸去，触了一手粘腻发烫的液体。父亲闻到了跟墨河水淤泥差不多、但比墨水河淤泥要新鲜得多的腥气。它压倒了薄荷的幽香，压倒了高粱的甘苦，它唤醒了父亲那越来越迫近的记忆，一线穿珠般地把墨水河淤泥、把高粱下黑土、把永远死不了的过去和永远留不住的现在联系在一起,有时候,万物都会吐出人血的味道。

“大叔,”父亲说,“大叔,你挂彩了。”

“豆官,你是豆官吧,你看看大叔的头还在脖子上长着吗?”

“在,大叔,长得好好的,就是耳朵流血啦。”

王文义伸手摸耳朵,摸到一手血,一阵尖叫后,他就瘫了:“司令,我挂彩啦! 我挂彩啦,我挂彩啦。”

余司令从前边回来,蹲下,捏着王文义的脖子,压低嗓门说:“别叫,再叫我就毙了你!”

王文义不敢叫了。

“伤着哪儿啦?”余司令问。

“耳朵……”王文义哭着说。

余司令从腰里抽出一块包袱皮样的白布,嚓一声撕成两半,递给王文义,说:“先捂着,别出声,跟着走,到了路上再包扎。”

余司令又叫:“豆官。”父亲应了,余司令就牵着他的手走。王文义哼哼唧唧地跟在后边。

适才那一枪,是扛着一架耙在头前开路的大个子哑巴不慎摔倒,背上的长枪走了火。哑巴是余司令的老朋友,一同在高粱地里吃过“抃饼”的草莽英雄,他的一只脚因在母腹中受过伤,走起来一颠一颠,但非常快。父亲有些怕他。

黎明前后这场大雾,终于在余司令的队伍跨上胶平公路时溃散下去。故乡八月,是多雾的季节,也许是地势低洼土壤潮湿所致吧。走上公路后,父亲顿时感到身体灵巧轻便,脚板利索有劲,他松开了抓住余司令衣角的手。王文义用白布捂着血耳朵,满脸哭相。余司令给他粗手粗脚包扎耳朵,连半个头也包住了。王文义痛得龇牙咧嘴。

余司令说:“你好大的命!”

王文义说:“我的血流光了,我不能去啦!”

余司令说:“屁,蚊子咬了一口也不过这样,忘了你那三个儿子啦吧!”

王文义垂下头,嘟嘟哝哝说:“没忘,没忘。”

他背着一支长筒子鸟枪,枪托儿血红色。装火药的扁铁盒斜吊在他的屁股上。

那些残存的雾都退到高粱地里去了。大路上铺着一层粗砂,没有牛马脚踪,更无人的脚印。相对着路两侧茂密的高粱,公路荒凉、荒唐,令人感到不祥。父亲早就知道余司令的队伍连聋带哑连瘸带拐不过四十人,但这些人住在村里时,搅得鸡飞狗跳,仿佛满村是兵。队伍摆在大路上,三十多人缩成一团,像一条冻僵了的蛇。枪支七长八短,土炮、鸟枪、老汉阳,方六方七兄弟俩抬着一门能把小秤砣打出去的大抬杆子。哑巴扛着一盘长方形的平整土地用的、周遭二十六根铁尖齿的耙,另有三个队员也各扛着一盘。父亲当时还不知道打伏击是怎么一回事,更不知道打伏击为什么还要扛上四盘铁齿耙。

## 二

为了为我的家族树碑立传,我曾经跑回高密东北乡,进行了大量的调查,调查的重点,就是这场我父亲参加过的、在墨水河边打死鬼子少将的著名战斗。我们村里一个九十二岁的老太太对我说:"东北乡,人万千,阵势列在墨河边。余司令,阵前站,一举手炮声连环。东洋鬼子魂儿散,纷纷落在地平川。女中魁首戴凤莲,花容月貌巧机关,调来铁耙摆连环,挡住鬼子不能前……"老太婆头顶秃得像一个陶罐,面孔都朽了,干手上凸着一条条丝瓜瓤子一样的筋。她是一九三九年八月中秋节那场大屠杀的幸存者,那时她因腿上生疽跑不动,被丈夫塞进地瓜窖子里藏起来,天凑地巧地活了下来。老太婆所唱快板中的戴凤莲,就是我奶奶的大号。听到这里,我兴奋异常。这说明,用铁耙挡住鬼子汽车退路的计谋竟是我奶奶这个女流想出来的。我奶奶也应该是抗日的先锋,民族的英雄。

提起我的奶奶,老太太话就多了。她的话破碎零乱,像一群随风遍地滚的树叶。她说起我奶奶的脚,是全村最小的脚。我们家的烧酒后劲好大。说到胶平公路时,她的话连贯起来:"路修到咱这地盘时哪……高粱齐腰深了……鬼子把能干活的人都赶去了……打毛子工,都偷懒磨滑……你们家里那两头大黑骡子也给拉去了……鬼子在墨水河上架石桥……罗汉,你们家那个老长工……他和你奶奶不大清白咧,人家都这么说……呵呀呀,你奶奶年轻时花花事儿多着咧,你爹多能干,十五岁就杀人,杂种出好汉,十个九个都不善……罗汉去铲骡子腿……被捉住零刀子剐啦……鬼子糟害人呢,在锅里拉屎,盆里撒尿。那年,去挑水,挑上来一个什么呀,一个人头呀,扎着大辫子……"

刘罗汉大爷是我们家历史上的一个重要的人物。关于他与我奶奶之间是否有染,现已无法查清,诚然,从心里说,我不愿承认这是事实。

道理虽懂,但陶罐头老太太的话还是让我感到难堪。我想,既然罗汉大爷对待我父亲像对待亲孙子一样,那他就像我的曾祖父一样;假如这位曾祖父竟与我奶奶有过风流事,岂不是乱伦吗?这其实是胡想,因为我奶奶并不是罗汉大爷的儿媳而是他的东家,罗汉与我的家族只有经济上的联系而无血缘上的联系,他像一个忠实的老家人点缀着我家的历史而且确凿无疑地为我们家的历史增添了光彩。我奶奶是否爱过他,他是否上过我奶奶的炕,都与伦理无关。爱过又怎么样?我深信,我奶奶什么事都敢干,只要她愿意。她老人家不仅仅是抗日英雄,也是个性解放的先驱,妇女自立的典范。

我查阅过县志,县志载:民国二十七年,日军捉高密、平度、胶县民伕累计四十万人次,修筑胶平公路。毁稼禾无数。公路两侧村庄中骡马被劫掠一空。农民刘罗汉,乘夜潜人,用铁锨铲伤骡蹄马腿无数,被捉获。翌日,日军在拴马桩上将刘罗汉剥皮零割示众。刘面无惧色,骂不绝口,至死方休。

## 三

确实是这样,胶平公路修筑到我们这里时,遍野的高粱只长到齐人腰高。长七十里宽六十里的低洼平原上,除了点缀着几十个村庄,纵横着两条河流,曲折着几十条乡间土路外,绿浪般招展着的全是高粱。平原北边的白马山上,那块白色的马状巨石,在我们村头上看得清清楚楚。锄高粱的农民们抬头见白马,低头见黑土,汗滴禾下土,心中好痛苦!风传着日本人要在平原里修路,村里人早就惶惶不安,焦急地等待着大祸降临。

日本人说来就来。

日本鬼子带着伪军到我们村里抓民伕拉骡马时,我父亲还在睡觉。他是被烧酒作坊那边的吵闹声惊醒的。奶奶拉着父亲的手,颠着两只笋尖般的小脚,跑到烧酒作坊院里去。当时,我家烧酒作坊院子里,摆着十几只大瓮,瓮里满装着优质白酒,酒香飘遍全村。两个穿黄衣的日本人端着上了刺刀的步枪在院子里站着。两个穿黑衣的中国人背着枪,正要解拴在楸树上的两头大黑骡子。罗汉大爷一次一次地扑向那个解缰绳的小个子伪军,但一次一次地都被那个大个子伪军用枪筒子戳退。初夏天气,罗汉大爷只穿一件单衫,袒露的胸膛上布满被枪口戳出的紫红圆圈。

罗汉大爷说:“弟兄们,有话好说,有话好说。”

大个子伪军说:“老畜生,滚到一边去。”

罗汉大爷说:“这是东家的牲口,不能拉。”

伪军说:“再吵嚷就毙了你个小舅子!”

日本兵端着枪,像泥神一样。

奶奶和我父亲一进院,罗汉大爷就说:“他们要拉咱的骡子。”

奶奶说:“先生,我们是良民。”

日本兵眯着眼睛对奶奶笑。

小个子伪军把骡子解开,用力牵扯,骡子倔强地高昂着头,死死不肯移步。大个子伪军上去用枪戳骡子屁股,骡子愤怒起蹄,明亮的蹄铁趵起泥土,溅了伪军一脸。

大个子伪军拉了一下枪栓，用枪指着罗汉大爷，大叫：“老混蛋，你来牵，牵到工地上去。”

罗汉大爷蹲在地上，一气不吭。

一个日本兵端着枪，在罗汉大爷眼前晃着，鬼子说：“呜哩哇啦哑啦哩呜！”罗汉大爷看着在眼前乱晃的贼亮的刺刀，一屁股坐在地上。鬼子兵把枪往前一送，锋快的刺刀下刃在罗汉大爷光溜溜的头皮上豁开一条白口子。

奶奶哆嗦成一团，说：“大叔，你，给他们牵去吧。”

一个鬼子兵慢慢向奶奶面前靠。父亲看到这个鬼子兵是个年轻漂亮的小伙子，两只大眼睛漆黑发亮，笑的时候，嘴唇上翻，露出一口黄牙。奶奶趺趺撞撞地往罗汉大爷身后退。罗汉大爷头上的白口子里流出了血，满头挂色。两个日本兵笑着靠上来。奶奶在罗汉大爷的血头上按了两巴掌，随即往脸上抹两抹，又一把撕散头发，张大嘴巴，疯疯癫癫地跳起来。奶奶的模样三分像人七分像鬼。日本兵愕然止步。小个子伪军说：“太君，这个女人，大大的疯了的有。”

鬼子兵咕噜着，对着我奶奶的头上开了一枪。奶奶坐在地上，呜呜地哭起来。

大个子伪军把罗汉大爷用枪逼起来。罗汉大爷从小个子伪军手里接过骡子缰绳。骡子昂着头，腿抖着，跟着罗汉大爷走出院子。街上乱纷纷跑着骡马牛羊。

奶奶没疯。鬼子和伪军刚一出院，奶奶就揭开一只瓮的木盖子，在平静如镜面的高粱烧酒里，看到一张骇人的血脸。父亲看到泪水在奶奶腮上流过，就变红了。奶奶用烧酒洗了脸，把一瓮酒都洗红了。

罗汉大爷跟骡子一起，被押上了工地。高粱地里，已开出一节路胎子。墨水河南边的公路已差不多修好，大车小车从新修好的路上挤过来，车上载着石头黄沙，都卸在河南岸。河上只有一座小木桥，日本人要在河上架一座大石桥。公路两侧，好宽大的两片高粱都被踩平，地上像铺了一层绿毡。河北的高粱地里，在刚用黑土弄出个模样的路两边，有几十匹骡马拉着碌碡，从海一样高粱地里，压出两大片平坦的空地，破坏着与工地紧密相连的青纱帐。骡马都有人牵着，在高粱地里来来回回地走。鲜嫩的高粱在铁蹄下断裂、倒伏，倒伏断裂的高粱又被带棱槽的碌碡和不带棱槽的石磙子反复镇压。各色的碌碡和磙子都变成了深绿色，高粱的汁液把它们湿透了。一股浓烈的青苗子味道笼罩着工地。

罗汉大爷被赶到河南往河北搬运石头。他极不情愿地把骡子缰绳交给了一个烂眼圈的老头子。小木桥摇摇晃晃，好像随时要塌。罗汉大爷过了桥，站在河南，一个工头模样的中国人，用手中持着的紫红色的藤条，轻轻戳戳罗汉大爷的头，说：“去，往河北搬石头。”罗汉大爷抹一把眼睛——头上流下的血把眉毛都浸湿了。他搬着一块不大不小的石头，从河南到河北。那个接骡的老头还未走，罗汉大爷对他说:“你珍贵着使唤,这两头骡子,是俺东家的。”老头儿麻木地垂着头,牵着骡子,走进开辟通道的骡马大队。黑骡子光滑的屁股上反映阳光点点。头上还在流血,罗汉大爷蹲下,抓起一把黑土,按在伤口上。头顶上沉重的钝痛一直下导到十个脚趾,他觉得头裂成了两半。

工地的边缘上稀疏地站着持枪的鬼子和伪军。手持藤条的监工,像鬼魂一样在工地上转来转去。罗汉大爷在工地上走,民伕们看着他血泥模糊的头,吃惊得眼珠乱颤。罗汉大爷搬起一块桥石,刚走了几步,就听到背后响起一阵利飕的小风,随即有一道长长的灼痛落到他的背上。他扔下桥石,见那个监工正对着他笑。罗汉大爷说:“长官,有话好说,你怎么举手就打人?”

监工微笑不语,举起藤条又横着抽了一下他的腰。罗汉大爷感到这一藤条几乎把自己打成两半,两股热辣辣的泪水从眼窝里凸出来。血冲头顶,那块血与土凝成的嘎痂,在头上崩崩乱跳,似乎要迸裂。

罗汉大爷喊:“长官!”

长官又给了他一藤条。

罗汉大爷说:“长官,打俺是为了啥?”

长官抖着手里的藤条,笑眯眯地说:“让你长长眼色,狗娘养的。”

罗汉大爷气噎咽喉,泪眼模糊,从石堆里搬起一块大石头,踉踉跄跄地往小桥上走。他的脑袋膨胀,眼前白花花一片。石头尖硬的棱角刺 着他的肚腹和肋骨,他都觉不出痛了。

监工拄着藤条原地不动,罗汉大爷搬着石头,胆战心惊地从他眼前走过。监工在罗汉大爷脖子上抽了一藤条。大爷一个前趴,抱着大石,跪倒在地上。石头砸破了他的双手,他的下巴在石头上碰得血肉模糊。大爷被打得六神无主,像孩子一样糊糊涂涂地哭起来。一股紫红色的火苗,这时,也在他空白的脑子里缓缓地亮起来。

他费力地从石头下抽出手,站起来,腰半弓着,像一只发威的老瘦猫。

一个约有四十岁出头的中年人,满脸堆着笑,走到监工面前,从口袋里摸出一包烟,捏出一支,敬到监工嘴边。监工张嘴叼了烟,又等着那人替他点燃。

中年人说:“您老,犯不着跟这根糟木头生气。”

监工把烟雾从鼻孔里喷出来,一句话也不说。大爷看到他握藤条的焦黄手指在紧急地扭动。

中年人把那盒烟装进监工口袋里。监工好像全无觉察,哼了一声,用手掌压压口袋,转身走了。

“老哥,你是新来的吧?”中年人问。

罗汉大爷说是。

他问:“你没送他点见面礼?”

罗汉大爷说:“不讲理,狗!不讲理,他们抓我来的。”

中年人说:“送他点钱,送他盒烟都行,不打勤的,不打懒的,单打不长眼的。”

中年人扬长进入民伕队伍。

整整一个上午,罗汉大爷就跟没魂一样,死命地搬着石头。头上的血痂遭阳光晒着,干硬干硬地痛。手上血肉模糊。下巴上的骨头受了伤,口水不断流出来。那股紫红色的火苗时强时弱地在他脑子里燃着,一直没有熄灭。

中午,从前边那段修得勉可行车的公路上,颠颠簸簸地驶来一辆土黄色的汽车。他恍惚听到一阵尖厉的哨响,眼见着半死不活的民工们摇摇摆摆地向汽车走过去。他坐在地上,什么念头也没有,也不想知道那汽车到来是怎么一回事。只有那簇紫红的火苗子灼热地跳跃着,冲击着他的双耳嗡嗡地响。

中年人过来,拉他一把,说:“老哥,走吧,开饭啦,去尝尝东洋大米吧!”

大爷站起来,跟着中年人走。

从汽车上抬下了几大桶雪白的米饭,抬下了一个盛着蓝花白底洋瓷碗的大筐。桶边站着一个瘦中国人,操着一柄黄铜勺子;筐边站着一个胖中国人,端着一摞碗。来一个人他发给一个碗,黄铜勺子同时往这碗里扣进米饭。众人在汽车周围狼吞虎咽,没有筷子,一律用手抓。

那个监工又转过来,提着藤条,脸上还带着那种冷静的笑容。罗汉大爷脑子里的火苗腾一声燃旺了,火苗把他丢失的记忆照耀得清清楚楚,他记起半天来噩梦般的遭际。持枪站岗的日本兵和伪军也聚拢过来,围着一只白铁皮桶吃饭。一只削耳长脸的狼狗坐在桶后,伸着舌头看着这边的民伕。

大爷数了数围着桶吃饭的十几个鬼子和十几个伪军,心里萌生了跑的念头。跑,只要钻到了高粱地里,狗日的就抓不到了。他的脚心里热乎乎地流出了汗。自从跑的念头萌动之后,他的心就焦躁不安。持藤监工冷静的笑脸后仿佛隐藏着什么,罗汉大爷一见这笑脸,脑子立刻就糊涂了。

民伕们都没吃饱。胖子中国人收回洋碗。民伕们舔着嘴唇,眼巴巴地盯着那几只空桶里残存的米粒,但没人敢去动。河北岸有一头骡子嘶哑地叫起来。罗汉大爷听出来了,是我家的黑骡子在叫。在那片新开辟出的空地上,骡马都拴在碌碡或石磙子上。高粱尸横遍野。骡马无精打采地叼吃着被揉烂压扁的高粱茎叶。

下午,有一个二十多岁的小青年,瞅着监工不注意,飞一般窜向高粱地,一颗子弹追上了他。他趴在高粱边缘上,一动也不动。

太阳平西,那辆土黄色的汽车又来了。罗汉大爷吃完了那勺米饭。他吃惯了高粱米饭的肠胃,对这种充满霉气的白米进行着坚决的排斥。但他还是强忍着喉咙的痉挛把它吃了。跑的念头越来越强烈。他惦记着十几里外的村子里,属于他的那个酒香扑鼻的院落。日本人来,烧酒的伙计们都跑了,热气腾腾的烧酒大锅冷了。他更惦记着我奶奶和我父亲。奶奶在高粱叶子垛边给他的温暖令他终生难忘。

吃过晚饭,民伕们都被赶到一个用杉木杆子夹成的大栅栏里。栅栏上罩着几块篷布。杉木杆子都用绿豆粗的铁丝联成一体。栅栏门是用半把粗的铁棍烧成的。鬼子和伪军分住着两个帐篷,帐篷离栅栏几十步远。那条狗拴在鬼子的帐篷门口。栅栏门口,栽着一根高竿,竿上吊着两盏桅灯。鬼子和伪军轮流着站岗游动。骡马都集中地拴在栅栏西边那片高粱的废墟上。那里栽了几十根拴马桩。

栅栏里臭气熏天,有人在打呼噜,有人往栅栏边角上那个铁皮水桶里撒尿,尿打桶壁如珠落玉盘。桅灯的光暗淡地透进栅栏。游动哨的长影子不时在灯影里晃动。

夜渐深了,栅栏里凉气逼人。罗汉大爷无法入睡。他还是想跑。岗哨的脚步声绕着栅栏响。大爷躺着不敢动,竟迷迷糊糊地睡过去。梦中觉得头上扎着尖刀,手里握着烙铁。醒来,遍体汗湿,裤子尿得湿漉漉的。从遥远的村庄里传来一声尖细的鸡啼。骡马弹蹄吹鼻。破篷布上,漏出几颗鬼鬼祟祟的星辰。

白天帮助过罗汉大爷的那个中年人悄悄坐起来。虽然在幽暗中,大爷还是看到了他那两颗火球般的眼睛。大爷知道中年人来历不凡,静躺着看他的动静。

中年人跪在栅栏门口,两臂扬起,动作非常慢。大爷看着他的背,看着他带着神秘色彩的头。中年人运了一回气,猛一侧面,像开弓射箭一样抓住两根铁棍。他的眼里射出墨绿色的光芒,碰到物体,似乎还窸窣有声。那两根铁棍无声无息地张开了。更多的灯光和星光从栅栏门外射进来,照着不知谁的一只张嘴的破鞋。游动哨转过来了。大爷看到一条黑影飞出栅栏,鬼子哨兵咯了一声,便在中年人铁臂的扶持下无声倒地。中年人拎起鬼子的步枪,轻悄悄地消逝了。

大爷好半晌才明白了眼前发生了什么事。中年人原来是个武艺高强的英雄。英雄为他开辟了道路,跑吧!大爷小心翼翼地从那个洞里爬出去。那个死鬼子仰面躺着,一条腿还在抽抽答答地动。

大爷爬进了高粱地,直起腰来,顺着垄沟,尽量躲避着高粱,不发出响动,走上墨水河堤。三星正响,黎明前的黑暗降临。墨水河里的星斗灿烂。局促地站在河堤上,罗汉大爷彻骨寒冷,牙齿频繁打击,下巴骨的疼痛扩散到腮上、耳朵上,与头顶上一鼓一鼓的化脓般的疼痛连成一气。清冷的掺杂着高粱汁液的自由空气进入他的鼻孔、肺叶、肠胃,那两盏鬼火般的桅灯在雾中亮着,杉木栅栏黑幢幢的,像个巨大的坟墓。罗汉大爷几乎不敢相信,这么容易就逃出来了。他的脚把他带上了那座腐朽的小木桥,鱼儿在水中翻花,流水潺潺有声,流星亮破一线天。好像什么事也没有发生呀,什么也没有发生。本来,罗汉大爷就可以逃回村子,藏起来,躲起来，养好伤，继续生活。可是，当他走到木桥上时，听到在河南岸，有个不安生的骡子嘶哑地叫了一声。罗汉大爷为了骡子重新返回，酿出了一出壮烈的悲剧。

骡马拴在离栅栏不远处的几十棍木桩上，它们的身下，漾溢着尿骚屎臭。马打着响鼻，骡子啃着木桩；马嚼着高粱秸子，骡子拉着稀屎。罗汉大爷一步三跌，抢进骡马群。他嗅到我家那两头大黑骡子亲切的味道，他看到了我家那两头大黑骡子熟悉的身影。他扑上去，想去解救自己的患难的伙伴。骡子，这不通理论的畜生，竟疾速地掉转屁股、飞起双蹄。罗汉大爷喃喃地说："黑骡，黑骡，咱一起跑了吧！"骡子暴怒地左旋右转，保护着自己的领地。它们竟然认不出主人啦，罗汉大爷不知道自己身上新鲜的陈旧的血腥味，自己身上新鲜的陈旧的伤痕，已经把自己改变了。罗汉大爷心中烦乱，一步跨进去，骡子飞起一个蹄子，打在了他的胯骨上。老头子侧身飞去，躺在地上，半边身子都麻木不仁。骡子还在撅着屁股打蹄，蹄铁像残月一样闪烁。罗汉大爷胯骨灼热胀大，有沉重的累赘感。他爬起来，歪倒了，歪倒了又爬起来。村里的那只嗓音单薄的公鸡又叫了一声。黑暗逐渐消退，三星愈加辉煌耀目，也辉耀着那亮晶晶的骡子屁股和眼球。

"好两个畜生！"

罗汉大爷，心头火起，一歪一斜地转着，想寻找一件利器。在开挖引水渠的工地上，他找到一柄锋利的铁锹。他毫无拘禁地走，叫骂，忘了百步之外的人与狗。他自由自在，不自由都是因为怕。东方那团渐渐上升的红晕在上升的同时散射，黎明前的高粱地里，静寂得随时都会爆炸。罗汉大爷迎着朝霞，向那两头大黑骡子走去。他对黑骡恨之入骨。骡子静立着不动，罗汉大爷把铁锹端平，对准一头黑骡的一条后腿，猛力铲过去。一道凉凉的阴影落到骡子的后腿上。骡子歪斜了两下，立即挺住，从骡子头那儿，响了粗犷豪烈惊愕愤怒的嘶鸣。随即，受伤的骡子把屁股高高扬起，一溜热血抛洒，像雨点一样，淅淅沥沥淋了大爷满脸。大爷瞅准空当，又铲中了骡子的另一条后腿。黑骡叹息了一声，便屁股逐渐堕落，猛然坐在地上，两条前腿还立着，脖子被缰绳吊着，嘴巴朝着已是灰蓝色的苍天呼吁。铁锹被骡子沉重的屁股压住，大爷也蹲了窝。他用尽全力，把铁锹抽出。他感觉到铁锹刃儿牢牢地嵌在骡子的腿骨里。另一头黑骡，傻愣愣地看着瘫倒的同伴，像哭一样，像求饶一样哀鸣着。

大爷平托铁锹，向它逼过去，它用力后退着，缰绳几乎被拉断，木桩哔哔叭叭地响，它的拳大的双眼里，流着暗蓝的光。

"你怕了吗？畜生！你的威风呢？畜生！你这个忘恩负义吃里扒外的混账东西！你这个里通外国的狗杂种！"

罗汉大爷怒骂着，对着黑骡长方形的板脸铲出一锹。铁锹铲在木桩上，他上下左右晃动着锹柄，才把锹刃铲出。黑骡挣扎着，后腿曲成弓箭，秃尾巴扫地嚓啦有声。大爷瞄准骡脸,啪地一响,正中骡子宽广的脑门,坚固的头骨与锨刃相撞,一阵震颤,通过锨柄传导,使罗汉大爷双臂酸麻。黑骡闭口无言,蹄腿乱动,交叉杂错,到底撑不住。呼隆一声倒下,像倒了一堵厚墙壁。缰绳被顿断,半截在木桩上垂着,半截在骡脸边曲着。大爷垂手默立。光滑的锨柄在骡头上斜立指着天。那边狗叫人喧,天亮了,从东边的高粱地里,露出了一弧血红的朝阳,阳光正正地照着罗汉大爷半张着的黑洞洞的嘴。

## 四

队伍走上河堤,一字儿排开,刚从雾里挣扎出来的红太阳照耀着他们。我父亲和大家一样都半边脸红半边脸绿,和他们一起观看着墨水河面上残破的雾团。把河南河北的公路连接起来的是跨越墨水河的十四孔大石桥。原来的小木桥在石桥西侧,桥面早断了三五节,几根棕色的桩子兀立在河水中,无可奈何地挡起一簇簇青白的浪花。破雾中的河面,红红绿绿,严肃恐怖。站在河堤上,抬眼就见到堤南无垠的高粱平整如板砥的穗面。它们都纹丝不动。每穗高粱都是一个深红的成熟的面孔,所有的高粱合成一个壮大的集体,形成一个大度的思想。——我父亲那时还小,想不到这些花言巧语,这是我想的。

高粱与人一起等待着时间的花朵结出果实。

公路笔直地往南通去,愈远愈窄,最后被高粱淹没。那最远的地方,与铁青色的穹窿边缘连结着的高粱上,也同样地,呈现出日出时动人的凄婉悲壮情景。

我父亲有几分好奇地看着痴呆呆的游击队员们,他们从哪里来?他们到哪里去?为什么要来打伏击?打了伏击以后还打什么?静穆中,断桥激起的水声节奏更加分明,声音更加清脆入耳。雾被阳光纷纷打落在河水中。墨河水由暗红渐渐燃烧成金红。满河流光溢彩。水边有棵孤独的水荇,黄叶低垂,曾经煊赫过的蚕虫状花序枯萎苍白地挂在叶杈间。又是抓螃蟹的节令了!父亲想,秋风起,天气凉,一群大雁往南飞……罗汉大爷说,抓、豆官……抓!螃蟹纤巧的脚爪把细软的河泥印满花纹。父亲从河水中闻到了螃蟹特有的那种淡雅的腥气。我家在抗战前种植的罂粟花用蟹酱喂过,花朵肥大,色彩斑斓,香气扑鼻。

余司令说:"都下堤藏好。哑巴放耙。"

哑巴从肩上摘下几圈铁丝,把四盘耙绑在一起。他啊了两声,招呼着几个队员,把连环耙抬到公路与石桥相接处。

余司令说:"弟兄们,藏好,等鬼子汽车上了桥,等冷支队的人把退路封住,听我的口号一齐开火,把畜生们打到河里去喂白鳝喂蟹子。"

余司令对哑巴打了几个手势，哑巴点点头，带着一半人枪，到路边的高粱地里埋伏。王文义跟着哑巴往西走，被哑巴推了回来。余司令说："你别过去，你跟着我。害怕吗？"

王文义连连点头，说："不怕……不怕……"

余司令让方家兄弟把那尊大抬杠在河堤上架好。又对提着一只大喇叭的刘吹手说："老刘，接着火，你什么都别管，可着劲儿给我吹喇叭，鬼子怕响器，你听到了吗？"

刘吹手是余司令早年的伙伴，那时，司令是轿夫，刘是吹鼓手。他双手攥着喇叭筒子，像握着一杆枪。

余司令对大家说："丑话说到前头，到时候谁要草鸡了，我就崩了他。咱要打出个样子来给冷支队看看，那些王八蛋，仗着旗号吓唬人。老子不吃他的，他想改编我？我还想改编他呢！"

众人围坐在高粱地里，方六拿出烟袋装烟，摸出火镰火石打火。火镰乌黑，火石褚红，跟煮熟的鸡肝一样。火镰打击火石嚓嚓地响。火星飞迸，每一个火星都很大。一个大火星溅到方六用食指和无名指捏住的高粱秆芯上，方六噘口吹气，火绒上冒出一缕白烟，红了。方六点燃烟袋，吸一口，余司令吐一口，抽抽鼻子，说："把烟磕了，鬼子闻到烟味还会上桥？"

方六紧着吸了两口，把烟袋磕了，把烟包装好。余司令说："都到河堤漫坡上趴着，省得鬼子来了措手不及。"

大家都有些紧张，卧在河堤上，手抱着枪，如临大敌。父亲趴在余司令身边。余司令问："你怕不怕？"父亲说："不怕！"

余司令说："好样的，是你干爹的种！你是我的传令兵，打起来别离开我，有什么命令我就给你说，你就给我往西边传。"

父亲点点头。他眼馋地盯着余司令腰里那两支枪。一支大，一支小。

大的是德国造自来得匣子枪，小的是法国造勃朗宁手枪。这两支枪各有来历。

父亲嘴里迸出一个字："枪！"

余司令说："你要枪？"

父亲点点头，说："枪。"

余司令说："你会使吗？"

"会！"父亲说。

余司令从腰里抽出勃朗宁手枪，在手里掂量着。手枪已老，烧蓝退尽。余司令拉动枪机，弹仓里跳出一颗黄铜壳的圆头子弹。他把子弹扔了一个高，伸手接住，又压进枪里。

"给你！"余司令说，"就像老子一样用它。"

父亲把枪抓了过来。父亲握着枪，想起前天晚上，余司令就用这支枪打碎了一个酒盅子。

那时候眉月初升，低低地压着枯树枝桠。父亲抱着一个酒坛子，捏着一柄铜钥匙，遵照奶奶的命令，到烧酒作坊里去盛酒，父亲拧开大门，院落里静悄悄的，骡棚里黑洞洞的，作坊里发散着腐烂酒槽的浊气。父亲揭开一个瓮盖子，借着星月光辉，看到清平的酒面上，自己干瘦的脸。父亲眉毛短促，嘴唇单薄，他觉得自己很丑。他把酒坛子按到瓮里，酒咕嘟咕嘟灌进坛。提坛出瓮时，坛上的酒滴滴答答落入瓮内。父亲改变了主意，他把坛里的酒倒进瓮里。父亲想起了奶奶洗过血脸的那瓮酒。奶奶在家里陪着余司令和冷支队长喝酒，奶奶和余司令都是大量，冷支队长却有些醉了。父亲走到那瓮酒前，见木制的瓮盖上压着一扇石磨。他放下酒坛，用尽全力把石磨掀掉。石磨在地上滚了两圈，撞到另一只酒瓮上，在瓮壁上撞出一个大洞，高粱酒哓哓地蹿出来，父亲不去管它。父亲揭开瓮盖，闻到了罗汉大爷的血腥气。他想起了罗汉大爷的血头和娘的血脸。罗汉大爷的脸和娘的脸在瓮里层出不穷。父亲把坛子按到瓮里，装满血酒，双手捧着，回到家中。

八仙桌上，明烛高烧，余司令和冷队长四目相逼，都咻咻喘气。奶奶站在他们二人当中，奶奶左手按着冷支队长的左轮枪，右手按着余司令的勃朗宁手枪。

父亲听到奶奶说："买卖不成仁义在么，这不是动刀动枪的地方，有本事对着日本人使去。"

余司令怒冲冲地骂："舅子，你打出王旅的旗号也吓不住我。老子就是这地盘上的王，吃了十年拤饼，还在乎王大爪子那个驴日的！"

冷支队长冷冷一笑，说："占鳌兄，兄弟也是为你好，王旅长也是为你好，只要你把杆子拉过来，给你个营长干。枪饷由王旅长发给，强似你当土匪。"

"谁是土匪？谁不是土匪？能打日本就是中国的大英雄。老子去年摸了三个日本岗哨，得了三支大盖子枪。你冷支队不是土匪，杀了几个鬼子？鬼子毛也没揪下一根。"

冷支队长坐下，抽出一支烟点燃。

趁着机会，父亲捧着酒坛上去。奶奶接过酒坛，脸色陡变，狠狠地看了父亲一眼。奶奶往三个碗里倒酒，每个碗都倒得冒尖。

奶奶说："这酒里有罗汉大叔的血，是男人就喝了，后日一起把鬼子汽车打了，然后你们就鸡走鸡道，狗走狗道，井水不犯河水。"

奶奶端起酒，咕咚咕咚喝了。

余司令端起酒，一仰脖灌了。

冷支队长端起酒，喝了半碗。放下碗，他说："余司令，兄弟不胜酒力，告辞啦！"

奶奶按着左轮手枪，问："打不打？"

余司令气哼哼地说："你甭求他，他不打，老子打！"

冷支队长说："打。"

奶奶松开手，冷支队长把左轮手枪抓过去，挂在腰带上。

冷支队长白净面皮，鼻子周围有十几颗黑麻子。他的腰带上别着一大圈子弹，挂上枪后，腰带垂成一轮下钩月。

奶奶说："占鳌，我把豆官交给你了，后日，你带着他去。"

余司令看看我父亲，笑着问："干儿子，有种吗？"

父亲轻蔑地看着余司令双唇间露出的土黄色坚固牙齿，一句话也不说。

余司令拿过一只酒盅，放在我父亲头顶上，让我父亲退到门口站定。他抄起勃朗宁手枪，走向墙角。

父亲看着余司令往墙角上跨了三步，每一步都那么大那么缓慢。奶奶脸色苍白。冷支队长嘴角上竖着两根嘲弄的笑纹。

余司令走到墙角后，立定，猛一个急转身，父亲看到他的胳膊平举，眼睛黑得出红光。勃朗宁枪口吐出一缕白烟。父亲头上一声巨响，酒盅炸成碎片。一块小瓷片掉进父亲的脖子上，父亲一耸头，那块瓷片就滑到了裤腰里。父亲什么也没说。奶奶的脸色更加苍白。冷支队长一屁股坐在板凳上，半晌才说："好枪法。"

余司令说："好小子。"

父亲握着勃朗宁手枪，感到它出奇地沉重。

余司令说："不用我教你，你知道该怎么打。传我的令给哑巴，让他们准备好！"

父亲提着手枪，钻进高粱地，跨过公路，走到哑巴面前。哑巴盘腿大坐，用一块绿油油的石头磨着一把修长的腰刀。其他队员坐的躺的都有。

父亲对哑巴说："让你们准备好。"

哑巴斜了父亲一眼，继续磨刀。磨一阵，他撕了几个高粱叶子，把刀口上的石沫擦掉，又拔了一根细草，试着刀锋。小草一碰上刀刃就悄悄地断了。

父亲又说："让你们准备好！"

哑巴把腰刀入鞘，放在身旁。他的脸上绽开狰狞的笑容。他抬起一只大手，对着父亲招着。

"唔！唔！"哑巴说。

父亲蹑手蹑脚地走上前，离哑巴一步远停住。哑巴一探身，扯住了父亲的衣襟，用力一带，父亲伏在哑巴怀里。哑巴拧住父亲的耳朵，父亲的嘴咧到了腮上。父亲用勃朗宁手枪，戳着哑巴的脊梁骨。哑巴又按住了父亲的鼻子，用力一撤，父亲的眼泪噗噗冒出。哑巴怪声怪气地笑起来。

散坐在哑巴周围的队员们齐声哄笑。

"像不像余司令？"

"是余司令下的种子。"

"豆官,我想你娘。"

"豆官,我要吃你娘那两个插枣饽饽。"

父亲老羞成怒,举起手枪,对准那个妄想吃插枣饽饽的就搂了火。勃朗宁手枪里啪哒一响,子弹没有出膛。

那人脸色灰黄,快速跳起,来夺父亲的手枪。父亲怒火冲天,扑到那人身上,连踢带咬。

哑巴立起来,扯着父亲的脖子用力一摔,父亲的身体离地飘行,下落时砸断了几株高粱。父亲打了一个滚爬起来,破口大骂着,扑到哑巴面前。哑巴"唔唔"两声。父亲看着他铁青的脸,被镇在那儿。哑巴拿去勃朗宁手枪,拉动枪机,一粒子弹落在他的手里。他捏着子弹头,看着子弹屁股门上被撞针击出的小孔,对着父亲比划了几下。哑巴把枪插到父亲腰里,拍了拍父亲的头。

"你在那边闹什么?"余司令问。

父亲委屈地说:"他们……要和俺娘困觉。"

余司令板着脸,问:"你怎么说?"

父亲抬起胳膊擦擦眼,说:"我给了他一枪!"

"你开枪了?"

"枪没响。"父亲把那粒金灿灿的臭火递给余司令。

余司令接过子弹,看看,轻松地摔出,子弹滑着漂亮的弧线,落到河里。

余司令说:"好样的!枪子儿先向日本人身子打,打完日本人,谁要是再敢说要和你娘困觉,你就对着他的小肚子开枪。别打他的头,也别打他的胸,记住,打他的小肚子。"

父亲伏在余司令身边。他的右边是方家弟兄。大抬杠子架在河堤上,枪口对着石桥。枪口堵着一团破棉絮。抬杠的后部翘出一根引信。方七的身边,放着一把高粱秆芯制成的火绒,有一根正在燃烧。方六身边放着一个药葫芦,一个盛铁豆子的铁盒。

余司令左边是王文义。他双手攥着长苗子鸟枪,身体抖成一团。他的伤耳已经和白布凝结在一起。

太阳一竿子高了,雪白的核心外还镶着一圈浅淡的红。河水亮晶晶,一群野鸭子从高粱上空飞来,盘旋三个圈,大部分斜刺里扑到河滩的草丛中,小部分落到河里,随着河水漂流。河水中的野鸭子身体稳住不动,只把灵活的头颈转来转去。父亲身上暖洋洋的,被露水打湿的衣服彻底干了。又趴了一会儿,父亲感到有一粒石子硌得胸痛,便起身坐起,头和胸高出堤面。余司令说:"趴下。"父亲又不情愿地趴下。方家老六鼻子里吹出鼾声。余司令抠起一块土坷垃,投到方六的脸上。方六懵懵懂懂地坐起来，打了一个哈欠，挤出两滴细小的泪珠。

"鬼子来了吗？"方六大声说。

"操你亲娘！"余司令说，"不许困觉。"

河南河北寂静无声，宽阔的公路死气沉沉地躺在高粱丛中。河上的大石桥那么漂亮。无边的高粱迎着更高更高的太阳，脸庞鲜红，不胜娇羞。野鸭子在浅水边，用扁嘴搜索着什么，发出一片呱呱唧唧的响声。父亲的目光停在野鸭子上，研究着它们美丽的羽毛和机灵的眼睛。他端着沉重的勃朗宁手枪，瞄着野鸭子平坦的背。他几乎要勾动扳机了。余司令按住他的手，说："小鳖羔子，你想干什么？"

父亲感到烦躁不安了，公路还是枯死地躺着。高粱更加鲜红。

"冷麻子这个畜生，他要是胆敢耍弄老子！"余司令恨恨地说。河南无声无息，冷支队连个影儿都不见。父亲知道鬼子汽车从这儿路过的情报是冷支队得到的，冷支队怕一家打不了，才来联合余司令的队伍。

父亲紧张了一会儿，又渐渐懈怠。他的目光一次又一次地被野鸭子吸引。他想起跟着罗汉大爷打鸭子的事。罗汉大爷有一支鸟枪，乌红的托子，牛皮的枪带。这支鸟枪正被王文义攥着。

父亲的眼里蒙着泪水，但不到流出眶外的数量。就像去年那天一样。在温暖的阳光里，父亲感到有一阵扎人的寒冷在全身扩散。

罗汉大爷和两头骡子一起被鬼子和伪军捉走，奶奶在酒瓮里洗净了满脸的血。奶奶满脸酒香，皮肤赤红，眼皮有些肿，月白色洋布褂子前胸被酒和血渍湿。奶奶伫立在瓮边，凝视着瓮里的酒。酒里映着奶奶的脸。父亲记得，奶奶扑地跪倒，对着酒瓮磕了三个头。然后，她站起来，双手掬起一捧酒喝了。奶奶满脸的红润，都集中到双腮上，额头和下巴却苍白无色。

"跪下！"奶奶命令父亲，"磕头。"

父亲跪下磕头。

"捧一口酒喝！"

父亲捧了酒喝下。

一道道血丝像线一样，垂直地往瓮底下沉着。瓮里飘着一朵小小的白云，并摆着奶奶和父亲的庄严面孔。奶奶两只细长的眼睛里射出灼人的光，父亲不敢看。父亲的心怦怦跳着，又伸出手，从瓮里掬上一捧酒，酒从指缝下落，打破了青天白云大脸小脸。父亲又喝了一口酒，一股血腥味死死粘在舌上。血丝都沉到瓮底，在凸起的瓮底中间集合成一个拳头大小的混浊的团体。父亲和奶奶看了它好久。奶奶拉上瓮盖，从墙角那儿把一扇磨盘滚过来，用力搬起，压在瓮盖上。

"你不要动它！"奶奶说。

父亲看着磨盘凹槽里潮湿的泥土和蠕蠕爬动的灰绿色潮湿虫，惊恐不安地点了点头。

这一夜,父亲躺在他的小床上,听着奶奶在院子里走来走去。奶奶咯噔咯噔的脚步声和着田野里的高粱猝𩄍,编织着父亲纷乱的梦境。父亲在梦中听到我家那两头秀丽的大黑骡子在鸣叫。

平明时分,父亲醒了一次。他赤着身体跑到院子里去撒尿,见奶奶还立在院子里望着天空发呆。父亲叫了一声娘,奶奶没答腔。父亲撒完尿,扯着奶奶的手往屋里拉。奶奶软疲疲地随着父亲转身进屋。刚刚进屋,就听到从东南方向传来一阵浪潮般的喧闹,紧接着响了一枪,枪声非常尖锐,像一柄利刃,把挺括的绸缎豁破了。

父亲现在趴的地方,那时候堆满了洁白的石条和石块,一堆堆粗粒黄沙堆在堤上,像一排排大坟。去年初夏的高粱在堤外忧悒沉重地发着呆。被碌碡压倒高粱闪出来的公路轮廓,一直向北延伸。那时大石桥尚未修建,小木桥被千万只脚、被千万次骡马蹄铁踩得疲惫不堪、敲得伤痕累累。压断揉烂的高粱流出的青苗味道,被夜雾浸淫,在清晨更加浓烈。遍野的高粱都在痛哭。父亲和奶奶听到那声枪响不久,就和村里的若干老弱妇孺被日本兵驱赶到这里。那时候日头刚刚升上高粱梢头,父亲和奶奶与一群百姓站在河南岸路西边,脚下踩着高粱残骸。父亲们看着那个牛棚马圈般的巨大栅栏,一大群衣衫褴褛的民伕缩在栅栏外。后来,两个伪军又把这群民伕赶到路西边,与父亲他们相挨着,形成了另一个人团。在父亲们和民伕们的面前,就是后来令人失色的拴骡马的地方。人们枯枯地立着,不知过了多久,终于看到,一个肩上佩着两块红布、胯上挂着一柄拖地钢刀、牵着一匹狼狗、戴着两只白手套、面孔清癯的日本官儿从帐篷那边走过来。在他的身后,狼狗垂着鲜艳的舌头,在狼狗身后,两个伪军抬着一具硬邦邦的日本兵尸体,两个日本兵在最后,押着被两个伪军架着的血肉模糊的罗汉大爷。父亲使劲往奶奶身上靠,奶奶揽住了父亲。

日本官儿牵着狗停在骡马场附近的空地上。五十多只白鸟从墨水河道里扑棱棱飞出来,飞经人群上方青蓝蓝的天,又拐弯向东,飞向那个金子般的太阳。父亲看到骡马场上那些蓬毛垢面的牲畜,看到了躺在地上的我家那两头大黑骡子。一头骡子死了,它头上还斜立着那根铁锨。黑血把地上的碎高粱,把骡子光洁的脸,都弄得肮脏不堪。另一头骡子坐在地上,血乎乎的尾巴拂着大地,两腹厚皮抖得索索有声。两个时开时合的鼻孔里,吹出口哨一样的响声。父亲不知道自己多么喜爱这两头黑骡子。奶奶挺胸扬头骑在骡背上,父亲坐在奶奶怀里,骡子驮着母子俩,在高粱夹峙下的土路上奔驰,骡子跑得前仰后合,父亲和奶奶被颠得上蹿下跳。细细的骡腿腾起一路烟尘。父亲兴奋得吱哇乱叫。稀稀疏疏的农人,立在高粱地边上,手扶锄头或是别的什么农具,盯着高粱作坊女掌柜艳丽的粉脸,满脸嫉妒仇恨。我家那两头大黑骡子，一头倒在地上死了，嘴唇咧开，一排雪白的长方形大牙齿啃着地。另一头坐着，比死了还难受。父亲对奶奶说："娘，咱的骡子。"奶奶伸手捂住父亲的嘴。

日本兵的尸体停放在拄刀牵狗而立的日本官面前。两个伪军拖着血肉模糊的罗汉大爷向一根拴马高桩走。父亲并没有立刻认出罗汉大爷。父亲看到了一个被打烂了的人形怪物。他被架着，一颗头忽而歪向左，忽而歪向右，头顶上的血嘎痂像落水的河滩上沉淀下那层光滑的泥，又遭阳光曝晒，皱了边儿，裂了纹儿。他的双脚划着地面，在地上划出一些曲曲折折的花纹。人群悄悄地聚缩。父亲感到奶奶的手牢牢捏住他的肩膀。所有的人都变矮了，有的面如黄土，有的面如黑土。一时间鸦雀无声，听得清那条大狼狗哈达哈达的喘气声，那个牵狼狗的日本官儿放了一个嘹亮的屁。父亲看到伪军把那个人形怪物拖到一根高高的拴马桩前，一松手，怪物就像一堆剔了骨的肉瘫在地上。

父亲惊叫一声："罗汉大爷！"

奶奶又捂住了父亲的嘴。

罗汉大爷在马桩下慢慢动着，先把屁股高高地撅起来，造了一个拱桥形状，又双膝跪地，双手按地，竖起了头。他的脸肿胀得透亮，双眼成了两条细缝。两道深绿色的光线，从他的眼缝里射出。父亲正对着罗汉大爷，他相信大爷一定看到了自己。他的胸膛里的器官怦怦啪啪地碰撞着，他说不出是惊恐还是愤怒，他想用力嚎叫，但嘴巴被奶奶的手掌牢牢地捂住了。

牵狗的日本官儿对着人群喊了一阵，一个留着小平头的中国人，把日本官儿的话翻给大家听。

翻译说的话，我父亲没听全。他被我奶奶捂住嘴巴，憋得眼冒金花，耳朵嗡嗡响。

两个黑衣中国人把罗汉大爷剥得一丝不挂，拴在木桩上。鬼子官儿挥挥手，又有两个黑衣人把我们村的也是高密东北乡有名的杀猪匠孙五，从木栅栏里，推推搡搡地押过来。

孙五个子矮小，浑身是肉，腆着肚子，头上无毛，脸色通红，一双小眼间距很小，深陷在鼻子两侧。他左手提着一把尖刀，右手提着一桶净水，哆哆嗦嗦地走到罗汉大爷面前。

翻译官说："太君说，让你好好剥，剥不好就让狼狗开了你的膛。"

孙五诺诺连声，眼皮紧急眨动。他用口叼着刀，提起水桶，从罗汉大爷头上浇下去。罗汉大爷被冷水一激，头猛然抬起，血水顺着他的脸、脖子，混浊地流到脚跟。一个监工从河里又提来一桶水，孙五用一块破布蘸着水，把罗汉大爷擦洗得干干净净。孙五擦净大爷，屁股扭动着，说："大哥……"

罗汉大爷说:“兄弟,一刀捅了我吧,黄泉之下不忘你的恩德。”

日本官儿吼叫一声。

翻译说:“快点动手!”

孙五脸色一变,伸出粗短的手指,捏住大爷的耳朵,说:“大哥,兄弟没法子……”

父亲看到孙五的刀子在大爷的耳朵上像锯木头一样锯着。罗汉大爷狂呼不止,一股焦黄的尿水从两腿间一蹿一蹿地滋出来。父亲的腿瑟瑟战抖。走过一个端着白瓷盘的日本兵,站在孙五身旁,孙五把罗汉大爷那只肥硕敦厚的耳朵放在瓷盘里。孙五又割掉罗汉大爷另一只耳朵放进瓷盘。父亲看到那两只耳朵在瓷盘里活泼地跳动,打击得瓷盘叮咚叮咚响。

日本兵托着瓷盘,从民伕面前,从男女老幼们面前慢慢走过。父亲看到大爷的耳朵苍白美丽,瓷盘的响声更加强烈。

日本兵把耳朵端到日本官面前,军官点点头。日本兵把瓷盘放在日本兵的尸体旁,静默片刻,又端起来,放到狼狗嘴下。

狼狗收起舌头,用尖尖的、乌黑的鼻子去嗅那两只耳朵。它摇摇头,又吐出舌头,蹲坐起来。

翻译对孙五说:“喂,再割!”

孙五在原地转着圈,嘴里咕咕噜噜地说着什么,父亲看到他满脸油汗。眼睛眨得像鸡啄米一样迅速。

罗汉大爷的双耳底根上,只流了几滴血,大爷双耳一去,整个头部变得非常简洁。

鬼子军官又吼了一声。

翻译说:“快点割!”

孙五弯下腰,把罗汉大爷的男性器官一刀旋下来,放进日本兵托着的瓷盘里。日本兵两根胳膊僵硬地伸着,两眼平视,像木偶一样从人群前走。父亲觉得奶奶冰冷的手指几乎抠进自己肩头肉里。

日本兵把瓷盘放到狼狗嘴下,狼狗咬了两口,又吐出来。

罗汉大爷凄厉地大叫着,瘦骨嶙嶙的身体在拴马桩上激烈扭动。

孙五扔下刀子,跪在地上,嚎啕大哭。

日本官儿把皮带一松,狼狗扑上来,两只前爪按着孙五的肩头,一嘴利齿在孙五面前晃。孙五躺在地上,双手捂住脸。

日本官打一个唿哨,狼狗拖着皮带颠颠地跑回去。

翻译官说:“快剥!”

孙五爬起来,捏着刀子,一高一低地走到罗汉大爷面前。

罗汉大爷破口大骂，所有的人在大爷的骂声中昂起了头。

孙五说："大哥……大哥……你忍着点吧……"

罗汉大爷把一口血痰吐到孙五脸上。

"剥吧，操你祖宗，剥吧！"

孙五操着刀，从罗汉大爷头顶上外翻着的伤口剥起，一刀刀细索索发响。他剥得非常仔细。罗汉大爷的头皮褪下。露出了青紫的眼珠。露出了一棱棱的肉……

父亲对我说，罗汉大爷脸皮被剥掉后，不成形状的嘴里还呜呜噜噜地响着。一串一串鲜红的小血珠从他的酱色的头皮上往下流。孙五已经不像人，他的刀法是那么精细，把一张皮剥得完整无缺。大爷被剥成一个肉核后，肚子里的肠子蠢蠢欲动，一群群葱绿的苍蝇漫天飞舞。人群里的女人们全都跪到地上，哭声震野。当天夜里，天降大雨，把骡马场上的血迹冲洗得干干净净，罗汉大爷的尸体和皮肤无影无踪。村里流传着罗汉大爷尸体失踪的消息，一传十，十传百，一代传一代，竟成了一个美丽的神话故事。

"他要是胆敢要弄老子，我拧下他的脑袋做尿壶！"太阳越升越小，发出白炽的光线，高粱上的露水晞了，野鸭子飞走了一批，又飞来一批。冷支队的人还没到，公路上除了偶尔窜过野兔外，再无一个活物。后来又鬼鬼祟祟地跳出来一只火红的狐狸。余司令骂完冷队长，喊一声："喂，都起来吧，八成是上了冷麻子这个狗娘养的当啦。"

队员们早就趴累了，巴不得这声喊。司令一声令下，就应声爬起，有的坐在河堤上，嚓嚓地打火吸烟，有的站在河堤上，用力往堤下撒尿。

父亲跳上河堤后，还在想着去年的一些情景，罗汉大爷被剥皮后的头颅在他眼前不停地晃动。野鸭子被突然冒出来的人群惊吓，齐飞起，又陆续落到不远处的河滩上，蹒蹒跚跚地行走，翠绿的鸭羽和黄褐的鸭羽在草丛中闪烁。

哑巴提着他的腰刀和老汉阳步枪，来到余司令面前。他面色沮丧，眼珠子发直。抬手指太阳，太阳已东南晌；低手指公路，公路空荡荡；哑巴指指肚子，嗷嗷地叫着，挥动着胳膊，对准村庄的方向。余司令沉思片刻，对路西边的人喊："都过来！"

队员们跨过公路，聚到河堤上。

余司令说："弟兄们，冷麻子要是敢要弄咱。我就去把他的脑袋揪来！天还没晌呢，咱再等一会，等到过了晌午头，汽车还不来，咱就直奔谭家洼，跟冷麻子算账。大家先到高粱地里歇着去，我让豆官回去催饭。豆官！"

父亲仰脸看着余司令。

余司令说："回家告诉你娘，让她找人擀挤饼，正晌午时，一定送到，让你娘亲自来送。"

我父亲点点头，提一把裤子，插好勃朗宁手枪，飞快地跑下河堤，沿着公路往北跑了一小段，就一头钻进了高粱地，向着西北方向，哧哧溜溜地游动。父亲在海水一样的高粱地里，碰到了几个长方形的骡马头骨。他用脚踢了一下，从骷髅里跳出了两只短尾巴的、毛茸茸的田鼠，并不怎么吃惊地望他一会儿，又钻进骷髅里去。父亲又想起了我家那两头大黑骡子，想起了公路修成后很久了，每逢刮东南风，村子里还能闻到刺眼的尸臭。墨水河里，去年曾经泡胀沤烂了几十具骡马的尸体，它们就停泊在河边的生满杂草的浅水里，肚子着了阳光，胀到极点，便迸然炸裂，华丽的肠子，像花朵一样溢出来，一道道暗绿色的汁液，慢慢地流进墨水河里。

## 五

我奶奶刚满十六岁时，就由她的父亲做主，嫁给了高密东北乡有名的财主单廷秀的独生子单扁郎。单家开着烧酒锅，以廉价高粱为原料酿造优质白酒，方圆百里都有名。东北乡地势低洼，往往秋水泛滥，高粱高秆防涝，被广泛种植，年年丰产。单家利用廉价原料酿酒谋利，富甲一方。我奶奶能嫁给单扁郎，是我曾外祖父的荣耀。当时，多少人家都渴望着和单家攀亲，尽管风传着单扁郎早就染上了麻风病。单廷秀是个干干巴巴的小老头，脑后翘着一支枯干的小辫子。他家里金钱满柜，却穿得破衣烂袄，腰里常常扎一条草绳。奶奶嫁到单家，其实也是天意。那天，我奶奶在秋千架旁与一些尖足长辫的大闺女耍笑游戏，那天是清明节，桃红柳绿，细雨霏霏，人面桃花，女儿解放。奶奶身高一米六零，体重六十公斤，上穿碎花洋布褂子，下穿绿色缎裤，脚脖子上扎着深红色的绸带子。由于下小雨，奶奶穿了一双用桐油浸泡过十几遍的绣花油鞋，一走克唧克唧地响。奶奶脑后垂着一根油光光的大辫子，脖子上挂着一个沉甸甸的银锁——我曾外祖父是个打造银器的小匠人。曾外祖母是个破落地主的女儿，知道小脚对于女人的重要意义。奶奶不到六岁就开始缠脚，日日加紧。一根裹脚布，长一丈余，曾外祖母用它，勒断了奶奶的脚骨，把八个脚趾，折断在脚底，真惨！我的母亲也是小脚，我每次看到她的脚，就心中难过，就恨不得高呼：打倒封建主义！人脚自由万岁！奶奶受尽苦难，终于裹就一双三寸金莲。十六岁那年，奶奶已经出落得丰满秀丽，走起路来双臂挥舞，身腰扭动，好似风中招飐的杨柳。单廷秀那天撅着粪筐子到我曾外祖父村里转圈，从众多的花朵中，一眼看中了我奶奶。三个月后，一乘花轿就把我奶奶抬走了。

奶奶坐在憋闷的花轿里，头晕眼眩。罩头的红布把她的双眼遮住，红布上散着一股强烈的霉馊味。她滑起手，掀起红布——曾外祖母曾千叮咛万嘱咐，不许她自己揭动罩头红布——一只沉甸甸的绞丝银镯子滑到小臂上，奶奶看着镯子上的蛇形花纹，心里纷乱如麻。温暖的熏风吹拂着狭窄的土路两侧翠绿的高粱。高粱地里传来鸽子咕咕咕咕的叫声。刚秀出来的银灰色的高粱穗子飞扬着清淡的花粉。迎着她的面的轿帘上，刺绣着龙凤图案，轿帘上的红布因轿子经年赁出，已经黯淡失色，正中间油渍了一大片。夏末秋初，轿外阳光茂盛，轿夫们轻捷的运动使轿子颤颤悠悠，拴轿杆的生牛皮吱吱扭扭地响，轿帘轻轻掀动，把一缕缕的光明和一缕缕比较清凉的风闪进轿里来。奶奶浑身流汗，心跳如鼓，听着轿夫们均匀的脚步声和粗重的喘息声，脑海里交替着出现卵石般的光滑寒冷和辣椒般的粗糙灼热。

自从奶奶被单廷秀看中后，不知有多少人向曾外祖父和曾外祖母道过喜。奶奶虽然也想过上上马金下马银的好日子，但更盼着有一个识字解文、眉清目秀、知冷知热的好女婿。奶奶在闺中刺绣嫁衣，绣出了我未来的爷爷的一幅幅精美的图画。她曾经盼望着早日成婚，但从女伴的话语中隐隐约约听到单家公子是个麻风病患者，奶奶的心凉了。奶奶向她的父母诉说心中的忧虑。曾外祖父遮遮掩掩不回答，曾外祖母把奶奶的女伴们痛骂一顿，其意大概是说狐狸吃不到葡萄就说葡萄是酸的之类。曾外祖父后来又说单家公子饱读诗书，足不出户，白白净净，一表人材。奶奶恍恍惚惚，不知真假，心想着天下无有狠心的爹娘，也许女伴真是瞎说。奶奶又开始盼望早日完婚。奶奶丰腴的青春年华辐射着强烈的焦虑和淡淡的孤寂，她渴望着躺在一个伟岸的男子怀抱里缓解焦虑消除孤寂。婚期终于熬到了，奶奶被装进了这乘四人大轿，大喇叭小唢呐在轿前轿后吹得凄凄惨惨，奶奶止不住泪流面颊。轿子起行，忽悠悠似腾云驾雾，偷懒的吹鼓手在出村不远处就停止了吹奏，轿夫们的脚下也快起来。高粱的味道深入人心。高粱地里的奇鸟珍禽高鸣低啭。在一线一线阳光射进昏暗的轿内时，奶奶心中丈夫的形象也渐渐清晰起来。她的心像被针锥扎着，疼痛深刻有力。

“老天爷，保佑我吧！”奶奶心中的祷语把她的芳唇冲动。奶奶的唇上有一层纤弱的茸毛。奶奶鲜嫩茂盛，水分充足。她出口的细语被厚重的轿壁和轿帘吸收得干干净净。她一把撕下那块酸溜溜的罩头布，放在膝上。奶奶按着出嫁的传统，大热的天气，也穿着三表新的棉袄棉裤。花轿里破破烂烂，肮脏污浊。它像具棺材，不知装过了多少个必定成为死尸的新娘。轿壁上衬里的黄缎子脏得流油，五只苍蝇有三只在奶奶头上方嗡嗡地飞翔，有两只伏在轿帘上，用棒状的黑腿擦着明亮的眼睛。奶奶受闷不过，悄悄地伸出笋尖状的脚，把轿帘顶开一条缝，偷偷地往外看。她看到轿夫们肥大的黑色衫绸裤里依稀可辨的、优美颀长的腿，和穿着双鼻梁麻鞋的肥大的脚。轿夫的脚踏起一股股噗噗作响的尘土。奶奶猜想着轿夫粗壮的上身，忍不住把脚尖上移，身体前倾。她看到了光滑的紫槐木轿杆和轿夫宽阔的肩膀。道路两边，板块般的高粱坚固凝滞，连成一体，拥拥挤挤，彼此打量，灰绿色的高粱穗子睡眼未开，这一穗与那一穗根本无法区别。高粱永无尽头，仿佛潺潺流动的河流。道路有时十分狭窄，沾满蚜虫分泌物的高粱叶子擦得轿子两侧沙沙地响。

轿夫身上散发出汗酸味，奶奶有点痴迷地呼吸着这男人的气味，她老人家心中肯定漾起一圈圈春情波澜。轿夫抬轿从街上走，迈得都是八字步，号称"踩街"，这一方面是为讨主家欢喜，多得些赏钱；另一方面，是为了显示一种优雅的职业风度。踩街时，步履不齐的不是好汉，手扶轿杆的不是好汉，够格的轿夫都是双手卡腰，步调一致，轿子颠动的节奏要和上吹鼓手们吹出的凄美音乐，让所有的人都能体会到任何幸福后面都隐藏着等量的痛苦。轿子走到平川旷野，轿夫们便撒了野，这一是为了赶路，二是要折腾一下新娘。有的新娘，被轿子颠得大声呕吐，脏物吐满锦衣绣鞋；轿夫们在新娘的呕吐声中，获得一种发泄的快乐。这些年轻力壮的男子，为别人抬去洞房里的牺牲，心里一定不是滋味，所以他们要折腾新娘。

那天抬着我奶奶的四个轿夫中，有一个成了我的爷爷——他就是余占鳌余司令。那时候他二十啷当岁，是东北乡打棺抬轿这行当里的佼佼者——我爷爷辈的好汉们，都有高密东北乡人高粱般鲜明的性格，非我们这些孱弱的后辈能比——当时的规矩，轿夫们在路上开新娘子的玩笑，如同烧酒锅上的伙计们喝烧酒，是天经地义的事，天王老子的新娘他们也敢折腾。

高粱叶子把轿子磨得嚓嚓响，高粱深处，突然传来一阵悠扬的哭声，打破了道路上的单调。哭声与吹鼓手们吹出的曲调十分相似。奶奶想到乐曲，就想到那些凄凉的乐器一定在吹鼓手们手里提着。奶奶用脚撑着轿帘能看到一个轿夫被汗水溻湿的腰，奶奶更多的是看到自己穿着大红绣花鞋的脚，它尖尖瘦瘦，带着凄艳的表情，从外边投进来的光明罩住了它们，它们像两枚莲花瓣，它们更像两条小金鱼埋伏在澄澈的水底。两滴高粱米粒般晶莹微红的细小泪珠跳出奶奶的睫毛，流过面颊，流到嘴角。奶奶心里又悲又苦，往常描绘好的、与戏台上人物同等模样、峨冠博带、儒雅风流的丈夫形象在泪眼里先模糊后漶灭。奶奶恐怖地看到单家扁郎那张开花绽彩的麻风病人脸，奶奶透心地冰冷。奶奶想这一双乔乔金莲，这一张桃腮杏脸，千般的温存，万种的风流，难道真要由一个麻风病人去消受？如其那样，还不如一死了之。高粱地里悠长的哭声里，夹杂着疙疙瘩瘩的字眼：青天哟——蓝天哟——花花绿绿的天哟——棒槌哟亲哥哟你死了——可就塌了妹妹的天哟——。我不得不告诉您，我们高密东北乡女人哭丧跟唱歌一样优美，民国元年，曲阜县孔夫子家的"哭丧户"专程前来学习过哭腔。大喜的日子碰上女人哭亡夫，奶奶感到这是不祥之兆，已经沉重的心情更加沉重。这时，有一个轿夫开口说话：

"轿上的小娘子，跟哥哥们说几句话呀！远远的路程，闷得慌。"

奶奶赶紧拿起红布，蒙到头上，顶着轿帘的脚尖也悄悄收回，轿里又是一团漆黑。

"唱个曲儿给哥哥们听，哥哥抬着你哩！"

吹鼓手如梦方醒，在轿后猛地吹响了大喇叭，大喇叭说：

“姆咚——姆咚——”

“猛捅——猛捅——”轿前有人模仿着喇叭声说，前前后后响起一阵粗野的笑声。

奶奶身上汗水淋漓。临上轿前，曾外祖母反复叮咛过她，在路上，千万不要跟轿夫们磨牙斗嘴，轿夫，吹鼓手，都是下九流，奸刁古怪，什么样的坏事都干得出来。

轿夫们用力把轿子抖起来，奶奶的屁股坐不安稳，双手抓住座板。

“不吱声？颠！颠不出她的话就颠出她的尿！”

轿子已经像风浪中的小船了，奶奶死劲抓住座板，腹中翻腾着早晨吃下的两个鸡蛋，苍蝇在她耳畔嗡嗡地飞。她的喉咙紧张，蛋腥味冲到口腔，她咬住嘴唇。不能吐，不能吐！奶奶命令着自己，不能吐呵，凤莲，人家说吐在轿里是最大的不吉利，吐了轿一辈子没好运……

轿夫们的话更加粗野了，他们有的骂我曾外祖父是个见钱眼开的小人，有的说鲜花插到牛粪上，有的说单扁郎是个流白脓淌黄水的麻风病人，他们说站在单家院子外，就能闻到一股烂肉臭味，单家的院子里，飞舞着成群结队的绿头苍蝇……

“小娘子，你可不能让单扁郎沾身啊，沾了身你也烂啦！”

大喇叭小唢呐呜呜咽咽地吹着，那股蛋腥味更加强烈，奶奶牙齿紧咬嘴唇，咽喉里像有只拳头在打击，她忍不住了，一张嘴，一股奔突的脏物蹿出来，涂在了轿帘上，五只苍蝇像子弹一样射到呕吐物上。

“吐啦吐啦，颠呀！”轿夫们狂喊着，“颠呀，早晚颠得她开口说话。”

“大哥哥们……饶了我吧……”奶奶在呃嗝中，痛不欲生地说着，说完了，便放声大哭起来。奶奶觉得委屈，奶奶觉得前途险恶，终生难脱苦海。爹呀，娘呀，贪财的爹，狠心的娘，你们把我毁了。

奶奶放声大哭，高粱深径震动。轿夫们不再颠狂，推波助澜，兴风作浪的吹鼓手们也停嘴不吹。只剩下奶奶的呜咽，又和进了一支悲泣的小唢呐，唢呐的哭声比所有的女人哭泣都优美。奶奶在唢呐声中停住哭，像聆听天籁一般，听着这似乎从天国传来的音乐。奶奶粉面凋零，珠泪点点，从悲婉的曲调里，她听到了死的声音，嗅到了死的气息，看到了死神的高粱般深红的嘴唇和玉米般金黄的笑脸。

轿夫们沉默无言，步履沉重。轿里牺牲的哽咽和轿后唢呐的伴奏，使他们心中萍翻桨乱，雨打魂幡。走在这高粱小径上的，已不像迎亲的队伍，倒像送葬的仪仗。在奶奶脚前的那个轿夫——我后来的爷爷余占鳌，他的心里，有一种不寻常的预感，像熊熊燃烧的火焰一样，把他未来的道路照亮了。奶奶的哭声，唤起他心底早就蕴藏着的怜爱之情。

轿夫们中途小憩，花轿落地。奶奶哭得昏昏沉沉，不觉把一只小脚露到了轿外。轿夫们看着这玲珑的、美丽无比的小脚,一时都忘魂落魄。余占鳌走过去,弯腰,轻轻地,轻轻地握住奶奶那只小脚,像握着一只羽毛未丰的雏鸟,轻轻地送回轿内。奶奶在轿内,被这温柔感动,她非常想撩开轿帘,看看这个生着一只温暖的年轻大手的轿夫是个什么样的人。

我想,千里姻缘一线穿,一生的情缘,都是天凑地合,是毫无挑剔的真理。余占鳌就是因为握了一下我奶奶的脚唤醒了他心中伟大的创造新生活的灵感,从此彻底改变了他的一生,也彻底改变了我奶奶的一生。

花轿又起行。喇叭吹出一个猿啼般的长音,便无声无息。起风了,东北风,天上云朵麇集,遮住了阳光,轿子里更加昏暗。奶奶听到风吹高粱,哗哗哗啦啦啦,一浪赶着一浪,响到远方。奶奶听到东北方向有隆隆雷声响起。轿夫们加快了步伐。轿子离单家还有多远,奶奶不知道,她如同一只被绑的羔羊,愈近死期,心里愈平静。奶奶胸口里,揣着一把锋利的剪刀,它可能是为单扁郎准备的,也可能是为自己准备的。

奶奶的花轿行走到蛤蟆坑被劫的事,在我的家族的传说中占有一个显要的位置。蛤蟆坑是大洼子里的大洼子,土壤尤其肥沃,水分尤其充足,高粱尤其茂密。奶奶的花轿行到这里,东北天空抖了一个血红的闪电,一道残缺的杏黄色阳光,从浓云中,嘶叫着射向道路。轿夫们气喘吁吁,热汗涔涔。走进蛤蟆坑,空气沉重,路边的高粱乌黑发亮,深不见底,路上的野草杂花几乎长死了路。有那么多的矢车菊,在杂草中高扬着细长的茎,开着紫、蓝、粉、白四色花。高粱深处,蛤蟆的叫声忧伤,蝈蝈的唧唧凄凉,狐狸的哀鸣惆怅。奶奶在轿里,突然感到一阵寒冷袭来,皮肤上凸起一层细小的鸡皮疙瘩。奶奶还没明白过来是怎么一回事,就听到轿前有人高叫一声:

"留下买路钱!"

奶奶心里咯噔一声,不知忧喜,老天,碰上吃拃饼的了!

高密东北乡土匪如毛,他们在高粱地里鱼儿般出没无常,结帮拉伙,拉驴绑票,坏事干尽,好事做绝,如果肚子饿了,就抓两个人,扣一个,放一个,让被放的人回村报信,送来多少张卷着鸡蛋大葱一把粗细的两拃多长的大饼。吃大饼时要用双手拃住往嘴里塞,故曰"拃饼"。

"留下买路钱!"那个吃拃饼的人大吼着。轿夫们停住,呆呆地看着劈腿横在路当中的劫路人。那人身材不高,脸上涂着黑墨,头戴一顶高粱篾片编成的斗笠,身披一件大蓑衣,蓑衣敞着,露出密扣黑衣和拦腰扎着的宽腰带。腰带里别着一件用红绸布包起的鼓鼓囊囊的东西。那人用一只手按着那布包。

奶奶在一转念间,感到什么事情也不可怕了,死都不怕,还怕什么?她掀起轿帘,看着那个吃拃饼的人。

那人又喊:“留下买路钱！要不我就崩了你们!”他拍了拍腰里那件红布包裹着的家伙。

吹鼓手们从腰里摸出曾外祖父赏给他们的一串串铜钱,扔到那人脚前。轿夫放下轿子,也把新得的铜钱掏出,扔下。

那人把钱串子用脚踢拢成堆,眼睛死死地盯着坐在轿里的我奶奶。

“你们,都给我滚到轿子后边去,要不我就开枪啦!”他用手拍拍腰里别着的家伙大声喊叫。

轿夫们慢慢吞吞地走到轿后。余占鳌走在最后,他猛回转身,双目直逼吃抟饼的人。那人瞬间动容变色,手紧紧捂住腰里的红布包,尖叫着:“不许回头,再回头我就毙了你!”

劫路人按着腰中家伙,脚不离地蹭到轿子前伸手捏捏奶奶的脚。奶奶粲然一笑,那人的手像烫了似地紧着缩回去。

“下轿,跟我走!”他说。

奶奶端坐不动,脸上的笑容像凝固了一样。

“下轿!”

奶奶欠起身,大大方方地跨过轿杆,站在烂漫的矢车菊里。奶奶右眼看着吃抟饼的人,左眼看着轿夫和吹鼓手。

“往高粱地里走!”劫路人按着腰里用红布包着的家伙说。

奶奶舒适地站着,云中的闪电带着铜音嗡嗡抖动,奶奶脸上粲然的笑容被分裂成无数断断续续的碎片。

劫路人催逼着奶奶往高粱地里走,他的手始终按着腰里的家伙。奶奶用亢奋的眼睛,看着余占鳌。

余占鳌对着劫路人笔直地走过去,他薄薄的嘴唇绷成一条刚毅的线,两个嘴角一个上翘,一个下垂。

“站住!”劫路人有气无力地喊着,“再走一步我就开枪!”他的手按在腰里用红布包裹着的家伙上。

余占鳌平静地对着吃抟饼的人走,他前进一步,吃抟饼者就缩一点。吃抟饼的人眼里跳出绿火花,一行行雪白的清明汗珠从他脸上惊惶地流出来。当余占鳌离他三步远时,他惭愧地叫了一声,转身就跑,余占鳌飞身上前,对准他的屁股,轻捷地踢了一脚。劫路人的身体贴着杂草梢头,蹭着矢车菊花朵,平行着飞出去,他的手脚在低空中像天真的婴孩一样抓挠着,最后落到高粱棵子里。

“爷们儿,饶命吧！小人家中有八十岁的老母,不得已才吃这碗饭。”劫路人在余占鳌手下熟练地叫着。余占鳌抓着他的后颈皮,把他提到轿子前,用力摔在路上,对准他吵嚷不休的嘴巴踢了一脚。劫路人一声惨叫,半截吐出口外,半截咽到肚里,血从他鼻子里流出来。

余占鳌弯腰,把劫路人腰里那个家伙拔出来,抖掉红布,露出一个弯弯曲曲的小树疙瘩,众人嗟叹不止。

那人跪在地上,连连磕头求饶。余占鳌说:"劫路的都说家里有八十岁的老母。"他退到一边,看着轿夫和吹鼓手,像狗群里的领袖看着群狗。

轿夫吹鼓手们发声喊,一拥而上,围成一个圈圈,对准劫路人,花拳绣腿齐施展。起初还能听到劫路人尖厉的哭叫声,一会儿就听不见了。奶奶站在路边,听着七零八落的打击肉体沉闷声响,对着余占鳌顿眸一瞥,然后仰面看着天边的闪电,脸上凝固着的,仍然是那种粲然的、黄金一般高贵辉煌的笑容。

一个吹鼓手挥动起大喇叭,在劫路者的当头心里猛劈了一下,喇叭的圆刃劈进颅骨里去,费了好大劲才拨出。劫路人肚子里咕噜一声响,痉挛的身体舒展开来,软软地躺在地上。一线红白相间的液体,从那道深刻的裂缝里慢慢地挤出来。

"死了?"吹鼓手提着打瘪了的喇叭说。

"打死了,这东西,这么不经打!"

轿夫吹鼓手们俱神色惨淡,显得惶惶不安。

余占鳌看看死人,又看看活人,一语不发。他从高粱上撕下一把叶子,把轿子里奶奶呕吐出的脏物擦掉,又举起那块树疙瘩看看,把红布往树疙瘩上缠几下,用力摔出,飞行中树疙瘩抢先,红包布落后,像一只赤红的大蝶,落到绿高粱上。

余占鳌把奶奶扶上轿:"上来雨了,快赶!"

奶奶撕下轿帘,塞到轿子角落里,她呼吸着自由的空气,看着余占鳌的宽肩细腰。他离着轿子那么近,奶奶只要一跷脚,就能踢到他青白色的结实头皮。

风利飕有力,高粱前推后拥,一波一波地动。路一侧的高粱把头伸到路当中,向着我奶奶弯腰致敬。轿夫们飞马流星,轿子出奇的平稳,像浪尖上飞快滑动的小船。蛙类们兴奋地鸣叫着,迎接着即将来临的盛夏的暴雨。低垂的天幕,阴沉地注视着银灰色的高粱脸庞,一道压一道的血红闪电在高粱头上裂开,雷声强大,震动耳膜,奶奶心中亢奋,无畏地注视着黑色的风掀起的绿色的浪潮,云声像推磨一样旋转着过来,风向变幻不定,高粱四面摇摆,田野凌乱不堪。最先一批凶狠的雨点打得高粱颤抖,打得野草觳觫,打得道上的细土凝聚成团后又立即迸裂,打得轿顶啪啪响,打在奶奶的绣花鞋上,打在余占鳌的头上,斜射到奶奶的脸上。

余占鳌他们像兔子一样疾跑,还是未能躲过这场午前的雷阵雨。雨打倒了无数的高粱,雨在田野里狂欢,蛤蟆躲在高粱根下,哈达哈达地抖着颌下雪白的皮肤,狐狸蹲在幽暗的洞里,看着从高粱上飞溅而下的细小水珠。道路很快就泥泞不堪,杂草伏地,矢车菊清醒地擎着湿漉漉的头。轿夫们肥大的黑裤子紧贴在肉上,人就变得苗条流畅。余占鳌头皮被冲刷得光洁明媚,像奶奶眼中的一颗圆月。雨水把奶奶的衣服打湿了，她本来可以挂上轿帘遮挡雨水，她没有挂，她不想挂。奶奶通过敞亮的轿门，看到了纷乱不安的宏大世界。

父亲分拨着高粱，向着西北方向，我们的村庄，飞快地钻。人脚獾沿着高粱垄沟笨拙地逃窜，父亲顾不上理它。父亲上了那条土路，没了高粱的羁绊，跑得像野兔一样快，沉重的勃郎宁手枪把他的红布腰带坠成一牙残月。手枪颠打着他的胯骨，在麻辣的痛楚中，父亲觉得自己成了举刀跃马的男子汉。村庄遥遥在望，村头那棵郁郁青青已逾百年的白果树，严肃地迎接着父亲。父亲把枪拔出，举在手里，边跑，边瞄着在天空中滑来滑去的优雅的鸟影。

街道上空无一人，不知谁家的一条瘸腿瞎眼的毛驴，拴在一堵灰泥剥落的土墙边上，毛驴垂头而立，一动不动。露天的石碾上，落着两只深蓝的乌鸦。村里的人，都集中在我家烧酒作坊前一个土场上。这场上曾经铺红叠丹，堆满了我家收购的红高粱。那时候奶奶常常手持白尾拂尘，蹒跚移动着小脚，看着我家醉醺醺的伙计，用木斗收购高粱，奶奶的脸上染着灿烂的朝霞。场上的人都面向东南方，听着随时可能传来的枪响。一些和我父亲年龄相仿的顽童，虽然手脚发痒，但也不敢打闹。

父亲和去年用杀猪刀把罗汉大爷零割活剥了的孙五从两个方向跑到场内。孙五干了那事后，就精神错乱，手舞足蹈，眼睛笔直，腮上肉跳，胡言乱语，口吐白沫，扑地跪倒，喊着："大哥大哥大哥，太君让我干。我不敢不干……你死后升了天，骑白马，佩雕鞍，穿蟒袍，坠金鞭……"村里人见他这样，也就把恨他的心淡了。孙五疯了几个月，又添了新症候：他在一阵喊叫之后，突然口眼㖞斜，鼻涕口水淋淋漓漓，话也说不清了。村里人说这是上天报应。

父亲手提勃郎宁，气喘吁吁，一头皮高粱上的白粉红尘。孙五衣衫成缕，大肚子上布满皱纹，左腿棒硬，右腿软弱，蹦跶进场子，没人理他。人们都看我英气勃勃的父亲。

奶奶走到父亲面前。奶奶刚过三十岁，扎着盘头髻，刘海五绺，像稀疏的珠帘遮着光洁的额头。奶奶的眼睛里永远秋水汪汪，有人说是被高粱酒熏的。十五年风雨狂心魂激荡，我奶奶由黄花姑娘变成了风流少妇。

奶奶问："怎么啦？"

父亲呼呼喘着气，把勃郎宁手枪插进腰带。

"鬼子没来？"奶奶问。

父亲说:“冷支队。狗娘养的,我们饶不了他!”

“怎么回事?”奶奶问。

父亲说:“擀抹饼。”

“没听到打呀!”奶奶说。

父亲说:“擀抹饼,多卷鸡蛋大葱。”

奶奶问:“鬼子没有来?”

“余司令让擀抹饼,要你亲自送去!”

奶奶说:“乡亲们,回去凑面擀抹饼吧。”

父亲转身要跑,被奶奶伸手拉住,奶奶说:“豆官,告诉娘,冷支队是怎么回事?”

父亲挣开奶奶的手,气汹汹地说:“冷支队没见影,余司令饶不了他们。”

父亲跑了。奶奶追着父亲瘦小的背影,叹了一口气。空阔的场上,孙五歪立着,僵着眼望着奶奶,他的手比划着,口水吐噜吐噜地在嘴上流。

奶奶不理孙五,向倚在墙边上的一个长脸姑娘走去。长脸姑娘对着奶奶哧哧地笑。奶奶走到她眼前时,她忽然蹲下身,双手紧紧地捂住裤腰,尖声哭起来。她的两只深潭般的眼睛里,跳出疯傻的火星。奶奶摸着她的脸说:“玲子,好孩子,别怕。”

十七岁的玲子姑娘,当时是我们村第一号美女。余司令初挑大旗招兵买马,聚起了一支五十多人的队伍,队伍里有一个穿一身黑制服,穿一双白皮鞋,面色苍白,留着乌黑长发的瘦削青年。据说玲子爱上了这个青年。他操着一口漂亮的京腔,从来不笑,眉毛日日紧蹙,双眉之间有三条竖纹,人们都叫他任副官。玲子觉得任副官冷俏的外壳里,有一股逼人的灼热,烧燎得她坐立不安。那时候余司令的队伍每天上午都在我家收购高粱的空场上练习步伐。吹大喇叭的吹鼓手刘四山是余司令队伍里的号兵,大喇叭权充军号。每次训练前,刘四山就吹喇叭集合队伍。玲子一听到喇叭响,就从家里飞快地跑出来,跑到土场边,趴到土墙上,等着看任副官。任副官是训练教官,他腰扎牛皮宽腰带,皮带上挂着一支勃郎宁手枪。

任副官挺胸凹腹,走到队伍前,喊一声立正,那两行人的脚跟就使劲碰在一起。

任副官说:“立正时,要双腿绷直,肚子回收,胸脯挺出,眼睛睁圆,像豹子吃人一样。”

“看你这个屌样!”任副官踢了王文义一脚,说,“看你劈腿拉胯,好像骒马撒尿,揍你都揍不上个劲。”

玲子喜欢看任副官打人,喜欢听任副官骂人。任副官潇洒的神态令她如痴似醉。任副官没事时,常在我家的空场上背着手散步,玲子躲在墙后偷偷看他。

任副官问:“你叫什么名字?”

“玲子。”

"你躲在墙后看什么?"

"看你哩。"

"你识字吗?"

"不识。"

"你想当兵吗?"

"不想。"

"噢,不想。"

玲子后来感到后悔,她对我父亲说,要是任副官再问她,她就说想当兵。但任副官没有再问。

玲子和我父亲他们趴在墙头上,看着任副官在空场上教唱革命歌曲。父亲身矮,脚下垫了三块土坯才能看到墙里的情景。玲子把秀挺的下巴支在土墙上,紧盯着沐着朝霞的任副官。任副官教着队伍唱:高粱红了,高粱红了,东洋鬼子来了,东洋鬼子来了。国破了,家亡了,同胞们快起来,拿起刀拿起枪,打鬼子保家乡……

队伍里的人拙嘴笨舌,总学不出正调。趴在墙外的孩子们,把这歌儿学得滚瓜溜熟。我父亲生前,还牢牢记着这首歌的曲词。

玲子姑娘有一天大着胆子去找任副官,误入了军需股长的房子。军需股长是余司令的亲叔余大牙,四十多岁,嗜酒如命,贪财好色,那天他喝了个八成醉,玲子闯进去,正如飞蛾投火,正如羊入虎穴。

任副官命令几个队员,把糟蹋玲子姑娘的余大牙捆了起来。

那时,余司令落宿在我家,任副官去向他报告时,余司令正在我奶奶炕上睡觉。奶奶已梳洗停当,正准备烧几条柳叶鱼下酒,任副官怒冲冲闯进来,吓了奶奶一大跳。

任副官问奶奶:"司令呢?"

"在炕上睡觉哩!"奶奶说。

"叫起来他。"

奶奶叫起余司令。

余司令睡眼惺忪地走出来,伸一个懒腰,打一个哈欠,说:"有什么事?"

"司令,要是日本人奸淫我姐妹,当不当杀?"任副官问。

"杀!"余司令回答。

"司令,要是中国人奸淫自己姐妹,该不该杀?"

"杀!"

"好,司令,就等着你这句话。"任副官说,"余大牙奸污了民女曹玲子,我已经让弟兄们把他捆起来了。"

"有这种事?"余司令说。

“司令,什么时候执行枪决?”

余司令打了一个嗝,说:“睡个女人,也算不了大事。”

“司令,王子犯法,一律同罪!”

“你说该治他个什么罪?”余司令阴沉沉地问。

“枪毙!”任副官毫不犹豫地说。

余司令哼了一声,焦躁地踱着脚,满脸怒气。后来,他脸上又漾出笑容,说:“任副官,当众打他五十马鞭,给玲子家二十块大洋,怎么样?”

任副官刻薄地说:“就因为他是你亲叔叔?”

“打他八十马鞭,罚他娶了玲子,老子也认个小婶婶!”

任副官解下腰带,连同勃朗宁手枪,摔到余司令怀里。任副官拱手一揖,道一声:“司令,两便了!”便大踏步走出我家院子。

余司令提着枪,看着任副官的背影,咬牙切齿地说:“滚你娘的,一个学生娃娃,也想管辖老子!老子吃了十年抹饼,还没有人敢如此张狂。”

奶奶说:“占鳌,不能让任副官走,千军易得,一将难求。”

“妇道人家懂得什么!”余司令心烦意乱地说。

“原以为你是条好汉,想不到也是个窝囊废!”奶奶说。

余司令拉开手枪,说:“你是不是活够了?”

奶奶一把撕开胸衣,露出粉团一样的胸脯,说:“开枪吧!”

父亲高叫一声娘,扑到了我奶奶胸前。

余占鳌看着我父亲的端正头颅,看着我奶奶的花容月貌,不知有多少往事涌上心头。他叹一口气,收起了枪,说:“弄好你的衣裳!”便手提马鞭,走到院里,从拴马桩上解下他那匹精致的小黄马,不及备鞍,骑到了训练场。

队员们懒散地倚在墙上,见到余司令来了,便立正站好,没有一人吭气。

余大牙被绑住双臂,拴在一棵树上。

余司令跳下马,走到余大牙面前,说:“你真干啦?”

余大牙说:“鳌子,给老子松绑,老子不在你这儿干啦!”

队员们瞪着大小不一的眼,看着余司令。

余司令说:“叔,我要枪毙你。”

余大牙吼叫着:“杂种,你敢毙你亲叔?想想叔叔待你的恩情,你爹死得早,是叔叔挣钱养活你娘俩,要是没有我,你小子早就喂了狗啦!”

余司令扬手一鞭,打在余大牙脸上,骂一声:“混账!”接着便双膝跪地,说:“叔,占鳌永远不忘你的养育之恩,你死之后,我给你披麻戴孝,逢年过节,我给你祭扫坟墓。”

余司令翻身跳上马背,在马腚上打了一鞭,向着任副官走去的方向,飞马追去,得得答答的马蹄声，把一个世界都震动了。

枪毙余大牙时，父亲在场观看。余大牙被哑巴和两个队员押到村西头，刑场选在一个积着一汪汪乌黑臭水，孳生着大量蚊虻蛆虫的半月形湾子边。湾崖上孤零零地站着一棵叶子焦黄的小柳树。湾子里扑扑通通地跳着蛤蟆，一堆乱头发渣子边上，躺着一只女人的破鞋。

两个队员把余大牙架到湾崖上，松开手，看着哑巴。哑巴从肩上抡下步枪，拉动枪栓，子弹清脆地上了膛。

余大牙转过身，面对着哑巴，笑了笑。父亲发现他的笑容慈祥善良，像一轮惨淡的夕阳。

“哑巴兄弟，给我松了绑，我不能带着绳子死！”

哑巴想了想，提枪上前，从腰里拔出刺刀，噌噌噌三五下，把细麻绳挑断。余大牙舒展着胳膊，回转身，大喊：“打吧，哑兄弟，打准穴位，别让我受罪！”

父亲认为人在临死前的一瞬间，都会使人肃然起敬。余大牙毕竟是我们高密东北乡的种子，他犯了大罪，死有余辜，但临死前却表现出了应有的英雄气概，父亲被他感动得脚底生热，恨不得腾跳。

余大牙面向臭水湾子，望着在他脚下的水汪汪里，野生着一枝绿荷，一枝瘦小洁白的野荷花，又望着湾子对面光芒四射的高粱，吐口高唱：“高粱红了，高粱红了，东洋鬼子来了，东洋鬼子来了，国破了，家亡了……”

哑巴的枪举起放下，放下举起。

两个队员说：“哑巴，向司令说说情，饶了他吧！”

哑巴拄着枪，听着余大牙把那首歌子杂乱无章地唱。

余大牙回转身，怒目圆睁，大叫：“开枪呀，兄弟！难道还要我自己崩了自己吗？”

哑巴托起枪，瞄了瞄余大牙瓦块般的额头，勾动了扳机。

父亲看到余大牙的额头像碎瓦片一样迸裂了，紧跟眼见的情景耳朵听到沉闷的枪声。哑巴在枪声中低下头，一缕雪白的硝烟，从枪筒里吐出来。余大牙的身体静止了两眨眼的工夫，就像一节木头，疾速地跌到湾子里。

哑巴拖枪便走，两个队员尾随着。

父亲和一群孩子们，胆战心惊地涌到湾子边，居高临下地看着仰面朝天躺在湾子里的余大牙。他的脸上只剩下一张完好无缺的嘴，脑盖飞了，脑浆糊满双耳，一只眼球被震到眶外，像粒大葡萄，挂在耳朵旁。他的身体落下时，把松软的淤泥砸得四溅，那株瘦弱的白荷花断了茎，牵着几缕白丝丝，摆在他的手边。父亲闻到了荷花的幽香。

后来，任副官搞来了一口黄缎子挂里、外刷了铜钱厚清油的柏木棺材，把余大牙盛装厚葬,坟墓建在湾子边那棵小柳树下。出殡那天,任副官黑衣挺括,毛发灿烂。他的左臂上缠了一块红绸子。余司令披麻戴孝,大声嚎哭。一出村头,他用力把一个新瓦盆摔在砖头上。

那天,奶奶给我父亲缠了一道白孝布——奶奶自己也是披麻戴孝,父亲手持一根新鲜的柳木棍子,跟在余司令和奶奶后边走。父亲亲眼见到瓦盆的碎片从砖头上迸起的情景,接着想起余大牙的脑壳也像瓦片一样迸裂的情景。父亲隐隐约约地预感到这两件极端相似的破碎之间有一种内在的必然性联系。这件事情与那件事情碰到一起,还会出现第三个情景。

父亲一个眼泪也没掉,冷眼观察着送葬的人。送葬队伍在柳树下围成一个圆圈站定时,那口沉重的棺木,由十六个精壮的小伙子,扯着八根一把粗的麻辫子的两头,轻轻地送下深深的墓穴。余司令抓起一把土,冷酷地打在锃亮的棺盖上,砰然一响,人心动摇。几个持锹的人,扎起大块的黑土,填到墓穴里,棺材愤怒地叫着,渐渐隐没在黑土之中。黑土上长,填平了墓穴,隆出了地面,凸成一个馒头状的大丘。余司令掏出枪来,对着柳树上面的天,连放三响。子弹鱼贯着穿过树冠,冲掉几片细眉般的黄叶,在空中旋转着飞。三颗亮晶晶的弹壳,弹到腐臭的湾子里,一个男孩子跳下湾子,噗噗哧哧地踩着绿色的淤泥,把弹壳捡走了。任副官掏出勃朗宁手枪,断断续续地放了三枪。勃朗宁子弹出膛,打着鸡鸣般的呼哨,冲向高粱上空。余司令与任副官各提着冒烟的手枪,四目对视。任副官点点头,说:"是大英雄自风流!"然后就插枪进腰,大步往村里走去。

父亲发现余司令提着枪的手臂缓缓地举起来,枪口追踪着任副官的背影。送葬的人惊讶万分,但无人敢吱声。任副官全无知觉,昂首阔步,有条不紊,迎着齿轮般旋转的太阳,向着村子走。父亲看到手枪在余司令手里抖了一下。父亲几乎没有听到这一声枪响,它是那么微弱,那么遥远。父亲看到这粒子弹在低空悠闲地飞翔,贴着任副官乌黑的头发滑过去。任副官头也不回,保持着均匀协调的步子继续前行。父亲听到从任副官那儿,传来嘬唇吹出的口哨声,曲调十分熟悉,是"高粱红了,高粱红了!"我父亲热泪盈了眶。任副官越走越远,身影愈高大。余司令又开了一枪。这一枪惊天动地,子弹的飞行与枪声的飞行同时被我父亲感知。子弹打在一棵高粱颈上,高粱落地。在高粱穗子落地的缓慢行程中,又一颗子弹把它打碎。父亲恍惚觉得,任副官弯腰从路边揪了一朵金黄色的苦菜花,放在鼻下久久地嗅着。

父亲对我说过,任副官八成是个共产党,除了共产党里,很难找这样的纯种好汉。只可惜任副官英雄命短,他在昂首阔步,走出了大英雄八面威风之后三个月,竟在擦洗那支勃朗宁手枪时,自己走火把自己打死。枪弹从右眼进去,从右耳出来,他的半边脸上沾满了钢蓝色的粉末,右耳流出了三五滴黑血,人们听到枪声扑进去，他已经歪倒在地上了。

余司令捡起任副官那支勃朗宁手枪，良久不语。

## 七

奶奶挑着一担抹饼，王文义的妻子挑着两桶绿豆汤，匆匆地往墨水河大桥赶。她们本来想斜穿高粱地，直插东南方向，但走进高粱地后，才发现挑着担子寸步难行。奶奶说："嫂子，走直路吧，慢就是快。"

奶奶和王文义的妻子，像两只飞翔的大鸟，在非常空虚的大气里，极端充实地移动。奶奶换上了一件深红上衣，头上的黑发用梳头油抹得乌亮。王文义的妻子精悍短小，手脚利索。余司令招兵买马时，她把王文义送到我家，让奶奶帮着说情，留下王文义当游击队员。奶奶一口答应。余司令碍着奶奶的情面，就收留了王文义。余司令问王文义："你怕死不怕？"王文义说："怕。"他妻子说："余司令，他说怕就是不怕，日本飞机把俺的三个儿子全炸成了碎块。"王文义天生不是当兵的料，他反应迟钝，不分左右，在操场练习步伐时，不知道挨了任副官多少揍。他妻子帮他出了个主意，让他在右手里握着一节高粱秆，听到向右转的口令时，就往握着高粱秆的手这边转。王文义当兵后没武器，奶奶把我们家那支鸟枪给他。

她们走上弯弯曲曲的墨水河堤，顾不上看堤坡上盛开着的黄花和堤外密密匝匝的血红高粱，一个劲地往东赶。王文义妻子受惯了苦，奶奶享惯了福。奶奶汗水淋淋，王文义妻子一滴汗珠也不出。

父亲早就跑回桥头。父亲向余司令报告，说抹饼一会儿就到，余司令满意地在他头上打了一巴掌。队员们多半躺在高粱地里，对着太阳晒鼻孔。父亲闲得发闷，便转到路西边高粱地里，去看哑巴他们在干什么。哑巴精心地磨着腰刀，父亲手按着腰里的勃朗宁，站在哑巴跟前，脸上挂着胜利者的笑容。看到我父亲，哑巴龇牙一笑。有一个队员睡着了，打着很响的呼噜。没睡觉的人也无精打采地躺着，无人和父亲讲话。父亲又跳到公路上来，公路黄中透出白来，疲惫不堪。那四盘横断了道路的连环耙，尖锐的齿尖朝着天，父亲想它们也一定等得不耐烦了。石桥伏在水面上，像一个大病初愈的病人。后来父亲就到河堤上坐着了。他看一会儿东，看一会儿西，看一会儿河中流水，看一会儿野鸭子。河里的景色很美，每一棵水草都活着，每一朵小小的浪花里，都隐藏着秘密。父亲看到了几堆被特别茂密的水草包围着的不知是骡子还是马的白骨。父亲又想起我家那两头大黑骡子了。春天时，田野里奔驰着成群的野兔子，奶奶骑着骡子，手持猎枪遍逐野兔，父亲坐在骡子上，搂着奶奶的腰。骡子把野兔惊起，奶奶开枪把野兔打倒。回家时，骡子的脖子上，总是挂着一串野兔子。奶奶的后槽牙缝里，夹着一粒高粱米粒大的铁砂子，那是吃野兔肉时塞进去的，怎么抠也抠不出来。父亲又看到了堤上的蚂蚁。一队暗红色的蚂蚁，匆匆搬运着泥土。父亲在蚂蚁中放了一块土坷垃，被阻的蚂蚁不绕道，奋力登攀。父亲把坷垃拿起，投到河里去，河水被坷垃打破，河水却不响。日头正晌了，河里泛起热烘烘的腥气，到处都闪烁光亮，到处都滋滋地响。父亲觉得，天地之间弥漫着高粱的红色粉末，弥漫着高粱酒的香气。父亲一仰身子躺在堤上，就在这一瞬间，他心里一阵猛跳，后来他才明白，原来一切等待都会有结果的，这结果出现时，是那么普通平常，随便自然。父亲发现，被红高粱夹峙的公路上，有四个深绿色的甲虫状的怪物，无声无息地爬过来了。

"汽车。"我父亲含含糊糊地说了一句，没有人理他。

"鬼子的汽车！"我父亲跳起来，怔怔地望着那些像流星一样射过来的汽车。汽车的尾部拖着一条长长的焦黄的尾巴，车头上噼噼啪啪地晃动着白炽的光芒。

"汽车来啦！"父亲的话像一把刀，仿佛把所有的人斩了似的，高粱地里笼罩着痴呆呆的平静。

余司令高兴地吼一声："小舅子们，到底来了，弟兄们，准备好，我说开火就开火。"

路西边，哑巴拍着屁股跳高。几十个队员，都哈着腰，提着武器，趴到河堤漫坡上。

已经听到了汽车嗡嗡的吼叫声。父亲伏在余司令身边，擎着沉重的勃朗宁手枪，手腕灼热酸麻，手掌汗水粘湿，手虎口那儿有一块肉突然跳了一下，接着便突突地乱跳起来。父亲惊讶地看着那块杏核大的皮肉有节奏地跳动，好像里边藏着一只破壳欲出的小鸟。父亲不想让它跳，却因为用力，连动得整条胳膊都哆嗦起来。余司令在他背上按了一下，那块肉跳动猛停，父亲把勃朗宁手枪换到左手，右手五指痉挛，半天伸不直。

汽车飞快地驶近，增大，车头前那两只马蹄大的眼睛射出一道道白光，轰轰的马达声像急雨前的风响，带着一种陌生的、压迫人心的激动。父亲是平生第一次看到汽车，父亲猜想着这种怪物是吃草还是吃料，是喝水还是喝血，它们比我家那两头年轻力壮的细腿骡子跑得还要快。月亮般的车轮飞速旋转，黄尘飞腾。渐渐看到车上的东西了，临近石桥时，汽车慢慢减速，黄烟从车后漫过车头，朦胧地遮掩着第一辆车上二十几个穿杏黄色衣服、头上扣着乌亮铁帽子的人。父亲后来知道了铁帽子名叫钢盔。——一九五八年大炼钢铁时，我们家的铁锅被征收走了，我哥哥从钢铁堆里偷回一个钢盔，吊在炭火上烧水做饭。父亲凝视着在烟火中变幻颜色的钢盔，绿色的眼睛里，流露出伏枥老马的悲壮神色。中间两辆汽车上，装着小山一样高的雪白口袋，最后一辆汽车上，跟第一辆车一样，站着二十几个头戴钢盔的日本兵。

汽车逼近河堤，缓缓传动的轮子显得高大笨重，方方正正的汽车头，在父亲看来，像一个硕大无比的蚂蚱头。黄尘慢慢淡薄，汽车尾部，一屁一屁打出深蓝色的烟雾。

父亲把头使劲缩着，一种从未有过的冰冷从脚底上升到腹部，在腹部集合成团，产生强大压力，父亲感到尿急，尿水激得鸡头乱点，他用力扭动着臀部，来克制即将洒出的水。余司令严厉地说："兔崽子，别动！"

父亲万般无奈，叫了一句干爹，请求下去撒尿。

父亲得到余司令的允许，退到高粱地里，费劲撒出一泡红高粱颜色、烧灼得鸡头热辣辣发痛的尿。这时他感到轻松多了。他无意中看了一眼队员们的脸色，都如庙中塑像一般狰狞可怖。王文义舌尖吐出，目光好似蜥蜴，呆板不转。

汽车像警觉的大兽，屏住呼吸往前爬，父亲闻到了它们身上那股香喷喷的味道。这时，汗透红罗衫的我奶奶和气喘吁吁的王文义妻子出现在蜿蜒的墨水河堤上。

我奶奶挑着一担抹饼，王文义妻子挑着一担绿豆汤，轻松地望见了墨水河中凄惨的大石桥。奶奶欣慰地对王文义妻子说："嫂子，总算挨到了。"奶奶出嫁之后，一直养尊处优，这一担沉重的抹饼，把她柔嫩的肩膀压出了一道深深紫印，这紫印伴随着她离开了人世，升到了天国，这道紫印，是我奶奶英勇抗日的光荣的标志。

还是我的父亲最先发现我的奶奶，父亲靠着某种神秘力量的启示，在大家都目不转睛地盯着缓缓逼近的汽车时，他往西一歪头，看到奶奶像鲜红的大蝴蝶一样款款地飞过来。父亲高叫一声："娘——"

父亲的叫声，像下达了一道命令，从日本人的汽车上，射出了一阵密集的子弹。日本人的三挺歪把子机枪架在汽车顶上。枪声沉闷，像雨夜中阴沉的狗叫。父亲眼见着我奶奶胸膛上的衣服啪啪裂开两个洞。奶奶欢快地叫了一声，就一头栽倒，扁担落地，压在她的背上。两笆斗抹饼，一笆斗滚到堤南，一笆斗滚到堤北。那些雪白的大饼，葱绿的大葱，揉碎的鸡蛋，散在绿草茵茵的草坡上。奶奶倒地后，王文义妻子那颗长方形的头颅上，迸出了红黄相间的液体，溅得好远好远，溅到了堤下的高粱上。父亲看到这个小个子女人中弹之后，后退一步，身体一仄，歪在了堤南边，又滚到河床上。她挑来的那担绿豆汤，一桶倾倒，另一桶也倾倒，汤汁淋漓，如同英雄血。铁桶中的一只，跌跌撞撞跳进河，在乌黑的河水中，慢慢地向前漂着，从哑巴的面前漂过，在石桥墩上碰撞几下，钻过桥洞，又从余司令从我父亲从王文义从方六方七兄弟面前漂过。

"娘——"我父亲撕肝裂胆地高叫一声，身体弹到堤上。余司令扯了一把我父亲，没扯住。余司令吼一声："回来！"我父亲没听见余司令的命令，他什么也听不到。父亲瘦小孱弱的身体跑到狭窄的河堤上，父亲身上阳光斑斓，他在弹上堤的同时，就扔掉了手枪，手枪落在一棵叶子折断的金色苦菜花上。父亲张着两只手，像飞腾的小鸟，向奶奶扑去。河堤上安静，落尘有声，河水只亮不流，堤外的高粱安详庄重。父亲瘦弱的身体在河堤上跑着，父亲高大雄伟漂亮，父亲高叫着："娘——娘——娘——"这一声声"娘"里渗透了人间的血泪，骨肉的深情，崇高的原由。父亲跑完东边的河堤，跳过连环的铁耙，攀上西边的河堤。堤下，哑巴们化石般的面孔从父亲身边擦过。父亲扑到奶奶身上，又叫一声娘。奶奶平卧堤上，脸贴着堤边的野草。奶奶背上，有两个翻边的弹洞，一股新鲜的高粱酒的味道，从那洞里涌出来。父亲扳着奶奶的肩头，把奶奶翻过来。奶奶脸上没有受伤，面容整肃，头发纹丝不乱，五绺刘海儿下，两条眉梢儿下垂，奶奶半睁着眼，苍翠的脸上双唇鲜红。父亲抓住奶奶温暖的手，又叫一声娘。奶奶睁开眼，满脸绽开天真的笑容。奶奶又伸出一只手，交给父亲。

鬼子汽车停在桥头，马达高一阵低一阵轰鸣着。

一个高大的人影在河堤上一闪，我父亲和我奶奶被拉下河堤，是哑巴干的好事。父亲未及思想，又一阵狂风般的子弹，把他们头上的无数棵高粱，打断了，打碎了。

四辆汽车紧挨着，在桥外不动，第一辆车上和最后一辆车上，八挺歪把子机枪，射出的子弹，织成一束束干硬的光带，交叉出一个破碎的扇面，又交叉成一个破碎的扇面，时而在路东，时而在路西，高粱齐声哀鸣，高粱的残破肢体成直线下落成弧线飞升，钻到堤上的子弹，激起一泡泡黄烟，发出一串串噗噗声。

堤漫坡上的队员们身体紧贴着野草和黑土，一动不动。机枪扫射持续了三分钟，突然停止，汽车周围布满了金灿灿的弹壳。

余司令压低声音说："不许开枪！"

鬼子沉默着。河面上一缕缕淡薄的硝烟，随着轻俏的小风向东飘去。

父亲告诉我，在这片刻的宁静里，王文义摇摇晃晃地走上河堤，他站在河堤上，手提长苗子鸟枪，目瞪口张，痛苦万分，高叫一声："孩子他娘！"不及挪步，就被几十颗子弹把腹部打成了一个月亮般透明的大窟窿，那些沾带着肠子的子弹从余司令头上淅淅沥沥地飞过去。

王文义一头栽下河堤，也滚到了河床上，与他的妻子隔桥相望，他的心脏还在跳，他的头完整无缺，他感到一种异常清晰的透彻感涌上心头。

父亲告诉过我，王文义的妻子生了三个阶梯式的儿子。这三个儿子被高粱米饭催得肥头大耳，生动茂盛。有一天，王文义和妻子下地锄高粱，三个孩子在院里玩耍，一架双翅日本飞机，嗡嗡怪叫着，从村子上空飞过。飞机下了一蛋，落在王文义家院子里，把三个孩子炸得零零碎碎，弃置房脊，挂罥树梢，涂之墙壁……余司令一竖起抗日旗，王文义就被妻子送去……

余司令咬牙瞪眼，恨恨地瞅着半个头颅扎进河水的王文义，又低吼一声："不要动！"

## 八

飞落的高粱米粒在奶奶脸上弹跳着，有一粒竟蹦到她微微翕开的双唇间，搁在她清白的牙齿上。父亲看着奶奶红晕渐褪的双唇，哽咽一声娘，双泪落胸前。在高粱织成的珍珠雨里，奶奶睁开了眼，奶奶的眼睛里射出珍珠般的虹彩。她说："孩子……你爹呢……"父亲说："他在打仗，我爹。""他就是你的亲爹……"奶奶说。父亲点了点头。

奶奶挣扎着要坐起来，她的身体一动，那两股血就汹涌地蹿出来。

"娘，我去叫他来。"父亲说。

奶奶摇摇手，突然折坐起来，说："豆官……我的儿……扶着娘……咱回家、回家啦……"

父亲跪下，让奶奶的胳膊揽住自己的脖颈，然后用力站起，把奶奶也带了起来。奶奶胸前的血很快就把父亲的头颈弄湿了，父亲从奶奶的鲜血里，依然闻到一股浓烈的高粱酒味。奶奶沉重的身躯，倚在父亲身上，父亲双腿打颤，趔趔趄趄，向着高粱深处走，子弹在他们头上屠戮着高粱。父亲分拨着密密匝匝的高粱秸子，一步一步地挪，汗水泪水掺和着奶奶的鲜血，把父亲的脸弄得残缺不全。父亲感到奶奶的身体越来越沉重，高粱秸子毫不留情地绊着他，高粱叶子毫不留情地锯着他，他倒在地上，身上压着沉重的奶奶。父亲从奶奶身下钻出来，把奶奶摆平，奶奶仰着脸，呼出一口长气，对着父亲微微一笑，这一笑神秘莫测，这一笑像烙铁一样，在父亲的记忆里，烫出一个马蹄状的烙印。

奶奶躺着，胸脯上的灼烧感逐渐减弱。她恍然觉得儿子解开了自己的衣服，儿子用手捂住她乳房上的一个枪眼，又捂住她乳下的一个枪眼。奶奶的血把父亲的手染红了，又染绿了；奶奶洁白的胸脯被自己的血染绿了，又染红了。枪弹射穿了奶奶高贵的乳房，暴露出了淡红色的蜂窝状组织。父亲看着奶奶的乳房，万分痛苦。父亲捂不住奶奶伤口的流血，眼见着随着鲜血的流失，奶奶的脸愈来愈苍白，奶奶的身体愈来愈轻飘，好像随时都会升空飞走。

奶奶幸福地看着在高粱阴影下，她与余司令共同创造出来的，我父亲那张精致的脸，逝去岁月里那些生动的生活画面，像奔驰的走马掠过了她的眼前。

奶奶想起那一年，在倾盆大雨中，像坐船一样乘着轿，进了单廷秀家住的村庄，街上流水洸洸，水面上漂浮着一层高粱的米壳。花轿抬到单家大门时，出来迎亲的只有一个梳着豆角辫的干老头子。大雨停后，还有一些零星落雨打在地面上的水汪汪里。尽管吹鼓手也吹着曲子，但没有一个人来看热闹，奶奶知道大事不妙。扶我奶奶拜天地的是两个男人，一个五十多岁，一个四十多岁。五十多岁的就是刘罗汉大爷，四十多岁的是烧酒锅上的一个伙计。

轿夫、吹鼓手们落汤鸡般站在水里，面色严肃地看着两个枯干男子把一抹酥红的我奶奶架到了幽暗的堂房里。奶奶闻到两个男人身上那股强烈的烧酒气息，好像他们整个人都在酒里浸泡过。

奶奶在拜堂时，还是蒙上了那块臭气熏天的盖头布。在蜡烛燃烧的腥气中，奶奶接住一根柔软的绸布，被一个人牵着走。这段路程漆黑憋闷，充满了恐怖。奶奶被送到炕上坐着。始终没人来揭罩头红布，奶奶自己揭了。她看到在炕下方凳上蜷曲着一个面孔痉挛的男人。那个男人生着一个扁扁的长头，下眼睑烂得通红。他站起来，对着奶奶伸出一只鸡爪状的手，奶奶大叫一声，从怀里摸一把剪刀，立在炕上，怒目逼视着那男人。男人又萎萎缩缩地坐到凳子上。这一夜，奶奶始终未放下手中的剪刀，那个扁头男人也始终未离开方凳。

第二天一早。趁着那男人睡着，奶奶溜下炕，跑出房门，开开大门，刚要飞跑，就被一把拉住。那个梳豆角辫的干瘦老头子抓住她的手腕，恶狠狠地看着她。

单廷秀干咳了两声，收起恶容换笑容，说："孩子，你嫁过来，就像我的亲女儿一样，扁郎不是那病，你别听人家胡说。咱家大业大，扁郎老实，你来了，这个家就由你当了。"单廷秀把一大串黄铜钥匙递给奶奶，奶奶未接。

第二夜，奶奶手持剪刀，坐到天明。

第三天上午，我曾外祖父牵着一匹小毛驴，来接我奶奶回门，新婚三日接闺女，是高密东北乡的风俗。曾外祖父与单廷秀一直喝到太阳过晌，才动身回家。

奶奶偏坐毛驴，驴背上搭着一条薄被子，晃晃荡荡出了村。大雨过后三天，路面依然潮湿，高粱地里白色蒸气腾腾升集，绿高粱被白气缭绕，具有了仙风道骨。曾外祖父褡裢里银钱叮当，人喝得东倒西歪，目光迷离。小毛驴蹩着长额，慢吞吞地走，细小的蹄印清晰地印在潮湿的路上。奶奶坐在驴上，一阵阵头晕眼花，她眼皮红肿，头发凌乱，三天中又长高了一节的高粱，嘲弄地注视着我奶奶。

奶奶说："爹呀，我不回他家啦，我死也不去他家啦……"

曾外祖父说："闺女，你好大的福气啊！你公公要送我一头大黑骡子，我把毛驴卖了去……"

毛驴伸出方方正正的头，啃了一口路边沾满细小泥点的绿草。

奶奶哭着说："爹呀，他是个麻风……"

曾外祖父说："你公公要给咱家一头骡子……"

曾外祖父已醉得不成人样，他不断地把一口口的酒肉呕吐到路边草丛里。污秽的脏物引逗得奶奶翻肠搅肚。奶奶对他满心仇恨。

毛驴走到蛤蟆坑，一股扎鼻的恶臭，刺激得毛驴都垂下耳朵。奶奶看到了那个劫路人的尸体。他的肚子鼓起老高，一层翠绿的苍蝇，盖住了他的肉皮。毛驴驮着奶奶，从腐尸跟前跑过，苍蝇愤怒地飞起，像一团绿云。曾外祖父跟着毛驴，身体似乎比道路还宽，他忽而擦动左边高粱，忽而踩倒右边野草。在倒尸面前，曾外祖父嘀嘀连声，嘴唇哆嗦着说："穷鬼……你这个穷鬼……你躺在这里睡着了吗……"奶奶一直不能忘记劫路人南瓜般的面孔，在苍蝇惊起的一瞬间，死劫路人雍容华贵的表情与活动路人凶狠胆怯的表情形成鲜明的对照。走了一里又一里，白日斜射，青天如涧，曾外祖父被毛驴甩在后面，毛驴认识路径，驮着奶奶，徜徉前行。道路拐了个小弯，毛驴走到弯上，奶奶身体后仰，脱离驴背，一只有力的胳膊挟着她，向高粱深处走去。

奶奶无力挣扎，也不愿挣扎，三天新生活，如同一场大梦惊破，有人在一分钟内成了伟大领袖，奶奶在三天中参透了人生禅机。她甚至抬起一只胳膊，揽住了那人的脖子，以便他抱得更轻松一些。高粱叶子嚓嚓响着。路上传来曾外祖父嘶哑的叫声："闺女，你去哪儿啦？"

石桥附近传来大喇叭凄厉的长鸣和机枪分不清点儿的射击声。奶奶的血还在随着她的呼吸，一线一线往外流。父亲叫着："娘啊，你的血别往外流啦，流完了血你就要死啦。"父亲从高粱根下抓起黑土，堵在奶奶的伤口上，血很快洇出，父亲又抓上一把。奶奶欣慰地微笑着，看着湛蓝的、深不可测的天空，看着宽容温暖的、慈母般的高粱。奶奶的脑海里，出现了一条绿油油的缀满小白花的小路。在这条小路上，奶奶骑着小毛驴，悠闲地行走，高粱深处，那个伟岸坚硬的男子，顿喉高歌，声越高粱。奶奶循声而去，脚踩高粱梢头，像腾着一片绿云……

那人把奶奶放到地上，奶奶软得像面条一样，眯着羊羔般的眼睛。那人撕掉蒙面黑布，显出了真象。是他！奶奶暗呼苍天，一阵类似幸福的强烈震颤冲激得奶奶热泪盈眶。

余占鳌把大蓑衣脱下来，用脚踩断了数十棵高粱，在高粱的尸体上铺上了蓑衣。他把我奶奶抱到蓑衣上。奶奶神魂出舍，望着他脱裸的胸膛，仿佛看到强劲剽悍的血液在他黝黑的皮肤下川流不息。高粱梢头，薄气袅袅，四面八方响着高粱生长的声音。风平，浪静，一道道炽目的潮湿阳光，在高粱缝隙里交叉扫射。奶奶心头撞鹿，潜藏了十六年的情欲，迸然炸裂。奶奶在蓑衣上扭动着。余占鳌一截截地矮，双膝啪嗒落下，他跪在奶奶身边，奶奶浑身发抖，一团黄色的、浓香的火苗，在她面上哔哔剥剥地燃烧。余占鳌粗鲁地撕开我奶奶的胸衣。让直泻下来的光束照耀着奶奶寒冷紧张、密密麻麻起了一层小白疙瘩的双乳上。在他的刚劲动作下，尖刻锐利的痛楚和幸福磨砺着奶奶的神经,奶奶低沉喑哑地叫了一声:"天哪……"就晕了过去。

奶奶和爷爷在生机勃勃的高粱地里相亲相爱,两颗蔑视人间法规的不羁心灵,比他们彼此愉悦的肉体贴得还要紧。他们在高粱地里耕云播雨,为我们高密东北乡丰富多彩的历史上,抹了一道酥红。我父亲可以说是秉领天地精华而孕育,是痛苦与狂欢的结晶。毛驴高亢的叫声,钻进高粱地里来,奶奶从迷荡的天国回到了残酷的人世。她坐起来,六神无主,泪水流到腮边。她说:"他真是麻风。"爷爷跪着,不知从什么地方抽出一柄二尺多长的小剑,噌一声拔出鞘,剑刃浑圆,像一片韭叶。爷爷手一挥,剑已从高粱秸秆间滑过,两棵高粱倒地,从整齐倾斜的茬口里,渗出墨绿的汁液。爷爷说:"三天之后,你只管回来!"奶奶大惑不解地看着他。爷爷穿好衣。奶奶整好容。奶奶不知爷爷又把那柄小剑藏到什么地方去了。爷爷把奶奶送到路边,一闪身便无影无踪。

三天后,小毛驴又把奶奶驮回来。一进村就听说,单家父子已经被人杀死,尸体横陈在村西头的湾子里。

奶奶躺着,沐浴着高粱地里清丽的温暖,她感到自己轻捷如燕,贴着高粱穗子潇洒地滑行。那些走马转蓬般的图像运动减缓,单扁郎、单廷秀、曾外祖父、曾外祖母、罗汉大爷……多少仇视的、感激的、凶残的、敦厚的面容都已经出现过又都消逝了。奶奶三十年的历史,正由她自己写着最后的一笔,过去的一切,像一颗颗香气馥郁的果子,箭矢般坠落在地,而未来的一切,奶奶只能模模糊糊地看到一些稍纵即逝的光圈。只有短暂的又粘又滑的现在,奶奶还拼命抓住不放。奶奶感到我父亲那两只兽爪般的小手正在抚摸着她,父亲胆怯的叫娘声,让奶奶恨爱漶灭、恩仇并泯的意识里,又溅出几束眷恋人生的火花。奶奶极力想抬起手臂,爱抚一下我父亲的脸,手臂却怎么也抬不起来了。奶奶正向上飞奔,她看到了从天国射下来的一束五彩的强光,她听到了来自天国的、用唢呐、大喇叭、小喇叭合奏出的庄严的音乐。

奶奶感到疲乏极了,那个滑溜溜的现在的把柄、人生世界的把柄,就要从她手里滑脱。这就是死吗?我就要死了吗?再也见不到这天,这地,这高粱,这儿子,这正在带兵打仗的情人?枪声响的那么遥远,一切都隔着一层厚重的烟雾。豆官!豆官!我的儿,你来帮娘一把,你拉住娘,娘不想死,天哪!天……天赐我情人,天赐我儿子,天赐我财富,天赐我三十年红高粱般充实的生活。天,你既然给了我,就不要再收回,你宽恕了我吧,你放了我吧!天,你认为我有罪吗?你认为我跟一个麻风病人同枕交颈,生出一窝癞皮烂肉的魔鬼,使这个美丽的世界污秽不堪是对还是错?天,什么叫贞节?什么叫正道?什么是善良?什么是邪恶?你一直没有告诉过我,我只有按着我自己的想法去办,我爱幸福,我爱力量,我爱美,我的身体是我的，我为自己做主，我不怕罪，不怕罚，我不怕进你的十八层地狱。我该做的都做了，该干的都干了，我什么都不怕。但我不想死，我要活，我要多看几眼这个世界，我的天哪......

奶奶的真诚感动上天，她的干涸的眼睛里，又滋出了新鲜的津液，奇异的来自天国的光辉在她的眼里闪烁，奶奶又看到了父亲金黄的脸蛋和酷似爷爷的那两只眼睛。奶奶嘴唇微动，叫一声豆官，父亲兴奋地大叫："娘你好了！你不要死。我已经把你的血堵住了，它已经不流了！我就去叫俺爹，叫他来看看你，娘，你可不能死，你等着我爹!"

父亲跑走了。父亲的脚步声变成了轻柔的低语，变成了方才听到过的来自天国的音乐。奶奶听到了宇宙的声音，那声音来自一株株红高粱。奶奶注视着红高粱，在她朦胧的眼睛里，高粱们奇谲瑰丽，奇形怪状，它们呻吟着，扭曲着，呼号着，缠绕着，时而像魔鬼，时而像亲人，它们在奶奶的眼里盘结成蛇样的一团，又忽喇喇地伸展开来，奶奶无法说出它们的光彩了。它们红红绿绿，白白黑黑，蓝蓝绿绿，它们哈哈大笑，它们嚎啕大哭，哭出的眼泪像雨点一样打在奶奶心中那一片苍凉的沙滩上。高粱缝隙里，镶着一块块的蓝天，天是那么高又是那么低。奶奶觉得天与地、与人、与高粱交织在一起，一切都在一个硕大无朋的罩子里罩着。天上的白云擦着高粱滑动，也擦着奶奶的脸。白云坚硬的边角擦得奶奶的脸綷縩作响。白云的阴影和白云一前一后相跟着，闲散地转动。一群雪白的野鸽子，从高空中扑下来，落在了高粱梢头。鸽子们的咕咕鸣叫，唤醒了奶奶，奶奶非常真切地看清了鸽子的模样。鸽子也用高粱米粒那么大的、通红的小眼珠来看奶奶。奶奶真诚地对着鸽子微笑，鸽子用宽大的笑容回报着奶奶弥留之际对生命的留恋和热爱。奶奶高喊：我的亲人，我舍不得离开你们！鸽子们啄下一串串的高粱米粒，回答着奶奶无声的呼唤。鸽子一边啄，一边吞咽高粱，它们的胸前渐渐隆起来，它们的羽毛在紧张的啄食中奓起，那扇状的尾羽，像风雨中翻动着的花序。我家的房檐下，曾经养过一大群鸽子。秋天，奶奶在院子里摆一个盛满清水的大木盆，鸽子从田野里飞回来，整齐地蹲在盆沿上，面对着清水中自己的倒影，把嗉子里的高粱吐噜吐噜吐出来。鸽子们大摇大摆地在院子里走着。鸽子！和平的沉甸甸的高粱头上，站着一群被战争的狂风暴雨赶出家园的鸽子，它们注视着奶奶，象对奶奶进行沉痛的哀悼。

奶奶的眼睛又朦胧起来，鸽子们扑棱棱一起飞起，合着一首相当熟悉的歌曲的节拍，在海一样的蓝天里翱翔，鸽翅与空气相接，发出飕飕的风响。奶奶飘然而起，跟着鸽子，划动新生的羽翼，轻盈地旋转。黑土在身下，高粱在身上。奶奶眷恋地看着破破烂烂的村庄，弯弯曲曲的河流，交叉纵横的道路；看着被灼热的枪弹划破的混沌的空间和在死与生的十字路口犹豫不决的芸芸众生。奶奶最后一次嗅着高粱酒的味道,嗅着腥甜的热血味道,奶奶的脑海里忽然闪过了一个从未见过的场面:在几万发子弹的钻击下,几百个衣衫褴褛的乡亲,手舞足蹈躺在高粱地里……

最后一丝与人世间的联系即将挣断,所有的忧虑、痛苦、紧张、沮丧都落在了高粱地里,都冰雹般打在高粱梢头,在黑土上扎根开花,结出酸涩的果实,让下一代又一代承受。奶奶完成了自己的解放,她跟着鸽子飞着,她的缩得只如一只拳头那么大的思维空间里,盛着满溢的快乐、宁静、温暖、舒适、和谐。奶奶心满意足,她虔诚地说:

"天哪!我的天……"

## 九

汽车顶上的机枪持续不断地扫射着,汽车轮子转动着,爬上了坚固的大石桥。枪弹压住了爷爷和爷爷的队伍。有几个不慎把脑袋露出堤面的队员已经死在了堤下。爷爷怒火填胸。汽车全部上了桥,机枪子弹已飞得很高。爷爷说:"弟兄们,打吧!"父亲啪啪啪连放三枪,两个日本兵趴到了汽车顶棚上,黑血涂在了车头上。随着爷爷的枪声,道路东西两边的河堤后,响起了几十响破烂不堪的枪声,又有七八个日本兵倒下了,有两个日本兵栽到车外,腿和胳膊扑动着,直扎进桥两边的黑水里。方家兄弟的大抬杠怒吼一声,喷出一道宽广的火舌,吓人地在河道上一闪,铁砂子、铁蛋子全打在第二辆汽车上载着的白口袋上,烟火升腾之后,从无数的破洞里,哗哗啦啦地流出了雪白的大米。我父亲从高粱地里,蛇行到河堤边,急着要对爷爷讲话,爷爷紧急地往自来得手枪里压着子弹。鬼子的第一辆汽车加足马力冲上桥头,前轮子扎在朝天的耙齿上。车轮破了,哧哧地泄着气。汽车轰轰地怪叫着,连环铁耙被推得咔哒咔哒后退,父亲觉得汽车像一条吞食了刺猬的大蛇,在痛苦地甩动着脖颈。第一辆汽车上的鬼子纷纷跳下。爷爷说:"老刘。吹号!"刘大号吹起大喇叭,声音凄厉恐怖,爷爷喊:"冲。"爷爷抡着手枪跳起,他根本不瞄准,一个个日本兵在他的枪口前弯腰俯背。西边的队员们也冲到了车前,队员们跟鬼子兵搅和在一起,后边车上的鬼子把子弹都射到天上去。汽车上还有两个鬼子,爷爷看到哑巴一纵身飞上汽车,两个鬼子兵端着刺刀迎上去,哑巴用刀背一磕,格开一柄刺刀,刀势一顺,一颗戴着钢盔的鬼子头颅平滑地飞出,在空中拖着悠长的嚎叫,噗通落地之后,嘴里还吐出半句响亮的鸣叫。父亲想哑巴的腰刀真快。父亲看到鬼子头上凝着脱离脖颈前那种惊愕的表情,它腮上的肉还在颤抖,它的鼻孔还在抽动,好像要打喷嚏。哑巴又削掉了一颗鬼子头,那具尸体倚在车栏上,脖颈上的皮肤突然褪下去一节,血水咕嘟咕嘟往外冒。这时,后边那辆车上的鬼子把机枪压低，打出了不知多少发子弹，爷爷的队员像木桩一样倒在鬼子的尸体上。哑巴一屁股坐在汽车顶棚上，胸膛上有几股血蹿出来。

父亲和爷爷伏在地上，爬回高粱地，从河堤上慢慢伸出头。最后边那辆汽车吭吭吭地倒退着，爷爷喊："方六，开炮！打那个狗娘养的！"万家兄弟把装好火药的大抬杠顺上河堤，方六弓腰去点引火绳，肚子上中了一弹，一根青绿的肠子，滋溜滋溜地钻出来。方六叫了一声娘，捂着肚子滚进了高粱地。汽车眼见着就要退出桥，爷爷着急地喊："放炮！"方七拿着火绒，哆哆嗦嗦地往引火绳上触，却怎么也点不着。爷爷扑过去，夺过火绒，放在嘴边一吹，火绒一亮。爷爷把火绒触到引火绳上，引火绳吱吱地响着，冒着白烟消逝了。大抬杠沉默地蹲踞着，像睡着了一样。父亲想它是不会响了。鬼子汽车已经退出桥头，第二辆第三辆汽车也在后退。车上的大米哗哗啦啦地流着，流到桥上，流到水里，把水面打出了那么多的斑点。几具鬼子尸体慢慢向东漂，尸体散着血，成群结队的白鳝在血水中转动。大抬杠沉默片刻之后，呼隆一声响了。钢铁枪身在河堤上跳起老高，一道宽广的火焰，正中了那辆还在流大米的汽车。汽车下部，刮剌剌地着起了火。

那辆退出大桥的汽车停住了，车上的鬼子乱纷纷跳下，趴到对面河堤上，架起机枪，对着这边猛打。方六的脸上中了一弹，鼻梁被打得四分五裂，他的血溅了父亲一脸。

起火汽车上的两个鬼子，推开车门跳出来，慌慌张张蹦到河里。中间那辆流大米的汽车，进不得退不得，在桥上吭吭怪叫，车轮子团团旋转。大米像雨水一样哗哗流。

对面鬼子的机枪突然停了，只剩下几支盖子枪在叭勾叭勾响。十几个鬼子，抱着枪，弯着腰，贴着着火汽车的两边往北冲。爷爷喊一声打，响应者寥寥。父亲回头看到堤下堤上躺着队员们的尸体，受伤的队员们在高粱地里呻吟喊叫。爷爷连开几枪，把几个鬼子打下桥。路西边也稀疏地响了几枪，打倒几个鬼子。鬼子退了回去。河南堤飞起一颗子弹，打中了爷爷的右臂，爷爷的胳膊一蜷，手枪落下，悬在脖子上。爷爷退到高粱地里，叫着："豆官，帮帮我。"爷爷撕开袖子，让父亲抽出他腰里那条白布，帮他捆扎在伤口上。父亲趁着机会，说："爹，俺娘想你。"爷爷说："好儿子！先跟爹去把那些狗娘养的杀光！"爷爷从腰里拔出父亲扔掉的勃朗宁手枪，递给父亲。刘大号拖着一条血腿，从河堤边爬过来，他问："司令吹号吗？"

"吹吧！"爷爷说。

刘大号一条腿跪着，一条腿拖着，举起大喇叭，仰天吹起来，喇叭口里飘出暗红色的声音。

"冲啊，弟兄们！"爷爷高喊着。

路西边高粱地里有几个声音跟着喊。爷爷左手举着枪，刚刚跳起，就有几颗子弹擦着他的腮边飞过。爷爷就地一滚,回到了高粱地。路西边河堤上响起一声惨叫,父亲知道,又一个队员中了枪弹。

刘大号对着天空吹喇叭,暗红色的声音碰得高粱棵子索索打抖。

爷爷抓住父亲的手,说:"儿子,跟着爹,到路西边与弟兄们汇合去吧。"

桥上的汽车浓烟滚滚,在哔哔啪啪的火焰里,大米像冰霰一样满河飞动。爷爷牵着父亲,飞步跨过公路,子弹追着他们,把路面打得噗噗作响。两个满面焦糊、皮肤开裂的队员见到爷爷和父亲,嘴咧了咧,哭着说:"司令,咱们完了!"

爷爷颓丧地坐在高粱地里,好久都没抬起头来,河对岸的鬼子也开枪了。桥上响着汽车燃烧的爆裂声,路东响着刘大号的喇叭声。

父亲已经不感到害怕,他沿着河堤,往西出溜了一段,从一蓬枯黄的衰草后,他悄悄伸出头。父亲看到从第二辆尚未燃烧的汽车棚里,跳出一个日本兵,日本兵又从车厢里拖出了一个老鬼子。老鬼子异常干瘦,手上套着雪白的手套,腚上挂着一柄长刀,黑色皮马靴装到膝盖。他们沿着汽车边,把着桥墩,哧溜哧溜往下爬。父亲举起勃朗宁手枪,他的手抖个不停,那个老鬼子干瘪的屁股在父亲枪口前跳来跳去。父亲咬牙闭眼开了一枪,勃朗宁嗡地一声响,子弹打着呼哨钻进水里,把一条白鳝鱼打翻了肚皮。鬼子官跌到水中。父亲高叫着:"爹,一个大官!"

父亲的脑后一声枪响,老鬼子的脑袋炸裂了,一团血在水里噗啦啦散开了。另一个鬼子手脚并用,钻到了桥墩背后。

鬼子的枪弹又压过来,父亲被爷爷按住。子弹在高粱地里唧唧咕咕乱叫。爷爷说:"好样的,是我的种!"

父亲和爷爷不知道,他们打死的老鬼子,就是有名的中岗尼高少将。

刘大号的喇叭声不断,天上的太阳,被汽车的火焰烤得红绿间杂,萎萎缩缩。

父亲说:"爹,俺娘想你啦,叫你去。"

爷爷问:"你娘还活着?"

父亲说:"活着。"

父亲牵着爷爷的手,向着高粱深处走。

奶奶躺在高粱下,脸上印着高粱的暗影,脸上留着为我爷爷准备的高贵的笑容。奶奶的脸空前白净,双眼尚未合拢。

父亲第一次发现,两行泪水,从爷爷坚硬的脸上流下来。

爷爷跪在奶奶身旁,用那只没受伤的手,把奶奶的眼皮合上了。

一九七六年,我爷爷死的时候,父亲用他的缺了两个指头的左手,把爷爷圆睁的双眼合上。爷爷一九五八年从日本北海道的荒山野岭中回来时,已经不太会说话,每个字都像沉重的石块一样从他口里往外吐。爷爷从日本回来时,村里举行了盛大的典礼,连县长都来参加了。那时候我两岁。我记得在村头的白果树下,一字儿排开八张八仙桌，每张桌子上摆着一坛酒，十几个大白碗。县长搬起坛子，倒出一碗酒，双手捧给爷爷。县长说："老英雄，敬您一碗酒，您给全县人民带来了光荣！"爷爷笨拙地站起来，灰白的眼珠子转动着，说："喔——喔——枪——枪。"我看到爷爷把那杯酒放到唇边，他的多皱的脖子梗着，喉结一上一下地滑动，酒很少进口，多半顺着下巴，哗哗啦啦地流到了他的胸膛上。

我记得爷爷牵着我，我牵着一匹小黑狗，在田野里转。爷爷最喜欢去看墨水河大桥，他站在桥头上，手扶着桥墩石，一站就是半个上午或半个下午。我看到爷爷的眼睛常常定在桥石上那些坑坑洼洼的痕迹上。高粱长高时，爷爷带着我到高粱地里去，他喜欢去的地方也离着墨水河大桥不远，我猜想，那儿就是奶奶升天的地方，那块普普通通的黑土地上，浸透奶奶的鲜血。那时候，我们家的老房子还没拆，爷爷有一天操起一把镢头，在那棵揪树下刨起土来。他刨出了几个蝉的幼虫，递给我，我扔给狗，狗把蝉的幼虫咬死，却不吃。"爹，您刨什么？"我的要去公共食堂做饭的娘问。爷爷抬起头，用恍若隔世的目光看着娘。娘走了，爷爷继续刨土。爷爷刨出了一个大坑，斩断了十几根粗细不一的树根，揭开了一块石板，从一个阴森森的小砖窖里，搬出了一个锈得不成形的铁皮匣子。铁匣子一落地就碎了。一块破布里，露出了一条锈得通红的、比我还要长的铁家伙，我问爷爷是什么，爷爷说："喔——喔——枪——枪。"

爷爷把枪放在太阳下晒着，他坐在枪前，睁一会儿眼，闭一会眼，又睁一会儿眼，又闭一会儿眼。后来，爷爷起身，找来一柄劈木柴的大斧，对着枪乱砍乱砸。爷爷把枪砸成一堆碎铁，然后，一件件拿开扔掉，扔得满院子都是。

"爹，俺娘死了？"父亲问爷爷。

爷爷点点头。

父亲说："爹！"

爷爷摸了一下父亲的头，从屁股后掏出一柄小剑，砍倒高粱，把奶奶的身体遮起来。

堤南响起激烈的枪声，喊杀声，和炸弹爆炸声。父亲被爷爷拽着，冲上桥头。

桥南的高粱地里，冲出一百多个穿灰布军衣的人。十几个日本鬼子跑上河堤，有的被枪打死，有的被刺刀捅穿。父亲看到，腰扎宽皮带，皮带上挂着左轮手枪的冷支队长在几个高大卫兵的簇拥下，绕过着火的汽车，向桥北走来。爷爷一见冷支队长，怪笑一声，持枪立在桥头不动了。

冷支队长大模大样地走过来，说："余司令，打得好！"

"狗娘养的！"爷爷骂。

"兄弟晚到了一步！"

"狗娘养的！"

“不是我们赶来,你就完了!”

“狗娘养的!”

爷爷的枪口对准了冷支队长。冷支队长一使眼色,两个虎背狼腰的卫兵就以麻利的动作把爷爷的枪下了。

父亲举起勃朗宁,一枪打中了撕掳爷爷那个卫兵的屁股。

一个卫兵飞起一脚,把父亲踢翻,用大脚在父亲手腕上跺了一下,弯腰把勃朗宁捡到手里。

爷爷和父亲被卫兵架起来。

“冷麻子,你睁开狗眼看看我的弟兄!”

公路两侧的河堤上,高粱地里,横七竖八地躺着死尸和伤兵。刘大号断断续续地吹着喇叭,鲜血从他的嘴角鼻孔往外流。

冷支队长脱掉军帽,对着路东边的高粱地鞠了一躬,对着西边的高粱地鞠了一躬。

“放开余司令和余公子!”冷支队长说。

卫兵放开爷爷和父亲。那个挨枪的卫兵手捂着屁股,血从他的指缝里滴滴答答往下流。

冷支队长从卫兵手里接过手枪,还给爷爷和父亲。

冷支队长的队伍络绎过桥,他们扑向汽车和鬼子尸体,他们拿走了机枪和步枪、子弹和弹匣、刺刀和刀鞘、皮带和皮靴、钱包和刮胡刀。有几个兵跳下河,抓上来一个躲在桥墩后的活鬼子,抬上了一个死老鬼子。

“支队长,是个将军!”一个小头目说。

冷支队长兴奋地靠前看了看,说:“剥下军衣,收好他的一切东西。”

冷支队长说:“余司令,后会有期!”

一群卫兵簇拥着冷支队长往桥南走。

爷爷吼叫一声:“立住,姓冷的!”

冷支队长回转身,说:“余司令,谅你不会打我的黑枪吧!”

爷爷说:“我饶不了你!”

冷支队长说:“王虎给余司令留下一挺机枪!”

几个兵把一挺机枪放在爷爷脚前。

“这些汽车,汽车上的大米,也归你了。”

冷支队长的队伍全部过了桥,在河堤上整好队,沿着河堤。一直向东走去。

夕阳西下。汽车烧毕,只剩下几具乌黑的框架,胶皮轱辘烧出的臭气令人窒息。那两辆未着火的汽车一前一后封锁着大桥。满河血一样的黑水,遍野血一样的红高粱。

父亲从河堤上捡起一张未跌散的抹饼，递给爷爷，说："爹，您吃吧，这是俺娘擀的抹饼。"

爷爷说："你吃吧！"

父亲把饼塞到爷爷手里，说："我再去捡。"

父亲又捡来一张抹饼，狠狠地咬了一口。

谨以此文召唤那些游荡在我的故乡无边无际的通红的高粱地里的英魂和冤魂。我是你们的不肖子孙，我愿扒出我的被酱油腌透了的心，切碎，放在三个碗里，摆在高粱地里。伏惟尚飨！尚飨！

原载《人民好》，1986年3月。

（选自《人民文学》1986年第8期）

【阅读提示】

莫言（1955—　），原名管谟业，山东高密人，中国作家协会副主席，2012年诺贝尔文学奖获得者，著有《红高粱》《蛙》《生死疲劳》《檀香刑》等。莫言把中国传统文学艺术与西方现代主义技巧结合，在回眸故乡和祖辈的"传奇"中，表达了一种"怀乡"和"怨乡"的复杂情感，具有鲜明的浪漫情怀和神秘感。

《红高粱》是莫言的代表作，曾改编为同名电影并获奖。通过"我"的视角，描写了抗日战争期间，爷爷余占鳌与奶奶戴凤莲等祖先在高密东北乡抗击日寇的悲壮人生，弘扬了潜伏在民族心灵深处的蓬勃生命力和追求自由的精神。

【延伸阅读】

1. 张艺谋：《我拍〈红高粱〉》，《电影艺术》1988年第4期。

2. 莫言、王尧：《从〈红高粱〉到〈檀香刑〉》，《当代作家评论》2002年第1期。

3. 宋剑华、张翼：《革命英雄传奇神话的历史终结——论莫言〈红高粱家族〉的文学史意义》，《湖南大学学报》2006年第5期。

4. 莫言：《关于〈红高粱〉的写作情况》，《南方文坛》2006年第5期。

5. 莫言：《红高粱》，《莫言精选集》，北京燕山出版社2006年版。

（黄亚清）

# 杀夫(存目)

李昂

（简介，无选本）

**【阅读提示】**

李昂，台湾当代著名新生代女作家，1952 年生于台湾彰化的小镇鹿港，原名施叔端，笔名李昂、李晋等。主要代表作品有：短篇小说《混声合唱》《人间世》《爱情试验》《她们的眼泪》，中篇小说《杀夫》《暗夜》《迷园》等。

李昂的作品多以女性为中心，大胆探索女性的性爱与情欲、成长与责任等问题，剖析情爱与道德、情爱与社会的关系。她常常站在女性本体意识立场之上，对台湾的历史与现在、文化与政治等提出严厉的质疑与批判，作品具有强烈的西方现代意识，被台湾文坛称为“叛逆的女性”。

《杀夫》是李昂的代表作，1983 年发表后不久即获得《联合报》中篇小说奖第一名，引起轰动。著名作家白先勇曾给予《杀夫》以很高的评价，他说：“《杀夫》这篇小说非常复杂，写人性的不可捉摸，人兽之间剃刀边缘的情形，写得相当大胆，相当的不留情面。写没有开放的农业社会中，中国人的阴暗面，把故事架构在原始性的社会里来研究人兽之间的一线之隔。这是一篇突破性的作品，打破了中国小说的很多禁忌，不留情地把人性最深处挖掘出来了。”《杀夫》书写的是日据时代的台湾农业社会中，一位女性从“家庭奴隶”到“性奴”的“吃不饱”的悲惨人生，以一个女性的物化生存悲剧对男权社会发出了严厉的拷问。《杀夫》虽写的是过去年代的故事，但作品却具有寓言化的色彩，其中对人性的揭示尤其犀利深刻。

**【延伸阅读】**

1. 李昂:《欲与情的冲突:李昂小说精选》,甘肃人民出版社 1988 年版。

2. 王列耀:《求赎的困惑与理性的探寻——李昂创作概评》,《华文文学》1989 年第 3 期。

3. 赵园:《试论李昂》,《当代作家评论》1989 年第 5 期。

4. 黄绚亲:《李昂小说中女性意识之研究》,万卷楼图书股份有限公司 2005 年版。

5. [美]葛浩文:《性爱与社会:李昂的小说》,《东吴学术》2014 年第 3 期。

(方爱武)

# 白鹿原(存目)

陈忠实

(简介,无选本)

**【阅读提示】**

陈忠实(1942—2016),当代著名作家,曾任中国作家协会副主席。代表作有《信任》《康家小院》《白鹿原》等。陈忠实以现实主义的创作方法,正面展现时代剧变中乡村社会的人际关系和心理蜕变,有十分清晰的时代印记。

陈忠实 1992 年完成史诗巨著《白鹿原》,1997 年获茅盾文学奖。小说以陕西关中地区的白鹿村为缩影,在白、鹿两家几代人的矛盾纠葛中,揭示了白嘉轩所代表的宗法家族制度及"仁义"道德,在时代变迁中的坚守与颓败。作品思想深邃,人物丰富,情节跌宕,是一部关于渭河平原 50 年变迁的史诗。

**【延伸阅读】**

1. 陈忠实:《性与秘史》,《商洛学院学报》2010 年第 6 期。

2. 郜元宝:《为鲁迅的话下一注脚——〈白鹿原〉重读》,《文学评论》2015 年第 2 期。

3. 冯希哲:《陈忠实访谈录》,陕西人民出版社 2016 年版。

4. 周思明:《陈忠实与〈白鹿原〉》,《学林》2016 年 7 月 18 日。

5. 陈忠实:《白鹿原》,长江文艺出版社 2014 年版。

(黄亚清)

# 活着(存目)

余华

（简介，无选本）

**【阅读提示】**

余华（1960—　），出生于浙江杭州，曾从事牙医工作，中国当代"先锋派"小说的代表作家。1983 年开始文学创作，主要作品有中短篇小说《十八岁出门远行》《河边的错误》《现实一种》《鲜血梅花》《古典爱情》等，长篇小说《活着》《许三观卖血记》《兄弟》《第七天》等。

《活着》用一种平实质朴、娓娓道来的方式叙写普通百姓的人生。从少年到老年一路走来，主人公福贵尝遍人世艰难、妻离子散，却最终心思简静、向死而生。"活着"的人生哲学由此可见一斑：它既有中国传统儒道释的质素，又有着某种西方存在主义哲学中的"穷尽"与"走"的精神意味。文末，望着逐渐远去的福贵，那至美的图景或许是"我"彼时的身之所至，心向往之。

**【延伸阅读】**

1. 赵毅衡：《非语义化的凯旋——细读余华》，《当代作家评论》1991 年第 2 期。
2. 郜元宝：《余华创作中的苦难意识》，《文学评论》1994 年第 3 期。
3. 余华：《文学不是空中楼阁——在复旦大学的演讲》，《文艺争鸣》2007 年第 2 期。

（张劲）

# 长恨歌(存目)

王安忆

（简介，无选本）

**【阅读提示】**

王安忆(1954— )，出生于南京，是作家茹志鹃的女儿，自幼长于上海，后赴安徽插队。1976年开始发表作品，以短篇小说《雨，沙沙沙》崭露头角，后发表了大量的中短篇小说、长篇小说，著有中短篇小说《小鲍庄》《荒山之恋》《乌托邦诗篇》《叔叔的故事》等，长篇小说《富萍》《上种红菱下种藕》《桃之夭夭》《长恨歌》《遍地枭雄》《启蒙时代》等，现为上海市作家协会主席，复旦大学教授。

《长恨歌》曲调婉转，绵密悠长，作者跟随这个在上海弄堂生长起来的女子——王琦瑶一路走来，穿越历史的年轮，时代的罅隙，宏大叙事不时化为儿女情长的呢喃与絮语，百年上海亦不再是可有可无的背景，而是有了一个女子的生命质感，郁郁芬芳。城与人由此互为映照，互促互生。然而上海的风光日益翻新，灼灼闪光，王琦瑶却终究会青春流逝，风华不在，最后香消玉损，空留余味。

**【延伸阅读】**

1. 陈思和：《营造精神之塔——论王安忆90年代初的小说创作》，《文学评论》1998年第6期。

2. 王晓明：《从"淮海路"到"梅家桥"——从王安忆小说创作的转变谈起》，《文学评论》2002年第3期。

3. 王安忆、苏伟贞：《王安忆访谈》，《扬子江评论》2017年12月28日。

（张勐）

# 尘埃落定(存目)

阿来

（简介，无选本）

**【阅读提示】**

阿来（1959— ），藏族，当代著名作家。主要作品有小说集《旧年的血迹》《月光下的银匠》，长篇小说《尘埃落定》《空山》，散文集《就这样日益在丰盈》，长篇地理散文《大地的阶梯》，诗集《梭磨河》。长篇小说《尘埃落定》获第五届茅盾文学奖。

《尘埃落定》用纯净透明、极具诗性的语言，讲述了最后一个康巴土司王朝的兴盛与覆灭。小说别具匠心地择取傻子少爷"不可靠叙事"的视角，历史与家族显得亦幻亦真，空灵唯美。漫山遍野、芬芳蛊惑的罂粟花香中，催生了刀光剑影的权力斗争，酝酿了动人心魄的爱情传奇，也谱写了复杂真实的人性百态。土司家族没落的苍凉，藏地风情的瑰丽奇异，边地民族的复杂幽深，在阿来饱含激情的叙述中跃然纸上，读来荡气回肠，震撼不已。

**【延伸阅读】**

1.吴义勤：《说傻·说悟·说游——读阿来的〈尘埃落定〉》，《当代作家评论》1998年第4期。

2.张勐：《穿透"尘埃"见灵境——为〈尘埃落定〉一辩》，《民族文学研究》2005年第2期。

3.吕学琴：《阿来长篇小说十年研究综述》，《当代文坛》2012年第4期。

（张勐）

# 青衣(存目)

毕飞宇

（简介，无选本）

**【阅读提示】**

毕飞宇（1964— ），江苏兴化人，当代著名作家。代表作品有《哺乳期的女人》《玉米》《青衣》《平原》《推拿》等。其中《哺乳期的女人》《玉米》获鲁迅文学奖，长篇小说《推拿》获第八届茅盾文学奖。

《青衣》从世俗生活起笔，回眸筱燕秋的“青衣”生涯，塑造了一个在京剧艺术与平凡生活间挣扎的女性。在构建传奇、超拔的艺术世界的同时，也描绘出世俗、庸常的现实人生。筱燕秋是舞台上的“青衣”，亦是红尘中的“嫦娥”，她演绎了一场“奔月”的传奇，也演活了一出孤傲美丽的人生。戏如人生，人生却不尽然如戏，现实中的“嫦娥”筱燕秋，未能逃过世俗的惩罚与时间的残酷，羽化登仙的迷梦终如空花泡影。毕飞宇用不动声色的叙述，写活了“不疯魔不成活”的青衣，也写尽了男权世界中女性的疼痛与无奈。

**【延伸阅读】**

1. 吴义勤：《感性的形而上主义者——毕飞宇论》，《当代作家评论》2000 年第 6 期。

2. 毕飞宇、汪政：《语言的宿命》，《南方文坛》2002 年第 4 期。

3. 南帆：《叙事的平衡》，《南方文坛》2004 年第 4 期。

（张勐）

# 秦腔(存目)

贾平凹

（简介，无选本）

【阅读提示】

贾平凹（1952— ），原名贾平娃，陕西人，当代著名作家。著有小说集《贾平凹获奖中篇小说集》《贾平凹自选集》，长篇小说《废都》《秦腔》《商州》《浮躁》《白夜》，自传体长篇《我是农民》等，散文集《月迹》《心迹》《商州杂录》，诗集《空白》以及《贾平凹论集》等。

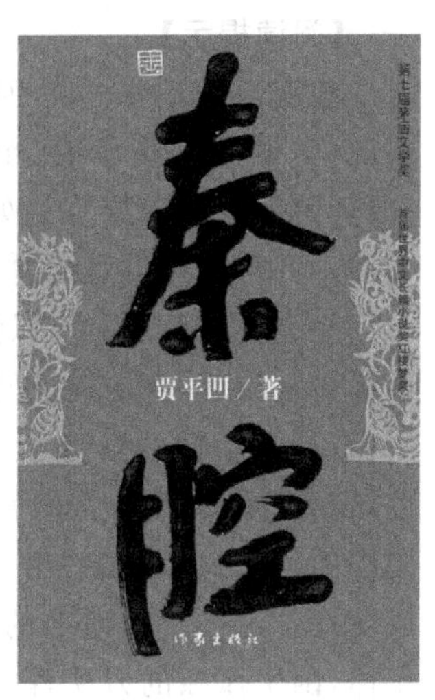


一曲秦腔，浸润着陕西大地，听不尽的嘹亮动听。它是一阵风，一朵花，一棵树，打量着清风街的形色人儿。那些面朝黄土背朝天的日子，那些街头的嬉笑怒骂，那些有关过去的种种，历历在目。当秦腔声渐渐淡去，当这块金黄的土地慢慢干涸，当传统与现代不断碰撞，遗失掉的是什么？留下来的还有什么？怀着对秦腔的难以割舍，对故乡的浓浓眷恋，小说为这块深爱着的土地，献上深情的挽歌。

【延伸阅读】

1. 贾平凹：《中国当代文学缺乏什么》，《小说评论》2000 年第 2 期。

2. 贾平凹：《关于语言——在苏州大学“小说家讲坛”上的讲演》，《当代作家评论》2002 年第 6 期。

3. 谢有顺：《尊灵魂，叹生命——贾平凹、〈秦腔〉及其写作伦理》，《当代作家评论》2005 年第 5 期。

（张劼）

# 一句顶一万句(存目)

刘震云

（简介，无选本）

【阅读提示】

刘震云(1958— )，河南人，著名作家。著有短篇小说《塔铺》，中篇小说《单位》《一地鸡毛》，长篇小说《故乡天下黄花》《故乡到处流传》《故乡面和花朵》《一句顶一万句》《我叫刘跃进》《手机》等。

一个人的孤独不是孤独，一个人找另一个人，一句话找另一句话，才是真正的孤独。孤独，是一个人的彳亍而行，于生命的浩瀚大海，于千万人之中，漂泊、游荡，希冀寻一人得以把酒言欢。杨百顺的延津出走，牛爱国的延津归来，在一出一回之间，百年时光荏苒，家族变迁。这苍茫大地上的你我他，一个个不甘示弱的个体，困于孤独的万丈深渊，在漫长复杂、彼此纠结的生活道路上苦苦挣扎着一份份心的凝合。

【延伸阅读】

1. 程光炜:《在故乡的神话坍塌之后——论刘震云九十年代的小说创作》,《文学评论》1999 年第 5 期。

2. 孟繁华:《“说话”是生活的政治》,《文艺争鸣》2009 年第 8 期。

3. 姚晓雷:《“都市气”与“乡土气”的冲突与融合——新世纪以来刘震云的“说话”系列小说论》,《文学评论》2011 年第 5 期。

（张勐）

# 散文

婧文

# 再论雷峰塔的倒掉

鲁迅

从崇轩先生的通信(二月份《京报副刊》)里,知道他在轮船上听到两个旅客谈话,说是杭州雷峰塔之所以倒掉,是因为乡下人迷信那塔砖放在自己的家中,凡事都必平安,如意,逢凶化吉,于是这个也挖,那个也挖,挖之久久,便倒了。一个旅客并且再三叹息道:西湖十景这可缺了呵!

这消息,可又使我有点畅快了,虽然明知道幸灾乐祸,不像一个绅士,但本来不是绅士的,也没有法子来装潢。

我们中国的许多人,——我在此特别郑重声明:并不包括四万万同胞全部!——大抵患有一种"十景病",至少是"八景病",沉重起来的时候大概在清朝。凡看一部县志,这一县往往有十景或八景,如"远村明月""萧寺清钟""古池好水"之类。而且,"十"字形的病菌,似乎已经侵入血管,流布全身,其势力早不在"!"形惊叹亡国病菌之下了。点心有十样锦,菜有十碗,音乐有十番,阎罗有十殿,药有十全大补,猜拳有全福手福手全,连人的劣迹或罪状,宣布起来也大抵是十条,仿佛犯了九条的时候总不肯歇手。现在西湖十景可缺了呵!"凡为天下国家有九经",九经固古已有之,而九景却颇不习见,所以正是对于十景病的一个针砭,至少也可以使患者感到一种不平常,知道自己的可爱的老病,忽而跑掉了十分之一了。

但仍有悲哀在里面。

其实,这一种势所必至的破坏,也还是徒然的。畅快不过是无聊的自欺。雅人和信士和传统大家,定要苦心孤诣巧语花言地再来补足了十景而后已。

无破坏即无新建设,大致是的;但有破坏却未必即有新建设。卢梭,斯谛纳尔,尼采,托尔斯泰,伊孛生等辈,若用勃兰兑斯的话来说,乃是"轨道破坏者"。其实他们不单是破坏,而且是扫除,是大呼猛进,将碍脚的旧轨道不论整条或碎片,一扫而空,并非想挖一块废铁古砖挟回家去,预备卖给旧货店。中国很少这一类人,即使有之,也会被大众的唾沫淹死。孔丘先生确是伟大,生在巫鬼势力如此旺盛的时代,偏不肯随俗谈鬼神;但可惜太聪明了,"祭如在祭神如神在",只用他修《春秋》的照例手段以两个“如”字略寓“俏皮刻薄”之意,使人一时莫明其妙,看不出他肚皮里的反对来。他肯对子路赌咒,却不肯对鬼神宣战,因为一宣战就不和平,易犯骂人——虽然不过骂鬼——之罪,即不免有《衡论》(见一月份《晨报副镌》)作家 T. Y. 先生似的好人,会替鬼神来奚落他道:为名乎? 骂人不能得名。为利乎? 骂人不能得利。想引诱女人乎? 又不能将蚩尤的脸子印在文章上。何乐而为之也欤?

孔丘先生是深通世故的老先生,大约除脸子付印问题以外,还有深心,犯不上来做明目张胆的破坏者,所以只是不谈,而决不骂,于是乎俨然成为中国的圣人,道大,无所不包故也。否则,现在供在圣庙里的,也许不姓孔。

不过在戏台上罢了,悲剧将人生的有价值的东西毁灭给人看,喜剧将那无价值的撕破给人看。讥讽又不过是喜剧的变简的一支流。但悲壮滑稽,却都是十景病的仇敌,因为都有破坏性,虽然所破坏的方面各不同。中国如十景病尚存,则不但卢梭他们似的疯子决不产生,并且也决不产生一个悲剧作家或喜剧作家或讽刺诗人。所有的,只是喜剧底人物或非喜剧非悲剧底人物,在互相模造的十景中生存,一面各各带了十景病。

然而十全停滞的生活,世界上是很不多见的事,于是破坏者到了,但并非自己的先觉的破坏者,却是狂暴的强盗,或外来的蛮夷。猃狁早到过中原,五胡来过了,蒙古也来过了;同胞张献忠杀人如草,而满洲兵的一箭,就钻进树丛中死掉了。有人论中国说,倘使没有带着新鲜的血液的野蛮的侵入,真不知自身会腐败到如何!这当然是极刻毒的恶谑,但我们一翻历史,怕不免要有汗流浃背的时候罢。外寇来了,暂一震动,终于请他做主子,在他的刀斧下修补老例;内寇来了,也暂一震动,终于请他做主子,或者别拜一个主子,在自己的瓦砾中修补老例。再来翻县志,就看见每一次兵燹之后,所添上的是许多烈妇烈女的氏名。看近来的兵祸,怕又要大举表扬节烈了罢。许多男人们都那里去了?

凡这一种寇盗式的破坏,结果只能留下一片瓦砾,与建设无关。

但当太平时候,就是正在修补老例,并无寇盗时候,即国中暂时没有破坏么?也不然的,其时有奴才式的破坏作用常川活动着。

雷峰塔砖的挖去,不过是极近的一条小小的例。龙门的石佛,大半肢体不全,图书馆中的书籍,插图须谨防撕去,凡公物或无主的东西,倘难于移动,能够完全的即很不多。但其毁坏的原因,则非如革除者的志在扫除,也非如寇盗的志在掠夺或单是破坏,仅因目前极小的自利,也肯对于完整的大物暗暗的加一个创伤。人数既多,创伤自然极大,而倒败之后,却难于知道加害的究竟是谁。正如雷峰塔倒掉以后,我们单知道由于乡下人的迷信。共有的塔失去了,乡下人所得,却不过一块砖,这砖,将来又将为别一自利者所藏,终究至于灭尽。尚在民康物阜时候,因为十景病的发作,新的雷峰塔也会再造的罢。但将来的运命,不也就可以推想而知么? 如果乡下人还是这样的乡下人，老例还是这样的老例。

这一种奴才式的破坏，结果也只能留下一片瓦砾，与建设无关。

岂但乡下人之于雷峰塔，日日偷挖中华民国的柱石的奴才们，现在正不知有多少！

瓦砾场上还不足悲，在瓦砾场上修补老例是可悲的。我们要革新的破坏者，因为他内心有理想的光。我们应该知道他和寇盗奴才的分别；应该留心自己堕入后两种。这区别并不烦难，只要观人，省己，凡言动中，思想中，含有借此据为己有的朕兆者是寇盗，含有借此占些目前的小便宜的朕兆者是奴才，无论在前面打着的是怎样鲜明好看的旗子。

二月六日

（选自《中国新文学大系·散文二集》，郁达夫选编，上海文艺出版社 1981 年版）

**【阅读提示】**

鲁迅（1881—1936），原名周樟寿，后改名周树人，字豫山，后改豫才，浙江绍兴人，中国现代伟大的无产阶级文学家、思想家和革命家。1918 年 5 月 15 日发表《狂人日记》，是中国第一部现代白话文小说。1921 年发表中篇白话小说《阿 Q 正传》。代表作有：小说集《呐喊》《彷徨》《故事新编》等；散文集《朝花夕拾》；散文诗集《野草》；杂文集《坟》《热风》《华盖集》《华盖集续编》《南腔北调集》《三闲集》《二心集》《而已集》《且介亭杂文》等。鲁迅被誉为"民族魂"，他的文学创作以短篇小说与杂文为主，对五四运动以后的中国现代文学产生了深刻的影响。

《再论雷峰塔的倒掉》是一篇颇具鲁迅风格的杂文，最初发表于 1925 年 2 月 23 日《语丝》周刊第 15 期。全文夹叙夹议，大题小做，借题发挥，语言幽默诙谐，暗含讽刺与揭露，体现了爱憎分明的态度立场，发挥了"匕首"和"投枪"的战斗作用。

**【延伸阅读】**

1. 鲁迅：《坟》，人民文学出版社 1998 年版。
2. 鲁迅：《伪自由书》，人民文学出版社 1998 年版。
3. 沈金耀：《鲁迅杂文诗学研究》，福建教育出版社 2006 年版。
4. 郝庆军：《诗学与政治——鲁迅晚期杂文研究（1933－1936）》，文化艺术出版社 2007 年版。

（王姝）

# 死　火

鲁迅

我梦见自己在冰山间奔驰。

这是高大的冰山，上接冰天，天上冻云弥漫，片片如鱼鳞模样。山麓有冰树林，枝叶都如松杉。一切冰冷，一切青白。

但我忽然坠在冰谷中。

上下四旁无不冰冷，青白。而一切青白冰上，却有红影无数，纠结如珊瑚网。我俯瞰脚下，有火焰在。

这是死火。有炎炎的形，但毫不摇动，全体冰结，像珊瑚枝，尖端还有凝固的黑烟，疑这才从火宅中出，所以枯焦。这样，映在冰的四壁，而且互相反映，化为无量数影，使这冰谷，成红珊瑚色。

哈哈！

当我幼小的时候，本就爱看快舰激起的浪花，洪炉喷出的烈焰。不但爱看，还想看清。可惜他们都息息变幻，永无定形。虽然凝视又凝视，总不留下怎样一定的迹象。

死的火焰，现在先得到了你了！

我拾起死火，正要细看，那冷气已使我的指头焦灼；但是，我还熬着，将他塞入衣袋中间。冰谷四面，登时完全青白。我一面思索着走出冰谷的法子。

我的身上喷出一缕黑烟，上升如铁线蛇。冰谷四面，又登时满有红焰流动，如大火聚，将我包围。我低头一看，死火已经燃烧，烧穿了我的衣裳，流在冰地上了。

“唉，朋友！你用了你的温热，将我惊醒了。”他说。

我连忙和他招呼，问他名姓。

“我原先被人遗弃在冰谷中，”他答非所问地说，“遗弃我的早已灭亡，消尽了。我也被冰冻冻得要死。倘使你不给我温热，使我重行烧起，我不久就须灭亡。”

“你的醒来，使我欢喜。我正在想着走出冰谷的方法；我愿意携带你去，使你永不冰结，永得燃烧。”

“唉唉！那么，我将烧完！”

“你的烧完，使我惋惜。我便将你留下，仍在这里罢。”

“唉唉！那么，我将冻灭了！”

“那么，怎么办呢？”

“但你自己，又怎么办呢？”他反而问。

“我说过了：我要出这冰谷……。”

“那我就不如烧完！”

他忽而跃起，如红彗星，并我都出冰谷口外。有大石车突然驰来，我终于碾死在车轮底下，但我还来得及看见那车就坠入冰谷中。

“哈哈！你们是再也遇不着死火了！”我得意地笑着说，仿佛就愿意这样似的。

一九二五年四月二十三日

（选自《中国新文学大系·散文二集》，郁达夫选编，上海文艺出版社 1981 年版）

**【阅读提示】**

《死火》最初发表于 1925 年 5 月 4 日《语丝》周刊第 25 期，后收入散文诗集《野草》。“死火”是“苦闷的象征”，文中火被冰冻的奇特意象融铸了鲁迅孤寂、矛盾的生命体验。

**【延伸阅读】**

1. 鲁迅：《野草》，北新出局 1927 年版。

2. 鲁迅：《自言自语》，《集外集拾遗补篇》，见《鲁迅全集》第 8 卷，人民文学出版社 1981 年版。

3. 王富仁：《中国文化的守夜人——鲁迅》，人民文学出版社 2002 年版。

4. 汪晖：《反抗绝望》，生活·读书·新知三联书店 2008 年版。

（王姝）

# 乌篷船

周作人

子荣君：

接到手书，知道你要到我的故乡去，叫我给你一点什么指导。老实说，我的故乡，真正觉得可怀恋的地方，并不是那里；但是因为在那里生长，住过十多年，究竟知道一点情形，所以写这一封信告诉你。

我所要告诉你的，并不是那里的风土人情，那是写不尽的，但是你到那里一看也就会明白的，不必啰唆地多讲。我要说的是一种很有趣的东西，这便是船。你在家乡平常总坐人力车，电车，或是汽车，但在我的故乡那里这些都没有，除了在城内或山上是用轿子以外，普通代步都是用船。船有两种，普通坐的都是"乌篷船"，白篷的大抵作航船用，坐夜航船到西陵去也有特别的风趣，但是你总不便坐，所以我也就可以不说了。乌篷船大的为"四明瓦"(Sy－menngoa)，小的为脚划船(划读如uoa)亦称小船。但是最适用的还是在这中间的"三道"，亦即三明瓦。篷是半圆形的，用竹片编成，中夹竹箬，上涂黑油；在两扇"定篷"之间放着一扇遮阳，也是半圆的，木作格子，嵌着一片片的小鱼鳞，径约一寸，颇有点透明，略似玻璃而坚韧耐用，这就称为明瓦。三明瓦者，谓其中舱有两道，后舱有一道明瓦也。船尾用橹，大抵两支，船首有竹篙，用以定船。船头着眉目，状如老虎，但似在微笑，颇滑稽而不可怕，唯白篷船则无之。三道船篷之高大约可以使你直立，舱宽可以放下一顶方桌，四个人坐着打马将，——这个恐怕你也已学会了罢？小船则真是一叶扁舟，你坐在船底席上，篷顶离你的头有两三寸，你的两手可以搁在左右的舷上，还把手都露出在外边。在这种船里仿佛是在水面上坐，靠近田岸去时泥土便和你的眼鼻接近，而且遇着风浪，或是坐得少不小心，就会船底朝天，发生危险，但是也颇有趣味，是水乡的一种特色。不过你总可以不必去坐，最好还是坐那三道船罢。

你如坐船出去，可是不能像坐电车的那样性急，立刻盼望走到。倘若出城，走三四十里路(我们那里的里程是很短，一里才及英里三分之一)，来回总要预备一天。你坐在船上，应该是游山的态度，看看四周物色，随处可见的山，岸旁的乌桕，河边的红蓼和白苹，渔舍，各式各样的桥，困倦的时候睡在舱中拿出随笔来看，或者冲一碗清茶喝喝。偏门外的鉴湖一带，贺家池，壶觞左近，我都是喜欢的，或者往娄公埠骑驴去游兰亭(但我劝你还是步行，骑驴或者于你不很相宜)，到得暮色苍然的时候进城上都挂着薜荔的东门来，倒是颇有趣味的事。倘若路上不平静，你往杭州去时可于下午开船，黄昏时候的景色正最好看，只可惜这一带地方的名字我都忘记了。夜间睡在舱中，听水声橹声，来往船只的招呼声，以及乡间的犬吠鸡鸣，也都很有意思。雇一只船到乡下去看庙戏，可以了解中国旧戏的真趣味，而且在船上行动自如，要看就看，要睡就睡，要喝酒就喝酒，我觉得也可以算是理想的行乐法。只可惜讲维新以来这些演剧与迎会都已禁止，中产阶级的低能人别在"布业会馆"等处建起"海式"的戏场来，请大家买票看上海的猫儿戏。这些地方你千万不要去。——你到我那故乡，恐怕没有一个人认得，我又因为在教书不能陪你去玩，坐夜船，谈闲天，实在抱歉而且惆怅。川岛君夫妇现在偁山下，本来可以给你介绍，但是你到那里的时候他们恐怕已经离开故乡了。初寒，善自珍重，不尽。

十五年一月十八日夜，于北京。

(选自《中国新文学大系·散文二集》，郁达夫选编，上海文艺出版社 1981 年版

【阅读提示】

周作人(1885—1967)，原名櫆寿，后改为奎绶，字星杓，又名启明、启孟、起孟，笔名遐寿、仲密、岂明，号知堂、药堂、独应等，浙江绍兴人。是鲁迅(周树人)之弟，周建人之兄。中国现代著名散文家、文学理论家、评论家、诗人、翻译家、思想家，中国民俗学开拓人，新文化运动的重要代表人物。著有散文集《自己的园地》《雨天的书》《泽泻集》《谈龙集》《谈虎集》等，诗集《过去的生命》。

《乌篷船》是一篇书信体散文，原载 1926 年 11 月 27 日《语丝》第 107 期，署名岂明，后收入《泽泻集》。收信人子荣，是周作人的笔名，始用于 1923 年 8 月 26 日《晨报副刊》。行文朴素自然，格调平和冲淡，透露出闲适隐逸的情思和淡淡的乡愁。

【延伸阅读】

1. 周作人:《雨天的书》，北新书局 1925 年 12 月。

2. 苏雪林:《周作人先生研究》，1934 年 12 月《青年界》第 6 卷第 5 号。

3. 周作人:《知堂回想录》，三育图书文具公司 1972 年版。

4. 刘绪源:《解读周作人》，上海文艺出版社 1994 年版。

(王姝)

# 给我的孩子们

丰子恺

我的孩子们！我憧憬于你们的生活，每天不止一次！我想委曲地说出来，使你们自己晓得。可惜到你们懂得我的话的意思的时候，你们将不复是可以使我憧憬的人了。这是何等可悲哀的事啊！

瞻瞻！你尤其可佩服。你是身心全部公开的真人。你甚么事体都像拼命地用全副精力去对付。小小的失意，像花生米翻落地了，自己嚼了舌头了，小猫不肯吃糕了，你都要哭得嘴唇翻白，昏去一两分钟。外婆普陀去烧香买回来给你的泥人，你何等鞠躬尽瘁地抱他，喂他；有一天你自己失手把他打破了，你的号哭的悲哀，比大人们的破产，失恋，broken heart，丧考妣，全军覆没的悲哀都要真切。两把芭蕉扇做的脚踏车，麻雀牌堆成的火车，汽车，你何等认真地看待，挺直了嗓子叫"汪——，""咕咕咕……，"来代替汽笛。宝姊姊讲故事给你听，说到"月亮姊姊挂下一只篮来，宝姊姊坐在篮里吊了上去，瞻瞻在下面看"的时候，你何等激昂地同她争，说"瞻瞻要上去，宝姊姊在下面看！"甚至哭到漫姑面前去求审判。我每次剃了头，你真心地疑我变了和尚，好几时不要我抱。最是今年夏天，你坐在我膝上发见了我腋下的长毛，当作黄鼠狼的时候，你何等伤心，你立刻从我身上爬下去，起初眼瞪瞪地对我端相，继而大失所望地号哭，看看，哭哭，如同对被判定了死罪的亲友一样。你要我抱你到车站里去，多多益善地要买香蕉，满满地擒了两手回来，回到门口时你已经熟睡在我的肩上，手里的香蕉不知落在哪里去了。这是何等可佩服的真率，自然，与热情！大人间的所谓"沉默"，"含蓄"，"深刻"的美德，比起你来，全是不自然的，病的，伪的！

你们每天做火车，做汽车，办酒，请菩萨，堆六面画，唱歌，全是自动的，创造创作的生活。大人们的呼号"归自然！""生活的艺术化！""劳动的艺术化！"在你们面前真是出丑得很了！依样画几笔画，写几篇文的人称为艺术家，创作家，对你们更要愧死！

你们的创作力，比大人真是强盛得多哩：瞻瞻！你的身体不及椅子的一半，却常常要搬动它，与它一同翻倒在地上；你又要把一杯茶横转来藏在抽斗里，要皮球停在壁上，要拉住火车的尾巴，要月亮出来，要天停止下雨。在这等小小的事件中，明明表示着你们的小弱的体力与智力不足以应付强盛的创作欲、表现欲的驱使，因而遭逢失败。然而你们是不受大自然的支配，不受人类社会的束缚的创造者，所以你的遭逢失败，例如火车尾巴拉不住，月亮呼不出来的时候，你们决不承认是事实的不可能，总以为是爹爹妈妈不肯帮你们办到，同不许你们弄自鸣钟同例，所以愤愤地哭了，你们的世界何等广大！

你们一定想：终天无聊地伏在案上弄笔的爸爸，终天闷闷地坐在窗下弄引线的妈妈，是何等气性的奇怪的动物！你们所视为奇怪动物的我与你们的母亲，有时确实难为了你们，摧残了你们，回想起来，真是不安心得很！

阿宝！有一晚你拿软软的新鞋子，和自己脚上脱下来的鞋子，给凳子的脚穿了，刬袜立在地上，得意地叫"阿宝两只脚，凳子四只脚"的时候，你母亲喊着"龌龊了袜子！"立刻擒你到藤榻上，动手毁坏你的创作。当你蹲在榻上注视你母亲动手毁坏的时候，你的小心里一定感到"母亲这种人，何等杀风景而野蛮"罢！

瞻瞻！有一天开明书店送了几册新出版的毛边的《音乐入门》来。我用小刀把书页一张一张地裁开来，你侧着头，站在桌边默默地看。后来我从学校回来，你已经在我的书架上拿了一本连史纸印的中国装的《楚辞》，把它裁破了十几页，得意地对我说："爸爸！瞻瞻也会裁了！"瞻瞻！这在你原是何等成功的欢喜，何等得意的作品！却被我一个惊骇的"哼！"字喊得你哭了。那时候你也一定抱怨"爸爸何等不明"罢！

软软！你常常要弄我的长锋羊毫，我看见了总是无情地夺脱你。现在你一定轻视我，想道："你终于要我画你的画集的封面！"

最不安心的，是有时我还要拉一个你们所最怕的陆露沙医生来，教他用他的大手来摸你们的肚子，甚至用刀来在你们臂上割几下，还要教妈妈和漫姑擒住了你们的手脚，捏住了你们的鼻子，把很苦的水灌到你们的嘴里去。这在你们一定认为太无人道的野蛮举动罢！

孩子们！你们果真抱怨我，我倒欢喜；到你们的抱怨变为感谢的时候，我的悲哀来了！

我在世间，永没有逢到像你们样出肺肝相示的人。世间的人群结合，永没有像你们样的彻底地真实而纯洁。最是我到上海去干了无聊的所谓"事"回来，或者去同不相干的人们做了叫做"上课"的一种把戏回来，你们在门口或车站旁等我的时候，我心中何等惭愧又欢喜！惭愧我为甚么去做这等无聊的事，欢喜我又得暂时放怀一切地加入你们的真生活的团体。

但是，你们的黄金时代有限，现实终于要暴露的。这是我经验过来的情形，也是大人们谁也经验过的情形。我眼看见儿时的伴侣中的英雄,好汉,一个个退缩,顺从,妥协,屈服起来,到像绵羊的地步。我自己也是如此。“后之视今,亦犹今之视昔”,你们不久也要走这条路呢!

我的孩子们!憧憬于你们的生活的我,痴心要为你们永远挽留这黄金时代在这册子里。然这真不过像“蜘蛛网落花”略微保留一点春的痕迹而已。且到你们懂得我这片心情的时候,你们早已不是这样的人,我的画在世间已无可印证了!这是何等可悲哀的事啊!

子恺画集代序,一九二六年耶诞节作。

(选自《中国新文学大系·散文二集》,郁达夫选编,上海文艺出版社 1981 年版)

**【阅读提示】**

丰子恺(1898—1975),原名丰润,浙江桐乡石门镇人,画家、漫画家、散文家、翻译家、美术教育家和音乐教育家,是一位多方面卓有成就的文艺大师。著有《缘缘堂随笔》《缘缘堂再笔》《随笔二十篇》《甘美的回忆》《艺术趣味》《率真集》等。

《给我的孩子们》曾载 1926 年 12 月 26 日《文学周报》第 4 卷第 6 期,是《子恺画集》的代序,后收入《缘缘堂随笔》。文中记叙的内容与画集的题材相同,歌颂纯洁的童心,尽情赞美儿童的天性,又以大人们的虚伪、恶浊来反衬孩子们的坦诚、纯真,是一首童真世界的赞歌,同时也表达了作家的人生观。

**【延伸阅读】**

1. 丰子恺:《缘缘堂随笔》,开明书店 1931 年版。
2. 陈星:《清凉世界:丰子恺艺术研究》,浙江文艺出版社 1996 年版。
3. 丰子恺编绘、葛兆光选评:《丰子恺护生画集选》,中华书局 1999 年版。
4. 张斌:《绘画与诗意:丰子恺的艺术》,长江文艺出版社 2013 年版。

(王姝)

# “春朝”一刻值千金(懒惰汉的懒惰想头之一)

梁遇春

十年来，求师访友，足迹走遍天涯，回想起来给我最大益处的却是“迟起”，因为我现在脑子里所有些聪明的想头，灵活的意思多半是早上懒洋洋地赖在床上想出来的。我真应该写几句话赞美它一番，同时还可以告诉有志的人们一点迟起艺术的门径。谈起艺术，我虽然是门外汉，不过对于迟起这门艺术倒可说是一位行家，因为我既具有明察秋毫的批评能力，又带了甘苦备尝的实践精神。我天天总是在可能范围之内，尽量地滞在床上——那是我们的神庙——看着射在被上的日光，暗笑四围人们无谓的匆忙，回味前夜的痴梦——那是比做梦还有意思的事，——细想迟起的好处，唯我独尊地躺着，东倒西倾的小房立刻变做一座快乐的皇宫。

诗人画家为着要追求自己的幻梦，实现自己的痴愿，宁可牺牲一切物质的快乐，受尽亲朋的诟骂，他们从艺术里能够得到无穷的安慰，那是他们真实的世界，外面的世界对于他们反变成一个空虚。迟起艺术家也具有同等的精神。区区虽然不是一个迟起大师，但是对于本行艺术的确有无限的热忱——艺术家的狂热。所以让我拿自己做个例子罢。当我是个小孩时候，我的生活由家庭替我安排，毫无艺术的自觉，早上六点就起来了。后来到北方念书去，北方的天气是培养迟起最好的沃土，许多同学又都是程度很高的迟起艺术专家，于是绝好的环境同朋辈的切磋使我领略到迟起的深味，我的忠于艺术的热度也一天一天地增高。暑假年假回家时期，总在全家人吃完了早饭之后，我才敢动起床的念头。老父常常对我说清晨新鲜空气的好处，母亲有时提到重温稀饭的麻烦，慈爱的祖母也屡次向我姑母说“早起三日当一工”(我的姑母老是起得很早的)，我虽然万分不愿意失丢大人们的欢心，但是为着忠于艺术的缘故，居然甘心得罪老人家。后来老人家知道我是无可救药的，反动了怜惜的心肠，他们早上九点钟时候走过我的房门前还是用着足尖；人们温情地放纵我们的弱点是最容易刺动我们麻木的良心，但是我总舍不得违弃了心爱的艺术，所以还是懊悔地照样地高卧。在大学里，有几位道貌岸然的教授对于迟到学生总是白眼相待,我不幸得很,老做他们白眼的鹄的,也曾好几次下个决心早起,免得一进教室的门,就受两句冷讽,可是一年一年地过去,我足足受了四年的白眼待遇,里头的苦处是别人想不出来的。有一年寒假住在亲戚家里,他们晚饭的时间是很早的,所以一醒来,腹里就咕隆地响着,我却按下饥肠,故意想出许多有趣事情,使自己忘却了肚饿,有时饿出汗来,还是坚持着非到十时是不起来的,对于艺术我是多么忠实,情愿牺牲。枵腹做诗的爱伦波,真可说是我的同志。后来入世谋生,自然会忽略了艺术的追求;不过我还是尽量地保留一向的热诚,虽然已经是够堕落了。想起我个人因为迟起所受的许多说不出的苦痛,我深深相信迟起是一门艺术,因为只有艺术才会这样带累人,也只有艺术家才肯这样不变初衷地往前牺牲一切。

但是从迟起我也得到不少的安慰,总够补偿我种种的苦痛。迟起给我最大的好处是我没有一天不是很快乐地开头的。我天天起来总是心满意足的,觉得我们住的世界无日不是春天,无处不是乐园。当我神怡气舒地躺着时候,我常常记起勃浪宁的诗:“上帝在上,万物各得其所。”(鱼游水里,鸟栖树枝,我卧床上。)人生是短促的,可是若使我们有过光荣的青春,我们的一生就不能算是虚度,我们的残年很可以傍着火炉,晒着太阳在回忆里过日子。同样地一天的光阴是很短促的,可是若使我们有过光荣的早上(一半时间花在床上的早晨!)我们这一天就不能说是白丢了,我们其余时间可以用在追忆清早的幸福,我们青年时期若使是欢欣的结晶,我们的余生一定不会很凄凉的,青春的快乐是有影子留下的,那影子好似带了魔力,惨淡的老年给它一照,也呈出和蔼慈祥的光辉。我们一天里也是一样的,人们不是常说:一件事情好好地开头,就是已经成功一半了;那么赏心悦意的早晨是一天快乐的先导。迟起不单是使我天天快活地开头,还叫我们每夜高兴地结束这个日子;我们夜夜去睡时候,心里就预料到明早迟起的快乐——预料中的快乐是比当时的享受,味还长得多——这样子我们一天的始终都是给生机活泼的快乐空气围住,这个可爱的升平景象却是迟起一手做成的。

迟起不仅是能够给我们这甜蜜的空气,它还能够打破我们结结实实的苦闷。人生最大的愁忧是生活的单调。悲剧是很热闹的,怪有趣的,只有那不生不死的机械式生活才是最无聊赖的。迟起真是唯一的救济方法。你若使感到生活的沉闷,那么请你多睡半钟点(最好是一点钟),你起来一定觉得许多要干的事情没有时间做了,那么是非忙不可——“忙”是进到快乐宫的金钥,尤其那自己找来的忙碌。忙是人们体力发泄最好的法子,亚里士多德不是说过人的快乐是生于能力变成效率的畅适。我常常在办公时间五分钟以前起床,那时候洗脸拭牙进早餐,都要限最快的速度完成,全变做最浪漫的举动,当牙膏四溅,脸水横飞,一手拿着头梳,对着镜子,一面吃面包时节,谁会说人生是没有趣味呢?而且当时只怕过了时间,心中充满了冒险的情绪。这些暗地晓得不碍事的冒险兴奋是顶可爱的东西,尤其是对于我们这班不敢真真履险的懦夫。我喜欢北方的狂风,因为当我们衔着黄沙往前进的时候,我们仿佛是斩将先登,冲锋陷阵的健儿,跟自然的大力肉搏,这是多么可歌可泣的壮举,同时除开耳孔鼻孔塞点沙土外,丝毫危险也没有,不管那时是怎地像煞有介事样子。冒险的嗜好哪个人没有,不过我们胆小,不愿白丢了生命,仁爱的上帝,因此给我们卷地蔽天的刮风,做我们安稳冒险的材料。住在江南的可怜虫,找不到这一天赐的机会,只得英雄做时势,迟些起来,自己创造机会。就是放假期间,十时半起床,早餐后抽完了烟,已经十一时过了,一想到今天打算做的事情一件也没有动手,赶紧忙着起来——天下里还有比无事忙更有趣味的事吗?若使你因为迟起挨到人家的闲话,那最少也可以打破你日常一波不兴无声无臭的生活。我想凡是尝过生活的深味的人一定会说痛苦比单调灰色生活强得多,因为痛苦是活的,灰色的生活却是死的象征。迟起本身好似是很懒惰的,但是它能够给我们最大的活气,使我们的生活跳动生姿;世上最懒惰不过的人们是那般黎明即起,老早把事做好,坐着呆呆地打呵欠的人们。迟起所有的这许多安慰,除开艺术,我们哪里还找得出来呢?许多人现在还不明白迟起的好处,这也可以证明迟起是一种艺术,因为只有艺术人们才会这样地不去睬它。

现在春天到了,“春宵苦短日高起”,五六点钟醒来,就可以看见太阳,我们可以醉也似地躺着,一直躺了好几个钟头,静听流莺的巧啭,细看花影的慢移,这真是迟起的绝好时光。能让我们天天多躺一会儿罢,别辜负了这一刻千金的“春朝”。

《懒惰汉的懒惰想头》是当代英国小品文家 Jerome K. Jerome 的文集名字(Idle Thoughts of An Idle Fellow),集里所说的都拉闲扯散,瞎三道四的废话,可是自带有幽默的深味,好似对于人生有比一般人更微妙的认识同玩味——这或者只是因为我自己也是懒惰汉,官官相卫,惺惺惜惺惺,那么也好,就随它去罢。“春宵一刻值千金”这句老话,是谁也知道的,我觉得换一个字,就可以做我的题目。连小小二句题目,都要东抄西袭凑合成的,不肯费心机自己去做一个,这也可以见我的懒惰了。

在副题目底下加了“之一”两字,自然是指明我还要继续写些这类无聊的小品文字,但是什么时候会写第二篇,那是连上帝都不敢预言的,我是那么懒惰,有时晚上想好了意思,第二天起得太早,心中一懊悔,什么好意思都忘却了。

(选自《中国新文学大系·散文一集》,周作人选编,上海文艺出版社 1981 年版)

**【阅读提示】**

梁遇春(1906—1932),笔名秋心、驭聪等,福建闽侯人,现代散文家。有散文集《春醪集》《泪与笑》,译著《英国诗歌选》《小品文选》等。作品数量不多,却融兰姆式的英国随笔与六朝小品文的风格于一炉,中西汇通,别具一格,在现代散文史上自成一家。

《"春朝"一刻值千金》原载1929年5月27日《语丝》第5卷第12期,收入《春醪集》。是一篇极具个性的作品,作家奉"迟起"为艺术,并甘为之牺牲,行文亦庄亦谐,率真幽默,有真性情。

【延伸阅读】

1. 梁遇春:《春醪集》,北新书局1930年版。

2. 梁遇春:《泪与笑》,开明书店1934年版。

3. 冯至:《谈梁遇春》,《新文学史料》1984年第1期。

4. 李庆西:《梁遇春:摆脱旧话语的一种途径》,《中国现代文学研究丛刊》1993年第1期。

(王姝)

# 给亡妇

朱自清

谦，日子真快，一眨眼你已经死了三个年头了。这三年里世事不知变化了多少回，但你未必注意这些个，我知道。你第一惦记的是你几个孩子，第二便轮着我。孩子和我平分你的世界，你在日如此；你死后若还有知，想来还如此的。告诉你，我夏天回家来着：迈儿长得结实极了，比我高一个头。闰儿父亲说是最乖，可是没有先前胖了。采芷和转子都好。五儿全家夸她长得好看；却在腿上生了湿疮，整天坐在竹床上不能下来，看了怪可怜的。六儿，我怎么说好，你明白，你临终时也和母亲谈过，这孩子是只可以养着玩儿的，他左挨右挨，去年春天，到底没有挨过去。这孩子生了几个月，你的肺病就重起来了。我劝你少亲近他，只监督着老妈子照管就行。你总是忍不住，一会儿提，一会儿抱的。可是你病中为他操的那一份儿心也够瞧的。那一个夏天他病的时候多，你成天儿忙着，汤呀，药呀，冷呀，暖呀，连觉也没有好好儿睡过。那里有一分一毫想着你自己。瞧着他硬朗点儿你就乐，干枯的笑容在黄蜡般的脸上，我只有暗中叹气而已。

从来想不到做母亲的要像你这样。从迈儿起，你总是自己喂乳，一连四个都这样。你起初不知道按钟点儿喂，后来知道了，却又弄不惯；孩子们每夜里几次将你哭醒了，特别是闷热的夏季。我瞧你的觉老没睡足。白天里还得做菜，照料孩子，很少得空儿。你的身子本来坏，四个孩子就累你七八年。到了第五个，你自己实在不成了，又没乳，只好自己喂奶粉，另雇老妈子专管她。但孩子跟老妈子睡，你就没有放过心；夜里一听见哭，就竖起耳朵听，工夫一大就得过去看。十六年初，和你到北京来，将迈儿、转子留在家里；三年多还不能去接他们，可真把你惦记苦了。你并不常提，我却明白。你后来说你的病就是惦记出来的；那个自然也有份儿，不过大半还是养育孩子累的。你的短短的十二年结婚生活，有十一年耗费在孩子们身上；而你一点不厌倦，有多少力量用多少，一直到自己毁灭为止。你对孩子一般儿爱，不问男的女的，大的小的。也不想到什么“养儿防老，积谷防饥”，只拼命地爱去。你对于教育老实说有些外行，孩子们只要吃得好玩得好就成了。这也难怪你，你自己便是这样长大的。况且孩子们原都还小，吃和玩本来也要紧的。你病重的时候最放不下的还是孩子。病得只剩皮包着骨头了，总不信自己不会好；老说："我死了，这一大群孩子可苦了。"后来说送你回家，你想着可以看见迈儿和转子，也愿意；你万不想到会一走不返的。我送车的时候，你忍不住哭了，说："还不知能不能再见？"可怜，你的心我知道，你满想着好好儿带着六个孩子回来见我的。谦，你那时一定这样想，一定的。

除了孩子，你心里只有我。不错，那时你父亲还在；可是你母亲死了，他另有个女人，你老早就觉得隔了一层似的。出嫁后第一年你虽还一心一意依恋着他老人家，到第二年上我和孩子可就将你的心占住，你再没有多少工夫惦记他了。你还记得第一年我在北京，你在家里。家里来信说你待不住，常回娘家去。我动气了，马上写信责备你。你教人写了一封复信，说家里有事，不能不回去。这是你第一次也可以说第末次的抗议，我从此就没给你写信。暑假时带了一肚子主意回去，但见了面，看你一脸笑，也就拉倒了。打这时候起，你渐渐从你父亲的怀里跑到我这儿。你换了金镯子帮助我的学费，叫我以后还你；但直到你死，我没有还你。你在我家受了许多气，又因为我家的缘故受你家里的气，你都忍着。这全为的是我，我知道。那回我从家乡一个中学半途辞职出走。家里人讽你也走。哪里走！只得硬着头皮往你家去。那时你家像个冰窖子，你们在窖里足足住了三个月。好容易我才将你们领出来了，一同上外省去。小家庭这样组织起来了。你虽不是什么阔小姐，可也是自小娇生惯养的，做起主妇来，什么都得干一两手；你居然做下去了，而且高高兴兴地做下去了。菜照例满是你做，可是吃的都是我们；你至多夹上两三筷子就算了。你的菜做得不坏，有一位老在行大大地夸奖过你。你洗衣服也不错，夏天我的绸大褂大概总是你亲自动手。你在家老不乐意闲着；坐前几个"月子"，老是四五天就起床，说是躺着家里事没条没理的。其实你起来也还不是没条理；咱们家那么多孩子，哪儿来条理？在浙江住的时候，逃过两回兵难，我都在北平。真亏你领着母亲和一群孩子东藏西躲的；末一回还要走多少里路，翻一道大岭。这两回差不多只靠你一个人。你不但带了母亲和孩子们，还带了我一箱箱的书；你知道我是最爱书的。在短短的十二年里，你操的心比人家一辈子还多；谦，你那样身子怎么经得住！你将我的责任一股脑儿担负了去，压死了你；我如何对得起你！

你为我的捞什子书也费了不少神；第一回让你父亲的男佣人从家乡捎到上海去。他说了几句闲话，你气得在你父亲面前哭了。第二回是带着逃难，别人都说你傻子。你有你的想头："没有书怎么教书？况且他又爱这个玩意儿。"其实你没有晓得，那些书丢了也并不可惜；不过教你怎么晓得，我平常从来没和你谈过这些个！总而言之，你的心是可感谢的。这十二年里你为我吃的苦真不少，可是没有过几天好日子。我们在一起住，算来也还不到五个年头。无论日子怎么坏，无论是离是合，你从来没对我发过脾气，连一句怨言也没有。——别说怨我，就是怨命也没有过。老实说，我的脾气可不大好，迁怒的事儿有的是。那些时候你往往抽噎着流眼泪，从不回嘴，也不号啕。不过我也只信得过你一个人，有些话我只和你一个人说，因为世界上只你一个人真关心我，真同情我。你不但为我吃苦，更为我分苦；我之有我现在的精神，大半是你给我培养着的。这些年来我很少生病。但我最不耐烦生病，生了病就呻吟不绝，闹那伺候病的人。你是领教过一回的，那回只一两点钟，可是也够麻烦了。你常生病，却总不开口，挣扎着起来；一来怕搅我，二来怕没人做你那份儿事。我有一个坏脾气，怕听人生病，也是真的。后来你天天发烧，自己还以为南方带来的疟疾，一直瞒着我。明明躺着，听见我的脚步，一骨碌就坐起来。我渐渐有些奇怪，让大夫一瞧，这可糟了，你的一个肺已烂了一个大窟窿了！大夫劝你到西山去静养，你丢不下孩子，又舍不得钱；劝你在家里躺着，你也丢不下那份儿家务。越看越不行了，这才送你回去。明知凶多吉少，想不到只一个月工夫你就完了！本来盼望还见得着你，这一来可拉倒了。你也何尝想到这个？父亲告诉我，你回家独住着一所小住宅，还嫌没有客厅，怕我回去不便哪。

前年夏天回家，上你坟上去了。你睡在祖父母的下首，想来还不孤单的。只是当年祖父母的坟太小了，你正睡在圹底下。这叫做“抗圹”，在生人看来是不安心的；等着想办法吧。那时圹上圹下密密地长着青草，朝露浸湿了我的布鞋。你刚埋了半年多，只有圹下多出一块土，别的全然看不出新坟的样子。我和隐今夏回去，本想到你的坟上来；因为她病了没来成。我们想告诉你，五个孩子都好，我们一定尽心教养他们，让他们对得起死了的母亲——你！谦，好好儿放心安睡吧，你。

二十一年十月

（选自《你我》，朱自清著，商务印书馆 1936 年版）

【阅读提示】

朱自清（1898—1948），原名自华，字佩弦，号秋实，原籍浙江绍兴人，出生于江苏省东海县。现代诗人、散文家。著有《雪朝》《踪迹》《背影》《春》《欧游杂记》等。朱自清的散文朴实自然、清隽沉郁，语言洗练，文笔清丽，富有真情实感。

《给亡妇》原载 1933 年 1 月 1 日《东方杂志》第 30 卷第 1 号，是一篇悼念亡妻的抒情性散文，构思精巧，娓娓道来，如话家常，对亡妻的深情自然流露，是至情至性之文。

【延伸阅读】

1. 朱自清：《雪朝》，商务印书馆 1922 年版。

2. 朱自清:《背影》,开明书店 1928 年版。

3. 阿英:《朱自清小品序》,见《现代十六家小品》,光明书局 1935 年版。

4. 李广田:《朱自清先生的道路》,1948 年 11 月《小说》1 卷 5 期。

（王姝）

# 论幽默

林语堂

One excellent test of the civilization of a country I take to be the flourishing of the comic idea and comedy; and the test of true comedy is that it shall awaken thoughtful laughter.

——George Meredith: *Essay on Comedy*.

“我想一国文化的极好的衡量,是看他喜剧及俳调之发达,而真正的喜剧的标准,是看他能否引起含蓄思想的笑。”

——麦烈蒂斯《喜剧论》

## 上篇

幽默本是人生之一部分,所以一国的文化,到了相当程度,必有幽默的文学出现。人之智慧已启,对付各种问题之外,尚有余力,从容出之,遂有幽默——或者一旦聪明起来,对人之智慧本身发生疑惑,处处发见人类的愚笨、矛盾、偏执、自大,幽默也就跟着出现。如波斯之天文学家、诗人荷麦卡奄姆,便是这一类的。《三百篇》中《唐风》之无名作者,在他或她感觉人生之空泛而唱“子有车马,弗驰弗驱,宛其死矣,他人是愉”之时,也已露出幽默的态度了。因为幽默只是一种从容不迫达观态度,《郑风》“子不我思,岂无他人”的女子,也含有幽默的意味。到第一等头脑如庄生出现,遂有纵横议论捭阖人世之幽默思想及幽默文章,所以庄生可称为中国之幽默始祖。太史公称庄生滑稽,便是此意,或索性追源于老子,也无不可。战国之纵横家如鬼谷子、淳于髡之流,也具有滑稽雄辩之才。这时中国之文化及精神生活,确乎是精力饱满,放出异彩,九流百家,相继而起,如满庭春色,奇花异卉,各不相模,而能自出奇态以争妍。人之智慧,在这种自由空气之中,各抒性灵,发扬光大。人之思想也各走各的路,格物穷理,各逞其奇,奇则变,变则通。故毫无酸腐气象。

在这种空气之中,自然有谨愿与超脱二派,杀身成仁,临危不惧,如墨翟之徒;或是儒冠儒服,一味做官,如孔丘之徒,这是谨愿派。拔一毛以救天下而不为,如杨朱之徒;或是敝屣仁义,绝圣弃智,看穿一切,如老庄之徒,这是超脱派。有了超脱派,幽默自然出现了。超脱派的言论是放肆的,笔锋是犀利的,文章是远大渊放不顾细谨的。孜孜为利及孜孜为义的人,在超脱派看来,只觉得好笑而已。儒家斤斤拘执棺椁之厚薄尺寸,守丧之期限年月,当不起庄生的一声狂笑。于是儒与道在中国思想史上成了两大势力,代表道学派与幽默派。后来因为儒家有"尊王"之说,为帝王所利用,或者儒者与君王互相利用,压迫思想,而造成一统局面,天下腐儒遂出。然而幽默到底是一种人生观,一种对人生的批评,不能因君王道统之压迫,遂归消灭。而且道家思想之泉源浩大,老庄文章气魄,足使其效力历世不能磨灭,所以中古以后的思想,表面上似是独尊儒家道统,实际上是儒道分治的。中国人得势时都信儒教,不遇时都信道教,各自优游林下,寄托山水,怡养性情去了。中国文学,除了御用的廊庙文学,都是得力于幽默派的道家思想。廊庙文学,都是假文学,就是经世之学,狭义言之,也算不得文学。所以真有性灵的文学,入人最深之吟咏诗文,都是归返自然,属于幽默派,超脱派,道家派的。中国若没有道家文学,中国若果真只有不幽默的儒家道统,中国诗文不知要枯燥到如何,中国人之心灵,不知要苦闷到如何。

老子庄生,固然超脱,若庄生观鱼之乐,蝴蝶之梦,说剑之喻,蛙鳖之语,也就够幽默了。老子教训孔子的一顿话:"子所言者,其人与骨皆已朽矣,独其言在耳。吾闻之,良贾深藏若虚,君子盛德,容貌若愚。夫子之骄气与多欲,态色与淫志,若是而已。"无论是否战国时人所伪托,司马迁所误传,其一股酸溜溜气味,令人难受。我们读老庄之文,想见其为人,总感其酸辣有余,湿润不足。论其远大遥深,睥睨一世,确乎是真正 comic spirit(其说见下)的表现。然而老子多苦笑,庄生多狂笑,老子的笑声是尖锐,庄生的笑声是豪放的。大概超脱派容易流于愤世嫉俗的厌世主义,到了愤与嫉,就失了幽默温厚之旨。屈原、贾谊,很少幽默,就是此理。因为幽默是温厚的,超脱而同时加入悲天悯人之念,就是西洋之所谓幽默,机警犀利之讽刺,西文谓之"郁剔"(wit)。反是孔子个人温而厉,恭而安,无适,无必,无可无不可,近于真正幽默态度。孔子之幽默及儒者之不幽默,乃一最明显的事实。我所取于孔子,倒不是他的踧踖如也,而是他燕居时之恂恂如也。腐儒所取的是他的踧踖如也,而不是他的恂恂如也。我所爱的是失败时幽默的孔子,是不愿做匏瓜系而不食的孔子,不是成功时年少气盛杀少正卯的孔子。腐儒所爱的是杀少正卯之孔子,而不是"吾与点也"幽默自适之孔子。孔子既殁,孟子犹能诙谐百出,逾东家墙而搂其女子,是今时士大夫所不屑出于口的,齐人一妻一妾之喻,亦大有讽刺气味,然孟子亦近于郁剔,不近于幽默。理智多而情感少故也。其后儒者日趋酸腐,不足谈了。韩非以命世之才，作《说难》之篇，亦只是大学教授之幽默，不甚轻快自然，而幽默非轻快自然不可。东方朔、枚皋之流，是中国式之滑稽始祖，又非幽默本色。正始以后，王何之学起，道家势力复兴，加以“竹林七贤”继出倡导，遂涤尽腐儒气味，而开了清谈之风。在这种空气中，道家心理深入人的性灵，周秦思想之紧张怒放，一变而为恬淡自适，如草木由盛夏之煊赫繁荣而入于初秋之豪迈深远了。其结果，乃养成晋末成熟的幽默之大诗人陶潜。陶潜的《责子》，是纯熟的幽默。陶潜的淡然自适，不同于庄生之狂放，也没有屈原的悲愤了。他《归去来辞》与屈原之《卜居》、《渔父》相比，同是孤芳自赏，但没有激越哀愤之音了。他与庄子，同是主张归返自然，但对于针砭世俗，没有庄子之尖利。陶不肯为五斗米折腰，只见世人为五斗米折腰者之愚鲁可怜。庄生却骂干禄之人为豢养之牛待宰之彘。所以庄生的愤怒的狂笑，到了陶潜，只成温和的微笑。我所以言此，非所以抑庄而扬陶，只见出幽默有各种不同。议论纵横之幽默，以庄为最，诗化自适之幽默，以陶为始。大概庄子是阳性的幽默，陶潜是阴性的幽默，此发源于气质之不同。不过中国人未明幽默之义，认为幽默必是讽刺，故特标明闲适的幽默，以示其范围而已。

庄子以后，议论纵横之幽默，是不会继续发现的。有骨气有高放的思想，一直为帝王及道统之团结势力所压迫。二千年间，人人议论合于圣道，执笔之士，只在孔庙中翻筋斗，理学场中捡牛毛，所谓放逸，不过如此，所谓高超，亦不过如此。稍有新颖议论，超凡见解，即诬为悖经叛道，辩言诡说，为朝士大夫所不齿，甚至以亡国责任，加于其上。范宁以王弼何晏之罪，浮于桀纣，认为仁义幽沦，儒雅蒙尘，礼坏乐崩，中原倾覆，都应嫁罪于二子。王乐清谈，论者指为亡晋之兆。清谈尚不可，谁敢复说绝圣弃智的话？二千年间之朝士大夫，皆负经世大才，欲以佐王者，命诸侯，治万乘，聚税敛，即作文章抒悲愤，尚且不敢，何暇言讽刺？更何暇言幽默？朝士大夫，开口仁义，闭口忠孝，自欺欺人，相率为伪，不许人揭穿。直至今日之武人通电，政客宣言，犹是一般道学面孔。祸国军阀，误国大夫，读其宣言，几乎人人要驾汤武而媲尧舜。暴敛官僚，贩毒武夫，闻其演讲，亦几乎欲愧周孔而羞荀孟。至于妻妾泣中庭，施施从外来，孟子所讥何人，彼且不识，又何暇学孟子之幽默？

然幽默究竟为人生之一部分。人之哭笑，每不知其所以，非能因朝士大夫之排斥，而遂归灭亡。议论纵横之幽默，既不可见，而闲适怡情之幽默，却不绝地见于诗文。至于文人偶尔戏作的滑稽文章，如韩愈之送穷文，李渔之逐猫文，都不过游戏文字而已。真正的幽默，学士大夫，已经是写不来了。只有在性灵派文人的著作中，不时可发见很幽默的议论文，如定庵之论私，中郎之论痴，子才之论色等。但是正统文学之外，学士大夫所目为齐东野语稗官小说的文学，却无时无刻不有幽默之成分。宋之平话，元之戏曲，明之传奇，清之小说，何处没有幽默？若《水浒》之李逵、鲁智深，写得使你时而或哭或笑，亦哭亦笑，时而哭不得笑不得，远超乎讽谏褒贬之外，而达乎幽默同情境地。《西游记》之孙行者、猪八戒，确乎使我们于喜笑之外，感觉一种热烈之同情，亦是幽默本色。《儒林外史》几乎篇篇是摹绘世故人情，幽默之外，杂以讽刺。《镜花缘》之写女子，写君子国，《老残游记》之写玙姑，也有不少启人智慧的议论文章，为正统文学中所不易得的。中国真正幽默文学，应当由戏曲、传奇、小说、小调中去找，犹如中国最好的诗文，亦当由戏曲、传奇、小说、小调中去找。

## 中篇

因为正统文学不容幽默，所以中国人对于幽默之本质及其作用没有了解。常人对于幽默滑稽，总是取鄙夷态度。道学先生甚至取嫉忌或恐惧态度，以为幽默之风一行，生活必失其严肃而道统必为诡辩所倾覆了。这正如道学先生视女子为危险品，而对于性在人生之用处没有了解，或是如彼辈视小说为稗官小道，而对于想象文学也没有了解。其实幽默为人生之一部分，我已屡言之，道学家能将幽默摒弃于他们的碑铭墓志奏表之外，却不能将幽默摒弃于人生之外。人生是永远充满幽默的，犹如人生是永远充满悲惨、性欲，与想象的。即使是在儒者之生活中，做出文章尽管道学，与熟友闲谈时，何尝不是常有俳谑言笑？所差的，不过在文章上，少了幽默之滋润而已。试将朱熹所著《名臣言行录》一翻，便可见文人所不敢笔之于书，却时时出之于口而极富幽默味道。

试举一二事为例：

> (赵普条)太祖欲使符彦卿典兵，韩王屡谏，以为彦卿名位已盛，不可复委以兵柄。上不听，宣已出。韩王复怀之请见。上曰：卿苦疑彦卿何也？朕待彦卿至厚，彦卿能负朕耶？王曰：陛下何以能负周世宗？上默然，遂中止。

此是洞达人情之上乘幽默。

> 昭宪太后聪明有智度，尝与太祖参决大政。及疾笃，太祖侍药饵，不离左右。太后曰：汝知所以得天下乎？上曰：此皆祖考与太后之余庆也。太后笑曰：不然，正繇柴氏使幼儿主天下耳。

太祖所言，全是道学话，粉饰话。太后却能将太祖建朝之功抹杀，而谓系柴氏主幼不幸所造成。这话及这种见解，正像萧伯纳令拿破仑自述某役之大捷，全系其马偶然寻到摆渡之功，岂非揭穿真相之上乘幽默？

关于幽默之解释，有哲学家亚里斯多得、柏拉图、康德、哈勃斯(Hobbes)、柏格森、弗劳特诸人之分析。柏格森所论，不得要领，弗劳特太专门。我所最喜爱的，还是英小说家麦烈蒂斯在《剧论》中的一篇讨论。他描写俳调之神一段，极难翻译，兹勉强粗略译出如下：

“假使你相信文化是基于明理，你就在静观人类之时，窥见在上有一种神灵，耿耿的鉴察一切……他有圣贤的头额，嘴唇从容不紧不松的半开着，两个唇边，藏着林神的谐谑。那像弓形的称心享乐的微笑，在古时是林神响亮的狂笑，扑地叫眉毛倒竖起来。那个笑声会再来的，但是这回已属于莞尔微笑一类的，是和缓恰当的，所表示的是心灵的光辉与智慧的丰富，而不是胡卢笑闹。常时的态度，是一种闲逸的观察，好像饱观一场，等着择肥面噬，而心里却不着急。人类之将来，不是他所注意的；他所注意是人类目前之老实与形样之整齐。无论何时人类失了体态，夸张，矫揉，自大，放诞，虚伪，炫饰，纤弱过甚；无论何时他看见人类懵懂自欺，淫侈奢欲，崇拜偶像，作出荒谬事情，眼光如豆的经营，如痴如狂的计较；无论何时人类言行不符，或倨傲不逊，屈人扬己，或执迷不悟，强词夺理，或夜郎自大悭悭作态，无论是个人或是团体；这在上之神就出温柔的谑意，斜觑他们，跟着是一阵如明珠落玉盘的笑声。这就是徘调之神(The comic spirit)。”

这种的笑声是和缓温柔的，是出于心灵的妙悟。讪笑嘲谑，是自私，而幽默却是同情的，所以幽默与谩骂不同。因为谩骂自身就欠理智的妙悟，对自身就没有反省的能力。幽默的情境是深远超脱，所以不会怒，只会笑，而且幽默是基于明理，基于道理之参透。麦烈蒂斯说得好，能见到这俳调之神，使人有同情共感之乐。谩骂者，其情急，其辞烈，惟恐旁观者之不与同情。幽默家知道世上明理的人自然会与之同感，所以用不着热烈的谩骂讽刺，多伤气力，所以也不急急打倒对方。因为你所笑的是对方的愚鲁，只消指出其愚鲁便罢。明理的人，总会站在你的一面。所以是不知幽默的人，才需要谩骂。

麦烈蒂斯还有很好的关于幽默嘲讽的分辨：

“假使你能够在你所爱的人身上见出荒唐可笑的地方而不因此减少你对他们的爱，就算是有俳调的鉴察力；假使你能够想象爱你的人也看出你可笑的地方而承受这项的矫正，这更显明你有这种鉴察力。

“假使你看到这种可笑，而觉得有点冷酷，有伤忠厚，你便是落了嘲讽(Satire)的圈套中。

“但是设使你不拿起嘲讽的棍子，打得他翻滚叫喊出来，却只是话中带刺的一半褒扬他，使他自己苦得不知人家是否在伤毁他，你便是用揶揄(Irony)的方法。

“假使你只向他四方八面的奚落，把他推在地上翻滚，敲他一下，淌一点眼泪于他身上，而承认你就是同他一样，也就是同旁人一样，对他毫不客气地攻击，而于暴露之中，含有怜惜之意，你便是得了幽默(Humour)之精神。”

麦烈蒂斯所论幽默在本质已经很透辟了。我尚有补充几句，就是关于中国人对于幽默的误会。中国道统之势力真大，使一般人认为幽默是俏皮讽刺，因为即使说笑话之时，亦必关心世道，讽刺时事，然后可成为文章。其实幽默与讽刺极近，却不定以讽刺为目的。讽刺每趋于酸腐，去其酸辣，而达到冲淡心境，便成幽默。欲求幽默，必先有深远之心境，而带一点我佛慈悲之念头，然后文章火气不太盛，读者得淡然之味。幽默只是一位冷静超远的旁观者，常于笑中带泪，泪中带笑。其文清淡自然，不似滑稽之炫奇斗胜，亦不似郁剔之出于机警巧辩。幽默的文章在婉约豪放之间得其自然，不加矫饰，使你于一段之中，指不出那一句使你发笑，只是读下去心灵启悟，胸怀舒适而已。其缘由乃因幽默是出于自然，机警是出于人工。幽默是客观的，机警是主观的。幽默是冲淡的，郁剔讽刺是尖利的。世事看穿，心有所喜悦，用轻快笔调写出，无所挂碍，不作烂调，不忸怩作道学丑态，不求士大夫之喜誉，不博庸人之欢心，自然幽默。

## 下篇

幽默有广义与狭义之分，在西文用法，常包括一切使人发笑的文字，连鄙俗的笑话在内。(西文所谓幽默刊物，大多是偏于粗鄙笑话的，若《笨拙》、《生活》，格调并不怎样高。若法文 Sourire，英文 Ballyhoo 之类，简直有许多“不堪入目”的文字。)在狭义上，幽默是与郁剔、讥讽、揶揄区别的。这三四种风调，都含有笑的成分。不过笑本有苦笑、狂笑、淡笑、傻笑各种的不同，又笑之立意态度，也各有不同，有的是酸辣，有的是和缓，有的是鄙薄，有的是同情，有的是片语解颐，有的是基于整个人生观，有思想的寄托。最上乘的幽默，自然是表示“心灵的光辉与智慧的丰富”，如麦烈蒂斯氏所说，是属于“会心的微笑”一类的。各种风调之中，幽默最富于情感，但是幽默与其他风调同使人一笑，这笑的性质及幽默之技术是值得讨论的。

说幽默者每追源于亚里士多德，以后伯拉图、康德之说皆与亚氏大体相符。这说就是周谷城先生(《论语》二十五期《论幽默》)所谓“预期的逆应”，就是在心情紧张之际，来一出人意外的下文，易其紧张为和缓，于是脑系得一快感，而发为笑，康德谓“笑是紧张的预期忽化归乌有时之情感”。无论郁剔及狭义的幽默，都是这样的。弗洛伊德在《郁剔与潜意识之关系》一书中引一例甚好：

“某穷人向其富友借二十五元。同日这位朋友遇见穷人在饭店吃一盘很贵的奶浆沙罗门鱼。朋友就上前责备他说：‘你刚来跟我借钱，就跑来吃奶浆沙罗门鱼。这是你借钱的意思吗?’穷人回答说：‘我不明白你的话。我没钱时不能吃奶浆沙罗门鱼，有钱时又不许吃奶浆沙罗门鱼。请问你，我何时才可以吃奶浆沙罗门鱼？'"

那富友的发问是紧张之极，我们同那穷人同情，以为他必受窘了，到了听穷人的答语，这紧张的局面遂变为轻松了。这是笑在神经作用上之解说。同时另有一说，也是与此说相符的，就是说，我们发笑时，总是看见旁人受窘或遇见不幸，或做出粗笨的事来，使我们觉得高他一等，所以笑。看人跌倒，自己却立稳，于是笑了，看人栖栖皇皇热衷名利，而自己却清闲超逸，于是也笑了。但是假如同作京官而看同级的人擢升高位，便只有眼红，而不会发笑；或者看他人被屋压倒而祸将及身，也只有惊惶，不会发笑。所以笑之发源，是看见生活上之某种失态而于己身无损，神经上得一种快感。常人每好读骂人的文章，就是这样道理。或是自述过去受窘的经过，旁人未有不发笑。然在被笑者，常是不快的，所以有所谓老羞成怒之变态。幽默愈泛指世人的，愈得各方之同情，因为在听者各以为未必是指他个人，或者果指他一阶级，他也未必就是这阶级中应被指摘之分子。例如《论语》骂京官，京官读了仍旧可以发笑，或者骂大学教授，"温故"讲义而四处"支薪"，大学教授也可以受之无愧，因不十分迫近本身也。所以两方争辩，愈涉及个人，如汪精卫与吴稚晖之对骂，愈不幽默，而易渗入酸辣成分；反之，愈是空泛的、笼统的社会讽刺及人生讽刺，其情调自然愈深远，而愈近于幽默本色。

在这由紧张达到和缓的转变，其中每有出人意外(即"逆应")的成分。其陡转的工夫，或由于字义之双关(此系最皮毛之幽默，但也有双关得机警自然，实在佳妙的)，有的是出于无赖态度(如上举穷人一例)，有的是由于笑话中人的冥顽，有的是由于参透道理，看穿人情。大概此种陡转，出于慧心，如公孙大娘舞剑，如天外飞来峰，没有一定的套板。善诙谐者，自出机智。如(LIoyd George)一次在演讲中，有女权运动家起立说，"你若是我的丈夫，我必定给你服毒。"劳氏对口应曰："我若是你的丈夫，我定把毒吃下。"这种地方，只在人随机应变。无盐见齐宣王愿备后宫，实在有点无赖，也是一种幽默。然无赖，或胡闹，易讨人厌。好的幽默，都是属于合情合理，其出人意外，在于言人所不敢言。世人好说合礼的假话，因循不以为怪，至一人阐发真理，将老实话说出，遂使全堂哗笑。这在弗洛伊德解释起来，是由于吾人神经每受压迫抑制(inhibition)，一旦将此压迫取消，如马脱羁，自然心灵轻松美快，而发为笑声。因此幽默每易涉及猥亵，就是因为猥亵之谈有此放松抑制之作用。在相当环境，此种猥亵之谈是好的，是宜于精神健康。据我经验，大学教授老成学者聚首谈心，未有不谈及性的经验的，所谓猥亵非礼，纯是社会上之风俗问题，在某处可谈，在某处不可谈。英国中等阶级社交上言辞之束缚，每比贵族阶级更甚。大概上等社会及下等社会都很自由的，只有读书的中等阶级最受限制。又法国所许的，在英国或者不许，英国所许的，中国人或者不许。时代也不同，英国十七世纪就有许多字面令人所不敢用的，莎士比亚时代也是如此，但现代人之心灵不定比莎士比亚时人清洁，性之运用反益加微妙了。在中国，如淳于髡答齐威王谓臣饮一斗醉一石亦醉，威王问他既然一斗而醉，何以能饮一石，淳于髡谓在皇上侍侧一二斗便醉；若有男女杂坐，“握手无罚，目眙不禁，前有堕珥，后有遗簪，可八斗而醉”；及“日暮酒阑，合尊促坐，男女同席，履舄交错，杯盘狼藉，堂上烛灭，主人留髡而送客，罗襦襟解，微闻芗泽，当此之时，髡乐甚，可饮一石”。这段虽然不能算为猥亵，但可表示所谓取消神经抑制，及幽默滑稽每易流于猥亵之理。张敞为妻画眉，上诘之，答曰夫妇之间，岂但画眉而已，亦可表示幽默，使人发笑，常在撇开禁忌，说两句合情合理之话而已。

这种说近情话的滑稽，有数例为证。德国名人 Keyserling 编著《婚姻书》邀请各国名家撰论，并请萧伯纳作一文关于婚姻的意见。萧伯纳回信说：“凡人在其太太未死时，没有能老实说他关于婚姻的意见。”一语破的，比书中长篇大论精彩深长，Keyserling 即将该句列入序文中。相传有人问道家长生之术，道士谓节欲无为，餐风宿露，戒绝珍肴，不近女人，可享千寿。其人曰，如此则千寿复有何益，不如夭折，亦是一句近情的话。西洋有一相类故事，谓某塾师好饮，饮必醉，因此没有生徒，潦倒困顿。有人好意规劝他说：“你的学问很好，只要你肯戒饮，一定可以收到许多生徒。你想对不对？”那塾师回答道：“我所以收生徒教书者，就是为要饮酒。不饮酒，我又何必收生徒呢？”

以上所举的例，可以阐明发笑之性质与来源，但是都属于机智的答辩，是归于郁剔滑稽一门的。在成编的幽默文字，又不同了，虽然他使人发笑的原理相同。幽默小品，并非此种警句所合成的，不可强作，亦非能强作得来。现代西洋幽默小品极多，几乎每种普通杂志，要登一二篇幽默小品文。这种小品文，文字极清淡的，正如闲谈一样，有的专用土白俚语作时评，求其淡入人心，如 Will Rogers 一派；有的与普通论文无别，或者专素描，如 Stephen Leacock；或者是长议论，谈人生，如 G. K. Chesterton；或者是专宣传主义，如萧伯纳。大半笔调皆极轻快，以清新自然为主。其所以别于中国之游戏文字，就是幽默并非一味荒唐，既没有道学气味，也没有小丑气味，是庄谐并出，自自然然畅谈社会与人生，读之不觉其矫揉造作，故亦不厌。或且在正经处，比通常论文更正经，因其较少束缚，喜怒哀乐皆出之真情。总之西洋幽默文大体上就是小品文别出的一格。凡写此种幽默小品的人，于清淡之笔调之外，必先有独特之见解及人生之观察。因为幽默只是一种态度，一种人生观，在写惯幽默文的人，只成了一种格调，无论何种题目，有相当的心境，都可以落笔成趣了。这也是一句极平常的话，犹如说学诗，最重要的是登临山水，体会人情，培养性灵，而不是仅学押平仄，讲蜂腰鹤膝等末技的问题。

因此我们知道，是有相当的人生观，参透道理；说话近情的人，才会写出幽默作品。无论哪一国的文化、生活、文学、思想，是用得着近情的幽默的滋润的。没有幽默滋润的国民，其文化必日趋虚伪，生活必日趋欺诈，思想必日趋迂腐，文学必日趋干枯，而人的心灵必日趋顽固。其结果必有天下相率而为伪的生活与文章，也必多表面上激昂慷慨，内心上老朽霉腐，五分热诚，半世麻木，喜怒无常，多愁善病，神经过敏，歇斯底里，夸大狂，忧郁狂等心理变态。《论语》若能叫武人政客少打欺伪的通电宣言，为功就不小了。

（选自论语丛书《我的话·上册·行素集》，林语堂著，时代书局 1948 年版）

**【阅读提示】**

林语堂（1895—1976），福建龙溪（今漳州）人，原名和乐，后改玉堂，又改语堂，中国现代著名作家、学者、翻译家、语言学家。曾创办《论语》《人间世》《宇宙风》等刊物，代表作品有小说《京华烟云》，散文和杂文文集《人生的盛宴》《生活的艺术》以及译著《东坡诗文选》《浮生六记》等。

《论幽默》原载 1934 年 1 月 16 日《论语》半月刊第 33 期，收入上海时代书局 1948 年版《我的话》。文章以幽默之笔调论幽默，中外文学典故信手拈来，博学多识，中西融通，才情毕现。

**【延伸阅读】**

1. 林语堂：《〈人间世〉发刊词》，1934 年 4 月 5 日《人间世》创刊号。
2. 万平近：《林语堂论》，陕西人民出版社 1987 年版。
3. 林太乙：《林语堂传》，中国戏剧出版社 1994 年版。
4. 林语堂：《吾国与吾民》，陕西师范大学出版社 2002 年版。

（王姝）

# 龙门山路

郁达夫

杭州近处一二十里路内外的风景，从前在路未筑好，交通不便的时候，跑跑原也很费力，很可以满足满足一般生长在城市中的骚人雅士的好奇冒险之心；但现在可不同了，汽车一坐，一个钟头至少至少可以跑上六七十里(三十余至四十公里)的路；像云栖，像花坞，像九溪十八涧，像超山等处，从前非得前一日预备糇粮，诘朝而往，信宿始返的地方，现在只消有三个钟头，就可以去逛得，往游的人一多，游者当然也不甚珍视了；所以最近，住在杭州的人，只想发现些一天可以来回，一半开化，一半还保存着原始面目，山水清幽，游人较少，去去不甚容易，但也不十分艰难的地点，来满足他们的好奇好胜的野心。故而富阳、桐庐、隔江的萧山、绍兴等处，在近两年来，就成了杭州人上流阶级的暇日游赏之地。可是这只以有自备汽车，或在放假日中，可以每人花五十块钱的最上阶级为限，一般中下或中上级的游人，能力还有点不及；因而小和山、龙门山、白龙潭、午潮山的一带，就成了今年游春期里最时髦的一个目标。

小和山在留下镇西南十余里地的地方，山上有一座庙叫金莲寺。这一带，直至余杭的闲林埠为止，本是属于西溪区域以内的。但因稍南有千丈岩，再西再南，又有一座临江的定山，以及许多高低连迭的午潮山、白龙山之类，所以钱塘张道所编的一部《定乡小识》(是《武林掌故丛编》里的一种，共十六卷)里，把这些山水都划归入了定乡的范围。所谓定乡者，当然是以定山而命名，有定南、定北、安吉、长寿的四乡；又因它们据于县治的上游，所以又名上四乡，以示与县下的孝女、南北钦贤、调露的四乡境界的不同。大抵古时定乡的界线，东自江边六和塔算起，西至富阳为止，南望萧山，北接余杭，区域是很模糊辽阔的。现在我们要记小和山、龙门山、午潮山的一带，也只能马马虎虎，遵从古意，暂且以它们为定乡以内的水水山山；而《定乡小识》的第四卷内之所记，就是这一路的山容水貌，古迹诗词，我在下面，也有不少词句是抄这一卷的记述的。

先说小和山罢；小和山脚，就是杭徽支路达小和山的汽车路的终点。自杭州坐汽车去，不消一个钟头，就可以到了。从山脚走上山去，曲折盘旋，大约要走三十分钟的石级，才可以到得顶上的金莲寺里。这一段上山路的风景，可以借《定乡小识》的记载来描写，虽然是古人的文言文，但也没有"白发三千丈"那么的夸过其实，是可以信用的："小和山在龙门山东，多竹树；游人登山，行翠雾中，山径盘曲，十步一折；南出龙门坑，抵转塘，以达于江；北下西溪。"

我们去的那天，同去者是一群中外杂凑的难民似的旅行团，时候又当春意阑珊香火最旺的清明谷雨之前，满途的翠雾，当然是可以不必说，而把这翠雾衬托得更加可爱更加生色的，却是万紫千红的映山红与紫藤花。你即使还不曾到过这一处地方，你且先闭上眼睛，想一想这一个混合的色彩！上面当然是青天，游人的衣服是白的，太阳光有时也红，有时也黑（在树荫下），有时也七色调和，而你的眼睛，却在这杂色丛中做乱舞乱跳的飞花蝴蝶，这大约也可以说是够风流了罢！但是更风流的事情，还在后面。

金莲寺里奉祀的菩萨，是玄天上帝的圣帝菩萨，据说，极有灵验。自二月至四月，香火之盛，可以抵得过老东岳的一半，而尤以"饭回（还）勿盛（曾）且（吃）哩！"的松江乡民为最多。因而在寺的门前，当这一个春香期里，有茶棚，有菜馆，还有专卖竹器的手工人。油条、烧酒、毛笋、油豆腐，却是这山上的异味。

关于圣帝菩萨，我早想做一点考证，但遍阅道书，却仍是茫无头绪。只从一部不能当作正传看的草本书里，知道他是一位太子，在武当出家修行；手执宝剑，头带金圈，是一位伏魔大帝。所谓魔者，就是他蜕化时嫌有烟火气味，从自己肚里挖出的一个胃和一盘肠。这圣帝的肠和胃，也受了圣化，被挖出之后，就变了一个龟与一条蛇，在世上作恶害人。经圣帝菩萨收服之后，便变了他的龟蛇二将。还有一个经他收服的王灵官，是他最信任最得意的侍从武都头；一手捏钢鞭，一手作灵结，红脸赤发，正直聪明，是这一位圣帝手下最有灵感，最不顾私情的周仓、李逵、牛皋一类的人物。而圣帝的名姓，和在世时的籍贯时代，却言人人殊，终于没有一个定论。

以我的私意推测起来，大约这一位圣帝菩萨，受的一定是佛家的影响，系产生于唐以后的无疑。因为释迦是太子，是入山修道者，历尽了种种苦难磨折，才成正果，而他的经历出身，简直和圣帝菩萨是一样。大约道家见到了佛法的流行，这我们中国固有的正教行见得要被外来的宗教征服了，所以才倡始了这一种传说。延至宋代，道教大盛，赵氏南迁，余杭大涤山下的洞霄宫，天台桐柏山上的桐柏宫，威势赫弈，压倒了禅宗。因而西溪一带，直至余杭，有的是灵官殿，圣武庙，而释家的寺院，都是清代重修的殿宇。明朝永乐，因燕贼篡位，难得民心，故而托言圣帝转世，大修武当的道院；而他的末子崇祯，也做了朱天大帝，在杭州附近，出尽了威风。由此类推起来，从可知道这一带的高山道观，在明朝也是香火很盛的，一路上去，可以直溯到安徽的白岳齐云。

野马一放,放得太远了,我们只好再回到一九三五年春季的小和山来。就再说金莲寺吧!金莲寺是有田产的寺观,每年收入的租谷,尽可以养得活十二三位寺内的僧侣,寺的组织继承,是和浙东的寺院一样,大有俗家的气味;他们奉祀的虽是圣帝菩萨,而穿的却是和尚的衣服:因为富有寺产,所以打官司、夺产业这类的事情,也是免不了的。我们当天,在金莲寺外吃了一阵油条烧酒之后,因为去的目的地是白龙潭,所以只在寺外门前闹了一阵,便向南面的一条石级路走下,上龙门坑去了。这龙门坑的一个村子,真是外人不识,村人不知,武陵渔父,也不曾到过的一座世外的桃源;它的形势,和在郎当岭上,看下去的山村梅家坞,有点相仿佛。

龙门坑居民二百余家,十分之六是葛姓,村中一溪,断桥错落,居民小舍,就在溪水桥头,山坡岩下,排列分配得极匀极美。村的三面,尽是高山,山的四面就是万紫千红的映山红与紫藤花。自白龙潭下流出来的溪水,可以灌田,可以助势,所以水碓磨坊,随处都是。居民于种茶种稻之外,并且也利用水势,兼营纸业。这一种和平的景象,这一种村民乐业的神情,你若见了,必定想辞去你所有的委员教员 X 员的职务,来此地闲居课子,或卖剑买牛,不问世事。而这村中的蛟龙庙(或作娇龙庙)里的一区小学儿童的歌声,更加要使你想到没有外国势力侵入,生活竞争不像现在那么激烈的羲皇以上的时代去。我忍不住了,就乘大家不注意的中间,偷偷在笔记簿上写下了这么的二十八字:

"小和山下蛟龙庙,聚族安居二百家。好是阳春三月暮,沿途开遍紫藤花。"

从龙门坑西去的五六里路中间,两边尽是午潮山、龙门山、千丈岩、牛滑岭、倒吊岭、九曲岭、狮子岩等崇山峻岭拖下来的高峰;中有一溪,因成一谷。山上的花和石,溪里的水和天,三步一转,五步一折,到了谷底的时候,要上山了,这时候你就感得到一年不断的天风,和名叫龙门,从两峰夹峙的石壁之间流下来的瀑布声音的淙淙霍霍。

你要脱去了文明人的鞋袜,光赤着从母胎里带来的双足,有时候水大,也须还要撩上你本来不长的短裤,露着白腿,不惜臀部(因为要滑跌而坐在水中),才能到得那所谓的龙门山夹,从这山夹里流下来的白龙潭瀑布的身边。

上面说过的所谓更风流的事情,就在这一段了。小姐们太太们,到了此地,总算是已经历尽了千辛和万苦;从此回去么?瀑布声音,是听得见了;爱惜丝袜与高跟皮鞋么?那你就一步也移动不得。坐轿子么?你一个人走,尚且危险,哪里有一乘轿子与两个轿夫的容身之地?所以你不来则已,你若一来,就得大家平等,一例的赤着足,撩着衣,坐臀庄,爬石隙,大家只好做一个原始时代的赤裸裸的亚当与夏娃;不必客气,毫无折扣,要爬过山的半腰,再顺溪流而上,直到两山壁峙的幽黯的山隩,才看得见那一条白龙飞舞似的珠帘的彩瀑。瀑身并不宽,瀑流也并不高(大约总只有五丈余高),可是在杭州附近,在这一个千岩万壑不知去路的山间,偶尔路一转折，就见到了这一条只在书的插画里见过似的飞瀑，岂不是已经可以算一件奇迹了么？风流不风流，且不必去管它，总之你费半日的心思和劳力，最后就可以得到这一点怡悦心身，满足好奇的酬报，岂不是比盼望了两三个月之久，而终于也许还不能得到一个末尾的航空奖券稳健有趣得多？

白龙潭的出名，及它的所以成为今年游春的时髦地点的原因，大约从上面的一段记述里，大家可以明白了；现在我还想参考《定乡小识》，以及这次去游的经验，再补叙几句进去。

原来这一带的地域，古时候似乎都叫作龙门山路的；而所谓龙门山者，究竟是那一支山，却很不容易辨清。白龙潭瀑布所在的地方，两峰夹峙，绝似龙门，按理当以此处为龙门山的中心，但厉鹗的《宿龙门山巢云上人房》的那一首五言律诗的小注里，又说山在钱塘之西，俗名小和山。厉鹗当然是不对，可是现在的村人，也只把白龙潭所在的一带，叫作白龙山而已，并无龙门山的这一个名称。在上白龙潭去的路旁，就在龙门坑村里一支山上，有一条新辟的山路，是上白龙庵去的。这白龙庵系在山的东南面，地势极南，下面可以俯瞰定乡北谷以及钱塘江的之字形的江流，游人大抵不到，可是地方却是最妙也没有的一处高地；而自白龙庵西下白龙潭，也须走两三里路，才可以看得到白龙潭瀑布的来源；若以这山为龙门山，那山的一面，龙门的西面半扇，又没有了名字了，所以也不大妥当。我想非地理学家的我们这些游人，最好是只能将错就错，以这一带的地域，为龙门山的辖地；将白龙潭与白龙山，统视作了龙门山的支脉，那才可以与古书不背了。在这里，我只希望去看白龙潭瀑布的人多一些，可以将那条山路踏平；更希望去游的人，能从龙门坑转向南去，出转塘去坐汽车，可以免去回来时小和山岭的一条山路的跋涉，最后还希望将回到龙门坑村里，再去午潮山的那一点气力省下，转向南面的山上叫作白龙庵的地方去看一看白龙潭瀑布的来源，与钱塘江江上的风帆，因为上午潮山去的一路景色，以及山上的眺望，是远不及现在有一所农场在那里的白龙庵上面的宽敞伟大的。

一九三五年四月五日

（选自《达夫游记》，郁达夫著，上海文学创造社 1936 年版）

**【阅读提示】**

郁达夫(1896—1945)，原名郁文，字达夫，浙江富阳人，现代小说家，散文家。郁达夫是新文学团体创造社的发起人之一，以自叙传小说与散文创作见长。抗战爆发后，从事抗日救亡活动，1945 年在苏门答腊遇难。代表作有《沉沦》《春风沉醉的晚上》《薄奠》《迟桂花》《故都的秋》等。

《龙门山路》原载 1935 年 4 月 10 日杭州《学校生活》第 101 期，后收入 1936 年文学创造社版的《达夫游记》。郁达夫的游记散文，往往以“名士”风度，寄情山水，既透露出一种消极避世的心态，又反映出知识分子清高自守的无奈。《龙门山路》写游龙门山的经历与观感，在写景抒怀之余，暗含对世道人心的嘲讽。

**【延伸阅读】**

1. 郁达夫:《屐痕处处》，上海现代书局 1934 年版。
2. 曾华鹏、范伯群:《郁达夫论》，《人民文学》1957 年 5、6 月号合期。
3. 冯雪峰:《郁达夫生平事略》，《新文学史料》1978 年第 1 期。
4. 许子东:《郁达夫新论》，浙江文艺出版社 1984 年版。

（王姝）

# 雅 舍

梁实秋

到四川来，觉得此地人建造房屋最是经济。火烧过的砖，常常用来做柱子，孤零零的砌起四根砖柱，上面盖上一个木头架子，看上去瘦骨嶙嶙，单薄得可怜；但是顶上铺了瓦，四面编了竹篦墙，墙上敷了泥灰，远远的看过去，没有人能说不像是座房子。我现在住的"雅舍"正是这样一座典型的房子。不消说，这房子有砖柱，有竹篦墙，一切特点都应有尽有。讲到住房，我的经验不算少，什么"上支下摘"，"前廊后厦"，"一楼一底"，"三上三下"，"亭子间"，"茆草棚"，"琼楼玉宇"和"摩天大厦"，各式各样，我都尝试过。我不论住在哪里，只要住得稍久，对那房子便发生感情，非不得已我还舍不得搬。这"雅舍"，我初来时仅求其能蔽风雨，并不敢存奢望，现在住了两个多月，我的好感油然而生。虽然我已渐渐感觉它是并不能蔽风雨，因为有窗而无玻璃，风来则洞若凉亭，有瓦而空隙不少，雨来则渗如滴漏。纵然不能蔽风雨，"雅舍"还是自有它的个性。有个性就可爱。

"雅舍"的位置在半山腰，下距马路约有七八十层的土阶。前面是阡陌螺旋的稻田。再远望过去是几抹葱翠的远山，旁边有高粱地，有竹林，有水池，有粪坑，后面是荒僻的榛莽未除的土山坡。若说地点荒凉，则月明之夕，或风雨之日，亦常有客到，大抵好友不嫌路远，路远乃见情谊。客来则先爬几十级的土阶，进得屋来仍须上坡，因为屋内地板乃依山势而铺，一面高，一面低，坡度甚大，客来无不惊叹，我则久而安之，每日由书房走到饭厅是上坡，饭后鼓腹而出是下坡，亦不觉有大不便处。

"雅舍"共是六间，我居其二。篦墙不固，门窗不严，故我与邻人彼此均可互通声息。邻人轰饮作乐，咿唔诗章，喁喁细语，以及鼾声，喷嚏声，吮汤声，撕纸声，脱皮鞋声，均随时由门窗户壁的隙处荡漾而来，破我岑寂。入夜则鼠子瞰灯，才一合眼，鼠子便自由行动，或搬核桃在地板上顺坡而下，或吸灯油而推翻烛台，或攀援而上帐顶，或在门框桌脚上磨牙，使得人不得安枕。但是对于鼠子，我很惭愧的承认，我"没有法子"。"没有法子"一语是被外国人常常引用着的，以为这话最足代表中国人的懒惰隐忍的态度。其实我的对付鼠子并不懒惰。窗上糊纸,纸一戳就破;门户关紧,而相鼠有牙,一阵咬便是一个洞洞。试问还有什么法子?洋鬼子住到“雅舍”里,不也是“没有法子”?比鼠子更骚扰的是蚊子。“雅舍”的蚊风之盛,是我前所未见的。“聚蚊成雷”真有其事!每当黄昏时候,满屋里磕头碰脑的全是蚊子,又黑又大,骨骼都像是硬的。在别处蚊子早已肃清的时候,在“雅舍”则格外猖獗,来客偶不留心,则两腿伤处累累隆起如玉蜀黍,但是我仍安之。冬天一到,蚊子自然绝迹,明年夏天——谁知道我还是否住在“雅舍”!

“雅舍”最宜月夜——地势较高,得月较先。看山头吐月,红盘乍涌,一霎间,清光四射,天空皎洁,四野无声,微闻犬吠,坐客无不悄然!舍前有两株梨树,等到月升中天,清光从树间筛洒而下,地上阴影斑斓,此时尤为幽绝。直到兴阑人散,归房就寝,月光仍然逼进窗来,助我凄凉。细雨蒙蒙之际,“雅舍”亦复有趣。推窗展望,俨然米氏章法,若云若雾,一片弥漫。但若大雨滂沱,我就又惶悚不安了,屋顶湿印到处都有,起初如碗大,俄而扩大如盆,继则滴水乃不绝,终乃屋顶灰泥突然崩裂,如奇葩初绽,砉然一声而泥水下注,此刻满室狼藉,抢救无及。此种经验,已数见不鲜。

“雅舍”之陈设,只当得简朴二字,但洒扫拂拭,不使有纤尘。我非显要,故名公巨卿之照片不得入我室;我非牙医,故无博士文凭张挂壁间;我不业理发,故丝织西湖十景以及电影明星之照片亦均不能张我四壁。我有一几一椅一榻,酣睡写读,均已有着,我亦不复他求。但是陈设虽简,我却喜欢翻新布置。西人常常讥笑妇人喜欢变更桌椅位置,以为这是妇人天性喜变之一征。诬否且不论,我是喜欢改变的。中国旧式家庭,陈设千篇一律,正厅上是一条案,前面一张八仙桌,一旁一把靠椅,两旁是两把靠椅夹一只茶几。我以为陈设宜求疏落参差之致,最忌排偶。“雅舍”所有,毫无新奇,但一物一事之安排布置俱不从俗。人入我室,即知此是我室。笠翁《闲情偶寄》之所论,正合我意。

“雅舍”非我所有,我仅是房客之一。但思“天地者万物之逆旅”,人生本来如寄,我住“雅舍”一日,“雅舍”即一日为我所有。即使此一日亦不能算是我有,至少此一日“雅舍”所能给予之苦辣酸甜,我实躬受亲尝。刘克庄词:“客里似家家似寄。”我此时此刻卜居“雅舍”,“雅舍”即似我家。其实似家似寄,我亦分辨不清。

长日无俚,写作自遣,随想随写,不拘篇章,冠以“雅舍小品”四字,以示写作所在,且志因缘。

1940 年 11 月 15 日《星期评论》第一期

(选自《雅舍小品》,梁实秋著,正中书局 1966 年版)

【阅读提示】

梁实秋，(1903—1987)，原名梁治华，字实秋，出生于北京，浙江杭县(今杭州)人。笔名子佳、秋郎、程淑等。中国著名的现当代散文家、学者、文学批评家、翻译家。主张文学描写人性，曾与鲁迅等左翼作家论战。代表作有《英国文学史》、译著《莎士比亚全集》、散文集《雅舍小品》等。

《雅舍》原载于1940年11月15日《星期评论》创刊号，是梁实秋为《星期评论》撰写“雅舍小品”专栏的第一篇，后收入台湾中正书局1949年版《雅舍小品》。作家在抗战中流寓重庆，觅得一栖身地，名曰“雅舍”，以苦为乐，以简为趣，表现出豁达随缘，优雅自得的人生境界。

【延伸阅读】

1. 罗钢:《梁实秋与新人文主义》,《文学评论》1988年第2期。
2. 陈子善:《回忆梁实秋》,吉林文史出版社1992年版。
3. 梁实秋:《雅舍谈吃》,江苏文艺出版社2010年版。
4. 梁实秋:《英国文学史》,新星出版社2011年版。

(王姝)

# 西湖忆旧

琦君

我生长在杭州，也曾在苏州住过短短一段时期。两处都被称为天堂，可是一样天堂，两般情味。这也许因为“钱塘苏小是乡亲”，杭州是我的第二故乡，我对它格外有一份亲切之感。平心而论，杭州风物，确胜苏州。打一个比喻，居苏州如与从名利场中退下的隐者相处，于寂寞中见深远，而年轻人久居便感单调少变化。住杭州则心灵有多种感受。西湖似明眸皓齿的佳人，令人满怀喜悦。古寺名塔似遗世独立的高人逸士，引人发思古幽情。何况秋月春花，四时风光无限，湖山有幸，灵秀独钟。可惜我当时年少春衫薄，把天堂中岁月，等闲过了。莫说旧游似梦，怕的是年事渐长，灵心迟钝，连梦都将梦不到了。因此我要从既清晰亦朦胧的梦境中，追忆点滴往事，以为来日的印证。若他年重回西湖，孤山梅鹤，是否还认得白发故人呢？

## 居近湖滨归钓迟

我的家在旗下营一条闹中取静的街道上。街名花市路，后因纪念宋教仁改名教仁街。这条路全长不及三公里，而被一条浣纱溪隔为两段，溪的东边环境清幽。东西浣纱路两岸桃柳缤纷，溪流清澈。过小溪行数百步便是湖滨公园。入夜灯火辉煌，行人如织。先父卜居于此，就为了可以朝夕饱览湖光山色之胜。他曾有两句咏寓所的诗：“门临花市占春早，居近湖滨归钓迟。”父亲不谙钓鱼之术，却极爱钓鱼。春日的傍晚，尤其是微雨天，他就带我打着伞，提着小木桶，走向湖滨，雇一只小船，荡到湖边僻静之处，垂下钓线，然后点起一支烟，慢慢儿喷着，望着水面微微牵动的浮沉子而笑。他说钓鱼不是为了要获得鱼，只是享受那一份耐心等待中的快乐。他仿着陶渊明的口吻说：“但识静中趣，何须鱼上钩。”他曾随口吟了两句诗：“不钓浮名不钓愁，轻风细雨六桥舟。”我马上接着打油道：“归来莫笑空空桶，酒满清樽月满楼。"父亲拍手说"好",我也就大大地得意起来。

## 西湖十里好烟波

夏夜,由断桥上了垂柳桃花相间的白公堤,缓步行去,就到了平湖秋月。凭着栏杆,可以享受清凉的湖水湖风,可以远眺西湖对岸的黄昏灯火市。临湖水阁中名贤的楹联墨迹,琳琅满目。记得彭玉麟的一副是"凭栏看云影波光,最好是红蓼花疏,白苹秋老;把酒对琼楼玉宇,莫辜负天心月老,水面风寒。"令人吟诵回环。白公堤的尽头即苏公堤,两堤成斜斜的丁字形,把西湖隔成里外二湖。两条堤就似两条通向神仙世界的长桥。唐朝的白居易和宋朝的苏东坡,两位大诗翁为湖山留下如此美迹,真叫后人感谢不尽。外西湖平波似镜,三潭印月成品字形的三座小宝塔,伸出水面。夜间在塔中点上灯,灯光从圆洞中透出,映在水面。塔影波光,加上蓝天明月的倒影,真不知这个世界有多少个月亮。李白如生时较晚,赶上这种景象,也不至为水中捞月而覆舟了。

六月十八是荷花生日,湖上放起荷花灯,杭州人名之谓"落夜湖"。这一晚,船价大涨,无论谁都乐于被巧笑倩兮的船娘"刨"一次"黄瓜儿"。十八夜的月亮虽已不太圆,却显得分外明亮。湖面上朵朵粉红色的荷花灯,随着摇荡的碧波,飘浮在摇荡的风荷之间,红绿相间。把小小船儿摇进荷叶丛中,头顶上绿云微动,清香的湖风轻柔地吹拂着面颊。耳中听远处笙歌,抬眼望天空的淡月疏星。此时,你真不知道自己是在天上还是人间。如果是无月无灯的夜晚,十里宽的湖面,郁沉沉的,便有一片烟水苍茫之感。

## 圆荷滴露寄相思

荷花是如此高尚的一种花,宋朝周濂溪赞它出污泥而不染。它的每一部分又都可以吃。有如一位隐士,有出尘的高格,又有济世的胸怀。所以吃莲花也不可认为是煞风景的俗客,而调冰雪藕,更是文人们暑天的韵事。新剥莲蓬,清香可口,莲心可以泡茶,清心养目。莲梗可以作药。诗人还想拿藕丝制衣服,有诗云:"自制藕丝衫子薄,为怜辛苦赦春蚕。"如果真有藕丝衫,一定比现代的什么"龙"都柔软凉爽呢。倒是荷衣确是隐者之服,词人说:"新着荷衣人未识,年年江海客。"我想只要能泛小舟徜徉于荷花丛中,也就是远离烦嚣的隐士了。

写至此,我却想起了荷花中的一段故事。那一年仲夏,我陪着从远道归来的姑丈,和见了他就一往情深的云,三人荡舟湖上。从傍晚直至深夜,大家都默默地很少说话。小几上堆了刚出水的红菱,还带着绿色茎叶,云为我们一一地剥着红菱。她细白如兰的手指尖,与鲜嫩的红菱相映成趣。船儿在圆圆的荷叶之间穿来穿去,波光荡漾中,云娇媚的面容有如初绽的红莲。她摘下一片荷叶,漂在水面,水珠儿纷纷滚动在碧绿的丝绒上。我伸手去捉时,它们就顽皮地从手指缝中蹓跑了。云说:“谁能捉住水珠呢?”姑丈说:“我们不就像这些水珠吗?”她深湛的眼神注视了他半晌,低下头微喟一声,没有再说什么。沉默的空气重重地压着我的心。想想他们这一段无可奈何的爱,将如何了结呢?云捡起一片藕,双手折断,藕丝牵得长长的,在细细的风中飘着。她凝视一回,把藕扔在水中。藕丝是否还连着,我就看不清楚了,只看见云的眼中满是泪水。

对岸五彩霓虹灯在闪烁,岸边的世界依旧繁华,我们的船却飘得更远了。到了西泠桥边,冷清清的苏曼殊墓显得更寂寞。这位“才如江海命如丝”的情僧,纵然面壁三年,又何曾斩断情丝?否则他就不会吟“还君一钵无情泪,恨不相逢未剃时”的诗了。那时,我还是一个单纯的高中学生,可是“人间情是何物”,却已困惑了我,使我为旁人而苦恼。

我们舍舟登岸,从湖堤归来,三人并肩走在柏油马路上。尽管荷香阵阵,湖水清凉,我的心却十分沉重,相信他们的心比我更重。姑丈忽然拍拍我的肩说:“希望你不要去捉荷叶上的水珠,那是永远捉不住的。”他这话是对我说的吗?

## 桂花香里啜莲羹

中秋前后,满觉陇桂花盛开。在桂林中散步,脚下踩的是一片黄金色的桂花,像地毯,软绵绵的,一定比西方极乐世界的金沙铺地更舒适!浓郁的桂花香,格外亲切。我那时正读过郁达夫的小说《迟桂花》,文人笔下的哀伤,也深深感染了我。仿佛那可爱的女孩,正从桂花丛中冉冉而来。

桂花林中还产一种嫩栗,剥出来一粒粒都带桂花香。满觉陇一路上都有小竹棚,专卖白莲藕粉栗子羹。走累了,坐下来喝一碗栗子羹,顿觉精神饱满,齿颊留芬。

母亲拿手的点心是桂花枣泥糕,所以我每回远足满觉陇,都要捧一大包撒落的桂花回来,供她做糕。留一部分晒干和入雨前清茶中,更是清香可口。

不知何故,桂花最引我乡愁。在台湾很少闻到桂花香,可是乡愁却更浓重了。

# 同来此地乞清凉

我们母校之江大学，是国内闻名的名胜之一。它位于钱塘江边，六和塔畔，秦望山麓。弦歌之声，与风涛之声相和，陶冶着每个人的襟怀。

清晨的江水是沉静的。在山上，凝眸远望，江上雾气未散，水天云树，一片迷蒙。晨曦自红云中透出，把薄雾染成粉红色的轻纱，笼罩着江面。少顷，雾气散开，江面闪着万道金光，也给你带来满腔希望。

沉静的江水，也有愤怒的时候，那就是月明之夜的汹涌波涛。尤其是中秋前后，钱江的潮水，排山倒海而来，蔚为奇观。海宁观潮，不知吸引了多少游客。传说钱江的潮头有两个，前面的是伍子胥，后面的是文种，春秋时代的两位忠臣，把一腔孤忠悲愤，化为怒潮。吴越王钱镠曾引箭射潮，却不曾把潮头射退，称雄称霸者又何能敌得过大自然？

六和塔是杭州三大名塔之一，另两座是保俶塔和雷峰塔，都是战国时代的建筑。一俊秀，一苍劲，故称为"美人老僧"。雷峰塔因为有法海和尚镇压白蛇在塔下的故事，所以更带神秘性。而塔因几经火灾已倒塌大半，据说赭色的残砖可以治疗痼疾，游人往往带回一块半块。残缺的古塔，在斜阳映照下，更显得一片苍凉，"雷峰夕照"也就格外的引人低徊。我比较喜爱的还是六和塔，因为它接近人间：朱红的曲槛回廊和六角飞檐，点缀在波涛壮阔的钱塘江边，更配合年轻人的心情。塔在外表上看去是十三层，登塔却只七层，设计非常巧妙。塔下有许多竹篷摊贩，学生们每天都成群结队来小吃，再买点零食，爬上塔顶边吃边唱歌。虽比不上杜老"振衣千仞冈，濯足万里流"的气概，却也真自由自在。从六和塔沿着钱塘江走两三里路，便是九溪十八涧，在九溪茶亭坐下来小憩，沏一壶清茶，买一碟花生米，一碟豆腐干，真有金圣叹说的鸡肉味。山泉清洌中带甜味，溪水粼粼，清可见底。我们常赤脚伸在水中，让小鱼儿吻着脚趾尖。十八涧的美在乎自然，几处茅亭竹屋，点缀于曲折的溪边。假日游人也不多，不像台北近郊的名胜，处处人挤人，想找个座位休息一下，都很难得。使我格外思念那些悠闲无争的岁月，也使我念念不忘老师的四句词："短策暂辞奔竞场，同来此地乞清凉；若能杯水如名淡，应信村茶比酒香。"真是悟道之言。处于今日繁忙的工业社会中，每日被分秒的时间所追赶，身心疲乏不堪。真想暂时离开奔竞之场，可是教从何处乞得片刻清凉呢？

## 枝上花开又十年

花园别墅,亦为西湖点染了不少风光。其中给我印象最深的是刘庄,它是香山巨贾刘问刍的别墅。里面台榭亭池,回廊曲槛,建筑得十分富丽。只是平时不轻易开放,尤其是学生旅行到此,看守园门的就把大花厅的四面玻璃门紧紧关闭,我们只能把鼻子贴在彩色玻璃窗上,向里面张望华丽的陈设,羡慕不已。有一次,我随着父母一同去游玩,父亲通报了姓名,看门的特地延入内厅,还请出女主人来接待贵客,对我这黄毛丫头来说,简直是受宠若惊。我走进雕梁画栋的客厅,不由得目迷五色,因为一切的陈设实在太讲究了。桌椅都是成套紫檀木镶大理石,油光雪亮,几案上的各种古玩和壁间的名人字画,使爱古玩字画的父亲都露出万分欣羡的神色。墙角的花架都是苍老的树根雕成,显得格外典雅宜人。庭院中种满了奇花异卉,春日百花盛开,倒也有一片欣欣向荣气象。父亲说,因为庄园主人去世多年,花木再茂盛,也赶不走那一股阴沉冷落之气,尤其是秋冬以后。这位庄主生前极懂得享受,所以为自己建了偌大一座别墅,而且娶了八个太太,他何曾想到树倒猢狲散,身后红粉飘零的悲哀?在庄园的旁边是他的坟墓,全部是文石砌成,其豪奢不亚于古代帝王。前面一字儿排着八个墓穴,是他为八个太太筑的生圹,上面刻着他自撰的生圹志。可是八个墓穴好像还空着六个。出来招待我母亲的是两位刘太太,却不知她们排行第几,年纪看上去都是四十尚不足,三十颇有余。她们一色的黑绸旗袍,淡扫双眉,薄施脂粉,皮肤都非常细洁,颈后绾一个低低的爱丝髻;珍珠耳环,钻石戒指。如此一对如花美眷,长年伴着一座冷冰冰的孤坟,使我立刻想起徐訏的《鬼恋》。幸得她们神情并不淡漠,与母亲说话,语调非常亲切。母亲不便与她们多谈,我却恨不得问她们:"你们害怕吗?将来打算葬在这个墓穴里吗?为什么不进城里跟亲戚朋友住在一起呢?"我那时太年轻,哪儿懂得人世间许多傻事。这两位美丽的未亡人,守着偌大的庄园,守着她们死去的丈夫,一年年的春去秋来,花开花谢,她们真个是死灰槁木,看破红尘吗?人世的富贵荣华、浓情蜜意都是过眼云烟;建造这八个墓穴的刘庄主人,才是真正的大傻瓜呢!"如梦如烟,枝上花开又十年。"满园姹紫嫣红,给人的感慨又是如何?

## 青山有幸埋忠骨

岳王坟是我们学生春秋季旅行必游之地。岳王是宋代民族英雄岳飞,殿门前有一副对联是:"青山有幸埋忠骨,白铁无辜铸佞臣。"生铁铸成的秦桧夫妇像,就跪在墓前。游客们都叫孩子便溺在秦桧与秦桧婆身上,这固然表示对奸臣的痛恨,却是有碍公共卫生。加以号称丘九的学生,甘楂果壳扔了满地,使一座庄严的殿宇,显得嘈杂凌乱。倒是南端的张苍水祠,游人少,反有一份肃穆之气。张苍水和郑成功都是反清复明的民族英雄,兵败不屈而死,杭人乃立祠祭之。

我国民族最重气节。宋明两代的民族英雄,留给后代的典范尤多。这正是中华民族所以能永远兀立于世界,而且将日益强盛的主要原因。

## 林泉深处谒如来

杭州的古刹,我最喜爱的是里西湖的灵隐寺。因为它离城区较远,格外清幽,是夏天避暑的胜地。每年暑假,我都陪父亲去灵隐。父亲是为了"逃客"和找老衲谈禅,我是为了享受坐马车的乐趣。沿着柳荫夹道的苏堤,马蹄得得中,可以饱餐湖山秀色。那一份悠闲的情趣,离我已很遥远很遥远了。每当计程车载着我在台北街心横冲直撞时,我就更怀念苏堤上的马车。

灵隐山为葛洪隐居之处,故又名仙居山。东南面的山峰就是有名的飞来峰。峰下清泉寒冽,泉边有亭名冷泉亭。有一副对联是:"泉从何时冷起,峰从何处飞来?"另一副却回答道:"泉从冷时冷起,峰从飞处飞来。"煞是有趣。在冷泉亭里,泡一壶龙井茶,手中一卷书,就可消磨竟日。方丈款待我父亲的,据说是市面上买不到的上品清茶。大概就是彭玉麟联句中的"坐、请坐、请上坐,茶、泡茶、泡好茶"的好茶了。父亲那时已非达官贵人,只是和老和尚谈得非常投契。老和尚将八十的高龄,精神非常健旺。我问他怎样修行?他指着寺前巨大的弥勒佛像,叫我念旁边的对联:"大肚能容,了却人间多少事;满腔欢喜,笑开天下古今愁。"他说:"懂得此中妙理,便是修行。"父亲笑着点点头,我小小年纪,哪儿懂得呢?

寺旁罗汉堂里有八百尊罗汉,塑得每尊神态不同。游客可以选择任何一尊罗汉,向左或右数,数到自己的年龄数字时就停止。如果是一尊慈眉善目的罗汉,就表示你是个好性情的人。如果是一尊竖眉瞪眼的,就表示你脾气火爆。记得我数过很多次,常常数到一尊眼睛里长出手,手心里捏着亮晃晃珠子的,不知象征的是什么?

## 一生知己是梅花

宋朝的林和靖,在杭州选择了他的隐居之处,那就是里外湖之间的孤山。他性爱梅花,曾手植三百多株梅花,并依梅子的收成维持简朴的生活。于是依山傍水,绕屋倚栏,尽是梅花。他的咏梅名句不少,最脍炙人口的当然是“疏影横斜水清浅,暗香浮动月黄昏”。他又养了几只白鹤。每当他外出时,如有客人来访,童子就放起白鹤,翱翔空中,他一见到白鹤,就知有友人来了。这位妻梅子鹤的林处士,真是懂得生活的情趣。可惜的是这样好的名胜,却被后来一条博览会木桥破坏了。大约是民国十七年,杭州举行了一次博览会。在里西湖边上盖了一座大礼堂,大礼堂对面,一条红木长桥直通孤山,破坏了孤山的宁静。抗战胜利后,长桥已被拆除,孤山又回复了往日的幽静。那时,浙江大学暂时迁到平湖秋月附近的营苑,我就时常随一位老师穿过对面的林荫道,散步去孤山。冬天,湖上没有一只小船,放鹤亭边,梅花盛开。我们坐在亭子里的石凳上,灰濛濛的天空,渐渐飘起雪花来,无声地飘落在梅枝上,白成一片。当时想起杭州沦陷于日军时,我们在上海,老师曾有词云:“湖山信美,莫告诉梅花,人间何世。”后来湖山光复,我们又能回来赏梅,心中自是安慰。我们望了很久,才踏着雪径回到老师住的临湖暖阁中。他伸手在窗外的梅枝上,撮来一些雪花,放在陶瓷壶中,加上红茶,在炭火上煮开了,每人手捧一杯香喷喷热烘烘的茶。他兴致来了,立刻呵冻挥毫,画了一幅红梅。我也乘兴在空白处写上两句词:“惜取娉婷标格,好春却在高枝。”

我们默默地望着湖上的雪景、雪里的梅花,吟起古人“有梅无雪不精神,有雪无诗俗了人;日暮诗成天又雪,与梅添作十分春”的诗句,才懂得林处士为何愿意终老是乡了。

(选自《红纱灯》,琦君著,三民书局 1969 年 12 月初版)

**【阅读提示】**

琦君(1917—2006),名潘希真,浙江温州市瓯海区人,1949 年去台湾,曾任文化学院、“中央”大学中文系教授,以创作散文见长,主要代表散文集有《烟愁》《红纱灯》《三更有梦书当枕》《水时故乡甜》《母亲的金手表》《琦君寄小读者》《青灯有味似儿时》等四十余本。琦君的散文文笔细腻,情真意切,多写怀乡思归之作,感人至深,有“台湾的冰心”之称。

《西湖忆旧》选自琦君 1969 年出版的《红纱灯》集,是一篇追忆西湖的文字,在杭州生长的琦君向来视杭州为“第二故乡”,虽然身居台湾,但她难忘西湖的风光无限,灵秀独钟。作者用朴实秀美、恬淡清新的笔调,向读者娓娓道出了西湖之美之魅,深挚的忆旧之情扑面而来。

**【延伸阅读】**

1. 张默芸:《琦君论》,《江苏社会科学》1994 年第 3 期。

2. 章方松:《琦君的文学世界》,三民书局 2004 年版。

3. 周伶芬编选:《台湾现当代作家研究资料汇编 12:琦君 1917—2006》,台湾文学馆 2011 年版。

(方爱武)

# 春之怀古

张晓风

春天必然曾经是这样的:从绿意内敛的山头,一把雪再也撑不住了,噗嗤的一声,将冷面笑成花面,一首澌澌然的歌便从云端唱到山麓,从山麓唱到低低的荒村,唱入篱落,唱入一只小鸭的黄蹼,唱入溶溶的春泥——软如一床新翻的棉被的春泥。

那样娇,那样敏感,却又那样混沌无涯。一声雷,可以无端地惹哭满天的云,一阵杜鹃啼,可以斗急了一城杜鹃花。一阵风起,每一棵柳都吟出一则则白茫茫、虚飘飘说也说不清,听也听不清的飞絮,每一丝飞絮都是一株柳的分号。反正,春天就是这样不讲理、不逻辑,而仍可以好得让人心平气和。

春天必然会是这样的:满塘叶黯花残的枯梗抵死苦守一截老根,北地里千宅万户的屋梁受尽风欺雪压犹自温柔地抱着一团小小的空虚的燕巢。然后,忽然有一天,桃花把所有的山村水廓都攻陷了,柳树把皇室的御沟和民间的江头都控制住了——春天有如旌旗鲜明的王师,因长期虔诚的企盼祝祷而美丽起来。

而关于春天的名字,必然曾经有这样的一段故事:在《诗经》之前,在《尚书》之前,在仓颉造字之前,一只小羊在啮草时猛然感到的多汁,一个孩子在放风筝时猛然感觉到的飞腾,一双患痛风的腿在猛然间感到的舒活,千千万万双素手,在溪畔在塘畔在江畔浣纱的手所猛然感到的水的血脉……当他们惊讶地奔走互告的时候,他们决定将嘴噘成吹口哨的形状,用一种愉快的耳语的声量来为这季节命名——"春"。

鸟又可以开始丈量天空了。有的负责丈量天的蓝度,有的负责丈量天的透明度,有的负责用那双翼丈量天的高度和深度。而所有的鸟全不是好的数学家,他们吱吱喳喳地算了又算,核了又核,终于还是不敢宣布统计数字。

至于所有的花,已交给蝴蝶去点数。所有的蕊,交给蜜蜂去编册。所有的树,交给风去纵宠。而风,交给檐前的老风铃去一一记忆、一一垂询。

春天必然曾经是这样,或者,在什么地方,它仍然是这样的吧?穿越烟囱与烟囱的黑森林,我想走访那踯躅在湮远年代中的春天。

(选自《步下红毯之后》,张晓风著,九歌出版社 1979 年版)

【阅读提示】

张晓风,1941 年出生于浙江金华,江苏铜山人,台湾著名散文家。张晓风的散文创作常常用一颗文化诗意之心与博大的宗教情怀化腐朽为神奇,于平凡中见深意,她的散文创作诗性与神性兼具,风格亦秀亦豪。代表散文集有《地毯的那一端》《愁乡石》《步下红毯之后》《我在》《玉想》等。

《春之怀古》选自张晓风 1979 年出版的散文集《步下红毯之后》,这是一篇充满想象力的美文,作者用诗性灵动的语言,勾勒出了真正属于春天的诗情画意与蓬勃生机,渗透出对春天之美的热爱与赞叹,深刻传达了对"烟囱"文明遮蔽春景的失望与痛惜之情。

【延伸阅读】

1. 方忠:《张晓风散文创作初探》,《世界华文文学论坛》1990 年第 10 期。

2. 楼肇明:《张晓风散文论》,《文学评论》1994 年第 1 期。

3. 杨剑龙:《"一个是'中国',一个是'基督教'"——论张晓风的创作与基督教文化》,《世界华文文学论坛》1998 年第 1 期、第 2 期。

4. 曹惠民:《小的就是美的——略谈晓风散文的感受方式》,《世界华文文学论坛》1991 年第 1 期。

(方爱武)

# 小狗包弟

巴金

一个多月前，我还在北京，听人讲起一位艺术家的事情，我记得其中一个故事是讲艺术家和狗的。据说艺术家住在一个不太大的城市里，隔壁人家养了小狗，它和艺术家相处很好，艺术家常常用吃的东西款待它。“文革”期间，城里发生了从未见过的武斗，艺术家害怕起来，就逃到别处躲了一段时期。后来他回来了，大概是给人揪回来的，说他“里通外国”，是个反革命，批他，斗他。他不承认，就痛打，拳打脚踢，棍棒齐下，不但头破血流，一条腿也给打断了。批斗结束，他走不动，让专政队拖着他游街示众，衣服撕破了，满身是血和泥土，口里发出呻唤。认识的人看见半死不活的他，都掉开头去。忽然一只小狗从人丛中跑出来，非常高兴地朝着他奔去。它亲热地叫着，扑到他跟前，到处闻闻，用舌头舔舔，用脚爪在他的身上抚摸。别人赶它走，用脚踢，拿棒打，都没有用，它一定要留在它的朋友的身边。最后专政队用大棒打断了小狗的后腿，它发出几声哀叫，痛苦地拖着伤残的身子走开了。地上添了血迹，艺术家的破衣上留下几处狗爪印。艺术家给关了几年才放出来，他的第一件事就是买几斤肉去看望那只小狗。邻居告诉他，那天狗给打坏以后，回到家里什么也不吃，哀叫了三天就死了。

听了这个故事，我又想起我曾经养过的那条小狗。是的，我也养过狗。那是一九五九年的事情。当时一位熟人给调到北京工作，要将全家迁去，想把他养的小狗送给我，因为我家里有一块草地，适合养狗的条件。我答应了，我的儿子也很高兴。狗来了，是一条日本种的黄毛小狗，干干净净，而且有一种本领：它有什么要求时就立起身子，把两只前脚并在一起不停地作揖。这本领不是我那位朋友训练出来的。它还有一位瑞典旧主人，关于他我毫无所知。他离开上海回国，把小狗送给接受房屋租赁权的人，小狗就归了我的朋友。小狗来的时候有一个外国名字，它的译音是“斯包弟”。我们简化了这个名字，就叫它做“包弟”。

包弟在我们家待了七年，同我们一家人处得很好。它不咬人，见到陌生人，在大门口吠一阵，我们一声叫唤，它就跑开了。夜晚篱笆外面人行道上常常有人走过，它听见某种声音就会朝着篱笆又跑又叫，叫声的确有点刺耳，但它也只是叫几声就安静了。它在院子里和草地上的时候多些，有时我们在客厅里接待客人或者同老朋友聊天，它会进来作几个揖，讨糖果吃，引起客人发笑。日本朋友对它更感兴趣，有一次大概在一九六三年或者以后的夏天，一家日本通讯社到我家来拍电视片，就拍摄了包弟的镜头。又有一次日本作家由起女士访问上海，来我家做客，对日本产的包弟非常喜欢，她说她在东京家中也养了狗。两年以后，她再到北京参加亚非作家紧急会议，看见我她就问："您的小狗怎样？"听我说包弟很好，她笑了。

我的爱人萧珊也喜欢包弟。在三年困难时期，我们每次到文化俱乐部吃饭，她总要向服务员讨一点骨头回去喂包弟。一九六二我们夫妇带着孩子在广州过了春节，回到上海，听妹妹们说，我们在广州的时候，睡房门紧闭，包弟每天清早守在房门口等候我们出来。它天天这样，从不厌倦。它看见我们回来，特别是看到萧珊，不住地摇头摆尾，那种高兴、亲热的样子，现在想起来我还很感动，我仿佛又听见由起女士的问话："您的小狗怎样？"

"您的小狗怎样？"倘使我能够再见到那位日本女作家，她一定会拿同样的一句话问我。她的关心是不会减少的。然而我已经没有小狗了。

一九六六年八月下旬红卫兵开始上街抄"四旧"的时候，包弟变成了我们家的一个大"包袱"，晚上附近的小孩时常打门大喊大嚷，说是要杀小狗。听见包弟尖声吠叫，我就胆战心惊，害怕这种叫声会把抄"四旧"的红卫兵引到我家里来。当时我已经处于半靠边的状态，傍晚我们在院子里乘凉，孩子们都劝我把包弟送走，我请我的大妹妹设法。可是在这时节谁愿意接受这样的礼物呢？据说只好送给医院由科研人员拿来做实验用，我们不愿意。以前看见包弟作揖，我就想笑，这些天我在机关学习后回家，包弟向我作揖讨东西吃，我却暗暗地流泪。

形势越来越紧。我们隔壁住着一位年老的工商业者，原先是某工厂的老板，住屋是他自己修建的，同我的院子只隔了一道竹篱。有人到他家去抄"四旧"了。隔壁人家的一动一静，我们听得清清楚楚，从篱笆缝里也看得见一些情况。这个晚上附近小孩几次打门捉小狗，幸而包弟不曾出来乱叫，也没有给捉了去。这是我六十多年来第一次看见抄家，人们拿着东西进进出出，一些人在大声叱骂，有人摔破坛坛罐罐。这情景实在可怕。十多天来我就睡不好觉，这一夜我想得更多，同萧珊谈起包弟的事情，我们最后决定把包弟送到医院去，交给我的大妹妹去办。

包弟送走后，我下班回家，听不见狗叫声，看不见包弟向我作揖，跟着我进屋，我反而感到轻松，真是一种甩掉包袱的感觉。但是在我吞了两片眠尔通，上床许久还不能入睡的时候，我不由自主地想到了包弟，想来想去，我又觉得我不但不曾甩掉什么，反而背上了更加沉重的包袱。在我眼前出现的不是摇头摆尾、连连作揖的小狗，而是躺在解剖桌上给割开肚皮的包弟。我再往下想，不仅是小狗包弟，连我自己也在受解剖。不能保护一条小狗,我感到羞耻;为了想保全自己,我把包弟送到解剖桌上,我瞧不起自己,我不能原谅自己!我就这样可耻地开始了十年浩劫中逆来顺受的苦难生活。一方面责备自己,另一方面又想保全自己,不要让一家人跟自己一起堕入地狱。我自己终于也变成了包弟,没有死在解剖桌上,倒是我的幸运。……

整整十三年零五个月过去了。我仍然住在这所楼房里,每天清早我在院子里散步,脚下是一片衰草,竹篱笆换成了无缝的砖墙。隔壁房屋里增加了几户新主人,高高墙壁上多开了两堵窗,有时倒下一点垃圾。当初刚搭起的葡萄架给虫蛀后早已塌下来扫掉,连葡萄藤也被挖走了。右面角上却添了一个大化粪池,是从紧靠着的五层楼公寓里迁过来的。少掉了好几株花,多了几棵不开花的树。我想念过去同我一起散步的人,在绿草如茵的时节,她常常弯着身子,或者坐在地上拔除杂草,在午饭前后她有时逗着包弟玩。……我好像做了一场大梦。满园的创伤使我的心仿佛又给放在油锅里熬煎。这样的熬煎是不会有终结的,除非我给自己过去十年的苦难生活作了总结,还清了心灵上的欠债。这绝不是容易的事。那么我今后的日子不会是好过的吧。但是那十年我也活过来了。

即使在"说谎成风"的时期,人对自己也不会讲假话,何况在今天,我不怕大家嘲笑,我要说:我怀念包弟,我想向它表示歉意。

初载于 1980 年 1 月香港《大公报 · 大公园》

(选自《随想录》第二集《探索集》,巴金著,人民文学出版社 1981 年版)

**【阅读提示】**

巴金(1904—2005),原名李尧棠,字芾甘,祖籍浙江嘉兴,出生于四川成都现新中国成立前,他的主要作品有:中长篇小说"爱情三部曲"——《雾》《雨》《电》,"激流三部曲"——《家》《春》《秋》,以及《憩园》《寒夜》《第四病室》等;散文集《旅途随笔》《龙 · 虎 · 狗》等。新中国成立后,他主要从事散文创作,出版了《华沙的节日》《生活在英雄们中间》等散文集。"文革"后,巴金历经八年写成散文巨著《随想录》,影响得远。

《小狗包弟》选自《随想录》的二集《探索集》,作者以质朴真挚的语言,回忆了特殊时期自己迫于无奈,将小狗包弟送上解剖桌的心酸往事。动乱年代,一只狗的温暖与不幸,折射出了人世间的荒凉与冷酷,痛失爱人,伤痕累累的作者,没有鸣冤叫屈,没有怨天尤人,而是诚恳地向这只小狗致歉,这既是对生命的敬畏与尊重,更是发自灵魂深处的忏悔。这份反思历史、严厉自省的勇气,在其平和冲淡、波澜不惊的叙写中,反而更具力量,令人动容。

**【延伸阅读】**

1. 陈思和、李辉:《怎样认识巴金早期的无政府主义思想》,《文学评论》1980 年第 6 期。

2. 陈思和:《巴金提出忏悔的理由》,《当代作家评论》2004 年第 9 期。

3. 陈思和:《巴金晚年的理想主义》,《名作欣赏》2016 年第 3 期。

(张勐)

# 下放记别

杨绛

中国社会科学院，以前是中国科学院哲学社会科学部，简称学部。我们夫妇同属学部；默存在文学所，我在外文所。一九六九年，学部的知识分子正在接受"工人、解放军宣传队"的"再教育"。全体人员先是"集中"住在办公室里，六、七人至九、十人一间，每天清晨练操，上下午和晚饭后共三个单元分班学习。过了些时候，年老体弱的可以回家住，学习时间渐渐减为上下午两个单元。我们俩都搬回家去住，不过料想我们住在一起的日子不会长久，不日就该下放干校了。干校的地点在纷纷传说中逐渐明确，下放的日期却只能猜测，只能等待。

我们俩每天各在自己单位的食堂排队买饭吃。排队足足要费半小时；回家自己做饭又太费事，也来不及。工、军宣队后来管束稍懈，我们经常中午约会同上饭店。饭店里并没有好饭吃，也得等待；但两人一起等，可以说说话。那年十一月三日，我先在学部大门口的公共汽车站等待，看见默存杂在人群里出来。他过来站在我旁边，低声说："待会儿告诉你一件大事。"我看看他的脸色，猜不出什么事。

我们挤上了车，他才告诉我："这个月十一号，我就要走了。我是先遣队。"

尽管天天在等待行期，听到这个消息，却好像头顶上着了一个焦雷。再过几天是默存虚岁六十生辰，我们商量好：到那天两人要吃一顿寿面庆祝。再等着过七十岁的生日，只怕轮不到我们了。可是只差几天，等不及这个生日，他就得下干校。

"为什么你要先遣呢？"

"因为有你，别人得带着家眷，或者安顿了家再走；我可以把家撂给你。"

干校的地点在河南罗山，他们全所是十一月十七号走。

我们到了预定的小吃店，叫了一个最现成的沙锅鸡块——不过是鸡皮鸡骨。我舀些清汤泡了半碗饭，饭还是咽不下。

只有一个星期置备行装，可是默存要到末了两天才得放假。我倒借此赖了几天学，在家收拾东西。这次下放是所谓"连锅端"——就是拔宅下放，好像是奉命一去不复返的意思。没用的东西、不穿的衣服、自己宝贵的图书、笔记等等，全得带走，行李一大堆。当时我们的女儿阿圆、女婿得一，各在工厂劳动，不能叫回来帮忙。他们休息日回家，就帮着收拾行李，并且学别人的样，把箱子用粗绳子密密缠捆，防旅途摔破或压塌。可惜能用粗绳子缠捆保护的，只不过是木箱铁箱等粗重行李；这些木箱、铁箱，确也不如血肉之躯经得起折磨。

经受折磨，就叫锻炼；除了准备锻炼，还有什么可准备的呢。准备的衣服如果太旧，怕不经穿；如果太结实，怕洗来费劲。我久不缝纫，胡乱把耐脏的绸子用缝衣机做了个毛毯的套子，准备经年不洗。我补了一条裤子，坐处像个布满经线纬线的地球仪，而且厚如角壳。默存倒很欣赏，说好极了，穿上好比随身带着个座儿，随处都可以坐下。他说，不用筹备得太周全，只需等我也下去，就可以照看他。至于家人团聚，等几时阿圆和得一乡间落户，待他们迎养吧。

转眼到了十一号先遣队动身的日子。我和阿圆、得一送行。默存随身行李不多，我们找个旮旯儿歇着等待上车。候车室里，闹嚷嚷、乱哄哄人来人往；先遣队的领队人忙乱得只恨分身无术，而随身行李太多的，只恨少生了几双手。得一忙放下自己拿的东西，去帮助随身行李多得无法摆布的人。默存和我看他热心为旁人效力，不禁赞许新社会的好风尚，同时又互相安慰说：得一和善忠厚，阿圆有他在一起，我们可以放心。

得一掮着、拎着别人的行李，我和阿圆帮默存拿着他的几件小包小袋，排队挤进月台，挤上火车，找到个车厢安顿了默存。我们三人就下车，痴痴站着等火车开动。

我记得从前看见坐海船出洋的旅客，登上摆渡的小火轮，送行者就把许多彩色的纸带抛向小轮船；小船慢慢向大船开去，那一条条彩色的纸带先后迸断，岸上就拍手欢呼。也有人在欢呼声中落泪；迸断的彩带好似迸断的离情。这番送人上干校，车上的先遣队和车下送行的亲人，彼此间的离情假如看得见，就决不是彩色的，也不能一迸就断。

默存走到车门口，叫我们回去吧，别等了。彼此遥遥相望，也无话可说。我想，让他看我们回去还有三人，何以放心释念，免得火车驰走时，他看到我们眼里，都在不放心他一人离去。我们遵照他的意思，不等车开，先自走了。几次回头望望，车还不动，车下还是挤满了人。我们默默回家；阿圆和得一接着也各回工厂。他们同在一校而不同系，不在同一工厂劳动。

过了一两天，文学所有人通知我，下干校的可以带自己的床，不过得用绳子缠捆好，立即送到学部去。粗硬的绳子要缠捆得服贴，关键在绳子两头；不能打结子，得把绳头紧紧压在绳下。这至少得两人一齐动手才行。我只有一天的期限，一人请假在家，把自己的小木床拆掉。左放、右放，怎么也无法捆在一起，只好分别捆；而且我至少还欠一只手，只好用牙齿帮忙。我用细绳缚住粗绳头，用牙咬住，然后把一只床分三部分捆好,各件重复写上默存的名字。小小一只床分拆了几部,就好比兵荒马乱中的一家人,只怕一出家门就彼此失散,再聚不到一处去。据默存来信,那三部分重新团聚一处,确也害他好生寻找。

文学所和另一所最先下放。用部队的词儿,不称“所”而称“连”。两连动身的日子,学部敲锣打鼓,我们都放了学去欢送。下放人员整队而出;红旗开处,俞平老和俞师母领队当先。年逾七旬的老人了,还像学龄儿童那样排着队伍,远赴干校上学,我看着心中不忍,抽身先退;一路回去,发现许多人缺乏欢送的热情,也纷纷回去上班。大家脸上都漠无表情。

我们等待着下干校改造,没有心情理会什么离愁别恨,也没有闲暇去品尝那“别是一番”的“滋味”。学部既已有一部分下了干校,没下去的也得加紧干活儿。成天坐着学习,连“再教育”我们的“工人师傅”们也腻味了。有一位二十二三岁的小“师傅”嘀咕说:“我天天在炉前炼钢,并不觉得劳累;现在成天坐着,屁股也痛,脑袋也痛,浑身不得劲儿。”显然炼人比炼钢费事;“坐冷板凳”也是一项苦功夫。

炼人靠体力劳动。我们挖完了防空洞——一个四通八达的地下建筑,就把图书搬来搬去。捆,扎,搬运,从这楼搬到那楼,从这处搬往那处;搬完自己单位的图书,又搬别单位的图书。有一次,我们到一个积尘三年的图书馆去搬出书籍、书柜、书架等,要腾出屋子来。有人一进去给尘土呛得连打了二十来个嚏喷。我们尽管戴着口罩,出来都满面尘土,咳吐的尽是黑痰。我记得那时候天气已经由寒转暖而转热。沉重的铁书架、沉重的大书橱、沉重的卡片柜——卡片屉内满满都是卡片,全都由年轻人狠命用肩膀扛,贴身的衣衫磨破,露出肉来。这又使我惊叹,最经磨的还是人的血肉之躯!

弱者总占便宜;我只干些微不足道的细事,得空就打点包裹寄给干校的默存。默存得空就写家信;三言两语,断断续续,白天黑夜都写。这些信如果保留下来,如今重读该多么有趣!但更有价值的书信都毁掉了,又何惜那几封。

他们一下去,先打扫了一个土积尘封的劳改营。当晚睡在草铺上还觉得燠热。忽然一场大雪,满地泥泞,天气骤寒。十七日大队人马到来,八十个单身汉聚居一间屋里,都睡在土炕上。有个跟着爸爸下放的淘气小男孩儿,临睡常绕炕撒尿一匝,为炕上的人“施肥”。休息日大家到镇上去买吃的:有烧鸡,还有煮熟的乌龟。我问默存味道如何;他却没有尝过,只悄悄做了几首打油诗寄我。

罗山无地可耕,干校无事可干。过了一个多月,干校人员连同家眷又带着大堆箱笼物件,搬到息县东岳。地图上能找到息县,却找不到东岳。那儿地僻人穷,冬天没有燃料生火炉子,好多女同志脸上生了冻疮。洗衣服得蹲在水塘边上“投”。默存的新衬衣请当地的大娘代洗,洗完就不见了。我只愁他跌落水塘;能请人代洗,便赔掉几件衣服也值得。

在北京等待上干校的人，当然关心干校生活，常叫我讲些给他们听。大家最爱听的是何其芳同志吃鱼的故事。当地竭泽而渔，食堂改善伙食，有红烧鱼。其芳同志忙拿了自己的大漱口杯去买了一份；可是吃来味道很怪，愈吃愈怪。他捞起最大的一块想尝个究竟，一看原来是还未泡烂的药肥皂，落在漱口杯里没有拿掉。大家听完大笑，带着无限同情。他们也告诉我一个笑话，说钱锺书和丁XX两位一级研究员，半天烧不开一锅炉水！我代他们辩护：锅炉设在露天，大风大雪中，烧开一锅炉水不是容易。可是笑话毕竟还是笑话。

他们过年就开始自己造房。女同志也拉大车，脱坯，造砖，盖房，充当壮劳力。默存和俞平伯先生等几位"老弱病残"都在免役之列，只干些打杂的轻活儿。他们下去八个月之后，我们的"连"才下放。那时候，他们已住进自己盖的新屋。

我们"连"是一九七零年七月十二日动身下干校的。上次送默存走，有我和阿圆还有得一。这次送我走，只剩了阿圆一人；得一已于一月前自杀去世。

得一承认自己总是"偏右"一点，可是他说，实在看不惯那伙"过左派"。他们大学里开始围剿"五一六"的时候，几个有"五一六"之嫌的"过左派"供出得一是他们的"组织者"，"五一六"的名单就在他手里。那时候得一已回校，阿圆还在工厂劳动；两人不能同日回家。得一末了一次离开我的时候说："妈妈，我不能对群众态度不好，也不能顶撞宣传队；可是我决不能捏造个名单害人，我也不会撒谎。"他到校就失去自由。阶级斗争如火如荼，阿圆等在厂劳动的都返回学校。工宣队领导全系每天三个单元斗得一，逼他交出名单。得一就自杀了。

阿圆送我上了火车，我也促她先归，别等车开。她不是一个脆弱的女孩子，我该可以放心撇下她。可是我看着她踽踽独归的背影，心上凄楚，忙闭上眼睛；闭上了眼睛，越发能看到她在我们那破残凌乱的家里，独自收拾整理，忙又睁开眼。车窗外已不见了她的背影。我又合上眼，让眼泪流进鼻子，流入肚里。火车慢慢开动，我离开了北京。

干校的默存又黑又瘦，简直换了个样儿，奇怪的是我还一见就认识。

我们干校有一位心直口快的黄大夫。一次默存去看病，她看他在签名簿上写上钱锺书的名字，怒道："胡说！你什么钱锺书！钱锺书我认识！"默存一口咬定自己是钱锺书。黄大夫说："我认识钱锺书的爱人。"默存经得起考验，报出了他爱人的名字。黄大夫还待信不信，不过默存是否冒牌也没有关系，就不再争辩。事后我向黄大夫提起这事，她不禁大笑说："怎么的，全不像了。"

我记不起默存当时的面貌，也记不起他穿的什么衣服，只看见他右下颔一个红包，虽然只有榛子大小，形状却峥嵘险恶：高处是亮红色，低处是暗黄色，显然已经灌脓。我吃惊说："啊呀，这是个疽吧？得用热敷。"可是谁给他做热敷呢？我后来看见他们的红十字急救药箱，纱布上、药棉上尽是泥手印。默存说他已经生过一个同样的外疹,领导上让他休息几天,并叫他改行不再烧锅炉。他目前白天看管工具,晚上巡夜。他的顶头上司因我去探亲,还特地给了他半天假。可是我的排长却非常严厉,只让我随人去探望一下,吩咐我立即回队。默存送我回队,我们没说得几句话就分手了。得一去世的事,阿圆和我暂时还瞒着他,这时也未及告诉。过了一两天他来信说:那个包儿是疽,穿了五个孔。幸亏打了几针也渐见痊好。

我们虽然相去不过一小时的路程,却各有所属,得听指挥、服从纪律,不能随便走动,经常只是书信来往,到休息日才许探亲。休息日不是星期日;十天一次休息,称为大礼拜。如有事,大礼拜可以取消。可是比了独在北京的阿圆,我们就算是同在一处了。

(选自《干校六记》,杨绛著,生活·读书·新知三联书店1981年版)

**【阅读提示】**

杨绛(1911—2016),本名杨季康,江苏无锡人,中国女作家、文学翻译家和外国文学研究家,钱锺书夫人。代表作品有译著《唐·吉诃德》,剧本《称心如意》,散文随笔《干校六记》《我们仨》等。

《下放记别》是《干校六记》之一记,以平实口吻记叙知识分子下放干校的经历,寓时代风云于日常琐事之后。文中写亲人生死离别,波澜不惊却力透纸背,可谓无声处听惊雷。

**【延伸阅读】**

1. 杨绛:《洗澡》,生活·读书·新知三联书店1988年版。
2. 杨绛:《我们仨》,生活·读书·新知三联书店2004年版。
3. 胡河清:《杨绛论》,《当代作家评论》1993年版。
4. 杨绛:《走到人生边上》,商务印书馆2007年版。

(王姝)

# 一方阳光

王鼎钧

四合房是一种闭锁式的建筑，四面房屋围成天井，房屋的门窗都朝着天井。从外面看，这样的家宅是关防严密的碉堡，厚墙高檐密不通风，挡住了寒冷和偷盗，不过，住在里面的人也因此牺牲了新鲜空气和充足的阳光。

我是在“碉堡”里出生的。依照当时的风气，那座碉堡用青砖砌成，黑瓦盖顶，灰色方砖铺地，墙壁、窗棂、桌椅、门板、花瓶、书本，没有一点儿鲜艳的颜色。即使天气晴朗，室内的角落里也黯淡阴沉，带着严肃，以致自古以来不断有人相信祖先的灵魂住在那一角阴影里。婴儿大都在靠近阴影的地方呱呱坠地，进一步证明了婴儿跟他的祖先确有密切难分的关系。

室外，天井，确乎是一口“井”。夏夜纳凉，躺在天井里看天，四面高耸的屋脊围着一方星空，正是“坐井”的滋味。冬天，院子里总有一半积雪迟迟难以融化，总有一排屋檐挂着冰柱，总要动用人工把檐溜敲断，把残雪运走。而院子里总有地方结了冰，害得爱玩好动的孩子们四脚朝天。

北面的一栋房屋，是四合房的主房。主房的门窗朝着南方，有机会承受比较多的阳光。中午的阳光越过南房，倾泻下来泼在主房的墙上。开在这面墙上的窗子，早用一层棉纸、一层九九消寒图糊得严丝合缝，阳光只能从房门伸进来，照门框的形状，在方砖上画出一片长方形。这是一片光明温暖的租界，是每一个家庭的胜地。

现在，将来，我永远能够清清楚楚看见，那一方阳光铺在我家门口，像一块发亮的地毯。然后，我看见一只用麦秆编成、四周裹着棉布的坐墩，摆在阳光里。然后，一双谨慎而矜持的小脚，走进阳光，停在墩旁，脚边同时出现了她的针线笸。一只生着褐色虎纹的狸猫，咪呜一声，跳上她的膝盖，然后，一个男孩蹲在膝前，用心翻弄针线笸里面的东西，玩弄古铜顶针和粉红色的剪纸。那就是我，和我的母亲。

如果当年有人问母亲：你最喜欢什么？她的答复八成是喜欢冬季晴天这门内一方阳光。她坐在里面做针线，由她的猫和她的儿子陪着。我清楚记得一股暖流缓缓充进我的棉衣,棉絮膨胀起来,轻软无比。我清楚记得毛孔张开,承受热絮的轻烫,无须再为了抵抗寒冷而收缩戒备,一切烦恼似乎一扫而空。血液把这种快乐传遍内脏,最后在脸颊上留下心满意足的红润。我还能清清楚楚听见那只猫的鼾声,它躺在母亲怀里,或者伏在我的脚面上,虔诚地念诵由西天带来的神秘经文。

在那一方阳光里,我的工作是持一本《三国演义》,或《精忠说岳》,念给母亲听。如果我念了别字,她会纠正,如果出现生字,——母亲说,一个生字是一只拦路虎,她会停下针线,帮我把老虎打死。渐渐地,我发现,母亲的兴趣并不在乎重温那些早已熟知的故事情节,而是使我多陪伴她。每逢故事告一段落,我替母亲把绣线穿进若有若无的针孔,让她的眼睛休息一下。有时候,大概是暖流作怪,母亲嚷着"我的头皮好痒!"我就攀着她的肩膀,向她的发根里找虱子,找白头发。

我在晒太阳晒得最舒服的时候,醺然如醉,岳飞大破牛头山在我喉咙里打转儿,发不出声音来。猫恰恰相反,它愈舒服,愈呼噜得厉害。有一次,母亲停下针线,看她膝上的猫,膝下的我。

"你听,猫在说什么?"

"猫没有说话,它在打鼾。"

"不,它是在说话。这里面有一个故事,一个很久很久以前的故事……"

母亲说,在远古时代,宇宙洪荒,人跟野兽争地。人类联合起来把老虎逼上山,把乌鸦逼上树,只是对满地横行的老鼠束手无策。老鼠住在你的家里,住在你的卧室里,在你最隐秘最安全的地方出入无碍,肆意破坏。老鼠是那样机警、诡诈、敏捷、恶毒,人们用尽方法,居然不能安枕。

有一次,一个母亲轻轻地拍着她的孩子,等孩子睡熟了,关好房门,下厨做饭。她做好了饭,回到卧室,孩子在哪儿?床上有一群啾啾作声的老鼠,争着吮吸一具血肉斑烂的白骨。老鼠把她的孩子吃掉了。

——听到这里,我打了一个寒颤。

这个摧心裂肝的母亲向孙悟空哭诉。悟空说:"我也制不了那些老鼠。"

但是,总该有一种力量可以消灭丑恶肮脏而又残忍的东西。天上地下,总该有个公理!

悟空想了一想,乘筋斗云进天宫,到玉皇大帝座前去找那一对御猫。猫问他从哪里来,他说,下界。猫问下界是什么样子,悟空说,下界热闹,好玩。天上的神仙哪个不想下凡?猫心动,担忧在下界迷路,不能再回天宫。悟空拍拍胸脯说:"有我呢,我一定送你们回来。"

就这样,一个筋斗云,悟空把御猫带到地上。

御猫大发神威,杀死无数老鼠。从此所有的老鼠都躲进洞中苟延岁月。

可是,猫也从此失去天国。悟空把它们交给人类,自己远走高飞,再也不管它们。悟空知道，猫若离开下界，老鼠又要吃人，就硬着心肠，负义背信。从此，猫留在地上，成了人类最宠爱的家畜。可是，它们也藏着满怀的愁和怨，常常想念天宫，盼望悟空，反复不断地说：

“许送，不送……许送，不送。……”

“许送，不送。”就是猫们鼾声的内容。

原来人人宠爱的猫，心里也有委屈。原来安逸满足的鼾声里包含着失望的苍凉。如果母亲不告诉我这个故事，我永远想不到，也听不出来。

我以无限的爱心和歉意抱起那只狸猫，亲它。

它伸了一个懒腰，身躯拉得很长，好细，一环一环肋骨露出来，抵挡我的捉弄。冷不防，从我的臂弯里窜出去。远了。

母亲不以为然，她轻轻地纠正我：“不好好地缠毛线，逗猫做什么？”

在我的记忆中，每到冬天，母亲总要抱怨她的脚痛。

她的脚是冻伤的。当年做媳妇的时候，住在阴暗的南房里，整年不见阳光。寒凛凛的水汽，从地下冒上来，从室外渗进室内，首先侵害她的脚，两只脚永远冰冷。

在严寒中冻坏了的肌肉，据说无药可医。年复一年，冬天的讯息乍到，她的脚面和脚跟立即有了反应，那里的肌肉变色、浮肿，失去弹性，用手指按一下，你会看见一个坑儿。看不见的，是隐隐刺骨的疼痛。

分了家，有自己的主房，情况改善了很多，可是年年脚痛依然，它已成为终身的痼疾。尽管在那一方阳光里，暖流洋溢，母亲仍然不时皱起眉头，咬一咬牙。

当刺绣刺破手指的时候，她有这样的表情。

母亲常常刺破手指。正在绣制的枕头上面，星星点点有些血痕。绣好了，第一件事是把这些多余的颜色洗掉。

据说，刺绣的时候心烦虑乱，容易把绣花针扎进指尖的软肉里。母亲的心常常很乱吗？

不刺绣的时候，母亲也会暗中咬牙，因为冻伤的地方会突然一阵刺骨难禁。

在那一方阳光里，母亲是侧坐的，她为了让一半阳光给我，才把自己的半个身子放在阴影里。

常常是，在门旁端坐的母亲，只有左足感到温暖舒适，相形之下，右足特别难过。这样，左足受到的伤害并没有复元，右足受到的摧残反而加重了。

母亲咬牙的时候，没有声音，只是身体轻轻震动一下。不论我在做什么，不论那猫睡得多甜，我们都能感觉出来。

这时，我和猫都仰起脸来看她，端详她平静的面容几条不平静的皱纹。

我忽然得到一个灵感：“妈，我把你的座位搬到另一边来好不好？换个方向，让右脚也多晒一点太阳。”

母亲摇摇头。

我站起来,推她的肩,妈低头含笑,一直说不要。猫受了惊,蹄缝间露出白色爪尖。

座位终于搬到对面去了,狸猫跳到院子里去,母亲连声唤它,它装作没有听见;我去捉它,连我自己也没有回到母亲身边。

以后,母亲一旦坐定,就再也不肯移动。很显然,她希望在那令人留恋的几尺干净土里,她的孩子,她的猫,都不要分离,任发酵的阳光,酿造浓厚的情感。她享受那情感,甚于需要阳光,即使是严冬难得的煦阳。

卢沟桥的炮声使我们眩晕了一阵子。这年冬天,大家心情兴奋,比往年好说好动,母亲的世界也测到一些震波。

母亲在那一方阳光里,说过许多梦、许多故事。

那年冬天,我们最后拥有那片阳光。

## 她讲了一个梦,对我而言,那是她最后的梦。

母亲说,她在梦中抱着我,站在一片昏天黑地里,不能行动,因为她的双足埋在几寸厚的碎琉璃碴儿里面,无法举步。四野空空旷旷,一望无边都是碎琉璃,好像一个琉璃做成的世界完全毁坏了,堆在那里,闪着磷一般的火焰。碎片最薄最锋利的地方有一层青光,纯钢打造的刀尖才有那种锋芒,对不设防的人,发生无情的威吓。而母亲是赤足的,几十把玻璃刀插在脚边。

我躺在母亲怀里,睡得很熟,完全不知道母亲的难题。母亲独立苍茫,汗流满面,觉得我的身体愈来愈重,不知道自己能支持多久。母亲想,万一她累昏了,孩子掉下去,怎么得了?想到这里,她又发觉我根本光着身体,没有穿一寸布。她的心立即先被琉璃碎片刺穿了。某种疼痛由小腿向上蔓延,直到两肩、两臂。她咬牙支撑,对上帝祷告。

就在完全绝望的时候,母亲身旁突然出现一小块明亮干净的土地,像一方阳光这么大,平平坦坦,正好可以安置一个婴儿。谢天谢地,母亲用尽最后的力气,把我轻轻放下。我依然睡得很熟。谁知道我着地以后,地面忽然倾斜,我安身的地方是一个斜坡,像是又陡又长的滑梯,长得可怕,没有尽头。我快速地滑下去,比飞还快,转眼间变成一个小黑点。

在难以测度的危急中,母亲大叫。醒来之后,略觉安慰的倒不是我好好地睡在房子里,而是事后记起我在滑行中突然长大,还遥遥向她挥手。

母亲知道她的儿子绝不能和她永远一同围在一个小方框里，儿子是要长大的，长大了的儿子会失散无踪的。

时代像筛子，筛得每个人流离失所，筛得少数人出类拔萃。

于是，她有了混合着骄傲的哀愁。

她放下针线，把我搂在怀里问：

“如果你长大了，如果你到很远的地方去，不能回家，你会不会想念我？”

当时，我惟一的远行经验是到外婆家。外婆家很好玩，每一次都在父母逼迫下勉强离开。我没有思念过母亲，不能回答这样的问题。同时，母亲梦中滑行的景象引人入胜，我立即想到滑冰，急于换一双鞋去找那个冰封了的池塘。

跃跃欲试的儿子，正设法挣脱伤感留恋的母亲。

母亲放开手凝视我：

“只要你争气，成器，即使在外面忘了我，我也不怪你。”

（选自《碎琉璃》，王鼎钧著，北京：生活·读书·新知三联书店，2013 年版。）

**【阅读提示】**

王鼎钧，山东省兰陵人，1925 年出生，1949 年到台湾，1979 年后定居纽约至今。王鼎钧著作近四十种，被誉为“当之无愧的散文大师”。代表作有“人生四书”（《开放的人生》《人生试金石》《我们现代人》《黑暗圣经》），“作文四书”（《作文七巧》《作文十九问》《讲理》《文学种籽》），“回忆录四部曲”（《昨天的云》《怒目少年》《关山夺路》《文学江湖》），“自传体散文”《碎琉璃》，“自传体小说”《山里山外》等。王鼎钧的散文里有个人的乡愁，也有家国的忧思；有历史的回望，也有现实的感悟，极具历史与人文价值，耐人寻味，影响甚广。

《碎琉璃》是王鼎钧自传体散文集，带有浓郁的怀旧色彩，作者以少年时代的生活为底本，通过个人生活为生民立传，为天下国家作注。《一方阳光》是《碎琉璃》中重点写母爱的一篇散文。平日里母亲的爱就是故乡的一方阳光，温暖又安逸；卢沟桥的炮声震碎了琉璃，让孩子在破碎的世界中闯荡、成长、成器，是母亲深情的期盼。对王鼎钧来说，无论世界如何破碎，母亲的爱依然坚固，那一方阳光会永远闪烁，让人眷恋！给人力量！

**【延伸阅读】**

1. 刘红林：《从散文集〈一方阳光〉看王鼎钧与兰陵》，《华文文学》2011 年第 5 期。

2. 施龙：《“泪播种的，必欢呼收割”——王鼎钧访谈录》，《扬子江评论》2015 年第 6 期。

3.沈卫威:《“流亡学生”齐邦媛、王鼎钧对历史的见证》,《读书》2018 年第 10 期。

4.计璧瑞:《文化记忆与文学-历史叙事——论王鼎钧的〈回忆录四部曲〉与齐邦媛的〈巨流河〉》,《华文文学》2019 年第 3 期。

(方爱武)

# 藏书家的心事

董桥

爱书越痴，孽缘越重；注定的，避都避不掉。瑟帛(James Thurber)有一幅漫画画书房，四壁是书，妻子气冲冲地指着丈夫说："这屋子里有老娘就不能有文学，有文学就没有老娘！"可怕至极。西摩·德·利奇(Seymour de Ricci)家里珍藏三万多本书籍拍卖行编印的书目，堆得满满的；有客人来，妻子忍不住抓着客人说："全是书！你想看看我在哪儿挂我的衣服吗？"客人跟她进卧房，她打开大衣橱给客人看，里头堆满一幢幢的书目，连挂一件衣服的空档都没有。"到处是书！"妻子说完掉头走开。爱丁堡的沙洛利亚(Charles Sarolea)因藏书之富出了名，不得不想办法应付"内忧"，老劝太太出门旅行；太太不在家的那几天里，他不断打电话请各书商把他订下来的那一大堆书都运回来。太太回来心里总觉得家里的书多了好多，只是本来就有十几万册，现在多了多少她实在不敢说。沙洛利亚有钱，还不至于自己买书弄得家里没米。若钱不多，又爱书，就更烦了。多年前，英国有个穷藏书家，每买一本书，总是先照定价付钱给书商，再请书商帮帮忙，在那本书的扉页上写个很便宜的假价钱，最好不超过三英镑六便士。这种安排妥当得很，他过世之后，太太变卖那批藏书过日子，发现所得甚丰，不禁伤心起来，怪自己过去整天埋怨丈夫买书浪费金钱。这段故事格外令人伤感：那位藏书家活得太痛苦，也活得太有味道了。布鲁克(G. I. Brook)那本 *Books and Book Collecting* 里收录了不少这些藏书家轶事，实在不忍读下去。

去年，跟伦敦一位老书商谈起贝森(Fred Bason)的事，或可一录。贝森爱书，但家里穷，一辈子到处搜购旧书，装满一大布袋就分批卖给旧书铺，解决吃饭问题，再回去编书著书，编过一册《好书待售一览表》，还编过毛姆的书目；著作则有四册《日志》。早年，他母亲硬是要他去当理发师，他偏去买卖旧书。母亲说："只要你每星期给我赚三十先令回来，我准你去买卖旧书。赚不到三十先令给我，你休想去做旧书生意，快给我滚到理发店去。"贝森从此为了那三十先令什么卑微的生意都做过。幸好他还会弹钢琴，一度每个星期六下午到一家卖旧家具旧钢琴的铺子里去弹钢琴,用琴声引诱顾客来买旧钢琴,卖出一架琴他可以分到两三先令,弹一个下午琴则赚十先令。贝森跟毛姆既是老朋友,当年不少美国人愿意高价购买毛姆亲笔题款签名的初版书,贝森接到"订单"后就带着那些初版书去找毛姆,毛姆一一照写照签,而且规定所得"润笔"一律分为两份,一份给贝森,一份捐给他当年学医的圣汤玛斯医院。都说毛姆生性凉薄,贝森竟得其独厚,也算缘分。贝森晚年爱说自己一生跟书有缘,到老不悔。痴情到这个地步,难怪女人受不了爱书藏书的男人。但是,《藏书家季刊》(*The Book Collector*)一九七六年有一期登了这样一封读者来信:"内人酷爱收藏图书。她有好多书翻都没翻过。我再三劝她申请公立图书馆的借书证,希望从此治好她的藏书病,她硬是不肯。"爱藏书而称之为"病",甚妙!"爱"字害苦了太多人;买书无罪,爱书其罪,还有什么好说?

把书当工具的人,家里虽有几架子书,都不算"藏书家"。一九七三年五月十一日的《泰晤士报文学增刊》刊登曼比(A. N. L. Munby)的 *Book Collecting in the 1930's*,家里明明剪存了这篇好文章,后来在书店里看到加州书商印刷的单行小册,限印六百七十五本,每本编号,纸质印工都算一流,虽贵,还是忍不住买了下来,这样的人藏书未必太多,却是真正的"藏书家"。自己明明不懂园艺学,对种花种菜兴趣也不大,看到 Sara Midda 的精装本 *In and Out of the Garden*,全书百多页文字和插图都是七彩手写手绘,装帧考究,想都不想就买下来,这个人必是"书痴"!

"痴"跟"情"是分不开的;有情才会痴。中国人还有"书淫"之说,指嗜书成癖、整天耽玩典籍的人。此处的"淫"字也会惑起很多联想。"耽玩"几近"纵欲"。人对书真的会有感情,跟男人和女人的关系有点像。字典之类的参考书是妻子,常在身边为宜,但是翻了一辈子未必可以烂熟。诗词小说只当是可以迷死人的艳遇,事后追忆起来总是甜的。又长又深的学术著作是半老的女人,非打点十二分精神不足以深解;有的当然还有点风韵,最要命是后头还有一大串注文,不肯罢休!至于政治评论、时事杂文等集子,都是现买现卖,不外是青楼上的姑娘,亲热一下也就完了,明天再看就不是那么回事了。倒过来说,女人看书也会有这些感情上的区分:字典、参考书是丈夫,应该可以陪一辈子;诗词小说不是婚外关系就是初恋心情,又紧张又迷惘;学术著作是中年男人,婆婆妈妈,过分周到,临走还要殷勤半天怕你说他不够体贴;政治评论、时事杂文正是外国酒店房间里的一场春梦,旅行完了也就完了。

最糟糕是"藏书家"(book collector)给人的印象是个阳性词,古今中外都一样。事实上,藏书家里头的确是男人多女人少——少得很少。藏书家对书既有深情,访书也掺了几分追求女性的"欲望",弄得爱书和爱女人都混起来了,结果,西方藏书家所用的藏书票,不少竟以仕女图作主题、作装饰。这里面必有原因。藏书家的妻子十之八九不藏书,又反对丈夫买书藏书爱书;藏书家的母亲大概多少都有贝森母亲的想法，宁可儿子当理发师也不要他跟那些破书缠绵；藏书家没有母亲没有妻子而有女朋友的话，想来女朋友也不太会理解他的爱书心理。曼比妙想无穷，说是藏书家应该趁早教育妻子，蜜月期间以每日逛一家书店为上策。此议恐怕也不甚实际。书和红袖太不容易衬在一起；“添香”云云，才子佳人的故事而已。藏书家不能自释，只好寄情藏书票上的仕女；有些更激进，竟把春宫镌入藏书票里，年前美国还有好事者编出一部《春宫藏书票》。

西方仕女图藏书票上画的女人，漂亮不必说，大半还带几分媚荡或者幽怨的神情，仕女身边偶有几本书，流露出藏书家心里要的是什么。这当然又是后花园幽会的心态在作祟！伦敦旧书商威尔逊的藏书票藏品又多又精，自己还印制好几款仕女图藏书票，有一次问他为什么一款又一款尽是仕女图？他低声反问：“你不觉得她们迷人吗？”

爱书藏书已经是“痴”，是“病”，是“淫”，是“罪”，藏书家还要在藏书票上寄托心事，罪孽更重，殊为多事！

（选自《这一代的事》，董桥著，圆神出版社 1986 年版）

**【阅读提示】**

董桥（1942—　），原名董存爵，福建泉州晋江人，港台知名作家，报人，著有《这一代的事》《乡愁的理念》《品味历程》等作品 30 余部。董桥毕业于台湾成功大学外文系，曾留学英国，后任职于香港报界。董桥以写散文见长，其散文具有鲜明的“董桥风格”：中西学交汇，学识理兼具。董桥在港台一带颇具知名度与影响力。

《藏书家的心事》是一篇颇具董桥风格的作品，最早见于 1986 年版《这一代的事》。本文大谈西方藏书家的轶事，细说藏书的苦与乐，痴与情，文风灵动，妙语横生，融知识性、趣味性与艺术性于一体。

**【延伸阅读】**

1. 董桥：《关于藏书》，见《这一代的事》，圆神出版社 1986 年版。

2. 江弱水：《浓艳一枝细看取——试论董桥的散文》，《现代中文文学评论》1994 年（卷二）。

3. 陈子善编：《你一定要看董桥》，文汇出版社 1997 年版。

4. 冯唐：《你一定要少读董桥》，万卷出版公司 2010 年版。

（方爱武）

# 我与地坛

史铁生

## 一

我在好几篇小说中都提到过一座废弃的古园，实际就是地坛。许多年前旅游业还没有开展，园子荒芜冷落得如同一片野地，很少被人记起。

地坛离我家很近。或者说我家离地坛很近。总之，只好认为这是缘分。地坛在我出生前四百多年就坐落在那儿了，而自从我的祖母年轻时带着我父亲来到北京，就一直住在离它不远的地方——五十多年间搬过几次家，可搬来搬去总是在它周围，而且是越搬离它越近了。我常觉得这中间有着宿命的味道：仿佛这古园就是为了等我，而历尽沧桑在那儿等待了四百多年。

它等待我出生，然后又等待我活到最狂妄的年龄上忽地残废了双腿。四百多年里，它一面剥蚀了古殿檐头浮夸的琉璃，淡褪了门壁上炫耀的朱红，坍圮了一段段高墙又散落了玉砌雕栏，祭坛四周的老柏树愈见苍幽，到处的野草荒藤也都茂盛得自在坦荡。这时候想必我是该来了。十五年前的一个下午，我摇着轮椅进入园中，它为一个失魂落魄的人把一切都准备好了。那时，太阳循着亘古不变的路途正越来越大，也越红。在满园弥漫的沉静光芒中，一个人更容易看到时间，并看见自己的身影。

自从那个下午我无意中进了这园子，就再没长久地离开过它。我一下子就理解了它的意图。正如我在一篇小说中所说的："在人口密聚的城市里，有这样一个宁静的去处，像是上帝的苦心安排。"

两条腿残废后的最初几年，我找不到工作，找不到去路，忽然间几乎什么都找不到了，我就摇了轮椅总是到它那儿去，仅为着那儿是可以逃避一个世界的另一个世界。我在那篇小说中写道："没处可去我便一天到晚耗在这园子里。跟上班下班一样，别人去上班我就摇了轮椅到这儿来，""园子无人看管，上下班时间有些抄近路的人们从园中穿过，园子里活跃一阵，过后便沉寂下来。""园墙在金晃晃的空气中斜切下一溜阴凉，我把轮椅开进去，把椅背放倒，坐着或是躺着，看书或者想事，撅一杈树枝左右拍打，驱赶那些和我一样不明白为什么要来这世上的小昆虫。""蜂儿如一朵小雾稳稳地停在半空；蚂蚁摇头晃脑捋着触须，猛然间想透了什么，转身疾行而去；瓢虫爬得不耐烦了，累了，祈祷一回便支开翅膀，忽悠一下升空了；树干上留着一只蝉蜕，寂寞如一间空屋；露水在草叶上滚动，聚集，压弯了草叶轰然坠地摔开万道金光。""满园子都是草木竞相生长弄出的响动，窸窸窣窣窸窸窣窣片刻不息。"这都是真实的记录，园子荒芜但并不衰败。

除去几座殿堂我无法进去，除去那座祭坛我不能上去而只能从各个角度张望它，地坛的每一棵树下我都去过，差不多它的每一米草地上都有过我的车轮印。无论是什么季节，什么天气，什么时间，我都在这园子里待过。有时候待一会儿就回家，有时候就待到满地上都亮起月光。记不清都是在它的哪些角落里了，我一连几小时专心致志地想关于死的事，也以同样的耐心和方式想过我为什么要出生。这样想了好几年，最后事情终于弄明白了：一个人，出生了，这就不再是一个可以辩论的问题，而只是上帝交给他的一个事实；上帝在交给我们这件事实的时候，已经顺便保证了它的结果，所以死是一件不必急于求成的事，死是一个必然会降临的节日。这样想过之后我安心多了，眼前的一切不再那么可怕。比如你起早熬夜准备考试的时候，忽然想起有一个长长的假期在前面等待你，你会不会觉得轻松一点儿？并且庆幸并且感激这样的安排？

剩下的就是怎样活的问题了。这却不是在某一个瞬间就能完全想透的，不是能够一次性解决的事，怕是活多久就要想它多久了，就像是伴你终生的魔鬼或恋人。所以，十五年了，我还是总得到那古园里去，去它的老树下或荒草边或颓墙旁，去默坐，去呆想，去推开耳边的嘈杂理一理纷乱的思绪，去窥看自己的心魂。十五年中，这古园的形体被不能理解它的人肆意雕琢，幸好有些东西是任谁也不能改变它的。譬如祭坛石门中的落日，寂静的光辉平铺的一刻，地上的每一个坎坷都被映照得灿烂；譬如在园中最为落寞的时间，一群雨燕便出来高歌，把天地都叫喊得苍凉；譬如冬天雪地上孩子的脚印，总让人猜想他们是谁，曾在哪儿做过些什么，然后又都到哪儿去了；譬如那些苍黑的古柏，你忧郁的时候它们镇静地站在那儿，你欣喜的时候它们依然镇静地站在那儿，它们没日没夜地站在那儿从你没有出生一直站到这个世界上又没了你的时候；譬如暴雨骤临园中，激起一阵阵灼烈而清纯的草木和泥土的气味，让人想起无数个夏天的事件；譬如秋风忽至，再有一场早霜，落叶或飘摇歌舞或坦然安卧，满园中播散着熨帖而微苦的味道。味道是最说不清楚的，味道不能写只能闻，要你身临其境去闻才能明了。味道甚至是难于记忆的，只有你又闻到它你才能记起它的全部情感和意蕴。所以我常常要到那园子里去。

## 二

现在我才想到,当年我总是独自跑到地坛去,曾经给母亲出了一个怎样的难题。

她不是那种光会疼爱儿子而不懂得理解儿子的母亲。她知道我心里的苦闷,知道不该阻止我出去走走,知道我要是老待在家里结果会更糟,但她又担心我一个人在那荒僻的园子里整天都想些什么。我那时脾气坏到极点,经常是发了疯一样地离开家,从那园子里回来又中了魔似的什么话都不说。母亲知道有些事不宜问,便犹犹豫豫地想问而终于不敢问,因为她自己心里也没有答案。她料想我不会愿意她跟我一同去,所以她从未这样要求过,她知道得给我一点独处的时间,得有这样一段过程。她只是不知道这过程得要多久和这过程的尽头究竟是什么。每次我要动身时,她便无言地帮我准备,帮助我上了轮椅车,看着我摇车拐出小院;这以后她会怎样,当年我不曾想过。

有一回我摇车出了小院,想起一件什么事又返身回来,看见母亲仍站在原地,还是送我走时的姿势,望着我拐出小院去的那处墙角,对我的回来竟一时没有反应。待她再次送我出门的时候,她说:"出去活动活动,去地坛看看书,我说这挺好。"许多年以后我才渐渐听出,母亲这话实际上是自我安慰,是暗自的祷告,是给我的提示,是恳求与嘱咐。只是在她猝然去世之后,我才有余暇设想。当我不在家里的那些漫长的时间,她是怎样心神不定坐卧难宁,兼着痛苦与惊恐与一个母亲最低限度的祈求。现在我可以断定,以她的聪慧和坚忍,在那些空落的白天后的黑夜,在那不眠的黑夜后的白天,她思来想去最后准是对自己说:"反正我不能不让他出去,未来的日子是他自己的,如果他真的要在那园子里出了什么事,这苦难也只好我来承担。"在那段日子里——那是好几年长的一段日子,我想我一定使母亲作过了最坏的准备了,但她从来没有对我说过:"你为我想想"。事实上我也真的没为她想过。那时她的儿子还太年轻,还来不及为母亲想,他被命运击昏了头,一心以为自己是世上最不幸的一个,不知道儿子的不幸在母亲那儿总是要加倍的。她有一个长到二十岁上忽然截瘫了的儿子,这是她唯一的儿子;她情愿截瘫的是自己而不是儿子,可这事无法代替;她想,只要儿子能活下去哪怕自己去死呢也行,可她又确信一个人不能仅仅是活着,儿子得有一条路走向自己的幸福,而这条路呢,没有谁能保证她的儿子终于能找到——这样一个母亲,注定是活得最苦的母亲。

有一次与一个作家朋友聊天,我问他学写作的最初动机是什么?他想了一会说:“为我母亲。为了让她骄傲。”我心里一惊,良久无言。回想自己最初写小说的动机,虽不似这位朋友的那般单纯,但如他一样的愿望我也有,且一经细想,发现这愿望也在全部动机中占了很大比重。这位朋友说:“我的动机太低俗了吧?”我光是摇头,心想低俗并不见得低俗,只怕是这愿望过于天真了。他又说:“我那时真就是想出名,出了名让别人羡慕我母亲。”我想,他比我坦率。我想,他又比我幸福,因为他的母亲还活着。而且我想,他的母亲也比我的母亲运气好,他的母亲没有一个双腿残废的儿子,否则事情就不这么简单。

在我的头一篇小说发表的时候,在我的小说第一次获奖的那些日子里,我真是多么希望我的母亲还活着。我便又不能在家里待了,又整天整天独自跑到地坛去,心里是没头没尾的沉郁和哀怨,走遍整个园子却怎么也想不通:母亲为什么就不能再多活两年?为什么在她儿子就快要碰撞开一条路的时候,她却忽然熬不住了?莫非她来此世上只是为了替儿子担忧,却不该分享我的一点点快乐?她匆匆离我去时才只有四十九呀!有那么一会,我甚至对世界对上帝充满了仇恨和厌恶。后来我在一篇题为《合欢树》的文章中写道:“坐在小公园安静的树林里,我闭上眼睛,想:上帝为什么早早地召母亲回去呢?很久很久,迷迷糊糊地,我听见了回答:‘她心里太苦了。上帝看她受不住了,就召她回去。’我似乎得了一点安慰,睁开眼睛,看见风正从树林里穿过。”小公园,指的也是地坛。

只是到了这时候,纷纭的往事才在我眼前幻现得清晰,母亲的苦难与伟大才在我心中渗透得深彻。上帝的考虑,也许是对的。

摇着轮椅在园中慢慢走,又是雾罩的清晨,又是骄阳高悬的白昼,我只想着一件事:母亲已经不在了。在老柏树旁停下,在草地上在颓墙边停下,又是处处虫鸣的午后,又是鸟儿归巢的傍晚,我心里只默念着一句话:可是母亲已经不在了。把椅背放倒,躺下,似睡非睡挨到日没,坐起来,心神恍惚,呆呆地直坐到古祭坛上落满黑暗然后再渐渐浮起月光,心里才有点明白,母亲不能再来这园中找我了。

曾有过好多回,我在这园子里待得太久了,母亲就来找我。她来找我又不想让我发觉,只要见我还好好地在这园子里,她就悄悄转身回去,我看见过几次她的背影。我也看见过几回她四处张望的情景,她视力不好,端着眼镜像在寻找海上的一条船,她没看见我时我已经看见她了,待我看见她也看见我了我就不去看她,过一会我再抬头看她就又看见她缓缓离去的背影。我单是无法知道有多少回她没有找到我;有一回我坐在矮树丛中,树丛很密,我看见她没有找到我,她一个人在园子里走,走过我的身旁,走过我经常待的一些地方,步履茫然又急迫。我不知道她已经找了多久还要找多久,我不知道为什么我决意不喊她——但这绝不是小时候的捉迷藏,这也许是出于长大了的男孩子的倔强或羞涩?但这倔只留给我痛悔,丝毫也没有骄傲。我真想告诫所有长大了的男孩子,千万不要跟母亲来这套倔强,羞涩就更不必,我已经懂了可我已经来不及了。

儿子想使母亲骄傲,这心情毕竟是太真实了,以致使“想出名”这一声名狼藉的念头也多少改变了一点形象。这是个复杂的问题,且不去管它了罢。随着小说获奖的激动逐日暗淡,我开始相信,至少有一点我是想错了:我用纸笔在报刊上碰撞开的一条路,并不就是母亲盼望我找到的那条路。年年月月我都到这园子里来,年年月月我都要想,母亲盼望我找到的那条路到底是什么。母亲生前没给我留下过什么隽永的哲言,或要我恪守的教诲,只是在她去世之后,她艰难的命运、坚忍的意志和毫不张扬的爱,随光阴流转,在我的印象中愈加鲜明深刻。

有一年,十月的风又翻动起安详的落叶,我在园中读书,听见两个散步的老人说:“没想到这园子有这么大。”我放下书,想,这么大一座园子,要在其中找到她的儿子,母亲走过了多少焦灼的路。多年来我头一次意识到,这园中不单是处处都有过我的车辙,有过我的车辙的地方也都有过母亲的脚印。

## 三

如果以一天中的时间来对应四季,当然春天是早晨,夏天是中午,秋天是黄昏,冬天是夜晚。如果以乐器来对应四季,我想春天应该是小号,夏天是定音鼓,秋天是大提琴,冬天是圆号和长笛。要是以这园子里的声响来对应四季呢?那么,春天是祭坛上空漂浮着的鸽子的哨音,夏天是冗长的蝉歌和杨树叶子哗啦啦地对蝉歌的取笑,秋天是古殿檐头的风铃响,冬天是啄木鸟随意而空旷的啄木声。以园中的景物对应四季,春天是一径时而苍白时而黑润的小路,时而明朗时而阴晦的天上摇荡着串串扬花;夏天是一条条耀眼而灼人的石凳,或阴凉而爬满了青苔的石阶,阶下有果皮,阶上有半张被坐皱的报纸;秋天是一座青铜的大钟,在园子的西北角上曾丢弃着一座很大的铜钟,铜钟与这园子一般年纪,浑身挂满绿锈,文字已不清晰;冬天,是林中空地上几只羽毛蓬松的老麻雀。以心绪对应四季呢?春天是卧病的季节,否则人们不易发觉春天的残忍与渴望;夏天,情人们应该在这个季节里失恋,不然就似乎对不起爱情;秋天是从外面买一棵盆花回家的时候,把花搁在阔别了的家中,并且打开窗户把阳光也放进屋里,慢慢回忆慢慢整理一些发过霉的东西;冬天伴着火炉和书,一遍遍坚定不死的决心,写一些并不发出的信。还可以用艺术形式对应四季,这样春天就是一幅画,夏天是一部长篇小说,秋天是一首短歌或诗,冬天是一群雕塑。以梦呢?以梦对应四季呢?春天是树尖上的呼喊,夏天是呼喊中的细雨,秋天是细雨中的土地,冬天是干净的土地上的一只孤零的烟斗。

因为这园子,我常感恩于自己的命运。

我甚至现在就能清楚地看见，一旦有一天我不得不长久地离开它，我会怎样想念它，我会怎样想念它并且梦见它，我会怎样因为不敢想念它而梦也梦不到它。

## 四

现在让我想想，十五年中坚持到这园子来的人都是谁呢？好像只剩了我和一对老人。

十五年前，这对老人还只能算是中年夫妇，我则货真价实还是个青年。他们总是在薄暮时分来园中散步，我不大弄得清他们是从哪边的园门进来，一般来说他们是逆时针绕这园子走。男人个子很高，肩宽腿长，走起路来目不斜视，胯以上直至脖颈挺直不动；他的妻子攀了他一条胳膊走，也不能使他的上身稍有松懈。女人个子却矮，也不算漂亮，我无端地相信她必出身于家道中衰的名门富族；她攀在丈夫胳膊上像个娇弱的孩子，她向四周观望似总含着恐惧，她轻声与丈夫谈话，见有人走近就立刻怯怯地收住话头。我有时因为他们而想起冉阿让与柯赛特，但这想法并不巩固，他们一望即知是老夫老妻。两个人的穿着都算得上考究，但由于时代的演进，他们的服饰又可以称为古朴了。他们和我一样，到这园子里来几乎是风雨无阻，不过他们比我守时。我什么时间都可能来，他们则一定是在暮色初临的时候。刮风时他们穿了米色风衣，下雨时他们打了黑色的雨伞，夏天他们的衬衫是白色的裤子是黑色的或米色的，冬天他们的呢子大衣又都是黑色的，想必他们只喜欢这三种颜色。他们逆时针绕这园子一周，然后离去。他们走过我身旁时只有男人的脚步响，女人像是贴在高大的丈夫身上跟着漂移。我相信他们一定对我有印象，但是我们没有说过话，我们互相都没有想要接近的表示。十五年中，他们或许注意到一个小伙子进入了中年，我则看着一对令人羡慕的中年情侣不觉中成了两个老人。

曾有过一个热爱唱歌的小伙子，他也是每天都到这园中来，来唱歌，唱了好多年，后来不见了。他的年纪与我相仿，他多半是早晨来，唱半小时或整整唱一个上午，估计在另外的时间里他还得上班。我们经常在祭坛东侧的小路上相遇，我知道他是到东南角的高墙下去唱歌，他一定猜想我去东北角的树林里做什么。我找到我的地方，抽几口烟，便听见他谨慎地整理歌喉了。他反反复复唱那么几首歌。“文化革命”没过去的时候，他唱“蓝蓝的天上白云飘，白云下面马儿跑……”我老也记不住这歌的名字。“文革”后，他唱《货郎与小姐》中那首最为流传的咏叹调。“卖布——卖布嘞，卖布——卖布嘞！”我记得这开头的一句他唱得很有声势，在早晨清澈的空气中，货郎跑遍园中的每一个角落去恭维小姐。“我交了好运气，我交了好运气，我为幸福唱歌曲……”然后他就一遍一遍地唱，不让货郎的激情稍减。依我听来,他的技术不算精到,在关键的地方常出差错,但他的嗓子是相当不坏的,而且唱一个上午也听不出一点疲惫。太阳也不疲惫,把大树的影子缩小成一团,把疏忽大意的蚯蚓晒干在小路上。将近中午,我们又在祭坛东侧相遇,他看一看我,我看一看他,他往北去,我往南去。日子久了,我感到我们都有结识的愿望,但似乎都不知如何开口,于是互相注视一下终又都移开目光擦身而过;这样的次数一多,便更不知如何开口了。终于有一天——一个丝毫没有特点的日子,我们互相点了一下头。他说:“你好。”我说:“你好。”他说:“回去啦?”我说:“是,你呢?”他说:“我也该回去了。”我们都放慢脚步(其实我是放慢车速),想再多说几句,但仍然是不知从何说起,这样我们就都走过了对方,又都扭转身子面向对方。他说:“那就再见吧。”我说:“好,再见。”便互相笑笑各走各的路了。但是我们没有再见,那以后,园中再没了他的歌声,我才想到,那天他或许是有意与我道别的,也许他考上了哪家专业的文工团或歌舞团了吧?真希望他如他歌里所唱的那样,交了好运气。

还有一些人,我还能想起一些常到这园子里来的人。有一个老头,算得一个真正的饮者;他在腰间挂一个扁瓷瓶,瓶里当然装满了酒,常来这园中消磨午后的时光。他在园中四处游逛,如果你不注意你会以为园中有好几个这样的老头,等你看过了他卓尔不群的饮酒情状,你就会相信这是个独一无二的老头。他的衣着过分随便,走路的姿态也不慎重,走上五六十米路便选定一处地方,一只脚踏在石凳上或土埂上或树墩上,解下腰间的酒瓶,解酒瓶的当儿眯起眼睛把一百八十度视角内的景物细细看一遭,然后以迅雷不及掩耳之势倒一大口酒入肚,把酒瓶摇一摇再挂向腰间,平心静气地想一会什么,便走下一个五六十米去。还有一个捕鸟的汉子,那岁月园中人少,鸟却多,他在西北角的树丛中拉一张网,鸟撞在上面,羽毛戗在网眼里便不能自拔。他单等一种过去很多而现在非常罕见的鸟,其他的鸟撞在网上他就把它们摘下来放掉,他说已经有好多年没等到那种罕见的鸟了,他说他再等一年看看到底还有没有那种鸟,结果他又等了好多年。早晨和傍晚,在这园子里可以看见一个中年女工程师,早晨她从北向南穿过这园子去上班,傍晚她从南向北穿过这园子回家。事实上我并不了解她的职业或者学历,但我以为她必是学理工的知识分子,别样的人很难有她那般的素朴并优雅。当她在园中穿行的时刻,四周的树林也仿佛更加幽静,清淡的日光中竟似有悠远的琴声,比如说是那曲《献给艾丽丝》才好。我没有见过她的丈夫,没有见过那个幸运的男人是什么样子,我想象过却想象不出,后来忽然懂了想象不出才好,那个男人最好不要出现。她走出北门回家去,我竟有点担心,担心她会落入厨房,不过,也许她在厨房里劳作的情景更有另外的美吧,当然不能再是《献给艾丽丝》,是个什么曲子呢?还有一个人,是我的朋友,他是个最有天赋的长跑家,但他被埋没了。他因为在“文革”中出言不慎而坐了几年牢,出来后好不容易找了个拉板车的工作,样样待遇都不能与别人平等,苦闷极了便练习长跑。那时他总来这园子里跑，我用手表为他计时，他每跑一圈向我招下手，我就记下一个时间。每次他要环绕这园子跑二十圈，大约两万米。他盼望以他的长跑成绩来获得政治上真正的解放，他以为记者的镜头和文字可以帮他做到这一点。第一年他在春节环城赛上跑了第十五名，他看见前十名的照片都挂在了长安街的新闻橱窗里，于是有了信心。第二年他跑了第四名，可是新闻橱窗里只挂了前三名的照片，他没灰心。第三年他跑了第七名，橱窗里挂前六名的照片，他有点怨自己。第四年他跑了第三名，橱窗里却只挂了第一名的照片。第五年他跑了第一名——他几乎绝望了，橱窗里只有一幅环城赛群众场面的照片。那些年我们俩常一起在这园子里待到天黑，开怀痛骂，骂完沉默着回家，分手时再互相叮嘱：先别去死，再试着活一活看。现在他已经不跑了，年岁太大了，跑不了那么快了。最后一次参加环城赛，他以三十八岁之龄又得了第一名并破了纪录，有一位专业队的教练对他说："我要是十年前发现你就好了。"他苦笑一下什么也没说，只在傍晚又来这园中找到我，把这事平静地向我叙说一遍。不见他已有好几年了，现在他和妻子和儿子住在很远的地方。

这些人现在都不到园子里来了，园子里差不多完全换了一批新人。十五年前的旧人，现在就剩我和那对老夫老妻了。有那么一段时间，这老夫老妻中的一个也忽然不来，薄暮时分惟男人独自来散步，步态也明显迟缓了许多，我悬心了很久，怕是那女人出了什么事。幸好过了一个冬天那女人又来了，两个人仍是逆时针绕着园子走，一长一短两个身影恰似钟表的两支指针；女人的头发白了许多，但依旧攀着丈夫的胳膊走得像个孩子。"攀"这个字用得不恰当了，或许可以用"搀"吧，不知有没有兼具这两个意思的字。

## 五

我也没有忘记一个孩子——一个漂亮而不幸的小姑娘。十五年前的那个下午，我第一次到这园子里来就看见了她，那时她大约三岁，蹲在斋宫西边的小路上捡树上掉落的"小灯笼"。那儿有几棵大栾树，春天开一簇簇细小而稠密的黄花，花落了便结出无数如同三片叶子合抱的小灯笼，小灯笼先是绿色，继而转白，再变黄，成熟了掉落得满地都是。小灯笼精巧得令人爱惜，成年人也不免捡了一个还要捡一个。小姑娘咿咿呀呀地跟自己说着话，一边捡小灯笼；她的嗓音很好，不是她那个年龄所常有的那般尖细，而是很圆润甚或是厚重，也许是因为那个下午园子里太安静了。我奇怪这么小的孩子怎么一个人跑来这园子里？我问她住在哪儿？她随手指一下，就喊她的哥哥，沿墙根一带的茂草之中便站起一个七八岁的男孩，朝我望望,看我不像坏人便对他的妹妹说"我在这儿呢!"又伏下身去,他在捉什么虫子。他捉到螳螂、蚂蚱、知了和蜻蜓,来取悦他的妹妹。有那么两三年,我经常在那几棵大栾树下见到他们,兄妹俩总是在一起玩,玩得和睦融洽,都渐渐长大了些。之后有很多年没见到他们。我想他们都在学校里吧,小姑娘也到了上学的年龄,必是告别了孩提时光,没有很多机会来这儿玩了。这事很正常,没理由太搁在心上,若不是有一年我又在园中见到他们,肯定就会慢慢把他们忘记。

那是个礼拜日的上午。那是个晴朗而令人心碎的上午,时隔多年,我竟发现那个漂亮的小姑娘原来是个弱智的孩子。我摇着车到那几棵大栾树下去,恰又是遍地落满了小灯笼的季节;当时我正为一篇小说的结尾所苦,既不知为什么要给它那样一个结尾,又不知何以忽然不想让它有那样一个结尾,于是从家里跑出来,想依靠着园中的镇静,看看是否应该把那篇小说放弃。我刚刚把车停下,就见前面不远处有几个人在戏耍一个少女,作出怪样子来吓她,又喊又笑地追逐她拦截她,少女在几棵大树间惊惶地东跑西躲,却不松手揪卷在怀里的裙裾,两条腿袒露着也似毫无察觉。我看出少女的智力是有些缺陷,却还没看出她是谁。我正要驱车上前为少女解围,就见远处飞快地骑车来了个小伙子,于是那几个戏耍少女的家伙望风而逃。小伙子把自行车支在少女近旁,怒目望着那几个四散逃窜的家伙,一声不吭喘着粗气,脸色如暴雨前的天空一样一会比一会苍白。这时我认出了他们,小伙子和少女就是当年那对小兄妹。我几乎是在心里惊叫了一声,或者是哀号。世上的事常常使上帝的居心变得可疑。小伙子向他的妹妹走去。少女松开了手,裙裾随之垂落了下来,很多很多她捡的小灯笼便洒落一地,铺散在她脚下。她仍然算得漂亮,但双眸迟滞没有光彩。她呆呆地望那群跑散的家伙,望着极目之处的空寂,凭她的智力绝不可能把这个世界想明白吧?大树下,破碎的阳光星星点点,风把遍地的小灯笼吹得滚动,仿佛喑哑地响着无数小铃铛。哥哥把妹妹扶上自行车后座,带着她无言地回家去了。

无言是对的。要是上帝把漂亮和弱智这两样东西都给了这个小姑娘,就只有无言和回家去是对的。

谁又能把这世界想个明白呢?世上的很多事是不堪说的。你可以抱怨上帝何以要降诸多苦难给这人间,你也可以为消灭种种苦难而奋斗,并为此享有崇高与骄傲,但只要你再多想一步你就会坠入深深的迷茫了:假如世界上没有了苦难,世界还能够存在么?要是没有愚钝,机智还有什么光荣呢?要是没了丑陋,漂亮又怎么维系自己的幸运?要是没有了恶劣和卑下,善良与高尚又将如何界定自己如何成为美德呢?要是没有了残疾,健全会否因其司空见惯而变得腻烦和乏味呢?我常梦想着在人间彻底消灭残疾,但可以相信,那时将由患病者代替残疾人去承担同样的苦难。如果能够把疾病也全数消灭,那么这份苦难又将由(比如说)相貌丑陋的人去承担了。就算我们连丑陋,连愚昧和卑鄙和一切我们所不喜欢的事物和行为,也都可以统统消灭掉,所有的人都一样健康、漂亮、聪慧、高尚,结果会怎样呢?怕是人间的剧目就全要收场了,一个失去差别的世界将是一潭死水,是一块没有感觉也没有肥力的沙漠。

看来差别永远是要有的。看来就只好接受苦难——人类的全部剧目需要它,存在的本身需要它。看来上帝又一次对了。

于是就有一个最令人绝望的结论等在这里:由谁去充任那些苦难的角色?又有谁去体现这世间的幸福、骄傲和快乐?只好听凭偶然,是没有道理好讲的。

就命运而言,休论公道。

那么,一切不幸命运的救赎之路在哪里呢?

设若智慧或悟性可以引领我们去找到救赎之路,难道所有的人都能够获得这样的智慧和悟性吗?

我常以为是丑女造就了美人。我常以为是愚氓举出了智者。我常以为是懦夫衬照了英雄。我常以为是众生度化了佛祖。

## 六

设若有一位园神,他一定早已注意到了,这么多年我在这园里坐着,有时候是轻松快乐的,有时候是沉郁苦闷的,有时候优哉游哉,有时候恓惶落寞,有时候平静而且自信,有时候又软弱,又迷茫。其实总共只有三个问题交替着来骚扰我,来陪伴我。第一个是要不要去死,第二个是为什么活,第三个,我干嘛要写作。

现在让我看看,它们迄今都是怎样编织在一起的吧。

你说,你看穿了死是一件无需乎着急去做的事,是一件无论怎样耽搁也不会错过的事,便决定活下去试试?是的,至少这是很关键的因素。为什么要活下去试试呢?好像仅仅是因为不甘心,机会难得,不试白不试,腿反正是完了,一切仿佛都要完了,但死神很守信用,试一试不会额外再有什么损失。说不定倒有额外的好处呢是不是?我说过,这一来我轻松多了,自由多了。为什么要写作呢?作家是两个被人看重的字,这谁都知道。为了让那个躲在园子深处坐轮椅的人,有朝一日在别人眼里也稍微有点光彩,在众人眼里也能有个位置,哪怕那时再去死呢也就多少说得过去了。开始的时候就是这样想,这不用保密,这些现在不用保密了。

我带着本子和笔,到园中找一个最不为人打扰的角落,偷偷地写。那个爱唱歌的小伙子在不远的地方一直唱。要是有人走过来,我就把本子合上把笔叼在嘴里。我怕写不成反落得尴尬。我很要面子。可是你写成了,而且发表了。人家说我写的还不坏,他们甚至说:真没想到你写得这么好。我心说你们没想到的事还多着呢。我确实有整整一宿高兴得没合眼。我很想让那个唱歌的小伙子知道,因为他的歌也毕竟是唱得不错。我告诉我的长跑家朋友的时候,那个中年女工程师正优雅地在园中穿行;长跑家很激动,他说好吧,我玩命跑,你玩命写。这一来你中了魔了,整天都在想哪一件事可以写,哪一个人可以让你写成小说。是中了魔了,我走到哪儿想到哪儿,在人山人海里只寻找小说,要是有一种小说试剂就好了,见人就滴两滴看他是不是一篇小说;要是有一种小说显影液就好了,把它泼满全世界看看都是哪儿有小说。中了魔了,那时我完全是为了写作活着。结果你又发表了几篇,并且出了一点儿小名,可这时你越来越感到恐慌。我忽然觉得自己活得像个人质,刚刚有点像个人了却又过了头,像个人质,被一个什么阴谋抓了来当人质,不定哪天被处决,不定哪天就完蛋。你担心要不了多久你就会文思枯竭,那样你就又完了。凭什么我总能写出小说来呢?凭什么那些适合做小说的生活素材就总能送到一个截瘫者跟前来呢?人家满世界跑都有枯竭的危险,而我坐在这园子里凭什么可以一篇接一篇地写呢?你又想到死了。我想见好就收吧。当一名人质实在是太累了太紧张了,太朝不保夕了。我为写作而活下来,要是写作到底不是我应该干的事,我想我再活下去是不是太冒傻气了?你这么想着你却还在绞尽脑汁地想写。我好歹又拧出点水来,从一条快要晒干的毛巾上。恐慌日甚一日,随时可能完蛋的感觉比完蛋本身可怕多了,所谓不怕贼偷就怕贼惦记,我想人不如死了好,不如不出生的好,不如压根儿没有这个世界的好。可你并没有去死。我又想到那是一件不必着急的事。可是不必着急的事并不证明是一件必要拖延的事呀?你总是决定活下来,这说明什么?是的,我还是想活。人为什么活着?因为人想活着,说到底是这么回事,人真正的名字叫作:欲望。可我不怕死,有时候我真的不怕死。有时候——说对了。不怕死和想去死是两回事,有时候不怕死的人是有的,一生下来就不怕死的人是没有的。我有时候倒是怕活。可是怕活不等于不想活呀?可我为什么还想活呢?因为你还想得到点什么,你觉得你还是可以得到点什么的,比如说爱情,比如说价值感之类,人真正的名字叫欲望。这不对吗?我不该得到点什么吗?没说不该。可我为什么活得恐慌,就像个人质?后来你明白了,你明白你错了,活着不是为了写作,而写作是为了活着。你明白了这一点是在一个挺滑稽的时刻。那天你又说你不如死了好,你的一个朋友劝你:你不能死,你还得写呢,还有好多好作品等着你去写呢。这时候你忽然明白了,你说:只是因为我活着,我才不得不写作。或者说只是因为你还想活下去,你才不得不写作。是的,这样说过之后我竟然不那么恐慌了。就像你看穿了死之后所得的那份轻松?一个人质报复一场阴谋的最有效的办法是把自己杀死。我看出我得先把我杀死在市场上,那样我就不用参加抢购题材的风潮了。你还写吗?还写。你真的不得不写吗?人都忍不住要为生存找一些牢靠的理由。你不担心你会枯竭了？我不知道，不过我想，活着的问题在死前是完不了的。

这下好了，您不再恐慌了不再是个人质了，您自由了。算了吧你，我怎么可能自由呢？别忘了人真正的名字是：欲望。所以您得知道，消灭恐慌的最有效的办法就是消灭欲望。可是我还知道，消灭人性的最有效的办法也是消灭欲望。那么，是消灭欲望同时也消灭恐慌呢？还是保留欲望同时也保留人性？

我在这园子里坐着，我听见园神告诉我：每一个有激情的演员都难免是一个人质。每一个懂得欣赏的观众都巧妙地粉碎了一场阴谋。每一个乏味的演员都是因为他老以为这戏剧与自己无关。每一个倒霉的观众都是因为他总是坐得离舞台太近了。

我在这园子里坐着，园神成年累月地对我说：孩子，这不是别的，这是你的罪孽和福祉。

## 七

要是有些事我没说，地坛，你别以为是我忘了，我什么也没忘，但是有些事只适合收藏。不能说，也不能想，却又不能忘。它们不能变成语言，它们无法变成语言，一旦变成语言就不再是它们了。它们是一片朦胧的温馨与寂寥，是一片成熟的希望与绝望，它们的领地只有两处：心与坟墓。比如说邮票，有些是用于寄信的，有些仅仅是为了收藏。

如今我摇着车在这园子里慢慢走，常常有一种感觉，觉得我一个人跑出来已经玩得太久了。有一天我整理我的旧相册，看见一张十几年前我在这园子里照的照片——那个年轻人坐在轮椅上，背后是一棵老柏树，再远处就是那座古祭坛。我便到园子里去找那棵树。我按着照片上的背景找很快就找到了它，按着照片上它枝干的形状找，肯定那就是它。但是它已经死了，而且在它身上缠绕着一条碗口粗的藤萝。我当然记得园工们种那棵藤萝时的情景，我却不记得是在什么时候它已经长到了碗口粗。有一天我在这园子碰见一个老太太，她说："哟，你还在这儿哪？"她问我："你母亲还好吗？""您是谁？""你不记得我，我可记得你。有一回你母亲来这儿找你，她问我您看没看见一个摇轮椅的孩子？……"我忽然觉得，我一个人跑到这世界上来玩真是玩得太久了。有一天夜晚，我独自坐在祭坛边的路灯下看书，忽然从那漆黑的祭坛里传出一阵阵唢呐声；四周都是参天古树，方形祭坛占地几百平方米空旷坦荡独对苍天，我看不见那个吹唢呐的人，惟唢呐声在星光寥寥的夜空里低吟高唱，时而悲怆时而欢快，时而缠绵时而苍凉，或许这几个词都不足以形容它，我清清醒醒地听出它响在过去，响在现在，响在未来，回旋飘转亘古不散。

必有一天，我会听见喊我回去。

那时您可以想象一个孩子，他玩累了可他还没玩够呢，心里好些新奇的念头甚至等不及到明天。也可以想象是一个老人，无可置疑地走向他的安息地，走得任劳任怨。还可以想象一对热恋中的情人，互相一次次说“我一刻也不想离开你”，又互相一次次说“时间已经不早了”，时间不早了可我一刻也不想离开你，一刻也不想离开你可时间毕竟是不早了。

我说不好我想不想回去。我说不好是想还是不想，还是无所谓。我说不好我是像那个孩子，还是像那个老人，还是像一个热恋中的情人。很可能是这样：我同时是他们三个。我来的时候是个孩子，他有那么多孩子气的念头所以才哭着喊着闹着要来，他一来一见到这个世界便立刻成了不要命的情人，而对一个情人来说，不管多么漫长的时光也是稍纵即逝，那时他便明白，每一步每一步，其实一步步都是走在回去的路上。当牵牛花初开的时节，葬礼的号角就已吹响。

但是太阳，他每时每刻都是夕阳也都是旭日。当它熄灭着走下山去收尽苍凉残照之际，正是它在另一面燃烧着爬上山巅布散烈烈朝辉之时。有一天，我也将沉静着走下山去，扶着我的拐杖。有一天，在某一处山洼里，势必会跑上来一个欢蹦的孩子，抱着他的玩具。

当然，那不是我。

但是，那不是我吗？

宇宙以其不息的欲望将一个歌舞炼为永恒。这欲望有怎样一个人间的姓名，大可忽略不计。

写于一九八九年五月五日

修改于一九九零年一月七日

（选自于《我与地坛：纪念版》，史铁生著，人民文学出版社 2011 年版）

**【阅读提示】**

史铁生(1951—2010)，北京人，中国当代著名作家、散文家。著有长篇小说《务虚笔记》，短篇小说集《命若琴弦》《我的遥远的清平湾》《礼拜日》等，散文集《我与地坛》《病隙碎笔》《自言自语》等。

一个小小的地坛，藏得住作者的身躯，却藏不住其深邃的神思和饱满的生命力。质朴诗意的语言，细腻而炽烈的情感，勾勒出地坛的岁月地图、生命地图，时光仿佛凝结在摇晃的轮椅上，凝结在母亲遥望的目光里，也凝结在作者对宇宙人生的冥想中。在经历生死离别之后，才能理解感情的厚重；在经历人生重创之后，才能感悟生命的芳华。地坛所给予的，不仅是身的栖居，还有灵的绽放。

**【延伸阅读】**

1. 吴俊:《当代西绪福斯神话——史铁生小说的心理透视》,文学评论 1989 年第 3 期。

2. 史铁生:《宿命的写作——在苏州大学“小说家讲坛”上的书面演讲》,《当代作家评论》2003 年第 1 期。

3. 张勐:《史铁生作品中的〈圣经〉原型》,《文艺争鸣》2009 年第 3 期。

（张勐）

# 意笔写江南

小思

四月，我打江南走过，看，春色如许。白玉兰开了，梅开了，樱开了，柳仍娇慵，桃花也迟延步履，西湖畔春痕尚浅。如果这回只为寻色相而来，未免失望，但西湖之外，尚有人间风貌，山水多情。

春风十里扬州路，这里总没辜负远道而来的访客。那天瘦西湖云淡风轻，可是我却裹着重衣厚袂，走在丝丝柳线的堤岸上，却有暂闲的轻快。小舟泛过，我没追问二十四桥还在否，莲花桥影已深深浅浅印在游人的笑脸上，印在心间。至于各式楼台，早给年轻的朗朗笑声掩盖，因为那一天，正是学生春游的假期，孩子们穿着红色运动服，脸上绽出欢乐笑容，不畏生地向陌生人招呼，成了一幅流动青春图画，这是古代诗人没写过的。扬州早应向"青楼薄幸"的名声作别，在这里理该立此存照。

不写苏州，却牵念看城外东南二十五公里的水乡甪直。"人家尽枕河，水巷小桥多"，清晨时分，温煦阳光正照在正阳桥下，我才真正体会什么叫做"波光粼粼"。妇人蹲在堤阶洗刷马桶——是，是马桶，家家户户都把洗得干净、雕花细致的木马桶放在门外晒，还伴着扎作也精巧的瘦长竹刷子。妇人蹲在堤阶上洗衣服。百年老店的小街，走着挽了竹菜篮，头碰在一起拉家常的女人，小吃店冒着炉火白烟，老师傅笑口盈盈地卖早点。我倚在和丰桥的玉白花岗岩桥栏边，抚摸已经模糊了的浮雕，生活呀！自宋初建成的桥，给日出日入的百姓作证，只有平淡而真实的生活，才能把历史好好传承下来。每当看到许多旅游名胜，竟盖起什么汉街宋城的伪装风景，就不禁想起：怎么没有人为这些真实的庶民生活做改善，然后连人带地保留下来？

庄重而悠闲，踏实而愉快，是甪直人给我的印象，走过卵石铺成的小街，我深深抱歉，这个外来人，打扰了，对不起。

说甪直，我是有备而来，但富阳县城南二十公里的龙门古镇，却是一次意外的邂逅。

本地导游说等一等，要等一个本镇长大的孙家大姐来带我们进去逛，千万别走散，我来了多次还是认不清路。会那么“严重”吗？我的疑惑，自走进第一座厅屋后，就完全解开。我们不是走在街上的时间多，却竟穿堂入室，一屋过一屋地游走，一下子在人家的厅房，一下子又到了小石卵铺砌的狭巷小弄里，真是不辨东西。龙门人说：“大雨天串门儿，跑遍全村不在露天走半步，回到家来不湿鞋。”这种人际的亲密，都市人如何明白？

在明清的木构建筑群里，处处见到庶民工匠的巧心妙手。大祠堂栋梁窗柱都是精致木雕，特别是“百狮厅”的梁柱上的百头姿态各异的狮子，更栩栩灵动。其余的戏文、花鸟，在“山乐堂”里就更丰富了。我们在匆匆中，仍忍不住放慢脚步，细细观赏，只见妇女们却低头工作——祠堂早已成了轻工业加工工场了，那就是生活。但不是说龙门镇已列入重点文物保护单位吗？喏！另一座小祠堂刚在前几天烧了，一堆大大的焦木还在地上，我走近去，想象一条横梁曾刻过的花鸟虫鱼，在火中冉冉成烟飞升。一个乡民嘴角叼着一根香烟，在木构建筑群中走过，若无其事。

义门牌楼，标志着许多义勇故事，但如今它的破落荒凉，究竟有没有象征意义呢？走过一堵堵裂纹斑驳的墙，拍了一些照片，我害怕，有人嫌它们老，拆掉它，再建一座什么明清小镇，或者热心过了头，把它装红饰绿，一切庶民的智慧，就完了。

“此地山青水秀，胜似吕梁龙门”，别了，龙门古镇，从此我又多了一重牵挂。

此行不止为寻春访翠，重点还在为了看昆剧。

我不懂昆剧，却爱看。只有江南山水，才能育成这样子精微神妙的戏剧。我喜欢精微，我深爱细腻严谨，那一回眸，那一掠眉整鬓，就已经一生一世。

好几个折子戏，由江苏省昆剧院、浙江京昆艺术剧院的主要演员为我们演出。“姹紫嫣红开遍”，一切尽在写意摹描中。

那夜，看姚传芗老师执手教演的《牡丹亭》，王奉梅是杜丽娘，还是杜丽娘是王奉梅，我已分不清了。手、眼、身、步，妙曼含情，“游园”、“惊梦”、“寻梦”、“写真”、“离魂”，层次浓淡，都在她细致变化中，微微演就。不能多一分，不能少一分，优美身段，哀乐眼神，匆忙大意的现代人，怎能承接得到？我们乘高速的飞机，到了江南，把外边一切忘却，来看这伤春女子，刹那间，时空错置，也算一场惊梦。怕只怕，所谓时代节拍的喧哗，使这优美高雅的艺术，回生无证，只有善忘的民族，才会找出种种借口，去遗忘美好传统。舞台上，舞台下，都是愁肠百结。

江南春景，给历代文人写了千年，还是写不尽。梦入江南烟水路，执笔之际，才觉梦也无凭。毕竟，城市人能记取的春色，就是这点滴了。

一九九六年四月

（选自《翠拂行人首》，小思著，黄念欣编选，北京：中华书局，2015 年 4 月版。）

**【阅读提示】**

小思，本名卢玮銮，笔名小思、明川、卢飘等，祖籍广东番禺，1939年生于香港，香港著名散文作家、学者。发表散文时，她是小思；研究香港文学时，她是卢玮銮。她以散文起家，也被人称为“香港新文学史的拓荒人”。“明川小品玉川茶”，在香港文坛，小思的散文是独具个性的存在，言之有味，淡香扑鼻。

《意笔写江南》是一篇具有浓郁江南韵味的散文，作者作为土生土长的香港人，对于江南古朴而生动、庄重而悠闲、踏实而愉快的情韵与格调有着太多的惊叹与留念，字里行间流露着对于现代人及现代都市生活的深切反思。

**【延伸阅读】**

1. 柳苏：《无人不道小思贤——香港新文学史的拓荒人》，《读书》1989年第1期。

2. 柯灵：《香港是“文化沙漠”？——序小思散文集＜彤云笺＞》，《读书》1990年第7期。

3. 朱立立：《淡中有喜浓出悲外——论香港学者作家小思的散文》，《华侨大学学报》1998年第2期。

（方爱武）

# 光之四书

林清玄

## 光之色

当塞尚把苹果画成蓝色以后，大家对颜色突然开始有了奇异的视野，更不要说马蒂斯蓝色的向日葵，毕加索鲜红色的人体，夏卡尔绿色的脸了。

艺术家们都在追求绝对的真实，其实这种绝对往往不是一种常态。

我是真正见过蓝色苹果的人。有一次去参加朋友的舞会，舞会不免有些水果点心，我发现就在我坐的位子旁边一个摆设得精美的果盘，中间有几只梨山的青苹果，苹果之上一个色纸包扎的蓝灯，一束光正好打在苹果上，那苹果的蓝色正是塞尚画布上的色泽。那种感动竟使我微微地颤抖起来，想到诗人里尔克称赞塞尚的画："是法国式的雅致与德国式的热情之平衡。"

设若有一个人，他从来没有见过苹果，那一刻，我指着那苹果说：苹果是蓝色的。他必然要相信不疑。

然后，灯光变了，是一支快速度的舞，七彩的光在屋内旋转，打在果盘上，所有的水果顿时成为七彩的斑点流动。我抬头看到舞会男女，每个人脸上的肤色隐去，都是霓虹灯一样，只是一些活动的碎点，像极了秀拉用细点的描绘。当刻，我不仅理解了马蒂斯、毕加索、夏卡尔种种，甚至看见了除去阳光以外的真实。

在阳光下，所有的事物自有它的颜色，当阳光隐去，在黑暗里，事物全失去了颜色。设若我们换了灯，同样是灯，灯泡与日光灯会使色泽不同，即使同是灯泡，百烛与十烛间相去甚巨，不要说是一支蜡烛了。我们时常说在黑夜的月光与烛光下就有了气氛，那是我们多出一种想象的空间，少去了逼人的现实，即使在阳光艳照的天气，我们突然走进树林，枝叶掩映，点点丝丝，气氛仿佛滤过，就围绕了周边。什么才是气氛呢？因为不真实，才有气有氛，令人迷惑。或者说除去直接无情的真实，留下迂回间接的真实，那就是一般人口里的气氛了。

有一回在乡下，听到一位农夫说到现今社会风气的败坏，他说:“都是电灯害的，电灯使人有了夜里的活动，而所有的坏事全是在黑暗里进行的。”想想，人在阳光的照耀下，到底还是保持着本色，黑暗里本色失去，一只苹果可以蓝，可以七彩，人还有什么不可为呢?

这样一想，阳光确实是无情，它让我们无所隐藏，它的无情在于它的无色，也在于它的永恒，又在于它的自然。不管人世有多少沧桑，阳光总不改变它的颜色，所以仿佛也不值得歌颂了。熟知中国文学的人应该发现，中国诗人词家少有写阳光下的心情，他们写到的阳光尽是日暮(天寒翠袖薄，日暮依修竹)，尽是黄昏(月上柳梢头，人约黄昏后)，尽是落日(大漠孤烟直，长河落日圆)，尽是夕阳(去年天气旧亭台，夕阳西下几时回)，尽是斜阳(斜阳外，寒鸦数点，流水绕孤村)，尽是落照(家住苍烟落照间，丝毫尘事不相关)……阳光的无所不在，无地不照，反而只有离去时最后的照影，才能勾起艺术家诗人的灵感，想起来真是奇怪的事。

一朝唐诗、一代宋词，大部分是在月下、灯烛下进行，你说奇怪不奇怪?说起来就是气氛作怪，如果是日正当中，仿佛都与情思、离愁、国仇、家恨无缘，思念故人自然是在月夜空山才有气氛，怀忧边地也只有在清风明月里才能服人，即使饮酒作乐，不在有月的晚上，难道是在白天吗?其实天底下最大的痛苦不是在夜里，而是在大太阳下也令人战栗，只是没有气氛，无法描摹罢了。

有阳光的天色，是给人工作的，不是给人艺术的，不是给人联想和忧思的。有阳光的艺术不是诗人词家的，是画家的专利，中国一部艺术史大部分写着阳光，西方的艺术史也是亮灿照耀，到印象派的时候更是光影辉煌，只是现代艺术家似乎不满意这样，他们有意无意地改变光的颜色。抽象自不必说了，写实，也不要俗人都看得见的颜色，而是透过画家的眼睛，他们说这是“超脱”，这是“真实”，这是“爱怎么画就怎么画才是创作”。

我常说艺术家是上帝的错误设计，因为他们要在阳光的永恒下，另外做自己的永恒，以为这样就成为永恒的主宰。艺术背叛了阳光的原色，生活也是如此。我们的黑夜愈来愈长，我们的屋子越来越密，谁还在乎有没有阳光呢?现在我如果批评塞尚的蓝苹果，一定引来一阵乱棒，就像齐白石若画了蓝色的柿子也会挨骂一样;其实前后还不过是百年的时间，一百年，就让现代人相信没有阳光，日子一样自在;让现代人相信艺术家的真实胜过阳光的真实。

阳光本色的失落是现代人最可悲的一种，许多人不知道在阳光下，稻子可以绿成如何，天可以蓝到什么程度，玫瑰花可以红到透明，那是因为过去在阳光下工作的占人类的大部分，现在变成小部分了;即使是在有光的日子，推窗究竟看的是什么颜色呢?

我常在都市热闹的街路上散步，有时走过长长的一条路，找不到一根小草，有时一年看不到一只蝴蝶，这时我终于知道：我们心里的小草有时候是黑的，而在繁屋的每一面窗中，埋藏了无数苍白没有血色的蝴蝶。

## 光之香

我遇见一位年轻的农夫，在南方一个充满阳光的小镇。

那时是春末了，一期稻作刚刚收成，春日阳光的金线如雨倾盆地泼在温暖的土地上，牵牛花在篱笆上缠绵盛开，苦苓树上鸟雀追逐，竹林里的笋子正纷纷胀破土地。细心地想着植物突破土地，在阳光下成长的声音，真是人间里非常幸福的感觉。

农夫和我坐在稻埕旁边，稻子已经铺平张开在场上。由于阳光的照射，稻埕闪耀着金色的光泽，农夫的皮肤染了一种强悍的铜色。我在农夫家做客，刚刚是我们一起把谷包的稻子倒出来，用犁耙推平的，也不是推平，是推成小小山脉一般，一条棱线接着一条棱线，这样可以让山脉两边的稻谷同时接受阳光的照射，似乎几千年来就是这样晒谷子，因为等到阳光晒过，八爪耙把棱线推进原来的谷底，则稻谷翻身，原来埋在里面的谷子全翻到向阳的一面来——这样晒谷比平面有效而均衡，简直是一种阴阳的哲学了。

农夫用斗笠一扇着脸上的汗珠，转过脸来对我说："你深呼吸看看。"

我深深地吸了一口气，缓缓吐出。

他说："你吸到什么没有？"

"我吸到的是稻子的气味，有一点香。"我说。

他开颜地笑了，说："这不是稻子的气味，是阳光的香味。"

阳光的香味？我不解地望着他。

那年轻的农夫领着我走到稻埕中间，伸手抓起一把向阳一面的谷子，叫我用力地嗅，那时稻子成熟的香气整个扑进我的胸腔，然后，他抓起一把向阴的埋在内部的谷子让我嗅，却是没有香味了。这个实验让我深深地吃惊，感觉到阳光的神奇，究竟为什么只有晒到阳光的谷子才有香味呢？年轻的农夫说他也不知道，是偶然在翻稻谷晒太阳时发现的，那时他还是大学学生，暑假偶尔帮忙农作，想象着都市里多彩多姿的生活，自从晒谷时发现了阳光的香味，竟使他下决心要留在家乡。我们坐在稻埕边，漫无边际地谈起阳光的香味来，然后我几乎闻到了幼时刚晒干的衣服上的味道，新晒的棉被、新晒的书画，光的香气就那样淡淡地从童年中流泻出来。自从有了烘干机，那种衣香就消失在记忆里，从未想过竟是阳光的关系。

农夫自有他的哲学,他说:“你们都市人可不要小看阳光,有阳光的时候,空气的味道都是不同的。就说花香好了,你有没有分辨过阳光下的花与屋里的花,香气不同呢?”

我说:“那夜来香、昙花香又作何解呢?”

他笑得更得意了:“那是一种阴香,没有壮怀的。”

我便那样坐在稻埕边,一再地深呼吸,希望能细细品味阳光的香气,看我那样正经庄重,农夫说:“其实不必深呼吸也可以闻到,只是你的嗅觉在都市里退化了。”

## 光之味

在澎湖访问的时候,我常在路边看渔民晒鱿鱼,发现晒鱿鱼有两种方式:一种是把鱿鱼放在水泥地上,隔一段时间就翻过身来。在没有水泥地的土地,为了怕蒸起的水气,渔民把鱿鱼像旗子一样,一面面挂在架起的竹竿上——这种景观是在澎湖、兰屿随处可见的,有的台湾沿海也看得见。

有一次一位渔民请我吃饭,桌子上就有两盘鱿鱼,一盘是新鲜的刚从海里捕到的鱿鱼,一盘是阳光晒干以后,用水泡发,再拿来煮的。渔民告诉我,鱿鱼不同于其他的鱼,其他的鱼当然是新鲜最好,鱿鱼则非经过阳光烤炙,不会显出它的味道来。我仔细地吃起鱿鱼,发现新鲜虽脆,却不像晒干的那样有味、有劲,为什么这样,真是没什么道理。难道阳光真有那样大的力量吗?

渔民见我不信,捞起一碗鱼翅汤给我,说:“你看这鱼翅好了,新鲜的鱼翅,卖不到什么价钱的,因为一点也不好吃,只有晒干的鱼翅才珍贵,因为香味百倍。”

为什么鱿鱼、鱼翅经过阳光曝晒以后会特别好吃呢?确是不可思议,其实不必说那么远,就是一只乌鱼子,干的乌鱼子价钱何止是新鲜乌鱼卵的十倍?

后来我在各地旅行的时候,特别留意这个问题,有一次在南投竹山吃东坡肉油焖笋尖,差一点没有吞下盘子。主人说那是今年的阳光特别好,晒出了最好吃的笋干,阳光差的时候,笋干也显不出它的美味,嫩笋虽自有它的鲜美,经过阳光,却完全不同了。

对鱿鱼、鱼翅、乌鱼子、笋干等等,阳光的功能不仅让它干燥、耐于久藏,也仿若穿透它,把气味凝聚起来,使它发散不同味道。我们走入南货行里所闻到的干货聚集的味道,我们走进中药铺子扑鼻而来的草香药香,在从前,无一不是经由阳光的凝结。现在毋需阳光的干燥方法,据说味道也不如从前了。一位老中医师向我描述从前“当归”的味道,说如今怎样熬炼也不如昔日,我没有吃过旧日当归,不知其味,但这样说,让我感觉现今的阳光也不像古时有味了。

不久前，我到一个产制茶叶的地方，茶农对我说，好天气采摘的茶叶与阴天采摘的，烘焙出来的茶就是不同，同是一株茶，春茶与冬茶也全然两样，则似乎一天与一天的阳光味觉不同，一季与一季的阳光更天差地别了，而它的先决条件，就是要具备一只敏感的舌头。不管在什么时代，总有一些人具备好的舌头能辨别阳光的壮烈与阴柔——阳光那时刻像是一碟精心调制的小菜，差一些些，在食家的口中已自有高下了。

这样想，使我悲哀，因为盘中的阳光之味在时代的进程中似乎日渐清淡起来。

## 光之触

八月的时候，我在埃及，沿着尼罗河自北向南，从开罗逆流而溯，一直往路克索、帝王谷、亚斯文诸地经过。那是埃及最热的天气，晒两天，就能让人换过一层皮肤。

由于埃及阳光可怕的热度，我特别留心到当地人的穿戴，北非各地，夏天的衣着也是一袭长袍长袖的服装，甚至头脸全包扎起来。我问一位埃及人："为什么太阳这么大，你们不穿短袖的衣服，反而把全身包扎起来呢？"他的回答很妙："因为太阳实在太大，短袖长袖同样热，长袖反而可以保护皮肤。"

在埃及八天的旅行，我在亚斯文旅店洗浴时，发现皮肤一层一层地凋落，如同干去的黄叶。埃及经验使我真实感受到阳光的威力，它不只是烧炙着人，甚至是刺痛、鞭打、揉搓着人的肌肤，阳光热烘烘地把我推进一个不可回避的地方，每一秒的照射都能真实地感应。

后来到了希腊，在爱琴海滨，阳光也从埃及那种磅礴波澜里进入一个细致的形式，虽然同样强烈地包围着我们。海风一吹，阳光在四周汹涌，有浪大与浪小的时候，我感觉希腊的阳光像水一样推涌着，好像手指的按摩。

再来是意大利，阳光像极文艺复兴时代米开朗基罗的雕像，开朗、强壮，但给人一种美学的感应，那时阳光是轻拍着人的一双手，让我们面对艺术时真切的清醒着。

到了中欧诸国，阳光简直成为慈和温柔的怀抱，拥抱着我们。我感到相当的惊异，因为同是八月盛暑，阳光竟有着种种变化的触觉：或狂野，或壮朗，或温和，或柔腻，变化万千，加以欧洲空气的干燥，更触觉到阳光直接的照射。

那种触觉简直不只是肌肤的，也是心灵的，我想起中国的一个寓言：

有一个瞎子，从来没有见过太阳，有一天他问一个好眼睛的人："太阳是什么样子呢？"

那人告诉他:“太阳的样子像个铜盘。”

瞎子敲了敲铜盘,记住了铜盘的声音,过了几天,他听见敲钟的声音,以为那就是太阳了。

后来又有一个好眼睛的人告诉他:“太阳是会发光的,就像蜡烛一样。”

瞎子摸摸蜡烛,认出了蜡烛的形式,又过了几天,他摸到一支箫,以为这就是太阳了。

他一直无法搞清太阳是什么样子。

瞎子永远不能看见太阳的样子,自然是可悲的,但幸而瞎子同样能有阳光的触觉。寓言里只有手的触觉,而没有心灵的触觉,失去这种触觉,就是好眼睛的人,也不能真正知道太阳的。

冬天的时候,我坐在阳台上晒太阳,同一个下午的太阳,我们能感觉到每一刻的触觉都不一样,有时温暖得让人想脱去棉衫,有时一片云飘过,又冷得令人战栗。晒太阳的时候,我觉得阳光虽大,它却是活的,是宇宙大心灵的证明,我想只要真正地面对过阳光,人就不会觉得自己是神,是万物之主宰。

只要晒过太阳,也会知道,冬天里的阳光是向着我们,但走远了,夏天则又逼近,不管什么时刻,我们都触及了它的存在。

记得梭罗在华尔腾湖畔,清晨吸到新鲜空气,希望将那空气用瓶子装起,卖给那些迟起的人。我在晒太阳时则想,是不是有一种瓶子可以装满阳光,卖给那些没有晒过太阳的人呢?

每一天出门的时候,我们对阳光有没有触觉呢?如果没有,我们的感官能力正在消失,因为当一个人对阳光竟能无感,如果说他能对花鸟虫鱼、草木山河有观,都是自欺欺人的了。

(选自《林清玄散文》,林清玄著,浙江文艺出版社 1997 年版)

**【阅读提示】**

林清玄(1953—2019),台湾高雄人,著名作家、散文家、诗人、学者。在当代台湾文坛,其散文独树一帜,自成风格,影响极大。林清玄散文最大的特色在于受禅宗思想影响较深,他常用菩提之心关注现世人间,作品哲理与禅意兼具,诗意灵动,境界高远。代表作品集有《莲花开落》《温一壶月光下酒》《打开心灵的门窗》《心的菩提》等“菩提系列”。

在《光之四书》中,林清玄分别从“光之色”、“光之香”、“光之味”与“光之触”四个角度阐释了对于“光”的审美感知,于平常处见灵动,于细微处见顿悟,展现出林清玄散文一贯的情理兼具的特色。

**【延伸阅读】**

1. 林清玄:《清凉菩提·自序》,见《清凉菩提》,作家出版社 1993 年版。

2. 方忠:《好雪片片飞莲花开又落——林清玄散文》,见《台湾散文四十家》,中原农民出版社 1995 年版。

(方爱武)

# 一只特立独行的猪

王小波

插队的时候，我喂过猪，也放过牛。假如没有人来管，这两种动物也完全知道该怎样生活。它们会自由自在地闲逛，饥则食渴则饮，春天来临时还要谈谈爱情；这样一来，它们的生活层次很低，完全乏善可陈。人来了以后，给它们的生活做出了安排：每一头牛和每一口猪的生活都有了主题。就它们中的大多数而言，这种生活主题是很悲惨的：前者的主题是干活，后者的主题是长肉。我不认为这有什么可抱怨的，因为我当时的生活也不见得丰富了多少，除了八个样板戏，也没有什么消遣。有极少数的猪和牛，它们的生活另有安排。以猪为例，种猪和母猪除了吃，还有别的事可干。就我所见，它们对这些安排也不大喜欢。种猪的任务是交配，换言之，我们的政策准许它当个花花公子。但是疲惫的种猪往往摆出一种肉猪（肉猪是阉过的）才有的正人君子架势，死活不肯跳到母猪背上去。母猪的任务是生崽儿，但有些母猪却要把猪崽儿吃掉。总的来说，人的安排使猪痛苦不堪。但它们还是接受了：猪总是猪啊。

对生活做种种设置是人特有的品性。不光是设置动物，也设置自己。我们知道，在古希腊有个斯巴达，那里的生活被设置得了无生趣，其目的就是要使男人成为亡命战士，使女人成为生育机器，前者像些斗鸡，后者像些母猪。这两类动物是很特别的，但我以为，它们肯定不喜欢自己的生活。但不喜欢又能怎么样？人也好，动物也罢，都很难改变自己的命运。

以下谈到的一只猪有些与众不同。我喂猪时，它已经有四五岁了，从名分上说，它是肉猪，但长得又黑又瘦，两眼炯炯有光。这家伙像山羊一样敏捷，一米高的猪栏一跳就过；它还能跳上猪圈的房顶，这一点又像是猫——所以它总是到处游逛，根本就不在圈里待着。所有喂过猪的知青都把它当宠儿来对待，它也是我的宠儿——因为它只对知青好，容许他们走到三米之内，要是别的人，它早就跑了。它是公的，原本该劁掉。不过你去试试看，哪怕你把劁猪刀藏在身后，它也能嗅出来，朝你瞪大眼睛，嗷嗷地吼起来。我总是用细米糠熬的粥喂它，等它吃够了以后，才把糠兑到野草里喂别的猪。其他猪看了嫉妒，一起嚷起来。这时候整个猪场一片鬼哭狼嚎，但我和它都不在乎。吃饱了以后，它就跳上房顶去晒太阳，或者模仿各种声音。它会学汽车响、拖拉机响，学得都很像；有时整天不见踪影，我估计它到附近的村寨里找母猪去了。我们这里也有母猪，都关在圈里，被过度的生育搞得走了形，又脏又臭，它对它们不感兴趣；村寨里的母猪好看一些。它有很多精彩的事迹，但我喂猪的时间短，知道的有限，索性就不写了。总而言之，所有喂过猪的知青都喜欢它，喜欢它特立独行的派头儿，还说它活得潇洒。但老乡们就不这么浪漫，他们说，这猪不正经。领导则痛恨它，这一点以后还要谈到。我对它则不止是喜欢——我尊敬它，常常不顾自己虚长十几岁这一现实，把它叫做“猪兄”。如前所述，这位猪兄会模仿各种声音。我想它也学过人说话，但没有学会——假如学会了，我们就可以做倾心之谈。但这不能怪它。人和猪的音色差得太远了。

后来，猪兄学会了汽笛叫，这个本领给它招来了麻烦。我们那里有座糖厂，中午要鸣一次汽笛，让工人换班。我们队下地干活时，听见这次汽笛响就收工回来。我的猪兄每天上午十点钟总要跳到房上学汽笛，地里的人听见它叫就回来——这可比糖厂鸣笛早了一个半小时。坦白地说，这不能全怪猪兄，它毕竟不是锅炉，叫起来和汽笛还有些区别，但老乡们却硬说听不出来。领导上因此开了一个会，把它定成了破坏春耕的坏分子，要对它采取专政手段——会议的精神我已经知道了，但我不为它担忧——因为假如专政是指绳索和杀猪刀的话，那是一点门都没有的。以前的领导也不是没试过，一百人也逮不住它。狗也没用：猪兄跑起来像颗鱼雷，能把狗撞出一丈开外。谁知这回是动了真格的，指导员带了二十几个人，手拿五四式手枪；副指导员带了十几人，手持看青的火枪，分两路在猪场外的空地上兜捕它。这就使我陷入了内心的矛盾：按我和它的交情，我该舞起两把杀猪刀冲出去，和它并肩战斗，但我又觉得这样做太过惊世骇俗——它毕竟是只猪啊；还有一个理由，我不敢对抗领导，我怀疑这才是问题之所在。总之，我在一边看着。猪兄的镇定使我佩服至极：它很冷静地躲在手枪和火枪的连线之内，任凭人喊狗咬，不离那条线。这样，拿手枪的人开火就会把拿火枪的打死，反之亦然；两头同时开火，两头都会被打死。至于它，因为目标小，多半没事。就这样连兜了几个圈子，它找到了一个空子，一头撞出去了，跑得潇洒至极。以后我在甘蔗地里还见过它一次，它长出了獠牙，还认识我，但已不容我走近了。这种冷淡使我痛心，但我也赞成它对心怀叵测的人保持距离。

我已经四十岁了，除了这只猪，还没见过谁敢于如此无视对生活的设置。相反，我倒见过很多想要设置别人生活的人，还有对被设置的生活安之若素的人。因为这个缘故，我一直怀念这只特立独行的猪。

（选自《三联生活周刊》1996 年第 11 期）

**【阅读提示】**

王小波(1952—1997),北京人,当代学者、作家。出版作品有《黄金时代》《白银时代》《青铜时代》《我的精神家园》《沉默的大多数》《黑铁时代》;纪念、评论集《浪漫骑士》《不再沉默》《王小波画传》等。

安于笼中日复一日的机械生活?还是做猪群里最独特的那一个?一只猪给予了我们生活最精彩的样子——战斗。文章诙谐的笔法,调侃的语调,有趣的故事,寄寓着猪兄的叛逆与张扬,也寄寓着作者之神思。如果现实是四面环绕的栅栏,镣铐会慢慢缠绕着手脚,沉默、妥协,望着不远处的光亮,踏不出脚步,最后只剩下飘零的幻灭。那么,去冲出围墙,去抛开背后质疑的目光,迎着风奔跑,做最特立独行的那一个自由的精灵吧。

**【延伸阅读】**

1. 戴锦华:《智者戏谑——阅读王小波》,《当代作家评论》1998 年第 2 期。
2. 黄平、夏晓潇:《王小波年谱初编》,《文艺争鸣》2014 年第 9 期。
3. 黄平:《王小波与文学史》,《学术月刊》2017 年第 12 期。

(张 勐)

# 唐素琴

高尔泰

## 一

苏州上学时，我们那个班，不但是全系，也是全校的先进模范。每个学期都要得到一面校政治部颁发的绛红色丝绒锦旗，上书"三好集体"，全班引以为荣。得这荣誉，不是偶然，五个班干部起了积极作用。他们个个政治觉悟高，学习成绩好，朝气蓬勃干劲十足，是同学们的知心人。

我那时十八岁，是班上年龄最小的一个，从小随便惯了，自由散漫，跟不上那个团结紧张严肃活泼的趟儿，成了班上的包袱。班干部唐素琴负责帮助我。她比我大三岁，同我说话的口气，就像我的姐姐。我小时候服从姐姐惯了，只要她一开口，不管说的什么，也不管对不对，就本能地小学生般频频点头。当然，是否照办，又当别论。

我怕洗衣服，邋里邋遢，有碍集体形象，屡教不改。团支部书记程万廉替我申请到一笔"困难补助"，买了一件新的棉大衣给我，把我那件满是油画颜色的破大衣抱去，丢到垃圾桶里去了。我很感谢，他说不谢，这是组织的关怀，你要是知道感激，就勤洗勤换衣服。我努力了一阵，但未能永远坚持。不知不觉，新大衣又弄脏了。

一天，我发现，床底下那一堆气味难闻的脏破衣服，洗得干干净净，补得整整齐齐，叠得方方正正放在那里，一股子肥皂和阳光的清香。一打听，才知道是唐素琴干的。在画室里遇见，我向她道谢。她说还要再替我洗。我说别别别，我自己洗。她说你要是不过意，就自己洗。又说，不会洗，我来教你。

这个星期日，我们同洗了一上午的衣服。我由于过分用力地揉搓，右手中指食指和无名指的背面都搓脱了一层油皮，红兮兮的，渗黄水，痛了很多天。此后，我们常常和其他同学一起挤在潮蒙蒙的洗衣间里一道洗衣服，边洗边说说各种事情。有一次我告诉她我很想家。我说家里穷，没钱，还给我寄钱，我很不安。将来挣了钱，一定要多多地给他们。她说钱你还得清，情你还得清吗？我说情嘛，只能在心里感激，怎么还呀？她说你要是有出息了，让他们为你高兴、为你自豪，那就还了。我说前途由组织安排，自己做不得主，怎么个出息法呀？她说所以嘛，你要追求进步，靠拢组织，啊是呀？

有一次，她问我，听说你每天睡觉都不铺褥子，睡在硬板上，是不是要学拉赫美托夫呀？我说怎么，你还知道有个拉赫美托夫吗？她说又没礼貌了，你以为只有你一个人知道，啊是呀？我说，没见你看书嘛。她说，你以为别人看书，都要跑到你的眼皮子底下来看，啊是呀？我考了她一下，才知道她着实看过不少好书。

但是她说，她最有兴趣的是数学。从小学到中学毕业，她的数学成绩一直是班上的第一名。本想工作两年，考清华理工科，但组织上根据需要，安排她来学美术，她就来了，高高兴兴地来了。她说，要是我不服从，组织上就会安排别人来学，许多人连这个机会还没有呢。都说祖国的需要就是前途，确实是这样，你说啊是呀？

正确得可怕。

我说，你的思想真好呀！

她说，你说是不是吗？

## 二

那时全国一盘棋，所有的美术院校、美术系科，教材和教学方法都是苏联来的：独尊观察力和精确性，排斥个性和想象力，严格的技法规范和操作程序都无不是为了客观地再现对象，以致十个学生画一个老头儿，画出来十个老头儿一个样，就像十个不同角度的同一照相。我不想学了，要求转系，谁劝都不听，最后系主任蒋仁找我谈话，说他留学法国十几年，什么流派都见过，摸索一辈子，才知道苏联的现实主义艺术最先进。我们不必走弯路，是赶上好时代了，不要身在福中不知福！

我在正则艺专时很敬爱的吕去疾先生，到苏州来看望他的父亲，听到这个“事件”，派人把我叫去，说，你要跟上时代，别这么横在里头，看着像个怪物！人都是公家的了，还个性个性地嚷，影响多不好！对我们也不好！你看看四边，有像你这样的嘛！我听了，很困惑。这些话，不像是他说的。

回到班上，唐素琴问我，想通了没？我说，我真的不知道，究竟出了什么事。她说，这就是说还没想通，是吧？现在全班都在为你着急，你倒没事人一样。学习不是个人的事……我说你别说了我知道了是革命任务。她说怎么啦不对吗？我说我没说不对，也不是不想学画……她说，我知道你要说这不是画画是照相。就算是学照相吧，多学一门手艺就多留一条活路，也好嘛。现在不是你花钱学，是国家花钱培养你，你不想学也得学，干吗不好好学？

正确得可怕。我默然。她又说，现在全校都在争当三好，第一思想好，第二学习好，你这一闹，两好都没了。要是这个学期的锦旗让别的班夺去，大家都会怪你，你好意思？我默然，意识到动弹不得别无选择，也就按照教的学起来：直起胳膊量比例，弯起胳膊定位置；眯缝起眼睛看整体，瞪大眼睛看局部；注意层次比较，注意块面分析，注意解剖透视，注意区别固有色和环境色、质量感和空气感……并逐渐从这里面得到乐趣。老师和同学们都为我高兴，都夸我进步很快。这年的锦旗，还是我们的。程万廉总结经验，有好多条，其中的一条是：先进带后进，大家齐上进。

## 三

三好的第三，是身体好。作为先进集体，一年一度在全校运动会上的团体总分，就十分重要。这是我们班的弱项，大家都很重视。每次报名，五个班干部都要带头。唐素琴参加中距离，得过一次八百米第四名。她本来有条件跑得更好：个儿细高，腿长有弹性，跑起来动作协调，像羚羊。但她不练，劝她练练，她不，说，我没锦标主义。直要到快开运动会了，才临时准备一下。她更重视的是动员大家参加比赛。某某某，你个儿大，掷个铅球吧；某某某，你腿长，跑个三千米好不好……你要是同意，她会说对不起我已经给你报了名了。你要是不同意，她会说干吗不？反正你不参加比赛还得参加看，坐都坐累了，不如去活动活动；去吧去吧，我已经给你报了名了。你要是怕失败不参加，她就说比输了也比不敢比的人光荣，何况不一定输；试试吧，不试白不试，我给你报了名了。

参加短跑的同学很少，她就在一百米项下填上了我的名字。第一次比赛，我是穿着球鞋跑的，不知道有跑鞋那种东西，跑了个第四名，被体育系系主任陈陵看中，给了我一双钉子鞋，要我每天早上，提前一小时起来学跑，他来教我。除起跑、冲刺、变速跑以外，还要我练举重、跨栏、单杠双杠、跳高跳远、负重越野等，寒暑假不许中断。这样一年以后，我得了一百二百两个第一，成绩破省纪录，平全国纪录。回到看台时，全班同学的脸一个个笑得像盛开的花，唐素琴的脸更像太阳般放光。

陈陵先生说，这仅仅是开始。他要推荐我到市体委当专业运动员，受正规训练。唐素琴反对，问我干吗去？我说练好身体嘛。她说什么都没单是个身体好有什么意思？比赛来比赛去单是比个体能有什么意思？要比就比智慧，比创造，同爱因斯坦、达尔文比，同列宾、苏里科夫比，比不上就别说比。你力气再大，大不过牛，跑得再快,快不过马。三四十岁以后,年轻人都盖过你了,你再同谁比?

正确得可怕!但我这次不听了,决心要逃避正确,胡搅蛮缠。我说我追求的是快乐不是伟大,我说竞技状态是一种人生境界你不懂,我说体能的开发是创造也是贡献……她笑着说,别贫了。我继续贫,说人家把终极真理都告诉你了,你还要智慧干什么?比智慧、比创造就是自由主义,不是说要反对自由主义吗?她不笑了,四面看看,厉声说:别说了。

## 四

时值1955年,我们正面临毕业分配,肃反运动来了。校园里气氛突变。从那些哥特式建筑爬满长春藤的雕花楼窗中,时不时传来一阵阵可怕的吼叫和拍桌子的声音。那是老师们在开斗争会,斗争"胡风分子和一切暗藏的反革命分子"。一到夜晚,就有人巡逻放哨;在伞状罗汉松的阴影下,在钟楼圆柱后面,在楼道拐角灯照不到的地方,在校园边界凭临苏州河的古老城墙上,都有人拿着棍棒,静静地盯着你看,猛抬头见了,吓一跳。再一看都认得,是学生中的党团员和积极分子。

到教师中有人被捕、有人自杀、有人隔离审查(其中有陈陵老师)的时候,运动也在学生中展开了。我们是毕业班,没放暑假,日夜开会。先是学习《人民日报》上关于胡风材料的按语,和社论《必须忠诚老实》,然后揭发交代问题。平时很熟悉的同学们,脸上都有了一股子说不清道不明的陌生味儿。一天,在楼道里遇见我们班上的女同学董汉铭,她同我招呼的前半句还和往常一样热情,中间忽然停住,下半句没出来,倏忽脸色变了,大声说,你别胡说白道的好不好?说着扭头就走了。我追上去,挡住她,说,怎么回事?讲清楚。她白我一眼,长辫子一甩,绕过我走掉了。来不及惊讶,我发现所有的同学,都变得怪怪的。遇见唐素琴,她也装作没看见我,低着头看地下,加快脚步,匆匆走过。

一天,全班和往常一样,在教室里开会,二十七个人围坐在课桌拼成的会议桌边。程万廉拿出几张纸来念,什么个人自由的程度是一个社会进步程度的标志,什么19世纪俄国民主主义者的优点是能联系社会制度的根本看问题……怎么那么耳熟?原来那是我以前写给中学同窗刘汉(时在华东师大上学)的信,不知怎么,到了我校肃反办公室。程被叫去,摘抄了一些,在同学中传阅,已经有一些日子了,我竟然一点儿都不知道。

几个人同时站起来,喝问是不是你写的?你哪里不自由了?新社会哪一点不好?……我初出蛋壳,不知道厉害,两眼望着顶棚,嘟嘟囔囔地说:我脑子里想什么是我的事,别人管不着。爆发出一阵不齐声的激动怒吼,使我十分惊讶。静下来时，唐素琴发言，她说我们每个人，都是属于国家的，不是属于自己的，因此每个人都有义务接受监督，也有权利监督别人。问你想什么，就是问你立场站在哪一边，站在革命的一边还是站在反革命的一边，这是头等大事，怎么能说管不着？大家这是挽救你，你要放明白些。口气很硬很冷，不像她的声音。

这样的会，只开了一次。莫名其妙地，同学们又恢复了昔日的友好。

一天，院党委书记兼院长杨巩找我谈话，说他看了那些信，认为是思想问题，不是政治问题。说他已经给肃办打了招呼，肃办已经撤销了我的案子。说我很有才能，但是思想问题严重，不解决没有前途，迟早要出问题。既然是追求真理，就要从实际出发，先调查研究再下结论，不可以从定义出发，先下结论再找论据；说他相信，我只要认真多读马列，多了解中国近代史，多调查研究现实状况，一定会得到正确的结论。我那时小，狂不受教，辩驳顶撞，使他失望。多年后，阅历渐长，回想起来，才知道感激，才知道惭愧。

他在"文革"中被整得很惨，复出后，任南京师范大学党委书记兼校长。1989年春天，我到南京大学任中文系教授，和妻子浦小雨一起，拜望了这位保护我安全地度过了人生道路上第一次风暴的老人。那时他刚离休，住在灵隐路六号，须发已一色银白，对新思潮新动态了如指掌，视野开阔，谈笑风生。说起三十四年前旧事，记得一清二楚，还记得我赛跑得了个第一。胸中块垒难平，偶尔也写点旧诗，开卷苍凉，一股子梦回吹角连营的况味。可惜当时没有抄录，依稀记得的只两句：然否鸽为语，成亏昭鼓琴。不过这是后话，扯得太远了。

那时我们班上，下一个被审查的是唐素琴。她父亲是国民党的将军，她必须说清楚家里的事，说来说去过不了关，人瘦了许多。斗争会上，脸色苍白眼圈发青，却清洁整齐庄肃从容。据说蒋介石给她父亲送了一把军刀，她说她不知道，没见过，大家不信，一直开会，她一直不知道，只好算了。和她同时，我们班上受审查的，还有杜吾一、张文时、葛志远，都没过关。当我们按照统一分配的方案，走向各自的工作岗位的时候，他们四个被送到无锡一个叫做"学习班"的地方，继续接受审查。据说，各院校各系科毕业班尚未结案的审查对象，都被集中到那里，查清了问题，才能分配工作。

## 五

我被分配到兰州。后来在兰州收到她一些信，知道她的问题"搞清楚了"，被分配到常州中学教美术，带班主任，很忙，但忙得起劲儿。她说，孩子们很可爱，也很喜欢她,她很快乐,有决心,也有信心,当好人类灵魂的工程师。她写道,谁说当教师没奔头,孩子们的奔头就是我的奔头。翌年,1957 年,她当上了"模范教师",大会上市长授奖,戴大红花。寄来的照片喜气洋洋。我有时烦起来,会向她抱怨生活的单调乏味。她就会说些小我只有在大我中丰富,爱生活才能创造生活之类的话,依旧正确得可怕。

那年暑假,反右运动开始,我们失去联系。两年后,五九年,我在酒泉夹边沟劳教农场被押回兰州画画,住在友谊宾馆,仍归公安部门管理。一天,省公安厅厅长办公室的一个人,到友谊宾馆来,交给我一封信,竟然是她的。信很短,告诉我她被打成右派,开除公职,劳动教养,现在江苏北部的滨海农场。

我的回信同样短,用管教干部的眼光看了两遍,确信不会被扣留,才寄出。两个月后,回信来了。她说两年中,为了打听我的下落,她给兰州十中的校长、兰州市教育局局长、甘肃省教育厅厅长都写过信,都没回信。后来给我的姐姐写信,才知道我在酒泉,一连写了几封信到夹边沟劳教农场,都石沉大海,绝望中才想到,把信寄给甘肃省公安厅厅长,请求他帮助转达,不抱多大希望,竟意外地联系上了。

她寄到夹边沟农场的信,我一封也没收到。收到这封信,也纯属偶然:恰巧碰上好人,他们知道我,而我正好又在兰州。否则,那么多劳改单位那么多犯人,哪里找去?谁会去找?

想到我生命微贱,如草芥蝼蚁,居然有人想着,满世界寻找,如此执着,百折不挠,十分感动,也十分感激。但是,她信中有几句话,又使我十分困惑。她写道:"……在这些困难的日子里,你的形象一直在我的心灵中燃烧,像一朵静止不动的火焰。"这是不容误解的信息,我不知道怎么回答。

我问自己,我爱她吗?回答是,爱的。但那不是男人对女人的爱,而是弟弟对姐姐的爱。当然,她很美丽。但是对于那种爱来说,美丽没有意义。弟弟不会在乎姐姐美不美丽,儿子不会在乎母亲美不美丽,学生不会在乎老师美不美丽。反过来也一样:小耗子也可以说,我丑,但我妈爱我。

我想来想去,别无选择,只有说真话。

她回信说,我知道,我理解你,你还是那样,你一点儿也没有变。信写完后,又在纸的左上角,补充了一句话:请你记着我。这句话的意思,直到 1963 年,我才明白。

1962 年左右,有一个短暂的宽松时期,她和我都被解除了劳动教养。我到敦

煌文物研究所工作，她在滨海农场就业。翌年春节，我回江南探亲，要在南京转车，相约那时，到白露洲她家中看她。列车上人挤得像罐头里的沙丁鱼，过道里座位底下，甚至货架上都塞满了人。列车误点，变成了无点。她到下关车站接我，没接着。幸好我以前去过她家一次，依稀记得路，自己找了去。

黄昏时分，在幽暗的深巷里走着，许多往事来到心头。一个目光清澈明净、羚羊般活泼美丽的女孩子的形象，伴随着苏州河边树林疏处的哥特式建筑，充满油彩气味的画室，水汽弥漫的洗衣房，敞亮安静的图书馆，清朗的阳光里在体育场上空自由舒卷的五彩绸旗……交织成一片青春、希望、光和色的世界。

开门的正是唐素琴，我几乎认不出她了。憔悴佝偻，显得矮了许多。皮肤干皱，松弛地下垂，头发焦黄稀疏，眼眶红肿和糜烂了。睫毛有的粘在一起有的翻上去贴在肉上，以致两眼轮廓模糊。照面的一霎时，她呆滞的目光里并没有流露出欢喜，只是毫无表情地把我让进屋里。说，路上吃苦了吧？露出一个灰暗无光略带绿色的铜质假牙，很大。

我打了个哆嗦。

她前天还在农场，昨天刚回来。和她母亲一起，张罗我吃了晚饭，洗了澡，要我马上睡觉。说挤了四天火车，一定累坏了，有什么话，明天再说。第二天，我们一同出去走走。她穿着一件土布的破旧棉袄，原先大概是黑色的，由于风吹日晒，肩背等处变成了灰黄色，腋下仍很黑，其他地方则介乎黑灰之间。这件衣服穿在她身上显然是太过于宽大了，她解释说，这是农场发的衣服，号码不对。我问她那件墨绿色呢子短大衣呢？她说在农场换了吃的了。

在中国地图上，滨海农场位于东南海滨，夹边沟农场位于西北沙漠，相隔万水千山，但却惊人地相似：饥饿、疲劳、死神的肆虐，都无二致，甚至风景也相似，四周都是一片白茫茫的盐碱地。比较起来她们那边稍微好些，起码她们冬天还发给了棉衣，起码她们还有许多人活着，农场至今存在。但是我在夹边沟只呆了一年多，她在滨海呆了五年多，吃的苦没法比。她一度得了精神分裂症，自杀过一次。农场的一个医生爱她，救活了她，还治好了她的病。她说，都说这种病不能根治，但我一直没有复发过。

听她说自杀过，我想起了信上的那句话："请你记着我"，又打了一个哆嗦。

说着我们转上了大街，在一家小铺子里要了小笼包子和酸辣汤。默默地吃了一会儿，她问我能在南京住几天，没等我回答又说，希望我能多住几天，她有许多话要同我说。我告诉她，我很想和她多谈谈，但我已经十多年没回家了，急于去看看爸妈，回来再来看她。她说，好的，什么时候走？我说，我想明天走。她没说话。往回走的路上，沉默了很长一段时间，她突然说，我知道你不爱我，我理解你的心情。

你这样是对的。

我说,是吗?我有种负罪感,觉得自己自私冷酷,是个浑蛋。

她说,你是说你做不到假装爱我,是吧?你不觉得这样说是侮辱了别人吗?

我说我是说我自己。她说知道你是说你自己,你这是假定,我需要别人由于怜悯我而为我牺牲。这不是太伤人心了吗?

我想不出话来为自己辩护。

我不是怪你,她说,我知道你。你还是老样子,一点儿也没变。你也别为我不开心,我用不着。滨海农场那个医生还在追我,人不坏,个大,温和,也比较正派,就是抽烟改不掉,也难怪。我可以同他结婚。他老家青岛,我们回青岛去,生活不成问题。

我问了一些细节,感到可以放心,如释重负,很感激那位医生。

快到门口时,她站住了,问,你在想什么?我一愣,说,没想什么。感到自己的声音里有一种空洞和不诚恳的调子。

她笑了,说,你用不着为我不痛快,一切都很好,你回家去团聚,他到我们家来,大家都高高兴兴过个春节,多好!

我回到高淳,才知道家中只剩下母亲和二姐两个人!相对真如梦寐,旧事说来惊心。她们收到过唐素琴的信,信上家里人的口气,她们一看就觉得很亲。说到这次在南京见面的事,二姐说你看她处境这么难,处理得多么好!多么的大家风度!你呢?你能吗?

第二次到唐素琴家,见到了那位医生。魁伟沉稳,靠得住的样子。二十天中她家添置了不少东西,阴湿的老屋里,点缀上许多光鲜的颜色。她和她母亲换上新衣,人都精神不少。加上炊气蒸腾鱼肉飘香,炒菜锅里吱啦吱啦地响,原先那股子凄凉劲儿都没了。

我不由得长长地舒了一口气。

## 七

三年后,我在敦煌,刚结婚不久,收到她从成都寄来的一封信和一个本子。信上说,她婚后不久,就离婚了。拉过板车,拾过煤渣,捡过垃圾,什么苦活脏活贱活都干过,只差要饭了。因为有一个堂哥在成都一家工厂当总工程师,母女二人到了成都,在工厂里当临时工。

她说医生人不坏,但同他没话说,养成了写日记的习惯。她说,我写的时候就是在跟你说话，不知道你可愿意看看？看过还我好吗？

是那种三十二开硬皮横格的本子，字迹时而工整时而潦草，有时几天，有时几个月一则。有一处提到“无爱的婚姻”，她写道：常常要想到陀斯妥耶夫斯基《罪与罚》中朵尼亚嫁给卢靖的那一段，其实我的情况和朵尼亚完全不同。她必须牺牲很多宝贵的东西：她的青春、她的美丽、她的尊严与自由、她爱别人和被别人爱的可能性以及为崇高事业而牺牲的机会。可我有什么可以牺牲的呢？我的一切早已被剥夺和摧残得一丝不剩，我早已没有什么可以牺牲的了。

在另一处，她写道：从前看菲格涅尔的回忆录《狱中二十年》觉得很可怕，她在狱中计划未来时，总是忘记把狱中的岁月计算在内，总以为自己出狱时还像入狱时一样年轻强壮美丽。二十年后，少女已成老妪，又见阳光，情何以堪！特别是二十年中世界也变了，她视为神圣的信念已成荒谬，她为之做出重大牺牲的事业也已烟消云散，以致她出狱后成了谁也不理解谁也不需要的多余人，孤零零迷失在陌生的社会里。现在看来，这算什么！我们这些人，甚至还没有学会从政治的角度看问题，就已经在五年中失去了她在二十年间失去的一切，结果不是不被理解不被需要，而是被憎恨、鄙视和践踏。

读着读着，我不由自主地一阵阵颤抖。珍重寄还时，我在信上说，同死去的同伴们比较起来，我们还是幸运的。至少我们还可以让各种体验丰富我们的生命，从旁观察这不可预料的历史进程。我告诉她我已结婚，我和我的妻子李茨林两个，都希望她做我们共同的朋友。

那是 1966 年 4 月的事。不久“文革”爆发，我又成了阶级敌人，茨林下放农村，死在那里，再一次家破人亡。估计唐素琴也在劫难逃，这一次她已经没有可能像肃反运动时那样，清洁整齐，庄肃从容，保持做人的尊严了。我想象，她会像所里的女画家们那样，被打得披头散发血流满面。我担心，她会被打死。

我想错了，作为临时工，她在工厂的底层，躲过了这场灾难。母亲去世后，嫁了一个勤劳本分的工人，生了一个壮实聪明的儿子，把家建设得很好。我呢，带着女儿高林，颠沛流离，吃尽了苦头。

二十年后，我到成都四川师范大学教书。和妻子小雨、女儿高林一起，到他们家作客。三室一厅的公寓住宅，收拾得舒适整齐，一尘不染。她丈夫非常热情，自豪地指给我们看他亲手打造的家具，又亲自下厨，炒的菜非常好吃。儿子是个体户，搞时装设计，财源滚滚。她本人当了政协委员，银发耀眼，目光清澈明净，好像又恢复了昔日的光彩。

席间说到社会上的种种，母子两个争论起来。儿子说她思想老朽，说完站起来走了，大皮鞋在地板上砸出一连串的响声。她平静地说，几十年折腾来折腾去，什么文化价值都折腾完了，你拿什么去说服他们？现在的年轻人钱最要紧，他们穷得只剩下钱了。

我说不用说服,听其自然吧。说不定,他们比我们更能对付这个社会。她说,社会问题不是那么简单的,这么大的国家,这么多的人口,文化素质又这么差,一民主就乱,乱起来不得了。要是你当了领导,你怎么办?

正确得可怕。我不觉又像小学生一般,频频点起头来。

(选自《寻找家园》,高尔泰著,北京十月文艺出版社 2011 年版)

**【阅读提示】**

高尔泰(1942— ),出生于江苏省高淳县,著名美学家、画家、作家,现客居美国。著有《论美》《美是自由的象征》等著作。《寻找家园》是作者带有自传性的一本散文集,书写了中国一代知识分子的传奇人生与心路历程。思想沉郁厚重,叙述从容节制,文字朴实灵动。这本散文集,作者断断续续写了十来年,2004 年初版于花城出版社,2011 年与 2014 年北京十月文艺出版社先后两次再版了此书。2012 年《寻找家园》获得第四届在场主义散文奖。

《寻找家园》内容一共分为三卷:"梦里家山""流沙堕简"与"天苍地茫",《唐素琴》是《寻找家园》中卷一"梦里家山"中的一篇,作者忆旧怀人,通过对唐素琴的追忆,书写了唐素琴跌宕起伏的人生历程,并由此见证了时代的光与影。文字虽朴实,但自有撼人心魄之处。

**【延伸阅读】**

1. 陈春文:《徘徊六合无知己,飘若浮云且西去——读高尔泰先生《寻找家园》杂感》,《国学论衡》(第四辑),中国藏学出版社 2007 年版。

2. 傅小平:《高尔泰:寻找家园就是寻找意义》,《文学报》2013 年 5 月 16 日。

3. 聂尔:《坚硬的思想和国家主义的人生——读高尔泰散文〈唐素琴〉》,《名作欣赏》2014 年第 4 期。

(方爱武)

# 戏剧

# 压迫(存目)

(简介,无选本)

**【阅读提示】**

丁西林(1893—1974),原名丁燮林。江苏泰兴人,剧作家、物理学家。1913 年毕业于上海交通部工业专门学校。1914 年,入英国伯明翰大学攻读物理学和数学。1920 年归国,任北京大学物理系教授,同时开始文学创作,发表了一系列以知识分子和市民阶层的日常生活为题材的独幕喜剧,被称为“独幕剧的圣手”。其剧作视角独特,结构巧妙,语言机智,风格幽默。代表性剧作有《一只马蜂》《压迫》《酒后》《北京的空气》《三块钱国币》等。

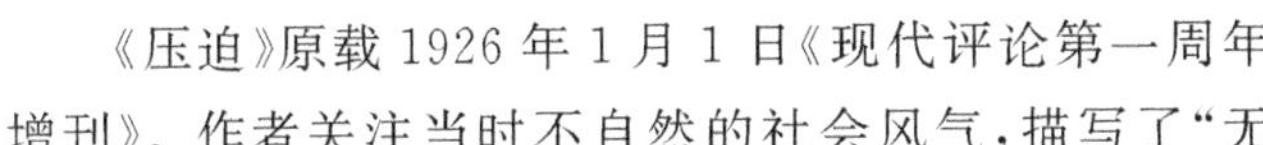

《压迫》原载 1926 年 1 月 1 日《现代评论第一周年增刊》。作者关注当时不自然的社会风气,描写了“无家眷不租房”的房东太太与执拗反抗的单身男房客的戏剧冲突,最后以“二元三人”模式及第三者的谎言想象性地解决矛盾。洪深在《中国新文学大系·戏剧集·导言》里称“丁西林下笔恰到好处。作风极像英国的 A. A. Milne。他的写实的轻松的《压迫》,可算那时期的创作喜剧的唯一杰作。”

**【延伸阅读】**

1、丁西林:《西林独幕剧》,新月书店 1931 年 8 月版影印。

2、陈瘦竹:《丁西林的喜剧》,见《现代剧作家散论》,江苏人民出版社 1979 年版。

3、洪深:《中国新文学大系·戏剧集·导言》(影印本),上海文艺出版社 1981

年版。

4、李健吾:《丁西林剧作全集·序》,见《丁西林剧作全集》上卷,中国戏剧出版社 1985 年版。

5、张健:《重读丁西林——对于丁西林喜剧的再探讨》,《戏剧》1999 年第 3 期。

(包燕)

# 雷雨(节选)

曹禺

## 第三幕

——杏花巷十号,在鲁贵家里。——

下面是鲁家屋外的情形:

车站的钟打了十下,杏花巷的老少还沿着那白天蒸发着臭气,只有半夜才从租界区域吹来一阵好凉风的水塘边上乘凉。虽然方才落了一阵暴雨,天气还是郁热难堪,天空黑漆漆地布满了恶相的黑云,人们都像晒在太阳下的小草,虽然半夜里沾了点露水,心里还是热燥燥的,期望着再来一次的雷雨。倒是躲在池塘芦苇根下的青蛙叫得起劲,一直不停,闲人说话的声音有一阵没一阵地。无星的天空时而打着没有雷的闪电,蓝森森地一晃,闪露出来池塘边的垂柳在水面颤动着。闪光过去,还是黑黝黝的一片。

渐渐乘凉的人散了,四周围静下来,雷又隐隐地响着,青蛙像是吓得不敢多叫,风又吹起来,柳叶沙沙地。在深巷里,野狗寂寞地狂吠着。

以后闪电更亮得蓝森森地可怕,雷也更凶恶似地隆隆地滚着,四周却更沉闷地静下来,偶尔听见几声青蛙叫和更大的木梆声,野狗的吠声更稀少,狂雨就快要来了。

最后暴风暴雨,一直到闭幕。

不过观众看见的还是四凤的屋子,(即鲁贵两间房的内屋)前面的叙述除了声音只能由屋子中间一层木窗户显出来。

在四凤的屋子里面呢:

鲁家现在才吃完晚饭,每个人的心绪都是烦恶的。各人有各人的心思,在一个屋角,鲁大海一个人在擦什么东西。鲁妈同四凤一句话也不说,大家静默着。鲁妈低着头在屋子中间的圆桌旁收拾筷子碗，鲁贵坐在左边一张破靠椅上，喝得醉醺醺地，眼睛发了红丝，像个猴子，半身倚着靠背，望着鲁妈打着噎。他的赤脚忽然放在椅子上，忽然又平拖在地上，两条腿像人字似地排开，他穿一件白汗衫，半臂已经汗透了，贴在身上，他不住地摇着芭蕉扇。

四凤在中间窗户前面站着：背朝着观众，面向窗外不安地望着，窗外池塘边有乘凉的人们说着闲话，有青蛙的叫声。她时而不安地像听见了什么似的，时而又转过头看了看鲁贵，又烦厌地迅速转过去。在她旁边靠左墙是一张搭好的木板床，上面铺着凉席，一床很干净的夹被，一个凉草枕和一把蒲扇，很整齐地放在上面。

屋子很小，像一切穷人的屋子，屋顶低低地压在头上。床头上挂着一张烟草公司的广告画，在左边的墙上贴着过年时贴上的旧画，已经破烂许多地方。靠着鲁贵坐的唯一的一张椅子立了一张小方桌，上面有镜子，梳子，女人用的几件平常的化妆品，那大概就是四凤的梳妆台了。在左墙有一条板凳，在中间圆桌旁边孤零零地立着一个圆凳子，在右边四凤的床下正排着两三双很时髦的鞋。鞋的下头，有一只箱子，上面铺着一块白布，放着一个瓷壶同两三个粗的碗。小圆桌上放着一盏洋油灯，上面罩一个鲜红美丽的纸灯罩；还有几件零碎的小东西；在暗淡的灯影里，零碎的小东西虽看不清楚，却依然令人觉得这大概是一个女人的住房。

这屋子有两个门，在左边——就是有木床的一边——开着一个小门，外面挂着一幅强烈的有花的红幔帐，里面存着煤，一两件旧家具，四凤为着自己换衣服用的。右边有一个破旧的木门，通着鲁家的外间，外面是鲁贵住的地方，是今晚鲁贵夫妇睡的处所。那外间屋的门就通着池塘边泥泞的小道。这里间与外间相通的木门，旁边侧立一副铺板。

[开幕时正是鲁贵兴致淋漓地刚刚倒完了半咒骂式的家庭训话。屋内都是沉默而紧张的。沉闷中听得出池塘边唱着淫荡的春曲，掺杂着乘凉人们的谈话。各人在想各人的心思，低着头不作声。鲁贵满身是汗，因为喝酒喝得太多，说话也过于费了力气，嘴里流着涎水，脸红得吓人，他好像很得意自己在家里面的位置同威风，拿着那把破芭蕉扇，挥着，舞着，指着。为汗水浸透了似的肥脑袋探向前面，眼睛迷腾腾地，在各个人的身上扫来扫去。

[大海依旧擦他的手枪，两个女人都不作声，等着鲁贵继续嘶喊。这时青蛙同卖唱的叫声传了过来。

[四凤立在窗户前，偶尔深深地叹着气。

**鲁　贵**　(咳嗽起来)他妈的！(一口痰吐在地上，兴奋地问着)你们想，你们哪一个对得起我？(向四凤同大海)你们不要不愿意听，你们哪一个人不是我辛辛苦苦养到大，可是现在你们哪一件事做的对得起我？(先向左，对大海)你说？(忽向

右，对四凤）你说？（对着站在中间圆桌旁的鲁妈，胜利地）你也说说，这都是你的好孩子啊！（啪，又一口痰）

［静默。听外面胡琴同唱声。

**鲁大海** （向四凤）这是谁？快十点半还在唱？

**鲁四凤** （随意地）一个瞎子同他老婆，每天在这儿卖唱的。（挥着扇，微微叹一口气）

**鲁　贵** 我是一辈子犯小人，不走运。刚在周家混了两年，孩子都安置好了，就叫你（指鲁妈）连累下去了。你回家一次就出一次事。刚才是怎么回事？我叫完电灯匠回公馆，凤儿的事没有了，连我的老根子也拔了。妈的，你不来，（指鲁妈）我能倒这样的霉？（又一口痰）

**鲁大海** （放下手枪）你要骂我就骂我，别指东说西，欺负妈好说话。

**鲁　贵** 我骂你？你是少爷！我骂你？你连人家有钱的人都当面骂了，我敢骂你？

**鲁大海** （不耐烦）你喝了不到两盅酒，就叨叨叨，叨叨叨，这半点钟你够不够？

**鲁　贵** 够？哼，我一肚子的冤屈，一肚子的火，我没个够！当初你爸爸也不是没叫人伺候过，吃喝玩乐，我哪一样没讲究过！自从娶了你的妈，我是家败人亡，一天不如一天，一天不如一天，……

**鲁四凤** 那不是你自己赌钱输光的！

**鲁大海** 你别理他。让他说。

**鲁　贵** （只顾嘴头说得畅快，如同自己是唯一的牺牲者一样）我告诉你，我是家败人亡，一天不如一天。我受人家的气，受你们的气。现在好，连想受人家的气也不成了，我跟你们一块儿饿着肚子等死。你们想想，你们是哪一件事对得起我？（忽而觉得自己的腿没处放，面向鲁妈）侍萍，把那凳子拿过来，我放放大腿。

**鲁大海** （看着鲁妈，叫她不要管）妈！（然而鲁妈还是拿了那唯一的圆凳子过来，放在鲁贵的脚下。他把腿放好）

**鲁　贵** （望着大海）可是这怪谁？你把人家骂了，人家一气，当然就把我们辞了。谁叫我是你的爸爸呢？大海，你心里想想，我这么大年纪，要跟着你饿死，我要是饿死，你是哪一点对得起我？我问问你，我要是这样死了？

**鲁大海** （忍不住，立起，大声）你死就死了，你算老几？

**鲁　贵** （吓醒了一点）妈的，这孩子！

**鲁侍萍** 大海！

**鲁四凤** 哥哥

（以上三句：同时惊恐地喊出）

**鲁　贵** （看见大海那副魁梧的身体，同手里拿着的枪，心里有点怕，笑着）你看看，这孩子这点小脾气！——（又接着说）咳，说回来，这也不能就怪大海，周家的人从上到下就没有一个好东西。我伺候他们两年,他们那点出息我哪一样不知道?反正有钱的人家顶方便,做了坏事,外面比做了好事装得还体面;文明词越用得多,心里头越男盗女娼。王八蛋!别看今天我走的时候,老爷太太装模作样地跟我尽打官话,好东西,明儿见!他们家里这点出息当我不知道?

**鲁四凤** (怕他胡闹)爸!你可,你可千万别去周家!

**鲁 贵** (不觉骄傲起来)哼,明天,我把周家太太大少爷这点老底子给他一个宣布,就连老头这老王八蛋也得给我跪下磕头。忘恩负义的东西!(得意地咳嗽起来)他妈的!(啪地又一口痰吐在地上,向四凤)茶呢?

**鲁四凤** 爸,你真是喝醉了么?刚才不跟你放在桌上么?

**鲁 贵** (端起杯子,对四凤)这是白水,小姐!(泼在地上)

**鲁四凤** (冷冷地)本来是白水,没有茶。

**鲁 贵** (因为她打断他的兴头,向四凤)混帐。我吃完饭总要喝杯好茶,你还不知道么?

**鲁大海** (故意地)哦,爸爸吃完饭还要喝茶的。(向四凤)四凤,你怎么不把那一两四块八的龙井沏上,尽叫爸爸生气。

**鲁四凤** 龙井?家里连茶叶末也没有。

**鲁大海** (向鲁贵)听见了没有?你就将就将就喝杯开水吧,别这样穷讲究啦。(拿一杯白开水,放在他身旁桌上,走开)

**鲁 贵** 这是我的家。你要看着不顺眼,你可以滚开。

**鲁大海** (上前)你,你——

**鲁侍萍** (阻大海)别,别,好孩子。看在妈的份上,别同他闹。

**鲁 贵** 你自己觉得挺不错,你到家不到两天,就闹这么大的乱子,我没有说你,你还要打我么?你给我滚!

**鲁大海** (忍着)妈,他这样子我实在看不下去。妈,我走了。

**鲁侍萍** 胡说。就要下雨,你上哪儿去?

**鲁大海** 我有点事。办不好,也许到车厂拉车去。

**鲁侍萍** 大海,你——

**鲁 贵** 走,走,让他走。这孩子就是这点穷骨头。叫他滚,滚,滚!

**鲁大海** 你小心点。你少惹我的火!

**鲁 贵** (赖皮)你妈在这儿。你敢把你的爹怎么样?你这杂种!

**鲁大海** 什么,你骂谁?

**鲁 贵** 我骂你。你这——

**鲁侍萍** (向鲁贵)你别不要脸,你少说话!

**鲁 贵** 我不要脸?我没有在家养私孩子,还带着个(指大海)嫁人。

**鲁侍萍** （心痛极）哦，天！

**鲁大海** （抽出手枪）我——我打死你这老东西！（对鲁贵）

［鲁贵叫，站起。急到里间，僵立不动。

**鲁　贵** （喊）枪，枪，枪。

**鲁四凤** （跑到大海的面前，抱着他的手）哥哥。

**鲁侍萍** 大海，你放下。

**鲁大海** （对鲁贵）你跟妈说，说自己错了，以后永远不再乱说话，乱骂人。

**鲁　贵** 哦——

**鲁大海** （进一步）说呀！

**鲁　贵** （被胁）你，你——你先放下。

**鲁大海** （气愤地）不，你先说。

**鲁　贵** 好。（向鲁妈）我说错了，我以后永远不乱说，不骂人了。

**鲁大海** （指那唯一的圆椅）还坐在那儿！

**鲁　贵** （颓唐地坐在椅上，低着头咕噜着）这小杂种！

**鲁大海** 哼，你不值得我卖这么大的力气。

**鲁侍萍** 放下。大海，你把手枪放下。

**鲁大海** （放下手枪，笑）妈，妈您别怕，我是吓唬吓唬他。

**鲁侍萍** 给我。你这手枪是哪儿弄来的？

**鲁大海** 从矿上带来的，警察打我们的时候掉的，我拾起来了。

**鲁侍萍** 你现在带在身上干什么？

**鲁大海** 不干什么。

**鲁侍萍** 不，你要说。

**鲁大海** （狞笑）没有什么，周家逼着我，没有路走，这就是一条路。

**鲁侍萍** 胡说，交给我。

**鲁大海** （不肯）妈！

**鲁侍萍** 刚才吃饭的时候我跟你说过，周家的事算完了，我们姓鲁的永远不提他们了。

**鲁大海** （低声，缓慢地）可是我们在矿上流的血呢？周家大少爷刚才打在我脸上的巴掌呢？就完了么？

**鲁侍萍** 嗯，完了。这一本账算不清楚，报复是完不了的。什么都是天定，妈愿意你多受点苦。

**鲁大海** 那是妈自己，我——

**鲁侍萍** （高声）大海，你是我最爱的孩子，你听着，我从来不用这样的口气对你说过话。你要是伤了周家的人，不管是那里的老爷或者少爷，你只要伤害了他们,我是一辈子也不认你的。

**鲁大海** 可是妈——(恳求)

**鲁侍萍** (肯定地)你知道妈的脾气,你若要做了妈最怕你做的事情,妈就死在你的面前。

**鲁大海** (长叹一口气)哦,妈,您——(仰头望,又低下头来)那我会恨——恨他们一辈子。

**鲁侍萍** (叹一口气)天,那就不能怪我了。(向大海)把手枪给我。(大海不肯)交给我!(走近大海,把手枪拿了过来)

**鲁大海** (痛苦)妈,您——

**鲁四凤** 哥哥,你给妈!

**鲁大海** 那么您拿去吧。不过您搁的地方得告诉我。

**鲁侍萍** 好,我放在这个箱子里。(把手枪放在床头前的木箱里)可是(对大海)明天一早我就报告警察,把枪交给他。

**鲁　贵** 对极了,这才是正理。

**鲁大海** 你少说话!

**鲁侍萍** 大海。不要这样同父亲说话。

**鲁大海** (看鲁贵,又转头)好,妈,我走了。我要看车厂子里有认识的人没有。

**鲁侍萍** 好,你去。不过,你可得准回来。一家人不许这样怄气。

**鲁大海** 嗯。就回来。

[大海由左边与外间通的房门下,听见他关外房的大门的声音。鲁贵立起来看着大海走出去,怀着怨气又回来站在圆桌旁。

**鲁　贵** (自言自语)这个小王八蛋!(问鲁妈)刚才我叫你买茶叶,你为什么不买?

**鲁侍萍** 没有闲钱。

**鲁　贵** 可是,四凤,我的钱呢?——刚才你们从公馆领来的工钱呢?

**鲁四凤** 您说周公馆多给的两个月工钱?

**鲁　贵** 对了,一共连新加旧六十块钱。

**鲁四凤** (知道早晚也要告诉他)嗯,是的,还给人啦。

**鲁　贵** 什么,你还给人啦?

**鲁四凤** 刚才赵三又来堵门要你的赌账,妈就把那个钱都还给他了。

**鲁　贵** (问鲁妈)六十块钱?都还了账啦!

**鲁侍萍** 嗯,把你这次的赌账算是还清了。

**鲁　贵** (急了)妈的,我的家就是叫你们这样败了的,现在是还账的时候么?

**鲁侍萍** (沉静地)都还清了好。这儿的家我预备不要了。

**鲁　贵**　这儿的家你不要么？

**鲁侍萍**　我想，大后天就回济南去。

**鲁　贵**　你回济南，我跟四凤在这儿，这个家也得要啊。

**鲁侍萍**　这次我带着四凤一块儿走，不叫她一个人在这儿了。

**鲁　贵**　（对四凤笑）四凤，你听你妈要带着你走。

**鲁侍萍**　上次我走的时候，我不知道我的事情怎么样。外面人地生疏，在这儿四凤有邻居张大婶照应她，我自然不带她走。现在我那边的事已经定了。四凤在这儿又没有事，我为什么不带她走？

**鲁四凤**　（惊）您，您真要带我走？

**鲁侍萍**　（沉痛地）嗯，妈以后说什么也不离开你了。

**鲁　贵**　不成，这我们得好好商量商量。

**鲁侍萍**　这有什么可商量的？你要愿意去，大后天一块儿走也可以。不过那儿是找不着你这一帮赌钱的朋友的。

**鲁　贵**　我自然不到那儿去。可是你要带四凤到那儿干什么？

**鲁侍萍**　女孩子当然随着妈走，从前那是没有法子。

**鲁　贵**　（滔滔地）四凤跟我有吃有穿，见的是场面人。你带着她，活受罪，干什么？

**鲁侍萍**　（对他没有办法）跟你也说不明白。你问问她愿意跟我还是愿意跟你？

**鲁　贵**　自然是愿意跟我。

**鲁侍萍**　你问她！

**鲁　贵**　（自信一定胜利）四凤，你过来，你听清楚了。你愿意怎么样？随你。跟你妈，还是跟我？（四凤转过身来，满脸的眼泪）咦，这孩子，你哭什么？

**鲁侍萍**　哦，凤儿，我的可怜的孩子。

**鲁　贵**　说呀，这不是大姑娘上轿，说呀！

**鲁侍萍**　（安慰地）哦，凤儿，告诉我，刚才你答应得好好地，愿意跟着妈走，现在又怎么哪？告诉我，好孩子。老实地告诉妈，妈还是喜欢你。

**鲁　贵**　你说你让她走，她心里不高兴。我知道，她舍不得这个地方。（笑）

**鲁四凤**　（向鲁贵）去！（向鲁妈）别问我，妈，我心里难过。妈，我的妈，我是跟您走的。妈呀！（抽咽，扑在鲁妈的怀里）。

**鲁侍萍**　哦，我的孩子，我的孩子今天受了委屈了。

**鲁　贵**　你看看，这孩子一身小姐气，她要跟你不是受罪么？

**鲁侍萍**　（向鲁贵）你少说话，（对四凤）妈命不好，妈对不起你，别难过！以后跟妈在一块儿。没有人会欺负你，哦，我的心肝孩子。

[大海由左边上。

**鲁大海** 妈,张家大婶回来了。我刚才在路上碰见的。

**鲁侍萍** 你,你提到我们卖家具的事么?

**鲁大海** 嗯,提了。她说,她能想法子。

**鲁侍萍** 车厂上找着认识的人么?

**鲁大海** 有,我还要出去,找一个保人。

**鲁侍萍** 那么我们一同出去吧。四凤,你等着我,我就回来!

**鲁大海** (对鲁贵)再见,你酒醒了点么?(向四凤)今天晚上我恐怕不回家睡觉。

[大海,鲁妈同下。

**鲁　贵** (目送他们出去)哼,这东西!(见四凤立在窗前,便向她)你妈走了,四凤。你说吧,你预备怎么样呢?

**鲁四凤** (不理他,叹一口气,听外面的青蛙声同雷声)

**鲁　贵** (蔑视)你看,你这点心思还不浅。

**鲁四凤** (掩饰)什么心思?天气热,闷得难受。

**鲁　贵** 你不要骗我,你吃完饭眼神直瞪瞪的,你在想什么?

**鲁四凤** 我不想什么。

**鲁　贵** (故意伤感地)凤儿,你是我的明白孩子。我就有你这一个亲女儿,你跟你妈一走,那就剩我一个人在这儿哪。

**鲁四凤** 您别说了,我心里乱得很。(外面打闪)您听,远远又打雷。

**鲁　贵** 孩子,别打岔,你真预备跟妈回济南么?

**鲁四凤** 嗯。(吐一口气)。

**鲁　贵** (无聊地唱)"花开花谢年年有,人过了青春不再来!"哎。(忽然地)四凤,人活着就是两三年好日子,好机会一错过就完了。

**鲁四凤** 您,您去吧。我困了。

**鲁　贵** (徐徐诱进)周家的事你不要怕。有了我,明天我们还是得回去。你真走得开,(暗指地)你放得下这儿这样好的地方么?你放得下周家——

**鲁四凤** (怕他)您不要乱说了。您睡去吧!外边乘凉的人都散了。您为什么不睡去?

**鲁　贵** 你不要胡思乱想。(说真心话)这世界没有一个人靠得住,只有钱是真的。唉,偏偏你同你母亲不知道钱的好处。

**鲁四凤** 听,我像是听见有人来敲门。

[外面敲门声。

**鲁　贵** 快十一点,这会有谁?

**鲁四凤** 爸爸，您让我去看。

**鲁　贵** 别，让我出去。

［鲁贵开左门一半。

**鲁　贵** 谁？

［外面的声音：这儿姓鲁么？

**鲁　贵** 是啊，干什么？

［外面的声音：找人。

**鲁　贵** 你是谁？

［外面的声音：我姓周。

**鲁　贵** （喜形于色）你看，来的不是？周家的人来了。

**鲁四凤** （惊骇着，忙说）不，爸爸，您说我们都出去了。

**鲁　贵** 咦，（乖巧地看她一眼）这叫什么话？

［鲁贵下。

**鲁四凤** （把屋子略微整理一下，不用的东西放在左边帐后的小屋里，立在右边角上，等候着客进来。）

［这时，听见周冲同鲁贵说话的声音，一时鲁贵同周冲上。

**周　冲** （见着四凤高兴地）四凤！

**鲁四凤** （奇怪地望着）二少爷！

**鲁　贵** （谄笑）您别见笑，我们这儿穷地方。

**周　冲** （笑）这地方真不好找。外边有一片水，很好的。

**鲁　贵** 二少爷。您先坐下。四凤，（指圆桌）你把那张好椅子拿过来。

**周　冲** （见四凤不说话）四凤，怎么，你不舒服么？

**鲁四凤** 没有。——（规规矩矩地）二少爷，你到这里来干什么？要是太太知道了，你——

**周　冲** 这是太太叫我来的。

**鲁　贵** （明白了一半）太太要您来的？

**周　冲** 嗯，我自己也想来看看你们。（问四凤）你哥哥同母亲呢？

**鲁　贵** 他们出去了。

**鲁四凤** 你怎么知道这个地方？

**周冲** （天真地）母亲告诉我的。没想到这地方还有一大片水，一下雨真滑，黑天要是不小心，真容易摔下去。

**鲁　贵** 二少爷，您没摔着么？

**周　冲** （稀罕地）没有。我坐家里的车，很有趣的。（四面望望这屋子的摆设，很高兴地笑着，看四凤）哦，你原来在这儿！

**鲁四凤** 我看你赶快回家吧。

**鲁　贵** 什么?

**周　冲** (忽然)对了,我忘了我为什么来的了。妈跟我说,你们离开我们家,她很不放心;她怕你们一时找不着事情,叫我送给你母亲一百块钱。(拿出钱)

**鲁四凤** 什么?

**鲁　贵** (以为周家的人怕得罪他,得意地笑着,对四凤)你看人家多厚道,到底是人家有钱的人。

**鲁四凤** 不,二少爷,你替我谢谢太太,我们还好过日子。拿回去吧。

**鲁　贵** (向四凤)你看你,哪有你这么说话的?太太叫二少爷亲自送来,这点意思我们好意思不领下么?(收下钞票)你回头跟太太回一声,我们都挺好的。请太太放心,谢谢太太。

**鲁四凤** (固执地)爸爸,这不成。

**鲁　贵** 你小孩子知道什么?

**鲁四凤** 您要收下,妈跟哥哥一定不答应。

**鲁　贵** (不理她,向周冲)谢谢您老远跑一趟。我先跟您买点鲜货吃,您同四凤在屋子里坐一坐,我失陪了。

**鲁四凤** 爸,您别走!不成。

**鲁　贵** 别尽说话,你先跟二少爷倒一碗茶。我就回来。

[鲁贵忙下。

**周　冲** (不由衷地)让他走了也好。

**鲁四凤** (厌恶地)唉,真是下作!——(不愿意地)谁叫你送钱来了?

**周　冲** 你,你,你像是不愿意见我似的。为什么呢?我以后不再乱说话了。

**鲁四凤** (找话说)老爷吃过饭了么?

**周　冲** 刚刚吃过。老爷在发脾气,母亲没吃完饭就跑到楼上生气。我劝了她半天,要不我还不会这样晚来。

**鲁四凤** (故意不在心地)大少爷呢?

**周　冲** 我没有见着他,我知道他很难过,他又在自己房里喝酒,大概是喝醉了。

**鲁四凤** 哦!(叹一口气)——你为什么不叫底下人替你来?何必自己跑到这穷人住的地方来?

**周　冲** (诚恳地)你现在怨了我们吧!——(羞愧地)今天的事,我真觉得对不起你们,你千万不要以为哥哥是个坏人。他现在很后悔,你不知道他,他还很喜欢你。

**鲁四凤** 二少爷,我现在已经不是周家的佣人了。

**周　冲**　然而我们永远不可以算是顶好的朋友么？

**鲁四凤**　我预备跟我妈回济南去。

**周　冲**　不，你先不要走，早晚你同你父亲还可以回去的。我们搬了新房子，我的父亲也许回到矿上去，那时你就回来，那时候我该多么高兴！

**鲁四凤**　你的心真好。

**周　冲**　四凤，你不要为这一点小事来忧愁。世界大得很，你应当读书，你就知道世界上有过许多人跟我们一样地忍受着痛苦，慢慢地苦干，以后又得到快乐。

**鲁四凤**　唉，女人究竟是女人！（忽然）你听，（蛙鸣）蛤蟆怎么不睡觉，半夜三更的还叫呢？

**周　冲**　不，你不是个平常的女人，你有力量，你能吃苦，我们都还年轻，我们将来一定在这世界为着人类谋幸福。我恨这不平等的社会，我恨只讲强权的人，我讨厌我的父亲，我们都是被压迫的人，我们是一样。——

**鲁四凤**　二少爷，您渴了吧，我跟您倒一杯茶。（站起倒茶）

**周　冲**　不，不要。

**鲁四凤**　不，让我再伺候伺候您。

**周　冲**　你不要这样说话，现在的世界是不该存在的。我从来没有把你当做我的底下人，你是我的凤姐姐，你是我引路的人，我们的真世界不在这儿。

**鲁四凤**　哦，你真会说话。

**周　冲**　有时我就忘了现在，（梦幻地）忘了家，忘了你，忘了母亲，并且忘了我自己。我想，我像是在一个冬天的早晨，非常明亮的天空，……在无边的海上……哦，有一条轻得像海燕似的小帆船，在海风吹得紧，海上的空气闻得出有点腥，有点咸的时候，白色的帆张得满满地，像一只鹰的翅膀斜贴在海面上飞，飞，向着天边飞。那时天边上只淡淡地浮着两三片白云，我们坐在船头，望着前面，前面就是我们的世界。

**鲁四凤**　我们？

**周　冲**　对了，我同你，我们可以飞，飞到一个真真干净、快乐的地方，那里没有争执，没有虚伪，没有不平等，没有……（头微仰，好像眼前就是那么一个所在，忽然）你说好么？

**鲁四凤**　你想得真好。

**周　冲**　（亲切地）你愿意同我一块儿去么？就是带着他也可以的。

**鲁四凤**　谁？

**周　冲**　你昨天告诉我的，你说你的心已经许给了他，那个人他一定也像你，他一定是个可爱的人。

［鲁大海进。

**鲁四凤** 哥哥。

**鲁大海** (冷冷地)这是怎么回事?

**周　冲** 鲁先生!

**鲁四凤** 周家二少爷来看我们来了。

**鲁大海** 哦——我没想到你们现在在这儿?父亲呢?

**鲁四凤** 出去买东西去啦。

**鲁大海** (向冲)奇怪得很!这么晚!周少爷会到我们这个穷地方来——看我们。

**周　冲** 我正想见你呢。你,你愿意——跟我拉拉手么?(把右手伸出去)。

**鲁大海** (乖戾地)我不懂得外国规矩。

**周　冲** (把手又缩回来)那么,让我说,我觉得我心里对你很抱歉的。

**鲁大海** 什么事?

**周　冲** (脸红)今天下午,你在我们家里——

**鲁大海** (勃然)请你少提那桩事。

**鲁四凤** 哥哥,你不要这样,人家是好心好意来安慰我们。

**鲁大海** 少爷,我们用不着你的安慰,我们生成一副穷骨头,用不着你半夜的时候到这儿来安慰我们。

**周　冲** 你大概是误会了我的意思。

**鲁大海** (清楚地)我没有误会。我家里没有第三个人,我妹妹在这儿,你在这儿,这是什么意思?

**周　冲** 我没想到你这么想。

**鲁大海** 可是谁都这么想。(回头向四凤)出去。

**鲁四凤** 哥哥!

**鲁大海** 你先出去,我有几句话要同二少爷说。(见四凤不走)出去!

[四凤慢慢地由左门出去。

**鲁大海** 二少爷,我们谈过话,我知道你在你们家里算是明白点的;不过你记着,以后你要再到这儿来,来——安慰我们,(突然凶暴地)我就打断你的腿。

**周　冲** 打断我的腿?

**鲁大海** (肯定的神态)嗯!

**周　冲** (笑)我想一个人无论怎样总不会拒绝别人的同情吧。

**鲁大海** 同情不是你同我的事,也要看看地位才成。

**周　冲** 大海,我觉得你有时候有些偏见太重,有钱的人并不是罪人,难道说就不能同你们接近么?

**鲁大海** 你太年轻,多说你也不明白。痛痛快快地告诉你吧,你就不应当到这儿来，这儿不是你来的地方。

**周　冲**　为什么？——你今早还说过，你愿意做我的朋友，我想四凤也愿意做我的朋友，那么我就不可以来帮点忙么？

**鲁大海**　少爷，你不要以为这样就是仁慈。我听说，你想叫四凤念书？是么？四凤是我的妹妹，我知道她！她不过是一个没有定性平平常常的女孩子，也是想穿丝袜子，想坐汽车的。

**周　冲**　那你看错了她。

**鲁大海**　我没有看错。你们有钱人的世界，她多看一眼，她就得多一番烦恼。你们的汽车，你们的跳舞，你们闲在的日子，这两年已经把她的眼睛看迷了，她忘了她是从哪里来的，她现在回到她自己的家里什么都不顺眼啦。可是她是个穷人的孩子，她的将来是给一个工人当老婆，洗衣服，做饭，捡煤渣。哼，上学，念书，嫁给一个阔人当太太，那是一个小姐的梦！这些在我们穷人连想都想不起的。

**周　冲**　你的话固然有点道理，可是——

**鲁大海**　所以如果矿主的少爷真替四凤着想，那我就请少爷从今以后不要同她往来。

**周　冲**　我认为你的偏见太多，你不能说我的父亲是个矿主，你就要——

**鲁大海**　现在我警告你，（瞪起眼睛来）……

**周　冲**　警告？

**鲁大海**　如果什么时候我再看见你跑到我家里，再同我的妹妹在一起，我一定——（笑，忽然态度和善些下去）好，我盼望没有这事情发生。少爷，时候不早了，我们要睡觉了。

**周　冲**　你，你那样说话，——是我想不到的，我没想到我的父亲的话还是对的。

**鲁大海**　（阴沉地）哼，（爆发）你的父亲是个老混蛋。

**周　冲**　什么？

**鲁大海**　你的哥哥是——

［四凤由左门跑进。

**鲁四凤**　你别说了！（指大海）我看你，你简直变成个怪物！

**鲁大海**　你，你简直是个糊涂虫！

**鲁四凤**　我不跟你说话了！（向冲）你走吧，你走吧，不要同他说啦。

**周　冲**　（无奈地，看看大海）好，我走。（向四凤）我觉得很对不起你，来到这儿，更叫你不快活。

**鲁四凤**　不要提了，二少爷，你走吧，这不是你待的地方。

**周　冲**　好，我走！（向大海）再见，我原谅你，（温和地）我还是愿意做你的朋友。(伸出手来)你愿意同我拉一拉手么?

[大海没有理他,把身子转进去。

**鲁四凤** 哼!

[周冲也不再说什么,即将走下。

[鲁贵由左门上,捧着水果,酒瓶,同酒菜,脸更红,步伐有点错乱。

**鲁 贵** (见周冲要走)怎么?

**鲁大海** 让开点,他要走了。

**鲁 贵** 别,别,二少爷为什么刚来就走?

**鲁四凤** (愤愤)你问哥哥去!

**鲁 贵** (明白了一半,忽然笑向着周冲)别理他,您坐一会儿。

**周 冲** 不,我是要走了。

**鲁 贵** 那二少爷吃点什么再走,我老远地跟您买的鲜货,吃点,喝两盅再走。

**周 冲** 不,不早了,我要回家了。

**鲁大海** (向四凤,指鲁贵的食物)他从哪儿弄来的钱买这些东西?

**鲁 贵** (转过头向大海)我自己的,你爸爸赚的钱。

**鲁四凤** 不,爸爸,这是周家的钱,你又胡花了!(回头向大海)刚才周太太送给妈一百块钱。妈不在,爸爸不听我的话收下了。

**鲁 贵** (狠狠地看四凤一眼,解释地,向大海说)人家二少爷亲自送来的。我不收还像话么?

**鲁大海** (走到周冲面前)什么,你刚才是给我们送钱来的。

**鲁四凤** (向大海)你现在才明白!

**鲁 贵** (向大海——脸上露出了卑下的颜色)你看,人家周家都是好人。

**鲁大海** (掉过脸来向鲁贵)把钱给我!

**鲁 贵** (疑惧地)干什么?

**鲁大海** 你给不给?(声色俱厉)不给,你可记得住放在箱子里的是什么东西么?

**鲁 贵** (恐惧地)我给,我给!(把钞票掏出来交给大海)钱在这儿,一百块。

**鲁大海** (数一遍)什么,少十块。

**鲁 贵** (强笑着)我,我,我花了。

**周 冲** (不愿再看他们)再见吧,我走了。

**鲁大海** (拉住他)你别走,你以为我们能上你这样的当么?

**周 冲** 这句话怎么讲?

**鲁大海** 我有钱,我有钱,我口袋里刚刚剩下十块钱。(拿出零票同现洋,放在一块)刚刚十块。你拿走吧,我们不需要你们可怜我们。

鲁　贵　这不像话！

周　冲　你这人真有点不懂人情。

鲁大海　对了，我不懂人情，我不懂你们这种虚伪，这种假慈悲，我不懂……

鲁四凤　哥哥！

鲁大海　拿走。我要你跟我滚，跟我滚蛋。

周　冲　（他的整个的幻想被打散了一半，失望地立了一会，忽然拿起钱）好，我走；我走，我错了。

鲁大海　我告诉你，以后你们周家无论哪一个再来，我就打死他，不管是谁！

周　冲　谢谢你。我想周家除了我不会再有人这么糊涂的，再见吧！（向右门下）

鲁　贵　大海。

鲁大海　（大声）叫他滚！

鲁　贵　好好好，我跟您点灯，外屋黑！

周　冲　谢谢你。

［二人由右门下。

鲁四凤　二少爷！（跑下）

鲁大海　四凤，四凤，你别去！（见四凤已下）这个糊涂孩子！

［鲁妈由右门上。

鲁大海　妈。您知道周家二少爷来了。

鲁侍萍　嗯，我看见一辆洋车在门口，我不知道是谁来，我没敢进来。

鲁大海　您知道刚才我把他赶了么？

鲁侍萍　（沉重地点一点头）知道，我刚才在门口听了一会。

鲁大海　周家的太太送了您一百块钱。

鲁侍萍　哼！（愤然）不用她给钱，我会带着女儿走的。

鲁大海　您走？带着四凤走？

鲁侍萍　嗯，明天就走。

鲁大海　明天？

鲁侍萍　我改主意了，明天。

鲁大海　好极啦！那我就不必说旁的话了。

鲁侍萍　什么？

鲁大海　（暗晦地）没有什么，我回家的时候看见四凤跟这位二少爷谈天。

鲁侍萍　（不自主地）谈什么？

鲁大海　（暗示地）不知道，像是很亲热似的。

鲁侍萍　（惊）哦？……（自语）这个糊涂孩子。

**鲁大海**　妈,您见着张大婶怎么样?

**鲁侍萍**　卖家具,已经商量好了。

**鲁大海**　好,妈,我走了。

**鲁侍萍**　你上哪儿去?

**鲁大海**　(孤独地)钱完了,我也许拉一晚上车。

**鲁侍萍**　干什么?不,用不着,妈这儿有钱,你在家睡觉。

**鲁大海**　不,您留着自己用吧,我走了。

[大海由右门下。

**鲁侍萍**　(喊)大海,大海!

[四凤上。

**鲁四凤**　妈,(不安地)您回来了。

**鲁侍萍**　你忙着送周家的少爷,没有顾到看见我。

**鲁四凤**　(解释地)二少爷是他母亲叫他来的。

**鲁侍萍**　我听见你哥哥说,你们谈了半天的话吧?

**鲁四凤**　您说我跟周家二少爷?

**鲁侍萍**　嗯,他谈了些什么?

**鲁四凤**　没有什么!——平平常常的话。

**鲁侍萍**　凤儿,真的?

**鲁四凤**　您听哥哥说了些什么话?哥哥是一点人情也不懂。

**鲁侍萍**　(严肃地)凤儿,(看着她,拉着她的手)你看看我,我是你的妈。是不是?

**鲁四凤**　妈,您怎么啦?

**鲁侍萍**　凤,妈是不是顶疼你?

**鲁四凤**　妈,您为什么说这些话?

**鲁侍萍**　我问你,妈是不是天底下最可怜,没有人疼的一个苦老婆子?

**鲁四凤**　不,妈,您别这样说话,我疼您。

**鲁侍萍**　凤儿,那我求你一件事。

**鲁四凤**　妈,您说啦,您说什么事!

**鲁侍萍**　你得告诉我,周家的少爷究竟跟你——怎么样了?

**鲁四凤**　哥总是瞎说八道的——他跟您说了什么?

**鲁侍萍**　不是哥,他没说什么,妈要问你!

[远处隐雷。

**鲁四凤**　妈,您为什么问这个?我不跟您说过吗?一点也没什么。妈,没什么!

［远处隐雷。

**鲁侍萍**　你听，外面打着雷。妈妈是个可怜人，我的女儿在这些事上不能再骗我！

**鲁四凤**　（顿）妈，我不骗您，我不是跟您说过，这两年——

［鲁贵的声音：（在外屋）侍萍，快来睡觉吧，不早了。

**鲁侍萍**　别管我，你先睡你的。

**鲁　贵**　你来！

**鲁侍萍**　你别管我！——（对四凤）你说什么？

**鲁四凤**　我不是跟你说过，这两年，我天天晚上——回家的？

**鲁侍萍**　孩子，你可要说实话，妈经不起再大的事啦。

**鲁四凤**　妈，（抽咽）妈，您为什么不信您自己的女儿？（扑在鲁妈怀里大哭，鲁妈抱着她）

**鲁侍萍**　（落眼泪）凤儿，可怜的孩子，不是我不相信你，我太爱你，我生怕外人欺负了你，（沉痛地）我太不敢相信世界上的人了。傻孩子，你不懂妈的心，妈的苦多少年是说不出来的，你妈就是在年轻的时候没有人来提醒，——可怜，妈就是一步走错，就步步走错了。孩子，我就生了你这么一个女儿，我的女儿不能再像她妈似的。人的心都靠不住，我并不是说人坏，我就是恨人性太弱，太容易变了。孩子，你是我的，你是我唯一的宝贝，你永远疼我！你要是再骗我，那就是杀了我了，我的苦命的孩子！

**鲁四凤**　不，妈，不，我以后永远是妈的了。

**鲁侍萍**　（忽然）凤儿，我在这儿一天担心一天，我们明天一定走，离开这儿。

**鲁四凤**　（立起）什么，明天就走？

**鲁侍萍**　（果断地）嗯。我改主意了，我们明天就走。永远不回这儿来了。

**鲁四凤**　我们永远不回到这儿来了。妈，不，为什么这么早就走？

**鲁侍萍**　孩子，你要干什么？

**鲁四凤**　（踌躇地）我，我——

**鲁侍萍**　不愿意早一点儿跟妈走？

**鲁四凤**　（叹一口气，苦笑）也好，我们明天走吧。

**鲁侍萍**　（忽然疑心地）孩子，你还有什么事瞒着我？

**鲁四凤**　（擦着眼泪）妈，没有什么。

**鲁侍萍**　（慈祥地）好孩子，你记住妈刚才说的话么？

**鲁四凤**　记得住！

**鲁侍萍**　凤儿，我要你永远不见周家的人！

**鲁四凤**　好，妈！

**鲁侍萍** (沉重地)不,要起誓。

[畏怯地望着鲁妈的严厉的脸。

**鲁四凤** 哦,这何必呢?

**鲁侍萍** (依然严肃地)不,你要说。

**鲁四凤** (跪下)妈,(扑在鲁妈身上)不,妈,我——我说不了。

**鲁侍萍** (眼泪流下来)你愿意让妈伤心么?你忘记妈三年前为着你的病几乎死了么?现在你——(回头泣)

**鲁四凤** 妈,我说,我说。

**鲁侍萍** (立起)你就这样跪下说。

**鲁四凤** 妈,我答应您,以后我永远不见周家的人。

[雷声轰地滚过去。

**鲁侍萍** 孩子,天上在打着雷,你要是以后忘了妈的话,见了周家的人呢?

**鲁四凤** (畏怯地)妈,我不会的,我不会的。

**鲁侍萍** 孩子,你要说,你要说。假若你忘了妈的话,——

[外面的雷声。

**鲁四凤** (不顾一切地)那——那天上的雷劈了我。(扑在鲁妈怀里)哦,我的妈呀!(哭出声)

[雷声轰地滚过去。

**鲁侍萍** (抱着女儿,大哭)可怜的孩子,妈不好,妈造的孽,妈对不起你,是妈对不起你。(泣)

[鲁贵由右门上。脱去短衫,他只有一件线坎肩,满身肥肉,脸上冒着油,唱着春调,眼迷迷地望着鲁妈同四凤。

**鲁　贵** (向鲁妈)这么晚还不睡?你说点子什么?

**鲁侍萍** 你别管,你一个人去睡吧。我今天晚上就跟四凤一块儿睡了。

**鲁　贵** 什么?

**鲁四凤** 不,妈,您去吧。让我一个人在这儿。

**鲁　贵** 侍萍,凤儿这孩子难过一天了,你搅她干什么?

**鲁侍萍** 孩子,你真不要妈陪着你么?

**鲁四凤** 妈,您让我一个人在屋子里歇着吧!

**鲁　贵** 来吧,干什么?你叫这孩子好好地歇一会儿吧:她总是一个人睡的。我先走了。

[鲁贵下。

**鲁侍萍** 也好,凤儿,你好好地睡,过一会儿我再来看你。

**鲁四凤** 嗯,妈!

［鲁妈下。

［四凤把右边门关上，隔壁鲁贵又唱“花开花谢年年有，人过了个青春不再来”的春调。她到圆桌前面，把洋灯的火捻小了，这时听见外面的蛙声同狗叫。她坐在床边，换了一双拖鞋，立起解开几个扣子，走两步，却又回来坐在床边，深深地叹一口气倒在床上。外边鲁贵还低声在唱，母亲像是低声在劝他不要闹。屋外敲着一声又一声的梆子。四凤又由床上坐起，拿起蒲扇用力地挥着。闷极了，她把窗户打开，立在窗前，散开自己的头发，深深吸一口长气，轻轻只把窗户关上一半。她还是烦，她想起许多许多的事。她拿手绢擦一擦脸上的汗，走到圆桌旁，又听见鲁贵说话同唱的声音。她苦闷地叫了一声“天！”忽然拿起酒瓶，放在口里喝一口。她摸摸自己的胸，觉得心里在发烧。便在桌旁坐下。

［鲁贵由左门上，赤足，拖着鞋。

**鲁　贵**　你怎么还不睡？

**鲁四凤**　（望望他）嗯。

**鲁　贵**　（看她还拿着酒瓶）谁叫你喝酒啦？（拿起酒瓶同酒菜，笑着）快睡吧。

**鲁四凤**　（失望地）嗯。

**鲁　贵**　（走到门口）不早了，你妈都睡着了。

［鲁贵下。

［四凤到右门口，把门关上，立在右门旁一会，听见鲁贵同鲁妈说话的声音。走到圆桌旁，长叹一声，低而重地捶着桌子，扑在桌上抽咽。“天哪！”外面有口哨声，远远地。四凤突然立起，畏惧地屏住气息谛听，忽然把桌上的灯转明，跑到窗前，开窗探头向外望，过后她立刻关上，背倚着窗户，惧怕，胸间起伏不定粗重地呼吸。但是口哨的声音更清楚，她把一张红纸罩了灯，放在窗前，她的脸发白，在喘。口哨愈近，远远一阵雷，她怕了，她又把灯拿回去。她把灯转暗，倚在桌上谛听着。窗外面有脚步的声音，一两声咳嗽。四凤轻轻走到窗前，脸转向着观众，倚在窗上。

［外面的声音：（敲着窗户）。

**鲁四凤**　（颤声）哦！

［外面的声音：（敲着窗户，低声）喂！开！开！

**鲁四凤**　谁？

［外面的声音：（含糊地）你猜！

**鲁四凤**　（颤声）你，你来干什么？

［外面的声音：（暗晦地）你猜猜！

**鲁四凤**　我现在不能见你。（脸色灰白，声音打着颤）

［外面的声音：（含糊地笑声）这是你心里的话么？

**鲁四凤**　（急切地）我妈在家里。

［外面的声音:(带着诱意)不用骗我！她睡着了。

**鲁四凤** (关心地)你小心,我哥哥恨透了你。

［外面的声音:(漠然)他不在家,我知道。

**鲁四凤** (转身,背向观众)你走！

［外面的声音:我不！(外面向里用力推窗门,四凤用力挡住)

**鲁四凤** (焦急地)不,不,你不要进来。

［外面的声音:(低声)四凤,我求你,你开开！］

**鲁四凤** 不,不！已经到了半夜,我的衣服都脱了。

［外面的声音:(急迫地)什么,你衣服脱了?

**鲁四凤** (点头)嗯,我已经在床上睡着了！

［外面的声音:(颤声)那……那……我就……我(叹一口长气)

**鲁四凤** (恳求地)那你不要进来吧,好不好?

［外面的声音:(转了口气)好,也好,我就走,(又急切地)可是你先打开窗门,叫我……

**鲁四凤** 不,不,你赶快走！

［外面的声音:(急切地恳求)不,四凤,你只叫我……啊……只叫我亲一回吧。

**鲁四凤** (苦痛地)啊,大少爷,这不是你的公馆,你饶了我吧。

［外面的声音:(怨恨地)那么你忘了我了,你不再想……

**鲁四凤** (决定地)对了。(转过身,面向观众,苦痛地)我忘了你了。你走吧。

［外面的声音:(忽然地)是不是刚才我的弟弟来了?

**鲁四凤** 嗯！(踌躇地)……他……他……他来了！

［外面的声音:(尖酸地)哦！(长长叹一口气)那就怪不得你,你现在这样了。

**鲁四凤** (没有办法)你明明知道我是不喜欢他的。

［外面的声音:(狠毒地)哼,没有心肝,只要你变了心,小心我……(冷笑)

**鲁四凤** 谁变了心?

［外面的声音:(恶躁地)那你为什么不打开门,让我进来?你不知道我是真爱你么?我没有你不成么?

**鲁四凤** (哀诉地)哦,大少爷,你别再缠我好不好?今天一天你替我们闹出许多事,你还不够么?

［外面的声音:(真挚地)那我知道错了,不过,现在我要见你,对了,我要见你。

**鲁四凤** (叹一口气)好,那明天说吧！明天我依你,什么都成！

［外面的声音:(恳切地)明天?

**鲁四凤** (苦笑,眼泪落了下来,擦眼泪)明天！对了,明天。

［外面的声音:(犹疑地)明天,真的?

**鲁四凤**　嗯，真的，我没有骗过你。

〔外面的声音：好吧，就这样吧，明天，你不要冤我。

〔足步声。

鲁四凤 你走了？

〔外面的声音：嗯，走了。

〔足步声渐远。

**鲁四凤**　（心里一块石头落下来，自语）他走了！哦，（摸自己的胸）这样闷，这样热。（把窗户打开，立窗前，风吹进来，她摸自己火热的面孔，深深叹一口气）唉！

〔周萍忽然立在窗口。

**鲁四凤**　哦，妈呀！（忙关窗门，萍已推开一点，二人挣扎）

**周　萍**　（手推着窗门）这次你赶不走我了。

**鲁四凤**　（用力关）你……你……你走！（二人一推一拒相持中）

〔萍到底越过窗进来，他满身泥泞，右半脸沾着鲜红的血。

**周　萍**　你看我还是进来了。

**鲁四凤**　（退后）你又喝醉了！

**周　萍**　你，（乞怜地）四凤，你为什么躲我？你今天变了，我明天一早就走，你骗我，你要我明天见你。我能见你就是这一点时候，你为什么害怕你不敢见我？（右半血脸转过来）

**鲁四凤**　（怕）你的脸怎么啦？（指周萍的血脸）

**周　萍**　（摸脸，一手的血）为着找你，我路上摔的。（挨近四凤）

**鲁四凤**　不，不，你走吧，我求你，你走吧。

**周　萍**　（奇怪地笑着）不，我得好好地看看你。（拉住她的手）

〔雷声大作。

**鲁四凤**　（躲开）不，你听，雷，雷，你跟我关上窗户。

〔周萍关上窗户。

**周　萍**　（挨近）你怕什么？

**鲁四凤**　（颤声）我怕你，（退后）你的样子难看，你的脸满是血。……我不认识你……你是……

**周　萍**　（怪怪地笑）你以为我是谁？傻孩子？（拉她的手）

〔外面有女人叹气的声音，敲窗户。

**鲁四凤**　（推开他）你听，这是什么？像是有人在敲窗户。

**周　萍**　（听）胡说，没有什么！

**鲁四凤**　有，有，你听，像有个女人在叹气。

**周　萍**　（听）没有，没有，（忽然笑）你大概见了鬼。

［雷声大作，一声霹雳。

**鲁四凤**　(低声)哦，妈。(跑到周萍怀里)我怕！(躲在角落里)

［雷声轰轰，大雨下，舞台渐暗，一阵风吹开窗户，外面黑黝黝的。忽然一片蓝森森的闪电，照见了繁漪的惨白发死青的脸露在窗台上面。她像个死尸，任着一条一条的雨水向散乱的头发上淋她。痉挛地不出声地苦笑，泪水流到眼角下，望着里面只顾拥抱的人们。闪电止了，窗外又是黑漆漆的。再闪时，见她伸进手，拉着窗扇，慢慢地由外面关上。雷更隆隆地响着，屋子整个黑下来。黑暗里，只听见四凤在低声说话。

**鲁四凤**　(低声)你抱紧我，我怕极了。

［舞台黑暗一时，只露着圆桌上的洋灯，和窗外蓝森森的闪电。听见屋外大海叫门的声音，大海进门的声音。舞台渐明，周萍坐在圆椅上，四凤在旁立，床上微乱。

**周　萍**　(谛听)这是谁？

**鲁四凤**　你别作声！

［鲁妈的声音：怎么回来了，大海？

［大海的声音：雨下得太大，车厂的房子塌了。

**鲁四凤**　(低声而急促地)哥哥来了，你走，你赶快走。

［周萍忙至窗前，推窗。

**周　萍**　(推不动)奇怪！

**鲁四凤**　怎么？

**周　萍**　(急迫地)窗户外面有人关上了。

**鲁四凤**　(怕)真的，那会是谁？

**周　萍**　(再推)不成，开不动。

**鲁四凤**　你别作声音，他们就在门口。

［大海的声音：铺板呢？

［鲁妈的声音：在四凤屋里。

**鲁四凤**　哦，萍，他们要进来。你藏，你藏起来。

［四凤正引萍入左门，大海持灯推门进。

**鲁大海**　(慢，嘘声)什么？(见四凤同萍，二人俱僵立不动，静默，哑声)妈，您快进来，我见了鬼！

［鲁妈急进。

**鲁侍萍**　(喑哑)天！

**鲁四凤**　(见鲁妈进，即由右门跑出，苦痛地)啊！

［鲁妈扶着门闩。几乎晕倒。

**鲁大海** 哦，原来是你！（抬起桌上铁刀，奔向周萍，鲁妈用力拉着他的衣襟）

**鲁侍萍** 大海，你别动，你动，妈就死在你的面前。

**鲁大海** 您放下我，您放下我！（急得跺脚）

**鲁侍萍** （见周萍惊立不动，顿足）糊涂东西，你还不跑？

［周萍由右门跑下。

**鲁大海** （喊）抓住他！爸，抓住他！（大海被母亲拖着，他想追，把她在地上拖了几步。）

**鲁侍萍** （见周萍已跑远，坐在地上发呆）哦，天！

**鲁大海** （跺足）妈！妈！你好糊涂！

［鲁贵上。

**鲁　贵** 他走了？咦，可是四凤呢？

**鲁大海** 不要脸的东西，她跑了。

**鲁侍萍** 哦，我的孩子，我的孩子，外面的河涨了水，我的孩子。你千万别糊涂！四凤！（跑）

**鲁大海** （拉着她）你上哪儿？

**鲁侍萍** 这么大的雨，她跑出去，我要找她。

**鲁大海** 好，我也去。

**鲁侍萍** 我等不了！（跑下，喊"四凤！"声音愈走愈远。）

［鲁贵忽然也带上帽子跑出，大海一人立在圆桌前不动，他走到箱子那里，把手枪取出来，看一看。揣在怀里，快步走下。外面是暴风雨的声音，同鲁妈喊四凤的声音。

——幕急落

最初发表在巴金、靳以主持的《文学季刊》1934 年第 1 卷第 3 期。

（选自《文学季刊》1934 年第 1 卷第 3 期）

**【阅读提示】**

曹禺（1910—1996），原名万家宝，祖籍湖北潜江，出生在天津一个封建官僚家庭。1922 年进入南开中学，1925 年参加南开新剧团。1928 年，曹禺升入南开大学政治系，1930 年转入清华大学西洋文学系。1934 年，曹禺的话剧处女作《雷雨》正式发表。作为中国现代话剧史上成就最高的戏剧家，曹禺的代表性戏剧作品有《雷雨》《日出》《原野》《北京人》《家》等。

四幕话剧《雷雨》以 20 世纪 20 年代前后中国的一个充满压抑氛围的封建资产阶级家庭为表现对象，以一天内的戏剧时间、集中的戏剧场景、回溯式的戏剧结构，展示剧中人物前后 30 年的情感纠葛，从而构成惊心动魄的人间戏剧。著名批评家李健吾先生认为,“这出长剧里面,最有力量的一个隐而不见的力量,却是处处令我们感到的一个命运观念”。

【延伸阅读】

1. 钱谷融:《〈雷雨〉人物谈》,《文学评论》1962 年第 1 期。

2. 曹禺:《雷雨・序》,见《曹禺文集》第 1 卷,中国戏剧出版社 1988 年版。

3. 田本相:《曹禺传》,北京十月文艺出版社 1988 年版。

4. 李健吾:《〈雷雨〉——曹禺先生作》,见《咀华集・咀华二集》,复旦大学出版社 2005 年版。

5. 钱理群:《曹禺戏剧新论》,北京大学出版社 2007 年版。

(包燕)

# 上海屋檐下(存目)

夏衍

（简介，无选本）

**【阅读提示】**

夏衍(1900—1995)，原名沈乃熙，字端先，浙江杭州人。著名作家、剧作家。1915 年入浙江甲种工业学校。1919 年，参与创办并编辑《浙江新潮》，开始走上文学道路。1930 年加入“左联”，当选为“左联”执委，参加了左翼戏剧家联盟。夏衍的戏剧创作始于 1935 年的独幕剧《都市的一角》，代表性剧作有《上海屋檐下》《芳草天涯》等。新中国成立后曾任文化部副部长、中国文联副主席等职，改编创作《祝福》《林家铺子》等电影剧本，著有《写电影剧本的几个理论问题》等理论专著。

《上海屋檐下》是夏衍于 1937 年以现实生活为题材创作的三幕剧。剧本巧妙地截取了上海弄堂房子的一个横断面，性格各异的五家住户，前后不到一天的时间，展示了抗战爆发前夕一群小市民和小资产阶级知识分子的灰色人生。贯穿剧本的“梅雨意象”，既是自然背景，更象征着当时沉闷压抑的社会政治气候。夏衍的话剧因其在政治和艺术间的平衡，被称为“沁人心脾的政治抒情诗”。

**【延伸阅读】**

1. 刘西渭:《上海屋檐下》，见《夏衍研究资料》，中国戏剧出版社 1983 年版。

2. 夏衍:《谈〈上海屋檐下的创作〉》，见《夏衍剧作集》(第一卷)，中国戏剧出版社 1984 年版。

3. 唐弢:《夏衍剧作集·序》(第一卷)，中国戏剧出版社 1984 年版。

4. 陈坚:《夏衍的生活和文学道路》，浙江文艺出版社 1984 年版。

5. 夏衍:《懒寻旧梦录》，生活·读书·新知三联书店 2000 年版。

（包燕）

# 白毛女(存目)

## 延安鲁艺集体创作,贺敬之、丁毅执笔

(简介,无选本)

**【阅读提示】**

贺敬之,中国现代著名诗人和剧作家。1924 年生,山东枣庄人。15 岁参加抗日救国运动,16 岁入延安鲁迅艺术学院,17 岁入党。1945 年春,由延安鲁迅文艺学院集体创作、贺敬之和丁毅执笔、马可和张鲁等作曲的新歌剧《白毛女》问世,成为延安文艺的代表作品。剧本以 1940 年初流传于河北的“白毛仙姑”的传说为素材,叙述贫农与地主的阶级斗争。剧中主人公喜儿的故事带有很强的传奇色彩和革命浪漫主义色彩,生动地表现出“旧社会把人逼成鬼,新社会把鬼变成人”这一深刻的主题。

作为中国现代新歌剧发展的里程碑作品,《白毛女》的演出吸收了西洋歌剧的形式,同时借鉴了传统戏曲唱、念、白相结合的形式,并运用了经改造的民歌、小调和地方戏曲的曲调,从而形成带有民族特色的新歌剧形式。

**【延伸阅读】**

1. 贺敬之:《〈白毛女〉的创作与演出》,见《白毛女》,人民文学出版社 1953 年版。
2. 张庚:《歌剧白毛女在延安的创作演出》,《新文化史料》1995 年 4 月 15 日。
3. 丁毅:《歌剧白毛女二三事》,《新文化史料》1995 年 4 月 15 日。
4. 张拓、瞿维、张鲁:《歌剧〈白毛女〉是怎样诞生的——关于〈白毛女〉的通信》,《歌剧艺术研究》1995 年第 3 期。
5. 何火任:《〈白毛女〉与贺敬之》,《文艺理论与批评》1998 年第 2 期。

(包燕)

# 《茶馆》(三幕剧)

老舍

**人物表**

王利发——男。最初与我们见面,他才二十多岁。因父亲早死,他很年轻就做了裕泰茶馆的掌柜。精明、有些自私,而心眼不坏。

唐铁嘴——男。三十来岁。相面为生,吸鸦片。

松二爷——男。三十来岁。胆小而爱说话。

常四爷——男。三十来岁。松二爷的好友,都是裕泰的主顾。正直,体格好。

李三——男。三十多岁。裕泰的跑堂的。勤恳,心眼好。

二德子——男。二十多岁。善扑营当差。

马五爷——男。三十多岁。吃洋教的小恶霸。

刘麻子——男。三十来岁。说媒拉纤,心狠意毒。

康六——男。四十岁。京郊贫农。

黄胖子——男。四十多岁。流氓头子。

秦仲义——男。王掌柜的房东。在第一幕里二十多岁。阔少,后来成了维新的资本家。

老人——男。八十二岁。无依无靠。

乡妇——女。三十多岁。穷得出卖小女儿。

小妞——女。十岁。乡妇的女儿。

庞太监——男。四十岁。发财之后,想娶老婆。

小牛儿——男。十多岁。庞太监的书童。

宋恩子——男。二十多岁。老式特务。

吴祥子——男。二十多岁。宋恩子的同事。

康顺子——女。在第一幕中十五岁。康六的女儿。被卖给庞太监为妻。

王淑芬——女。四十来岁。王利发掌柜的妻。比丈夫更公平正直些。

巡警——男。二十多岁。

报童——男。十六岁。

康大力——男。十二岁。庞太监买来的义子,后与康顺子相依为命。

老林——男。三十多岁。逃兵。

老陈——男。三十岁。逃兵。老林的把弟。

崔久峰——男。四十多岁。作过国会议员,后来修道,住在裕泰附设的公寓里。

军官——男。三十岁。

王大栓——男。四十岁左右,王掌柜的长子。为人正直。

周秀花——女。四十岁。大栓的妻。

王小花——女。十三岁。大栓的女儿。

丁宝——女。十七岁。女招待。有胆有识。

小刘麻子——男。三十多岁。刘麻子之子,继承父业而发展之。

取电灯费的——男。四十多岁。

小唐铁嘴——男。三十多岁。唐铁嘴之子,继承父业,有作天师的愿望。

明师傅——男。五十多岁。包办酒席的厨师。

邹福远——男。四十多岁。说评书的名手。

卫福喜——男。三十多岁。邹的师弟,先说评书,后改唱京戏。

方六——男。三十多岁。打小鼓的,奸诈。

车当当——男。三十岁左右。买卖现洋为生。

庞四奶奶——女。四十岁。丑恶,要作皇后。庞太监的四侄媳妇。

春梅——女。十九岁。庞四奶奶的丫环。

老杨——男。三十多岁。卖杂货的。

小二德子——男。三十岁。二德子之子,打手。

于厚斋——男。四十多岁。小学教员,王小花的老师。

谢志勇——男。三十多岁。与于厚斋同事。

小宋恩子——男。三十来岁。宋恩子之子,承袭父业,作特务。

小吴祥子——男。三十来岁。吴祥子之子,世袭特务。

小心眼——女。十九岁。女招待。

沈处长——男。四十岁。宪兵司令部某处处长。

傻杨——男。数来宝的。

茶客若干人,都是男的。

茶房一两个,都是男的。

难民数人,有男有女,有老有少。

大兵三五人,都是男的。

公寓住客数人,都是男的。

压大令的兵七人,都是男的。

宪兵四人。男。

## 第一幕

**人物** 王利发、刘麻子、庞太监、唐铁嘴、康六、小牛儿、松二爷、黄胖子、宋恩子、常四爷、秦仲义、吴祥子、李三、老人、康顺子、二德子、乡妇、茶客甲、乙、丙、丁、马五爷、小妞、茶房一、二人。

**时间** 一八九八年(戊戌)初秋,康梁等的维新运动失败了。早半天。

**地点** 北京,裕泰大茶馆。

〔幕启:这种大茶馆现在已经不见了。在几十年前,每城都起码有一处。这里卖茶,也卖简单的点心与饭菜。玩鸟的人们,每天在蹓够了画眉、黄鸟等之后,要到这里歇歇腿,喝喝茶,并使鸟儿表演歌唱。商议事情的,说媒拉纤的,也到这里来。那年月,时常有打群架的,但是总会有朋友出头给双方调解;三五十口子打手,经调人东说西说,便都喝碗茶,吃碗烂肉面(大茶馆特殊的食品,价钱便宜,作起来快当),就可以化干戈为玉帛了。总之,这是当日非常重要的地方,有事无事都可以来坐半天。

〔在这里,可以听到最荒唐的新闻,如某处的大蜘蛛怎么成了精,受到雷击。奇怪的意见也在这里可以听到,像把海边上都修上大墙,就足以挡住洋兵上岸。这里还可以听到某京戏演员新近创造了什么腔儿,和煎熬鸦片烟的最好的方法。这里也可以看到某人新得到的奇珍——一个出土的玉扇坠儿,或三彩的鼻烟壶。这真是个重要的地方,简直可以算作文化交流的所在。

〔我们现在就要看见这样的一座茶馆。

〔一进门是柜台与炉灶——为省点事,我们的舞台上可以不要炉灶;后面有些锅勺的响声也就够了。屋子非常高大,摆着长桌与方桌,长凳与小凳,都是茶座儿。隔窗可见后院,高搭着凉棚,棚下也有茶座儿。屋里和凉棚下都有挂鸟笼的地方。各处都贴着"莫谈国事"的纸条。

〔有两位茶客,不知姓名,正眯着眼,摇着头,拍板低唱。有两三位茶客,也不知姓名,正入神地欣赏瓦罐里的蟋蟀。两位穿灰色大衫的——宋恩子与吴祥子,正低声地谈话,看样子他们是北衙门的办案的(侦缉)。

〔今天又有一起打群架的,据说是为了争一只家鸽,惹起非用武力解决不可的纠纷。假若真打起来,非出人命不可,因为被约的打手中包括着善扑营的哥儿们和库兵，身手都十分厉害。好在，不能真打起来，因为在双方还没把打手约齐，已有人出面调停了——现在双方在这里会面。三三两两的打手，都横眉立目，短打扮，随时进来，往后院去。

〔马五爷在不惹人注意的角落，独自坐着喝茶。

〔王利发高高地坐在柜台里。

〔唐铁嘴踏拉着鞋，身穿一件极长极脏的大布衫，耳上夹着几张小纸片，进来。

王利发　唐先生，你外边蹓蹓吧！

唐铁嘴　（惨笑）王掌柜，捧捧唐铁嘴吧！送给我碗茶喝，我就先给您相相面吧！手相奉送，不取分文！（不容分说，拉过王利发的手来）今年是光绪二十四年，戊戌。您贵庚是……

王利发　（夺回手去）算了吧，我送你一碗茶喝，你就甭卖那套生意口啦！用不着相面，咱们既在江湖内，都是苦命人！（由柜台内走出，让唐铁嘴坐下）坐下！我告诉你，你要是不戒了大烟，就永远交不了好运！这是我的相法，比你的更灵验！

〔松二爷和常四爷都提着鸟笼进来，王利发向他们打招呼。他们先把鸟笼子挂好，找地方坐下。松二爷文绉绉的，提着小黄鸟笼；常四爷雄赳赳的，提着大而高的画眉笼。茶房李三赶紧过来，沏上盖碗茶。他们自带茶叶。茶沏好，松二爷、常四爷向临近的茶座让了让。

松二爷
　　　　您喝这个！（然后，往后院看了看）
常四爷

松二爷　好像又有事儿？

常四爷　反正打不起来！要真打的话，早到城外头去啦；到茶馆来干吗？

〔二德子，一位打手，恰好进来，听见了常四爷的话。

二德子　（凑过去）你这是对谁甩闲话呢？

常四爷　（不肯示弱）你问我哪？花钱喝茶，难道还教谁管着吗？

松二爷　（打量了二德子一番）我说这位爷，您是营里当差的吧？来，坐下喝一碗，我们也都是外场人。

二德子　你管我当差不当差呢！

常四爷　要抖威风，跟洋人干去，洋人厉害！英法联军烧了圆明园，尊家吃着官饷，可没见您去冲锋打仗！

二德子　甭说打洋人不打，我先管教管教你！（要动手）

〔别的茶客依旧进行他们自己的事。王利发急忙跑过来。

王利发　哥儿们，都是街面上的朋友，有话好说。德爷，您后边坐！

〔二德子不听王利发的话，一下子把一个盖碗搂下桌去，摔碎。翻手要抓常四爷的脖领。

常四爷　(闪过)你要怎么着?

二德子　怎么着? 我碰不了洋人,还碰不了你吗?

马五爷　(并未立起)二德子,你威风啊!

二德子　(四下扫视,看到马五爷)喝,马五爷,您在这儿哪? 我可眼拙,没看见您!(过去请安)

马五爷　有什么事好好地说,干吗动不动地就讲打?

二德子　嗻! 您说得对! 我到后头坐坐去。李三,这儿的茶钱我候啦!(往后面走去)

常四爷　(凑过来,要对马五爷发牢骚)这位爷,您圣明,您给评评理!

马五爷　(立起来)我还有事,再见!(走出去)

常四爷　(对王利发)邪! 这倒是个怪人!

王利发　您不知道这是马五爷呀! 怪不得您也得罪了他!

常四爷　我也得罪了他? 我今天出门没挑好日子!

王利发　(低声地)刚才您说洋人怎样,他就是吃洋饭的。信洋教,说洋话,有事情可以一直地找宛平县的县太爷去,要不怎么连官面上都不惹他呢!

常四爷　(往原处走)哼,我就不佩服吃洋饭的!

王利发　(向宋恩子、吴祥子那边稍一歪头,低声地)说话请留点神!(大声地)李三,再给这儿沏一碗来!(拾起地上的碎瓷片)

松二爷　盖碗多少钱? 我赔! 外场人不作老娘们事!

王利发　不忙,待会儿再算吧!(走开)

〔纤手刘麻子领着康六进来。刘麻子先向松二爷、常四爷打招呼。

刘麻子　您二位真早班儿!(掏出鼻烟壶,倒烟)您试试这个! 刚装来的,地道英国造,又细又纯!

常四爷　唉! 连鼻烟也得从外洋来! 这得往外流多少银子啊!

刘麻子　咱们大清国有的是金山银山,永远花不完! 您坐着,我办点小事!(领康六找了个座儿)

〔李三拿过一碗茶来。

刘麻子　说说吧,十两银子行不行? 你说干脆的! 我忙,没工夫专伺候你!

康　六　刘爷! 十五岁的大姑娘,就值十两银子吗?

刘麻子　卖到窑子去,也许多拿一两八钱的,可是你又不肯!

康　六　那是我的亲女儿! 我能够……

刘麻子　有女儿,你可养活不起,这怪谁呢?

康　六　那不是因为乡下种地的都没法子混了吗? 一家大小要是一天能吃上

一顿粥,我要还想卖女儿,我就不是人!

刘麻子　那是你们乡下的事,我管不着。我受你之托,教你不吃亏,又教你女儿有个吃饱饭的地方,这还不好吗?

康　六　到底给谁呢?

刘麻子　我一说,你必定从心眼里乐意!一位在宫里当差的!

康　六　宫里当差的谁要个乡下丫头呢?

刘麻子　那不是你女儿的命好吗?

康　六　谁呢?

刘麻子　庞总管!你也听说过庞总管吧?伺候着太后,红的不得了,连家里打醋的瓶子都是玛瑙做的!

康　六　刘大爷,把女儿给太监作老婆,我怎么对得起人呢?

刘麻子　卖女儿,无论怎么卖,也对不起女儿!你糊涂!你看,姑娘一过门,吃的是珍馐美味,穿的是绫罗绸缎,这不是造化吗?怎样,摇头不算点头算,来个干脆的!

康　六　自古以来,哪有……他就给十两银子?

刘麻子　找遍了你们全村儿,找得出十两银子找不出?在乡下,五斤白面就换个孩子,你不是不知道!

康　六　我,唉!我得跟姑娘商量一下!

刘麻子　告诉你,过了这个村可没有这个店,耽误了事可别怨我!快去快来!

康　六　唉!我一会儿就回来!

刘麻子　我在这儿等着你!

康　六　(慢慢地走出去)

刘麻子　(凑到松二爷、常四爷这边来)乡下人真难办事,永远没有个痛痛快快!

松二爷　这号生意又不小吧?

刘麻子　也甜不到哪儿去,弄好了,赚个元宝!

常四爷　乡下是怎么了?会弄得这么卖儿卖女的!

刘麻子　谁知道!要不怎么说,就是一条狗也得托生在北京城里嘛!

常四爷　刘爷,您可真有个狠劲儿,给拉拢这路事!

刘麻子　我要不分心,他们还许找不到买主呢!(忙岔话)松二爷(掏出个小时表来),您看这个!

松二爷　(接表)好体面的小表!

刘麻子　您听听,嘎登嘎登地响!

松二爷　(听)这得多少钱?

刘麻子　您爱吗？就让给您！一句话，五两银子！您玩够了，不爱再要了，我还照数退钱！东西真地道，传家的玩艺儿！

常四爷　我这儿正咂摸这个味儿：咱们一个人身上有多少洋玩艺儿啊！老刘，就看你身上吧：洋鼻烟，洋表，洋缎大衫，洋布裤褂……

刘麻子　洋东西可真是漂亮呢！我要是穿一身土布，像个乡下脑壳，谁还理我呀！

常四爷　我老觉乎着咱们的大缎子，川绸，更体面！

刘麻子　松二爷，留下这个表吧，这年月，带着这么好的洋表，会教人另眼看待！是不是这么说，您哪？

松二爷　(真爱表，但又嫌贵)我……

刘麻子　您先戴几天，改日再给钱！

〔黄胖子进来。

黄胖子　(严重的砂眼，看不清楚，进门就请安)哥儿们，都瞧我啦！我请安了！都是自家兄弟，别伤了和气呀！

王利发　这不是他们，他们在后院哪！

黄胖子　我看不大清楚啊！掌柜的，预备烂肉面，有我黄胖子，谁也打不起来！(往里走)

二德子　(出来迎接)两边已经见了面，您快来吧！

〔二德子同黄胖子入内。

〔茶房们一趟又一趟地往后面送茶水。老人进来，拿着些牙签、胡梳、耳挖勺之类的小东西，低着头慢慢地挨着茶座儿走；没人买他的东西。他要往后院去，被李三截住。

李　三　老大爷，您外边蹓蹓吧！后院里，人家正说和事呢，没人买您的东西！(顺手儿把剩茶递给老人一碗)

松二爷　(低声地)李三！(指后院)他们到底为了什么事，要这么拿刀动杖的？

李　三　(低声地)听说是为一只鸽子。张宅的鸽子飞到了李宅去，李宅不肯交还……唉，咱们还是少说话好，(问老人)老大爷您高寿啦？

老　人　(喝了茶)多谢！八十二了，没人管！这年月呀，人还不如一只鸽子呢！唉！(慢慢走出去)

〔秦仲义，穿得很讲究，满面春风，走进来。

王利发　哎哟！秦二爷，您怎么这样闲在，会想起下茶馆来了？也没带个底下人？

秦仲义　来看看，看看你这年轻小伙子会作生意不会！

王利发　唉，一边做一边学吧，指着这个吃饭嘛。谁叫我爸爸死得早，我不干不行啊！好在照顾主儿都是我父亲的老朋友，我有不周到的地方，都肯包涵，闭闭眼就过去了。在街面上混饭吃，人缘儿顶要紧。我按着我父亲遗留下的老办法，多说好话，多请安，讨人人的喜欢，就不会出大岔子！您坐下，我给您沏碗小叶茶去！

秦仲义　我不喝！也不坐着！

王利发　坐一坐！有您在我这儿坐坐，我脸上有光！

秦仲义　也好吧！（坐）可是，用不着奉承我！

王利发　李三，沏一碗高的来！二爷，府上都好？您的事情都顺心吧？

秦仲义　不怎么太好！

王利发　您怕什么呢？那么多的买卖，您的小手指头都比我的腰还粗！

唐铁嘴　（凑过来）这位爷好相貌，真是天庭饱满，地阁方圆，虽无宰相之权，而有陶朱之富！

秦仲义　躲开我！去！

王利发　先生，你喝够了茶，该外边活动活动去！（把唐铁嘴轻轻推开）

唐铁嘴　唉！（垂头走出去）

秦仲义　小王，这儿的房租是不是得往上提那么一提呢？当年你爸爸给我的那点租钱，还不够我喝茶用的呢！

王利发　二爷，您说的对，太对了！可是，这点小事用不着您分心，您派管事的来一趟，我跟他商量，该长多少租钱，我一定照办！是！嗻！

秦仲义　你这小子，比你爸爸还滑！哼，等着吧，早晚我把房子收回去！

王利发　您甭吓唬着我玩，我知道您多么照应我，心疼我，决不会叫我挑着大茶壶，到街上卖热茶去！

秦仲义　你等着瞧吧！

〔乡妇拉着个十来岁的小妞进来。小妞的头上插着一根草标。李三本想不许她们往前走，可是心中一难过，没管。她们俩慢慢地往里走。茶客们忽然都停止说笑，看着她们。

小妞　（走到屋子中间，立住）妈，我饿！我饿！

〔乡妇呆视着小妞，忽然腿一软，坐在地上，掩面低泣。

秦仲义　（对王利发）轰出去！

王利发　是！出去吧，这里坐不住！

乡　妇　哪位行行好？要这个孩子，二两银子！

常四爷　李三，要两个烂肉面，带她们到门外吃去！

李　三　是啦！（过去对乡妇）起来，门口等着去，我给你们端面来！

乡　妇　（立起，抹泪往外走，好像忘了孩子；走了两步，又转回身来，搂住小妞吻她）宝贝！宝贝！

王利发　快着点吧！

〔乡妇、小妞走出去。李三随后端出两碗面去。

王利发　（过来）常四爷，您是积德行好，赏给她们面吃！可是，我告诉您：这路事儿太多了，太多了！谁也管不了！

（对秦仲义）二爷，您看我说的对不对？

常四爷　（对松二爷）二爷，我看哪，大清国要完！

秦仲义　（老气横秋地）完不完，并不在乎有人给穷人们一碗面吃没有。小王，说真的，我真想收回这里的房子！

王利发　您别那么办哪，二爷！

秦仲义　我不但收回房子，而且把乡下的地，城里的买卖也都卖了！

王利发　那为什么呢？

秦仲义　把本钱拢到一块儿，开工厂！

王利发　开工厂？

秦仲义　嗯，顶大顶大的工厂！那才救得了穷人，那才能抵制外货，那才能救国！（对王利发说而眼看着常四爷）唉，我跟你说这些干什么，你不懂！

王利发　您就专为别人，把财产都出手，不顾自己了吗？

秦仲义　你不懂！只有那么办，国家才能富强！好啦，我该走啦。我亲眼看见了，你的生意不错，你甭再耍无赖，不长房钱！

王利发　您等等，我给您叫车去！

秦仲义　用不着，我愿意蹓跶蹓跶！

〔秦仲义往外走，王利发送。

〔小牛儿搀着庞太监走进来。小牛儿提着水烟袋。

庞太监　哟！秦二爷！

秦仲义　庞老爷！这两天您心里安顿了吧？

庞太监　那还用说吗？天下太平了：圣旨下来，谭嗣同问斩！告诉您，谁敢改祖宗的章程，谁就掉脑袋！

秦仲义　我早就知道！

〔茶客们忽然全静寂起来，几乎是闭住呼吸地听着。

庞太监　您聪明，二爷，要不然您怎么发财呢！

秦仲义　我那点财产，不值一提！

庞太监　太客气了吧？您看，全北京城谁不知道秦二爷！您比作官的还厉害呢！听说呀，好些财主都讲维新！

秦仲义　不能这么说，我那点威风在您的面前可就施展不出来了！哈哈哈！

庞太监　说得好，咱们就八仙过海，各显其能吧！哈哈哈！

秦仲义　改天过去给您请安,再见!(下)

庞太监　(自言自语)哼,凭这么个小财主也敢跟我逗嘴皮子,年头真是改了!(问王利发)刘麻子在这儿哪?

王利发　总管,您里边歇着吧!

〔刘麻子早已看见庞太监,但不敢靠近,怕打搅了庞太监、秦仲义的谈话。

刘麻子　喝,我的老爷子!您吉祥!我等您好大半天了!(搀庞太监往里面走)

〔宋恩子、吴祥子过来请安,庞太监对他们耳语。

〔众茶客静默一阵之后,开始议论纷纷。

茶客甲　谭嗣同是谁?

茶客乙　好像听说过!反正犯了大罪,要不,怎么会问斩呀!

茶客丙　这两三个月了,有些作官的,念书的,乱折腾乱闹,咱们怎能知道他们捣的什么鬼呀!

茶客丁　得!不管怎么说,我的铁杆庄稼又保住了!姓谭的,还有那个康有为,不是说叫旗兵不关钱粮,去自谋生计吗?心眼多毒!

茶客丙　一份钱粮倒叫上头克扣去一大半,咱们也不好过!

茶客丁　那总比没有强啊!好死不如赖活着,叫我去自己谋生,非死不可!

王利发　诸位主顾,咱们还是莫谈国事吧!

〔大家安静下来,都又各谈各的事。

庞太监　(已坐下)怎么说?一个乡下丫头,要二百银子?

刘麻子　(侍立)乡下人,可长得俊呀!带进城来,好好地一打扮、调教,准保是又好看,又有规矩!我给您办事,比给我亲爸爸作事都更尽心,一丝一毫不能马虎!

〔唐铁嘴又回来了。

王利发　铁嘴,你怎么又回来了?

唐铁嘴　街上兵荒马乱的,不知道是怎么回事!

庞太监　还能不搜查搜查谭嗣同的余党吗?唐铁嘴,你放心,没人抓你!

唐铁嘴　嗻,总管,您要能赏给我几个烟泡儿,我可就更有出息了!

〔有几个茶客好像预感到什么灾祸,一个个往外溜。

松二爷　咱们也该走啦吧!天不早啦!

常四爷　嗻!走吧!

〔二灰衣人——宋恩子和吴祥子走过来。

宋恩子　等等!

常四爷　怎么啦?

宋恩子　刚才你说"大清国要完"?

常四爷　我，我爱大清国，怕它完了！

吴祥子　(对松二爷)你听见了？他是这么说的吗？

松二爷　哥儿们，我们天天在这儿喝茶。王掌柜知道：我们都是地道老好人！

吴祥子　问你听见了没有？

松二爷　那，有话好说，二位请坐！

宋恩子　你不说，连你也锁了走！他说“大清国要完”，就是跟谭嗣同一党！

松二爷　我，我听见了，他是说……

宋恩子　(对常四爷)走！

常四爷　上哪儿？事情要交代明白了啊！

宋恩子　你还想拒捕吗？我这儿可带着“王法”呢！(掏出腰中带着的铁链子)

常四爷　告诉你们，我可是旗人！

吴祥子　旗人当汉奸，罪加一等！锁上他！

常四爷　甭锁，我跑不了！

宋恩子　量你也跑不了！(对松二爷)你也走一趟，到堂上实话实说，没你的事！

〔黄胖子同三五个人由后院过来。

黄胖子　得啦，一天云雾散，算我没白跑腿！

松二爷　黄爷！黄爷！

黄胖子　(揉揉眼)谁呀？

松二爷　我！松二！您过来，给说句好话！

黄胖子　(看清)哟，宋爷，吴爷，二位爷办案哪？请吧！

松二爷　黄爷，帮帮忙，给美言两句！

黄胖子　官厅儿管不了的事，我管！官厅儿能管的事呀，我不便多嘴！(问大家)是不是？

众　　　嗻！对！

〔宋恩子、吴祥子带着常四爷、松二爷往外走。

松二爷　(对王利发)看着点我们的鸟笼子！

王利发　您放心，我给送到家里去！

〔常四爷、松二爷、宋恩子、吴祥子同下。

黄胖子　(唐铁嘴告以庞太监在此)哟，老爷在这儿哪？听说要安份儿家，我先给您道喜！

庞太监　等吃喜酒吧！

黄胖子　您赏脸！您赏脸！(下)

〔乡妇端着空碗进来，往柜上放。小妞跟进来。

小　妞　妈！我还饿！

王利发　唉！出去吧！

乡　妇　走吧，乖！

小　妞　不卖妞妞啦？妈！不卖了？妈！

乡　妇　乖！（哭着，携小妞下）

〔康六带着康顺子进来，立在柜台前。

康　六　姑娘！顺子！爸爸不是人，是畜生！可你叫我怎办呢？你不找个吃饭的地方，你饿死！我弄不到手几两银子，就得叫东家活活地打死！你呀，顺子，认命吧，积德吧！

康顺子　我，我……（说不出话来）

刘麻子　（跑过来）你们回来啦？点头啦？好！来见见总管！给总管磕头！

康顺子　我……（要晕倒）

康　六　（扶住女儿）顺子！顺子！

刘麻子　怎么啦？

康　六　又饿又气，昏过去了！顺子！顺子！

庞太监　我要活的，可不要死的！

〔静场。

茶客甲　（正与茶客乙下象棋）将！你完啦！

——幕落

1957年7月初载于《收获》杂志创刊号

（选自《收获》1957年7月杂志创刊号）

**【阅读提示】**

老舍(1899—1966)，原名舒庆春，字舍予，满族人。1918年毕业于北京师范学校。1924年赴英国伦敦大学东方学院任华语讲师，创作《老张的哲学》《赵子曰》《二马》等小说。1930年回国，写出长篇小说《猫城记》《离婚》《骆驼祥子》和短篇小说《月牙儿》等。抗战期间，曾主持全国文艺界抗敌协会工作。1946年赴美讲学，完成了长篇巨著《四世同堂》。新中国成立后回国，创作了《龙须沟》《茶馆》等话剧和长篇小说《正红旗下》。老舍的作品以市民题材描摹与幽默语言风格见长。

《茶馆》是老舍于1956年创作的话剧。剧作分三幕，以老北京裕泰茶馆的兴衰变迁为背景，展示了从清末戊戌变法后到北洋军阀混战的民国初年再到抗战胜利后内战爆发前夕的近50年间，中国社会的黑暗腐败、光怪陆离以及在这个社会中的芸芸众生，也从侧面反映了中国社会的走向。

**【延伸阅读】**

1. 老舍:《答复有关〈茶馆〉的几个问题》,《剧本》1958 年第 5 期。

2. 赵园:《老舍——北京市民社会的表现者与批判者》,《文学评论》1982 年第 2 期。

3. 李健吾:《谈茶馆》,见《李健吾戏剧评论选》,中国戏剧出版社 1982 年版。

4. 樊骏:《认识老舍》(上),《文学评论》1996 年第 5 期。

5. 老舍:《闲话我的七个话剧》,见《老舍全集》(第 16 卷),人民文学出版社 1999 年版。

(包燕)

# 于无声处(存目)

宗福先

（简介，无选本）

**【阅读提示】**

宗福先(1947— )，祖籍江苏常熟，生于重庆市。作家、剧作家、电影编剧。曾为上海热处理厂的工人。1978年开始发表作品，创作了四幕话剧《于无声处》，获文化部、全国总工会特别嘉奖。另有合著话剧《血，总是热的》。

《于无声处》原载上海《文汇报》1978年10月28日到30日，是最早用文艺形式反映“天安门事件”的作品。作者严格遵循“三一律”的戏剧法则，在主要人物的矛盾斗争中，颂扬了在天安门事件中敢于挑战“四人帮”的英雄。该剧于1978年9月23日由上海市工人文化宫业余话剧学习班首演于该文化宫小剧场，轰动上海。之后被调进京演出，并在全国各地掀起排演高潮。因为表达了解放思想、拨乱反正的时代心声，在文学界政治界引起了很大反响。

**【延伸阅读】**

1. 曹禺、赵寻、宗福先：《〈于无声处〉三人谈》，《人民戏剧》1979年第1期。

2. 荒煤：《惊雷一声迎新春——看〈于无声处〉后的一点感想》，《剧本》1979年第1期。

3. 周玉明：《于无声处听惊雷——访话剧〈于无声处〉的编剧、导演和演员》，《文汇报》1978年10月12日。

4. 宗福先、木叶：《心事浩茫连广宇——〈于无声处〉前前后后》，《上海文化》2009年第4期。

（包燕）

# 立秋(存目)

姚宝瑄　卫中

**【阅读提示】**

姚宝瑄,男,山西大学文学院教授,《立秋》主要编剧,曾获曹禺戏剧文学奖,国家“五个一工程奖”、文华大奖。剧作《立秋》,九易其稿,2004 年最终定稿,随后被山西省话剧院搬上话剧舞台,导演陈颙、查明哲。该剧以“一年近百场”的密度,巡演北京、上海、广州、深圳、沈阳、太原、台北等诸多城市,所到之处,无不引起轰动。2006 年《立秋》被评为中国国家舞台艺术精品工程十大精品剧目,2007 年荣获中宣部第十届精神文明建设“五个一工程”特等戏剧奖,2009 年被文化部列为国家优秀保留剧目。

大型历史话剧《立秋》是中国第一部深刻反映近现代商业金融业变革的剧作,厚重的立意与深邃的美学品格奠定了《立秋》新世纪话剧史上的独特地位。该剧主要讲述了民国初年富甲天下的晋商“丰德票号”在时代风潮中生死存亡的挣扎,由盛而衰的故事,表达了对于晋商文化发展的新思考。该剧虽然写的是晋商由盛而衰的历史,但张扬的却是一种积极进取的人生态度。剧中贯穿始终的关于晋商精神、人格的祖训——“天地生人,有一人应有一人之业;人生在世,生一日当尽一日之勤。勤奋、敬业、谨慎、诚信”是全剧之魂,振聋发聩,发人深省。

《立秋》被誉为“新世纪中国话剧的里程碑”作品,她的成功,重振了中国话剧的雄风,推动了新世纪中国话剧的新发展。

**【延伸阅读】**

1. 姚宝瑄、卫中:《立秋》,《三晋戏剧》2004 年第 2 期。
2. 姚宝瑄等:《戏里戏外说〈立秋〉》,《山西戏剧》2004 年第 6 期。

3. 高耀彬:《创作要激发血脉中的情感和记忆———访〈立秋〉编剧、山西大学教授姚宝瑄》,《中国教育报》2008 年 3 月 1 日第四版。

4. 王卫平:《〈立秋〉:重振中国话剧之雄风》,《艺术广角》2007 年第 5 期。

(方爱武)

# 潘金莲(存目)

魏明伦

（简介，无选本）

**【阅读提示】**

魏明伦（1941— ），四川内江人，当代著名戏剧家，被誉为“巴蜀鬼才”。1950 年加入四川省自贡市川剧团，先后任演员、导演、编剧。新时期以来，以“一戏一招”的创新精神先后写作《易胆大》《四姑娘》《潘金莲》《中国公主杜兰朵》《变脸》《巴山秀才》（合作）等一批在国内外有影响的戏曲文学剧本。另著有杂文集《巴山鬼话》、电影文学剧本《四川好人》等。

1985 年底，“荒诞川剧”《潘金莲》问世，引起社会各界大讨论。川剧《潘金莲》以潘金莲与四个男人的故事及悲剧的形成过程为主线，对潘金莲这一个“贫家女是怎样从单纯到复杂，从挣扎到沉沦，从无罪到有罪，进行一番理性的思考”，大胆地为这一传统文学中的淫妇形象翻案。同时，该剧在形式结构上大胆创新，在主线之外，穿插古今中外各色人物的登场。或介入剧情，或参与评说，形式荒诞，手法新颖，有较强的探索性。

**【延伸阅读】**

1. 魏明伦：《荒诞戏剧，严肃人生——谈川剧〈潘金莲〉的创作》，《文学报》1986 年 7 月 3 日。

2. 刘宾雁：《关于川剧〈潘金莲〉，和它引起的一点联想》，《戏剧报》1986 年第 8 期。

3. 廖奔：《戏曲从迷朦走向坚实的探索——评川剧〈潘金莲〉》，《戏剧报》1986

年第 9 期。

4. 章诒和:《川剧〈潘金莲〉的失误与趋时》,《戏剧报》1986 年第 10 期。

5. 魏明伦:《我做着一个非常“荒诞”的梦——〈潘金莲〉遐思录》,见《潘金莲——剧本和剧评》,生活·读书·新知三联书店 1988 年版。

(包燕)

# 暗恋桃花源(存目)

赖声川

（简介，无选本）

**【阅读提示】**

赖声川(1954—　)，中国台湾舞台剧、电影导演。出生于美国华盛顿，祖籍江西会昌。毕业于美国加州伯克利大学，获戏剧博士学位。1984 年创立剧团“表演工作坊”。经典舞台剧作品有《那一夜，我们说相声》《暗恋桃花源》《如梦之梦》《宝岛一村》《这一夜，谁来说相声》《千禧夜，我们说相声》等。赖声川的导演作品以强烈的创意带给台湾剧场以新生命。

《暗恋桃花源》于 1986 年在台湾首次公演，引起岛内轰动，被称为戏剧舞台上难得的“艺术与商业完美结合之作”。之后有多种版本的舞台演出，并由赖声川亲自执导并改编成电影。剧中，“暗恋”和“桃花源”是两个不相干的剧组，因为都与剧场签定了当晚彩排的合约，争执不下，不得不同时在剧场中进行。“暗恋”是一出现代悲剧，“桃花源”是一出古装喜剧，《暗恋桃花源》以独特的“戏中戏”结构融合了两个完全不搭调的故事，呈现出悲喜交错的美学风格。

**【延伸阅读】**

1. 黄美序：《六个寻找剧评家的舞台剧作家》，《中外文学》1987 年 8 月第 16 卷 3 期。

2. 赖声川：《无中生有的戏剧——关于“即兴创作”》，《联合报》1988 年 8 月 2 日、3 日。

4. 田本相：《台湾现代戏剧概况》，文化艺术出版社 1996 年版。

5. 赖声川：《悲喜，快乐，忘我——暗恋桃花源二三事》，《暗恋桃花源·红色的天空》，东方出版社 2007 年版。

（包燕）

# 恋爱的犀牛(存目)

廖一梅

（简介，无选本）

**【阅读提示】**

廖一梅(1970— )，女编剧、作家。1992年毕业于中央戏剧学院文学系，1999年创作先锋话剧《恋爱的犀牛》，该剧与其创作的另两部话剧作品《琥珀》和《柔软》构成“悲观主义三部曲”。令人印象深刻的经典台词、坚持理想直面现代之痛的情怀书写、新颖的剧作结构使其作品被年轻读者和观众广泛接受。

《恋爱的犀牛》讲的是一个有偏执倾向的犀牛饲养员爱上美丽乖张的女孩的故事。按编剧廖一梅的说法，“剧中的主角马路是别人眼中的偏执狂，如他朋友所说——过分夸大一个女人和另一个女人之间的差别，在人人都懂得明智选择的今天，算是人群中的犀牛——实属异类。”“我希望看过戏的观众，能感到他的生命中有一些东西是值得坚持的，可以坚持的。至于爱情的结局不是这个戏里所关心的”。该剧1999年由先锋戏剧导演孟京辉执导首次搬上舞台，之后历经多种演出版本，久演不衰，成为最受欢迎的小剧场戏剧之一。

**【延伸阅读】**

1. 孟京辉、解玺璋：《关于“实验话剧”的对话》，《先锋戏剧档案》，孟京辉编著，作家出版社2000年版。

2. 廖一梅：《关于〈恋爱的犀牛〉的几点想法》，《琥珀+恋爱的犀牛》，新星出版社2008年版。

3. 冯琬惠、廖一梅：《把语言当作利剑》，《中国女性(中文海外版)》2009年第2期。

4. 孟京辉编著：《孟京辉先锋戏剧档案》，新星出版社2010年版。

（包燕）

**图书在版编目(CIP)数据**

中国现代文学作品经典导读:1917—2017 / 方爱武,左怀建主编. —杭州:浙江大学出版社,2019.10(2025.7 重印)
ISBN 978-7-308-19521-8

Ⅰ.①中… Ⅱ.①方… ②左… Ⅲ.①中国文学—现代文学—文学欣赏 Ⅳ. ①I206.6

中国版本图书馆 CIP 数据核字(2019)第 200614 号

**中国现代文学作品经典导读(1917—2017)**

*方爱武　左怀建　主编*

---

**责任编辑**　王荣鑫
**责任校对**　宋旭华
**封面设计**　项梦怡
**出版发行**　浙江大学出版社
(杭州市天目山路 148 号　邮政编码 310007)
(网址:http://www.zjupress.com)
**排　　版**　大千时代(杭州)文化传媒有限公司
**印　　刷**　浙江新华数码印务有限公司
**开　　本**　710mm×1000mm　1/16
**印　　张**　34.75
**字　　数**　662 千
**版 印 次**　2019 年 10 月第 1 版　2025 年 7 月第 6 次印刷
**书　　号**　ISBN 978-7-308-19521-8
**定　　价**　78.00 元

---